Sommer der
Wahrheit

여름을 삼킨 소녀

넬레 노이하우스 장편소설
전은경 옮김

북로드

카트린,
그리고 세상에서 가장 좋은 남자 마티아스에게
이 책을 바칩니다.

차 례

1994년
미국 네브라스카 주 페어필드

그날, 나는 난생처음 유치장에 갇혔다.

햇살 따스한 5월 초 어느 금요일 오후였다. 3시가 조금 지나 수업이 끝났다. 팸과 루크와 나는 스쿨버스를 그냥 보냈다. 레드의 79년형 포드 브롱코를 타고 우리 아지트로 가기 위해서였다.

랭던네 방앗간은 다 무너져가는 폐가였다. 1880년대부터 몇 세대에 걸쳐 페어필드와 인근 지역 남자들이 밥벌이를 하던 곳이었지만, 지금은 버려진 채 녹슨 철조망이 빙 둘러 있었다. 농축산업 협동조합에서 수지타산이 맞지 않는다는 이유로 구식 방앗간을 현대식으로 개조하는 대신 도시 다른 쪽 끝에 새로 방앗간을 지은 게 벌써 20년 전 일이다. 철거 비용을 들이기도 아까웠는지 낡은 방앗간은 예전 모습을 간직한 채 문만 허술하게 잠겨 있었다.

우리는 지난가을에 그곳을 발견했다. 교회처럼 거대한 홀과 버려진 곡물 저장고가 풍기는 낡은 건물의 매력에 우리는 매혹당했다. 이곳처럼 편안하게 음악을 듣고 춤추고 수다 떨고 담배 피우고 몰래 술을 마실 수 있는 장소는 페어필드 그 어디에도 없었다. 남자아이들이 강가 쪽 철조망에 구멍을 뚫어놓은 덕분에 우리는 잡초로 뒤덮인 낡은 철로를 넘어 남의 눈에 띄지 않고 방앗간 건물에 살짝 들어갈 수 있었다.

우리 패거리 가운데 유일하게 학교에 다니지 않는 제리는 그날 오후 우리가 철조망 구멍으로 기어 들어갔을 때 이미 그곳에 와서 기다리고 있었다. 제리는 말하자면 우리 패거리의 대장이었다. 페어필드 상류층이 멸시하는 아일랜드 출신 노동자, 빨강머리 톰 브래니건의 아들인 제리는 아버지와 함께 페어필드 레미콘이라는 콘크리트 공장에 다녔다. 그의 어머니는 몇 에이커도 안 되는 손바닥만 한 농장에서 하루 종일 혼자 죽어라 일했다. 사실 농장이라고 부르기에도 민망한 좁디좁은 땅이었지만, 어렸을 때 제리네 집에 놀러 가면 톰 아저씨의 익살맞은 이야기를 듣느라 그 집이 초라하다는 생각은 전혀 하지 못했다. 아저씨가 취했을 때만 빼고 제리네 집은 내게 언제나 즐거운 장소였다. 톰 아저씨는 맥주를 다섯 잔쯤 마시면 세상에 대한 끓어오르는 분노를 억누르지 못했고, 거기서 몇 잔 더 마시면 눈에 띄는 모든 사람에게 시비를 걸었다. 그럴 땐 그저 피하는 게 상책이었다.

제리는 여섯 남매 중 맏이다. 그는 겨우 열여섯 살에 학교를 그만두고 돈을 벌어야 했다. 내가 아는 그 어떤 아이보다 똑똑해서 복잡한 수학 문제도 금세 풀어내는 데다 나이에 비해 박식한 제리에게는 무척 힘든 일이었을 것이다. 나는 여덟 살인가 아홉 살 때부터 제리를 짝사랑하면서, 언젠가 제리와 결혼하게 될 거라고 철석같이 믿었다. 제리도 자기 아버지처럼 빨강머리에 충동적인 성격이지만, 아일랜드 인 특유의 쾌활함은 물려받지 않았는지 자기 운명을 원망하거나 기분이 엉망일 때가 많았다. 그래도 나는 무조건적으로 제리를 숭배했다. 내 눈에 그는 영웅이었다. 그의 거친 껍데기 속에는 다정하고 관대하고 자상한 제리가 숨어 있다고 굳게 믿었다. 비록 심증만 있을 뿐이었지만.

제리는 어머니를 존경했고, 아버지와 페어필드 주민들을 증오했다. 제리 말고 다른 아이들도 모두 우리 엄마가 경멸에 차서 '떼거지'라고 부르는 집안 출신이었다. 엄마가 뭐라고 하든 나는 상관하지 않았다. 나는 부모님의 당부를 무시하고 시간이 날 때마다 다 쓰러져가는 그 오래된 방앗간에서 제리, 레드, 팸, 로니, 샌디, 루크, 칼라와 어울렸다. 페어필드에서의 삶이 죽을 만큼 지루했던 우리는 이 동네 최고의 도로는 이곳을 벗어나게 해주는 도로라는 데 의견 일치를 봤다. 모두들 페어필드와 네브래스카를 벗어날 수 있을 만큼 나이 들기를 조바심치며 기다렸다.

제리는 CD플레이어에 넣을 새 배터리와 맥주를 가지고 왔다. 그날 제리는 유별나게 흥분해서 그동안 쌓인 분노를 쉼표도 마침표도 없이 마구 쏟아냈다. 자기 회사 사장은 편협한 머저리(어느 정도 맞는 말이었다)고 동료들은 정신박약(완전히 맞는 말이었다)이라고 욕을 퍼부어댔고, 자기 아버지와 페어필드 주민들과 경찰과 주지사와 전직 현직 대통령들도 번갈아가며 욕했다.

우리는 늘 그렇듯이 그의 말을 한 귀로 듣고 다른 귀로 흘리며, 제리가 화를 가라앉히고 차분해지기를 기다렸다. 이렇게 제리가 한바탕 열을 낸 뒤에는 모두 함께 모여앉아 앞날의 계획을 세우거나, 음악을 켜놓고 미지근해진 쿠어스 맥주를 마시면서 학교 선생님들이나 마을 사람들을 흉보는 것이 정해진 순서였다.

30분쯤 지나자 제리는 드디어 완전히 힘이 빠져 하얀 밀가루를 덮어쓴 소파에 털썩 주저앉았다. 방앗간 사무실에서 찾아내 큰 홀까지 끌어온 소파였다. 제리는 아무 말도 없이 소파에 웅크리고 있다가 이따금 우리 말을 빈정거릴 때만 입을 열었다.

"나 참, 너 오늘도 기분이 무진장 별로구나." 제리가 몇 번이나 자신이 말하는 데 끼어들자 칼라가 불쾌한 표정으로 말했다.

"네가 오늘도 바보 같은 소리만 하니까 그렇지." 그가 짜증스럽게 대꾸했다.

"넌 안 그런 줄 알아?"

칼라가 씩씩거리며 제리를 노려봤다. 싸움이 벌어지기 직전에 레드가 CD플레이어의 볼륨을 잔뜩 높였다.

내가 휘트니 휴스턴의 노랫소리에 화음을 넣자 좀처럼 웃지 않는 제리가 슬며시 미소를 지었다. 행복에 겨워 심장이 공중제비를 넘는 것 같았다. 제리는 브루스 스프링스틴과 휴이 루이스, 존 쿠거 멜런캠프 말고 다른 가수들의 음악은 모두 쓰레기라고, 하지만 그런 쓰레기 같은 노래도 내가 부르면 들을 만해진다고 말했다. 내 노래를 들은 사람들은 대부분 내 목소리가 아주 근사하다고들 했다. 게다가 커다란 방앗간 홀이 주는 음향효과도 무시할 수 없었다. 이곳에서 부를 때면 내 노래는 그야말로 굉장해졌다. 나는 눈을 감고 목청껏 노래를 부르며, 표가 매진된 뉴욕 매디슨 스퀘어 가든 무대에 서 있다고 상상했다.

"짭새다!" 먼지로 뒤덮여 뿌연 창가에 앉아 있던 루크가 갑자기 소리를 지르며 벌떡 일어났다.

"빌어먹을!"

제리가 CD플레이어를 끄고 내 어깨를 잡아 흔들었다. 현실로 다시 돌아오는 데는 몇 초쯤 시간이 걸렸다. 끼익 소리를 내며 방앗간 출입로의 문이 열리고, 페어필드의 법의 수호자 루커스 벤턴 보안관의 순찰차가 풀풀 먼지를 날리며 달려오는 걸 보고야 비로소 사태를 깨달았다. 그는 어마어마한 지원 병력을 데리고 왔다. 매디슨 카운티에 있는 모든 순찰차, 즉 네 대의 순찰차가 따라 들어오고 있었다.

"도망쳐!"

제리가 고함쳤다. 우리는 재빨리 흩어졌다. 경찰들은 순찰차에서 막 빠져나오고 있었다. 만일의 경우에 대비해 전에 도주로를 몇 곳 봐뒀기에, 우리는 낡은 방앗간을 요리조리 헤치며 달아날 수 있었다. 뒤에서 벤턴 보안관이 죽어라 소리를 지르며 젊고 날씬한 동료에게 우리를 잡으라고 닦달했다.

심장이 미친듯이 뛰었고, 동시에 웃음이 터졌다. 그때까지 한 번도 법을 어긴 적이 없고, 경찰을 친구이자 보호자로 생각하던 나는 이런 상황이 코미디처럼 느껴졌다. 무장 경찰 일곱 명이 말썽꾼에 불과한 십대 몇 명을 마치 악명 높은 은행 강도 패거리라도 된다는 듯이 뒤쫓고 있는 게 견딜 수 없이 우스웠다. 팸과 나는 낄낄거리며 좁다란 통풍 장치로 기어 들어가 본관 지붕으로 올라갔다. 거기서는 전체적인 상황이 아주 잘 보였다. 경찰 두 명이 레드와 제리를 제압하고 있었다. 경찰은 둘을 바닥에 쓰러뜨리고 수갑을 채웠다. 우리는 벤턴과 그 일당이 진심이라는 것을 그제야 깨달았다. 웃음이 멈췄다.

"셰리든, 어떻게 하지?" 팸이 공포에 질려 눈을 커다랗게 뜨고 나를 뚫어지게 바라봤다. "여기서 어떻게 빠져나가? 경찰이 집에 들이닥치면 우리 꼰대가 날 죽여버리고 말 거야!"

벤턴 일당은 방앗간을 포위하고는 우리 패거리를 하나씩 체포했다. 이제 남은 건 팸과 나뿐이었다. 나는 도망칠 궁리를 하느라 정신이 없었다. 경찰이 포기하고 물러날 때까지 어딘가에 숨어 있는 게 가장 좋은 방법일 것 같았다. 나는 팸을 난간에서 잡아당겼지만 이미 늦었다. 경찰이 우리를 본 것이다.

"저 위에도 있다!"

누군가 소리를 질렀다. 벤턴 보안관의 걸걸한 목소리가 확성기로 울려퍼졌다.

"당장 내려와! 어차피 잡힐 테니까 쓸데없는 짓 하지 말고!"

팸의 아버지가 엄하다고는 하지만 우리 부모님에 비하면 순한 편이다. 나는 팸보다 훨씬 혹독한 일을 당할 게 분명했다. 이대로 붙잡혀 집에 끌려갈 순 없었다.

"따라와!"

잔뜩 긴장한 탓에 쇳소리가 났다. 그런데 팸은 내 손을 뿌리치더니 그 자리에 가만히 섰다. 겁에 질렸거나 이성을 찾은 모양이었다. 혼자 달아날 수밖에 없었다. 이 방앗간에 대해서는 잘 아니까 성공할 수도 있을 것이다. 경찰 두 명이 녹슨 철제 계단을 올라와 한 명은 팸의 팔을 잡고 한 명은 내 뒤를 쫓아왔다.

"야, 거기 서!" 경찰이 뒤에서 소리쳤다.

그럴 마음은 전혀 없었다. 나는 족제비처럼 날쌔게 건물의 다른 쪽 수직 통로로 달려갔다. 예전에 곡식이 방아로 떨어지던 길로, 지금은 방아가 없어지고 뻥 뚫려 있었다. 도망칠 수 있는 유일한 기회였다. 뒤에서 남자의 발소리와 거친 숨소리가 들렸다. 어깨 너머로 돌아보니 경찰이 거의 따라와, 나와의 거리는 이제 몇 미터에 불과했다. 그러나 방앗간 위층은 처음 와보는 사람에게는 위험한 곳이다. 바닥에 쌓인 먼지와 벽에서 떨어진 쓰레기 더미 아래 뻥 뚫린 틈새들이 숨어 있기 때문이다. 아니나 다를까, 곧 날카로운 비명이 울리더니 끈질기게 따라붙던 추격자가 사라졌다.

그때부터는 정말이지 장난이 아니었다. 온몸에서 땀이 솟고 공포에 질려 심장이 터질 듯 펄떡거렸지만 멈추지 않고 계속 달렸다. 방앗간 마당에서는 순찰차 사이렌 소리가 끝없이 울리고 벤턴 보안관이 확성기에 대고 뭐라고 소리치고 있었다. 나는 녹슨 수직 통로로 기어 들어가 흔들리는 발판을 딛고 5~6미터 아래로 내려갔다. 청바지 무릎께가 찢어졌다. 아래쪽 홀에 예상보다 훨씬 빨리 서너 명의 경찰이 나타났다. 낡아서 구멍투성이인 컨베이어벨트 위를 지나 출구 쪽으로 달려가는데, 경찰들이 아찔한 속도로 금방 따라붙었다. 그러다 드디어 바깥으로 나왔다!

쏘는 듯한 햇빛 때문에 몇 초 동안 눈을 뜰 수 없었다. 왼쪽에서 지붕에 번쩍이는 경광등을 달고 사이렌을 울려대는 순찰차 두 대가 다가왔고, 뒤에서는 추격자들이 숨을 헐떡이며 쫓아왔다. 기회는 한 번뿐이었다. 나는 과감하게 3미터 아래로 뛰어내렸다. 발목이 삐끗하며 날카로운 통증이 느껴졌지만 무시하고 잡초가 무성한 콘크리트 마당을 지그재그로 뛰어갔다.

순찰차들이 속도를 높였다. 그때 경찰 한 명이 땅바닥에서 솟아난 것처럼 내 눈앞에 불쑥 나타났다. 그가 세차게 떠미는 바람에 나는 탈출하려던 철조망 구멍을 겨우 2미터 앞두고 균형을 잃고 쓰러졌다. 분노로 제정신이 아닌 성인 남자 세 명이 나를 덮쳤다. 나는 발로 차고 주먹으로 때리며 밀쳐내려 해보았지만, 그들은 압도적으로 강했다. 남자들이 내 팔을 등 뒤로 돌리고 손목에 수갑을 채웠다. 나는 햇볕에 뜨겁게 달궈진 콘크리트 바닥에 뺨을 대고 엎드린 채 숨을 헐떡거렸다.

"이게 누구야?"

보안관이 얼굴을 일그러뜨렸다. 그는 말할 때 입을 제대로 벌리지 않는 특이한 버릇이 있었다. 렌즈 너머의 눈이 전혀 보이지 않는 미러 선글라스와 하얀 카우보이모자를 쓴 벤턴은 살기등등해 보였다. 다리를 쩍 벌리고 서서 겁주듯 고무 곤봉을 흔들어대다가 발끝으로 내 몸을 뒤집어 얼굴이 위로 오게 했다. 경찰 두 명이 나를 잡아 일으켰다.

"아니, 이게 누구신가?" 벤턴 보안관이 선글라스를 벗으며 돼지처럼 탐욕스러워 보이는 작은 눈으로 나를 음흉하게 노려봤다. "그랜트 집안 막내잖아! 이런 문제아들과 어울려 다니다니, 부모님 이름에 먹칠을 하려고 작정이라도 한 거냐?"

"내가 누구랑 어울리든 무슨 상관이에요!" 나는 잔뜩 흥분해서 소리쳤다.

"쥐새끼들 있는 데로 데리고 가."

그가 명령하자 부하들이 뒤에서 나를 거칠게 밀어댔다.

"별일도 아닌 걸 가지고 왜 이렇게 난리예요? 우린 음악을 좀 들었을 뿐이에요!" 나는 벤턴 보안관의 등에 대고 분노를 터뜨렸다.

난생처음 경찰을 다른 눈으로 보게 되었다. 경찰은 친구도 보호자도 아니고 그냥 폭군이었다. 벤턴 보안관은 그 자리에 뿌리를 박은 듯 멈춰서더니 내게로 몸을 돌렸다.

"이봐, 아가씨. 헛바닥 조심해." 그가 곤봉으로 내 쇄골을 우악스럽게 내리쳤다. "국가 권력에 저항하는 건 심각한 범죄야. 사유지 불법 침입도 마찬가지고. 천장에서 떨어진 내 동료가 크게 다치지 않았기를 기도해야 할 거다. 중상이라면 과실치상이 추가될 테니까. 알아들었어?"

나는 뾰로통해져 입을 다물었다. 다른 경찰들이 다가와 위협적인 몸짓으로 나를 에워쌌다.

"알아들었냐고!" 벤턴 보안관이 다시 으르렁거렸다.

"아저씨가 우릴 괴롭히고 있다는 건 잘 알죠. 우린 정말로 음악만 들었어요. 아저씨도 그런 시절이 있었잖아요!"

"맥주도 마시고 담배도 피웠잖아!" 그가 갑자기 고함을 쳤다. 뚱뚱한 얼굴이 잘 익은 게처럼 새빨개졌고, 잔뜩 살찐 이중 턱이 부들부들 떨렸다. "그것도 붕괴 위험 때문에 이미 오래전에 폐쇄된 건물에서! 그건 금지된 일이라고! 내가 너희들을 괴롭혔다니, 말도 안 되는 소리! 도망치지 않고 얌전하게 바로 따라왔더라면 경고만 하고 말았을 거다. 하지만 일이 이렇게 커졌으니 별수 없어. 이젠 유치장 행이야!"

그가 몸을 돌리며 소리쳤다. "자, 이제 쇼는 끝났다. 이것들을 모두 경찰서로 끌고 가. 그랜트 양은 나랑 같은 차에 탄다!"

나는 생각지도 않게 법의 다른 얼굴을 봤고, 벤턴 보안관을 통해 모욕적인 폭압에 처한다는 게 어떤 느낌인지 직접 체험했다. 브루스 스프링스틴의 노래와 제리의 절망적인 분노를 그제야 제대로 이해할 수 있었다. 나는 이를 갈며 운명에 몸을 맡겼다.

∞

페어필드는 인근 농장과 농가를 모두 합쳐도 주민이 1500명밖에 안 되는 작은 마을이다. 네브래스카 주 북동쪽, 이른바 미국의 옥수수 지대에 속하는데, 전 세계에서 가장 지루한 장소 가운데 하나인 게 분명했다. 감리교회 하나(감리교인이 아닌 사람들은 교회에 다니고 싶으면 매디슨까지 가야 했다), 슈퍼마켓 하나, 주유소 두 개, 극장 하나, 술집 몇 개, 드라이브인 식당 하나, 농축산업협동조합, 페어필드 레미콘 공장, 지역 클럽의 미식축구 경기 등 각종 운동경기가 펼쳐지는 운동장, 새 방앗간과 각종 농기구 정비소가 전부였다. 페어필드에서는 누구나 직간접적으로 농업으로 먹고살았으니 농업을 중심으로 마을이 돌아가는 것은 당연한 일이었다.

문화적, 사회적 생활의 대부분은 교회에서 결정됐다. 교회는 부속 유치원과 초등학교를 갖춰 교육을 책임지는 한편, 페어필드 청소년들에게 유일하고도 지극히 소박한 여가 생활을 제공했다. 중학교에 가거나 고등학교에 진학하려는 아이들은 23마일이나 떨어진 매디슨까지 가야 했다. 몇몇은 돈을 벌기 위해 그 전에 학교를 그만두기도 했다. 이런 아이들은 운이 좋으면 인근에서 일자리를 구했고, 더 좋으면 네브래스카를 떠날 기회를 잡았다. 이 황량한 땅, 미국의 변두리이자 심장인 이곳은 100년 전에 시간이 멈춘 것 같았다. 페어필드에서는 모두가 아는 사이였다. 가족의 비밀 같은 건 없었다. 적어도 나는 그렇게 생각했다.

나는 비극적인 운명 때문에 페어필드로 오게 되었다. 부모님이 사고로 목숨을 잃자, 채 세 살도 되지 않은 나를 버넌 그랜트와 레이첼 그랜트 부부가 입양했다. 그나마 다행이었다고나 할까. 그랜트 집안은 네브래스카의 명망 있는 가문 중 하나였다. 양아버지의 증조부는 150년 전, 그러니까 네브래스카 주가 미국 영토가 되기도 전에 이곳에 정착한 최초의 백인 주민 중 한 명이었다. 첫 번째 부인이 사망한 뒤 그는 수 족(Sioux) 여인과 결혼했고, 그랜트 집안은 몇 세대가 흐르는 동안 계속 원주민들의 친구로 지냈다.

양아버지 버넌 그랜트는 키가 크고 잘생긴 남자였다. 신중하고 말이 없었으며, 늘 신비롭고 우울한 기운에 에워싸여 있었다. 그는

18

윌로크릭 농장에 속한 수백만 에이커의 농지에서 이른 아침부터 오후 늦게까지 일했고, 저녁에는 그랜드피아노를 치거나 서재에서 책을 읽으며 시간을 보냈다. 일요일마다 교회에 가기는 했지만 믿음이 있어서라기보다는 아내가 원하기 때문인 것 같았다.

양어머니 레이첼 그랜트는 감리교 근본주의 집안 출신이었다. 순회 부흥사인 아버지가 뇌졸중으로 쓰러진 뒤에 그랜트 집안에 몸을 의탁해 가족과 함께 페어필드에 정착하게 되었다. 그녀에게 유머가 부족한 이유는 엄격한 양육 때문인 게 분명했다. 이제는 씨도 먹히지 않는 구닥다리 도덕과 규율 타령, 편협하고 좀스러운 성격도 마찬가지일 것이다. 레이첼 그랜트는 사실상 윌로크릭 농장의 모든 사업을 손아귀에 쥐고 있었을 뿐 아니라, 집안의 대소사를 진두지휘하고, 다섯 명의 자녀를 양육했으며, 마을과 교회의 온갖 협의회에서 한자리를 차지하고 있었다. '그랜트'라는 이름과 그 집안의 역사와 명망을 지키는 것은 그녀에게 의무이자 명예였다. 외모는 볼 만한 편이었지만, 유행하는 옷이나 보석이나 세련된 헤어스타일 같은 것에는 전혀 관심을 보이지 않았다. 언제나 한 올도 흐트러지지 않게 머리를 단단하게 묶어 뒤통수에 틀어 올렸고 군더더기 하나 없는 실용적인 옷을 즐겨 입었다.

그들의 결혼 생활에서 사랑은 전혀 중요한 게 아니었다. 나는 두 분이 애정의 몸짓을 나누는 것을 본 적이 없다. 대화라고 해봐야 윌로크릭처럼 거대한 농장을 꾸려나가는 데 필요한 기능적인 주제에 한정되어 있었다.

나는 오빠가 넷 있었는데, 늦둥이 막내인 에스라 오빠는 나보다 겨우 한 살 위였다. 맬러키, 하이럼, 조지프 오빠는 아버지처럼 키가 큰 미남으로, 말수가 적었다. 네브래스카 주의 전통에 따라 언젠가는 장남 맬러키 오빠가 농장을 넘겨받을 테지만, 하이럼과 조지프 오빠는 맬러키 오빠와 마찬가지로 몸이 부서져라 일했다. 에스라 오빠는 다른 오빠들과 성격이나 외모가 완전히 달랐다. 금발에 뚱뚱했고, 지독하게 사악했다. 다른 오빠들과 달리 게으른 주제에 자기가 부당하게 차별 대우를 당한다고 불만을 터뜨리기 일쑤였다. 이간질을 해서 사람들 사이를 갈라놓는 게 취미였고, 불행한 일을 당한 사람을 보면 진심으로 즐거워했다.

나는 그랜트 집안에서 물에 뜬 기름처럼 겉돌았다. 사랑의 신은 나에게 열정적인 기질과 자유를 향한 갈망, 유머와 음악적 재능, 그리고 걷잡을 수 없는 상상력을 선물해주었지만, 엄마는 이 모든 재능이 쓰레기에 불과하다며 나를 무척 엄하게 길렀다. 이따금 엄마의 차가운 눈빛을 대할 때면, 엄마가 나 말고 다른 아이를 입양했더라면 좋았을걸 하고 후회하고 있다는 강한 확신이 들었다. 나는 다섯 살 때부터 거칠고 둔한 또래 아이들 틈에서 눈에 띄는 아이였다. 나이를 먹을수록 그 차이는 더 뚜렷해졌다.

어렸을 때는 아버지와 바깥에서 돌아다니기를 좋아했다. 자연 속에서 나무와 풀, 계절과 동물에 대해 배웠고, 일찌감치 수영과 승마, 사격과 트랙터 운전을 익혔다. 나는 호기심이 많고 뭐든지 쉽게 배우는 편이라 오빠들보다 늘 조금 앞서 있었지만, 에스라 오빠를 빼고는 아무도 시샘하지 않고 기꺼이 그 사실을 인정했다.

이런저런 잡다한 규칙에도 불구하고 내 유년기는 불행하지 않았다. 가장 가까운 이웃과 12마일이나 떨어진 농장에서 생활하느라 제대로 된 여자 친구를 사귈 기회는 없었지만, 남자애들이랑 어울리는 게 더 재미있었다. 열두 살 생일 때는 말 한 마리를 선물로 받았다. 독특한 황갈색 눈을 반짝이는 황회색 말, 웨이사이더였다.

단거리 경주마 사이의 혼혈로 우리 농장에서 가장 빠른 놈이었다.

학교에 가기 전부터 읽고 쓸 줄 알았던 나는 손에 들어오는 책은 뭐든지 소화했다. 그래서 아버지는 엄마가 외설적이라고 선고한 책들을 모조리 책장 제일 위쪽 칸으로 추방했다. 하지만 그 정도로 나를 막을 수는 없었다. 나는 열두 살 때 이미《바람과 함께 사라지다》,《에덴의 동쪽》,《분노의 포도》등을 뗐다. 이 책들은 그렇지 않아도 활기찬 내 상상력을 자극해 이따금 완전히 제정신을 잃게 만들었다. 읽는 거라고는 교회 회지나 농업 신문 또는 단순한 내용의 짧막한 통속 소설뿐인 엄마나 오빠들은 내가 소설 속 인물들을 친구라도 되는 듯이 이야기하면 이해할 수 없다는 듯 어리둥절한 얼굴로 멍하니 바라보았다. 엄마가《에덴의 동쪽》의 케일럽 트래스크를 농축산업협동조합의 회계사라고 착각하거나《바람과 함께 사라지다》의 스칼렛 오하라를 우리 반 친구라고 생각할 때면 아버지는 슬며시 미소를 흘렸다. 그런 모습을 보며 나는 겉으로 드러난 아버지의 완고한 얼굴 뒤에 다른 뭔가가 있을 것 같다는 생각이 들었다. 엄마는 내 광적인 독서 취향뿐 아니라 음악을 향한 열정도 좋아하지 않았다. 나는 지역방송에서 아침부터 저녁까지 흘러나오는 감상적인 컨트리 음악을 몽땅 외웠다. 이따금 숙소에 사는 일꾼들 앞에서 공연을 했는데, 우레 같은 박수갈채가 쏟아지면 프리마돈나라도 된 것처럼 우아하게 몸을 숙여 인사했다. 어설픈 공연이 벌어질 때마다 일꾼 중 하나인 인디언 존 아저씨는 바이올린이나 하모니카로 내 노래에 반주를 넣으며, 내가 언젠가 굉장한 가수가 될 거라고 치켜세웠다. 상상 속에서 나는 전 세계의 온갖 유명한 무대를 돌며 노래를 불렀다. 하지만 상상 속 고공비행이 끝난 뒤에는 언제나 현실이라는 바닥으로 난폭하게 내동댕이

쳐졌다. 그럴 때마다 엄마가 잔뜩 쌓인 집안일을 맡기곤 했기 때문
이다. 엄마는 남자들 앞에서 노래를 부르는 건 정숙하지 못한 행동
이라며 학을 뗐다. 아버지는 내가 서재 맨 위 칸을 약탈했을 때와
마찬가지로 아무것도 눈치채지 못한 척했다. 서재에 사다리가 그
대로 놓여 있을 때면 나는 아버지가 참 순진하다고 생각했다. 시간
이 한참 흐른 뒤에야 나는 아버지가 그 사실을 모두 알고 있었고,
아주 즐거운 마음으로 내 흔적을 좇았다는 걸 깨닫게 되었다.

월로크릭 농장에 상주하는 사람은 20명쯤 됐다. 우리 가족 외에
집안일을 담당하는 마사 아줌마가 있었고, 작은 별채에는 작업반
장 조지 아저씨와 그의 아내 루시 아줌마가 살았다. 소박하고 부지
런한 루시 아줌마는 아이를 쑥쑥 잘 낳았다. 20년 동안 아들을 열
명이나 낳았는데, 그중 여덟 명이 살아남았다. 가장 어린 짐과 밥,
그리고 프레드는 나랑 에스더 오빠보다 겨우 몇 살 더 많았는데,
이 지역 사람들이 대개 그렇듯 약간 둔하기는 해도 무척 싹싹했다.
더 나이 든 아들들은 월로크릭 농장에 남아 계속 일하기도 하고
일자리를 찾아 다른 곳으로 떠나가기도 했다.

나이를 짐작할 수 없는 수 족 인디언 존 아저씨도 있었다. 그의
아버지는 우리 아버지의 아버지인 존 루카스 그랜트 1세와 함께
자랐다고 한다. 존 아저씨는 인디언의 피를 반쯤 물려받은 메리제
인 아줌마와 결혼했는데, 나는 마사 아줌마 덕분에 사람들이 절대
드러내놓고 말하지 않는 그들의 흥미진진한 인생사를 알게 되었
다. 존 루카스의 형인 셔먼 그랜트, 그러니까 우리 아버지의 큰아
버지는 비극적인 종말을 맞을 때까지 절대군주처럼 매디슨 카운
티를 통치했다. 젊은 여자들을 향한 그의 욕망은 멈출 줄 몰랐다.
그는 한 번도 결혼하지 않았지만, 자신만의 방식으로 인구 폭발에

기여했다. 페어필드 지역에 수많은 사생아를 남긴 것이다. 그중에서도 가장 악명 높은 일은, 막 열여섯 살이 된 메리제인과 언니인 열여덟 살짜리 새러앤을 차례로 임신시킨 일이다. 자매는 거의 동시에 니컬러스와 도로시를 낳았다. 새러앤은 나중에 농축산업협동조합의 부지런한 회계사인 앨리스터 우드워드와 결혼해서 아이를 몇 명 더 낳았다. 도로시는 학업을 끝내고 페어필드로 돌아와서 매디슨중학교에서 교사로 일하다 벤턴 보안관과 결혼했다. 이 밖에 스벤 벵슨과 그의 아내 론다, 라일 패칫과 월터 모리슨, 행크 코에닉도 있었다. 이들은 모두 고용인 숙소에 살면서 아주 열심히 일했다. 남자들은 일요일이면 교회에 갔다가 예배가 끝난 뒤에는 매춘굴이나 선술집에 갔다.

이렇듯 남자들로 에워싸인 소우주에서 나는 유일한 여자아이였지만 그걸 특별하게 생각해본 적은 거의 없었다. 나는 우리 농장의 모든 사람을 좋아했고, 그들도 나를 사랑했다. 오직 엄마만이 예외였다. 엄마는 화가 나면 내가 쓸모없는 쓰레기에다, 재앙을 불러오는 더러운 피라고 소리치며 혐오감을 숨기지 않았다.

농장에서는 어린 여자아이라도 해야 할 일이 많은 데다 아버지의 서재에는 책도 많았지만, 나는 매일매일 죽을 만큼 심심했다. 학교도 지루했다. 교사라고 해봤자 학생들보다 정신적으로 그다지 성숙하지 않았다. 나는 백일몽에 잠기기 일쑤였다. 특히 엄마에게 부당한 취급을 당했다고 느낄 때면 진짜 부모님이 아직 어딘가에 살아 있어서 우연히 다시 만나는 상상을 하곤 했다. 세계 각국을 돌아다니며 거대한 공연장에서 노래하는 유명한 가수가 되는 꿈도 꾸었다. 다양한 일들이 벌어지는 곳으로 가고 싶었다. 페어필드에는 나와 같이 지루함과 슬픔에 지친 아이들이 많았다. 우리는 틈

날 때마다 낡은 방앗간에 몰려들어 나중에 이곳을 벗어나면 뭘 할지 이야기를 나눴다.

∽

벤턴 보안관과 그 부하들은 개선 행진을 하는 군인들처럼 우리를 중심가에 있는 경찰서로 끌고 가서 남녀를 나누어 유치장에 감금했다. 끌려오면서는 부당한 취급을 당하고 있다며 계속 화를 냈는데, 유치장 창살을 보니 퍼뜩 정신이 들었다. 정말이지 끔찍한 일을 저질렀다는 사실을 깨달은 것이다. 다시는 아이들과 어울려 다니지 말라는 아버지의 엄명을 어겼을 뿐 아니라, 경찰의 명령에 고분고분하게 따르지 않고 도망치는 바람에 경찰 한 명이 중상을 입고 병원으로 이송되기까지 했다.

한 시간 뒤에 아버지가 도착했다. 내 심장은 불안으로 두근거렸고, 손바닥은 땀으로 흠뻑 젖었다. 벤턴 보안관과 이야기하는 아버지는 도대체 무슨 생각을 하는지 알 수 없는 얼굴이었다. 아버지가 보안관과 함께 유치장으로 다가왔다. 나는 아버지의 눈길을 차마 마주볼 수 없어 바닥만 내려다봤다.

"셰리든, 가자."

나는 온몸을 떨며 팸과 칼라 사이에 가만히 앉아 있었다.

"얼른 가." 칼라가 팔꿈치로 나를 찔렀다. "안 그러면 상황이 더 나빠질 거야."

맞는 말이었다. 이 촌구석은 자칭 도덕군자라고 자처하는 훈수꾼들로 넘쳐나는데, 그중에서도 제일 엄한 건 우리 아버지였다. 나는 떨리는 무릎을 가누며 자리에서 일어섰다.

"나를 똑바로 봐라."

나는 조심스럽게 고개를 들다가 갑자기 따귀를 얻어맞았다. 숨을 쉴 수 없었다. 내게 벌어진 일을 도저히 믿을 수 없었다. 나는 놀란 눈으로 아버지를 노려보며, 불이 붙은 것 같은 뺨에 손을 얹었다. 아버지는 한 번도 나를 때린 적이 없었다. 트럭 기어를 중립에 놓는 걸 잊어버려 헛간 벽을 나무토막 무더기로 바꾸어놓았을 때도, 학교를 빼먹었다가 들켰을 때도, 열네 살 때 몰래 차를 운전했을 때도 그랬다. 그런데 하필이면 지금, 보안관과 친구들 앞에서 이러다니. 아버지가 너무나도 미웠다. 끔찍한 모욕이었다. 아버지는 내가 은행 강도라도 되는 것처럼 질질 끌며 복도를 걸었다. 소름이 끼쳤다.

아버지는 나사 조임틀처럼 내 손목을 꽉 잡고는, 느물느물하게 히죽거리는 보안관을 지나쳐 경찰서를 빠져나왔다. 나는 고개를 최대한 꼿꼿이 들고, 눈물로 자꾸만 앞이 흐릿해지는데도 걸음을 멈추지 않고 계단을 내려가 자동차로 향했다. 낡은 방앗간에서 벌어진 일에 대해 페어필드 전역에 소문이 돌았는지 경찰서 앞은 구경꾼들로 북적였다.

"아파요!"

아버지는 내 항의에 꿈쩍도 하지 않았다.

"타."

아버지가 손목을 놓고 말했다. 몇 초 동안 나는 그냥 도망쳐버릴까 생각했다. 동쪽으로 14마일 떨어진 81번 고속도로에는 트럭들이 쉴 새 없이 지나다닌다. 그중에서 한 대는 나를 태워주겠지. 여기서 도망칠 수만 있다면 어디로 가든 상관없었다.

"타라고 했지." 아버지가 다시 말했다.

나는 아버지의 얼굴에는 눈길도 주지 않고 반항적인 표정을 한 채 차에 탔다. 몇 마일이나 달렸을까, 한동안 아무 말도 없던 아버지가 드디어 입을 열었다.

"지금까지 내 자식을 유치장에서 데리고 나온 적은 한 번도 없었다." 아버지는 도로에서 시선을 떼지 않고 말했다. "내가 지금 얼마나 실망했는지 넌 상상도 못 할 거다. 어떻게 그런 패거리랑 어울릴 수 있니?"

나는 창밖만 노려보았다.

"내가 묻고 있잖아!"

아버지의 목소리에서는 분노보다 절망이 짙게 묻어났다. 왠지 모르게 나는 그 사실에 더 화가 났다.

"패거리가 아니라 내 친구들이에요." 나는 곧장 대꾸했다. 소리를 지르고 싶었지만 또 따귀를 맞고 싶은 마음은 없었기에 꾹 참았다. "그냥 음악을 듣고 수다만 떨었다고요. 그게 뭐가 나빠요?"

"내가 제리 브래니건이랑 어울리지 말라고 했지? 그리고 그보다 더 나쁜 건, 네가 맥주를 마시고 담배도 피웠다는 거다. 게다가 그럴 만한 이유가 있어서 출입을 금지한 곳에서."

"담배도 안 피우고 맥주도 안 마셨어요." 나는 반항적으로 대꾸했다. 따귀 맞은 쪽 뺨이 불붙은 듯이 화끈거렸지만, 아픈 것보다는 아버지가 나를 전혀 이해하지 못한다는 사실이 더 슬펐다.

"살면서 자기 마음에 드는 일만 할 수는 없는 거야." 설교는 계속됐다. "사회가 제대로 돌아가려면 지켜야 할 규칙이 있어."

"그 바보 같은 보안관은 우릴 중범죄자처럼 다뤘어요!" 나는 마침내 화를 버럭 냈다. "권총을 빼들고 우릴 체포했다고요!"

"벤턴 보안관은 너희가 도망치려고 해서 강력한 방법을 쓸 수밖에 없었다고 하던데."

"아빠라면 가만히 앉아서 그냥 체포당했겠어요?"

내가 대꾸했지만 아버지는 들은 척도 하지 않았다.

"벤턴 보안관은 자기 할 일을 한 것뿐이야. 술을 마시려고 폐쇄된 건물에 불법 침입한 청소년을 체포할 때 어떤 식으로 겁을 주든 그건 그 사람이 판단할 일이지."

나는 내 귀를 의심했다. 분노 때문에 목이 막혔다. "지금 제 앞에서 그 사람 편을 드시는 거예요?"

"그래, 물론이다."

그 말에 나는 자제력을 완전히 잃었다. "아빠 정말 빌어먹을 개 같은 놈……."

뒷말을 잇지 못한 건 태어나서 두 번째로 따귀를 맞았기 때문이었다. 빗나간 손가락이 내 입술을 후려쳤다. 나는 분노로 헐떡이며 부풀어오른 입술을 손으로 꾹 눌렀다.

"아빠 진짜 싫어!" 고함을 지르고는 쏟아지려는 눈물을 온 힘을 다해 억눌렀다.

아버지는 나를 흘깃 보더니 얼음장처럼 차가운 목소리로 말했다. "앞으로는 그 녀석들과 만나지 마. 알아들었지?"

나는 먼지 낀 앞 유리창을 노려보며, 어떻게 하면 꼰대들에게 한 방 먹이고 도망칠 수 있을지만 생각했다.

"셰리든, 알아들었냐고!"

"귀 안 먹었어요."

"네가 고소당하는 건 막을 수 있을지도 모르겠다. 하지만 벌을 피할 수는 없어."

우리는 월로크릭 농장 진입로에 도착했다. 나는 다시는 아버지와 한마디도 하지 않겠다고 다짐했다. 내 편이 아니라 벤턴 보안관 편에 서면 어떤 일이 벌어지는지 똑똑히 깨닫게 해줄 것이다. 평생 다시는 '아빠'라고 부르지 않을 것이다. 진짜 내 아버지였다면 그 어떤 상황에서도 내 편을 들었을 텐데.

"잘못을 뉘우치고 빌기 전에는 네 방에서 나올 생각도 하지 마." 아버지가 집 앞에 차를 세우며 말했다.

"그러느니 굶어 죽는 게 낫겠어요." 나는 신파조로 대꾸하고는 행여나 또 따귀를 맞을까 봐 얼른 차에서 뛰어내려 문을 쾅 소리 나게 닫았다.

베란다로 연결되는 계단을 쿵쾅거리며 올라가는데 문이 안쪽에서 획 열렸다. 엄마가 복수의 여신 같은 얼굴을 한 채 나를 기다리고 있었다. 엄마는 무슨 일이 벌어졌는지 당연히 알고 있었다.

"언젠가 이런 날이 올 줄 알았어." 엄마가 악의에 가득 찬 목소리로 말했다. "더러운 피는 언제고 드러나는 법이니까. 최고의 가정 교육도 소용없다고."

입술을 깨물며 그 옆을 지나가려는데, 엄마가 내 손목을 잡아채더니 부엌 옆에 있는 엄마의 서재로 끌고 갔다. 나는 아버지가 도와주기를 바랐지만 아버지는 그대로 마당을 가로질러 감으로써 내게 마음껏 벌을 줄 기회를 호시탐탐 노리던 엄마에게 나를 그냥 넘겨줬다.

"감히 우리 가문 이름에 먹칠을 하다니." 엄마가 쉭쉭 쇳소리를 냈다. "그리고 꼴이 그게 뭐야! 너랑 같이 돌아다녔다는 그 떼거지처럼 더럽고 흉하잖아!"

"이거 놔요. 아프잖아요!"

"넌 존경심도 없고 고마워할 줄도 모르는구나!"

엄마가 너무 세게 흔드는 바람에 팔이 빠질 것 같았다.

"우리가 무슨 말을 하든 상관도 안 하지? 네 오빠들 좀 본받아라! 이제껏 우리 집안에서 경찰에 체포된 아이는 아무도 없었어!"

엄마의 눈이 분노로 번득였다. 내가 뭔가 말실수라도 하면 더 지독한 벌을 주려고 노리고 있는 것 같았다.

"넌 정말 인간쓰레기야! 널 우리 집안에 받아들인 게 실수였어. 이, 이 비열하고 사악한 계집애! 널 밤새 유치장에 그냥 내버려뒀어야 하는 건데."

'나도 그게 더 좋았을 뻔했다고요.'

차마 소리 내 말할 수는 없었다. 엄마는 완전히 꼭지가 돌아서 내가 했더라면 비누로 입술을 박박 문질렀을 욕설을 써가며 나와 내 친구들과 그 가족들을 번갈아 욕했다. 엄마가 그동안 쌓아뒀던 분노를 불사르며 날뛰는 동안 나는 그저 고개를 숙이고 가만히 있었다.

"이제 꺼져. 가서 씻어!" 엄마는 할 말을 모두 쏟아냈는지 숨이 차서 씩씩거렸다. "네 아버지와 상의해서 무슨 벌을 줄지 저녁식사 후에 알려주마. 알아들었어?"

뭐라고 대꾸할 상황이 아니었다. 나는 고개를 크게 끄덕였다. 할 말을 마친 엄마가 거칠게 밀치고 나가는 바람에 문간에 어깨를 부딪쳤다. 눈물이 찔끔 나올 만큼 아팠다.

내 방으로 들어와 침대에 몸을 던지고 베개에 얼굴을 묻었다. 부모님이, 아니 이 집 전체가 너무나 싫었다. 선택할 자유가 있었다면 나는 절대 이 사람들을 가족으로 고르지 않았을 것이다! 벤턴 보안관이 나를 어떻게 취급했는지 생각하면 여전히 화가 났지만, 내가 무슨 짓을 저질렀는지에 대한 깨달음도 서서히 찾아왔다. 반항하지 않고 그냥 얌전히 따라가는 게 훨씬 현명한 행동이었을 것이다. 보안관 앞에서 참회의 눈물을 몇 방울 흘리는 것도 꽤 괜찮았을 테고. 하지만 나는 도저히 그럴 수 없었다.

배가 고팠다. 침대에서 일어나 복도 건너편에 있는 욕실로 갔다. 집에 여자아이는 나 혼자라 나는 욕실을 따로 쓰고 오빠들은 욕실 두 개를 나눠서 썼다. 우리 집은 대가족이 살기 좋은 커다란 집이었다. 중서부에서 흔히 볼 수 있는 소박하고 밋밋한 농가가 아니라, 아버지의 괴팍한 조상 중 한 명이 20세기 초에 바로크 스타일로 지극히 호화롭게 지은 집이었다. 동부 연안에서부터 운송된 붉은 벽돌로 지은 이 집은, 돌출창과 작은 탑, 굴뚝, 서로 높이가 다른 뾰족지붕들이 어우러져 독특한 멋을 자아냈다. 이 집에 오는 사람들은 누구나 베란다와 위층 발코니, 가장자리에 테를 두른 건물 전면의 격자창과 풍성한 목재 장식을 보며 감탄해 마지않았다. 엄마와 의견이 같을 때가 드문 마사 아줌마도 이 집만큼은 엄마와 똑같은 열정으로 사랑했다. 비록 가끔은 유리창이 너무 크고 장식도 너무 많아서 청소하기 힘들다고 투덜거렸지만 말이다.

나는 몸가짐을 단정히 하면 엄마의 기분이 조금이라도 풀릴까 기대하며 세수를 하고 손도 잘 씻은 후, 긴 머리를 양 갈래로 깔끔하게 땋아 늘어뜨렸다. 터진 입술이 따가웠고 온몸이 쑤셨지만 더 울지는 않았다. 퉁퉁 부은 눈으로 식탁에 나타나서 엄마에게 만족감을 줄 마음은 없었다.

구운 고기와 감자 냄새가 유혹적으로 풍겨왔다. 아래층에서 오빠들의 발소리와 목소리가 들렸다. 엄마가 나를 데려오라고 에스라 오빠를 올려보내기 전에 깨끗한 스웨터와 청바지로 갈아입고 계단을 내려갔다. 오빠들과 마사 아줌마는 내가 저지른 범죄에 대해 이미 들었을 것이다. 어쩌면 그 일에 대해 윌로크릭 농장 전체가 격분하고 있는지도 모르지만, 그러거나 말거나 관심 없었다. 식당으로 재빨리 들어가 하이럼 오빠와 에스라 오빠 사이에 있는 내 의자에 앉았다. 엄마는 고개를 숙이고 평생 욕이라고는 한 번도 입에 올려본 적 없는 사람처럼 경건하게 식사 기도를 했다.

늘 그렇듯이 식사 때는 접시와 수저가 달그락거리는 소리만 들릴 뿐, 아무도 입을 열지 않았다. 감자와 고기와 꽃양배추가 담긴 그릇들이 돌아다녔다. 배가 미친 듯이 꼬르륵거렸지만 감자 두 조각과 돼지고기 반 토막을 겨우 삼킬 수 있었다. 조지프 오빠가 나에게 윙크를 했다. 하이럼 오빠도 이 일을 상당히 재미있어하는 것 같았다.

"유치장은 어땠어?" 하이럼 오빠가 히죽 웃으며 물었다. "설마 물이랑 빵 정도는 줬겠지?"

조지프 오빠가 웃음을 참지 못하고 숨을 푸푸 내뿜었다.

"그 일로 농담하지 마!" 엄마가 호통을 쳤다.

"왜요? 조무래기 몇 명을 붙잡느라 경찰이 총출동했다니 정말 웃긴 일 아니에요? 진짜 할 일 없는 모양이에요."

하이럼 오빠의 말에 조지프 오빠도 동의했다.

"맞아요. 그런 일에 기를 쓰고 달려들다니, 진짜 웃기는……."

"다들 그만해라." 아버지가 조지프 오빠의 말을 날카롭게 끊었다. "식탁에서 더는 그 이야기 듣고 싶지 않구나."

하이럼 오빠와 조지프 오빠 둘 다 입을 다물었다. 에스라 오빠만 참지 못하고 계속 내 친구들을 욕하다가 아버지에게 혼이 났다. 다들 잔뜩 긴장한 가운데 식사가 끝났다. 오빠들은 그릇을 비우기 무섭게 자리에서 일어나, 식탁에는 나와 부모님만 남았다.

"우리는 네가 벌을 받아야 한다는 데 의견일치를 봤다." 엄마가 떨리는 목소리로 입을 열었다. 아직까지 화가 풀리지 않은 건지, 드디어 내게 벌을 줄 수 있다는 게 기뻐서 그러는 건지 구분이 되지 않았다. "넌 우리의 믿음을 깼고, 우리 집안을 온 동네의 웃음거리로 만들었어."

엄마가 훈계를 늘어놓기 전에 아버지가 시계를 보더니 자리에서 일어났다. "나가봐야 해."

아버지는 나를 보지도 않고 부엌을 나섰다. 내가 이렇게 치욕스러운 곤경에 빠져 있는데 그냥 내버려두고 가다니, 도저히 믿기지 않았다.

"넌 이제부터 외출 금지야. 금족령이라고." 엄마는 아버지가 나가거나 말거나 쳐다보지도 않고 말을 이었다. "우린 지금까지 계속 네게 그…… 그 떼거지랑 어울리는 것을 '원하지 않는다'고 말했어. 하지만 이제부터는 '금지'야. 알아들었어?"

나는 말없이 고개만 끄덕였다.

"금족령을 지켜야 하는 건 물론이고, 매일 저녁식사 후에 한 시간씩 성경을 읽고 30분 동안 기도하며 네가 한 그 파렴치한 행동들에 대해 용서를 빌어라. 네가 우리 집안에 무슨 짓을 했는지 깨달을 때까지, 진심으로 뉘우치며 우리에게 사과하게 될 때까지 말이야. 알았어?"

엄마를 열받게 할 만한 대답이 몇 가지 생각났지만 나는 입을 꾹 다물고 있었다.

"알아들었냐고!" 엄마가 소리를 질렀다.

"예, 엄마. 알았어요." 나는 이를 갈며 대답했다.

엄마가 당황한 듯 이맛살을 찡그렸다. 내가 거칠게 반항할 것이라고 생각해 장황하게 훈계를 늘어놓을 작정이었는데, 기회가 없어져 크게 실망한 눈치였다.

"좋아." 엄마가 몇 초 뒤에 말을 이었다. "그럼 이제 식탁 치우고, 부엌 정리하고, 15분 뒤에 내 서재로 와."

엄마가 개선장군처럼 의기양양하게 말했다. 나는 반항하기에는 너무 지친 데다, 아버지의 차가운 모습에 크게 실망한 상태였다. 나는 닭똥 같은 눈물을 떨어뜨리며 식탁을 치우고 지저분한 그릇들을 닦았다. 내가 이 집에 잡혀 있는 포로라는 생각이 그 어느 때보다 강하게 들었다. 식당과 부엌 사이에 걸려 있는 거울을 흘깃 봤다. 아버지의 손자국이 아직도 뺨에 또렷하게 남아 있었다. 아버지가 원망스러웠다. 아무리 내게 실망했더라도 다른 사람들이 다 보는 앞에서 그렇게 굴욕을 주면 안 되는 거였다.

식기세척기를 작동시킨 뒤 수도꼭지를 틀고 프라이팬과 냄비를 닦았다. 사실 아버지와 내 관계는 지난해에 이미 나빠질 대로 나빠졌다. 그때 나는 한 푼 두 푼 모은 용돈으로 농축산업협동조합에서 CD플레이어를 하나 샀다. 하지만 기쁨은 며칠밖에 가지 못했다. 엄마가 내 방에서 펑크 밴드 배드 릴리전의 CD가 들어 있는 CD플레이어를 찾아낸 것이다. 엄마는 거의 발작하듯 레드에게 빌린 CD와 아무 잘못도 없는 CD플레이어를 통째로 거름통에 던져버렸다.

이후 며칠 동안 폭풍 전야 같은 분위기가 이어졌다. 나는 아버지가 적어도 마음으로는 내 편이 되어줄 거라고 기대했지만 아버지는 한마디도 하지 않았다. 아버지가 정치적인 일을 맡게 돼 며칠 또는 몇 주씩 집을 비우던 때였다. 새로 맡게 된 자신의 일에 비하면 내 사건 따위야 별거 아닌 웃긴 일이라고 생각했는지 몰라도,

나는 아버지에게 버림받은 느낌이 들었다. 아버지를 향한 맹목적인 존경심에 처음으로 금이 간 사건이었다.

그즈음 아버지가 나를 대하는 태도도 달라졌다. 어렸을 때 나는 아버지 품에 안기거나 어깨에 올라탄 채 대평원을 누비며 승마와 자연을 향한 사랑을 배웠다. 둘이서 트랙터나 말이나 농장 경비행기를 타고 몇 시간이나 돌아다녔고, 때로는 하염없이 걷기도 했다. 호기심 가득한 나는 온갖 질문을 퍼부어댔고, 아버지는 성심성의껏 대답해주었다. 아버지는 동부 연안에 사는 이사벨라 고모할머니 부부를 방문할 때면 꼭 나를 데리고 갔다. 뉴욕과 볼티모어, 보스턴, 워싱턴, 나이아가라 폭포를 보여주며 내가 쉴 새 없이 던지는 수많은 질문에 귀찮은 기색 없이 대답해줬다. 에스라 오빠는 우리의 이런 친밀한 관계를 끔찍이도 질투했다.

그런데 어느 날 아버지와의 관계에 불쑥 금이 가버렸다. 더는 잘 자라는 입맞춤도, 둘만의 다정한 산책도 없었다. 아니, 대화조차 나누지 않았다. 아버지는 말없이 나를 뚫어져라 바라보다가 나와 눈이 마주치면 곧바로 시선을 피했다. 사실 그랜트 집안의 분위기는 애초부터 따뜻한 편이 아니었다. 내가 그랜트 집안의 냉기와 침묵을 제대로 느끼기 시작한 건 열세 살 때부터다. CD플레이어 사건 이후 나는 변함없는 일상에서 느끼는 지루함과 이런저런 반항적인 생각들을 노래로 만들어 표현하기 시작했다. 엄마는 몇 시간씩이나 아버지의 피아노 앞에 앉아 있는 내가 보기 싫었는지 아버지가 외출하면 곧장 음악실 문을 잠갔다. 학교 도서관과 집에 있는 책들도 모두 읽어치운 지 오래였고, 엄마가 읽으라고 하는 책은 죄다 교회 도서관에서 가져온, 훈계로 가득한 유치하고 고리타분한 내용이었다. 텔레비전은 오빠들이 풋볼 중계방송을 볼 때만 켜졌는데, 내게는 농업 잡지보다도 더 재미없어 보였다.

학교에 가도 친구로 사귈 만한 여자아이는 거의 없었다. 점심시간의 수다거리라고는 농장 일이나 재미도 흥미도 없는 사소한 소문이 전부였다. 시내 극장이나 81번 고속도로 옆 드라이브인 레스토랑조차 우리에게는 금기였다. 교회에서 주최하는 바비큐 파티와 청소년 모임과 소풍은 그 자리에 있는 게 고역스러울 만큼 지겹고 고루했다. 삶이 지루해서 죽을 것만 같았다. 다른 아이들보다 계산을 잘하고 책을 더 많이 읽었고 더 아름답게 노래할 수 있다고 해서 만족스럽지는 않았다. 이유를 알 수 없는 불만 때문에 나는 늘 괴로웠다. 페어필드는 나와 전혀 어울리지 않았다. 나는 진심으로 웃고, 춤추고, '살고' 싶었다.

"어디 있는 거야!"

엄마의 목소리에 정신이 들었다.

"가요!"

잘 닦아놓은 냄비를 찬장에 휙 집어 던지고 엄마의 서재로 건너갔다. 엄마는 안경을 코끝에 걸친 채 책상 앞에 앉아서 나를 흘깃 건너다봤다.

"앉아서 시편을 펴."

나는 의자 위에 놓여 있는 귀퉁이가 닳아빠진 성경을 고분고분하게 손에 쥐었다.

"시작해."

엄마가 하라는 대로 낭독하기 시작했다.

다음 날 아침, 엄마는 내게 머리를 땋으라고 명령했다. 3학년 이후로 한 번도 머리를 땋고 학교에 간 적이 없지만 엄마가 나를 괴롭힐 핑계를 찾아내지 못하게 고분고분 따랐다. 전날 밤 나는 모든 벌을 꿋꿋하게 받고, 벌을 받는 동안에는 부모님과 최소한의 말만 하기로 결심했다. 일단 머리를 땋고 스쿨버스를 타러 가면서 풀어버리려고 했는데, 아버지가 에스라 오빠와 나를 학교까지 태워다 주는 바람에 그러지 못했다. 나는 뒷좌석에 앉아 멍하니 창밖만 바라보며, 학교에 가는 내내 한마디도 하지 않았다.

학교에서 아이들에게 놀림당할까 봐 걱정했는데 다행스럽게도 그런 일은 전혀 없었다. 오히려 아이들은 나를 영웅처럼 바라봤다. 경찰을 피해 도망친 대단한 영웅.

수업이 끝난 뒤에는 상담교사 옆에서 아버지를 기다려야 했다. 아버지는 경찰서로 차를 몰았다.

"오늘은 참 예쁘구나." 벤턴 보안관이 비꼬듯 말하며 땋은 머리카락을 잡아당겼다. 그러고는 구멍에 빠져 7미터 아래로 떨어진 보안관보가 몇 군데 골절상을 입어 몇 주 또는 몇 달 동안 일을 할 수 없게 됐다고 말했다.

'운이 나쁘시군. 그러게 왜 바보처럼 날 쫓아와?'

물론 소리 내 말하지는 않았다. 그 말뿐만 아니라 아무런 말도 하지 않았다.

고소장은 당연히 없었다. 아버지가 그랜트 집안의 이름이 지닌 힘을 모두 동원해 막아낸 것이다. 매디슨 카운티에서 그랜트 집안에 맞설 수 있는 사람은 없었다. 등신 같은 보안관이 하는 말에 연신 고개를 끄덕이는 모습을 보니 아버지가 더욱 싫어졌다. 마치 내가 옆에 없는 것처럼 나를 3인칭으로 가리키는 두 사람 모두 꼴 보기 싫었다.

"뭐, 아직 늦진 않았네." 보안관이 다 이해한다는 듯이 가식적인 표정으로 말했다. "누구나 한때는 잘못을 저지르지. 아직 어리니까 옳은 길로 돌아올 수 있을 걸세. 버넌, 저 애한테는 엄한 사람이 필요해. 캐럴린 생각이 나는군. 그때도……."

"셰리든이 다시는 그 아이들과 어울리지 않게 신경 쓰지." 아버지가 급하게 보안관의 말을 잘랐다. "맥마흔 보안관보에게도 당연히 사과할 거고."

보안관은 뭔가 더 말하려다가 생각을 바꿨는지 어깨를 으쓱했다. "좋아, 그럼 이제 다 됐네."

"고맙네."

아버지는 계속 쓸데없는 말을 했다. 도대체 뭐가 고맙다는 거지? 아버지와 악수를 한 뒤 보안관이 다가와 내 어깨를 툭툭 쳤다. 그의 손이 닿는 것만으로도 구역질이 나서 침이라도 뱉고 싶었다.

"이봐, 아가씨. 앞으론 조심하라고." 그가 의기양양한 목소리로 말했다. "다음에는 절대로 이렇게 쉽게 빠져나가지 못할 테니까. 내가 그렇게 두지 않을 거야."

아버지와는 당분간 한마디도 하지 않기로 마음먹었기 때문에 왜 윌로크릭 농장 쪽으로 꺾어지지 않고 23마일 떨어진 매디슨 시내로 향하는지 물어볼 수 없었다. 아마 이 사건을 오늘 완전히 마무리 짓기로 작정한 모양이었다. 15분 뒤 우리는 매디슨병원 주차장에 들어섰다. 나는 다친 경찰 따위는 보고 싶지 않았고 사과할 마음도 전혀 없었지만 반항해도 소용없을 터였다. 아버지는 옆에서 누가 무슨 짓을 하든 흔들림 없이 냉정을 유지하는 사람이고, 벤턴 보안관에게 사과하겠다고 약속까지 했으니까. 나는 품위를 지키며 최대한 빨리 병문안을 해치우기로 결심하고는 고개를 푹 숙이고 병원으로 들어갔다. 접수처에서 맥마흔 보안관보의 병실을 알아냈다.

"제대로 하고 와. 여기서 기다릴 테니."

아버지가 나에게 눈길도 주지 않은 채 말하고는 접수처 옆에 있는 자판기로 향했다. 병실로 가려고 몸을 막 돌리는데, 낯선 목소리가 들려왔다.

"정지!"

접수처에 앉아 있던 대차게 생긴 흑인이었다. 생김새로는 도무지 나이를 짐작할 수 없었다. 명찰을 보니 로레타 간호사라고 쓰여 있었다. 그녀는 안쓰럽다는 표정으로 나를 바라보면서 기가 막힌다는 듯이 혀를 끌끌 찼다. 그녀는 의자에서 벌떡 일어서더니 아버지에게 소리쳤다.

"거기 당신! 건장한 남자가 세 명이나 있는 방에 말만 한 여자아이를 혼자 들여보낼 겁니까?"

나는 이제껏 버넌 그랜트를 이렇게 함부로 대하는 사람을 처음 봤다. 그 매력에 순식간에 사로잡혀버렸다.

"나한테 하는 말입니까?" 아버지가 당황한 얼굴로 물었다.

"당신 아니면 여기 누가 있어요?" 로레타는 양손을 옆구리에 척 올리고 아버지 앞에 위협적으로 버티고 섰다. 키는 아버지랑 비슷했지만 체중은 두 배 정도 되는 것 같았다. 저런 덩치를 함부로 대할 수 있는 사람은 별로 없을 것이다. "이 가녀린 아가씨를 혼자 남자 병동에 보내려고 하다니 당신 도대체 생각이 있어요, 없어요?"

마음도 없이 등 떠밀려 하는 부끄러운 사과 따위는 아버지가 없는 자리에서 하는 게 더 편할 테고, 다른 때 같았으면 누군가 나더러 '가녀린 아가씨'라고 하면 분명 화를 냈을 것이다. 하지만 이 순간만은 그 말이 무진장 마음에 들었다. 아버지의 결단이 로레타의 무서운 눈길 아래서 부서지는 모습을 음흉하게 바라보며 즐겼다. 아버지는 이곳 페어필드에서 그랜트 가문이 지닌 영향력을 내세울 엄두조차 내지 못했다. 자신의 이름을 대봤자 눈썹도 꿈쩍하지 않으리라는 것을 알아챈 것이다.

아버지는 완전히 수세에 몰렸다. 다른 때라면 정중하게, 그러나 명령조로 자기 뜻을 관철시켰을 텐데 이번에는 변명을 하기 시작했다. 로레타는 물러서지 않고 고개를 저으며 계속 "안 됩니다, 안 돼요, 안 된다고요"라는 말을 되풀이했다.

나는 기회를 틈타 살그머니 그곳을 떠나 보안관보에게 사과하겠다는 약속을 지키러 갔다. 병실 앞에서 잠깐 망설이다가 마음을 단단히 먹고 안으로 들어섰다. 병실에서는 남자들의 체취가 견딜 수 없을 만큼 심하게 풍겼다.

"아이고, 이게 웬 깜짝 선물이야?" 첫 번째 침대에 있던 남자가 몸을 일으키며 휘파람을 불었다.

"뭐야, 새로 온 간호사야?" 이가 모조리 빠지고 수염이 지저분한 노인이 킥킥 웃으며, 나더러 소변 줄을 갈아달라고 했다.

나는 두 사람을 무시하고 고개를 똑바로 든 채 다친 경찰이 누워 있는 유리창 쪽 침대로 다가갔다.

커트 맥마흔은 눈물이 글썽한 눈으로 나를 머리부터 발끝까지 훑어봤다. 머리는 며칠이나 감지 못했는지 여기저기 뭉쳐 있었고, 콧수염이 길게 자랐으며, 입가에는 침이 허옇게 말라붙어 있었다.

오른쪽 다리는 깁스를 해서 발가락 끝만 보였다. 악수를 하려고 손을 내미는데 소름이 끼쳤다. 그의 손바닥은 땀에 젖어 축축했다. 내 얼굴을 보던 불안한 시선이 가슴에 와서 멈췄다. 나는 그의 손아귀에서 거칠게 손을 잡아빼고는 팔짱을 꼈다.

"정말 죄송해요. 이럴 생각은…… 정말 아니었어요. 뒤에서 달려오실 때 너무 놀라서 정신이 없었어요."

나를 뚫어지게 바라보던 다른 환자들이 음탕한 농담을 던졌다.

"의자를 가지고 와서 옆에 잠깐 앉을래?" 맥마흔 보안관보가 말했다. "이곳에 문병 오는 사람은 거의 없어. 게다가 이렇게 매력적이고 젊은 아가씨는 더더욱 없지."

그때 문이 휙 열리고 무시무시한 얼굴을 한 로레타가 문간에 나타났다. 너무나 반가웠다. 다른 환자들은 모두 입을 꾹 다물고 나에게 전혀 관심 없는 척했다.

"그럼…… 어서 나으시길 바랄게요." 나는 더듬거리며 말을 맺고는 서둘러 발길을 돌렸다.

"또 와라! 진짜 반가웠다!" 보안관보가 내 등에 대고 외쳤다.

"애 좀 가만둬!" 로레타가 그에게 욕을 퍼부으며 내 손을 잡고 방에서 나왔다.

복도에서 나는 안도의 숨을 내쉬었다.

"아가야, 조금만 기다리지 그랬니. 너 혼자 들어오지 않아도 됐는데." 로레타가 연민이 가득 담긴 목소리로 말하며 묵직한 팔로 내 어깨를 감쌌다. "내가 네 아버지를 아주 혼쭐냈다."

"정말 멋있었어요. 아빠에게 맞서는 사람은 처음 봤어요."

"난 아무도 무섭지 않아. 대통령이 직접 온다고 해도 마찬가지야. 그런 일을 아이에게 시키는 사람이 어디 있다니?"

로레타는 여전히 씩씩거리며 나를 아버지가 기다리는 병원 로비로 데리고 갔다. 내가 고맙다고 인사를 하자 그녀는 나를 넓은 품에 안아주었다. 그 안에 들어 있는 마음은 그 품보다 더 넓고 깊을 터였다. 이렇게 안전하게 보호받는다는 느낌은 태어나서 처음이었다. 나는 로레타처럼 용감하고 단호해질 수 있기를 간절하게 바랐다.

아버지가 나를 매일 학교에 태워다주고 다시 데려오는 끔찍한 벌은 3주 동안이나 계속됐다. 에스라 오빠가 늘 함께 다녔다. 오빠는 심술쟁이에다가 질투가 심했다. 오빠는 내가 학교에서 영웅 취급을 받는 것을 못마땅해했다. 3주 동안 매일 왕복 46마일을 오가는 내내 나는 한 번도 아버지와 말을 하거나 눈길을 마주치지 않았다. 그렇게 해서라도 아버지와 에스라 오빠에게 내가 얼마나 화가 났는지 알려주고 싶었다.

제리가 그리웠다. 학교에서도 친구들과 이야기할 수 없었다. 교사들은 내가 누구와 말을 하고 누구와 말하면 안 되는지 무슨 지침이라도 받은 모양이었다. 아버지가 이 동네에서, 주민들이 '그랜트 카운티'라고 부르는 이곳에서 얼마나 큰 영향력을 갖고 있는지 제대로 알게 되었다. 교사들은, 그리고 머저리 같은 교장까지도 아버지의 말이라면 뭐든지 그대로 따랐다.

나는 학년이 끝날 때까지 첫째 줄에 혼자 앉았고, 쉬는 시간은 상담교사 제임스 리즈와 함께 보내야 했다. 그는 선교사 같은 열정으로 내 말문을 열려고 했다. 나는 그러잖아도 안 좋은 상황을 더 악화시키고 싶지 않아서 그의 도덕적 훈계를 듣고 후회하는 척했다. 나는 복역 중인 죄수가 된 기분으로 여름방학이 시작되기만을 손꼽아 기다렸다.

저녁에는 식탁을 치운 뒤에 엄마 앞에서 성경을 읽고, 그 후에는 또 30분 동안 엄마의 서재에 있는 십자가 앞에 무릎을 꿇고 기도해야 했다. 날이 갈수록 엄마의 악에 가득 찬 도발을 견디기가 힘들어졌지만, 벌이 연장될 만한 행동은 절대로 하지 않았다.

친부모님이라면 절대로 나를 이렇게 잔인하게 다루지 않았을 거라는 생각이 점점 강하게 들었다. 성경을 읽고 침묵하는 시간, 끝날 줄 모르는 그런 시간 속에서 불현듯 내 출생에 대해 알아봐야겠다는 생각이 떠올랐다. 부모님은 돌아가셨다 해도 이 세상 어디엔가 나를 품에 안으면 엄청나게 기뻐할 친척이 있는 건 아닐까……. 이런 상상은 우울한 생각을 떨쳐내는 데 어느 정도 도움이 되었다.

마사 아줌마와 하이럼, 조지프 두 오빠만은 변한 것이 없었다. 내가 '그랜트'라는 존귀한 이름에 먹칠을 했어도 신경 쓰지 않았다. 장남이라는 위치와 사리분별력을 뽐내기 좋아하는 맬러키 오빠조차 평소와 다름없이 나를 대했다.

나는 억지로 성경을 외우고 집안일과 농장 일을 하는 등 내가 결심한 대로 꿋꿋하게 엄마가 주는 벌을 감내해냈다. 하지만 자유가 그리웠다. 말을 타고 전속력으로 달리고 싶었다. 신선한 공기, 살갗에 와 닿는 햇살과 얼굴로 불어오는 바람을 갈망하느라 정신이 나갈 것만 같았다. 그래서 엄마가 성경을 읽는 대신 채소밭에 가서 땅을 갈고 잡초를 뽑으라고 하자 감사라도 하고 싶은 심정이었다. 눈물은 밤을 위해 아껴뒀다.

첫 번째
여름

여름방학이 시작되고 벌을 받기로 한 기간도 거의 끝나가던 어느 날, 울타리를 두른 닭 방목장을 청소하고 있는데 프레드 밀스가 나타났다. 주근깨투성이에 허약한, 밀스 가족의 열세 살짜리 막내였다. 나는 프레드나 그의 형들이 두 문장 이상 말하는 걸 들어본 적이 없었다.

"어, 셰리든."

이번에도 말이 짧았다.

"줄 게 있어."

"뭔데?" 나는 몸을 일으키며 물었다.

프레드는 공모자들이 서로에게 신호를 보내는 것처럼 윙크를 하더니 작게 접은 종이쪽지를 내 손에 쥐어줬다. 그러고는 나타날 때와 마찬가지로 소리도 없이 사라졌다. 질문할 틈도 없었지만, 아마 했더라도 대답을 얻지 못했을 것이다. 사방을 둘러봤다. 바보처럼 꼬꼬댁거리는 닭들 말고는 아무도 보이지 않았다. 레미콘 공장에서 쓰는 운송장 뒷면에 볼펜으로 휘갈겨 쓴 편지였다. 제리의 글씨를 보자 심장이 거칠게 뛰었다.

내일 아침 5시, 엘름포인트에서 만나자.

그게 다였다. 보고 싶었다거나 어떻게 지내는지 궁금하다는 말은 없었다. 약간 실망했지만 그보다는 호기심이 컸다. 제리가 왜 만나자고 하는 거지? 게다가 이렇게 이른 시간에?

전속력으로 청소를 끝내고 닭들을 울타리 안에 몰아넣은 뒤 말 방목장으로 달려갔다. 웨이사이더는 달려오는 나를 보고 기뻐서 힝힝거렸다. 나는 내일 아침까지만 기다리라고 웨이사이더를 달래고는, 마구 창고에서 재갈을 꺼내 방목장 울타리 옆 라일락 덤불에 숨겨놓았다. 나를 본 사람은 아무도 없었다. 집으로 돌아가 손을 씻고는 곧장 엄마의 서재로 들어갔다.

엄마는 내게 등을 돌린 채 열린 벽장 문 앞에 서 있었다. 엄마의 성전인 벽장은 보통은 늘 닫혀 있는데, 지금은 서랍까지 모두 열려 있었다. 엄마는 노트를 넘겨보는 중이었다. 나는 성경을 들고 전날 읽던 예레미야서 42장 3절을 펼쳐서 읽기 시작했다.

"당신의 하나님 여호와께서 우리가 마땅히 갈 길과 할 일을 보이시기를 원하나이다. 선지자 예레미야가 그들에게 이르되……."

엄마가 독사에게라도 물린 듯 깜짝 놀라더니 서랍을 쾅 소리 나게 닫았다. "사람을 왜 이렇게 놀라게 해!"

"죄송해요." 나는 짧게 대꾸하고 계속 읽었다. "내가 너희 말을 들었은즉 너희 말대로 너희 하나님 여호와께 기도하고 무릇 여호와께서 너희에게 응답하시는 것을……."

"오늘은 그만해라." 엄마가 낭독을 중단시켰다. "식탁을 차리고

44

아버지와 오빠들에게 식사 준비 다 됐다고 알려. 오늘은 좀 일찍 먹을 테니까."

나는 즐거운 마음으로 성경을 덮고 부엌으로 건너갔다. 마사 아줌마가 엄마의 기분이 왜 엉망인지 알려줬다.

"그거 아니? 이사벨라 고모가 돌아온다더라."

"누가 온다고요? 어디로 돌아오는 거예요?" 처음에는 무슨 말인지 이해할 수 없었다.

"네 아버지의 고모 있잖니, 이사벨라 듀발. 남편 프랭크가 지난여름에 심근경색으로 사망했대. 의사인 딸이 뉴올리언스에서 일하기 때문에 매사추세츠에서 혼자 살았다나 봐. 외로웠던 모양이야. 그래서 다시 윌로크릭에서 살고 싶다고 했대. 예전에 살던 집에서 말이지." 아줌마는 문간을 돌아보더니 목소리를 낮추며 말을 이었다. "네 아버지는 오래전부터 알고 있었던 모양인데, 조금 전에야 네 엄마에게 말했지 뭐니."

아줌마는 고소하다는 표정으로 낄낄거렸다. 엄마가 이사벨라 고모할머니를 엄청나게 싫어한다는 건 누구나 아는 사실이었다.

"아, 그렇군요."

나는 그렇게만 대답했다. 다른 날 같았으면 무진장 즐거워했을 것이다. 무료한 일상에 뭔가 변화가 생긴다는 뜻이니까. 하지만 나는 내일 새벽에 사람들의 눈에 띄지 않게 집을 빠져나갈 궁리를 하느라 머릿속이 꽉 차 있었다.

엄마가 부엌에 들어와 나를 보더니 욕을 퍼부었다. "왜 이러고 서 있어? 그렇게 멍하니 있으면 식탁이 저절로 차려지니?"

찬장에서 접시를 잔뜩 꺼내 식당으로 가지고 갔다. 나는 이사벨라 고모할머니를 무척 좋아했다. 할머니는 교양 있는 말투에 유머가 넘치고 관대하기까지 했다. 그러다가도 날카로운 판단력으로 촌철살인의 한마디를 날렸다.

아버지가 집으로 돌아왔다. 엄마와 아버지는 부엌과 식당 사이 복도에 서 있었다. 나는 손에 접시를 든 채 문 바로 뒤에 붙어 서서 귀를 쫑긋 세웠다.

"시간이 이렇게 많이 지난 뒤에 불쑥 돌아오겠다니, 염치가 있어야지." 엄마가 질색을 하며 말했다.

"프랭크 고모부가 돌아가셨는데 그 큰 집에서 혼자 어떻게 지내겠어?" 아버지가 대답했다. "목련 저택 소유권은 내게 있지만, 당신도 알다시피 고모는 그곳에 살 권리가 있어. 언제 와서 얼마나 살건 그분 자유야."

"난 맬러키에게 이 농장을 넘겨준 뒤에는 우리가 그곳에 가서 살 거라고 생각했어. 그럼 우린 어디로 가야 해?"

엄마의 말에 아버지가 냉정하게 대꾸했다. "그건 그때 가서 생각해도 안 늦어."

"그렇게 돈이 많은데, 왜 양로원 같은 데 안 가나 몰라. 플로리다 정도면 날씨도 좋고 정말 딱일 텐데." 엄마는 공세를 늦추지 않았다. "그 나이에 그 휑한 저택에서 어떻게 혼자 살겠어?"

"살 수 있어. 살 거고. 이제 일흔넷이잖아. 많이 늙었다고도 할 수 없어. 병약하지도 않고. 그리고 우리가 옆에 살잖아."

"내 이럴 줄 알았어." 엄마가 불평했다. "그 늙은이, 하루가 멀다 하고 찾아올 거야. 매일 여기 나타나서 나를 방해할 테지."

"그럴 리가."

아버지가 빈정거리는 말투로 대답하자 엄마가 흥분했다.

"무슨 뜻이야?"

"아무 뜻 없어. 당신 대체 왜 그렇게 이사벨라 고모를 싫어해?"

아버지가 별안간 문간에 나타났다. 나는 시선을 제때 돌리지 못했다. 아버지가 경찰서에서 나를 데리고 나온 그날 이후 처음으로 우리의 시선이 똑바로 마주쳤다.

"아, 셰리든. 네 벌은 오늘로 끝났다." 아버지가 지나가는 말투로 무심하게 말을 건넸다.

나는 고개만 끄덕이고 식탁을 차렸다. 벌을 일찍 끝내줘서 고맙다고 달려가 껴안을 줄 알았다면 엄청나게 착각한 거다.

∞

늦잠을 잘까 봐 걱정하느라 한숨도 자지 못했다. 4시 반에 일어나 옷을 입었다. 청바지에 운동화를 신고 재킷을 걸친 다음 창틀에 올라섰다. 동쪽 하늘이 훤하게 밝아오고 있었다. 여명이 사방을 섬세한 적황색으로 물들였다. 몇 년 전에 아무에게도 들키지 않고 집을 빠져나가는 방법을 찾아뒀다. 창문으로 나와 굵은 느릅나무 가지를 잡고 바닥으로 내려가면 된다. 유일한 목격자는 수컷 갈색 리트리버 펠로뿐이었다. 펠로는 느릿느릿 기지개를 펴고 크게 하품을 하더니 기대에 부푼 몸짓으로 꼬리를 흔들며 다가왔다. 웨이사이더를 타고 나갈 때면 펠로를 자주 데리고 갔기 때문이다.

"펠로, 잘 잤어?" 나는 펠로의 머리를 쓰다듬으며 말했다. "오늘은 같이 못 가. 네 집으로 돌아가렴."

펠로는 내 말을 알아듣고 그 자리에 섰다. 실망해서 귀를 축 늘어뜨렸지만 내가 혹시 생각을 바꿀지도 모른다고 기대하는지 꼬리 끝을 살살 흔들었다. 내가 떠나버린 뒤에도 펠로는 한동안 내 뒷모습을 바라보다가 터덜터덜 돌아가 다른 사람이 나올 때까지 기다릴 것이다.

새벽 공기는 맑고 신선했다. 오늘도 어제처럼 더울 것 같았다. 방목장에 가보니 말들이 졸고 있었다. 숨겨두었던 재갈을 꺼내 방목장 울타리 아래로 살짝 기어들어갔다. 나를 본 웨이사이더가 힝힝거렸다. 다른 말들을 밀치고 울타리로 다가와서는 내게 코를 문질렀다. 윌로크릭 농장의 일은 모두 기계화되어서 이제 말들은 필요하지 않았지만 아버지는 감상적인 이유에서 말을 처분하지 않았다. 아버지와 존 아저씨는 이따금 사냥을 하거나 볼일을 보러 가까운 곳에 갈 때 말을 탔지만, 오빠들은 트랙터나 경비행기를 더 좋아했다.

웨이사이더에게 재갈을 물렸다. 안장은 필요하지 않았다. 네 살 때 처음 말에 올라탄 이후로 줄곧 안장 없이 말을 타왔다. 그럴 때마다 엄마는 인디언처럼 안장도 없이 말을 타는 건 교양 없는 여자나 하는 짓이라면서 흥분했지만 그따위 잔소리에 위축될 내가 아니었다. 나는 거친 갈기를 잡고 웨이사이더의 탄탄한 등에 재빨리 뛰어올랐다. 흘깃 돌아본 집은 평화롭고 차분하게 잠들어 있었다. 강으로 이어지는 좁은 길로 말을 몰면서 숨을 깊이 들이마셨다. 몇 년 동안 교도소에 수감돼 있다가 탈주한 느낌이었다. 이른 아침 고요한 자연에서 말을 타는 것보다 더 좋은 일이 세상에 있을까. 멀리 지평선에서 태양이 불타는 공처럼 떠올랐고 나뭇가지 위에서는 새들이 아침 콘서트를 열었다. 걱정과 불안이 멀리 사라지는 것 같았다. 광활한 하늘 아래 말을 모는 자유로움에 더해, 이제 곧 제리를 만날 수 있다고 생각하니 행복하기까지 했다.

웨이사이더가 숨을 몰아쉬며 눈을 크게 뜨는 모습을 보며 나는 웃음을 터뜨렸다. 질주하고 싶은 거다. 그래서 마음대로 하게 내버려뒀다. 이곳의 지리를 나만큼이나 잘 아는 웨이사이더는 내가 지시하지 않아도 알아서 자연스레 모래 덮인 오솔길로 접어들었다. 강에서 3마일 떨어진 얕은 여울까지 이어지는 길이었다. 부드러운 땅바닥에 말발굽 부딪치는 소리가 낮게 울려 퍼졌다. 이따금 토끼가 튀어나오거나 자고새가 날아올랐다. 거품을 머금고 흘러가는 초록빛 강 위에 얇은 베일처럼 안개가 드리워 있었다. 5월 말인데도 강물은 잔잔했다. 여기저기 수영하며 놀기에 적당한 모래톱이 보였다. 천천히 여울을 건너자 차갑고 맑은 강물이 다리까지 튀었다. 헤엄을 치고 싶었지만 시간이 없었다. 또 벌을 받지 않으려면 7시까지는 돌아가서 아침 식탁에 앉아야 했다.

저 멀리 제리가 보였다. 바지 주머니에 손을 넣은 채 이리저리 휘어진 느릅나무에 등을 기대고 서 있었다. '엘름포인트'라는 이름은 그 느릅나무 때문에 붙여진 지명이었다. 숨이 멎을 것만 같았다. 뛰는 가슴을 억누르며 제리 옆으로 가서 말을 세웠다.

"네 편지 받았어." 하지 않아도 될 말을 했다. 갑자기 이상하게 당황스러웠다.

"그동안 어떻게 지냈어?"

제리가 물었다. 나는 웨이사이더 등에서 내려왔다.

"아주 잘 지냈지 뭐."

나는 어깨를 으쓱하며 대답했다. 징징거리고 싶지 않았다. 제리의 오른쪽 눈에 시퍼렇게 멍이 들어 있었다. 나보다 상황이 훨씬 나빴던 것이다.

"그런데 얼굴은 왜 그래?"

"우리 꼰대가 술에 취했더랬지."

길게 설명할 필요도 없었다. 톰 아저씨는 정신을 잃을 정도로 취해서 쓰러지기 전까지 무지막지하게 폭력을 휘둘러대기로 유명했다. 전에도 멍이 들고 눈이 통통 부은 제리의 모습을 자주 봤다. 제리는 몸을 돌려 한동안 강을 뚫어져라 바라보다가 입을 열었다.

"사장이 어제 날 쫓아냈어."

"왜?" 나는 깜짝 놀랐다.

제리는 고개를 돌려 나를 한참 동안 바라보다가 한숨을 내쉬었다. 그가 억눌린 목소리로 대답했다. "난 보안관과 이곳 사람들에게 눈엣가시 같은 존재잖아. 여기선 더는 기회가 없어. 사장 말로는, 자기는 나한테 불만이 없는데 벤턴이 쫓아내라고 했대."

"그건…… 그런 건…… 말도 안 돼!"

"내가 뭐 어쩔 수 있겠어."

제리가 낮게 늘어진 늙은 느릅나무 가지에 앉았다. 나는 그 옆에 바짝 붙어 앉았다. 우리가 어렸을 때 자주 그랬던 것처럼. 그때 나는 제리가 누구인지, 어디서 왔는지 알지 못했다. 제리는 그냥 제리였다. 용감하고 강하고 똑똑한 내 친구이자 영웅. 그러나 유감스럽게도 이제 우리는 현실에 잡아먹히고 말았다.

"어차피 언젠가는 여길 떠날 작정이었어." 제리가 팔꿈치를 무릎에 얹고 말을 이었다. "드디어 떠나게 된 거지. 그 전에 너한테 말을 해야 할 것 같아서."

더는 미래가 아름답게 느껴지지 않았다. 나는 제리를 빤히 보다가 그가 나에게 작별 인사를 하러 왔다는 사실을 깨달았다. 그는 이미 마음을 굳힌 뒤였다. 내가 매달린다고 한들 달라질 리 없었다. 나는 작별은 생각해보지도 않았다. 그와 헤어진다고 생각하자 말로 표현할 수 없는 감정들이 마구 솟구쳤다. 제리가 없는 삶이라니, 상상할 수도 없었다. 제리는 온갖 얼간이와 꼰대 들에게 함께 대항하는 친구이자 동맹군이었다. 그를 절대로 잃고 싶지 않았다. 하지만 내가 뭐라고, 나 때문에 제리가 마음을 바꿀 리가 없다. 며칠 있으면 한 살 더 먹을 테지만, 그래 봐야 나는 열다섯 살이다. 제리와 함께 이곳을 떠나기엔 아직 어렸다. 제리도 겨우 열일곱 살에 불과했지만, 그는 이미 오래전부터 어른이었다.

"안 돼!" 나는 제리의 손을 움켜잡을 수밖에 없었다. "그러면 안 돼! 분명히 다른 일을 구할 수 있을 거야. 다른……."

나는 입을 다물었다. 눈물이 볼을 타고 흘렀다. 세상이 조각조각 부서졌다. 함께 만들어온 앞날의 계획, 함께 꿔온 꿈, 모든 게 무너지고 있었다. 제리는 말없이 내 어깨를 끌어안았다. 나는 그에게 바짝 붙어 앉았다.

"셰리든, 우린 다시 만날 거야. 약속할게."

"네가 떠나는 거 싫어." 나는 흐느끼며 제리의 목에 매달렸다. "제리, 제발 여기 있어줘!"

"셰리든, 날 힘들게 하지 마." 제리가 내 얼굴을 쓰다듬으며 눈물 젖은 내 뺨에 키스했다. "내가 이 세상에 왔을 때, 기차는 이미 떠난 거야."

"하지만……."

"돈을 모았어." 제리가 내 귀에 입을 바짝 대고 나지막하게 말했다. "난 바보가 아니야. 다른 곳에서는 뭔가 이룰 수 있겠지만 여기서는 아니야. 오랫동안 생각해봤어. 여기 머문다면 언제나 짭새들의 먹잇감이 될 뿐이야. 벤턴은 오래전부터 우리 아버지에게 시비를 걸어왔어. 이제 이 일을 핑계로 나에게도 그렇게 하겠지. 기회를 얻으려면 여길 떠날 수밖에 없어."

"하지만, 하지만…… 도대체 어디로 갈 건데?"

"텍사스로 갈 거야. 애빌린 유전에 일자리가 있대. 열심히 일하면 돈을 아주 많이 벌 수 있지. 내가 일은 잘하잖아."

"다시 오긴 할 거야?"

"아마도…… 언젠가는……."

우리는 서로를 바라봤다. 오랫동안. 제리도 나만큼이나 이별을 힘들어하는 것 같았다. 그가 시계를 흘깃 보더니 말했다.

"너 이제 돌아가야겠다." 그는 몸을 숙여 내 머리카락에 입을 맞췄다. "여기 더 있다가는 또 부모님께 야단맞게 될걸."

"키스해줘. 기억에 새겨놓을게"

제리는 나에게 키스한 적이 없었다. 아니, 나는 제리뿐 아니라 그 누구와도 아직 키스해본 적이 없었다. 제리의 긴장한 얼굴을 보자 심장이 빠르게 고동쳤다. 그가 천천히 몸을 숙였다. 그의 입술이 내게 서서히 다가왔다. 그가 내게 가볍게 입을 맞췄다. 무릎에서 힘이 쭉 빠졌다.

"날 잊지 않겠다고 약속해줘!" 나는 눈물을 억누르며 속삭였다. "어디에 있는지, 어떻게 지내는지 편지하겠다고 약속해!"

"약속할게." 제리가 쉰 목소리로 말하며 손가락으로 내 얼굴을 부드럽게 쓰다듬었다. "셰리든 그랜트, 널 절대 잊지 않을 거야. 넌 내가 살면서 만난 최고의 여자야."

제리는 나를 끌어당겨 꼭 안았다. 그의 심장 뛰는 소리가 들렸다. 절망이 검은 파도처럼 밀려왔다.

"보고 싶을 거야." 제리가 속삭였다. "널 잊지 못할 거야. 내 목숨이 붙어 있는 한, 절대로."

한마디도 할 수 없었다. 나는 강물처럼 흘러내리는 눈물을 닦아내지도 못하고 고개를 주억거렸다.

"셰리든, 잘 지내."

제리가 나를 안은 팔을 풀었다. 그의 눈에도 눈물이 고여 있었다. 나는 몸을 일으켜 떨리는 다리를 가누며 웨이사이더에게로 가서 안장 없는 등에 훌쩍 올라탔다. 칼로 심장을 찔린 것 같았다. 첫사랑과의 작별은 끔찍하리만치 힘든 일이었다. 얼마나 달렸을까, 뒤를 돌아봤다. 늙은 느릅나무 옆에서 내 뒷모습을 지켜보고 있는 제리를 내 뇌리에 영원히 새겨놓았다.

∞

6월의 어느 무더운 날, 이사벨라 고모할머니가 목련 저택에 도착했다. 아버지의 할아버지가 살던 낡은 집은 현대식으로 꼼꼼히 수리되어 있었다. 저택이라는 말은 조금 과장된 느낌이 있지만, 이 지역에서는 보기 드물게 고전주의 양식으로 지어진 아름다운 집이었다. 기둥은 위로 갈수록 좁아지는 도리스 양식이고, 곧게 뻗은 느릅나무와 넓게 퍼진 목련나무, 은단풍나무와 폰데로사 소나무 사이로 보이는 집, 그리고 집을 빙 둘러싼 베란다와 중앙 계단은 스칼렛 오하라가 살던 타라의 대저택을 축소해놓은 것만 같았다.

커다란 트럭 두 대가 동부 연안에서부터 짐을 싣고 왔다. 나는 웨이사이더를 타고 할머니를 맞으러 달려갔다. 만난 지 삼사 년 지났지만 할머니는 조금도 변하지 않았다. 짧게 자른 잿빛 머리카락과 반짝이는 파란 눈동자는 그 어느 때보다 젊고 생기발랄해 보였다. 할머니는 나를 품에 꼭 안았다가 살짝 몸을 떼고 내 얼굴을 뚫어지게 바라봤다.

"세상에! 셰리든, 너 정말 미인이 됐구나!" 할머니의 걸걸한 목소리도 여전했다. 할머니는 생각에 잠긴 표정으로 눈을 깜박였다. "갈색이 섞인 금발에 초록빛 눈동자…… 정말 매력적이구나. 쫓아다니는 남자들이 많지, 그렇지?"

나는 씁쓸하게 미소를 지었다. "제가 페어필드의 수치가 된 이후로는 아무도 옆에 오질 않는데요."

"페어필드의 수치?" 할머니가 재미있다는 듯 웃음을 터뜨렸다. "자세히 얘기해보렴."

그때 아버지의 은색 픽업트럭이 진입로에 나타났다. 아버지가 차에서 내려 우리에게 손을 흔들며 다가오는 것을 보고 나는 얼른 몸을 돌려 말고삐를 풀었다.

"어디 가니?" 할머니가 놀란 기색으로 말했다.

"피할 수 없는 경우가 아니면 아빠와 마주치고 싶지 않아요. 3주 동안 같이 학교에 왔다 갔다 한 것만으로도 충분해요."

할머니가 탐색하는 눈길을 던졌다. "너도 네 아버지처럼 고집이 센 모양이구나."

"나중에 다시 올게요." 아버지와 비교되기 싫은 마음에 그렇게만 말하고는 웨이사이더의 등에 뛰어올랐다.

유치장 사건 이후, 아버지와 나 사이에는 계속 먹구름이 껴 있었다. 욕을 한 데 대해 억지로 사과하기는 했지만, 아버지가 보기 싫은 건 어쩔 수 없었다. 얼른 열여덟 살이 되어 제리처럼 여기를 떠날 수 있기만을 바랄 뿐이었다. 나는 제리가 페어필드에서 쫓겨난 것도 어느 정도는 아버지 책임이라고 생각했다. 그래서 은근슬쩍 화해를 시도하려는 아버지의 몸짓을 냉정하게 거부했다. 그렇게 해서 혹시 아버지 마음에 상처를 입혔다면 그야말로 쌤통이다.

엄마는 전혀 반갑지 않은 얼굴로 이사벨라 고모할머니를 환영하는 저녁식사를 준비했다. 식사 자리에서 이야기를 나누는 사람은 할머니와 아버지뿐이었다. 맬러키 오빠는 자리에 없었고, 하이럼과 조지프와 에스라 오빠는 대화에 끼어들지 않았다. 엄마는 말을 하지 않겠다고 마음먹은 듯했다. 나는 할머니를 좋아했지만, 아버지와 한마디도 하지 않겠다는 결심을 깰 생각은 전혀 없었다.

엄마가 교회의 여름 축제 준비를 도우라는 명령을 내리는 바람에 그 뒤로 며칠 동안 방학다운 방학을 즐길 수도 없었다. 바자회에 내놓을 허섭스레기를 몇 시간이나 정리하고, 뜨개질을 해 목도리를 짜고, 다른 아이들과 함께 식탁과 의자를 준비했다. 끝없는 우울함에서 나를 건져주는 유일한 일은 성가대 연습이었다. 성가대 지휘자이자 교회 오르간 연주자인 낸시 앤더슨 선생님은 내 목소리에 감탄하며 솔로 부분을 불러보라고 권했다. 피아노를 마음껏 쳐도 된다기에 며칠 내내 머릿속을 맴돌던 멜로디를 연주해봤다.

"애, 이 구슬픈 멜로디는 뭐니?" 유심히 듣고 있던 앤더슨 선생님이 물었다.

"제가 직접 작곡한 거예요. 가사도 있어요. 한번 들어보실래요?"

선생님은 열광했다. 내가 〈태어난 곳은 잘못된 곳〉이라고 이름 붙여 제리에게 헌정한 그 노래를 좋아하는 걸 보면 그녀의 영혼 깊은 곳에도 고루한 꼰대들에게 반항하는 작은 불씨가 숨어 있는지도 몰랐다.

교회 여름 축제와 7월 4일 독립기념일 축제 준비를 얌전히 돕고 나자 동네 사람들은 내가 다시 바른 길로 복귀했다고 생각하는 듯했다. 한동안 엄마의 심술도 조금 잦아드는 것 같았다. 게다가 훨씬 심각한 스캔들이 일어난 바람에 방앗간 사건이 묻혀버렸다. 제

빵사의 딸, 열일곱 살짜리 메리 필립스가 임신을 했다. 상대방은 싹싹하지만 약간 우둔한 엘머 하이랜드였다. 엘머의 아버지는 시내 중심가에서 주유소를 운영했다. 엄마 주위의 닭대가리들은 더할 나위 없이 즐거워하며 그 스캔들에 달려들었다. 그 사건이 비극적인 결말을 맞은 건 그 때문인지도 모른다. 메리는 온 세상이 자기에게 손가락질하는 것을 견디지 못하고 헛간 지붕에서 뛰어내렸다. 그 결과 6개월 된 배 속의 아이를 잃은 것은 물론, 두 다리가 부러져버렸다. 불쌍한 엘머는 몇 주 전 제리가 그랬던 것처럼 아버지의 주유소를 떠나 페어필드에서 사라졌다. 이런 게 바로 페어필드의 전통인 기독교적 이웃 사랑의 진면목이었다.

7월 말의 어느 날 저녁, 창틀에 팔꿈치를 괴고 열린 창 너머로 우아하게 날갯짓하며 하늘로 날아오르는 쏙독새를 바라보고 있었다. 화려한 빛깔의 해넘이를 봐도 기분이 나아지지 않았다. 오전에 하이럼 오빠와 우체국에 갔다가 우연히 브래니건 부인을 만났다. 제리 소식이 너무나 궁금해서 말을 걸었다가, 그가 그동안 몇 번 전화했다는 말을 듣고 마음이 놓였다. 제리는 계획대로 애빌린의 유전에서 일자리를 구했다고 했다.

"제리가 뭐래요? 잘 지낸대요?"

"응, 그렇대. 좋은 사람들 집에 방을 한 칸 얻었다더라. 나한테 매주 돈을 보낸단다."

"어…… 저한테 전하라는 말은 없었어요?"

제리 엄마는 단순한 사람이다. 늘 너무 피곤하고 너무 힘들어서 제리가 아주 짧은 인사말이라도 전한다는 게 내게 어떤 의미일지 생각해볼 여유가 없었을 것이다. 그녀는 솔직하게 대답했다.

"없었어."

떠난 지 벌써 두 달이나 지났는데, 제리는 한 번도 편지를 보내지 않았다. 언젠가 편지를 받을 수 있을 거라는 희망은 거의 사라졌다. 페어필드는 제리에게 이미 지나간 과거였다. 나도 그 일부에 불과했다.

마당을 천천히 가로지르는 아버지 뒤를 펠로가 졸졸 따라가고 있었다. 그때 아버지가 고개를 들고 내가 있는 쪽을 바라봤다. 몸이 움찔거렸다. 뭔가 찔리는 게 있다고 생각하게 만들어서는 안 되는데……. 그 순간, 여름 냄새가 났다. 내 방 창문 아래 흰색과 보라색 라일락 꽃이 흐드러지게 피어 있었다. 금족령이 풀렸으니 우울하게 방에 틀어박혀 있는 대신 다른 재미난 일을 수천 가지는할 수 있었다. 하지만 이제 제리와 그런 일들을 함께 하지 못한다고 생각하니 마음이 축 가라앉았다.

나는 창틀에 기대 깊이 한숨을 내쉬고는, 고용인 숙소에서 들려오는 낮은 목소리에 귀를 기울였다. 하루 일과를 끝낸 일꾼들이 부드러운 석양빛에 싸인 채 웃고 떠들고 있었다. 존 아저씨의 애절한 하모니카 소리가 들렸다. 〈켄터키 옛집〉과 존 덴버의 노래를 듣다 보니 이곳에서 떠나고 싶다는 갈망이 점점 커졌다.

해가 진 뒤, 어둠을 틈 타 이사벨라 할머니가 있는 목련 저택으로 가기로 마음먹었다. 걸어서 10분이면 충분했다. 창문으로 나와 몸을 숙이고 지붕 위를 살금살금 걸어, 늙은 느릅나무 가지에 매달려 줄기 쪽으로 내려와서 몇 초 동안 꼼짝도 않고 기다렸다. 아무도 알아채지 못한 것 같았다. 나는 재빨리 어둠 속으로 몸을 감췄다. 얼마 뒤에 나는 낯익은 오솔길을 터덜터덜 걷고 있었다. 음악소리가 가까워지더니 눈앞에 집이 나타났다. 할머니는 베란다에 놓인 흔들의자에 앉아 책을 읽으며 여송연을 피우고 있었다.

"저 왔어요." 나는 베란다 계단을 뛰어올라갔다.

"그래, 셰리든." 할머니가 책을 옆으로 치웠다. "몰래 빠져 나온 거니?"

"네, 더는 견딜 수 없어서요." 나는 곧바로 자백했다.

할머니는 장난기와 연민이 섞인 눈빛으로 나를 바라보며 말했다. "마실 거 가지고 와서 앉으렴."

나는 방충문을 옆으로 밀고 부엌으로 들어갔다. 냉장고에 맥주와 백포도주밖에 없어서 우유를 한 컵 따라 들고 베란다로 향했다. 그때 거실에 있는 구형 축음기가 눈에 들어왔다. 동부 연안으로 할머니를 방문했을 때 봤던 기억이 났다.

"누구 노래예요?"

여자의 깊고 거친 목소리와 멜로디가 마음에 들었다. 내 안 깊은 곳의 어스름한 기억을 깨우는 듯한 낯선 언어도 좋았다. 언젠가 이 언어를 들어본 적 있는 것 같았다. 하지만 도대체 어디서?

"마음에 드니?"

나는 고개를 끄덕였다.

"사라 레안더야. 스웨덴 사람이지. 1920~1930년대에 유럽에서 아주 유명한 가수였단다."

"어느 나라 말이에요? 스웨덴어?"

"아니, 독일어."

나는 등나무 의자에 앉아 노래에 귀를 기울였다. "아름답네요."

우리는 한참 동안 말없이 앉아 부드러운 여름밤과 음악을 음미했다.

"자, 이제 그동안 무슨 일이 있었는지 이야기해보렴."

나는 숨을 깊이 들이마셨다가 내쉬고는 방앗간 사건과 그때 이후로 겪은 일들을 모두 털어놓았다.

"아이고, 아이고." 한창 설명하는데 할머니가 가볍게 책망하는 투로 내 말을 잘랐다. "그런 속담 모르니? 친구를 보면 그 사람을 알 수 있다잖니."

나는 얼굴을 찌푸리고는 팔짱을 낀 채 뾰로통하게 대꾸했다. "아빠가 사람들 앞에서 날 때렸다고요. 절대로 용서할 수 없어요."

"네 아빠는 널 유치장에서 꺼내올 때, 그리고 네가 아빠에게 욕을 했을 때 뺨을 때렸지. 두 번. 그건 네가 정말로 잘못했을 때야."

"그래도 너무 심했다고요!" 나는 흥분해서 벌컥 화를 냈다. "독재자 같았어요. 아빠의 그 경멸하는 시선을 잊을 수 없어요!"

"너한테 너무 실망해서 마음을 다쳤던 게 아닐까? 만나지 말라고 한 아이들과 몰래 만나고 있었던 데다가 언제 무너질지 모르는 건물에서 경찰과 추격전을 벌이다가 체포됐다고 전화를 받은 거잖니. 네가 아빠라면 어땠을까?"

"지금 아빠 편을 드시는 거예요?" 나는 할머니가 단도로 내 등을 찌르기라도 한 것처럼 노려봤다.

"이 경우엔 그래야겠다." 할머니는 고개를 끄덕이다가 위스키를 한 모금 마셨다. "네가 내 딸이었으면 멍이 들도록 패서 지하실에 3주는 가둬뒀을 거야."

"나는 할머니 딸 아니거든요. 아빠는 날 때리면 안 되는 거였어요. 아빠를 증오해요!"

그 말을 내뱉는 순간, 나는 그게 사실이 아님을 깨달았다.

"증오라니, 말이 심하다. 아빠를 사랑해서 실망한 건 아니고?"

나는 거세게 도리질했다. 사랑이라니, 어림도 없었다.

"물론 버넌이 네 친아빠는 아니지만, 버넌에게 그런 건 하나도 중요하지 않아. 네 아빠에게 너는 그냥 자식이야. 그래서 널 위해 최선을 다하는 거란다."

"흥!" 나는 경멸하듯 콧방귀를 뀌었다. "아빠는 엄마가 날 몇 주 동안이나 괴롭히는 걸 가만히 보고만 있었어요! 나한테 아무런 관심도 없다고요! 오직 그랜트라는 이름이 더럽혀질까 봐 그것만 신경 쓰고 있어요!"

"셰리든, 그건 완전히 잘못된 생각이야." 할머니는 고개를 저었다. "버넌은 너를 무척 자랑스러워해. 우리 집에 오거나 전화 통화를 할 때면 네 이야기밖에 안 한단다. 셰리든이 어쨌다, 셰리든이 저쨌다. 네가 얼마나 노래를 잘 부르는지, 얼마나 공부를 잘하는지, 말을 얼마나 잘 타고 트랙터를 얼마나 잘 운전하는지, 책을 얼마나 즐겨 읽는지, 자연을 얼마나 사랑하는지 등등 온갖 말을 다 늘어놓는단다. 너한테 관심이 없으면 그러겠니?"

나는 당황해서 입을 다물었다. 전혀 생각지도 못한 이야기였다.

"셰리든, 네 아빠는 정말 특별한 사람이야. 그거 아니?" 할머니가 나지막하게 말했다. "버넌은 정말 힘들게 살았단다. 자기가 겪었던 나쁜 일로부터 너를 지키려고 한 거야. 그것 때문에 아빠를 비난한다면 진짜 부당한 거다."

나는 아랫입술을 깨물었다. 할머니 말이 옳았다. 사실 나는 아버지를 전혀 증오하지 않았다. 오히려 언제나 존경했다. 엄마가 나를 구박할 때마다 아버지는 나를 도와주려고 애썼다. 엄마의 반대에도 불구하고 내가 교회 성가대에서 노래할 수 있게 된 것도 다 아버지 덕분이다. 젊은 전도사가 조직한 성가대였는데, 그는 엄마와 그 동지들의 들끓는 저항 때문에 페어필드에서 겨우 반년밖에 버티지 못했다. 곰곰이 생각해보니 아버지는 나보다 오빠들에게 훨씬 더 엄했던 것 같다.

"버넌이 윌로크릭을 상속했을 때 상황이 어땠는지 아니? 버넌은 형이 있으니 자기가 농장을 물려받을 수 없을 거라고 생각했어. 하지만 전혀 신경 쓰지 않았단다. 네 할머니는 교양 있고 학식이 풍부한 보스턴 상류층 출신이었어. 버넌은 자기 엄마를 아주 많이 닮았지. 그는 대학을 마치고 동부 연안에서 살려고 했어. 그런데 형인 존 주니어가 베트남에서 전사하자 버넌이 농장을 상속하게 된 거야. 그러지 않았더라면 자기 마음대로 살 수 있었을 텐데."

"농장을 팔 수도 있었잖아요." 내가 대꾸했다.

"그래, 살 사람이 있었다면, 그리고 버넌이 책임감이 좀 덜한 사람이었다면 그랬겠지. 레이첼이 덜컥 임신을 해서 결혼할 수밖에 없었던 데다, 버넌의 아버지가 갑자기 심근경색으로 죽었단다. 엄마 소피아도 9개월 뒤에 죽었고. 그 모든 일이 1965년 한 해에 일어났어."

나는 할 말을 잃었다. 내가 전혀 몰랐던 사실이었다.

"이곳에서 버넌은 전혀 행복하지 않았단다. 너를 만난 후에야 사는 낙이 생긴 것 같았지."

우리는 한동안 아무 말 없이 앉아 정원의 풀숲에서 나는 귀뚜라미 소리와 집 뒤쪽 연못에서 들려오는 개구리 소리에 귀를 기울였다. 박쥐 한 마리가 머리 위를 스치듯 날아가 어둠 속으로 사라졌다. 그야말로 평화로운 여름날 저녁이었다.

"버베나 차나 한 잔 마셔야겠다. 너도 마실래?"

할머니가 몸을 일으키며 물었다. 나는 고개를 끄덕였다.

할머니가 집 안으로 들어간 뒤에 나는 꼼짝 않고 베란다에 앉아 어둠을 노려보며 생각에 잠겼다. 우리 집에서 '과거'는 한 번도 화제에 오르지 않았지만, 아버지가 짧은 기간 안에 온 가족을 잃었다는 사실은 가족묘지에 있는 묘비들을 보아 알고 있었다. 처음에는 형이, 그 뒤에 부모님이 사망했다. 계산해봤더니, 농장을 상속받는 바람에 동부에서 공부하려던 꿈을 접어야 했던 1965년에 아버지는 겨우 스무 살이었다.

자갈길을 걸어오는 발소리가 들렸다. 아버지였다. 놀라서 심장이 멎을 것만 같았다.

"셰리든, 여기 있었구나."

아버지는 여기서 나를 만난 게 별로 놀랍지 않은 모양이었다.

"네."

나는 당황하며 겨우 대꾸했다. 아버지는 베란다 계단을 올라와 난간에 몸을 기대고 팔짱을 꼈다.

"음…… 창문으로 빠져나왔어요."

내가 사실대로 털어놓자 늘 딱딱하게 굳어 있던 아버지의 얼굴에 기묘한 미소가 떠올랐다.

"알아. 오늘 처음 있는 일도 아니지."

나는 할 말을 잃고 아버지를 뚫어져라 바라보았다. 전혀 그런 내색이 없었는데, 알고 있었다니.

"옛날에 형이랑 나도 자주 탈출했지." 아버지는 잠시 생각에 잠겨 있다가 입을 열었다. "어때, 우리 휴전 협정 맺을까?"

평생 아버지를 증오하겠다는 결심을 했음에도 불구하고, 그 말을 듣자 나도 모르게 눈물이 솟았다.

"자, 어서. 고집 부리지 말고."

"고집 부리는 사람은 내가 아니라 아빠예요." 내가 나지막하게 중얼거렸다.

"그래, 맞다. 하지만 우리 둘 중에 누군가는 먼저 말을 걸어야지. 평생 서로 말 안 하고 지낼 작정이었니?"

아직 화해하고 싶은 마음이 절실하지 않았다. 아버지가 내게 준 상처는 그만큼 컸다.

"어쩌면 내가 너무 엄했는지도 모르겠다. 나는 딸을 어떻게 길러야 하는지 잘 몰라. 넌 외동딸이잖니. 나한텐 너 하나밖에 없단다."

그 말에 마음이 움직였다. 나는 의자가 넘어질 정도로 세차게 일어나 아버지 목에 매달려 흐느끼며 속삭였다. "죄송해요. 실망시켜드리고 싶지는 않았어요! 별 생각 없이 그랬어요. 정말이에요."

아버지는 나를 품에 꼭 안고 고개를 숙여 뺨을 내 머리에 댔다.

"그래, 안다." 아버지가 잔뜩 잠긴 목소리로 대답했다. "나도 그땐 충격을 너무 심하게 받아서, 그리고 슬퍼서 그랬어. 때린 건 정말 미안하다."

"욕을 해서 죄송해요." 나는 아버지를 꼭 끌어안았다. "아이들을 몰래 만난 것도 죄송해요. 아빠를 실망시킬 일은 다시는 하지 않을게요. 진짜예요!"

아버지가 나를 꼭 안았다. 익숙한 스킨 향기를 맡자 마음이 푹 놓였다.

"좋아. 이제 그 이야기는 하지 말자. 다 지나간 일이야. 그렇지?"

아버지의 속삭임에 나는 고개를 끄덕이며 미소를 지었다.

"예, 좋아요."

때마침 할머니가 쟁반을 들고 나왔다. "아, 버넌. 어쩐지 네 목소리가 들리는 것 같더라니. 오늘은 늦게 왔구나. 차 한잔할까?"

나는 놀라서 두 사람을 번갈아 봤다. 아버지는 저녁마다 이곳에 왔던 것이다. 어쩌면 오늘은 내가 몰래 빠져나오는 것을 보고 일부러 늦게 온 건지도 모른다. 아버지가 그런 식으로 마음을 쓸 수 있는 사람이라고는 생각해본 적이 없는데.

"좋지요."

아버지가 내 옆에 앉았다. 나는 차를 한 모금 마시고 아버지의 팔에 살며시 몸을 기댔다. 아버지는 내게 더는 화가 나 있지 않았다. 나도 아버지가 뺨을 때린 것을 오래전에 용서했다. 아버지가 내 이마에 입을 맞추고 미소를 지으며 이사벨라 고모할머니에게 말했다.

"셰리든과 화해했어요."

할머니가 고개를 끄덕이며 미소를 지었다. 지난 몇 주 동안 계속돼온 긴장이 풀리는 게 느껴졌다. 나지막하게 이어지는 할머니와 아버지의 대화를 듣다가 나도 모르게 만족스럽고 편안한 기분으로 잠이 들었다.

∞

그해 여름, 내 삶은 달라졌다. 세상을 보는 눈도 달라졌다. 내가 어른인 줄 알았는데, 그저 어린아이에 지나지 않는다는 것도 깨달았다. 첫사랑의 아픔을 경험했고, 오지 않는 제리의 소식을 기다리면서 인내심을 배웠다.

늘 그렇듯 추수가 시작되자 일이 아주 많아졌다. 나는 주로 농장 안에서 일했고 오빠들과 아버지는 계절노동자들과 함께 바깥에 머무는 일이 많았다. 밤새 밖에 있을 때도 있었다. 내 임무는 닭과 돼지와 젖소를 돌보고 부엌일과 각종 집안일을 하는 거였다.

엄마는 바빠 죽겠다는 듯이 행동했지만 사실은 손가락 하나 까딱하지 않았다. 남에게 일을 미루는 데 도가 텄고, 급한 일이 있는 척 차를 타고 나가서는 친구들을 만나 새로운 소문에 대해 수다를 떨었다. 일은 죄다 마사 아줌마와 내 몫이었다.

50대 초반의 마사 아줌마는 몸집이 크고 우람하며 남자처럼 힘이 셌고, 고된 노동으로 온통 굳은살투성이인 손은 돌처럼 단단했다. 잿빛이 섞인 검은 머리칼은 내가 기억하는 한 언제나 깔끔하게 뒤통수에 틀어 올려져 있었고, 강인하면서도 싹싹한 인상의 얼굴은 언제나 붉게 상기돼 있었다. 마사 아줌마의 부모님도 윌로크릭 농장에서 일했다. 이곳에서 나고 자란 마사 아줌마는 열아홉 살 때 농장 작업반장인 토니 소렌슨과 결혼했는데, 스물한 살 때 과부가 되어버렸다. 산만한 성격의 토니 소렌슨이 농기계에 말려들어가는 사고를 당했기 때문이다. 그는 날카로운 칼날에 온몸이 베여 병원에 도착하기도 전에 과다출혈로 사망했다. 그때부터 마사 아줌마는 윌로크릭 농장의 집안일을 돌보면서, 없어서는 안 될 중요한 식구가 됐다. 아이들을 키우고 집을 깔끔하게 유지했으며, 요리와 세탁과 다림질을 했다. 마사 아줌마는 정말 한 가족처럼 우리와 함께 밥을 먹고 일요일이면 함께 교회에 갔다.

하지만 내가 보기에 마사 아줌마의 경건함은 어느 정도 연기인 것 같았다. 나는 아줌마가 위스키나 담배를 들고 있는 모습을 여러 번 보았다. 조지프 오빠 말로는 결혼해서 링컨으로 간 아줌마의 딸 크리스틴은 토니 소렌슨이 죽고 나서 11개월 뒤에 태어났다고 했다. 아줌마는 엄마의 말을 놀랄 만큼 무례하면서도 정곡을 찌르는 말로 반박하는 데도 재주가 좋았다. 전혀 닮지도 않고 서로를 전혀 좋아하지도 않는 두 사람 사이에는 무언의 분업 협정이 있었다. 그 쌍두마차는 효율적으로 굴러갔다.

마사 아줌마 덕분에 나는 복잡하게 뒤엉키고 지극히 흥미로우며 파렴치한 그랜트 가문의 역사를 조금씩 알게 되었다. 그중에서도 특히 내 관심을 끈 인물은 현란한 이력의 셔먼 큰할아버지였다. 그는 도로시 벤턴을 비롯한 이 지역 수많은 사생아들의 아버지였다. 호색가에 기독교적 미덕이라고는 눈을 씻고도 찾아볼 수 없었지만, 분명 탁월한 사업가였다. 대공황 때 드넓은 땅을 매입한 뒤 잘 벼린 이성과 전문적인 지식으로 경작했다. 많은 농부들이 대초원 지대를 황폐한 불모지로 바꿔놓는 어리석은 짓을 저지르던 시절이었다.

마사 아줌마와 나는 다락방의 종이상자 안에서 바래가는 흑백 사진들을 들여다보곤 했다. 정확히 말하면 나는 그랜트 집안 사람이 아니었지만, 마사 아줌마가 들려주는 이 집안의 추잡한 이야기를 탐욕스럽게 빨아들였다. 사실 나 말고는 이 흥미진진한 유산에 관심 있는 사람이 아무도 없었다. 오빠들은 '지금 여기'가 너무 중요한 나머지 조상들의 이름조차 몰랐다.

할 일이 쌓여 있었지만 웨이사이더를 타고 주변을 돌아다니거나 이사벨라 고모할머니의 말벗이 될 시간은 충분했다. 우리는 할머니가 수집한 오래된 앨범을 몇 시간씩 함께 들었다. 나는 사라 레안더와 마를레네 디트리히 같은 1920년대 가수들의 노래를 알게 되었다. 할머니와 함께 노래를 부르고, 그랜드피아노를 치고, 곡을 쓰기도 했다. 목련 저택에서는 언제 엄마가 뒤에 나타날지 모른다는 불안감 없이 마음껏 음악을 즐길 수 있었다.

내 관심을 가장 많이 끈 것은 할머니가 소장한 수많은 책들이었다. 미국 고전 문학이 주종을 이루는 아버지의 서재와 달리, 할머니 집에는 유럽 소설부터 최근의 대중 소설에 이르기까지 다양한 분야의 책이 갖춰져 있었다. 할머니는 내가 어떤 책을 빌려가는지 신경도 쓰지 않았다. 나는 할머니 덕택에 마리오 푸조와 다니엘 스틸, 재키 콜린스, 제임스 알버트 미치너와 시드니 셸던의 작품을 읽을 수 있었다. 그러다 우연히 해럴드 로빈스의 소설을 만났다. 500페이지 분량 정도 되는《헨리의 격정》이라는 책이었다. 이 책을 숨도 쉬지 못하고 읽어 나가다가 삶의 진정한 추진력이 성(性)이라는 놀라운 사실을 깨달았다. 유치한 연애 소설을 몇 권 읽어봤지만, 그런 책들은 결정적인 순간을 독자의 상상에 맡기는 경우가 많았다. 그러나《헨리의 격정》의 저자는 성행위를 지극히 자세하게 묘사했다. 그가 무슨 상을 받았는지는 관심 밖이었다. 그저 남자와 여자, 남자와 남자, 그리고 여자와 여자가 서로에게 어떤 행위를 하는지를 입술이 바짝바짝 타들어가도록 긴장하며 읽었다. 구역질이 날 것 같으면서도 동시에 흥미진진했다. 책에는 여성이 가장 원초적인 무기로 남성에게 어떤 권력을 행사할 수 있는지 묘사되어 있었다. 나는 내가 자라고 살아가는 세상, 남성들이 주도권을 쥐고 있는 이 세상을 전혀 다른 시각으로 보게 되었다.

그 책은 꿈에서도 나를 쫓아왔다. 밤마다 나는 잠을 자다가 소스라치게 놀라 깨어났다. 심장이 롤러코스터를 탄 것처럼 두방망이질했다. 누구에게도 말할 수 없는, 분별 있는 소녀라면 절대 꾸지 말아야 할 꿈을 꿨다. 그 꿈은 깊은 수치심과 동시에 그때까지 알지 못했던 갈망을 일깨웠다. 나는 말똥말똥한 정신으로 침대에 누워 천장을 노려보며 내 몸의 가장 비밀스러운 곳을 누군가 만져주었으면 하고 바랐다. 여자아이들은 어릴 때부터 교회 주일학교에서 여자의 몸은 그 자체로 이미 죄악이며, 욕망이나 격정을 품으면 신이 내리는 벌 중에서도 가장 끔찍한 벌을 받게 된다는 주입식

교육을 받는다. 그러나 지옥이나 신이 내리는 벌에 대한 불분명한 공포심보다 내 호기심이 훨씬 강했다.

나는 다리 사이로 손을 집어넣었다. 처음에는 죄책감 속에 조심스럽게 팬티 위를 더듬었지만, 몇 분 지나도 천벌이 내리지 않자 용기를 내서 팬티 속으로 손을 넣고 만져서는 안 되는 그곳으로 손가락을 가져갔다. 명치에서부터 나른하면서도 무거운 뭔가가 솟구쳤고, 다리가 마비되는 듯한 묘한 느낌이 들었다. 뜨거운 행복의 물결이 온몸에 퍼졌다. 나는 안락한 탈진 상태에 몸을 맡기며 숨을 헐떡였다.

육체적 쾌락이라는 죄를 만난 뒤로 나는 달라졌다. 추수철이 되면 윌로크릭 농장에는 계절노동자들이 득시글거렸다. 아버지가 임금을 후하게 쳐주는 편이어서 네브래스카 전역에서 노동자들이 왔다. 그보다 더 멀리서 오는 사람도 있었다. 나는 주위에 넘쳐나는 남자들을 유심히 관찰했다. 그들 중 한 명이 내 몸의 가장 비밀스러운 곳을 더듬는 상상을 하며 아랫도리가 뜨거워지는 때가 점점 잦아졌고, 대수롭지 않은 말에도 얼굴을 붉히며 킥킥거리곤 했다. 남성이라는 성이 눈에 명확하게 들어오기 시작하자 신경이 피로해지기는 했지만, 불편한 느낌은 전혀 아니었다.

8월의 어느 오후였다. 부엌에서 배고픈 남자들에게 먹일 감자를 깎다가 엄마와 아버지가 아직 같이 잘까 하는 생각이 들었다. 엄마가 《헨리의 격정》에 등장하는 여자들처럼 기쁨에 들떠 숨을 헉헉대며 비명을 지르는 모습은 도무지 상상이 되지 않았다. 나는 은밀한 생각을 하며 혼자 킥킥거렸다.

"왜 웃어?"

엄마가 못마땅한 표정으로 호통을 쳤다. 엄마는 누군가 왜 웃는지 모르면 자기를 비웃는다고 생각하면서 모욕감을 느꼈다.

"아, 아무것도 아니에요."

나는 얼굴이 새빨개진 채 몸을 돌렸다. 그렇잖아도 골치 아픈데, 내가 무슨 생각을 하는지 엄마가 알아채면 큰일이었다.

식당은 수많은 일꾼들이 앉기에는 비좁았다. 그래서 추수철에는 평소에 차고로 이용하던 커다란 건물을 식당으로 사용했다. 나는 접시와 수저를 나르며 식탁을 차렸다. 일꾼들 대부분은 몇 년째 계속 오는 사람들이었지만 간혹 새로운 얼굴도 있었다. 나는 낯선 일꾼들을 상대로 갓 배운 유혹의 기술을 대담하게 적용해봤다. 엄마의 시야에서 벗어나면 어깨를 뒤로 젖히고 풍만한 가슴을 쑥 내밀고 엉덩이를 흔들며 걸었고, 실험 대상으로 찍은 남자를 예의범절이 허용하는 시간보다 더 오래 바라봤다.

놀랍게도 이 방법은 늘 먹혔다. 나는 수줍은 척 아무것도 모른다는 듯이 행동했지만, 남자들의 눈에 드러난 욕망을 놓치지 않았다. 그들이 눈썹을 치켜세우거나 내 가슴을 슬쩍 바라볼 때면 낚싯대에 물고기가 걸렸다는 사실을, 그리고 마음만 먹으면 언제든 건져 올릴 수 있다는 사실을 알 수 있었다. 나를 날카로운 눈빛으로 관찰하는 에스라 오빠만 없었다면 유혹의 기술을 더 연마할 수 있었을 것이다.

어스름이 깔리자 일꾼들이 간단히 씻고 식탁에 앉았다. 나는 음식을 나눠준 뒤 음식물 찌꺼기를 들고 돼지우리로 향했다. 돼지들이 구유로 몰려들었다. 한동안 돼지들을 멍하니 내려다보면서 대니라는 일꾼과 자는 상상을 했다. 요즘은 아침부터 저녁까지 섹스 생각뿐이다. 대니는 20대 초반의 잘생긴 남자였다. 내성적이고 살짝 어두워 보이지만 눈동자는 뭔가를 알고 있는 것처럼 반짝거렸다. 오늘 식사 때 미소를 지었더니, 그는 진지한 표정으로 오랫동안 내 눈을 마주보았다.

지저분한 그릇들이 산더미처럼 쌓여 있을 부엌으로 돌아가고 싶지 않아서 돼지우리 주변에서 빈둥대다가 결국 집으로 향하는 모퉁이를 돌았다. 대니가 있었다. 나는 그 자리에 뿌리 박힌 듯 서 버렸다. 그는 펌프 옆에서 웃옷을 벗고 차가운 물을 끼얹고 있었다. 심장박동이 손끝에서도 느껴졌다. 계속 보면 안 된다는 생각이 들었지만 눈길을 돌릴 수 없었다. 그를 말없이 노려보다가, 왜 하필이면 대니에게 내 마음이 이렇게 끌리는지 깨달았다. 그는 《헨리의 격정》의 주인공과 많이 닮았다. 나는 돼지우리 그늘에 그대로 선 채, 타들어가는 입술과 두근거리는 가슴을 억누르며 그를 계속 바라봤다. 내 눈길이 그의 몸을 훑었다. 단단한 근육, 매끄러워 보이는 다갈색 피부, 그리고 설화석고처럼 흰 속살. 두말할 나위 없이 멋진 몸매였다. 어깨는 넓고, 좁은 엉덩이는 물이 빠진 꽉 끼는 청바지에 가려 있었다. 꿈을 생각하자 몸이 뜨거워졌다.

누군가 있다는 걸 알아챘는지 대니가 돌아섰다. 그늘에 숨어 있던 나는 앞으로 나섰다. 우리는 한동안 말없이 서로를 바라보았다. 대니는 미소 짓지 않았다. 그의 기묘한 눈빛 때문에 혼란스러워져 도무지 평소처럼 행동할 수 없었다. 속으로 그 망할 놈의 책을 욕하면서도 대니의 몸에서 눈을 뗄 수 없었다. 창피해서 목부터 얼굴까지 빨개졌다. 고개를 숙이고는 "부엌에 가봐야겠네"라고 중얼거리며 그를 지나쳐 집 안으로 들어갔다. 내 행동이 부적절하다는 건 나 자신도 알고 있었다. 이성을 완전히 잃어버리기 전에 그 책을 이사벨라 고모할머니의 책장에 다시 꽂아두는 게 좋을 것 같았다. 최대한 빨리, 오늘 저녁에라도.

일을 모두 마친 뒤에 목련 저택으로 갔다. 피아노 앞에 앉아 한 시간 동안 쉬지 않고 연주하며 흘러간 유행가와 컨트리 음악, 브루스 스프링스틴의 노래 한두 곡과 내가 작곡한 노래 몇 곡을 불렀다. 할머니가 베란다에서 박수갈채를 보냈다.

"네 목소리는 정말 대단해."

나는 할머니의 건너편, 내가 좋아하는 등나무 의자에 앉았다. 여전히 마음이 복잡했다. 이 모든 감정이 창피했다. 우리는 한동안 아무 말도 하지 않았다. 할머니가 저녁 무렵 몰려드는 모기를 쫓으려는 듯 여송연에 불을 붙였다.

"셰리든, 너 뭔가 답답한 일이 있구나. 뭔데 그러니? 말해보렴."

어떻게 말을 꺼내야 할지 몰라 망설이다가 헛기침을 하고 조심스레 말을 꺼냈다. "할머니는…… 언제 처음으로 남자랑 잤어요?"

할머니는 별로 놀라는 눈치도 없이 몸을 이리저리 흔들며 킥킥 웃었다. "열일곱 살이었어. 온갖 규정과 관습을 완전히 무시한 행동이었지. 그 남자는 유부남이었단다."

나는 숨이 멎을 만큼 흥분해서 몸을 앞으로 내밀며 애원했다. "좀 더 얘기해주세요."

"원한다면."

할머니의 눈이 재미있다는 듯 반짝였다. 나는 정신없이 고개를 끄덕였다.

"그의 이름은 매그너스, 내 사촌 베키의 남편이었단다." 할머니는 느긋한 모습으로 의자 등받이에 등을 기댔다. "클리블랜드 출신의 측량기사였는데, 그해 여름에 다리 건설 작업을 하느라 이곳으

71

로 왔지. 그랜트 집안 토지 어딘가에 지어지는 다리였어. 그는 윌로크릭에 자주 오게 됐고, 베키와 사랑에 빠져 결혼한 뒤 여기 눌러앉았지. 기껏해야 스물다섯 살이었는데, 내 눈에는 엄청나게 나이가 많은 것처럼 보였단다. 아, 정말 멋진 남자였어. 넓은 어깨에 밝은 금발, 수레국화처럼 새파란 눈동자. 베키는 네 엄마와 비슷했어. 남자들이 원하는 게 뭔지 도무지 모르는 여자였지."

"남자들이 원하는 게 뭔데요?" 나는 끓어오르는 호기심을 억누르지 못하고 물었다.

"너도 언젠가는 알게 될 거야. 너한테 모든 비밀을 털어놓을 마음은 없단다." 할머니는 이렇게만 말하고 웃음을 터뜨렸다.

"어쨌든 나는 가엾은 매그너스 옆을 매일 맴돌았지. 그는 아내에게 손가락도 댈 수 없었어. 베키가 계속 몸이 찌뿌듯하다고 했거든. 그러던 어느 날 들판에서 일이 터졌어. 사실 좀 더 낭만적일 거라고 상상했는데, 뭐 상관없었어. 난 경험을 해보려고 혈안이 되어 있었거든. 매그너스는 내 희생자가 된 거야." 할머니가 추억을 되새기며 웃었다. "셰리든, 너한테 이런 말을 하면 안 되는 건데 말이야. 하지만 뭐 어떠니? 언젠가는 너도 경험하게 될 텐데."

나는 내가 그 경험에 얼마나 가까이 와 있는지는 털어놓지 않고 물었다. "그를 사랑하셨나요?"

"푹 빠져 있었지. 그건 분명해." 할머니는 어깨를 으쓱하고 손을 휘저어 모기를 쫓았다. "하지만 푹 빠지는 것과 사랑은 좀 다르단다. 사랑은 더 깊고 복잡하고 강하지. 신뢰와 존경, 가까움과 친밀함. 사랑은 시간이 지나면서 점점 자라는 감정이란다. 육체적인 욕망은 시작일 뿐이고."

지난 며칠 동안의 꿈들이 떠올라 숨이 막혔다.

"셰리든, 그런데 왜 이런 걸 묻니? 혹시 사랑에 빠진 거야?"

나 자신도 알 수 없었다. 대니에게 끌리는 마음은 제리를 향한 감정과는 완전히 달랐다. 나는 무릎을 당겨 팔로 감쌌다. "잘 모르겠어요. 그런데 옳은 남자는 아닌 것 같아요."

"옳은 남자? 언젠가 결혼하고 싶은 남자 말이니? 그런 생각을 하기에 넌 아직 너무 어려!"

"하지만 결혼을 해야 남자랑 잘 수 있잖아요." 나는 우물쭈물하다가 대답했다. "안 그랬다가는 메리 필립스처럼 될 거예요."

할머니는 정신 없이 웃음을 터뜨렸다. "아이고, 얘야. 너는 정말 구시대에 살고 있구나. 피임약이나 콘돔이 왜 있겠니?"

"남자랑 자고도 바로 결혼하지 않아도 된다는 뜻이에요?"

"아무도 모른다면, 그리고 임신하지 않는다면."

할머니가 은밀한 미소를 지으며 윙크를 던졌다. 더 캐묻고 싶었지만 나는 이미 너무 많은 말을 했다. 나는 자리에서 일어나 할머니의 뺨에 작별 키스를 했다.

"셰리든, 잘 자라. 네 호기심이 어느 정도 풀렸다면 좋겠구나."

"그럼요. 풀렸어요."

나는 미소를 지으며 대답했다. 자신이 한 말이 내게 어떤 티켓을 줬는지 할머니는 상상도 못 할 테지.

∞

'물빛 별장'이라는 매력적인 이름의 자그마한 집은 오랫동안 비어 있었다. 정확하게 말하자면 15년 전에 외할아버지가 돌아가신 뒤 외할머니 캐서린이 이사를 나오면서부터 빈 집이었다. 누가 붙

73

였는지는 몰라도 정말 잘 어울리는 이름이었다. 약간 경사진 언덕에 있는 그 집에선 굽이지고 모래톱이 많은 월로크릭 강의 아름다운 풍경이 아주 잘 보였다. 베란다가 빙 둘러진 별장은 수령이 100년도 넘은 참나무와 거대한 삼나무 들에 에워싸인 자그마한 목조 오두막이었다. 내가 기억하는 한 유리창의 덧문은 늘 닫혀 있었고, 앞마당에는 잡초가 무성했다. 작은 헛간과 마구간, 훈제실 같은 부속 건물들은 무너지기 직전이었다.

나는 차분하게 책을 읽거나 생각에 잠기고 싶을 때면 걷거나 말을 타고 물빛 별장으로 갔다. 엄마가 불쑥 나타나 뭔가 일을 시킬 걱정 없이 베란다에 앉아 적막과 고독을 즐길 수 있었기 때문이다.

끔찍하게 더운 어느 날, 강에서 수영을 해야겠다는 생각이 들었다. 웨이사이더를 타고 물빛 별장으로 가서 거대한 삼나무 그늘에서 말을 쉬게 했다. 50개쯤 되는 썩어가는 나무 계단이 오두막에서 강으로, 그것도 매혹적인 모래톱들 중에서도 가장 아름다운 지점으로 연결되어 있었다. 갑자기 누군가 나타날 리 없었으므로 나는 강가로 내려가 옷을 모두 벗었다. 티셔츠와 반바지 말고는 입은 것도 없었다. 월로크릭 강의 차가운 물결에 머리부터 던져 잠수했다. 수면에 등을 대고 누워 물결을 따라 떠내려가면서 구름 한 점 없는 파란 하늘을 올려다보았다. 그러다가 상류로 헤엄을 쳐 돌아갔다가 다시 떠내려가기를 반복했다.

엊그제 시끌벅적한 일이 있었다. 내가 점점 더 노골적으로 작업을 걸고 있는 대니가 허벅지에 심한 상처를 입은 것이다. 아버지는 그를 차에 태우고 매디슨병원으로 가서 15바늘이나 꿰매고 돌아왔다. 대니는 다음 날 바로 들판으로 나가려고 했다. 하루나 이틀 쉰다는 건 그만큼 돈을 벌지 못한다는 뜻이었으니까. 하지만 아버지는 그에게 숙소에 머물라고 명령했다. 아침에 펌프 옆에서 그를 만났을 때 상처가 어떤지 물어봤다.

"그냥 긁힌 정도야. 예전에 더 심하게 다친 적도 있어."

대니는 이 지방 남자들과는 다른 말투를 썼다. 어디서 왔는지 물어보니 "앨버커키"라고 짤막하게 대답했다. 나는 그가 계절노동자가 되어 뉴멕시코에서 네브래스카까지 온 이유가 궁금했다. 하지만 그때 엄마가 집에서 나오는 바람에 우리 대화는 끝났다.

나는 한참 동안 수영을 한 뒤 뜨거운 햇빛에 몸을 말리려고 모래밭에 누웠다. 깜박 잠이 들 뻔하다가 웨이사이더가 힝힝거리는 소리에 깜짝 놀라 일어났다. 얼른 티셔츠와 반바지를 입고는 물빛 별장으로 연결되는 계단을 뛰어 올라갔다. 대니가 베란다 계단에 앉아 있었다. 심장이 멎을 뻔했다. 그는 한 칸 위 층계에 팔꿈치를 기대고 모자를 한껏 젖힌 채 웃지도 않고 나를 빤히 바라봤다.

"어, 여기서 뭐해?" 나는 숨도 쉬지 못하고 물었다.

이 집은 물론 아버지의 소유이지만, 나는 내심 내 집이라고 생각하고 있었다. 이곳에 오는 사람은 나뿐이었으니까.

"농장에서 빌빌거리기 싫어서 산책을 나왔어."

"여기 언제부터 앉아 있었어?"

"한참 됐어……."

"내가 수영하는 거 봤구나!"

나는 비난하듯 소리 질렀지만 화를 내야 할지 어쩔지 알 수 없었다. 대니는 고개를 끄덕이며 히죽거렸다. 햇볕에 그을린 얼굴에서 치아가 눈부시게 빛났다.

"그래서 기분 나빠?"

그의 눈길이 내 가슴에 머물렀다. 젖은 머리카락 때문에 티셔츠가 젖어 속이 다 비쳐 보인다는 걸 깨닫고는 창피하고 화가 나서 몸을 돌렸다.

"너 정말 빌어먹게 매력적이다." 대니가 일어나며 다 부서져가는 베란다 난간에 몸을 기댔다.

"칭찬…… 고마워." 나는 여전히 몸을 돌린 채 대꾸했다. 여기 단 둘이 있다는 사실이 점점 마음에 들었다.

"말이 참 멋지다."

"말에 대해서 좀 알아?"

나는 몸을 돌려 대니를 바라봤다. 그는 나보다 머리 하나는 더 컸다. 매끈한 피부는 모자를 쓴 이마 선 아래까지 갈색으로 그을려 있었다. 그의 밝은 눈동자에는 내 심장을 세차게 뛰게 하는 수수께 끼 같은 뭔가가 있었다.

"뭐 여자들보다는 잘 알지."

우리는 아무 말 없이 마주봤다.

"나도 남자들보다 잘 알아."

"그런 거 같지는 않은데, 그렇지만 다른 건 아주 잘하더라. 남자 들을 달아오르게 하는 거 말이야."

나는 그 말을 칭찬으로 받아들였다.

"아, 그래?" 나는 살짝 미소를 지었다. 그 순간 나는 대니를 내 첫 남자로 만들기로 결정했다.

그가 다시 베란다에 몸을 기댔다.

"다리 아파?"

그가 히죽 웃으며 대답했다. "아니, 다른 데가 아파."

"어디?"

"알고 싶으면 이리 와봐."

나는 잠깐 망설이다가 그에게 다가갔다. 심장이 거칠게 뛰었다. 그가 뻗은 손을 마주잡았을 뿐인데 어느 틈엔가 그의 품에 안겨 있었다. 대니는 아이들 같은 입맞춤으로는 만족하지 않았다. 그의 입술이 내 입술을 눌렀다. 뻔뻔스럽게도 그의 혀가 내 입 속으로 쑥 들어왔다. 더럽다는 생각이 들었지만 곧 야릇한 떨림이 온몸을 훑으며 나를 꽉 채웠다. 비를 잔뜩 머금은 한여름 구름처럼 무겁고 나른하면서도 기묘하게 달콤한 감각이 배 속에 퍼졌다. 나는 점점 더 강렬하고 성급해졌고, 더 많은 것을 격렬하게 원했다.

"어디가…… 아파?"

그의 입술이 내게서 잠시 떨어진 사이, 내가 중얼거렸다. 대니는 계속 키스하며 내 손을 잡아 자기 가랑이 사이에 집어넣었다. 거친 청바지 위로 그의 발기가 느껴졌다. 숨이 쉬어지지 않았다. 대니는 키스를 멈추고 나를 똑바로 바라보며 쉰 목소리로 물었다.

"제대로 해줘?"

나는 다급하게 고개를 끄덕였다. 그래, 그러라고. 무슨 뜻인지는 모르지만 어서 뭐든 해달라고. 나는 지금 당장 뭔가를 원했다. 몸이 불길에 휩싸인 것 같았다. 호기심이 불안보다 훨씬 강했다.

대니가 아무 말 없이 내 손을 잡았다. 우리는 비틀거리며 베란다 계단을 올라가 집 안으로 들어섰다. 예전에 어떤 방에서 빛바랜 아마포로 덮인 소파를 본 적이 있다. 우리는 그곳으로 향했다. 대니는 모자를 벗어 바닥에 던졌다. 셔츠가 그 뒤를 따랐다. 그의 상체를 조심스럽게 만져보니 단단하고 팽팽한 근육이 느껴졌다. 내 손길이 마음에 드는지 대니가 숨을 헐떡였다.

"이리 와."

그가 소파 덮개를 거칠게 벗기고는 몸을 돌려 이상한 눈빛으로 나를 바라봤다. 다른 상황이었다면 배가 고픈가 보다고 생각했을 것이다. 나는 천천히 젖은 티셔츠를 머리 위로 올려 벗었다. 낯선 남자 앞에서 옷을 모두 벗자니 약간 부끄러웠다. 대니는 더는 참을 수 없다는 듯 나를 소파로 밀쳤다. 우리 무게에 눌려 낡은 소파가 삐걱거렸다. 대니가 내 반바지 지퍼를 내려 다리 아래로 밀어서 벗기고는 바깥에서보다 더 정열적으로 키스했다. 내가 손끝으로 배와 등을 쓰다듬자 그의 몸에 전율이 일었다. 평소의 오만함은 찾아볼 수 없었다. 나는 그의 온순한 모습이 마음에 들었다.

"잠깐만."

그가 바지주머니에서 뭔가를 꺼냈다. 나는 그가 작은 비닐 포장을 이로 물어뜯어 콘돔을 꺼내 씌우는 모습을 지켜봤다. 대니는 나를 눕히고 다리 사이로 미끄러지더니 내 안으로 들어왔다. 이런 끔찍한 고통은 미처 예상하지 못했다. 《헨리의 격정》에는 그런 말이 없었다. 깜짝 놀라 대니를 밀쳐내려고 했는데, 그럴 수 없었다. 나보다 두 배는 무거운 대니가 내 비명을 키스로 질식시켰다. 그의 이가 내 이에 부딪쳤다.

몸이 갈라지는 것 같았다. 이를 악물고 비명을 참았다. 즐겁거나 황홀한 감각은 전혀 없었다. 대니가 헐떡이며 위아래로 몸을 움직이자 가죽 소파가 끽끽 소리를 내며 반항했다. 대들보에 붙어 있는 거미줄을 올려다보며 《헨리의 격정》에서 수없이 묘사된 황홀경을 헛되이 기다렸다. 몇 분이 지났다. 대니가 이상한 소리를 내더니 내 몸 위로 축 늘어졌다.

"셰리든, 빌어먹을." 그가 내 가슴에 얼굴을 묻고 중얼거렸다. "처녀라는 거 왜 말하지 않았어?"

"이제 더는 아니야." 포만감에 느긋해진 나는 만족스럽게 대꾸했다. 성행위 자체는 별다른 감흥이 없었지만, 성인 남자의 몸과 정신을 통제하는 권력을 쥐었다는 느낌은 아주 마음에 들었다. 어른들이 수군거리던 이야기가 뭐였는지 이제 알 것 같았다. 메리 필립스는 이렇게 임신을 했고, 우리 아버지도 최소한 네 번은 엄마와 이렇게 했다. 그 생각을 하자 당황스러워졌다.

대니는 셔츠 주머니에서 담배를 꺼냈다. "넌 내가 본 여자들 중에 제일 매력적이야." 그가 담배에 불을 붙였다. 그러다가 뭔가 불현듯 떠오른 모양이었다. "그런데 너 몇 살이지?"

"열다섯."

"빌어먹을!"

"왜 그래? 쉰 살보다는 낫잖아."

"그건 그래. 하지만 열다섯은 너무 어리단 말이야."

"자긴 몇 살인데?"

"스물여섯."

"너무 늙었다."

그는 장난과 진지함이 뒤섞인 표정으로 나를 뜯어보다가 몸을 일으켰다. "난 네가 이 분야에 아주 경험이 많다고 생각했어."

"이론으로만 알아. 자기가 과외해주면 되겠네."

"네 아버지한테 들키면 여기가 잘려버릴 테지?"

그럴지도 모른다. 시골의 도덕관은 매우 엄격했고, 아버지는 나에 관해서라면 아주 무서운 사람이다. 그래도 나는 쾌락과 황홀경에 대한 희망을 포기할 수 없었다. 우리는 몸을 꼭 붙이고 누워 서로를 다리로 휘감았다. 나는 손을 뻗어 그의 뺨을 어루만졌다.

"자기가 이제 내 애인이야?"

대니는 담배 연기를 잘못 삼켰는지 기침을 했다. 그러고는 히죽거리며 대답했다. "그럼, 물론이지. 진짜 낭만적이네."

아버지와 다른 남자들이 밀을 수확하느라 농장 끝까지 가 있었으므로 나와 대니는 만나기가 아주 쉬웠다. 윌로크릭 농장은 중서부 전체는 아니더라도 네브래스카 주에서는 가장 큰 곡물 농장 가운데 하나였다. 집에서 저녁식사를 하려고 매일 수백 마일을 오가는 건 비경제적이라 남자들은 농장 곳곳에 흩어져 있는 간이 오두막에서 먹고 잤다. 남자들은 밤낮으로 교대로 일했는데, 조리사 두명이 현장에서 일꾼들의 식사를 준비했다. 유채와 밀, 콩과 옥수수는 지극히 예민해서 거둬들일 때도 여러 가지 요소를 고려해야 한다. 아버지는 오빠들과 조지 아저씨와 함께 몇 주 전부터 체계적이면서도 탄력적인 노동 계획을 짰다. 예상치 못한 어려움에도, 예를 들어 날씨가 갑자기 나빠지더라도 유연하게 대처할 수 있는 계획이었다. 하이럼 오빠와 행크는 트랙터와 탈곡기, 옥수수 수확기등 농기계 담당이었다. 추수가 끝나면 농지를 바로 다시 경작해야 했다. 단일 경작을 하면 지력이 약해지기 때문에 아버지는 세심하게 신경을 써서 매년 다른 작물을 심었다. 나는 이 모든 고민과 계획이 이뤄지는 과정을 보며 자랐다. 극심한 가뭄이나 태풍, 엄청난 위력의 소나기와 싸울 때 아버지가 보여준 강인함처럼 이 모든 것은 나에게 익숙했다.

하지만 올 여름, 나는 추수에 전혀 관심이 없었다.

대니는 부상 때문에 농장에서 지내며 식료품과 농기구 부품 같은 온갖 물품을 매일 간이 오두막에 전달하는 운전사 노릇을 했다. 들에서 하는 작업 못지않게 중요하고 책임감이 따르는 일이었다. 덕분에 우리는 매일 한두 시간 정도는 만날 수 있었다.

그날 오후에 나는 웨이사이더를 타고 물빛 별장으로 향했다. 대니는 그날 처음으로 차를 몰지 않고 걸어서 왔는데, 그게 얼마나 다행이었는지 모른다. 우리가 막 옷을 입었을 때 마당에서 아버지의 픽업트럭이 털털거리는 소리가 들렸다. 나는 깜짝 놀라 심장이 멎을 것 같았다. 볕에 그을린 대니의 얼굴조차 창백해졌다.

"아, 빌어먹을. 빌어먹을! 이제 끝장이야. 네 아버지가 날 죽일 거야." 그가 공포에 질려 등 뒤에서 웅얼거렸다.

"걱정 마." 나는 민소매 블라우스 단추를 급하게 끼우며 대꾸했다. "자기가 여기 있는 거 아빠는 몰라. 알았더라면 벌써 문을 박차고 들어왔을 거야."

내 확신에 찬 말에도 그의 얼굴은 더욱 창백해질 뿐이었다. 지저분한 유리창 너머로 내다보니 아버지가 차에서 내려 마당을 슬슬 가로질러 나무 그늘에 있는 웨이사이더에게 다가가 등을 쓰다듬는 게 보였다.

"꼼짝 말고 여기 그대로 있어. 내가 해결할게."

나는 머리카락을 쓸어 올려 하나로 묶었다. 겁을 집어먹은 대니는 아무 말 없이 고개만 끄덕였다.

"셰리든?"

아버지의 목소리가 들렸다. 나는 심호흡을 하고 아버지가 베란다 계단을 올라오기 전에 문을 열었다.

"아빠!"

아버지가 미소를 지었다. "웨이사이더를 보고 네가 이 근처에 있을 거라고 생각했지."

"절 찾으신 거예요?"

"아니, 난…… 우연히 지나가던 길이다. 이 낡은 집이 어떤지 잠깐 좀 보고 싶었어."

그 말은 의심스러웠다. 아버지가 추수철에 아무 이유 없이 배회하는 일은 절대 없을 뿐더러, 물빛 별장은 우연히 지나갈 수 있는 위치에 있지 않았다.

"여기서 뭐하니?"

정신 없이 머리를 굴리다 보니 멋진 핑계가 하나 떠올렸다. "전 이따금 여기 와요. 혼자 있고 싶거나 생각할 게 있으면요." 나는 당황한 척하며 아랫입술을 깨물었다. "여기 계단에 앉아서 강을 내려다보는 게 정말 좋아요. 친부모님이 돌아가시지 않았다면 난 지금 어디에 있을까, 그런 생각도 가끔 하고요."

아버지의 얼굴에서 푸근한 미소가 사라지고 표정이 돌처럼 딱딱하게 굳었다.

"친부모님에 대해…… 아는 게 전혀 없잖아요." 나는 얼른 말을 이었다. "어떤 분들인지, 어디 출신인지……."

아버지가 충격을 받는 모습을 보며 나는 솔직히 놀랐다. 몇 초 동안 정적이 흘렀다. 흐드러지게 핀 장미 넝쿨에서 윙윙거리는 말벌 소리가 따뜻한 공기를 파고들었다. 그저 핑곗거리로 내뱉은 경솔한 말이 아버지에게 깊은 상처를 줬다는 사실을 깨닫고 나는 침을 꿀꺽 삼켰다.

"너…… 그런 생각을 하고 있었구나." 아버지의 목소리는 꽉 눌려 있었다.

갑자기 목이 말랐다. 나는 겨우 목소리를 짜냈다. "얼마 전부터 가끔씩. 그러니까…… 그때부터……. 방앗간 사건 때부터요."

점점 더 불편해지는 기분에 목구멍을 비틀듯 대답했다. 그게 결정타였던 모양이다. 절망하는 아버지의 표정에서 내가 점점 더 끔찍한 말을 지껄이고 있다는 걸 알 수 있었다. 내가 한 말은 비난처럼, 완벽하게 배은망덕한 소리처럼 들렸다. 소름 끼치는 내 경솔함에 나 자신에게 욕을 퍼부었지만, 한 번 내뱉은 말을 다시 주워 담을 수는 없었다.

아버지는 고아였던 나를 가족으로 받아들였을 뿐 아니라 진짜 딸처럼 대했다. 내가 자기 혈육이 아니라는 사실을 한 번도 느끼게 한 적이 없다. 아버지의 주의를 다른 곳으로 돌리려는 얕은 수로 건드린 주제는 생각보다 무겁고 예민한 것이었다. 사실을 말하자면 나는 입양됐다는 사실을 진지하게 고민해본 적도 없었다. 사과하고 변명하려는데 아버지가 먼저 입을 열었다.

"친부모가 누군지 출생에 대해 알고 싶은 건 네 정당한 권리야." 나직한 목소리가 이어졌다. "더 나이 들면 말해주려고 했는데…… 아마 겁이 났던 것 같구나."

예상치 못한 고백에 나는 깜짝 놀랐다. 지금 이 자리가 너무도 불편했다. 집 안에 앉아 식은땀을 쏟고 있을 대니도 까맣게 잊어버렸다. 아버지도 자기가 물빛 별장에 온 이유를 잊어버린 듯했다.

"화나셨어요?" 나는 기죽은 목소리로 물었다.

"아니, 전혀 아니야." 아버지가 고개를 저었다. "나 자신에게 화가 났다는 게 맞을 거다."

"엄마한테…… 이 이야기를 하실 건가요?"

멍하던 아버지의 눈빛이 되살아났다. 아버지는 잠시 망설이다가 고개를 저었다.

"엄마는 이해하지 못할 거예요."

아버지는 아무런 대답도 하지 않았다. 나는 떨리는 손으로 웨이사이더의 줄을 풀고 뱃대끈을 당겨 안장에 올랐다. 순간 아버지에게 조금이라도 내 마음을 설명해야겠다는 생각이 들었다.

"아빠, 친엄마가 비열하고 사악한 사람이라는 말을 믿고 싶지 않아서 이런 생각을 하게 된 거 같아요."

"누가 그런 말을 했지?" 가려고 몸을 돌리던 아버지가 돌아섰다.

"엄마가요. 얼마 전에 나더러 태어나지 말았어야 할 괴물이라고 했어요. 친엄마랑 똑같다고요."

대니와 나의 밀회는 물빛 별장에서 아버지에게 들킬 뻔한 그날 갑작스러운 종말을 맞았다. 대니는 자신의 남성성을 상실하게 될지도 모른다는 공포 때문에 이성을 찾은 모양이었다. 그는 나를 갖고 싶기는 하지만 인생 종 치고 싶은 마음은 없다고, 이제 다시 밖에서 일을 해야겠다고 짤막하게 말했다. 우리 사이에는 육체적인 욕구밖에 없었으므로 일방적으로 관계가 끝났어도 아무렇지 않았다. 나는 이사벨라 고모할머니가 사랑에 관해 했던 말을 떠올렸다.

여름이 끝날 무렵, 대니와 나는 작별 인사를 했다. 키스도 없었다. 그의 빨간 트럭이 사라지는 것을 보면서 나는 그를 그리워하지 않으리라는 걸 깨달았다. 사랑하지 않았으니까.

가을

사람은 어느 순간 갑자기 늙는다고들 한다. 어느 날 아침 거울을 들여다보면 전날보다 10년은 더 나이를 먹은 듯한 느낌이 든다는 거다. 방학이 끝나고 학교에 돌아갔을 때, 나는 그 말이 사실임을 알 수 있었다. 얼굴에 주름이 지거나 한 건 아니지만, 내가 어쩐지 다른 사람이 된 것 같았다. 그동안 한 방향으로 느릿하게 흐르던 삶의 강물이 방향과 속도를 바꾸었다. 곳곳에 위험한 소용돌이와 예측할 수 없는 급류가 숨어 있었다. 제리가 페어필드를 떠난 지 얼마나 됐냐고 누군가 묻는다면 나는 아마 1년 이상 된 것 같다고 대답했겠지만, 실은 겨우 넉 달밖에 지나지 않은 때였다.

더는 제리가 그립지 않았다. 제리의 얼굴이 흐릿해지는 만큼 양심의 가책은 커졌다. 제리도, 대니도 내 인생의 사랑은 아니었다. 내 마음에 불안의 씨앗을 심어놓았을 뿐이다. 평생 '그 사람'을 만나지 못하면 어쩌지? 누가 '그 사람'이라는 걸 어떻게 알 수 있지?

이런 고민에서 벗어나 기분을 전환하려고 이사벨라 고모할머니의 책장에서 지극히 낭만적인 연애 소설을 가져다 읽기도 했지만 악몽은 계속됐다. 실수로 잘못된 남자를 만나 페어필드나 어떤 적막한 촌구석에 영원히 처박히게 될지도 모른다는 소름 끼치는 생각 때문에 식은땀에 푹 젖어 잠에서 깰 때가 많았다.

매디슨고등학교는 전교생이 470명뿐인 작은 학교였지만, 학생부 대회에서 몇 번이나 우승한 미식축구 팀 덕분에 제법 유명했다. 이런저런 수업과 클럽 활동도 놀라울 만큼 다양했다. 올해는 의욕 넘치는 젊은 음악 교사 헤더 코스텔로 선생님이 음악과 공연 수업을 맡게 되었다. 저학년 학생들도 수업을 들을 수 있다는 소식을 게시판에서 읽자마자 나는 곧장 등록했다. 학교 합창단과 독서 클럽, 문학과 육상 수업도 신청했다. 필수 과목은 에스라 오빠와 같은 수업을 듣는 위험을 피하려고 대학 인정 학점을 미리 이수하는 어려운 심화 과목만 들었다. 에스라 오빠는 그 무엇에도 흥미가 없어서 정규 수업 말고는 아무것도 등록하지 않았다. 오빠는 자기처럼 모든 것에 무관심하고 게으른 패거리와 어울려 다니기에 바빴다. 덕분에 최소한 낮에는 오빠를 피할 수 있었다.

코스텔로 선생님의 첫 수업인 수요일 3시를 초조하게 기다렸다. 나 말고도 음악과 공연에 관심이 있는 학생이 스물네 명이나 되는 것을 보고는 깜짝 놀랐다. 10학년은 나와 발레 대회 우승자 유니스 채플뿐이고 나머지는 모두 고학년 학생이었다. 교내 오케스트라와 합창단에서 본 적 있는 올리버 웨더비와 시드니 래러비가 이 수업을 들을 것은 이미 예상하고 있었다.

코스텔로 선생님은 가녀린 몸에도 불구하고 힘과 열정이 넘치는 사람이었다. 우리는 뉴욕 줄리어드음악학교에서 뮤지컬을 공부하고 브로드웨이에서 6년 동안 뮤지컬 공연에 참여했다는 선생님의 자기소개에 경외심을 느끼며 귀를 기울였다. 이런 촌구석에서 브로드웨이 무대에 선 사람을 만난 건 처음이었다. 선생님은 군인인 남편이 근처 공군 기지로 전출되는 바람에 이곳 교사로 지원한 거였다. 우리는 선생님을 에워싸고 바닥에 반원 모양으로 둥글게 앉았다. 선생님은 우리가 뭘 잘하는지, 그리고 이 수업에서 기대하는 것이 뭔지 한 명씩 돌아가며 물었다.

11학년인 올리버는 드러머인데, 자기 드럼 세트도 가지고 있다고 했다. 그는 클래식이나 컨트리 음악에는 관심 없고 록 음악을 하고 싶다고 했다. 시드니도 마찬가지였다. 그는 몇 년 동안 교회 밴드에서 이런저런 악기들을 연주해왔다. 마저리 해리스는 노래와 춤을 배우고 싶어 했고, 유니스는 발레 이야기를 했다. 넬리 블랜처드는 오페라와 연극을 좋아했다. 우리의 꿈과 기대는 무척 다양했다. 내 차례가 됐다. 나는 무슨 말을 해야 할지 곰곰이 생각했다. 브루스 스프링스틴과 존 쿠거 멜런캠프의 모든 노래, 거기다 지역 방송국이 소장한 음반의 노래를 모두 외운다고 말하면 바보처럼 들릴 것이다. 그래서 짤막하게 말했다.

"노래 부르는 걸 좋아해요. 가끔 피아노도 치고요. 직접 작곡한 것도 몇 곡 있어요."

"그래?" 코스텔로 선생님이 호기심 어린 눈길을 던졌다. "어떤 곡을 쓰지? 피아노 좀 쳐보겠니? 클래식이랑 네가 작곡한 거랑."

내가 고개를 끄덕이자 선생님은 음악실 가운데 있는 그랜드피아노를 가리켰다.

"자, 어서." 선생님이 미소를 지었다.

그쪽으로 걸어가는데 문이 휙 열리더니 한 번도 본 적 없는 남학생이 들어왔다. 그 아이는 문간에 서서 팔이 네 개에 눈이 세 개 달린 괴물이라도 목격한 것처럼 나를 뚫어져라 바라봤다.

"들어오렴. 브랜던이지?" 뒤에서 선생님의 목소리가 들렸다.

"네…… 늦어서 죄송해요."

남학생은 문을 닫더니 나를 한 번 더 흘긋 보고는 코스텔로 선생님 앞으로 갔다. 상당히 잘생긴 아이였다. 다른 여자아이들도 같은 생각을 하는지 소곤거리고 킥킥대는 소리가 들려왔다.

"괜찮아. 해리스 교장선생님이 이미 말씀하셨어. 셰리든, 이제 시작하렴. 다른 애들은 조용히 하고."

소곤거림이 잦아들었다. 나는 헛기침을 하고는 살짝 불안한 목소리로 말했다. "슈베르트의 〈세레나데〉를 부를게요."

농장 일꾼들 앞에서 늘 노래를 해왔지만, 이번 청중은 훨씬 수준이 높고 까다로웠다. 낯선 남학생과 눈이 마주치자 심장이 쿵쿵 뛰었다. 그러나 손가락이 건반에 닿자마자 익숙한 나만의 세계가 펼쳐졌다. 불안은 사라졌다. 사람들의 호기심 어린 시선도 사라졌다. 물 흐르듯 손가락을 움직이며 노래했다. 그러고는 사이를 두지 않고 내가 작곡한 〈태어난 곳은 잘못된 곳〉과 〈신이 잊어버린 우리〉라는 노래를 연달아 불렀다. 그러면서 제리와의 작별과 그때의 마음을, 대니와 보냈던 시간을 생각했다.

노래를 마치고 주변을 둘러보는데 다들 놀란 얼굴로 나를 바라보고 있었다. 모두들 열정적으로 박수갈채를 보냈다. 올리버가 휘파람을 부는 바람에 나는 얼굴이 붉어졌다.

"네가 이 노래들을 직접 썼다고?"

선생님이 미심쩍다는 표정으로 묻기에 나는 고개를 끄덕였다.

"꽤 괜찮은 곡들이구나." 선생님은 탐문하듯이 나를 자세히 뜯어보면서 인정한다는 듯한 미소를 지었다. "정말 괜찮아. 게다가 네 목소리는 정말이지…… 음, 뭐랄까…… 아주 독특해. 내 생각에는 세 옥타브 정도는 넘나들 수 있을 것 같은데, 맞니?"

나는 다시 고개를 끄덕였다. "피아노 선생님이 언젠가 저더러 절대음감이 있다고 하셨어요." 말하고 보니 잘난 체하는 것 같아 멋쩍게 웃으며 얼른 덧붙였다. "그게 무슨 뜻인지는 모르겠지만요."

코스텔로 선생님은 아주 이상한 표정으로 나를 봤다. 기묘한 동물이 불쑥 앞에 나타났을 때 지을 것 같은 표정이었다. 그러고는 한 손을 내 어깨에 얹고 다른 아이들에게로 돌아섰다. "여기서 이런 재능을 만나게 되리라고는 상상도 못 했어."

그런 다음 새로 온 아이에게 자기소개를 부탁했다.

브랜던 래컴은 11학년이었다. 의사인 아버지가 7월부터 매디슨 병원에서 일하게 되었다고 했다.

"오클라호마에서 왔어요. 스틸워터고등학교 미식축구 팀 쿼터백이었고요. 운동을 좋아하는데…… 록 음악은 더 좋아해요." 그가 씩 웃으며 갈색이 섞인 짧은 금발을 손으로 흐트러뜨렸다. "스틸워터에서 친구들이랑 밴드 활동을 했어요. 일렉트릭 기타랑 베이스 기타, 피아노, 각종 퍼커션을 칠 줄 알아요."

"멋지다!" 올리버와 시드니가 휘익 휘파람 소리를 냈다.

"마음이 맞는 친구들이 보이니?" 선생님은 아주 만족스러운 눈치였다. "오늘은 이만 마치자. 연주할 사람들은 금요일에 자기 악기를 가지고 오렴. 기막힌 아이디어가 떠올랐어."

음악실을 나가려는데 선생님이 나를 불렀다. "셰리든, 잠깐만. 문을 닫고 이리 와보렴."

그러고는 피아노 앞에 앉았다. 내가 다가가자 선생님은 나를 한참 보더니 화음을 하나 쳤다. 나는 각각의 계이름을 소리 내어 말했다. 몇 번 그러고 나자 선생님은 내가 거짓말한 게 아님을 믿게 된 것 같았다. 선생님이 연주를 시작했다. 모두 1960년대 팝 음악이었다. 나는 피아노 소리에 맞춰 델 섀넌과 브렌다 리의 노래들, 그룹 크리스털의 〈다 두 론 론〉을 불렀다.

선생님은 고개를 저으며 함박웃음을 지었다. "우와, 너 진짜 잘하는구나."

"정말요?" 나는 가슴을 두근거리며 물었다. 줄리어드에서 공부한 사람의 평은 낸시 앤더슨 선생님이나 이사벨라 고모할머니의 칭찬보다 훨씬 큰 의미가 있었다. 그리고 코스텔로 선생님은 입에 발린 칭찬 따위는 하지 않을 사람 같았다.

"그래, 정말이야." 선생님의 표정이 진지해졌다. "네 목소리는 정말 굉장해. 리듬감과 발성도 안정적이고, 또 뭐랄까…… 목소리에서 윤이 난다고 해야 할까? 우아하고 독특한 뭔가가 있어. 나 진짜 감동받았다."

음악실에서 나오는데 구름 위를 걷는 기분이었다. 그때 누군가 큰 소리로 나를 불렀다.

"셰리든!"

텅 빈 복도에 올리버와 시드니가 서 있었다.

"기다리고 있었어. 뭐 좀 물어볼 게 있어서." 올리버가 말했다.

"그래? 뭔데?" 나는 코스텔로 선생님의 칭찬에 한껏 들떠서 두 사람이 나를 기다렸다는데도 별로 놀라지 않았다. "나 버스를 놓칠지도 몰라. 서둘러야 해."

내가 달리기 시작하자 둘도 내 옆에서 보조를 맞추어 뛰었다.

"조금 전에는 말하지 않았는데, 시드니랑 나랑 밴드를 결성했어." 올리버가 이야기하기 시작했다. "나중에 들어온 그 남자애한테도 얘기했는데, 완전 좋아하더라. 우리 밴드에 없는 건 보컬뿐이야. 정확하게 말하자면 여자 보컬이지. 그런데 방금 네 노래를 들은 거야. 우리 정말 기절하는 줄 알았어."

나는 걸음을 멈췄다.

"음…… 그래서 말인데…… 혹시 우리랑 연습해볼 마음 없니? 그러니까…… 혹시 시간 있어?"

놀라서 말이 나오지 않았다. 몇 년 전부터 밴드에서 노래하고 싶다는 꿈을 남몰래 키워왔지만, 그건 달나라만큼이나 머나먼 꿈이었다. 제리와 레드 같은 내 친구들은 몇 시간이나 음악에 대해 수다를 떨고, 수백 곡의 노래를 외우고, 온갖 언더그라운드 밴드의 이름을 들먹이기는 해도 악기를 다룰 줄은 몰랐다.

"그러니까…… 음…… 너도 관심 있을지 몰라서 한번 물어보려고 기다리고 있었어." 올리버가 더듬거리며 말을 이었다. "물론 지금 당장 결정하라는 건 아니야. 그냥 생각이라도 해보라고."

내가 아무 말도 하지 않자 둘은 당황한 것 같았다. 괜히 물어봤다고 후회하는 것 같기도 했다.

"아, 진짜…… 멋지다."

나는 둘이 마음을 고쳐먹기 전에 얼른 대답하고는 벽에 붙은 시계를 흘깃 봤다. 5시가 되기 5분 전. 페어필드 방향으로 가는 마지막 스쿨버스가 이제 곧 떠난다.

"일단 버스를 타야겠어."

시드니가 유리문을 잡아주며 물었다. "생각해볼 거지?"

"아니, 생각할 필요 없어." 정말로 그럴 필요 없었다. 두 번 다시 오기 힘든 기회였다. 게다가 브랜던 래컴이 낀다니! "기꺼이 참석할게. 언제 어디서 연습할 건지만 알려줘."

"어, 그래." 올리버와 시드니는 약간 어리둥절한 표정으로 나를 바라봤다. "그럼 내일 다시 이야기할까?"

"그래!" 나는 두 사람에게 손을 흔들며 시동을 건 채 나를 기다리고 있는 노란색 스쿨버스를 놓치지 않으려고 재빨리 달렸다.

집에 오는 버스 안에서 내내 최면에 빠진 것만 같았다. 그 수업에서 내가 기대한 것은 약간의 기분 전환과 재미였다. 이런 일이 생기리라고는 정말 꿈에도 생각하지 못했다. 코스텔로 선생님은 노래 잘 부르는 사람을 아주 많이 봤을 텐데 그런 사람이 내게 칭찬을 하다니! 오늘 선생님에게 들은 말은 나를 구름 위로 떠오르게 했다. 그게 다가 아니었다. 오랫동안 꾸어온 꿈, 밴드 보컬이 되고 싶다는 꿈이 손에 잡힐 정도로 가까이 다가왔다. 오디션을 보게 해달라고 애걸하지도 않았다. 올리버와 시드니가 먼저 나를 찾아왔다. 내 목소리가 멋지다고 생각했기 때문에! 믿지 못할 만큼 멋진 일이다.

아버지에게 얼른 이야기하고 싶어서 스쿨버스 정류장에서 집까지 2마일을 정신 없이 달렸다. 그러나 현관문을 벌컥 열었을 때 나를 맞은 것은 언짢은 표정을 짓고 있는 엄마였다.

"또 어딜 쏘다니다 오는 거야?" 엄마가 잔소리하기 시작했다. "에스라는 4시부터 집에 있었어. 벌써 6시 반이 다 되어가잖아!"

"새로 생긴 음악 수업에……."

엄마는 내가 끝까지 말하도록 기다려주지 않았다.

"옷 갈아입고 부엌으로 가. 오늘 저녁에 손님이 올 거야."

나는 고분고분하게 고개를 끄덕였다. 지저분한 접시 만 개를 설거지하라고 시킨다 해도 상관없었다. 나는 행복한 무아지경에 빠져 있었다.

드와이트 톰슨은 네브래스카농업연맹 회장이었다. 4만 가구 이상의 농가가 소속된, 주 전체에서 가장 큰 독자적 농업 조직이었다. 톰슨 씨는 풍채 당당한 60대 남자로, 희디흰 백발에 얼굴은 벌겠다. 한번 발언권을 휘어잡으면 말을 그치지 않고 큰 목소리로 반대 의견을 묵살하는 타입이었다. 내가 그를 좋아한 유일한 이유는 엄마가 그를 못 견디게 싫어했기 때문이다. 저녁식사를 하면서 아버지와 톰슨 씨는 지난 반년 동안 형편없었던 고깃값과 농무부의 새로운 결정들, 남부 지역 농민들에게 큰 피해를 준 가뭄에 대해 이야기를 나눴다. 나는 낮에 있었던 제안 때문에 잔뜩 들뜬 채 반쯤 귀를 닫고 있었던 탓에 식사가 끝난 것도 알아차리지 못했다.

"셰리든!"

엄마의 목소리에 정신이 퍼뜩 들어 접시 치우는 걸 도우려고 벌떡 일어났다. 아버지와 톰슨 씨는 베란다로 나갔고, 오빠들은 어슬렁어슬렁 사방으로 흩어졌다.

"베란다로 커피 가져다 드려. 그런 다음 부엌 정리하고." 엄마가 퉁명스럽게 명령했다.

나는 고개를 끄덕이고 부엌으로 가서 커피메이커에 커피 가루와 물을 채웠다. 대니와 내가 같이 있는 모습을 아버지에게 들킬 뻔한 날로부터 몇 주가 지났다. 그동안 아버지는 친부모님에 대해 말해주겠다던 약속을 요리조리 피하고 있었다. 아버지는 아무리 불편한 일이라도 미루거나 피하는 사람이 아닌데, 이상했다. 하지만 내가 그 주제를 어떻게 꺼내게 됐는지 생각하면 양심의 가책을 느꼈으므로 아무 말 없이 그냥 기다렸다. 커피를 담은 주전자와 잔두 개, 크림과 설탕을 쟁반에 올려놓은 뒤 균형을 잡으며 베란다로 나갔다.

"자네들이 날 믿어주는 건 정말 고맙게 생각하네."

아버지의 목소리가 들려왔다.

"하지만 내가 농장을 오래 비울 수 있을지는 모르겠군. 지금도 이미 너무 자주 비우고 있거든."

"아들놈들이 다 컸는데 무슨 걱정인가? 자네가 한 달에 며칠 더 집을 비운다 해도 농장은 잘 돌아갈 걸세." 톰슨이 예의 그 우렁찬 목소리로 말했다.

"한 달에 며칠? 자네 일이 얼마나 많은지 내가 모르는 줄 아나?" 아버지가 웃음을 터뜨리자 톰슨 씨도 인정했다.

"그렇긴 하지. 그동안 나 혼자 너무 많은 짐을 져왔어. 꼭 해야 할 일을 할 시간조차 없었다네. 이렇게 적임자가 있는데 아무나 선출된다면 내 마음이 너무 아플 걸세. 버넌, 임원진은 만장일치로 자네를 추천했네. 겨우 2년일세! 시간을 너무 빼앗긴다고 생각하면 그 후에 그만두면 되지."

나는 잔에 커피를 가득 따라서 두 분 앞에 내려놓았다. 톰슨 씨는 애정을 가득 담아 고맙다고 말했고 아버지는 말없이 고개만 끄덕였다. 나는 집 안에 들어와 방충망 뒤에 몸을 숨기고 대화를 엿들었다.

"버넌." 톰슨 씨가 절박한 목소리로 다시 말을 이었다. "자네는 우리 문제가 뭔지 잘 알잖나. 뭐가 문제고, 어떻게 해결해야 하는지 자네보다 잘 아는 사람은 없을 걸세. 자네는 성공적으로 농사를 짓는 방법을 알고 있지. 워싱턴에 가서 우리의 요구를 논리적으로 주장할 수도 있어. 우린 자네같이 이성적인 사람이 필요하다네. 농무부의 능수능란한 관료들에게 당하지 않으려면 말일세."

"지금 당장 결정할 수는 없어." 아버지는 결정을 유보했다.

"당장 확답을 달라는 건 아니야. 다만 돌아가기 전에 자네가 승

낙할 확률이 얼마나 되는지 정도는 알고 싶군."

한동안 아무 말도 들리지 않았다. 아버지가 지금보다 더 자주, 더 오래 집을 비울 거라고 생각하니 기분이 좋지 않았다. 그러면 나는 종잡을 수 없는 엄마의 기분에 아무런 방어막도 없이 내던져질 것이다.

"생각해보겠네. 그 직책이 싫다는 건 아니지만, 나 없이 농장이 얼마나 잘 돌아갈지 확인하는 게 우선이야."

톰슨 씨는 그 대답에 만족한 모양인지 화제를 바꾸었다. 나는 엿듣는 걸 그만두고 부엌을 정리하기 시작했다. 운이 좋았다. 바로 그 순간 엄마가 문간에 나타났기 때문이다. 엄마의 눈길이 개수대 속의 닦지 않은 냄비와 그릇 들로 향했다.

"뭐야, 또 게으름을 피웠잖아. 깨끗이 닦아. 난 마사와 빙고하러 갈 테니까." 엄마가 날선 목소리로 말했다.

"잘 다녀오세요."

엄마는 의심스럽다는 눈길을 보내며 자리를 떴다. 저녁식사 후에 산더미처럼 쌓인 지저분한 그릇 앞에 서면 자기 연민에 빠져 신데렐라가 된 듯한 기분이 들 때가 많았지만 오늘은 아무렇지도 않았다. 냄비를 닦으면서 나지막하게 노래를 불렀다. 올리버와 시드니의 제안을 곰곰이 생각해봤다. 두 아이와 어울리는 것에는 엄마도 반대할 이유가 없었다. 시드니 아버지는 존경받는 변호사고, 올리버의 부모님은 치과를 운영한다. 물론 나는 그런 배경에는 관심이 없었다. 그 밴드가 어떤 음악을 연주할지, 얼마나 잘할지만 중요했다. 주말에는 알게 될 테지.

겨울

에스라 오빠는 가을에 운전면허를 따려고 했지만 필기시험에 두 번이나 떨어졌다. 게을러서 공부라고는 한 글자도 하지 않는 주제에 무진장 화가 나서는 나에게 분풀이를 해댔다. 아버지는 결국 네브래스카농업협회 회장직을 맡아서 집을 더 자주 비우게 되었다. 아버지가 집에 없는 며칠 또는 몇 주 동안 엄마는 아무런 방해도 받지 않고 내 삶을 더욱 힘겹게 만들었다. 엄마는 에스라 오빠가 지껄이는 비열한 헛소리를 무조건 믿었다. 하지만 밴드 활동과 코스텔로 선생님의 수업 덕분에 그 모든 것은 기름막에 떨어지는 빗방울처럼 내게 아무런 영향도 주지 못했다. 아버지는 밴드에서 노래해도 좋다고 허락해주었고, 엄마는 차마 래컴이나 래러비, 웨더비 집안에 대놓고 시비를 걸 용기는 없었는지 교묘하게 심술을 부렸다. 매디슨까지 태워다주겠다고 약속하고는 막상 연습 시간이 되면 사라져버리기도 했고, 모페드 열쇠를 숨기거나 연료통을 비워놓기도 했다.

시드니는 매디슨 끝자락에 살았다. 윌로크릭에서 들판을 가로질러 가면 겨우 12마일에 불과해 웨이사이더나 모페드를 타면 엄마의 훼방에서 벗어날 수 있었다. 태어나서 처음으로 정말 좋아하는 일이 생겼으니 아마 걸어서라도 밴드 연습에 갔을 것이다. 게다가 아이들의 실력도 좋았다. 우리의 레퍼토리는 매주 늘어났다.

처음에는 유행가를 연습했다. 얼마 지나지 않아 마돈나와 휘트니 휴스턴, 티나 터너의 노래뿐 아니라 심플 마인즈와 포리너, 브라이언 애덤스와 티어스 포 피어스의 노래들을 마스터했다. 가스 브룩스와 조니 캐시, 로레타 린이나 윌리 넬슨의 컨트리 음악을 우리 방식으로 해석하는 것도 재미있었다. 하지만 내가 제일 좋아한 것은 내가 작곡한 노래를 연습하는 시간이었다. 우리 목표는 연말에 있을 학교 축제에서 공연을 하는 거였다. 코스텔로 선생님은 훨씬 더 야심 찬 계획을 가지고 있었다. 우리가 직접 뮤지컬을 쓰고 공연까지 한다는 계획이었다.

우리는 그 일에 열정적으로 달려들었다. 넬리가 추천한 유명한 브로드웨이 작품은 상연권이 감당할 수 없을 만큼 비싸서 포기할 수밖에 없었다. 결국 내가 만든 노래 가사에 맞춰서 라일과 유니스가 각본을 썼다. 에메랄드라는 가상의 장소가 배경인 사회 비판적 로미오와 줄리엣 이야기였다. 금지된 사랑, 그리고 청소년들의 사랑을 막는 부모님과 교사와 정부 당국에 반기를 드는 내용이었다. 모두 함께 춤을 추며 노래를 부르는 댄스파티가 뮤지컬의 정점이자 결말이었다. 라일과 내가 주연을 맡아 솔로 부분을 모두 불렀다. 유니스는 코스텔로 선생님의 도움을 받아 만든 안무를 우리에게 가르쳤다. 유니스는 나처럼 이제 겨우 10학년이지만, 안무가로서의 권위에 의문을 품는 사람은 아무도 없었다. 뮤지컬 프로젝트에 참여하는 학생들은 전 학년에 걸쳐 50명에 달했다. 모두 조바심을 치며 2월에 있을 100주년 기념행사 공연을 학수고대했다. 뮤지컬 제목을 놓고 열띤 토론이 벌어졌다. 코스텔로 선생님은 〈로드 투 노웨어(Road to Nowhere)〉나 〈댄스 유어 애스 오프(Dance Your Ass off)〉는 너무 부정적이라며 반대했다. 그러다가 내가 자작곡 제목인 〈록 유어 라이프(Rock Your Life)〉는 어떠냐고 제안하자 곧장 의견이 일치되었다.

멋진 나날이었다. 재미있는 일을 하게 됐고, 게다가 인정까지 받았다. 하지만 집에서는 뮤지컬이나 밴드 이야기를 거의 하지 않았다. 하이럼과 맬러키, 조지프 오빠는 흥미를 가지고 이것저것 물어봤지만 에스라 오빠는 무조건 비웃기만 했다. 아이들이 우르르 모여서 엉터리 노래를 부르는 게 얼마나 쓸데없는 시간 낭비인지 틈날 때마다 지적하는 엄마도 있었다. 내 삶은 두 조각으로 나뉘었다. 편안하고 반짝거리는 학교생활과 지긋지긋한 집에서의 삶.

브랜던은 훌륭한 기타리스트였다. 그는 올리버와 시드니와 나의 빈틈을 완벽하게 채워줬다. 하지만 공부도 해야 하는 데다가 미식축구 팀 소속이어서 학기 때는 토요일에 연습하는 게 거의 불가능했다. 브랜던은 얼마 지나지 않아 학교에서 가장 인기 좋은 남학생 중 한 명이 되었지만 여자친구를 만들고 싶은 마음은 없는 듯했다.

나는 같은 합창단인 칼라를 빼고는 예전 친구들과 거의 연락하지 않았다. 그들은 예전과 다름없이 어딘가에 틀어박혀 음악을 듣고 꼰대들을 욕하고 담배와 대마초를 피우고 맥주를 마셨다. 어떤 형태로든 발전할 생각 따위는 없는 것 같았다. 학교에서는 여전히 마주쳤지만, 이제 나는 그 친구들이 낯설었다. 그들은 축 늘어져서는 한없이 불평하며 예정된 삭막한 미래로 느릿느릿 걸어가고 있었다. 그 미래 역시 축 늘어져 있고 불만스러울 터였다. 나는 폴라

와 레드와 루크에게 뮤지컬을 하자고 필사적으로 권하다가 결국
포기했다. 아무런 목표 없이 그냥 되는 대로 시간을 보내는 그들을
이해할 수 없었다. 그런 파괴적인 친구들로부터 벗어나게 된 게 내
심 기뻤다. 함께 뮤지컬을 하는 친구들은 달랐다. 우리는 공동체로
서 하나의 위대한 목표를 이루기 위해 함께 노력했다. 엄마조차도
방해할 수 없었다.

몇 주 동안 나는 행복에 들떠 있었다. 하지만 그런 몽환적인 상
태는 오래 가지 못했다. 성탄절을 앞둔 연습 시간에 브랜던이 깜짝
선물로 나를 놀라게 했기 때문이다.

"셰리, 메리 크리스마스."

브랜던은 나를 '셰리'라고 부르는 유일한 사람이었다. 그렇게 불
리는 게 왠지 모르게 마음에 들었다.

"그래, 메리 크리스마스."

"음…… 저기…… 줄 게 있어." 브랜던은 쑥스러운 표정으로 씨
익 웃으며 정성 들여 포장한 작은 선물 상자를 내밀었다.

"어머! 고…… 고마워!" 나는 깜짝 놀랐다. 남자아이에게서 크
리스마스 선물을 받는 건 처음이었다. "어…… 정말 고마워. 그런
데…… 난 선물을 준비하지 못했는데……."

"괜찮아. 별거 아니야. 음…… 마음에 들면 좋겠다." 브랜던은 당
황한 듯 미소를 지으며 말했다.

"그럼, 물론이지. 우와, 정말이지……." 브랜던의 당황이 내게도
옮아왔다. 적당한 말을 찾으려고 했지만 머릿속이 하얗게 비어버
린 것 같았다.

"셰리, 할 말이 있어." 브랜던이 잠시 망설이다가 말을 이었다.
"난 네브래스카로 이사 오는 게 전혀 좋지 않았어. 하지만 이제는

여기가 정말 마음에 들어. 밴드랑 학교에서 하는 뮤지컬……."

크리스마스 전의 감상적인 분위기 때문인지 아니면 연습 뒤의 아직 가라앉지 않은 열기 때문인지 알 수 없지만, 어쨌든 나는 브랜던을 살며시 안았다. 나는 친구 사이의 짧은 포옹을 하려고 했는데 브랜던은 나를 품에 꼭 끌어안았다.

"그리고 특히 너……. 넌 정말로 사랑스러워."

브랜던이 내 귀에 속삭였다. 고개를 들고 그를 바라봤다. 그의 얼굴은 내 얼굴에 닿을 듯 가까이 있었다. 그 얼굴에서 순간적으로 미소가 사라지더니 그 자리에 다른 표정이 들어섰다. 대니, 그리고 다른 남자들에게서 봤던 표정이었다. 나는 몸이 얼어붙어 브랜던을 놓았다. 심장이 거칠게 뛰었다. 목이 타고 배가 근질거렸다.

"셰리, 메리 크리스마스."

브랜던이 다시 한 번 말하며 몸을 앞으로 숙였다. 나는 재빨리 고개를 돌렸다. 아마 내 입술에 대려고 했을 그의 입술이 뺨을 눌렀다. 다행스럽게도 브랜던은 크리스마스부터 연초까지 가족과 함께 할아버지와 할머니가 계신 플로리다로 간다고 했다. 지금 일어난 일을 곰곰이 생각해볼 시간이 최소한 2주는 있었다. 나는 브랜던이 나를 그런 눈빛으로 바라보거나 '사랑스럽다'고 생각하는 게 싫었다. 우리는 친구, 동료, 무엇보다 같은 밴드의 멤버였다. 브랜던과 올리버와 시드니는 내게 친오빠 같았다. 나는 우리 관계가 그렇게 유지되기를 원했다. 브랜던이 나를 사랑한다면 예전 같은 관계로 남을 수 없을 것이다.

그렇긴 해도 학교에서 가장 멋진 남자아이가 '나를 잊지 마'라고 수놓인 하트를 앞발로 든 곰인형을 선물하다니, 유치하지만 기분은 좋았다. 나는 낮에는 엄마나 에스라 오빠에게 들키지 않게 인형을 옷장 구석에 숨겨 놓았다가 밤이 되면 꺼내서 침대로 가지고 갔다. 곰인형을 품에 안고 누워 브랜던을 다시 만나면 어떻게 행동해야 할지 생각했다. 이런 생각이 들 때면 다시 갈망이 일었지만, 대니와 했던 일을 브랜던과 할 수는 없었다. 그 이유가 뭔지, 둘의 차이점이 뭔지 생각하느라 머리가 깨질 것만 같았다. 그러자 생전 처음으로, 뭐든 이야기할 수 있는 또래 여자 친구가 있으면 좋겠다는 생각이 들었다.

∞

1월은 퍼붓는 눈으로 시작됐다. 학교로 가는 길은 매일 새로운 도전이었다. 그러나 코스텔로 선생님의 열정은 얼어붙을 줄 몰랐다. 선생님은 1월 말 토요일에 지역 방송국 라디오 스튜디오를 하루 종일 빌렸다. 우리는 이른 새벽에 버스를 타고 눈보라를 헤치며 링컨으로 가서 오후 늦게까지 〈록 유어 라이프〉를 CD에 녹음했다. CD는 공연 때 선물하거나 판매할 예정이었다. 평소라면 나는 좋아서 정신이 나갔을지도 모른다. 내 노래를 전문 스튜디오에서 녹음하는 건 오래된 꿈 중 하나였으니까. 사람들이 그 일에 대해 물으면 나는 얼굴을 환하게 빛내며 얼마나 행복하고 자랑스러운지 말했지만, 속으로는 전혀 그런 기분이 아니었다. 난방이 지나치게 잘되는 스튜디오는 너무 건조해서 머리가 아팠고 한참 노래를 부르다 보니 목소리도 갈라졌다. 다들 지쳐서, 돌아오는 길에는 아무도 입을 열지 않았을 정도다.

나는 브랜던의 어깨에 머리를 기댄 채 스튜디오에서 보낸 하루가 아니라 그가 나를 사랑하고 있다는 생각만 했다. 나도 브랜던이 좋았다. 뮤지컬과 밴드 연습을 함께하고, 얼굴을 보고 이야기를 나누는 시간이 즐거웠다. 하지만 그를 사랑하지는 않았다. 물론 그렇게 말할 용기는 없었지만. 어제 오후에는 처음으로 그와 키스를 했다. 그는 대니처럼 능수능란하지 않았고 그렇게 흥분되지도 않았지만, 나는 무릎이 바들바들 떨리는 척했다. 브랜던이 내 손을 잡았다. 나는 분위기를 망치지 않으려고 가만히 있었지만 기분은 정말 엉망이었다.

엄마도 문제였다. 엄마는 아버지가 집을 떠나자마자 훨씬 더 잔인하고 심술궂은 사람이 되었다. 닭장 일은 내게 아예 떠넘겼고, 앞뒤 베란다에 계속 쌓이는 눈을 삽으로 치우는 일과 마사 아줌마를 거들어 집안일을 하는 것도 내 몫이었다. 그러다 보니 숙제는 점심시간에 학교 식당에서 할 수밖에 없었다. 매일 밤, 너무 지쳐 울면서 잠자리에 들었다.

내게 유일한 위로는 음악이었다. 시드니와 올리버, 브랜던이 CD를 가져다줬다. 이사벨라 고모할머니가 크리스마스에 사준 CD플레이어에 헤드폰을 끼고 컨트리 음악과 클래식에 취해 있으면 내가 처한 불행을 잠시나마 잊을 수 있었다.

영어 쪽지시험을 치르고 있는데, 나를 교장실로 부르는 교내 방송이 흘러나왔다. 여덟 문제 중 여섯 문제 정도 푼 뒤였다.

"지금 바로 가야 하나요, 아니면 문제를 마저 푼 뒤에 갈까요?"

영어 담당인 드멜먼 선생님에게 물었다. 선생님도 교내 방송 때문에 나만큼이나 놀란 눈치였다.

"일단 시험을 끝내렴."

선생님의 말에 나는 얼른 나머지 문제의 답을 적고 자리에서 일어섰다. 교장실로 가면서 왜 수업 도중에 나를 불러낼까 생각해봤지만 걱정되지는 않았다. 잘못한 게 전혀 없었으니까. 불투명한 유리문을 밀고 들어선 나는 코스텔로 선생님과 상담교사 재미슨 리즈가 와 있는 걸 보고는 깜짝 놀랐다.

"부르셔서 왔습니다. 무슨 일이신가요?"

"셰리든, 잘 있었니? 와서 앉으렴." 교장선생님이 말했다.

나는 자리에 앉았다. 배 속이 울렁거렸다. 교장선생님도 불편한지 헛기침을 했다. 전혀 덥지 않은데도 그의 이마에는 땀방울이 송골송골 맺혀 있었다.

"슬픈 소식을 전해야겠구나."

나는 순간 우리 가족 중 누군가에게 무슨 일이 닥친 거라고, 어쩌면 에스라 오빠나 엄마일 수도 있겠다고 생각했지만 그런 기대는 곧 접어야 했다.

"뭐라고 말해야 할지 모르겠구나." 교장선생님은 한 손으로 수염을 문질러 흐트러뜨렸다. "이렇게 멋진 뮤지컬 프로젝트가 나온 데는 네 공로가 가장 크다는 거 알고 있다. 나는 개인적으로 무척 감동을 받았단다. 내가 이 프로젝트를 적극 지원했다는 사실은 너도 잘 알 거야."

나는 고개를 끄덕였다. 배 속이 메슥거리는 느낌이 더 심해졌다.

"그런데 몇몇 학부모가 CD를 듣고는 그 음악과 작품 자체에…… 음…… 굉장히 심하게 이의를 제기했단다. 유감스럽게도 교육청에 직접 말이다." 그는 책상에 놓인 종이를 집어 들었다. "그 결과, 지금과 같은 형태의 공연은 금지한다는 결정이 내려졌다."

"뭐라고요?"

내 귀를 믿을 수 없었다. 바닥이 쑥 꺼지는 것 같았다. 교장선생님이 안경을 쓰고 서류를 읽어주었다.

"음란하고 파괴적인 노래 가사. 우리 공동체의 사회적, 윤리적인 규범들을 무시하고 경멸하는 부도덕하고 위험한 줄거리…… 성장하는 청소년에게 부적당한…… 노래 가사와 줄거리를 수정하면 면밀하게 검토한 뒤에 허용할 용의가 있으나, 지금과 같은 형태로 매디슨고등학교에서 공연하는 것은 금합니다."

교장선생님이 고개를 들었다.

"말도 안 돼요."

나는 소리도 높이지 못하고 속삭이듯 중얼거리며 도움을 요청하려고 코스텔로 선생님을 바라봤다. 선생님도 나만큼이나 놀라고 충격을 받은 것 같았다.

"정말 유감스럽다." 교장선생님은 깊은 연민이 묻어나는 목소리로 말했다. "하지만 나도 어떻게 손을 쓸 수 없구나. 다음 주 개교 100주년 행사에서는 공연할 수 없을 것 같다."

우리의 열정과 몇 달에 걸친 노력, 모든 희망과 꿈이 편협한 도덕론자들에 의해 단숨에 무너졌다. 더는 견딜 수 없었다. 자리를 박차고 일어나 교장실을 뛰쳐나갔다. 텅 빈 복도를 달려 계단을 내려가서는 건물 바깥으로, 운동장을 지나 거리로 내달렸다. 아직 바람이 차가운 3월이었다. 당장 눈이 내려도 이상하지 않을 듯한 날씨였지만, 나는 살을 에는 추위도 아랑곳 않고 흐느끼다가 벤치에 주저앉았다.

얼마나 시간이 지났는지 알 수 없었다. 갈색 셰보레 카프리스가 앞에 서더니 어떤 남자가 내렸다. 눈물 때문에 앞이 흐릿해서 누군지 알 수 없었다. 차에서 내린 사람은 교장선생님이었다. 그러고 보니 나는 너무 당황하고 상처받은 나머지 무단으로 학교를 뛰쳐나온 것이었다. 교장선생님이 내 옆에 앉았다.

"셰리든, 이러지 마라." 교장선생님은 나를 걱정스럽게 바라볼 뿐, 내 마음대로 학교를 나온 것에 대해서는 질책하지 않았다.

"어서 차에 타렴. 여기 있다가는 얼어 죽겠다."

나는 벤치에서 일어나 시동이 걸려 있는 차를 향해 걸어갔다.

"네가 이 일에 열정을 다했다는 것은 잘 안다. 나도 어쩔 수 없구나." 교장선생님이 차에 올라타면서 말했다.

"누가 그랬는지 아세요?" 나는 떨리는 목소리로 물었다. "도대체 누가 이렇게 잔인하게 모든 걸 망쳐놓았죠? 우리가 얼마나 열심히 노력했는데, 얼마나 자랑스러워했는데!"

또 울음이 터졌다. 교장선생님이 손수건을 건네며 한숨을 내쉬었다. 그러고는 한참 뒤에 말을 꺼냈다.

"그래, 누군지 안다. 너희가 공연할 수 있도록 나도 최선을 다하마. 하지만 안 될 수도 있다는 걸 염두에 두렴."

"프로그램이랑 포스터도 이미 인쇄했다고요!" 나는 필사적으로 소리를 질렀다.

"셰리든, 집에 데려다주마. 내일 차분하게 다시 이야기해보자. 뭔가 해결책이 있을 거야."

집에 가고 싶지 않았다. 무슨 일이 벌어졌는지 듣고 의기양양해할 엄마를 보고 싶지 않았다. 빈정거리듯 웃는 엄마의 얼굴을 떠올리자 뭔가 번뜩 스치고 지나갔지만, 너무 소름 끼치는 생각이라서 입에서 꺼낼 수 없었다. 잠시 침묵하다가 입을 열었다. "교장선생님, 교육청에 보낸 편지 말이에요. 혹시 우리 엄마가 관여했나요?"

교장선생님이 나를 흘깃 곁눈질했다. 아무 말도 없었지만, 대답이 되고도 남았다. 엄마는 내내 내게 한 방 먹일 기회를 노리고 있었다. 학부모 모임에서 엄마에게 알랑거리는 동조자들을 모으기는 전혀 어렵지 않았을 것이다.

"말도 안 돼." 나는 힘없이 중얼거렸다.

"셰리든, 네 부모님은 이 지방에서 영향력이 대단한 유명인사야. 이 주 전체에서도 그렇지. 두 분이 뭔가에 찬성하거나 반대하면 그 이름만으로도 엄청난 무게가 있단다."

나는 온몸이 마비된 듯 꼼짝 않고 앉아서 차 앞 유리창 너머 거리를 노려봤다. 엄마는 나를 골탕 먹이는 것만으로는 만족하지 않았다. 코스텔로 선생님과 교장선생님, 학교 친구들까지 좌절하게 만들었다. 이제 실망보다 분노가 더 컸다. 농장으로 꺾어 들어가는 자갈길에서 교장선생님에게 차를 세워달라고 부탁했다.

"안 된다! 이렇게 추운 날씨에 걸어가게 할 수는 없어!" 교장선생님이 고개를 저었다.

집에는 절대로 가고 싶지 않아서 이사벨라 고모할머니 댁으로 데려다 달라고 했다. 할머니는 집 앞에 들어서는 차를 본 모양인지 베란다에 나와 있었다. 나는 차가 멈춰서기도 전에 인사 비슷한 걸 중얼거리고 뛰어내려 할머니에게로 달려갔다. 할머니는 흐느끼며 품에 뛰어드는 나를 꼭 안고는 머리를 쓰다듬어주었다.

연습은 모두 취소됐다. 공연은 없을 테니까. 나는 뜬눈으로 밤을 새우며 엄마의 승리를 어떻게 패배로 바꿀지 궁리했다. 날이 밝아올 무렵, 공연이 취소된 게 아무렇지도 않은 것처럼 행동하는 게 제일 좋겠다는 결론에 도달했다.

다음 날 아침, 식탁에 앉아 역겨움을 억누르며 아주 맛있다는 듯이 식사를 했다. 뮤지컬이 취소됐다는 말은 꺼내지도 않았다. 에스라 오빠는 어제 오후에 학교에 없었기 때문에 그 일을 알지 못했고, 엄마는 그 이야기를 꺼낼 수 없었다. 그랬다가는 자기가 저지른 일을 폭로하는 꼴이 될 테니까. 엄마가 그 이야기를 꺼내지 않으려고 얼마나 애쓰고 있는지, 얼마나 속이 부글거리는지 훤하게 다 보였다. 역시 엄마의 인내심은 얼마 가지 않았다.

"교장선생님이 어제 전화하셨다." 엄마가 입을 열고는 내 반응을 놓치지 않으려고 매의 눈으로 나를 살폈다. "수업이 끝나지도 않았는데 학교에서 그냥 나왔다며? 그래서 교장선생님이 이사벨라 고모 집에 태워다줬다고 하던데 어쩜 나한테 한마디도 안 하니? 왜 연습은 안 했고?"

가식적인 위선자 같으니라고. 내가 언제는 뭐 자기한테 미주알고주알 이야기했나? 엄마는 자기가 굉장히 똑똑하거나 내가 엄청난 머저리라고 생각하는 게 분명했다. 나는 엄마의 수를 읽고 아무렇지도 않다는 듯이 행동함으로써 엄마를 약 올렸다.

"연습은 취소됐어요. 할머니께는 책을 돌려드리려고 간 거고요. 뮤지컬 공연은 없을 거예요. 학부모 몇몇이 뮤지컬 내용에 이의를 제기했대요."

엄마 입에서 주전자 물이 끓어서 압력을 못 이길 때 나는 것과 비슷한 소리가 났다.

"뭐라고? 어떻게 그럴 수가!" 마사 아줌마가 말했다.

"정말이야? 그런 이야기는 전혀 못 들었는데." 에스라 오빠가 접시에서 천천히 고개를 들고 나를 바라봤다. 자기가 제대로 듣는 게 뭐 하나라도 있기나 한 것처럼.

"아, 정말 말도 안 돼! 머저리 같은 꼰대들이 드디어 정신이 나가 버렸군!" 조지프 오빠가 흥분을 참지 못했다.

"맞아, 유감이지." 나는 느긋한 목소리로 말을 이었다. "우린 정말 오랫동안 연습했거든. 하지만 뭐, 비극이라고까지 할 건 없어.

뭐 어떻게든 되겠지."

분을 못 이긴 엄마가 입을 꾹 다물었다. 엄마의 입술이 가느다란 선으로 변했다. 내 눈물과 절망과 분노를 즐기려고 했는데, 내가 엄마에게 준 것은 씁쓸한 실망감뿐이었다.

속마음은 느긋함이나 차분함과는 거리가 멀었지만 나는 끝까지 태연한 척하면서 누가 시비를 걸어도 흥분하지 않도록 조심했다. 어제 이사벨라 고모할머니가 어떻게든 도와주겠다고 약속했지만, 엄마가 진두지휘하는 열성적인 도덕론자 패거리와 교육청에 대항해서 뭘 어떻게 할 수 있겠는가.

학교 분위기는 우울했다. 모두들 교육청의 공연 금지 결정에 잔뜩 흥분해서 운동장과 복도, 교실과 식당에 삼삼오오 모여 어떻게 해야 할지 의논했지만 쓸 만한 아이디어는 나오지 않았다. 브랜던이 하루 종일 내가 가는 곳마다 따라다니며 위로해주었지만 짜증만 날 뿐이었다. 스쿨버스에 올라 혼자 차분하게 생각할 수 있게 되니 기분이 조금 나아지는 것 같았다.

그동안 엄마는 아주 쉽게 나를 괴롭히며 즐길 수 있었다. 나는 화가 나면 곧장 분노의 눈물을 쏟았다. 다혈질적인 성격 때문에 나는 약점을 너무 쉽게 드러냈고, 엄마가 벌을 줄 때면 고집을 부리며 불손하고 반항적으로 대응해서 상황을 더 악화시켰다. 하지만 지난여름 3주간의 벌을 묵묵히 견뎌낸 뒤로 '손쉬운 먹잇감' 셰리든 그랜트는 사라졌다. 건드리기만 하면 흥분해서 덫이라는 덫에는 모조리 걸리던 시절은 이제 과거가 되었다. 엄마와 나 사이는 늘 전투 상태였고, 나는 늘 불리한 위치에 있었다. 크고 작은 싸움에서 승자는 언제나 엄마였다. 나에 대한 멸시와 트집이 엄마에게는 생의 기쁨을 가져다주는 묘약이자, 단조로운 일상에서 맛볼 수 있는 유일한 기분 전환이라는 사실을 깨닫기까지 오랜 시간이 걸렸다. 엄마가 오빠들이나 마사 아줌마를 괴롭히지 않는 이유가 시비를 걸어도 대꾸하지 않아서 재미가 덜하기 때문이라는 것도.

그래서 나는 무슨 일이 벌어져도 흥분하지 않고, 불편해도 그냥 무시하고, 특정한 일들은 변화시킬 수 없음을 인정하고 복종하는 척한다는 전략을 세웠다. 물론 행동에 옮기기는 힘들었지만, 오늘 아침 식탁에서 엄마의 사악함이 내 느긋함에 부딪쳐 침몰하는 것을 보자 기분이 엄청나게 좋았다.

∞

눈가리개를 쓴 경주마처럼 몇 달 동안 모든 에너지를 밴드와 뮤지컬 공연에 쏟아부은 탓인지 모든 게 텅 비고 낯설게 느껴졌다. 오랫동안 혼수상태에 있다가 깨어나서는 그동안 몇 년이 지나갔다는 사실을 알게 된 환자가 이런 심정일까.

엄마는 집에 없었다. 최소한 그건 위로가 됐다. 책가방을 방에 던져두고 옷을 따뜻하게 챙겨 입은 다음 마구간에 가서 웨이사이더에 안장을 얹었다. 두꺼운 구름 사이로 태양이 수줍은 듯 얼굴을 내밀었지만, 들판에 쌓인 3월의 젖은 눈을 녹이기에는 역부족이었다. 나는 이사벨라 고모할머니 집으로 향하다가 거의 다 와서 강변으로 가기로 마음을 바꿨다. 웨이사이더가 숨을 몰아쉴 때까지 강가에 난 좁은 길을 따라 달렸다.

하늘은 흐린 재색이었다. 숨을 고르듯 바람이 잦아들었다. 기온이 몇 분 만에 10도 이상 떨어진 것 같았다. 눈 폭풍이 닥칠 전조였다. 하지만 목장에서 멀지 않은 곳이니 눈이 퍼붓기 전에 집에 도착할 수 있을 것 같았다. 웨이사이더도 돌아가려고 방향을 틀었다. 동물들은 악천후가 닥치기 전의 기압 변화에 사람보다 민감하게 반응한다. 헛간에 도착하고 몇 초 지나지 않아 우박이 소나기처럼 퍼부었다. 우박이 헛간 지붕과 무성한 삼나무와 느릅나무 둥치를 타닥타닥 때렸다. 웨이사이더를 칸막이에 넣은 다음 말들을 방목장에서 데리고 와 마구간 문을 열었다. 눈 폭풍이 늑대 무리처럼 울부짖으며 빠르게 다가오고 있었다. 나는 우박덩이들이 얼굴에 부딪치는 바람에 문을 놓치고 가까스로 옆으로 비켜섰다. 안 그랬더라면 말들에게 짓밟혔을 것이다.

"기다려, 도와줄게!"

조지프 오빠가 불쑥 나타났다. 우리는 온 힘을 다해 무거운 문을 밀고는 겨우 빗장을 걸었다. 그런 뒤에 흥분한 말들을 칸막이에 넣었다.

웨이사이더의 젖은 털이 차가운 공기와 만나 김이 피어올랐다. 손가락이 뻣뻣해서 안장을 벗길 수 없었다. 조지프 오빠가 안장을 벗겨 마구 창고에 가져다 두는 동안 나는 쇠스랑으로 마른 토끼풀을 떠서 말들에게 나누어줬다.

"셰리든, 괜찮아?" 조지프 오빠가 물었다.

"응, 괜찮아."

나는 이렇게 대답하고는 건초 더미에 올라 앉았다. 우박과 눈보라를 헤치고 집으로 갈 마음이 나지 않았다. 눈 폭풍은 보통 한 시간에서 사흘 정도 지속되는데, 운이 좋다면 폭풍이 잠시 멈춘 틈에 페어필드까지 날려가지 않고 집에 도착할 수 있을 것이다.

"공연을 못 하게 돼서 정말 유감이야." 조지프 오빠도 건초 더미에 앉으며 말했다. "진짜로. 너희가 얼마나 열심히 연습했는데."

"뭐, 세상이 멸망한 건 아니니까. 하지만 배후에서 조종한 사람이 하필이면 엄마라는 사실은 정말 씁쓸해."

"뭐라고?" 오빠가 충격을 받은 표정으로 나를 바라봤다. "엄마가 관련 있다는 거, 확실해?"

"응, 교장 선생님이 그러셨어." 나는 침울한 얼굴로 대답했다. "학교의 절반이 같이 공연을 준비하고 있었잖아. 모두 기대하고 있었는데, 이제 다 끝장나버렸지 뭐. 엄마가 날 골탕 먹이려고 한다는 이유 하나만으로."

나는 오빠들 중에서 조지프 오빠를 제일 좋아했다. 장남인 맬러키 오빠보다 여섯 살 어린 스물두 살이었다. 농장이 삶에서 가장 중요하다고 생각하는 맬러키나 하이럼 오빠와 달리, 조지프 오빠는 윌로크릭을 떠나고 싶어 했다. 하지만 어디로 가서 뭘 해야 할지는 잘 모르고 있었다. 오빠는 고등학교 때 네브래스카 학생부 리그 최고의 쿼터백 중 한 명이었다. 게다가 재능 있는 기계공이자 탁월한 사수였다. 둘 다 지루해하는 게 문제였지만.

"뭐, 엄마는 그러고도 남을 사람이지. 널 언제나 질투했으니까. 다른 사람들의 마음을 사로잡는 재주를 말이야."

"무슨 뜻이야?"

"네겐 뭔가 특별한 게 있어. 밝고 활력 넘치는 뭔가가. 우리에게는 없는, 경쾌함이라고나 할까. 그러기 위해 일부러 애쓰는 것도 아니지. 원래 그렇게 타고났으니까."

오빠는 당황해서 고개를 숙이는 나를 보며 히죽 웃더니 말을 이었다. "우린 아무도 책을 읽지 않아. 하지만 넌 언제나 책을 끌고 다니지. 피아노도 독학한 거나 다름없고 말이야. 엄마는 우리 형제들에게 피아노를 뚱땅거리라고 강요했지만, 단순한 멜로디 하나칠 줄 모르잖아."

오빠는 일찌감치 좌절된 피아니스트로서의 경력을 생각하며 웃다가 갑자기 진지해졌다. "그거 알아? 이곳은 너 같은 애한텐 어울리지 않아."

오빠가 건초 더미에서 마른 풀을 하나 뽑아서 잘근거리며 말했다. "여긴 바보들만 우글거려. 나는 곧 떠날 거야."

"뭐라고? 안 돼!"

언젠가는 그럴 거라고 생각했지만 갑작스러운 이별 통보에 나는 깜짝 놀랐다. 제리와 아버지에 이어, 내가 좋아하고 내 편을 들어주는 사람이 또 한 명 나를 떠난다고 말하고 있었다.

"아직 아무에게도 말하지 않았어. 하이럼 형에게도 말이야. 나해군에 지원했어." 조지프 오빠가 비밀을 털어놓았다. "전문대학이든 종합대학이든 대학은 나랑 맞지 않는 것 같고, 그렇다고 여기서 그냥 늙고 싶지도 않아. 해군이 되면 뭔가를 할 수 있을 거야. 학교 성적은 걱정할 것 없고, 입대 시험도 우수한 성적으로 통과했어."

"우리 몰래 시험을 봤다고?"

나는 갑자기 오싹해졌다. 오빠가 고개를 끄덕였다.

"크리스마스 직전에 농기계 교육을 받으러 가는 척하고서 봤지."

"맞아, 그런 일이 있었지. 기억난다."

우리는 한동안 아무 말도 하지 않고 서로를 바라봤다.

"언제 떠날 거야?" 내 목소리는 푹 잠겨 있었다.

"6월 1일에 샌디에이고 신병훈련소에 입소해야 해. 그곳에서 13주 동안 기초 훈련을 받게 되지."

어두컴컴한 헛간에서 오빠의 눈빛이 기대에 부풀어 반짝였다. 나는 오빠의 미래 계획을 처음으로 듣는 가족이었다.

"엄마랑 아빠가 충격 받겠네." 나는 히죽 웃었다. "그래도 진짜 멋있다. 우리 오빠가 해군이 된다니! 뱃멀미하지 않을 자신 있어?"

"하면 어때! 상관없어. 금방 적응할 테니까."

오빠가 소리 없이 활짝 웃었다. 어스름 속에서 이가 하얗게 빛났다. 미래를 꿈꾸느라 빛나는 조지프 오빠의 모습을 보니 나도 기뻤다. 오빠는 너무 오랫동안 좋아하지도 않는 일을 마지못해 수행해 왔다. 윌로크릭 농장은 맏이인 맬러키 오빠가 물려받을 것이다. 네브래스카에서는 다들 그렇게 한다. 자기 미래를 결정하고 삶에 대해 훨씬 느긋해진 조지프 오빠는 행복해 보였다.

"오빠가 부럽다. 보고 싶을 거야."

"셰리든, 나도 네가 보고 싶을 거야." 조지프 오빠가 내 어깨를 감싸안았다. "너도 2년만 지나면 여길 떠날 수 있어. 그러면 제대로 된 인생이 펼쳐질 거야."

2년 정도야 견딜 수 있을 것이다. 어떤 식으로든.

봄

내가 상상하는 엄마의 사악함은 초록색이다. 어떤 때는 액체, 또 어떤 때는 기체고, 그 강도에 따라 색깔이 조금씩 달라진다. 일상적인 사소한 심술은 밝은 연두색이다. 더 사악한 공격, 그러니까 내게 굴욕감을 안기기 위해 신중하게 짠 음험한 계략은 번쩍이는 형광 초록색이다.

토요일 오후 늦게 뮤지컬 대책 회의를 마치고 기분 좋게 집으로 돌아왔을 때, 엄마가 내 앞에 버티고 서기도 전에 번쩍이는 형광 초록색 분위기가 느껴졌다.

"대체 어디 있었어?" 엄마가 인상을 찌푸리며 서재에서 나오더니 계단을 오르려는 나를 가로막았다.

우리는 매디슨 시내에 있는 빅 존스 디너로 몰려가서, 아이스크림소다를 마시고 팬케이크를 먹으며 토론을 하고 수다도 떨며 즐거운 시간을 보냈다. 매디슨에 사는 친구들에게는 이런 게 지극히 평범한 일상이지만, 학교를 마치면 무조건 집에 돌아와 온갖 잡일에 시달리는 나에게는 엄청나게 새로운 일이었다. 나는 자유와 성숙이라는 느낌에 완전히 취했다. 브랜던과 나는 팔짱을 끼고 주차장으로 가서는 차에 타기 전에 마음껏 키스했다. 브랜던은 굵어지는 눈발을 헤치고 나를 집까지 태워다줬다.

"하루 종일 어딜 쏘다니다가 오는 거야?"

"뮤지컬 때문에 브랜던 래컴네 집에서 모임이 있었어요."

"2시부터 지금까지? 웃기지 마."

"못 믿겠으면 래컴네 집에 전화해보시든가요."

"대체 넌 애가 왜 그렇게 뻔뻔하니?"

엄마는 분노로 들끓고 있었다. 내 느긋한 반응이 엄마의 승리를 망쳐버린 것이다. 쌓인 좌절감을 쏟아낼 기회만 노리고 있던 엄마는 내가 하는 음악이 뚱땅거리는 유치한 소음이라고 비난했다. 예전 같았으면 눈물을 쏟았겠지만, 이제 나는 엄마를 태연하게 바라보며 엄마의 빈약한 어휘력이 고갈되기를 기다렸다. 독을 내뿜는 초록빛 사악함은 아무 효력도 없이 튕겨나갔다. 엄마는 분해서 펄펄 뛰었다.

"우리가 그 뮤지컬을 막은 게 천만다행이지!" 엄마가 소리를 질렀다. 내게 상처를 주려는 욕구가 너무 커진 나머지 조심성을 잃은 것이다. 엄마는 뒤늦게 자신이 무슨 말을 내뱉었는지 깨닫고는 손으로 입을 막았다.

"엄마가 배후 조종자라는 거, 다들 알고 있어요."

엄마가 질식할 것처럼 숨을 들이켰다.

"뭐가 마음에 들지 않는지 우리랑 먼저 이야기하는 대신 그런 방법을 택한 게 정말 유감이에요."

엄마의 얼굴이 검붉게 변했다가 시체처럼 창백해졌다. 너무 꽉 막힌 사람이라서 계략의 배후가 언젠가 밝혀질 거라는 생각조차

하지 못했던 걸까?

"그래서 지금 학교 전체가 엄마를 증오하고 있어요. 난 그런 엄마 때문에 창피하고요."

"감히 그 따위 말을 하다니, 이 파렴치한 년!" 엄마가 분노에 들떠 갈라진 목소리로 끽끽거렸다. "당장 닭장으로 가! 네가 할 일을 안 하고 쓸데없는 짓만 하고 다니니까 그런 거잖아!"

아주 뻔뻔하고 말도 안 되는 거짓말이었다. 나는 뮤지컬 연습을 마치고 학교 숙제를 해치운 뒤에 빌어먹을 닭들을 하루도 빠짐없이 돌봤다.

"진짜 하고 싶은 말을 하지 그래요?" 나는 싸늘하게 대꾸했다. "내가 친엄마랑 똑같이 비열하고 사악하다고 말이에요."

엄마의 몸이 뻣뻣하게 굳었다. 시간이 얼어붙은 것 같았다. 몇 초 동안 나도 엄마도 입을 열지 않았다. 엄마의 머릿속에서 톱니바퀴 굴러가는 소리가 들리는 것 같았다. 엄마는 필사적으로 이 불편한 상황을 벗어날 출구를 찾았다. 그러다가 할 말이 없거나 갖은 사악함이 아무 효력도 내지 못할 때면 늘 하는 행동을 했다. 미친 사람처럼 나를 때리기 시작한 것이다. 이미 예상했고 충분히 피할 수도 있었지만 나는 꼼짝도 하지 않고 두들겨 맞았다. 마사 아줌마의 흥분한 목소리가 들렸다. 아줌마가 엄마의 팔을 잡았다.

"레이첼, 미쳤어?"

엄마는 아줌마의 손을 뿌리치고 거칠게 옆으로 밀쳤다. 엄마의 눈에서 패배의 분노가 이글거렸다. 자제력을 잃는 바람에 자초한 패배였다. 나는 쌤통이라는 생각밖에 들지 않았다.

"꺼져." 엄마가 헐떡이며 말했다. 입술에서 침이 독처럼 흘러나왔다. "내가 사고치기 전에 어서 꺼지라고!"

"기꺼이 그러죠." 나는 의기양양하게 승리의 미소를 지으며 엄마의 분노에 기름을 부었다.

"셰리든, 가라. 얼른 가." 마사 아줌마가 나지막하게 말했다.

나는 고개를 끄덕이고 몸을 돌려 집을 나섰다. 거센 눈보라를 헤치고 터덜터덜 걸어가 닭장 문을 열었다. 닭들이 내뿜는 온기와 꼬꼬댁 소리와 익숙한 냄새가 밀려왔다. 축산업에 동물 복지라는 개념이 도입되기 한참 전부터 아버지는 닭들을 위해 꽤 괜찮은 환경을 마련해놓았다. 우리가 '닭장'이라고 부르는 건 여름에는 무성한 초원에 넓게 울타리를 친 방목장이었고, 겨울에는 인공조명과 열원을 완비하고 바닥에는 모래가 깔린 커다란 홀이었다. 나는 문을 닫고 전등을 켠 다음, 사료실로 가서 먼지 낀 의자에 앉았다.

"우와!" 나는 스스로를 칭찬하며 탄성을 터뜨렸다. 뺨이 불에 덴 듯 아팠고 팔과 어깨에 곧 퍼런 멍이 들 테지만, 조금 전에 내가 거둔 승리에 비하면 통증쯤이야 아무것도 아니었다. 마사 아줌마는 충실한 증인이 되어 방금 집에서 벌어진 일을 모든 사람에게 이야기할 것이다. 아줌마의 수다는 누구도 막을 수 없었다.

나는 눈도 깜짝하지 않고 엄마의 음흉한 계략을 밝혔다. 엄마가 하룻밤 사이에 매디슨 전역에서 증오의 대상이 됐다는 사실도 빼놓지 않고 이야기했다. 다른 사람에게 비판받는 것을 견디지 못하는 레이첼 그랜트 같은 사람에게는 더없는 모욕이 됐을 것이다. 게다가 평소에 우습게만 여기던 내게 받은 비판이라니. 얼마 안 있으면 조지프 오빠가 윌로크릭을 떠나 해군에 간다는 말까지 듣게 될 것이다. 그때의 표정을 상상하니 벌써부터 기분이 좋았다.

닭장 일을 마치자 저녁 8시가 다 되었다. 놀랍게도 집 앞에 아버지의 픽업트럭이 주차되어 있었다. 이번 주말에 아버지가 온다는 말은 없었는데, 도착한 지 얼마 되지 않았는지 아직도 따뜻한 보닛 위에서 눈송이가 녹고 있었다. 나는 집을 빙 돌아 뒷문 쪽으로 갔다. 가축우리나 들에서 돌아올 때면 그곳에서 옷을 갈아입었다. 더러운 신발을 신발장에 넣고 재킷을 걸어놓은 다음, 누구의 눈에도 띄지 않고 방으로 올라가려고 양말만 신은 채로 집에 들어섰다. 오늘 밤에는 집에 식구가 거의 없어서 요란하게 저녁 식탁을 차릴 필요가 없었다. 맬러키 오빠는 오마하에서 농업학교에 다니는 여자친구에게 갔고, 하이럼과 조지프 오빠는 친구들과 무슨 경기를 보러 간다는 핑계를 대고 코가 삐뚤어지게 술을 퍼마시러 캔자스시티로 갔다.

"웬일이야?"

엄마의 목소리에 나는 그 자리에 못 박힌 듯 꼼짝도 못 하고 섰다. 하지만 엄마가 말을 건 사람은 내가 아니라 아버지였다.

"환영 인사가 참 따뜻하네." 아버지가 대구했다.

"최소한 전화는 걸었어야지. 나 지금 나가야 해."

"아니, 못 나가." 아버지의 목소리는 다정함과는 거리가 멀었다.

"이야기할 게 있어. 지금 당장."

"내가 한가하게 당신만 기다리고 있는 사람인 줄 알아?"

"시비 걸지 말고 당장 서재로 와."

나는 숨도 못 쉬고 벽에 딱 붙어 섰다. 아버지가 이렇게 단호하게 이야기하는 모습은 본 적이 없다. 서재 문이 살짝 열려 있었다. 엿듣는 건 옳지 않은 일이지만 유혹을 견딜 수 없었다.

"학교 뮤지컬 공연을 방해한 이유가 뭐야?"

아버지는 거두절미하고 본론으로 들어갔다. 이사벨라 고모할머니가 약속한 도움은 바로 아버지였다. 할머니가 아버지에게 모든 것을 이야기했고, 아버지는 나를 도와주려고 워싱턴에서 그 먼 길을 달려온 것이다.

"개가 전화하리라는 걸 예상했어야 하는데." 엄마가 적개심 가득한 목소리로 말했다. "그 위선적이고 야비한 계집애가, 당신 보물이 전화하자마자 당신이 비행기에 올라타리라는 것을 예상했어야 하는데!"

"셰리든은 전화한 적 없어. 자, 어서 대답해봐." 아버지가 싸늘하게 대꾸했다.

"그래, 대답해주지." 엄마가 분에 못 이겨 이를 갈며 말을 이었다. "그 뮤지컬인지 뭔지 들어보기는 했어? 섹스, 갈망, 자유…… 놀고 있네! 우리한테 의미 있는 모든 것, 예로부터 내려온 선량한 가치들을 다 무시했다고! 그걸 어떻게 그냥 내버려둘 수 있겠어?"

"나도 CD를 들어봤어. 당신 말처럼 가사가 상스럽지도 부도덕하지도 않더군. 오히려 시대정신을 구현했다고나 할까. 지금이 18세기인 줄 아는 사람들을 향한 청소년들의 악의 없는 반항이지. 어느 시대든 젊은이들은 자신의 감정과 갈망을 이런 식으로 표현했어. 그리고 그저 몰려다니며 술이나 마시고 마약을 하는 것보다는 같이 음악을 만들고 공연을 하는 게 훨씬 건강하다고 봐."

엄마가 뭔가 대꾸하려고 숨을 들이마시는데 아버지는 말할 틈을 주지 않았다.

"내가 당신을 잘 몰랐다면 당신이 하는 말을 믿었을지도 모르지. 하지만 내가 당신 검은 속을 모를까? 당신은 작품 내용이나 노래에는 전혀 관심이 없어. 오직 셰리든에게 굴욕감을 안기는 게 중요하지. 추악한 보복이 목적일 뿐, 다른 건 아무것도 없다고. 이 소동을 꾸민 이유는 그것뿐이야."

"그건……."

"닥쳐!"

아버지가 소리를 질렀다. 아버지가 엄마에게 이런 식으로 말하는 건 한 번도 들어본 적이 없었다. 내 귀를 의심할 정도였다.

"내가 모든 일을 되돌려놓았어. 그 작품은 공연될 거야. 교육청과 학교 교장의 허락도 받았어. 당신이 선동한 학부모들도 더는 반대하지 않게 손을 써뒀어. 알아들었어?"

벅차오르는 행복감에 심장이 터질 것 같았다. 갑자기 아버지가 너무나 좋아졌다.

"알았어." 잠시 뒤 엄마가 전혀 내키지 않는 목소리로 대답했다.

들키기 전에 자리를 뜨려고 하는데, 아버지가 위협처럼 들리는 말을 덧붙였다.

"레이첼, 할 말이 더 있어. 경고하는데, 당신이 그랜트라는 이름을 악용해 한 번이라도 더 사악한 계략을 꾸민다면 정말 큰코 다칠 줄 알아! 그리고 이제부터 셰리든 좀 괴롭히지 말고 가만히 둬."

"셰리든!" 엄마가 구역질 난다는 듯이 내 이름을 뱉었다. "당신은 언제나 개만 특별 취급을 하지. 왜, 당신 보물이라서? 아들들한테는 쥐뿔만큼도 관심 없으면서."

"셰리든을 특별 취급하는 사람은 당신이야. 그냥 내버려두지 않고 계속 쪼아대잖아. 그리고 당신이야말로 아들들 신경 좀 써. 에스라를 봐. 쓸모 없는 건달이 되기 직전이잖아."

"버넌 그랜트, 참 편하게도 말씀하시네." 엄마가 빈정거리며 대꾸했다. "당신은 몇 주 동안이나 집을 비우면서 아들 학교 성적이 안 좋은 책임을 나한테 넘겨? 그 아이는 엄하게 꾸짖어줄 사람이 필요하다고!"

120

"셰리든한테 하는 걸 보니 당신도 충분히 엄한 것 같은데 뭘." 아버지가 냉정하게 대답했다. "에스라에게도 가끔 그렇게 하라고. 셰리든한테 에너지 낭비하지 말고. 이래라저래라 안 해도 걔는 자기 학년에서 제일 성적이 좋다고. 그런데 셰리든은 지금 어디 있지?"

"어디서 뭐하고 싸돌아다니는지 내가 알게 뭐야? 아직 닭장에 처박혀 있는지도 모르지."

엄마가 분노를 억누른 목소리로 대답했다. 나는 번개처럼 계단으로 달려갔다.

∽

월요일 첫 시간에 해리스 교장선생님이 교육청이 의견을 바꾸어 다음 주 금요일 개교 기념 행사에서 뮤지컬 공연을 해도 좋다고 허락했다는 사실을 교내방송으로 알리자 모두들 엄청나게 흥분했다. 교육청의 결정이 바뀐 이유를 아는 사람은 교사진을 빼고는 나뿐이었다. 아버지는 교육감과 이야기를 나누었고, 이 사건에 대해 알지도 못하던 교육감은 금지 처분을 바로 취소했다. 수업이 끝나자마자 다시 연습이 시작됐다. 무대장치와 도구, 조명과 음향 기기도 빠짐없이 준비했다.

나도 다른 아이들처럼 정신없이 연습했지만 기쁨과 만족감은 없었다. 지난 주말은 내게 이상한 기억으로 남았다. 아버지는 나를 돕기 위해 워싱턴에서 이곳까지 오는 데 무척 불편한 여정을 감수해야 했다. 겨울에는 근처 노퍽 비행장까지 오는 정기 노선이 없어서 73마일 떨어진 링컨 공항에서부터 차를 타고 와야 했다. 게다가 아버지는 이제 내가 닭장 일을 하지 않아도 되게 해줬다. 이렇게 오직 나만을 위한 여행을 했으면서도 나와 대화하는 것은 피했다. 에스라 오빠와는 서재에서 문을 닫고 한 시간 동안이나 이야기했지만, 내가 잠깐 시간이 있냐고 묻자 급히 전화해야 할 데가 있다는 핑계를 댔다. 나는 아버지를 이해할 수 없었다. 일부러 페어필드까지 와서 엄마의 공격으로부터 나를 구해줬으면서, 정작 나와는 아무 말도 하지 않다니. 내 친부모님과 출생에 대해 말하는 게 왜 그렇게 힘든 걸까?

연습 때도 집중하지 못해서 불러야 할 소절을 두 번이나 놓쳤다. 마음이 다른 곳에 가 있었다. 나는 금요일 공연이 어서 지나가기만을 바랐다.

리허설이 끝나고 탈의실로 가던 나를 코스텔로 선생님이 붙잡았다.

"셰리든, 예전에 내가 뉴욕에서 살 때 알던 내 친구 해리가 내일 와서 공연을 볼 거야. 〈록 유어 라이프〉 CD를 보냈는데, 그 사람이 네 목소리에 홀딱 반했어. 너 때문에 일부러 오는 거야. 네 노래를 라이브로 듣고 싶대. 나랑 브로드웨이에서 같이 활동했는데, 지금은 뉴욕의 큰 음반회사에서 프로듀서 일을 하고 있어."

"우와, 세상에!" 말이 나오지 않았다. "정말…… 정말 굉장하네요. 하지만 제가…… 실수하면 어떻게 하죠?"

"그럴 리 없어, 절대. 그런데 다른 아이들에게는 미리 말하지 말자, 알았지? 괜히 신경만 날카로워질 거야."

물론 더할 나위 없이 좋은 일이었지만 내게도 말하지 않았더라면 더 좋았을 거란 생각이 들었다. 그날 밤 나는 긴장해서 눈을 붙일 수 없었고, 잠깐 잠들었다가도 금세 요란한 악몽을 꾸며 깨어났다. 아침에 녹초가 되어 욕실로 터덜거리며 가서는 거울에 비친 내 얼굴을 뚫어져라 봤다. 오늘 오후, 뉴욕에서 온 프로듀서 앞에서 노래를 부른다! 실수하지 않는다면 내 인생이 바뀔지도 모른다!

갑자기 문이 열리더니 에스라 오빠가 들어왔다.

"뭐야? 나가!"

나는 팬티와 캐미솔만 입고 있었다. 다른 사람도 아닌 에스라 오빠가 이런 모습을 보는 게 싫었다.

"오줌 눠야 하는데 우리 화장실엔 누가 들어가 있어서." 오빠가 나를 빤히 보며 말했다.

"그럼 아래층으로 가! 거기도 화장실 있잖아."

그러고는 욕실을 나가려는데 오빠가 문을 막아섰다.

"너 예전에는 내가 오줌 누는 거 아무렇지도 않게 봤잖아."

오빠가 음흉한 표정으로 히죽거렸다. 등골이 서늘해졌다.

"그땐 어렸잖아. 지금은……."

하지만 이미 늦었다. 에스라 오빠가 불쑥 잠옷 바지를 내렸다. 나는 제때 눈길을 돌리지 못했다.

"저질!" 나는 몸을 돌리며 양손으로 얼굴을 가렸다.

"왜 갑자기 순진한 척이야? 그 잘난 브랜던이랑 매일 할 텐데."

오빠가 그르렁거리는 목소리로 말했다. 속이 메슥거렸다.

"어제 너희가 학교 주차장에서 빨아대는 거 다 봤어. 브랜던이 널 꽉 껴안고 있던데."

"당장 꺼져! 안 그러면 소리 지를 거야!" 목소리가 떨려서 짜증이 났다. 등신 같은 에스라 오빠에게 당할 수는 없었다.

"훤하게 보인다, 보여." 내가 뭐라거나 말거나 오빠는 자기 할 말을 계속했다. "브랜던이 네 젖통을 주무르면서 거시기를 집어넣으면 너는 숨을 헐떡이며 신음을 내지르겠지……. 아님 네가 브랜던

위에 올라타서…… 으으!"

나는 손가락 사이로 거울을 흘깃 보다가 오빠가 자위를 하는 걸 목격하고는 기절할 뻔했다. 화가 나고 구역질이 나서 옷걸이에 걸린 수건을 획 잡아채 오빠 얼굴을 때렸다. 오빠는 히죽거리며 수건을 빼앗았다.

"꺼져, 이 개자식아! 난 네 동생이라고!" 나는 경기를 하듯 고함을 지르며 최대한 오빠에게서 떨어졌다.

"아니…… 넌 내 동생이…… 아니야."

오빠는 눈을 희번덕거리며 돼지처럼 신음했다. 나는 오빠가 잠시 방심한 틈을 타서 옆으로 밀치고는 흐느끼며 내 방으로 도망쳤다. 몇 달 전부터 한껏 기다려온 날이 어쩌다가 이렇게 끔찍하게 시작됐을까.

∞

공식적인 학교 행사는 3시에 시작하지만 손님들이 오는 건 11시부터라 행사를 준비하는 학생들은 9시까지 학교에 가야 했다. 일찌감치 집을 나설 이유가 있어서 다행이었다. 조지프 오빠가 학교까지 데려다줬다. 오빠는 6주 뒤에 샌디에이고로 간다는 사실을 아직 아무에게도 말하지 않았다. 나는 에스라 오빠가 오늘 아침에 한 짓을 이야기할까 잠깐 고민하다가 그러지 않기로 했다. 그랬다가는 조지프 오빠가 에스라 오빠를 잡아먹으려고 들 텐데, 그러면 엄마도 알게 될 거다. 그러면 더 괴로워질 뿐이다.

밤새 기온이 15도나 올라 늦겨울의 마지막 눈 폭풍이 몰고 온 눈을 녹였다. 봄이 성큼 다가왔다.

뮤지컬은 공식 프로그램의 클라이맥스이자 마지막 순서였다. 그 앞에 수많은 연설과 공연이 있을 예정이었다. 졸업생들도 대거 참석하는 대규모 축제가 될 터였다. 맬러키 오빠와 여자친구인 레베카 번스, 하이럼과 조지프 오빠도 올 예정이었다. 이사벨라 고모할머니도 오기로 약속했다. 엄마가 여기 나타날 정도로 뻔뻔한지는 알 수 없었다.

첫 손님들이 도착했다. 학부모와 졸업생과 친지 들이 안내를 받으며 지난 10년 동안 완전히 바뀐 학교를 둘러보았다. 교실에서는 전시회가 열렸다. 벽마다 졸업생들의 사진과 지난 100년의 역사를 보여주는 사진들이 걸려 있었다. 햄버거와 팝콘, 와플과 코코아를 파는 매대도 있었다. 매디슨 시장이 도착했고, 600석 규모의 강당이 속속 채워졌다. 매디슨 인근의 거의 모든 사람이 살면서 한 번은 이 학교의 학생이었으므로 엄청난 인파가 몰려들었다.

3시가 조금 지났을 때쯤, 해리스 교장선생님이 장엄한 연설로 프로그램의 막을 열었다. 졸업생 대표와 시장, 매디슨 출신 주의원의 연설이 그 뒤를 이었다.

나는 무대 뒤쪽에 있었다. 절대로 만나고 싶지 않은 에스라 오빠로부터 안전한 곳이었다. 더러운 행동 자체보다 오빠가 했을 지저분한 상상에 더 화가 났다. 브랜던과 나는 두 달 전부터 같이 다녔지만, 몇 번 키스를 하고 손만 잡았을 뿐 그 이상의 일은 하지 않았다. 그럴 기회가 없었다는 게 가장 큰 이유였다. 브랜던을 떠올릴 때면 온갖 생각이 들었지만, 그와 섹스를 하고 싶다는 생각은 거기 포함되지 않았다. 브랜던은 나를 웃게 만들었고 함께 있으면 언제나 즐거웠지만, 그를 본다고 무릎이 풀리거나 가슴이 쿵쿵 뛰는 일은 없었다.

그런 생각을 하고 있는데 브랜던이 의상실로 들어왔다. 이리저리 둘러보다가, 흥분한 벌떼처럼 웅웅거리는 사람들 틈에 끼어 있는 나를 발견하고는 미소를 지으며 다가왔다. 나는 방금 전까지 내 머릿속을 가득 채운 생각이 무엇인지 그가 눈치챌까 봐 긴장했다. 노래 잘하라고 빌어주는 그가 참 귀엽다는 생각, 지금까지 내가 그에게 빠져들지 못한 이유는 내가 나 자신을 막았기 때문이라는 생각이 들었다.

"셰리, 공연을 즐겨. 행운을 빈다!"

브랜던이 미소를 짓는 순간, 나는 그를 사랑하기로 마음먹었다.

"브랜던."

"응?"

"키스해줘."

"여기서? 지금?"

브랜던의 얼굴은 아주 가까이 있었다. 심장이 튀어나올 것처럼 두근댔다. 갑자기 배가 간질거렸다.

"그래, 지금 여기서." 나는 그를 올려다보며 대답했다.

브랜던은 1초의 망설임도 없이 나를 품에 안고 키스했다. 나도 응답했다. 누군가 휘파람을 불었고 아이들이 킥킥거리는 소리도 들렸지만 우리는 개의치 않았다.

드디어 그 순간이 왔다. 라일과 나는 목을 풀었고, 밴드와 오케스트라와 합창단도 줄을 맞춰서 섰다. 긴장감은 전혀 들지 않았다. 뉴욕에서 온 프로듀서의 존재도 잊었다. 이렇게 많은 청중 앞에서 노래한 적은 없지만, 그건 다른 아이들도 마찬가지였다. 코스텔로 선생님만 빼고 우리 모두 처음이었다. 그런데 가장 긴장한 사람은 선생님 같았다.

선생님이 떨림을 감추지 못하며 말했다. "이제 시작이야. 라일이 랑 셰리든, 혹시 가사를 잊어버리면 그냥 즉흥적으로 계속해. 알았지? 자, 그럼 모두 힘내자, 아자, 아자, 아자!"

"아자, 아자, 아자!"

우리는 소리를 지르고 무대로 나갔다. 폭풍 같은 박수갈채가 우리를 맞았지만 조명이 너무 밝아서 청중은 하나도 보이지 않았다. 익숙한 반주가 시작되고, 라일과 나는 노래를 부르기 시작했다.

굉장했다! 그동안 나를 괴롭혀온 온갖 문제가 내 머릿속에서 일시에 사라졌다. 남은 건 무대와 음악뿐이었다. 내 머릿속에서 태어나 이제 모든 사람이 듣게 된 음악. 90분이 믿을 수 없을 만큼 빠르게 지나갔다. 큰 실수는 없었다. 나는 마지막 노래, 〈록 유어 라이프〉에서 남은 힘을 다 짜냈다. 내 목소리로 이렇게 많은 사람을 열광시킬 수 있다는 사실에 행복하고 감격해서 눈물이 나올 것 같았다. 마지막 화음이 울리자 우레 같은 박수가 쏟아졌다.

"앙코르!"

누군가 앙코르를 외치며 손뼉을 쳤다. 우리가 인사하러 다시 무대로 나가자 흥분해서 모두들 환호성을 질러댔다. 코스텔로 선생님은 눈물을 글썽이며 온 얼굴이 환하게 빛나도록 웃었다. 우리는 서너 번이나 허리를 숙여 인사했다.

"너희 정말 잘했어! 대단해!"

선생님은 몇 번이나 소리치며 아이들을 한 명씩 안아주었다. 마음이 가벼워진 우리는 모두 흥겹게 웃으며 행복에 들떠 정신 없이 서로를 칭찬해댔다.

"자, 어서! 셰리든과 라일은 다시 한 번 무대에 나가. 셰리든, 〈소서러(Sorcerer)〉를 노래해!"

선생님이 숨 가쁘게 외쳤다. 뮤지컬에는 나오지 않는 노래였다. 브랜던과 시드니, 올리버가 고개를 끄덕였다. 세 사람은 밴드 연습 때 이미 여러 번 이 노래를 연주해서 잘 알고 있었다.

"안 돼요. 둘이 같이 부르는 노래를 해야죠."

내 말에 라일이 말했다.

"아냐, 청중은 너를 원해. 오늘의 스타는 너야!"

라일이 나를 무대로 밀어냈다. 내가 마이크를 잡자 강당은 순식간에 쥐 죽은 듯 조용해졌다.

"이 자리를 빌려 감사 인사를 드리고 싶어요. 작은 아이디어 하나가 이런 성과를 가져올 수 있게 도와주신 모든 분께요. 첫째는 당연히 코스텔로 선생님입니다! 경이로운 분이죠. 우리를 자극하셨고, 우리가 자신을 넘어 성장할 수 있도록 용기를 주셨어요. 또 우리를 믿어주셨고요. 고맙습니다!"

엄청난 환호성과 박수가 쏟아졌다. 나는 몸을 돌려 선생님을 손짓으로 불렀다. 선생님이 나오지 않아서 내가 가서 손목을 잡고 무대로 끌고 나왔다. 당황하면서도 미소를 지으며 고개를 깊숙이 숙여 인사하는 선생님에게 청중은 휘파람과 박수소리로 화답했다.

"해리스 교장선생님께도 감사드립니다. 우리를 세심히 돌봐주시고, 우리가 잘해낼 거라고 믿어주셨어요. 고맙습니다. 멋쟁이 교장선생님!"

나는 손으로 교장선생님을 가리켰다. 교장선생님은 한눈에도 감동한 표정으로 첫째 줄 의자에서 일어나 고개 숙여 인사했다. 청중은 그가 방금 당선된 대통령이라도 된다는 듯이 환호했다.

"고맙습니다!"

청중이 다시 조용해졌다. 모든 사람이 내 말에 움직이고 내 입술에 집중하는 모습이 믿기 어려울 정도였다.

"여러분도 모두 아시다시피, 공연 전에 몇몇 문제와 오해가 있었어요. 작품 내용이 공개적인 공연에는 적당하지 않다고 걱정하시는 분들이 계셨지요. 생각을 바꾸어주신 그분들께도 감사드립니다. 학생들이 힘을 모으면 어떤 일을 이루어낼 수 있는지 보여줄 기회를 주셔서 고맙습니다!"

내가 몸을 숙이자 또 다시 박수갈채가 쏟아졌다. 나는 환호가 가라앉은 뒤에 다시 말을 이었다.

"이제 노래를 한 곡 더 부르겠습니다. 여러분 모두에게 감사드립니다!"

기대에 찬 정적이 맴돌았다. 나는 브랜던에게 고갯짓을 했다. 밴드 연주와 함께 나는 노래를 시작했다. 조용히 앉아 있던 청중이 점차 박자에 맞추어 손뼉을 치더니, 나중에는 진짜 록 콘서트처럼 무대 앞으로 몰려나왔다. 바로 그 순간 나는 이게 내 운명이라는 걸 깨달았다. 나는 이곳에, 무대에, 손뼉을 치고 휘파람을 불며 발을 구르는 관중에게 속한 사람이었다. 그들은 커튼이 내려오고 내가 무대 뒤로 사라졌는데도 계속 박수를 쳤다.

코스텔로 선생님은 해리 하트그레이브를 무대 뒤로 데리고 와서 나를 소개했다. 그는 정말 감동했다는 표정으로 나에게 축하 인사를 건넸다.

"네 목소리는 정말 환상적이구나. 이렇게 표현해도 좋을지 모르겠다만, 타고난 청중 몰이꾼이기도 하고." 당황하는 내 얼굴을 본 그가 웃으며 덧붙였다. "욕이 아니라 가수에게 할 수 있는 최고의 찬사야. 무대 장악력이 굉장하다는 뜻이니까."

기대 밖의 칭찬에 나는 순간 멍해졌다.

"무대 경험이 꽤 많지?"

"아니요." 나는 고개를 저었다. "이렇게 많은 사람 앞에서 노래한 건 오늘이 처음이에요."

그가 깜짝 놀라더니, 재킷 속주머니에서 명함을 꺼내 내 손에 쥐어줬다. "자, 이제 축하 파티를 하러 가렴. 내가 나중에 연락하마."

맬러키 오빠와 레베카, 하이럼과 조지프 오빠, 이사벨라 고모할머니가 몰려와서 성공적인 공연을 축하해줬다. 처음 보는 사람들도 칭찬하며 내 어깨를 두드려주어서 15분이 지나서야 무대 뒤로 돌아갈 수 있었다. 그동안 브랜던과 시드니와 올리버는 이미 악기를 해체해서 시드니 아버지의 트럭에 실어뒀다. DJ가 교내 파티를 진행하고 있었다. 나는 샴페인이라도 마신 듯 잔뜩 흥분한 상태였다. 무대에서 느꼈던 엄청난 감동과 내 목소리를 인도한 마술적인 힘이 계속 떠올라 온몸이 떨렸다. 그런데 브랜던은 내 떨림을 완전히 다르게 해석했다.

"나가자."

나는 브랜던의 속삭임에 고개를 끄덕였다. 우리는 사람들의 눈에 띄지 않게 밖으로 나와서 손을 잡고 어둠 속을 달려 그의 자동차로 갔다. 내부 조명이 켜졌을 때, 나는 그의 눈에서 빛을 내는 열기를 봤다. 다급한 그의 욕망이 느껴졌다. 우리는 그동안 섹스에 대해 말한 적이 한 번도 없고 지금도 그 단어를 입에 올리지 않았지만, 이제 그 일이 벌어지리라는 걸 서로 알고 있었다.

브랜던은 수동으로 조작하는 낡은 포드의 시동을 두 번이나 꺼뜨렸다. 갑자기 속력을 올리는 바람에 차바퀴가 끼익 소리를 내며 미끄러졌다. 차는 주차장을 빠져나가 고속도로로 향했다. 몇 마일쯤 달리다가 오른쪽으로 꺾어 울퉁불퉁한 자갈길로 털털거리며 접어들었다. 여름에 소풍 장소로 애용되는 호수로 가는 길이었다. 호수는 한산했다. 낡은 회전목마와 녹슨 놀이기구 몇 개뿐인 군색한 놀이동산도 문이 닫혀 있었다. 호수에 말뚝을 세우고 올린, 나무 테라스를 빙 둘러친 레스토랑과 간이매점도 마찬가지였다. 우리와 같은 이유로 이곳에 온 다른 연인들을 만나는 게 유일한 위험 요소였지만, 황량한 주차장에 자동차는 한 대도 없었다. 브랜던은 주차장 제일 끝까지 가서 거대한 라일락 나무 그늘에 차를 세웠다. 오는 내내 우리는 한마디도 하지 않았다. 주차한 뒤에도 말없이 앉아 있었다. 탁탁거리는 모터 소리만 들릴 뿐 사방이 아주 조용했다. 우리 앞에는 달빛을 받아 흐릿하게 반짝이는 호수가 놓여 있었다. 하늘에 뜬 하현달이 가느다란 낫처럼 보였다.

"셰리, 넌 정말 독특하고 사랑스러워." 브랜던이 푹 잠긴 목소리로 입을 뗐다. "지금까지 너만큼 사랑스러운 사람은 없었어."

뭐라고 대답해야 할까. 내가 똑같은 말을 해주길 기대하는 걸까? 나는 대답 대신 몸을 숙여 그의 무릎에 손을 얹고는 키스했다. 브랜던의 호흡이 가빠졌다. 혀로 다급하게 내 입술을 더듬는 그의 심장이 빠르게 뛰었다. 멋진 키스는 아니었다. 지금이 그에게 첫 경험이 아닌지 걱정스러웠다. 손으로 그의 허벅지를 쓰다듬었다. 얇은 바지 아래로 긴장한 근육이 느껴졌다.

"아, 셰리!"

발기한 성기를 건들자 그가 갈라진 목소리를 냈다.

"더는 못 참겠어!"

"그럼 해."

우리는 앞좌석을 넘어 뒤로 갔다. 브랜던은 물건들을 바닥으로 쓸어내렸다. 숨을 헐떡거리며 바지를 내리다가 머리를 천장에 부덮치고는 나지막하게 욕설을 내뱉었다. 브랜던은 자기 일만으로도 너무 바빴으므로, 나는 청바지와 팬티를 직접 벗고 능숙하게 자세를 잡았다. 대니 외에는 다른 남자와 잔 적이 없었다. 나는 격정적이고 몽롱한 황홀감에 휩싸이길 기다렸지만 이번에도 허사였다. 온갖 생각이 계속 끼어들어 방해했다. 포드 뒷좌석은 두 명이 얌전하게 붙어 앉으면 딱 맞을 정도로 좁았다. 사랑의 유희를 하기에는 적당하지 않았다. 게다가 한 명이 뭘 어떻게 해야 하는지 전혀 모르는 경우라서 상황은 더욱 좋지 않았다. 신발도 벗지 못한 브랜던의 다리는 꼬여 있었고, 나는 불편하게 목이 꺾인 채 누워 있었다. 뭔가가 등을 찔렀다. 왼팔은 몸 아래 반쯤 낀 상태였다. 낭만이나 정열과는 거리가 멀었다. 불편한 데다가 품위도 없었다.

"정말 해도 되겠어?"

브랜던이 내 귀에 대고 속삭였다. 불현듯 깊은 후회가 몰려왔다. 어쩌자고 이런 상황을 만들었지? 도대체 내가 무슨 생각을 한 거야? 브랜던과 이럴 생각은 없었다. 하지만 좋든 싫든 이제 끝까지 가야 한다. 안 그러면 우리 우정도, 밴드도 끝날 테니까. 그러니 그의 멍청한 질문에 대답을 해야 했다. 나는 자세를 약간 편하게 잡고는, 경험 없는 연인을 바른 길로 인도했다.

"아, 아!"

브랜던은 웅얼거리며 몇 번 오르락내리락하다가 끝났다. 그러고는 한숨을 내쉬면서 내 위로 무너졌는데, 나는 그가 잠이 들까 봐 걱정됐다.

"숨을 못 쉬겠어!" 나는 끙끙거리며 그를 밀쳐냈다.

"어, 미안!"

브랜던이 몸을 일으키더니 뒤로 털썩 기댔다. 나는 온갖 잡동사니가 뒤섞인 바닥을 더듬어 팬티를 찾아 입었다. 바로 그 순간, 우리가 피임을 하지 않았다는 생각이 번개처럼 떠올랐다. 그 생각을 하니 그러지 않아도 차갑던 몸이 완전히 식어버렸다. 브랜던이 옆에 앉아 행복에 겨워 말을 더듬거리며 영원한 사랑을 맹세하는 동안, 나는 헛간 지붕에서 뛰어내린 메리 필립스를 생각했다.

"집에 가야겠어" 나는 그의 말을 끊고는 청바지를 집어들고 조수석으로 기어갔다. "안 그랬다가는 엄마한테 무슨 봉변을 당할지 몰라."

머릿속에는 온통 메리 필립스와 내 멍청한 짓에 대한 생각뿐이었다. 브랜던은 새로 발견한 자신의 남성성이라는 행복에 젖어 술취한 사람처럼 운전했다. 어쨌든 나더러 어땠냐고 물어보지는 않은 덕분에 적어도 거짓말은 하지 않아도 됐다. 우리는 윌로크릭 농장 정문 앞에서 살짝 키스를 하고 헤어졌다. 나는 오랫동안 샤워를 하면 대재난을 막을 수 있을지도 모른다는 생각에 집으로 급히 달려 들어갔다.

∽

개교 100주년 기념행사와 뮤지컬로 인한 흥분은 곧 사라지고 다시 일상이 찾아왔다. 아이들은 학년말에 있을 댄스파티 때문에 정신이 없었다. 시드니와 올리버는 졸업시험을 준비해야 했고, 브랜던은 미식축구 훈련과 경기가 있었기 때문에 밴드 연습도 뜸해졌다. 브랜던과 나는 여전히 연인 사이였지만, 나는 경기장 가장자리에 매달려 환호성을 질러대는 부류의 여자친구가 아니라서 우리는 학교에서만 볼 수 있었다. 간혹 섹스를 하기도 했다. 내가 남자들과의 실험을 즐기기 때문이기도 했고, 브랜던이 그걸 기대하는 것 같아서이기도 했다. 나는 책에서 얻은 지식을 현실에 적용해 가면서, 소소한 거짓말(아, 너무 멋지다! 넌 최고야! 난 낮이나 밤이나 네 생각만 해!)은 남자를 행복하게 만들지만 너무 솔직하게 굴면(얼른 하라고! 나랑 자자! 더 빨리!) 당황한다는 사실을 배웠다. 물론 남자라는 종을 대표하기에 브랜던은 너무 경험이 없었지만, 어쨌든 유순한 실험 대상인 건 분명했다. 그가 성적으로 어떤 취향을 갖게 되는지 지켜보는 일은 흥미로웠다. 내가 어떤 특정한 행위를 시키면 죽어라 싫어하는 걸 보면 잠자리에서 지루한 남자가 될 조짐이 보였다. 설상가상으로 브랜던에게는 절정에 도달한 뒤 바로 잠드는 버릇도 있었다. 언젠가는 그를 숭배하는 여자, 그가 일주일에 한 번만 남편의 의무를 다하고 다른 시간에는 운동장에서 펄펄 뛰는 걸 더 좋아하더라도 잘생긴 남편을 뒀다는 사실만으로 만족할 여자를 찾아야 할 것이다.

소설 속 주인공들과 달리, 나는 격정이나 황홀경이나 만족을 못 느끼는 사람인지도 모른다는 생각이 점차 강하게 들었다. 내가 혹시 아름답고 재능도 있지만 유감스럽게도 불감증인 여자일까? 뭔가 잘못됐거나, 아니면 너무 많은 걸 기대하는 건지도 모른다. 소설 속 섹스가 말도 안 되게 과장된 것인지도 모른다는 의심이 슬슬 들었다.

두 번째
여름

긴 방학을 앞둔 학기 마지막 날, 내 앞에 놓인 게 단조로운 여름 뿐일 거라는 예상을 뒤엎는 여러 가지 일들이 벌어졌다. 아침식사 때 조지프 오빠가 나흘 뒤에 해군에 입대한다고 통보했다. 나는 다른 식구들이 충격적인 소식에 놀라서 입을 다무는 모습을 느긋하게 지켜보았다. 가장 먼저 정신을 차린 사람은 아버지였다.

"왜 미리 말하지 않았니? 추수가 코앞에 닥쳤는데······."

"늘 뭔가가 코앞에 있죠." 조지프 오빠가 아버지의 말을 가로막았다. "이런 식으로 절 말리면서 양심의 가책을 느끼게 할까 봐 미리 말 안 했어요."

"그런데 왜 하필 해군이야? 왜 대학에는 안 가고?"

아버지는 정말 충격을 받은 것 같았다. 흔치 않은 일이었다.

"공부는 하고 싶지 않아요. 생각 같아선 당장 여길 떠나고 싶어요. 기한은 5년 정도로 정했어요. 5년 동안 복무하면서 군에 남을지 말지 결정할 거예요."

엄마는 아무 말도 하지 않았지만, 시큼한 레몬을 입에 문 것처럼 인상을 찌푸리고 있었다. 가족을 통제하는 데 광적으로 집착하는 사람이 아들의 계획을 전혀 몰랐으니 화가 날 법도 했다.

"멋있다! 이런 음흉한 놈!" 하이럼 오빠가 조지프 오빠의 어깨를 두드렸다.

"음…… 저도 할 말이 있어요." 맬러키 오빠가 끼어들었다.

"다음 주에 육군에 입대한다는 말은 하지 마라!"

아버지가 양손을 들어 올리며 말했다. 맬러키 오빠는 자신의 존재 전체를 윌로크릭 농장에 바친 사람이니 그럴 염려는 없었다.

"레베카랑 7월 18일에 약혼하고 8월 10일에 결혼할 거예요."

"아주 잘들 한다!" 엄마가 주먹으로 식탁을 내리쳤다. 그릇이 달그락거렸다.

"엄마, 걱정 마세요." 맬러키 오빠가 엄마를 다독였다. "우리는 잔치를 벌이지도 않고, 신혼여행도 가지 않을 거예요. 농장 일이 어떤 건지는 레베카도 잘 알아요. 농촌 출신이잖아요. 아이오와로 가서 레베카 가족과 조촐하게 결혼식을 올리고, 여기 와서 추수에 전력을 다할 거예요."

"도대체 왜 이렇게 급하게 결혼을 하겠다는 거야? 너희들이 아직 얼마나 어린데! 레베카가 몇 살이지? 열아홉?"

"스물한 살이고, 학교도 졸업했어요. 전 스물여덟이고요." 맬러키 오빠가 의기양양한 표정으로 덧붙였다. "제 나이 때 아버지는 아이가 셋이었어요."

"네 엄마가 걱정하는 이유가 바로 그때문인지도 모르지."

아버지가 끼어들자, 엄마는 열대우림이라도 얼려버릴 듯 도끼눈을 뜨고 아버지를 노려봤다. 그러고는 뭔가 캐내려는 눈빛으로 맬러키 오빠에게 물었다.

"왜 그렇게 서둘러? 그래야 할 이유라도 생겼니?"

늘 성경을 곁에 두고 꼬박꼬박 교회에 나가는 신실함의 상징인 맬러키 오빠가 엄청나게 화를 내며 자리에서 벌떡 일어났다. "무슨 말씀이세요? 어떻게 그런 생각을 하실 수 있어요?"

"그럼 시간을 좀 더 두고 생각해보자. 레베카랑 사귄 지 얼마나 됐지? 그 애랑 결혼하는 게 옳은 일인지 아닌지 어떻게 아니?"

"우린 1년 반 전부터 사귀었어요." 오빠는 입술을 깨물며 잠깐 망설이더니 말을 이었다. "그리고…… 그리고 우린…… 너무 오래 기다렸어요! 이제는 정말 결혼하고 싶어요!"

오빠는 당황해서 얼굴이 새빨개지더니 시선을 아래로 깔았다. 내가 잘못 들은 건가? 레베카랑 자고 싶어서 결혼하겠다고?

"달갑지 않다면 결혼식에 오실 필요 없어요!"

큰오빠는 지금까지 내가 본 것 중에 가장 화난 모습이었다.

"그런 말이 아니야." 아버지가 오빠를 진정시켰다. "그저 놀랐을 뿐이야. 우린 너와 레베카의 결정을 존중한단다."

나는 엄마가 왜 화를 내는지 알 것 같았다. 집에서 다른 여자와 경쟁하는 게 싫은 거였다. 레베카는 우리 집에 여러 번 놀러왔었다. 싹싹하고 예의 바르고 맬러키 오빠를 무척 좋아했지만, 그런 부드러움 속에 뭔가 단단한 게 있었다. 쉽게 겁먹을 사람이 결코 아니었다. 둘은 서로 아주 죽고 못 사니까 당연히 매일 섹스를 할 거고, 레베카는 자기 엄마가 7남매를 낳았듯이 금방 임신을 해서 애를 낳을 것이다. 그러면 엄마는 할머니가 된다. 쉰 살도 안 됐는데 '늙은 그랜트 부인'이 되는 거다. 쌤통이다.

"아들, 축하한다." 아버지는 의자에서 일어나 식탁을 빙 돌아와서 맬러키 오빠를 안고 등을 두드렸다. "레베카와 너 덕분에 기분이 좋구나. 그리고 조지프…….”

아버지가 조지프 오빠의 어깨에 손을 얹었다.

“네가 자랑스럽고, 그 결정이 기쁘다. 난 네가 너의 길을 찾을 거라고 확신한다.”

엄마는 천식을 앓는 말처럼 쌕쌕거리며 벌떡 일어섰다. “새로운 소식을 소화하려면 시간이 필요할 것 같구나.”

엄마는 씁쓸하게 말하며 식탁을 떠났다. 전화기가 울렸다. 맬러키 오빠는 자리에 앉고, 아버지는 전화를 받으러 나갔다.

“정말로 한 번도 안 했어?”

하이럼 오빠가 묻자 맬러키 오빠의 얼굴이 벌게졌다.

“그래, 우린 아주 진지한 사이거든.” 맬러키 오빠가 뻐기듯 대답했다. “서로를 위해 그 순간을 아껴뒀지.”

“아이고, 지금이 도대체 몇 세기야?”

하이럼 오빠보다 더 자유분방한 조지프 오빠가 놀려댔다. 조지프 오빠는 고등학교 때부터 여자친구가 수도 없이 많았다. 두 오빠 모두 이 분야에서 아주 경험이 많았다.

“시운전도 안 해보고 차를 사려고?”

조지프 오빠의 말에 하이럼과 에스라 오빠가 웃음을 터뜨렸다. 나는 킥킥대지 않으려고 애를 썼다. 맬러키 오빠는 벌컥 화를 냈다.

“저질들!” 오빠가 쇳소리를 내더니 밖으로 나갔다.

하루가 이렇게 떠들썩하게 시작되는 일은 드물었다. 학교에서도 비슷한 상황이 계속됐다. 해리스 교장선생님이 브랜던과 올리버, 시드니, 조지, 라일, 그리고 나를 교장실로 불렀다. 교장선생님은 상당히 흥분한 것 같았다. 코스텔로 선생님도 와 있었는데, 미소만 짓고 있을 뿐 무슨 일인지는 말하지 않았다. 교장선생님은 학교 축제에서 우리가 보여준 열정에 대해 다시 한 번 칭찬했다.

"너희를 왜 불렀는지 궁금하겠지?" 교장선생님은 미소를 지으며 우리를 한 명씩 차례로 바라봤다. "올해 '미들 오브 노웨어' 기획자인 체스터 울컷 씨가 전화를 해왔단다. 너희를 그 축제에 참여시키고 싶다는구나."

무슨 말을 듣게 될까 별별 상상을 다 했는데, 이건 정말 생각도 못 한 일이었다. 미들 오브 노웨어는 자그마치 일주일 동안이나 계속되는, 매디슨에서 가장 큰 축제다. 놀이기구, 가축 시장과 로데오, 야외 콘서트, 옥수수 껍질 벗기기 대회와 말발굽 던지기 대회, 농업 박람회 등 수많은 볼거리로 유명하다. 먼 곳에서부터 수천 명의 방문객이 몰려드는 이 행사 덕분에 페어필드는 2년에 한 번씩, 적어도 일주일 동안은 이 지역의 중심이 됐다. 그런 행사에 초대받았다니, 놀란 것을 넘어 황당할 정도였다!

"계약서도 쓰고 급료도 지급하겠대. 너희 말고 유명한 가수와 밴드도 여럿 초청된다더라. 너희 공연이 아주 마음에 들었는지 꼭 출연시키고 싶다고 하더구나. 물론 부모님의 동의가 필요하지만, 그거야 전혀 문제가 아닐 거라고 생각한다."

몇 초 동안 아무도 입을 열지 않았다. 그러다가 모두 정신없이 마구 떠들어댔다. 교장선생님은 우리가 흥분을 가라앉힐 수 있도록 잠시 미소를 지으며 바라보다가 다시 말을 이었다.

"내가 너희를 얼마나 자랑스러워하는지는 말할 필요도 없겠지? 내가 기억하는 한, 우리 학교 밴드가 이렇게 큰 행사에 참여한 적은 없었단다. 부모님께도 말씀드리고, 너희들끼리도 이야기해서 시간을 맞춰보렴. 학교에서는 전폭적으로 지원할 테지만, 최종적으로 결정하는 사람은 너희들이니까."

운동장으로 나온 우리는 서로 얼싸안고 웃으며 유치원 아이들처럼 통통 뛰었다. 수천 명이 지켜보는 무대에서 공연하게 되다니! 그 자체로 굉장할 뿐더러 우리 이름을 알릴 수 있는 기회이기도 했다. 일단 밴드 이름부터 짓고 레퍼토리를 선정해서 연습하고, 연습하고, 또 연습해야 했다. 그런데 그렇게 하려면 일단 부모님의 허락이 필요했다. 브랜던과 시드니, 올리버는 아무 문제도 없을 거라고 했다. 그 아이들의 집은 음악이 하찮은 취급을 당하는 농장이 아니고, 시샘 많은 독사 같은 엄마도 없으니까.

우리는 오후에 연습장으로 쓰는 시드니 아버지의 헛간에서 만나 의논하기로 했다. 유감스럽게도 브랜던과 시드니와 올리버가 여름에 가족 여행을 떠날 계획이어서 연습은 8주 뒤에나 시작할 수 있었다. 라일과 조지는 가을에 대학에 갈 테지만, 무슨 일이 있어도 이 공연에는 꼭 참여하겠다고 했다.

예상대로 엄마는 내 희망의 싹을 짓밟고 공연에 참가할 수 없다고 선언했다. 그러거나 말거나 상관없었다. 엄마의 허락 따위가 없어도 노래를 부를 작정이었다. 아니면 짐을 싸서 여기를 아예 떠나버릴 것이다. 이번 공연은 내 미래를 가늠할 수 있는 결정적 기회였다. 학교 공부는 이 정도면 충분하다. 대학에 갈 마음은 없었다. 이미 나는 음악의 길을 걷기로 굳게 결심했다.

∞

별다른 일 없이 시간이 흘러갔다. 맬러키 오빠의 머릿속은 농사일과 레베카로 가득 차 있었다. 하이럼 오빠는 그새 새 여자친구를 사귀어서 집에 거의 붙어 있지 않았다. 엄마는 그 어느 때보다도 심하게 상전 행세를 했다. 그 수법이 점점 사악해져서 마사 아줌마 조차 눈을 흘길 정도였다. 학교에서 돌아오면 산더미 같은 일거리를 떠맡겼는데, 대부분 집에서 멀리 떨어진 곳에서 해야 할 일들이었다. 나는 엄마가 나를 되도록 안 보려고 한다는 인상을 받았다. 나도 그러는 게 속이 편했다.

아버지는 오래전에 중서부에서 전통적으로 지어오던 밀과 옥수수와 대두 말고도 채소를 재배하기 시작했다. 실험은 성공해서 세월이 흐르면서 많은 이익을 창출했다. 다른 작물처럼 윌로크릭 농장의 채소 재배는 엄청난 면적에서 이루어졌고, 페어필드와 인근 지역 여자들에게 확실한 일자리를 제공했다. 거대한 비닐하우스에서는 1년 내내 토마토와 오이와 상추 등 온갖 채소가 자랐다. 엄마가 나를 보낸 곳이 바로 이 비닐하우스였다. 며칠 전부터 페어필드에 유행성 장염이 돌아서 토마토를 수확할 여자 일꾼이 거의 3분의 1이나 빠졌기 때문이다. 학교에서 돌아오면 바로 비닐하우스를 통치하는 메리제인 아줌마에게 가야 했다. 이 일은 곧 내가 가장 좋아하는 농장 일이 되었다.

토마토를 따는 단조로운 작업을 하다 보면 차분하게 이런저런 생각을 할 수 있다. 오후 일찍 수확이 끝나면 분류대 앞에 서서 토마토를 크기별로 바구니에 나눠 담았다. 여자들의 대화 주제는 남편과 자식과 손자, 요리와 이런저런 건강 문제, 그리고 텔레비전 연속극 정도였다. 내가 아는 거의 모든 사람처럼 이들도 페어필드 바깥에서 벌어지는 일들에는 철저하게 무관심했다. 미국 대통령이나 네브래스카 주지사 이름도 모를 터였다. 나보다 겨우 서너 살 많은 여자들조차 자신의 좁은 세계에 만족한 채 살아가고 있었다. 느릿느릿 흘러가는 소박한 물결을 타고 아래로 아래로 함께 떠내려가는 여자들을 볼 때면 나는 어쩐지 우울해졌다.

메리제인 아줌마는 다른 여자들과 달랐다. 학교라고는 4년밖에 다니지 않았지만 뭔가 읽는 것을 무척 좋아했다. 특히 신문을 즐겨 읽어서 이 지역뿐만 아니라 워싱턴이나 외국에서 일어나는 일들도 훤하게 꿰고 있었다. 게다가 놀랄 만큼 마음이 따뜻했고, 멋진 유머감각을 가지고 있었다. 나는 메리제인 아줌마가 우리 엄마라면 얼마나 좋을까 생각할 만큼 아줌마를 좋아했다.

아줌마가 가장 좋아하는 이야깃거리는 아들 니컬러스였다. 사실 그에 대한 이야기를 들을 창구는 메리제인 아줌마 말고는 없었다. 그는 셔먼 그랜트 큰할아버지가 뿌린 수많은 사생아 가운데 한 명이었다. 니컬러스가 존경받는 사업가이거나 근면한 노동자, 최소한 법을 잘 지키는 시민이었다면 다른 사람들도 그를 좋아했을 테지만, 그는 이 모든 것과는 정반대인 데다가 늘 밖으로만 떠돌았다. 하지만 그는 내게 페어필드에 뿌리박고 지루하게만 살아가는 사람들보다 훨씬 흥미로운 인물이었다.

니컬러스는 열여섯 살 때 고향을 떠나 온갖 직업을 전전하다가 군인이 되어 베트남에 가서 훈장을 한 무더기나 받고 귀국했다. 그 뒤로 한동안 유럽을 여행하다가 미국으로 돌아와 네브래스카 최고의 로데오 선수가 됐다. 그러나 그런 명성은 그가 교도소에 수감되는 바람에 심각한 타격을 입었다. 유감스럽게도 그의 죄목이 뭐인지는 모른다. 내가 알기로 니컬러스 워커는 마흔세 살이었다. 오래전에 정착해서 가정을 이룰 나이였지만 그는 결코 한 곳에 머무는 사람이 아니었다. 메리제인 아줌마는 아내도, 자식도 없고 몇 달 동안 감감무소식이기 일쑤인 아들을 걱정했지만, 그를 나쁘게 생각하지는 않는 눈치였다. 열여섯 살 때 자기를 임신시키고는 결혼도 하지 않은 그의 아버지도 나쁘게 생각하지 않듯이.

분류대에 서서 토마토를 고르는 동안 나는 메리제인 아줌마가 제일 좋아하는 주제로 이야기를 돌렸다. "아들은 지금 뭐해요?"

"몰라. 아직 애리조나에 있을 거야. 투손 근처에서 전화한 게 마지막이거든."

아줌마는 내가 얼마 전에 묻고 또 묻는데도 이상하게 생각하지 않았다. 아들 이야기는 늘 환영이었다.

"목장 일이 벌이가 좋다더라."

"연락은 자주 해요?"

"자주는 아니고."

"결혼은 했어요?"

"아니." 아줌마의 얼굴에 그늘이 살짝 스치고 지나갔다. "결혼할 것 같지 않아. 그것도 자기 아버지를 닮았네."

"무슨 뜻이에요?"

아줌마는 생각에 잠겨 일손을 놓고 멍하니 앞을 바라봤다. "셔먼 그랜트는 사람들이 수군거리는 이야기랑은 좀 다른 사람이었어. 불끈거리는 다혈질이긴 했지만 농담도 잘하고, 또 무척…… 매력적이었단다."

"으음, 하지만 젊은 여자들과 그렇게나 많이…… 그랬다는 건 매력적인 요소가 아닌데요. 안 그래요?"

아줌마는 흥미롭다는 눈길로 나를 흘깃 보고는 놀리듯이 웃었다. 살짝 음흉해 보이는 웃음이었다. "하지만 여자들도 너무 쉽게 굴었어. 셔먼은 정말로 미남이었고, 이 인근에서 가장 권력 있는 사람이었으니 그 매력에 저항하기 힘들었을 거야."

"혹시 아줌마를…… 성폭행한 거예요?" 나는 일손을 놓고 목소리를 낮춰 속삭이듯 물었다.

"아니, 전혀 아니야." 아줌마의 미소가 더 깊어졌다. "우리 엄마가 그 집에서 요리사로 일했잖니. 그때 열일곱 살이던 새러앤 언니는 셔먼의 눈앞에서 계속 살랑거렸어. 자기를 보게 하려고 갖은 애를 썼지만 셔먼은 본 척도 하지 않았어. 셔먼은 예쁜 여자만 좋아했는데 우리 언니는 별로 예쁘지 않았거든."

아줌마는 방금 스스로를 치켜세웠다는 걸 깨달은 듯했지만, 어깨만 으쓱했을 뿐이다. 예순 살인 지금도 아줌마는 매력적이었다. 잿빛 머리카락이 몇 가닥 섞인 풍성한 검은 머리카락, 이목구비가 조화로운 얼굴, 세월이 아니라 품위와 지성을 드러내는 잔잔한 주름. 나는 정신을 바짝 차리고 아줌마의 말에 귀를 기울였다.

"난 그때 열여섯 살이었지. 셔먼은 날 좋아했어. 사냥하러 갈 때면 데리고 갔고, 뭔가 읽을 때도 옆에 앉혀뒀지. 그 사람은 독서를 좋아했거든. 새러앤 언니는 질투심으로 어쩔 줄 몰라 했어. 어느 날 저녁 셔먼이 술에 잔뜩 취해서 집에 돌아왔는데, 언니는 그때를 놓치지 않고 그의 침대에 누워 그를 기다렸단다." 아줌마가 이맛살을 찌푸렸다. "그런 상황에서 싫다고 할 남자가 어디 있겠니?"

컨베이어벨트가 텅 빈 채 우리 앞을 지나갔다. 젊은 여자 둘이 가득 찬 바구니를 빈 바구니와 바꿔놓고 갔다.

"언니는 자랑하듯 그 일을 낱낱이 말해줬단다." 두 여자가 우리 이야기를 들을 수 없는 곳까지 간 뒤에 메리제인 아줌마가 말을 이었다. "나도 질투가 났어. 그때 셔먼은 최소한 쉰 살쯤 되었을 텐데, 그래도 난 그를 정말 깊이 사랑했거든. 그 사람은 내 전부였어. 몇 주 뒤, 더운 여름날 그가 강으로 말을 타고 가기에 뒤를 밟았단다. 그가 수영하는 걸 덤불에 숨어 지켜봤지. 그 사람의 옷을 덤불에 감추고 옷 대신 그 자리에 누워 있었단다."

"아줌마는 그때 겨우 열여섯 살이었어요. 지금 나랑 같은 나이라고요!"

"예전에 수 족은 열두 살이면 결혼했단다." 메리제인 아줌마가 어깨를 으쓱하며 대답했다. "우리 부족의 규정에 따르면 난 오래전에 이미 성인 여자였지."

"그다음에 둘이……?"

흥분해서 입술이 바짝 타들어가는 것 같았다. 아랫배에 간질거리는 익숙한 느낌이 퍼졌다. 유감스럽게도 브랜던과 잘 때는 느껴지지 않던 감각이었다.

"그래, 그때가 처음이었어. 우린 아이를 낳은 뒤에도 관계를 유지했단다. 이미 결혼한 게 아닌가 하는 생각이 들 정도였지. 그가 여동생 이사벨라의 결혼식 때문에 보스턴에 가던 날, 난 아주 느낌이 안 좋았어. 가지 말라고 했지만 셔먼은 그저 웃으며 내게 키스를 하고 떠났어. 그 사람은 두 시간 뒤에 죽었어. 차바퀴가 터져서 차가 뒤집어졌다더구나." 아줌마는 깊은 한숨을 내쉬었다. 41년이 지난 뒤에도 아줌마는 여전히 그를 애도하고 있었다.

"유언장이 발표됐어. 셔먼은 윌로크릭 농장과 재산 대부분을 동생인 존 루카스에게 상속했단다. 이사벨라에게는 목련 저택과 큰돈을 줬지. 자식들에게는 아무것도 남기지 않았어. 니컬러스와 나를 빼고는 말이야." 아줌마가 다시 미소를 지었다. 이번에는 쓸쓸한 웃음이었다. "그 사람은 우리를 아주 많이 배려했어. 우리가 손가락 하나 까딱하지 않아도 충분히 먹고 살 정도의 배려를 해주었단다. 셔먼이 펀드나 뭐 그런 거에 잘 투자해두었거든. 언젠가 내가 죽으면 니컬러스가 그 돈을 모두 물려받을 거란다. 강 위쪽에 있는 집이랑 대지도 마찬가지고."

"물빛 별장 말이에요?"

내가 깜짝 놀라 묻자 아줌마가 고개를 끄덕였다.

"셔먼이 내게 남긴 거야."

"우리 아빠 집이 아니었군요!"

"그래." 메리제인 아줌마는 미소를 지으며 다시 일을 시작했다. "이 일은 버넌과 나밖에 모른단다. 이젠 너도 알게 됐지만."

아줌마가 나를 믿어준 게 놀랍고 자랑스러웠다.

"우리 엄마 가족이 거기서 살았다고 생각했어요." 나는 다시 손을 놀려 토마토를 분류하며 말했다.

"그랬지. 1960년 여름, 이지키엘 쿠퍼가 페어필드로 왔을 때 그 집은 비어 있었단다. 난 버넌의 아버지에게 그 집을 그에게 빌려줘도 좋다고 허락했어. 쿠퍼는 순회 부흥사였는데, 뇌졸중으로 쓰러지는 바람에 순회고 부흥이고 다 끝났지." 아줌마는 생각만 해도 화가 나는지 씩씩거렸다. "그의 아내와 딸들에게는 다행이었지. 그자는 썩 좋은 사람이 아니었어."

"집세는 어떻게 냈어요?"

"캐서린 쿠퍼는 바느질을 아주 잘했단다. 남편 수발을 들어야 하니 주로 집에서 삯일을 했지. 그리고 존 루카스는 집세를 별로 많이 요구하지 않았어."

"아줌마, 우리 엄마 어렸을 때 보셨어요?" 나는 호기심이 생겨서 물었다.

메리제인 아줌마는 이상한 눈빛으로 나를 보더니 고개를 끄덕였다. "그럼, 봤지." 그러고는 깊은 한숨을 내쉬었다. "셰리든, 오늘은 이만 됐다. 방학인데 매일 여기서 일만 하고 있구나."

"아줌마랑 일하는 게 좋아요." 말은 그렇게 했지만 손은 이미 털고 있었다. "이따금 물빛 별장에 가도 괜찮아요? 거기 베란다에 앉아 있으면 기분이 좋아지거든요."

"물론 가도 되지." 아줌마가 미소를 지었다. "아, 그런데 6월부터 어떤 젊은 남자한테 반년 정도 세를 놓을 거란다."

∽

6월 14일은 내 열여섯 번째 생일이었다. 늘 그렇듯이 아무도 신경 쓰지 않았지만. 나는 하루 종일 우울한 기분에 젖어 있었다. 오후 늦게 비닐하우스에서 돌아오니 엄마와 에스라 오빠가 차를 타고 나가는 게 보였다. 웨이사이더에 안장을 얹고 강을 따라 달렸다. 하늘에는 구름 한 점 없었다. 초록빛으로 물든 세상에 꽃들이 활짝 피어 있었다. 이미 여름이나 다름없었지만, 공기에서 봄의 마지막 숨결이 느껴졌다. 상류로 달려가 언덕 꼭대기에 서서 끝없이 펼쳐지는 들판을 내려다봤다. 고등학교를 졸업하면 윌로크릭 농장과 페어필드, 네브래스카를 아무런 미련도 없이 떠날 테지만, 이 땅 자체는 아플 만큼 그리울 것이다. 내 영혼은 이곳에 단단히 매여 있었다. 나는 이곳의 사계절을, 매혹적인 각각의 풍경과 향기와 빛 모두를 겁이 날 정도로 사랑했다.

웨이사이더가 불안한 듯 이리저리 움직여서 강가로 돌아갔다. 아직 집에 돌아가고 싶은 마음은 들지 않았다. 말을 타고 엘름포인트의 얕은 물을 건넜다. 강 한복판에서 웨이사이더와 의견이 엇갈렸지만, 결국 이긴 사람은 나였다. 방풍림을 따라가다가 물빛 별장으로 가는 오솔길과 연결되는 좁은 통로를 발견했다. 집을 수리하고 있다는 이야기는 여기저기서 말을 들어 대충 알고는 있었는데, 물빛 별장은 믿기지 않을 만큼 달라져 있었다. 나는 반은 경악하고 반은 감탄하면서, 잠자는 숲속의 공주처럼 수십 년 동안 잠들어 있던 집이 기지개를 켜는 모습을 지켜봤다. 마구 뻗어 있던 마당의 잡초는 온데간데없이 사라졌고 비가 새던 물결 모양 지붕도 말끔히 수리되었다. 망가진 창틀과 허물어져가던 베란다가 있던 자리에는 반짝이는 새 유리창과 예쁜 새 베란다가 들어섰다. 제멋대로 자란 덤불 울타리는 깔끔하게 다듬어졌고, 다닥다닥 붙어 있던 담쟁이덩굴은 완전히 사라졌다. 물빛 별장은 매력적인 작은 집으로 다시 태어났지만, 이 집을 특별하게 만들어주던 비밀스러운 분위기는 파괴되고 말았다.

사랑하는 장소를 도둑맞은 것 같아 처참했지만 열여섯 살이나 돼서 눈물을 쏟을 수는 없었다. 나는 말을 탄 채 집을 한 바퀴 돌았다. 잡초가 뽑혀 깔끔해진 포석에 웨이사이더의 말발굽 소리가 울렸다. 사람이라고는 그림자도 보이지 않았다. 삼나무 그늘에 말을 묶어놓고 베란다에 올라 외벽을 빙 둘러서 현관문으로 향했다. 문은 잠겨 있지 않았다. 이 지방 사람들은 서로를 완전히 믿는 탓에 좀처럼 문을 잠그는 일이 없었다.

나는 아무런 양심의 가책 없이 집에 들어섰다. 집은 그야말로 텅 비어 있었다. 35년 동안 쌓인 먼지와 거미줄도, 내가 첫 경험을 한 낡은 소파도 없어졌다. 마룻바닥은 우리 엄마가 봤더라도 트집 잡을 수 없을 만큼 깨끗하게 닦여 있었고, 욕실에는 최신식 수도꼭지와 반짝이는 하얀색 타일이 붙어 있었다.

2층은 한창 공사가 진행 중이었다. 페인트 통과 붓이 여기저기 놓여 있고, 색 바랜 벽지는 대부분 뜯겨 있었다. 이 집의 영혼도 함께 뜯겨나간 느낌이 들어 마음이 아팠다. 벽을 더듬던 내 눈길이 작은 문에 가 닿았다. 못 보던 문이었다. 벽지가 뜯기는 바람에 겉으로 드러난 것 같았다. 한참 씨름하다 손톱이 두 개나 부러지고서야 문이 열렸다. 문 뒤쪽은 아주 작은 저장실이었다. 새로 단 천창으로 빛이 쏟아져 들어와 주위를 볼 수 있었다.

끙끙거리며 기어들어가서는 몸을 일으키고 주변을 둘러봤다. 입을 손으로 막고, 먼지가 잔뜩 낀 채 삭아가는 온갖 잡동사니들에 넋을 놓고 있다가 대들보와 처마 도리 사이에 뭔가가 끼어 있는 것을 발견했다. 상자였다. 까치발을 하고, 쏟아지는 먼지에 재채기를 해가면서 겨우 상자를 끄집어냈다. 노끈으로 꼼꼼하게 묶은 무거운 신발 상자에는 어린아이의 필체로 뭐라고 쓰여 있었다. 겨우 해독해낸 내용은 이랬다.

캐럴린 쿠퍼의 소유물. 여는 사람은 사형에 처함.

나는 상자를 조심스럽게 방으로 가지고 돌아와 바닥에 놓고 노끈을 풀었다. 매듭을 열 번도 더 지어놓은 걸 보니 누군지 몰라도 아주 꼼꼼한 사람 같았다. 캐럴린 쿠퍼가 누굴까? 엄마에게 자매가 있었나? 그때 메리제인 아줌마가 이지키엘 쿠퍼 이야기를 하면서 1960년에 아내와 '딸들'과 함께 페어필드로 왔다고 한 게 퍼뜩 떠올랐다. 그러고는 뭔가 어렴풋하게 떠오르는 게 있었다. 캐럴린이라는 이름을 분명히 들었는데, 그게 언제였는지 기억이 나지 않았다. 메리제인 아줌마가 한 말은 아니었다. 그건 확실했다.

"뭐 어쨌든."

나는 중얼거리며 마지막 매듭을 풀었다. 드디어 뚜껑이 열렸다.

상자 안에 들어 있는 것은 젊은 여자의 소지품인 듯했다. 유년기의 추억이 깃든 물건들, 온갖 앨범과 사진들, 잡동사니, 잡동사니…… 그리고 일기장! 하늘하늘 닳은 노트 겉장에는 단정한 글씨가 쓰여 있었다.

캐럴린 쿠퍼의 일기장, 1957년.

캐럴린은 1957년부터 1963년까지 매년 새 노트에 일기를 썼다. 1961년 일기장을 펴서 처음 몇 장을 빨리 넘겨보다가 여기서 이렇게 급하게 읽을 게 아니라 더 적당한 때 다른 곳에서 천천히 읽는 게 낫겠다는 생각이 들었다. 상자 속에 물건들을 재빨리 집어넣은 다음 흥미진진한 습득물을 들고 물빛 별장을 나섰다. 상자를 안장 뒤에 단단하게 묶고 말 등에 오르려는데 자동차 한 대가 진입로에 들어와 섰다. 낯선 남자가 차에서 내렸다. 생각만큼 젊은 남자는 아니었지만, 예순 살인 메리제인 아줌마의 관점에서는 충분히 젊은, 30대 초반쯤 되어 보이는 남자였다.

"안녕!" 남자가 호기심에 가득한 눈으로 나를 바라봤다.

"멋진 환영단인데!"

그가 다가와 선글라스를 벗었다. 짧게 자른 짙은 금발에 몸매가 단단한 남자였다. 오랫동안 바깥에서 시간을 보낸 사람처럼 온통 갈색으로 그을려 있었다. 남자는 서글서글하게 웃고 있었지만 나는 나의 낙원에 쳐들어와 눌러앉게 된 그에게 화가 잔뜩 나 있었다.

"여기서 살 거예요?"

"그래." 남자는 고개를 끄덕이며 노골적인 시선으로 나를 관찰했다. "네가 반대하지 않길 바란다."

"제가 왜 반대해요?"

"그럼 다행이고. 나는 반년 정도 여기서 살 거야."

남자의 말투가 낯설었다. 이 지역 출신은 아닌 것 같았다.

"아, 그러시군요." 나는 시큰둥하게 대꾸했다.

"넌? 넌 어디 사니?"

"저 건너편 윌로크릭에요."

"윌로크릭에요?" 남자가 내 말을 따라하고는 재미있다는 듯 히 죽거렸다. "《바람과 함께 사라지다》에 나올 것 같은 이름이네."

"그쪽 고향에서는 뭐라고 하는데요?" 나는 뾰로통해서 물었다.

그는 팔짱을 끼고 나를 훑어보면서 계속 히죽거렸다. "물론 내 고향에도 거리 이름이나 집 주소가 있지. 그런데 여긴 그렇지 않은 모양이야. 그건 그렇고, 난 크리스토퍼 핀치야."

나는 잠깐 망설이다가 말 등에 그대로 앉은 채 남자가 내민 손 을 잡았다. 여섯 시간 동안 비닐하우스에서 일하다 말을 타고 정신 없이 달렸으니 내 꼴이 어떨지 알 만했다. 젊은 귀부인은커녕 농장 일꾼처럼 보일 터였다.

이왕 이렇게 된 거 그런 척하기로 마음을 먹었다. 나는 그가 나 를 보는 것만큼이나 노골적으로 그를 하나하나 뜯어보았다. 눈동 자는 초콜릿빛 갈색이고, 숱 많은 눈썹은 더 짙은 갈색이었다. 손 아귀 힘은 셌지만 손은 놀랄 만큼 부드러웠고 손톱은 깔끔하게 손 질되어 있었다. 옆 가르마를 탄 금발 남자는 전혀 내 취향이 아니 었지만, 어쨌든 그는 상당한 미남이었다.

"스칼렛 오하라." 나는 고개를 꼿꼿이 든 채 그를 내려다보며 대 답했다. 이 구도가 무척이나 마음에 들었다.

"내가 졌다."

말과 달리 계속해서 묻어나는 장난기에 나는 다시 화가 났다.

"우리, 이제 이웃이네. 옆의 목장이 너희 아버지 거야?"

"아버진 돌아가셨어요. 난 그냥 거기서 일을 하죠." 나는 교육이라고는 받아본 적이 없는 일꾼 같은 억양으로 말했다. 사실 거짓말도 아니었다. "그리고 윌로크릭은 농장이에요. 옥수수랑 곡물을 주로 심죠. 목장은 가축을 기르는 곳이고요."

"네가 그렇다면 그런 거겠지."

그가 고개를 끄덕이며 햇볕에 그을린 팔을 가슴 앞으로 모아 팔짱을 꼈다. 하얀 티셔츠 아래로 살짝 도드라진 배가 보였다. 그 사소한 결점을 보자 갑자기 피부에 뜨거운 전율이 느껴졌다. 그는 아주 꽉 끼는 청바지를 입고 있었다. 바지주머니에 열쇠고리가 들어 있거나, 태어날 때부터 대단한 선물을 받은 듯했다. 바로 그 순간 내 눈길이 무례할 정도로 오랫동안 그의 바지에 머물렀다는 사실, 그리고 그가 그걸 눈치챘다는 사실을 깨달았다. 그는 빼기는 듯한 미소를 지었다.

"어디 출신이에요?" 불편한 상황을 모면하려고 서둘러 물었다.

"오하이오 주, 데이턴." 그는 대답하면서 청바지 뒷주머니에 양손을 찔러 넣었다. "여름이 지나면 매디슨에서 새로운 일을 하기로 했어. 지금은 책을 쓰는 중이라 임시로 집을 구했지. 내 마음에 들고, 9월까지 차분하게 작업할 수 있는 곳으로."

나는 무례할 정도로 빤히 그를 봤다. 작가를 직접 본 건 처음이었다. 내 상상 속 작가는 이지적이고 중후한 모습이었지 청바지와 티셔츠 차림에 구릿빛으로 그을린 금발 남자는 전혀 아니었다.

"그나저나 정말 아름다운 집이야." 그가 말을 이었다. "강이 내다보이는 경치가 환상적이지. 보자마자 마음에 쏙 들었어."

"엄마가 어렸을 때 여기 살았어요. 이 집은 아주 오랫동안 비어 있었죠."

"그래, 그런 것 같더라."

그가 미소를 지었다. 나는 그를 계속 뚫어져라 바라봤다. 대니가 여기저기 배회하는 강인한 늑대, 브랜던이 서툴지만 착한 강아지라면, 이 사람은 사자나 호랑이 같았다. 보기에는 멋지지만 아주 위험한 맹수.

"지금은 엄마랑 같이 농장에서 사니?"

"아니요." 나는 고개를 저었다. "돌아가셨어요. 내가 두 살 때."

처음 보는 남자에게 이런 말을 하다니, 어쩌다가 이렇게 됐는지 알 수 없었다. 어쨌든 그는 내 말에 흥미가 동한 표정이었다.

"아, 그렇군. 스칼렛 오하라, 본명은 뭐지?" 그가 나무에 편하게 기대며 물었다.

"캐럴린."

그의 표정이 진지해졌다. 캐묻는 듯한 눈빛이었다. "캐럴린, 예쁜 이름이네. 성은?"

"쿠퍼."

전혀 준비되지 않은 상태라서 다른 이름은 생각나지 않았다. 방금 본, 상자 위에 적힌 이름밖에는.

"아직 어려 보이는데 농장에서 무슨 일을 해?"

"이제 곧 열여덟 살이 돼요." 나는 눈도 깜짝하지 않고 거짓말을 했다. "낮에는 비닐하우스랑 닭장에서 일하고, 저녁에는 주인 가족을 위해 부엌에서 요리를 해요."

"아, 그렇군."

"이제 가야 해요. 식사 준비를 해야 되거든요."

나는 고삐를 바짝 당겼다. 새로운 이웃과 만난 게 흥미롭긴 해도, 얼른 집에 가서 캐럴린 쿠퍼의 일기장을 읽고 싶었다.

그가 내게서 눈길을 떼지 않고 고개를 끄덕였다. "여기 계속 놀러 와도 돼, 난 괜찮으니까. 언제든 방문해줘. 매력적인 캐럴린!"

강렬하면서도 기분 좋은 전율이 내 몸을 스치고 지나갔다.

"핀치 부인이 반대하지 않는다면요." 나는 멍하니 대답했다.

"핀치 부인은 없어. 이혼했거든."

그의 눈빛이 뭐라고 해석해야 좋을지 모르게 갑자기 바뀌었다. 지금 나를 판단하는 중인가? 나를 놀리려는 건가? 혹시 나와 마찬가지로, 이상한 끌림을 느끼는 건가?

"아, 음…… 그렇군요……."

이제 집에 가야 했지만, 그와 좀 더 이야기하고 싶다는 욕구가 더 컸다. 일기장은 한없는 세월을 잊힌 채 지냈으니 30분쯤 더 기다린다고 해도 별 상관없을 터였다.

"그 사람은 어차피 여길 좋아하지 않았을 거야." 그가 어깨를 으쓱하며 말했다. "전처는 도시를 아주 좋아해. 그러니 여긴 너무…… 황량하다고 생각했을 거야."

그가 나무에서 몸을 떼고 가까이 다가왔다. 우리는 서로를 마주봤다. 그의 눈빛에 심장박동이 빨라졌다. 이 남자는 여유 넘치는 사자가 아니라 날렵하고 배고픈 퓨마였다.

"스칼렛, 만나서 반가웠다."

난처한 순간은 지나갔다. 그가 다시 히죽 웃었다. 나도 미소를 지었다. 웨이사이더가 발을 이리저리 움직였다.

"내가 스칼렛이라면," 나는 교태를 부리며 입을 열었다. "당신은 누구죠? 애슐리 윌크스, 아니면 레트 버틀러?"

"그건 네가 직접 알아내."

이건 뭐지? 도발인가? 나는 아무렇지도 않은 척하며 웨이사이더의 고삐를 짧게 잡고 완벽한 회전을 선보였다.

"뭐, 두고 보면 알게 되겠죠."

최대한 쌀쌀맞게 대꾸하고는 뒤도 돌아보지 않고 마당을 달려 나왔다. 그가 내 머릿속에서 떠나지 않았다. 마음에 쏙 드는 것은 아니지만 어느 정도 구미는 당겼다.

집에 가보니 엄마와 에스라 오빠는 아직 돌아오지 않았고, 마사 아줌마가 삐뚤삐뚤한 글씨체로 남긴 짤막한 메모가 베개에 놓여 있었다.

아빠가 두 번 전화해서 생일 축하한다고 했어. 브랜드인가 하는 젊은 남자도 전화했고.

나는 살며시 미소를 지었다. 브랜던이 내 생각을 했구나.

브랜던은 여름방학이 시작되자마자 가족과 함께 여행을 떠났다. 3주 동안 유럽을 여행하고, 그 뒤로 7월 말까지 동부 연안에 있는 가족 별장에 머물 거라고 했다. 나를 초대했지만, 추수철에 놀러 가는 건 당연히 불가능한 일이었다. 브랜던은 떠나기 전에 미리 생일선물을 주면서 꼭 생일날 열어보라고 당부했다. 그러고는 내가 숨도 못 쉴 만큼 꼭 껴안았다.

"내가 널 얼마나 사랑하는지 잊지 않겠다고 약속해줘."

브랜던의 말에 나는 그러겠다고 굳게 약속했다. 물론 선물은 받자마자 풀어봤다. 브랜던은 인색하지 않았다. 멋진 분홍색 블라우스와 거기 어울리는 격자무늬 스카프, 그리고 레이스 장식이 달린

브래지어가 들어 있었다. 브래지어는 적어도 두 치수는 커 보였다. 귀여운 놈 같으니. 내가 그를 사랑한다면, 그래서 그가 돌아오기를 목이 빠지게 기다린다면 좋았겠지만, 유감스럽게도 그렇지 않았다. 시간이 지날수록 브랜던에 대한 기억은 흐릿해져갔다.

나는 브랜던에 대한 생각을 떨쳐버렸다. 신발을 벗고, 캐럴린 쿠퍼의 첫 번째 일기장과 앨범을 들고 침대에 몸을 던졌다. 일단 앨범부터 넘겨봤다. 엄마의 사진들이 있었다. 어렸을 때도 입가를 찡그리고 있는 쓸쓸한 표정이었다. 슬픈 눈빛의 외할머니는 소심해 보였고, 콧수염을 기른 외할아버지는 위압적인 표정이었다. 두 분이 웃는 사진은 한 장도 없었다.

첫 번째 사진 속의 캐럴린은 여섯 살 정도로 보였다. 사진을 보고 있자니 눈물이 나올 것 같았다. 극도로 엄숙한 분위기의 가족들과는 전혀 어울리지 않는 귀엽고 예쁜 아이였다. '나처럼.' 그런 생각이 머리를 스쳤다.

사진은 점점 많아졌다. 대부분 반 친구들 또는 우리 엄마와 찍은 스냅사진들이었는데, 그중 한 장에 아버지가 있었다. 열일곱 살쯤 되어 보이는 잘생긴 청년 버넌 그랜트가 자기에게 사랑스러운 미소를 짓는 캐럴린의 어깨에 팔을 두르고 느긋하게 웃고 있었다. 아버지랑 엄마의 여동생이 왜?

베트남 전쟁에서 사망한 아버지의 형 존 루카스 그랜트, 아버지의 엄마 소피아, 아버지의 아버지 존 루카스 1세의 사진도 있었다. 윌로크릭 농장, 학교 축제, 말 사진도 보였다. 아버지와 캐럴린, 레이첼과 존 루카스 사진이 몇 장이나 나왔다.

이게 도대체 무슨 뜻일까. 아빠는 왜 훨씬 더 매력적인 동생을 두고 우울한 레이첼 쿠퍼와 결혼했을까? 캐럴린이 아빠를 좋아했다는 게 이렇게 훤하게 보이는데. 나는 이 수수께끼의 답을 찾아내기 바라며 일기장을 읽기 시작했다. 처음 몇 장을 넘기다 보니 그다지 행복하다고는 할 수 없는 아이의 하루하루가 그려졌다. 엄한 아빠와 불안에 잠긴 엄마, 음흉한 언니. 아이고, 세상에!

1960년 쿠퍼 가족이 페어필드로 왔을 때 캐럴린은 열두 살이었다. 그녀는 존 루카스와 버넌 그랜트가 아버지와 함께 인사하러 물빛 별장을 처음 방문했을 때 그들 형제를 알게 됐다. 캐럴린은 그랜트 가족에게 깊은 인상을 받았는지 그 가족에 대해 일기를 몇 장이나 썼다. 캐럴린은 규칙적으로 일기를 쓰지는 않았다. 잘해야 일주일에 한 번 정도였고, 더 오랫동안 쓰지 않을 때도 있었다. 그러다가 한번 쓰면 대여섯 장씩 써내려갔다. 나는 일기를 훑어보다가 시간이 갈수록 가족의 엄격함과 냉담함에 상처받고 괴로워하는 캐럴린의 모습이 나와 닮았다는 느낌을 받았다. 캐럴린은 그러면서도 언니 레이첼과 좋은 관계를 유지했다. 레이첼이 비열하게 굴 때도 많았지만 캐럴린은 언니를 존경하고 사랑했다.

바로 그 순간, 내 머릿속을 들여다보기라도 한 듯이 엄마가 계단 발치에서 나를 불렀다. 나는 급하게 일기장을 덮고 상자를 침대 밑으로 밀어 넣은 뒤 아래층으로 달려갔다. 마사 아줌마도 없는데 식사 준비를 해놓지 않고 뭐했냐는 날벼락이 떨어졌다. 그게 마치 내 존재의 이유라도 된다는 듯이.

일요일, 교회에 갔다 와서 1963년 12월 25일에 쓴 캐럴린의 마지막 일기를 읽었다.

너무, 너무, 너무, 너무 화가 나고 실망했다! 레이첼 언니가 이러리라고는 전혀, 전혀 상상하지 못했다! 어쩜 그럴 수 있을까? 하기야 내가 사람을 너무 잘 믿는 것도 문제다! 어떻게 내 일기를 읽고, 엄마에게까지 읽어줄 수 있을까? 내 마음이 어떨지 따위는 생각하지도 않은 게 분명하다. V가 크리스마스 선물로 새 일기장을 줬다.

V라면, 버넌? 아버지가 왜 캐럴린에게 일기장을 사줬지?

일기는 계속 쓸 거다. 써야 하니까! 누군가에게 이 모든 걸 털어놓아야 하니까. 그게 그저 텅 빈 바보 같은 노트에 불과하더라도! 하지만 이제는 일기장을 아무 데나 두지 않고 아주 꽁꽁 감춰둘 거다. 어디에 숨길지도 생각해뒀다. 레이첼 언니가 내 생각까지 통제할 수 있다고 생각한다면 엄청난 착각이다!

그게 마지막 일기였다. 노트를 덮으며 실망감을 금치 못했다. 엄마에 대해, 그리고 엄마의 여동생에 대해 많은 내용을 알아냈지만 실은 더 많은 걸 기대했었다. 캐럴린은 왜 일기장과 유년기의 기념품을 남겨뒀을까? 그녀는 지금 어디에 있을까? 아버지는 왜 크리스마스 선물로 캐럴린에게 일기장을 주었을까?

궁금한 것투성이였다. 나는 부모님의 과거에 대해 더 알아내기로 결심했다. 아버지가 왜 캐럴린이 아니라 레이첼과 결혼했는지 도무지 이해할 수 없었다. 캐럴린 쿠퍼의 일기장을 읽은 뒤로, 나는 아버지와 엄마를 아주 다른 눈으로 보게 됐다. 두 분에 관한 일을 내가 알고, 두 분은 내가 안다는 사실을 전혀 모른다는 건 무척 기이한 느낌이었다. 그냥 캐럴린이 누구인지 물어볼까? 물빛 별장의 쓰레기통에서 옛날 앨범을 주웠다고 우길까?

하지만 말을 꺼낼 수 있는 적당한 기회는 생기지 않았고, 과거를

캐겠다는 내 계획은 크리스토퍼 핀치 때문에 좌절됐다. 틈만 나면 그 사람이 생각났다. 밤마다 그가 내 머릿속에 기어들어와 음탕한 꿈을 꾸게 만들었다. 첫 만남 이후, 물빛 별장은 거부할 수 없는 매력으로 나를 끌어당겼다. 집수리가 끝났다는 건 이미 알고 있었다. 그 사람이 이사 들어왔다는 것도 메리제인 아줌마에게서 들어 알고 있었다. 며칠 전 마사 아줌마와 시장을 보다가 슈퍼마켓에서 그와 마주쳤다. 그 후에 주유소에서 한 번 더 만났다. 나는 머릿수건을 둘러쓰고 너덜너덜한 청바지를 걸친 채 픽업트럭 적재함에 앉아 있었다. 그는 적어도 그때 이후로는 내가 순박한 농촌 일꾼이라는 데 한 치의 의심도 품지 않게 되었을 것이다.

∽

독립기념일 전날 아침, 레베카 가족과 상견례를 하러 온 가족이 아이오와로 떠났다. 나는 웨이사이더에게 안장을 얹고 곧장 물빛 별장으로 향했다. 7월 들어 가장 무더운 날이었다. 활짝 핀 라일락과 베란다 옆의 쥐똥나무 꽃이 강렬한 향기를 뿜었다. 높게 자란 백목련나무 아래 웨이사이더를 묶었다. 마당에 주차된 은색 크라이슬러를 보니, 그가 집에 있는 모양이었다. 베란다 계단을 올라가 그를 불렀다. 예상과 달리 그는 집에서 나오지 않고 등 뒤에서 불쑥 나타났다.

"어이, 스칼렛!"

깜짝 놀라 뒤돌아보자 그가 재미있다는 듯 히죽 웃었다.

"아…… 안녕하세요?" 나는 더듬거리며 말을 이었다. "그렇게 몰래 다가오다니, 신사는 아니시군요."

"네가 날 잊은 줄 알았는데."

그의 눈길이 내 민소매 블라우스와 착 달라붙는 하얀색 바지를 훑고 지나갔다. 마음에 든 모양이었다. 나는 브랜던이 선물한 브래지어를 하고, 묶었던 머리를 풀어서 갈색을 띤 금발이 허리까지 내려오게 늘어뜨렸다. 내게 매우 많은 것을 알려준 책《헨리의 격정》을 보면 남자들은 긴 머리에 사족을 못 쓴다고 했다. 오늘 내가 그를 찾아온 목적도 그거였다. 완전히 정신을 빼놓을 순 없더라도 어느 정도는 그를 흥분시키고 싶었다. 내가 그의 꿈을 꾸듯, 그도 내 꿈을 꾸게 하고 싶었다.

"여름에는 일이 많아요."

나는 싸늘하게 대꾸하며, 그가 나를 보듯 그를 훑어봤다. 땀에 젖은 잿빛 티셔츠와 지저분한 청바지, 작업용 신발 차림이라 작가처럼 보이지는 않았지만 상당히 매력적이었다.

"장작을 패던 중이었어." 그가 변명하듯 말하며 웃음을 터뜨렸다. "아니, 패려고 시도했다는 말이 맞겠구나. 그다지 성공적이진 않았지."

"어떻게 하는지 가르쳐줄까요?"

"할 줄 알아?"

나는 눈썹을 치켜세우고 생각에 잠긴 표정으로 고개를 끄덕였다. "당연하죠."

"좋아, 따라와."

나는 앞장서서 집을 빙 돌아가는 그의 탄탄한 엉덩이를 감상했다. 패놓은 장작은 거의 없었다. 나는 도끼를 쥐고 엄지로 날이 선 정도를 확인했다. 그런 다음 나무토막을 받침대에 올려놓고 정확하게 내리찍어 단번에 갈랐다.

"우와!" 그는 정말로 깊은 인상을 받은 것 같았다. "너랑 싸우면 안 되겠구나! 제대로 할 줄 아네."

"물론, 할 줄 알죠." 나는 말 속에 또다른 의미를 숨긴 채 미소를 지었다.

나는 그에게 도끼를 어떻게 잡아야 하는지 설명하고 벽난로에 넣기 적당한 크기로 장작을 몇 개 더 팬 뒤 도끼를 건넸다. 그가 다시 시도했지만 또다시 실패했다.

"너무 힘을 많이 줬잖아요." 나는 그의 손목에 양손을 가져다 댔다. 이 단순한 접촉만으로도 온몸이 짜릿해졌다. "자, 이제 다시 한 번. 어깨에서 힘을 빼고…… 네, 이제 좀 나아졌네요."

세 번 더 하자 조금 더 나아졌고, 몇 번 더 하자 상당히 괜찮은 솜씨로 내리칠 수 있게 됐다. 그가 나를 바라보는데 몸이 뜨거워졌다. 남성용 스킨 냄새와 땀 냄새가 풍겨왔다. 당황스러우면서도 유혹적인 냄새였다.

"도와줘서 고맙다." 그가 도끼를 옆에 내려놓았다.

"이웃끼리 도와야죠." 나는 도끼를 들어 여유로운 동작으로 받침 대를 찍었다. "도끼를 그냥 아무렇게나 굴러다니게 두면 안 돼요."

"좋아. 들어가서 차가운 음료나 마시자. 아이스티, 콜라, 맥주, 백 포도주 뭐든지 다 있어."

"콜라가 좋겠네요."

그가 내 가슴을 노골적으로 쳐다봤다. 내가 미소를 짓자 그도 천 진난만한 표정으로 웃었다.

집 안은 엄청나게 달라져 있었다. 부엌은 눈처럼 하얀색에, 완전히 현대식으로 바뀌었다. 거실 벽면을 꽉 채운 책장에는 책이 가득 했다. 앞에 놓인 가죽 소파는 무척 편안해 보였다. 하얗게 칠한 낮은 장식장 위에는 커다란 텔레비전이 놓여 있었고, 밝은 페인트칠을 한 벽에는 아이들이 그려놓은 것 같은 알록달록한 추상화들을 걸어두었다.

"천천히 둘러봐!" 그가 부엌에서 소리쳤다.

그러지 않아도 이미 둘러보는 중이었다. 서재의 하얀 나무 책장에는 거실보다 더 많은 책이 꽂혀 있었다. 책상에는 컴퓨터 모니터가 넓은 자리를 차지하고 있었다. 집의 독특한 변화보다 그게 더 놀라웠다. 컴퓨터는 학교에나 있는 물건인 줄 알았다.

"어떤 책을 써요?"

"뭐라고?"

나는 어슬렁거리며 부엌으로 가서 조리대에 기댄 채 그가 유리잔에 얼음을 채우는 모습을 지켜봤다.

"어떤 책을 쓰냐고요. 소설, 시, 수필……." 얼굴로 흘러내린 머리카락을 쓸어올리며 말을 이었다. "아니면 교회 주보에 실을 글이라도 쓰시나?"

"전기를 써. 그게 뭔지 알아?"

나는 속으로 그를 비웃었지만, 무지렁이 농촌 일꾼 역할을 계속하기로 마음먹고 고개를 저었다. 내 거친 손과 짧은 손톱은 그 역할에 완벽하게 들어맞았다. 그는 콜라를 잔에 따라 건넨 다음 전기가 뭔지 설명했다. 오만한 말투가 마음에 들지 않아서 도발해보기로 했다.

"내 말 듣고 있어?" 그가 불쑥 물었다. 자기 말을 건성으로 듣고 있는 내게 짜증이 난 듯, 억지웃음을 짓고 있었다.

"아, 이 집에서 처음으로 섹스를 했던 생각을 하던 중이었어요."

갑작스러운 고백에 그의 얼굴에서 미소가 사라졌다. 내가 원한 반응이었다. 내 가슴을 뛰게 하고 배가 간질거리게 하는 바로 그 표정이 그의 어두운 눈동자에 나타났다. 남자란 얼마나 조종하기 쉬운가! 그는 내가 원하는 대로 움직였다. 대니도 나를 언제나 이런 표정으로 바라봤다. 이 깨달음에 온몸이 떨리면서, 동시에 의기양양한 만족감이 느껴졌다. 성인 남성이자 작가인 크리스토퍼 핀치가 나를 어린애가 아니라 여자로 본 것이다.

배 속에서 나비가 수천 마리 날아가는 것만 같았다. 나는 그에게서 눈을 떼지 않은 채 뒷걸음질로 부엌을 나가 거실 쪽으로 갔다. 그는 최면에 걸린 듯 나를 따라왔다. 브랜던과는 느낌이 완전히 달랐다. 나 자신이 믿을 수 없을 만큼 우월하고 성숙하며 엄청난 욕망의 대상이 된 것처럼 느껴졌다. 거울 앞에서 오랫동안 연습한 대로 수줍음과 교태가 섞인 미소를 지었다.

"예전에 저기 저쪽에 낡은 소파가 있었어요." 나는 거실 한쪽을 가리켰다.

"그래, 그 소파에서 무슨 일이 있었지?"

오늘은 이 정도면 충분했다. 이제부터 이 남자도 분명히 내 꿈을 꿀 것이다.

"그 이야기는 다음에 와서 할게요."

나는 비밀스러운 분위기를 풍기며 콜라를 비우고 그의 옆을 지나가려고 했다. 하지만 눈 깜짝할 사이에 그가 내 손에서 잔을 빼앗아 들었다. 그러고는 내 손목을 잡고 성큼 다가왔다. 우리는 얼굴이 닿을 듯 가까워졌다. 그러나 예상과 달리 그는 내게 키스하지 않았다. 대신 양손으로 내 엉덩이를 쓰다듬다가 꽉 쥐었다.

"나를 가지고 놀려는 거야? 응?" 그가 속삭였다.

숨이 막혔다. 이 거친 스킨십은 나를 너무도 흥분시켰다.

"캐럴린, 요 악마." 그가 나지막하게 중얼거렸다. "난 내 규칙대로 진행되는 게임만 좋아해."

상황에 대한 통제력을 완전히 잃었다는 걸 나는 너무 늦게야 깨달았다. 도망쳐야 하나? 하지만 나는 도망칠 기회를 그저 흘려 보내고 있었다.

"캐럴린, 알아들었어?"

입술과 목구멍이 바싹 말랐다. 내 몸이 부드러우면서도 우악스러운 그의 손길을 다급하게 원하고 있었다.

"네, 알아들었어요." 나는 겨우 속삭였다.

"소파에서 뭘 했지?" 그의 목소리는 꿀처럼 부드럽고 끈적끈적했다. "얘기해봐!"

나는 안간힘을 쓰며 침을 삼켰다.

"어떤 놈이 널 어떻게 쑤셨는지 말해봐. 쑤신 거지? 아니야?"

그가 내 뒤에 서서 물었다. 내 몸에 손을 대지는 않았다. 얼굴로 피가 솟구쳤다. 나는 당황해서 고개를 숙였다.

"그놈이 너한테 거시기를 쑤셔 넣고, 몇 분 뒤 네 위에 쓰러졌지? 그러고는 끝이었지? 그냥 해치우는 섹스, 그거였지? 내가 장담하는데, 넌 섹스가 뭔지 전혀 몰라."

실망스럽게도 그는 여전히 나를 만지지 않았다. 오히려 한 걸음 뒤로 물러났다.

"섹스는 머릿속에서 시작되지. 뭘 경험하고 싶은지 상상하면서 분위기를 띄워야 한다고."

'그래, 그래! 당신 말이 옳아!' 내 안의 목소리가 외쳤다. '나도 안다고. 그래서 몇 달 전부터 그 빌어먹을 책들을 읽으며 분위기를 띄우고 있었어. 난 요즘 그런 꿈밖에 안 꾼다고!'

"나를 달궈서, 여기서 당장 섹스를 하게 될 거라고 생각했어, 응? 그렇게 생각했어? 얼른 대답해!"

그가 두려웠다. 이런 상황이 되리라고는 상상도 하지 못했다.

"네." 나는 솔직하게 대답하고 양손을 바지주머니에 찔러 넣었다. "맞아요, 그렇게 생각했어요."

그는 당황한 듯했다. "그래, 좋아."

내 의도를 나쁘게 생각하지 않는 모양이었다. 오히려 재미있어 하는 것 같았다. 나를 야단치는 것도 게임의 일부라고 생각하는 듯했다.

"충분히 이해해. 나도 너처럼 어리고 미숙했던 때가 있었으니까. 섹스의 정점은 사정이라고 생각했지. 원시적인 본능을 직접적이고 단순하게 만족시키려고 걸신들린 듯 서둘렀어. 그러니까……." 그가 거실 한쪽 구석을 슬쩍 가리키며 말을 이었다. "낡아서 삑삑대는 소파나 자동차 뒷좌석, 덤불 속이나 지린내 풍기는 화장실에서 급하게 말이야. 하지만 중요한 건 성애야. 감각과 관능, 열정과 판타지가 어우러지는 성애."

나는 할 말을 잃고 그를 빤히 쳐다봤다. 그가 나에게 덤벼들어 격정적으로 옷을 벗길 거라고 생각했는데, 그는 그러지 않을 거라고 말하고 있었다. 이 상황이 창피해 도망치고 싶었지만, 대니나 브랜던과는 전혀 다른 반응에 호기심이 일었다.

그가 책장으로 다가갔다. "책 좋아하니?"

빈정거리려다가 그가 나를 허드레일꾼으로 알고 있다는 사실이 떠올랐다. "네, 예전에 학교 다닐 때 한두 권은 읽었죠."

"이게 아마 네 마음에 들 거다." 그가 책을 한 권 꺼내 페이지를 넘겼다. 그는 눈동자를 이리저리 굴리다가 미소를 지었다.

"아나이스 닌은 헨리 밀러의 연인이었어." 그가 고개를 들고 물었다. "헨리 밀러라는 이름, 들어본 적 있지?"

"맥주?"

나는 아버지 서재에 있는 헨리 밀러의 책들을 모두 읽었지만 모르는 척했다. 그 말이 먹혀들었다. 그는 즐겁다는 듯이 눈썹을 치켜세우고는 우월감에 젖어 미소를 지었다.

"아니, 헨리 밀러는 밀러 맥주랑은 아무 관련도 없어. 그는 유명한 미국 작가야." 그는 나를 가르치려고 작정한 것 같았다. "1940년대에 헨리 밀러와 아나이스 닌은 파리에 살았어. 두 사람은 지독히도 가난했지. 아나이스 닌이 관능적인 이야기를 써서 돈을 벌었어." 그가 책을 내밀며 줄이 쳐진 단락을 가리켰다. "네가 읽어주면 좋겠다. 해줄 수 있어?"

살면서 들어본 가장 기이한 요구였다. 그가 너무나 강렬하게 바라보는 바람에 등골이 오싹해졌다. 책 제목을 흘긋 보니 《비너스의 삼각주》였다. 대충 몇 줄을 훑어보자 심장 고동이 빨라졌다.

성적 능력의 원천은 호기심과 열정이에요. 섹스는 단조로움 속에서는 꽃필 수 없죠. 감정, 기지, 분위기, 침대에서의 놀라움 없이는, 섹스의 불꽃은 사그라질 수밖에 없어요.

"어…… 잘 모르겠어요." 나는 자신 없는 척했다. "난…… 잘 읽지 못해요……. 글씨도 너무 작아요."

"흠, 그렇단 말이지." 그가 다가와 내 손에서 책을 가져갔다. "책 읽는 것보단 장작 패는 데 더 소질이 있나 봐."

나는 고개를 끄덕였다. "몸으로 하는 건 뭐든지 잘하죠."

수줍은 척 연기하며 그를 보다가 내가 느끼게 해준 우월감에 젖어 그가 흥분했다는 걸 알아챘다. 그의 눈이 반짝이고 호흡이 빨라졌다. 이제 칼자루를 쥔 사람은 나였다. 순박한 일꾼 역할이 점점 재미있어지기 시작했다. 뜨거운 욕망이 슬금슬금 퍼지며 다리 사이가 축축해졌다.

"네가 나한테 무슨 짓을 했는지 보여?" 그가 목쉰 소리로 불쑥 물었다. "보이냐고."

나는 그의 아랫도리를 내려다보고는 손을 뻗어 툭 튀어나온 부분을 태연하게 쓰다듬었다. 그가 꿀꺽 침을 삼켰다.

"잘 보여요."

나는 그의 눈을 똑바로 바라보며 대답했다. 발기한 그의 성기에 힘을 조금씩 가할수록 그의 우월감은 사라져갔다. 그는 여전히 나를 만지지 않았지만 점점 숨이 가빠졌다.

"언어적 관능의 힘, 판타지와 상상이 불러내는 힘은 머릿속에 있어. 그게 바로 성애야. 말의 힘은 믿을 수 없을 만큼 막강하지."

'미친놈.' 내 머릿속은 스스로도 놀랄 만큼 냉정했다.

"자, 이제 어떻게 할 건데요?" 고개를 갸우뚱 기울이며 물었다. "나랑 잘 거예요, 아니면 계속 떠들 거예요?"

그의 표정이 순식간에 변했다. 대니와 브랜던에게서 봤던 거친 불꽃이 그의 눈에서도 타올랐다. 심장이 두근거렸다. 나는 속으로 승리의 환호성을 질렀다. 그의 코가 아래위로 들썩였다. 그는 잠시 망설이는 듯했지만, 충동이 이성보다 강했던 모양이다.

"이 음탕한 요물." 그가 속삭이며 내 손목을 움켜쥐었다.

"따라와. 원하는 걸 얻게 해주지."

물빛 별장을 나섰을 때는 해가 이미 기울고 나무 그림자도 길어
진 뒤였다. 시간이 얼마나 지났는지 알 수 없었다. 술에 취하거나
안개에 에워싸인 것 같았다. 무릎이 후들거려서 계단 난간에 몸을
기댔다. 현실은 이제 아주 먼 곳에 있었다. 그에게 장작 패는 방법
을 가르쳐준 게 고작 세 시간쯤 전이다.

나를 본 웨이사이더가 힝힝거리는 걸 보고야 정신이 들었다. 세
상이 다시 움직이기 시작했다. 성큼성큼 걸어 마당을 가로질러 말
고삐를 풀었다. 온몸이 뻐근해서 안장에 오르기가 힘들었다.

내가 주도권을 쥐었다는 생각은 침대에 누워 벗은 그의 몸이 다
가오는 걸 보았을 때 뒤집혔다. 그는 수줍음 많은 브랜던도, 아버
지에게 들킬까 봐 겁을 내던 대니도 아니었다. 빨리 끝내는 섹스로
는 만족하지 않는, 경험 많은 정부였다. 그와 한 일들을 떠올리자
몸이 뜨거워졌다가 차게 식기를 반복했다. 쾌감과 욕망에 몸을 비
틀고 신음하며 거침없이 교성을 지른 생각을 하면 창피해서 죽고
싶었다. 나 자신에 대한 통제력을 완벽하게 잃었다는 사실이 두려
웠다. 하지만 바로 이게 내가 갈망하던 것이었다. 도취와 황홀경과
격정. 하지만 그 상태는 결코 마음에 든다고 말할 수 없었다. 그도
자기 통제력을 잃었다는 사실에 수치심이 약간 가벼워지기는 했
다. 하지만…… 내가 그를 다시 똑바로 쳐다볼 수 있을까?

"크리스토퍼." 그의 이름을 불러봤다. 그때만큼은 셰리든 그랜트
가 아니라 시골 일꾼 캐럴린이었다는 게 그나마 위안이 되었다.

그날 밤, 나는 눈을 붙일 수 없었다. 잠을 못 이루고 침대에서 이
리저리 뒹굴며 그가 했던 말들과 나를 정신 없이 흥분에 휩싸이게

한 손길을 몇 번이고 다시 떠올렸다. 그의 침대에 있던 시간은 분명 수치스러웠지만, 그를 다시 만지고 냄새 맡고 맛보고 싶었다. 해가 뜰 무렵 겨우 얕은 잠이 들었는데, 꿈에서마저 그를 보았다.

그를 안달나게 만들겠다고 굳게 결심했지만 11시가 되자 더는 견딜 수 없었다. 소박한 꽃무늬 여름 원피스를 입고, 모페드를 타고 물빛 별장으로 건너갔다. 하이럼 오빠와 마사 아줌마는 오늘 저녁에 불꽃놀이를 보러 갈 테고, 아버지와 엄마는 나도 같이 갔다고 생각할 테니 오후와 저녁 내내 시간을 낼 수 있었다. 나는 모페드를 눈에 잘 띄지 않게 집 뒤에 세워두고 베란다 계단을 올라가 문을 두드렸다.

"들어와!" 안에서 그의 목소리가 들려왔다.

집 안은 서늘하고 어두웠다. 더위를 막기 위해서인지 덧문이 모두 닫혀 있었다.

"어디 있어요?"

"서재."

나는 복도를 따라 걸어가 끝에 있는 방으로 들어갔다.

그는 티셔츠와 사각팬티 차림으로 컴퓨터 앞에 앉아 있다가 미소를 지으며 말했다. "예쁘네."

"고마워요······." 나는 웅얼웅얼 대답했다.

"시간이 얼마나 있지?"

"하루 종일."

"좋아. 오늘 너랑 할 일이 많아."

그가 가까이 다가왔다. 포옹이나 키스를 기대하며 심장이 쿵쾅거렸지만 그는 내 옆을 그냥 스치고 지나가 거실 문간에 섰다.

"이리 와!" 내가 얼른 따라오지 않자 그가 소리쳤다.

나는 불안한 마음으로 그의 말에 따랐다. 그가 문을 닫자 짙은 암흑이 우리를 감쌌다. 창문은 두꺼운 커튼으로 가려져 있었다. 빛은 닫힌 덧문 사이로 아주 흐릿하게 들어왔다. 눈이 어둠에 익숙해지기까지는 시간이 걸렸다. 낮은 탁자 위, 꽃병에 꽂힌 반쯤 시든 장미 꽃다발이 달콤한 향기를 뿜으며 정신을 혼미하게 만들었다. 그는 소파에 앉더니 나더러 건너편에 앉으라고 손짓했다. 벽시계의 똑딱거림 말고는 아무 소리도 들리지 않았다.

"어제 마음에 들었어?"

그가 물었다. 나는 망설였다. 입이 말랐다.

"네, 그쪽은 아니었어요?"

"나도 좋았어. 시작치고는 괜찮았지."

나는 어이없어서 숨이 제대로 쉬어지지 않았다. 어쩌면 이렇게 냉정할 수 있지?

그는 느긋하게 뒤로 몸을 기대며 뭔가 기다리는 표정으로 나를 바라봤다. 나는 소파에서 불안하게 이리저리 몸을 꼬았다. 탁한 공기 속에 장미 향기만 강렬했다. 시계가 아름다운 소리를 열두 번 냈다.

"어제 우리 집에서 나간 이후 무슨 생각을 했는지 말해봐." 시계의 마지막 음이 멎자 그가 말했다.

"왜 그래야 하죠?" 나는 명령조의 말투가 마음에 들지 않아 퉁명스럽게 대꾸했다.

"간단하지. 내가 원하니까." 그가 웃음기 머금은 부드러운 말투로 대답했다. "네 욕망과 꿈을 말해줘. 부끄러워하지 말고."

빌어먹을, 그걸 다 소리 내서 말한다는 건 불가능했다. 나는 침을 삼키고, 바싹 마른 입술을 혀끝으로 적시고, 뻣뻣하게 마비된 근육을 풀어보려고 했다.

"나는…… 난 그러니까……." 말을 시작하다가 바로 입을 다물었다. 이 남자는 도대체 왜 이런 짓을 할까? 왜 그냥 나랑 자지 않는 거지? "못 하겠어요."

"아니, 할 수 있어." 그는 내 생각과 달리 화를 내지 않았다. "느긋하게 천천히 해봐."

"하지만 너무…… 창피해요."

"날 믿어줘. 날 믿는다면 네 판타지를 나와 나눌 수 있을 거야. 오늘 아침에 일어나서 날 만나러 오려고 어떻게 치장했는지, 그것부터 시작해봐. 머리를 땋아서 올렸군. 왜 그랬지? 내 마음에 들 거라고 생각했나. 솔직히 말하면 마음에 들어. 예쁜 원피스를 골라 입고, 가슴을 커 보이게 하는 브래지어를 했군. 그렇지?"

나는 양손을 허벅지 사이에 끼우고 무릎을 조였다. 내 안의 작은 불씨는 활활 타오르는 불길로 변했다.

"알았어요."

나는 눈을 감고 대니와 소파, 브랜던과 자동차 뒷좌석에 대해 이야기하기 시작했다. 뭔가 비현실적이었다. 한 조각 빛도 없는 어두운 집, 커피를 마시며 내가 섹스 경험에 대해 지껄이는 모습을 즐겁게 바라보는 남자. 크리스토퍼 핀치는 뭔가 이상했다. 그러다가 갑자기 상황이 이해됐다. 그는 성적 판타지에 몸이 달아오르는 남자였다. 그리고 솔직히 말하면 나도 그랬다. 말을 할수록 망설임은 사라지고 그의 몸 냄새와 강렬한 장미 향기에 정신을 차릴 수 없었다. 벽시계가 한 번 울렸다. 나는 입을 다물었다.

"캐럴린, 대단해. 아주 좋아."

그는 이제 나와 뭘 어떻게 할 생각인지 아주 자세하게 묘사했다.

나는 온몸을 떨며 숨을 헐떡였다. 견딜 수 없었다.

"더는 못 참겠어요." 나는 숨도 못 쉬고 내뱉었다.

"네가 원하는 걸 말해봐." 그가 어둠 속에서 눈을 빛냈다.

나는 거의 무아지경이 되어 그가 말한 모든 행위들을 원한다고 말했다.

"좋아." 그가 나를 보며 만족스러운 미소를 지었다. "이제 위층으로 가자."

∞

내게 시간이라는 개념은 완전히 새로운 것이 되었다. 물빛 별장의 문을 여는 순간, 시와 분과 초는 녹아버렸다. 문을 열고 나오는 순간에는 몇 달이 지나간 듯했다. 평범한 일상은 베일에 가려진 듯 흐릿해졌다. 마치 점프컷으로 이어붙인 듯 그와 함께 있는 동안만 살아 있는 느낌이 들었다. 무얼 먹고 싶은 생각도, 피아노를 연주하거나 책을 읽고 싶은 마음도 사라졌다. 늘 열에 들뜬 채, 동시에 불안감에 에워싸인 채 하루하루를 보냈다. 때로는 내가 의지라고는 전혀 없는 노예가 되어가는 중이라는 생각이 들었다. 강박적인 섹스가 나를 파괴하고 있었다. 나는 크리스토퍼와 엮인 걸 후회했다. 분노로 싸늘해진 채 다시는 그에게 가지 않겠다고 결심하기도 했지만, 정신을 차려보면 언제나 물빛 별장 문 앞이었다.

그가 나를 이끌고 간 세계는 나를 육체적인 강렬함에 중독시켰고, 동시에 죽도록 불안하게 만들었다. 지금껏 목말라하던 쾌락이 이제는 지나치게 흘러넘쳤다. 방종과 격정과 환희의 시간이 지나면 고통스러운 금단의 밤이 찾아왔다. 나는 굴욕적인 무력감에 치를 떨었다. 크리스토퍼가 너무 싫었다. 그는 끊을 수 없는 마약이었다. 그가 페어필드를 떠나 내 인생에서 사라지는 날이 어서 오기를 간절히 바라면서 잠드는 날이 많아졌다. 밤이나 낮이나 내 존재 전체를 지배하는 이 중독으로부터 자유로워지고 싶었다.

오전 내내 토마토를 따고, 그 뒤에는 마사 아줌마와 함께 부엌에서 일꾼들이 먹을 음식을 만들었다. 그러고는 시간을 내서 물빛 별장으로 말을 달렸다. 나무들이 늘어서 있는 자갈길, 작은 오두막과 연결되는 그 길로 꺾어들 때마다 브랜던이 생각나서 부끄러워졌다. 브랜던은 유럽에서는 엽서를, 동부 해안에서는 긴 편지를 보냈다. 브랜던을 따라갔더라면 크리스토퍼와 엮이지 않았을 거라고 생각했지만, 몇 분 뒤에는 언제나 그렇듯 브랜던을 깡그리 잊어버렸다. 말에서 내려 고삐를 묶고 물빛 별장으로 달려갔다. 크리스토퍼가 집에서 나오면서 문을 닫아걸었다. 도시에 살던 습관을 버리지 못한 모양이다.

"잘 있었어요?"

내가 품에 안기려 하자 그는 슬쩍 비켜섰다.

"나가봐야 해."

인사 대신 이렇게 말하고는, 내가 실망한 표정을 짓자 내키지 않는 얼굴로 "미안해"라고 대충 얼버무렸다.

"어디 가는데요?"

"매디슨."

그는 짤막하게 대답하고 자동차로 향했다. 이렇게 무시당하다니 속상했다.

"캐럴린, 미안해. 급해서 그래. 화내지 마."

오후 내내 기다릴 수 있다고 말하려고 했지만 그럴 틈도 없었다.

크리스토퍼는 차에 올라 손짓하며 인사도 제대로 하지 않고 떠나 버렸다.

나는 그 자리에 그냥 그대로 서 있었다. 너무 야멸차게 퇴짜를 맞아서 기가 막혔다. 그는 나더러 모든 걸 말하라고 요구하면서 자기 이야기는 한마디도 하지 않았다. 3주 동안 거의 매일 섹스하는 남자에 대해 내가 아는 것이라고는 처음 만난 날 알게 된 것이 전부였다. 그의 과거도, 앞으로의 계획도 몰랐다. 섹스에 관한 것 외에 그의 생각이나 취향, 좋아하는 것이나 꿈도 알지 못했다. 그는 자신의 일상에 나를 들여보내지 않았다. 그가 자신을 열어 보여주지 않고 그냥 수수께끼에 싸인 이방인으로 남아 있으려는 게 섭섭하고 절망스러웠다.

"나쁜 자식!" 솟아오르는 분노의 눈물을 억누를 수 없었다. 나는 재빨리 웨이사이더의 고삐를 풀고 안장에 올랐다. "지옥에나 뚝 떨어져버려!"

크리스토퍼가 시야에서 사라지자 나는 그를 경멸하면서 그의 단점과 그가 얼마나 냉혈한인지 하나하나 되씹어보았다. 얼마 전에 마사 아줌마와 엄마의 대화를 우연히 들었는데, 아줌마가 지나가는 말로 "퉁퉁 붉은 금발 남자"에 대해 이야기했다. 그게 크리스토퍼라는 걸 깨닫는 데는 시간이 좀 걸렸다. 나는 속으로 킥킥거렸지만, 하필이면 이해할 수 없는 힘으로 나를 잡아당기는 게 고작 그 "퉁퉁 붉은 금발 남자"라는 사실에 화가 났다. 그는 내 육체적인 사랑의 능력에 대한 의심은 덜어줬지만 새로운 걱정거리의 씨앗을 물고 왔다. 최고급 음식에 길들여진 미식가가 평범한 음식에는 만족할 수 없는 것처럼, 이제 평범한 섹스에는 만족하지 못하고 더욱더 극단적인 행위를 추구하게 될 것 같았다. 내가 순수하게 누군가를 사랑할 수 있을까? 이다음에 사랑하게 된 남자가 잠자리에서 아주 평범하다면 실망하게 될까? 어마어마한 경험을 선물한 자기에게 감사해야 한다는 크리스토퍼의 주장과 달리, 나는 그가 내 영혼의 일부를 치유 불가능하게 파괴했다는 사실을 깨달았다.

집에 돌아와보니 식구들이 모두 점심 식탁에 모여 앉아 있었다. 200마일 떨어진 곳에서 밀을 수확하고 있을 거라고 생각한 맬러키와 하이럼 오빠와 아버지도 그 자리에 있었다. 크리스토퍼 때문에 화가 나서 맬러키 오빠와 레베카의 약혼식 때문에 식구들이 이제 곧 아이오와로 출발한다는 걸 깜박 잊은 것이다.

"또 어딜 갔다 오는 거야?" 자리에 앉자 엄마가 욕을 퍼부었다.

"말을 좀 탔어요."

"그렇게 쏘다니는 거 말고는 할 일이 없어?"

"그냥 둬." 아버지가 내 편을 들어주었다. "여름방학이잖아. 농장 일이나 집안일도 잘하고 있으니 이따금 말을 탈 권리쯤은 있어."

"권리, 권리! 무슨 말도 안 되는 헛소리야!"

엄마는 화가 나서 소리쳤다. 순수한 동기로 말을 타고 나간 게 아니어서 아버지가 편들어주는 게 조금 무안했다. 배와 등이 붙어버릴 것처럼 배가 고팠지만 음식을 넘길 수 없었다. 집을 비우는 이틀 동안 무슨 일을 해야 하는지 아버지가 하이럼 오빠에게 설명하는 동안, 맬러키 오빠와 레베카는 손을 맞잡고 사랑에 빠진 눈길로 서로를 마주봤다. 두 사람은 평생 나처럼 엄청난 섹스를 경험하지는 못할 테지만, 솔직하고 순수한 두 사람의 사랑이 부러워서 눈물이 날 것 같았다.

도대체 왜 이러는 건지, 나를 망치고 더럽히는 남자에게서 왜 벗어나지 못하는 건지 나 자신을 이해할 수 없었다. 끝을 내야 했다.

적어도 칼자루를 내가 쥐어야만 했다. 온갖 계획을 세우고, 내가 크리스토퍼를 차갑게 거부해서 그가 애원하는 모습도 상상해봤지만 그런 건 헛된 환상에 불과했다. 그가 내 앞에 서 있으면 나는 욕망에 몸을 맡기고 환희로 몸을 떨기 바빴다.

"맛이 없니?" 음식이 그대로 남아 있는 내 접시를 본 마사 아줌마가 걱정스러운 음성으로 물었다.

"맛있어요." 나는 급하게 대답하고는 닭고기 스튜를 포크로 잔뜩 찍어 입에 밀어 넣었다.

"너 요즘 너무 조금 먹는다. 그러니까 성냥개비처럼 말라가잖아." 마사 아줌마가 야단을 쳤다.

부엌을 정리하고 냄비 요리에 쓸 산더미 같은 야채를 썰면서 크리스토퍼에게 어떻게 하면 본때를 보일 수 있을지 작전을 짰다. 몇 번이고 부엌의 벽시계를 쳐다봤지만 시간은 1초 1초 더디게 지나갔다. 에스라 오빠는 친구들을 만나러 나갔고, 농장을 지켜야 할 하이럼 오빠도 아버지가 떠나자마자 여자친구를 찾으러 부리나케 사라졌다. 마사 아줌마는 링컨에서 모임이 있다고 했고, 이사벨라 고모할머니는 친구들과 함께 6개월 예정으로 세계일주를 떠나서 크리스토퍼의 빈자리를 채워줄 수 없었다. 나는 더는 견디지 못하고 집을 나와 웨이사이더를 끌고 물빛 별장으로 달려갔다.

베란다에 앉아 햇볕을 쬐며 책을 읽고 있던 크리스토퍼는 나를 보고 의외라는 표정을 지었다. 오늘은 어째 내가 별로 반갑지 않은 모양이었다.

"바로 꺼져줄 수도 있어요." 나는 인사 대신 그렇게 내뱉었다.

"캐럴린, 왔어?" 그가 복잡한 표정으로 미소를 지었다. "쓸데없는 소리 하지 마. 네가 얼마나 보고 싶었는데, 지금 이걸 읽어야 해서 그래. 다음 장을 써야 하거든."

"알았어요. 그럼 잠깐 수영하고 올게요."

웨이사이더를 단단히 묶어놓고 계단을 내려가 강으로 갔다. 상류 어딘가에 폭우가 쏟아진 모양인지 평소보다 수량이 많았다. 청바지와 셔츠를 벗고 팬티와 브래지어 차림으로 차가운 물로 뛰어들었다. 나는 한동안 물살에 몸을 맡기고 떠내려가며 차가운 물이 피부에 닿아 따끔거리는 느낌을 즐기다가 거센 물살을 헤치며 거슬러 올라갔다. 생각보다 힘들었다. 강 가운데 모래톱까지 가느라 온 힘을 쏟았다. 모래톱 가장자리에 도착한 나는 지칠 대로 지쳐 숨을 헐떡이며 햇볕에 따뜻하게 달궈진 모래 위에 쓰러졌다. 근육이 마구 떨렸지만 뭔가 깨끗해지고 가벼워진 느낌이었다. 이렇게 머릿속이 개운해진 것은 정말 오랜만이었다. 가쁘던 숨이 곧 가라앉고, 심장 박동도 고르고 차분해졌다. 머리 아래로 팔을 집어넣어 베고는 느릿하게 흘러가며 모양을 바꾸는 구름을 바라보았다. 혼란스럽던 정신도 평온을 되찾는 듯했다. 유연하게 선회하는 독수리를 눈으로 쫓는데 눈꺼풀이 점점 무거워졌다. 기분 좋은 피로감에 이끌려 살포시 잠이 들었다.

그때 누군가의 목소리가 내 의식을 파고들었다. 나는 마지못해 꿈에서 깨어나 눈을 깜박이다가 머리를 들었다. 얼굴도 모르는 친엄마와 차를 타고 어디론가 가는 꿈을 꾸었다. 어리둥절해서 주변을 둘러보니 해가 벌써 기운 뒤였다. 깊게 잠이 든 모양이었다.

"캐럴린!"

강가에 서서 양손을 급하게 흔드는 작고 뚱뚱한 남자가 눈에 들어왔다. 크리스토퍼였다. 내 눈에 비친 그는 이제 배고픈 퓨마가 아니라 부른 배를 두드리며 섹스만 즐기는 수컷 사자였다. 나는 뻣뻣해진 팔다리를 느릿하게 뻗으며 하품을 하고는 일어나 앉았다. 강의 수위가 낮아져 있었다.

"캐럴린!" 크리스토퍼가 또 불렀다. "어서 나와!"

나는 알아들었으니 이제 그만 소리 지르라는 표시로 손을 들어 올렸다. 그를 집 밖에서 본 건 이번이 세 번째였다. 쉴 새 없이 강가를 오락가락하는 그는 이곳에 있어서는 안 될 존재처럼 보였다. 나는 자리에서 일어나 몇 번 팔을 저어 그에게 헤엄쳐 갔다. 네발로 기어 강가로 나가자 그가 내 청바지와 티셔츠를 들고 다가왔다.

"도대체 제정신이야? 사방으로 찾아다녔잖아!" 화를 내지 않으려고 애쓰는 게 역력히 보였다.

"수영하고 온다고 했잖아요." 나는 머리카락에서 물기를 털어내며 말했다.

"그게 벌써 세 시간 전이야." 그의 표정에서 짜증이 묻어났다. 그는 화나 있었다. 아니, 그 이상이었다. 그건 분노였다.

"다음 장 끝내고 널 기다린 게 벌써 몇 시간째야. 아주 '다급하게' 기다렸다고! 난 기다리는 거 절대 못 참아!" 그가 옷을 건네주고 몸을 돌렸다.

"난 귀찮은 파리처럼 쫓겨나는 거 절대 못 참아! 난 당신이 내키는 대로 부르거나 쫓아낼 수 있는 강아지가 아니라고!" 나는 그의 등에 대고 소리쳤다.

그가 놀랄 만큼 재빠르게 돌아서더니 내 팔뚝을 세차게 잡았다. 손가락이 살을 파고들었다.

"아, 아파요!"

그가 손가락을 풀었다. "넌 잠깐 수영하고 온다고 하고선 몇 시간이나 나타나지 않았어! 오늘은 아주 빌어먹을 날이야. 그동안 너 때문에 글 쓸 시간이 없어서 밤새 원고를 써야 했어! 거기다 매디슨에서 중요한 약속이 있었고, 달갑지 않은 전화도 몇 통 해야 했어. 그런데 넌 몇 시간이나 사라졌어. 네 말은 우리 집 마당에 똥오줌을 잔뜩 갈겨놓았고!"

나는 그를 멍하니 바라봤다. 이렇게 날뛰는 모습은 처음이었다. 이성을 잃고 울분을 터뜨리며 내 앞에 서 있는 이 사람은 완전히 낯선 남자였다. 티셔츠를 입으려는데 그가 거칠게 빼앗고는 내 손목을 잡았다.

"빌어먹을!" 그의 눈이 열에 들떠 번득거렸다. "따라와! 당장!"

그의 공격적인 태도가 내 눈을 뜨이게 했다. 세련되게 손질한 침착한 겉모습이 무너지고 있었다. 그는 불안에 시달리는 병든 남자였고, 그에게 섹스는 게임이 아니라 약물이었다.

이번에 그는 언어적 전희를 즐길 여유가 없었다. 집에 들어가자마자 탐욕스럽게 뒤에서 밀고 들어왔다. 나는 좋아하는 척 연기하지 않고 그가 쏟아내는 욕정을 말없이 견디면서, 그동안 느꼈던 매혹이 그가 몸을 부딪쳐올 때마다 점점 줄어들다가 기껏해야 50초 뒤에 그의 신음과 함께 완전히 사라지는 싸늘한 현실을 경험했다.

"미안, 미안해." 그가 헐떡이며 더듬더듬 사과를 하고는 몸을 떼고 뒤로 물러나 쓰러지듯 주저앉았다. 힘을 써서 벌겋게 달아오른 얼굴이 흉측하고 늙어 보였다. "네가 너무 오래 기다리게 했잖아."

나에게 책임을 떠넘기다니, 어이없었다. 하지만 나는 아무 말도 하지 않고 이 순간의 우월감을 즐겼다. 얼굴을 양손에 파묻은 채 쭈그리고 앉아 있는 그는 한없이 초라해 보였다. 나는 일어나서 바닥에서 티셔츠를 집어 들었다.

"뭐하는 거야?"

"옷 입고 가려고요."

"안 돼, 가지 마! 부탁이야!" 그가 비굴하게 애원하며 내 손을 잡았다. "캐럴린, 미안해. 내가 잠깐 제정신이 아니었어. 제발 용서해 줘. 정말 창피하다."

"알았어요."

나는 마지못해 대꾸했다. 그는 내 손을 놓고 어쩔 줄 몰라 했다.

"가지 마." 그가 또 한 번 말하고는 층계에서 일어났다. "얼른 샤워하고 먹을 걸 좀 만들게. 알았지?"

"알았어요."

크리스토퍼는 머리카락을 쓸어 올리며 고개를 숙이고 계단을 올라갔다. 나는 청바지를 입고 말을 보러 나갔다. 웨이사이더가 날 바라보더니 앞발굽으로 바닥을 긁었다. 그 눈빛이 왠지 나를 비난하는 것 같았다.

"목마르지? 물 가져다줄게." 나는 미안해하며 말했다.

양동이를 찾을 수 있길 바라며 낡은 헛간의 녹슨 문을 밀었다. 수십 년 묵은 잡동사니들이 어두침침한 빛 속에 잠겨 있었다. 부서진 의자와 낡은 차바퀴, 흙이 담긴 포대와 녹슨 원예 장비, 밧줄, 군데군데 부러진 채 둘둘 말린 호스가 보였다. 한쪽 벽에는 벌레 먹은 옷장이, 그 옆에는 뿌연 거울이 달린 세면대가 있었다. 세면대 위에는 옛날 신문이 잔뜩 쌓여 있었다. 허섭스레기들 틈에 다행히 멀쩡한 양동이가 있었다. 안에 들어 있는 내용물을 진흙 바닥에 쏟아내다가 어떤 기억이 번개처럼 불쑥 떠올랐다.

하지만 이제 더는 일기장을 아무 데나 두지 않고 아주 잘 감춰둘 거다. 어디에 숨길지도 생각해뒀다.

캐럴린 쿠퍼가 마지막 일기에 쓴 글이었다. 캐럴린은 언니 레이첼이 일기장을 훔쳐본 뒤에도 일기를 계속 썼을까? 썼더라도 페어필드를 떠날 때 일기장을 가지고 갔을 수도 있다. 하지만 그렇다면 다른 일기장들은 왜 남겨뒀을까? 캐럴린이 모든 추억을 상자에 직접 담았을까? 나라면 매일 사용하면서 남에게 들키고 싶지 않은 게 있다면 어디에 감춰둘까? 헛간을 둘러봤다. 좁은 나무 계단이 건초를 쌓아두는 다락으로 이어졌다. 그곳도 헛간 아래층과 마찬가지로 잡동사니로 가득해 보였다.

바깥에서 웨이사이더가 초조하게 힝힝거리는 소리가 들려 서둘러 물을 가져다줬다. 물빛 별장의 낡은 헛간과 부속 건물들을 며칠 동안 찬찬히 뒤져보겠다고 메리제인 아줌마에게 이야기해야겠다는 생각이 들었다. 운이 좋으면 뭔가 찾아낼 수 있을 것이다.

집 안에 들어가보니, 크리스토퍼는 샤워를 한 뒤 옷을 갈아입고 부엌에 있었다. 함께 저녁을 먹자는 권유에 못 이기는 척 응했다. 그는 놀랄 만큼 요리 솜씨가 좋았다. 그가 처음으로 섹스 말고 다른 이야기를 했지만 나는 정신이 딴 데 팔려 있어서 제대로 집중할 수 없었다. 내가 캐럴린 쿠퍼라면 일기장을 어디에 숨겼을까?

몇 시간 뒤, 말에 올라 어둠을 헤치고 집으로 돌아오면서도 계속 그 생각만 했다. 서둘러 갈 필요가 없어서 추수가 끝난 밀밭과 작은 숲을 지나 국도 방향으로 이어지는 길을 택했다. 낮에 무더웠던 공기는 이제 부드러운 여름 향기로 가득했다. 새까만 하늘에서 반짝이는 별들이 손에 잡힐 듯 가까워 보였다. 웨이사이더는 내 마음을 읽었는지 지시하지도 않았는데 작은 숲 앞에서 들판으로 난 오솔길로 접어들었다. 이 지역에는 원래 숲이 없었는데, 1862년에 제정된 홈스테드 법에 따라 초기 이주자들이 토지를 받으려면 나무를 심어야 했으므로 규모는 작지만 울창한 숲들이 곳곳에 생겨났다. 가로수가 늘어선 길도 많았다. 오솔길이 15마일쯤 이어지다가 끝나는 곳에 있는 윌로크릭 농장 진입로도 그랬다. 참나무와 밤나무가 넓게 가지를 드리워 빛 한 줄기 들지 않았다. 작은 올빼미 한 마리가 머리 바로 위로 날아갔다.

둔탁하게 울리는 말발굽 소리를 들으면서, 한때 사랑하는 사이였던 캐럴린 쿠퍼와 아버지를 생각했다. 그 사랑은 왜 끝났을까? 캐럴린은 지금 어디에 있을까? 왜 아무도 캐럴린 이야기를 하지 않을까? 언젠가 페어필드로 돌아올까? 아니면 과거와의 연결 고리를 영원히 끊은 걸까? 만약 그렇다면 일기장을 가져갔을 테니 찾을 필요도 없다. 누구에게 물어봐야 할까? 캐럴린은 누구와 친했을까? 누구에게 속마음을 털어놓았을까?

이 질문의 답을 알아내려면, 그리고 물어봐야 할 사람에게 정확하게 질문하려면 크리스토퍼에게 정신이 팔려서 대충 훑어본 일기장들을 다시 한 번 철저하게 읽어야 한다.

크리스토퍼 핀치가 다시 떠올랐다. 자기 이야기를 많이 하지는 않았지만, 그는 어쨌든 처음으로 자기 감정을 보여줬다. 식사 후 우리는 베란다로 나갔다. 그는 나를 품에 안고, 사실은 첫눈에 나에게 반했다고 고백했다. 내 분노는 부드러운 그의 손길에 녹아내렸다. 결혼 생활이 비극으로 끝난 뒤 다른 사람과 관계를 맺지 않겠다고 굳게 결심했었다는, 그동안 자신의 감정에 저항하느라 힘들었다는 말을 들으니 마음이 아팠다. 그의 전처는 사악하고 지배욕이 강하며 병적으로 섹스를 즐기는 색정광이었다고 했다. 몇 년 동안 계속 그를 속이고 거짓말을 했다고, 그 여자의 외도와 비정상적인 성욕이 그를 망가뜨렸다고 말했다. 그녀와의 이별은 완전히 한 편의 드라마였다. 그는 아주 먼 곳으로 도망 와서 새로 시작할 수밖에 없었다고 했다. 그는 지금은 이곳으로 오게 해준, 그래서 나를 만나게 해준 운명에 한없이 감사한다며, 내게서 원하는 것이 섹스만이 아니라는 걸 증명하기 위해 당분간 육체적으로 나를 멀리하겠다고, 발행인을 만나러 며칠 동안 뉴욕으로 가야 하니 마침 잘됐다고 했다.

나는 금방 실망감을 잊어버리고 그에게 다시 한 번 기회를 주기로 했다. 그는 정말로 진지한 관계를 원하는 것 같았다. 이제 내가 누군지, 실제 나이는 몇 살인지 밝혀야 했다. 거짓말이 길어질수록 점점 더 힘들어질 테니까.

집에 다가가자 멀리서부터 쿵쿵 울리는 헤비메탈 음악 소리, 사람들의 목소리와 웃음소리가 들려왔다. 마당에 자동차가 최소한 스무 대는 주차되어 있었다. 나는 웨이사이더를 방목장에 데리고 가서 안장을 내리고는 급히 집으로 달려갔다. 집이 비는 드문 기회를 틈타 에스라 오빠가 자기 패거리를 불러 파티를 벌이고 있었다. 집 안은 완전히 난장판이었다. 손님들은 엉망으로 술에 취했거나, 마약에 취했거나, 둘 다에 취한 상태였다. 냉장고와 식료품 저장실을 탈탈 털어 부엌을 전쟁터로 만들어놓았다. 거실 탁자에는 옷을 대충 입은 여자아이가 누워 있었다. 엄마가 엄청 아껴서 컵받침 없이는 컵 하나도 올려놓지 못하게 하는 탁자였다. 사람들이 환호성을 지르는 가운데 에스라 오빠가 독한 술 두 병을 여자애의 입에 쏟아붓고 있었다. 그 애는 나랑 같은 학년인 샌드라 카슨이었다. 누군가 그녀의 바지를 더듬었다. 샌드라는 새된 비명을 지르고 다리를 버둥거리다가 겨우 풀려나 기침과 구역질을 하며 비틀비틀 내 옆을 지나서 복도로 달려가 구토를 했다.

"다음엔 누구야? 누가 마시고 싶어? 아직 안 마신 사람?" 에스라 오빠가 시끄럽게 울리는 음악 소리를 뚫고 고함을 질렀다.

"클레어! 이리 와, 어서!" 얼굴이 시뻘게진 오빠가 땀을 흘리며 미친놈처럼 꽥꽥거렸다.

"클레어! 클레어!"

다른 주정뱅이들도 입을 모아 소리를 질러댔다. 주정뱅이 하나가 킥킥거리는 검은 머리 여자애를 탁자로 끌고 왔다. 남녀 한 쌍이 꼭 껴안고 소파에 누워 입을 맞추고 있었고, 치마가 거의 배꼽까지 말려 올라간 다른 여자애의 허연 허벅지 사이에도 어떤 남자애가 매달려 있었다. 거실 한쪽 구석 바닥에도 누군가가 빈 맥주병들 사이에 쪼그리고 앉아 있었다. 클레어는 이제 킥킥거림을 멈추고, 자기를 탁자로 찍어누르는 손들을 밀어내며 저항하고 있었다. 나는 남자들의 등과 다리 사이에서 버둥대는 클레어의 다리를 보며, 공포영화 같은 이 상황을 어떻게 끝내야 할지 필사적으로 머리를 굴렸다. 멍청한 클레어가 싫기는 했지만 지금은 안쓰러웠다. 어떻게 해야 하나? 학교에서 정신이 멀쩡할 때 만나도 피하는 패거리인데, 지금 이렇게 술에 찌든 상태에서 맞서면 나 역시 위험해질 수 있었다. 클레어는 저항을 멈추고 병이 다 빌 때까지 술을 삼켰다. 바로 그 순간, 나와 같이 생물 수업을 받는 역겨운 뚱보 앤디 월리스가 음흉하게 히죽거리며 바지를 내리는 모습을 못 봤더라면 나는 아마 비겁하게 그 자리를 빠져나왔을 것이다. 나는 주정뱅이들 사이를 과감하게 뚫고 스테레오 기기의 전원을 꺼버렸다. 모두 놀라서 나를 바라봤다.

"셰리든!" 에스라 오빠가 빈 술병을 바닥에 집어 던지고 일어나더니 낄낄 웃었다. "멋지고 똑똑한 내 동생, 뭐하는 짓이야?"

"이 난장판, 당장 그만둬! 클레어든 다른 여자애들이든 가만 좀 놔두라고!"

"꺼져. 이건 내 파티야!" 오빠가 비틀거리며 다가왔다. 눈빛이 위험하게 번뜩였다.

"이것들 데리고 당장 나가." 나는 단호하게 말하며 양손을 옆구리에 얹었다. 그러고는 남자들을 거칠게 밀치고 클레어에게 다가가 어깨를 흔들며 소리쳤다. "클레어, 클레어! 내 말 들려?"

내가 흔드는 방향에 따라 클레어의 머리가 이리저리 힘없이 흔들렸다. 눈동자가 이상하게 돌아가 있었다. 죽었을지도 모른다는 생각에 공포에 질려 있는데, 클레어가 갑자기 눈을 똑바로 뜨고 웃음을 터뜨리며 혀 꼬부라진 소리를 냈다.

"셰리든, 꺼져. 네가 분위기 다 망쳤잖아!"

음악이 다시 켜졌다. 아까보다 더 시끄러웠다. 클레어는 탁자에서 미끄러져 내려와 킥킥거리며 역겨운 뚱보 앤디에게 네 발로 기어가서 그를 붙잡고 일어났다. 제길, 고맙다는 인사를 이런 식으로 하는군.

"파티는 끝났어."

내 말에 에스라 오빠가 대꾸했다.

"그건 네가 결정할 일이 아니지."

누군가 뒤에서 나를 잡고 탁자로 밀쳤다.

"이봐, 공주님. 너도 한 모금 마셔봐. 긴장이 좀 풀릴 거야."

역겨운 클라이브 오츠였다. 에스라 오빠는 정말로 구역질 나는 쓰레기들만 파티에 초대했다. 뇌라고는 없는 것 같은 알코올중독자들, 벌써부터 헤어나올 수 없이 실패한 인간들.

"당장 놔!"

나는 쉿소리를 내며 그를 걷어찼지만 클라이브는 웃기만 했다.

"얘들아, 두 병 더 가지고 와! 내 동생도 재미 좀 보고 싶단다!"

에스라 오빠가 외쳤다. 클레어를 도우려고 한 게 얼마나 엄청난 실수였는지 그제야 깨달았다. 정말 바보 같은 짓이었다.

축축한 손들이 나를 잡았다. 한 놈은 체중을 모두 실어 내 다리를 찍어누르며 걸터앉았고, 에스라 오빠는 내 머리를 자기 무릎 사이에 끼우고 코를 막았다. 나는 입을 벌릴 수밖에 없었다. 온 힘을 다해 옆으로 고개를 돌리려고 했지만 오빠 무릎이 죔쇠처럼 단단하게 내 머리를 조이고 있었다. 남자들이 독주 두 병을 내 입에 들이부었다. 입으로 술이 들어오자 기침이 났다.

"삼켜!" 누군가 내 귀에 대고 고함을 질렀다. "그냥 삼키라고!"

숨을 쉴 수 없었다. 술이 얼굴에 흩뿌려졌다. 눈이 불붙은 듯 따가웠다. 눈물이 줄줄 흘렀다.

"안 돼, 하지 마!" 내가 헐떡이며 소리쳤다.

"봐, 할 수 있잖아!" 에스라 오빠가 외쳤다. "술 마실 줄 알잖아! 자, 자. 이제 곧 바닥이 보인다고!"

모두 웃으며 고함을 질러댔다. 눈동자들이 연민이라고는 전혀 없이 흥분해서 번뜩이더니 점차 흐릿해졌다. 공포가 나를 잠식했다. 이러다 숨이 막혀 죽을 수도 있을 것 같았다.

마침내 술병이 비자 그들은 나를 놓아줬다. 나는 탁자에서 미끄러져 내려와 숨을 헐떡이며 흐느꼈다. 이 개자식들.

남은 힘을 다 짜내서 겨우 일어나 문 쪽으로 비틀거리며 걸어갔다. 엄청난 양의 술을 한꺼번에 마신 탓에 배 속이 뒤집히는 것 같았다. 가까스로 화장실까지 가서 문을 걸어 닫고 한참 토했다. 그런 다음 멍하니 변기 앞에 쪼그리고 앉아 있었다. 음악 소리가 멎었다. 말소리와 킥킥대는 소리와 발소리가 차츰 멀어졌다. 세면대를 잡고 일어나 수도꼭지 아래 얼굴을 대고 차가운 물을 맞으며 역겨운 냄새를 없애려고 몇 번이나 입을 헹궜다. 그러고 나서 조심스럽게 문을 열었다. 에스라 오빠가 불쑥 나타나 손목을 잡는 바람에 심장이 멎을 뻔했다.

"네가 내 파티를 망쳐버렸어." 오빠가 쇳소리를 냈다. 밀가루 반죽처럼 푸석한 얼굴이 분노와 증오로 일그러져 있었다. "이 파렴치한 년!"

"놔!"

목구멍이 따가웠다. 격렬하게 저항하느라 온몸이 아팠다. 오빠의 손아귀에서 벗어나려고 아무리 애를 써도 소용없었다. 오빠는 나보다 덩치가 크고 힘이 센 데다가 술에 취한 상태였고 무엇보다 나를 증오했다. 나를 복도로 끌고 가서는, 걸려 있던 그림이 떨어질 정도로 격렬하게 벽에 밀어붙였다.

"내가 그동안 내내 널 어떻게 하고 싶었는지 보여줄까? 잘난 척하는 공주님, 아버지만 믿고 되바라진 못된 계집애!" 오빠가 내 귀에 대고 소곤거렸다.

나는 저항했지만 오빠는 자제력을 완전히 상실하고는 내 얼굴을 주먹으로 갈겼다. 고개가 획 돌아가며 문틀에 세차게 부딪쳤다. 눈앞이 빙빙 돌고 피비린내가 났다. 어릴 때 오빠와 서로 치고받으며 싸운 적은 많았지만, 지금 이건 완전히 다른 상황이었다. 기적이 일어나지 않는 한 희망은 없었다. 오빠가 헐떡이며 나를 바닥에 밀치고는 내 팔을 잡아 억지로 머리 위로 올리고 다리 사이로 비집고 들어오려고 했다. 엎치락뒤치락하다가 무릎이 풀려나자 오빠의 아랫배를 걷어찼다. 그 통증 때문에 더 화가 치밀어 오른 오빠가 내 뺨을 네댓 번이나 연거푸 때렸다. 입술이 터지고 코피가 흘렀다. 내 눈에서 솟는 눈물을 보자 오빠는 더욱 흥분했다.

"징징대지 마!" 오빠는 소리를 지르며 나를 또 때리려고 손을 올렸다. 그러다가 갑자기 뒤로 벌렁 나자빠졌다.

눈을 돌리니 경악한 하이럼 오빠와 조지 아저씨의 얼굴이 보였다. 나는 흐느끼며 몸을 재빨리 일으키고는 팔로 무릎을 감싸 안고 벽에 몸을 붙였다. 피인지 눈물인지 모를 액체가 턱으로 줄줄 흘러내렸다. 하이럼 오빠에게 머리채를 잡힌 에스라 오빠가 고래고래 악을 썼다. 평소라면 바로 꼬리를 내렸겠지만, 너무 취해서인지 성난 멧돼지처럼 하이럼 오빠에게 달려들다가 주먹으로 얻어맞았다. 에스라 오빠를 부엌으로 질질 끌고 간 하이럼 오빠와 조지 아저씨는 난장판을 목격하고는 고함을 질렀다.

"아이고, 아이고, 아이고!" 조지 아저씨의 목소리가 들려왔다. "마사가 이걸 보면 난리 나겠다."

"엄마는 또 어쩌고요?" 하이럼 오빠가 대꾸했다. "빌어먹을, 겨우 몇 시간 집을 비웠을 뿐인데……."

하이럼 오빠가 다시 와서 나를 조심스럽게 일으켜 세워 위층 욕실로 데리고 갔다. 충격이 가라앉자 더 격렬하고 발작적으로 울음이 터져나왔다.

"셰리든, 병원에 가는 게 낫지 않을까? 아니면 의사 선생님을 부를까?" 오빠가 걱정스러운 표정으로 물었다.

나는 세차게 고개를 저었다. "아니야, 아무 일도 없었어."

"뭐라고? 거울 좀 봐! 그 자식이 대체 너한테 무슨 짓을 한 거야? 여기서 무슨 일이 벌어진 거야?"

나는 웅얼거리며 대답했다. "말을 타고 돌아왔는데…… 집에 사람들이 가득하고 모두 취해 있었어. 그 사람들이 나를 탁자에 붙잡아 놓고는…… 에스라 오빠가 술을 입에 들이부었어."

오빠가 수건을 적셔 내 얼굴에 묻은 피를 조심스럽게 닦아주었다. 집에 있어야 하는데 나갔으니 하이럼 오빠도 심한 꾸중을 들을 터였다. 그러니 에스라 오빠에게 엄청나게 화가 난 것도 당연했다.

욕실 문을 노크하는 소리가 들렸다. 조지 아저씨가 고개를 들이 밀고 걱정스러운 얼굴로 말했다.

"거실 소파 뒤에 어떤 여자애가 쓰러져 있는데 의식이 없어. 깨 워도 일어나지 않아. 의사를 불러야겠다."

의사를 부르면 파티를 비밀로 하는 건 물 건너간다. 나는 고개를 숙이고 다시 흐느끼기 시작했다. 하이럼 오빠는 한숨을 쉬며 나를 끌어당겨 안았다. 나는 오빠에게 매달려 미친 듯이 울었다.

"오빠도, 조지 아저씨도 이 일을 아무에게도 말하지 마."

내가 속삭이자 오빠는 어리둥절한 표정으로 나를 봤다.

"에스라가 널 때리고 억지로 술을 먹였어. 그리고 너 하마터면 성폭행 당할 뻔했다고!"

"오빠, 제발 좀!" 나는 필사적으로 오빠의 손을 움켜쥐었다. "엄 마는 언제나 에스라 오빠 편이니까 절대로 믿지 않을 거야. 아빠는 펄펄 뛸 거고. 하지만 아빠는 어차피 집에 없을 테니까, 그럼 난 다 시 엄마와 에스라 오빠 손아귀에 놓일 거야! 그러니 제발 말하지 마. 난…… 난 괜찮아. 오빠가 알았으니까 에스라 오빠도 다시는 그러지 못할 거야."

하이럼 오빠는 전혀 동의하지 않았지만, 일단은 아무에게도 말 하지 않겠다고 약속해주었다. 오빠는 나를 침대에 데려다준 뒤 도 착한 의사를 맞으러 아래층으로 내려갔다.

하이럼 오빠는 밤에 한 번 더 나를 보러 왔다. 자상한 오빠가 한없이 고마웠다. 하이럼 오빠와 조지 아저씨는 끔찍한 상황에서 나를 구해줬다. 오늘 일을 평생 잊지 못할 것이다.

∽

이틀 뒤 아버지와 엄마, 맬러키 오빠와 레베카가 집으로 왔을 때, 집은 평소와 똑같은 모습이었다. 광란의 파티는 흔적조차 남지 않았다. 나와 하이럼 오빠, 조지 아저씨와 마사 아줌마가 그 난장판을 치우는 동안 에스라 오빠는 한 번도 내다보지 않고 침대에 누워 있었다. 내 꼴은 처참했다. 아랫입술이 퉁퉁 붓고 얼굴과 팔, 허벅지와 다리, 가슴은 온통 멍투성이였다. 왼쪽 눈은 부어서 뜰 수조차 없었다. 하이럼 오빠는 에스라 오빠에게 가서, 다시 한 번 내게 손을 대면 토막을 쳐서 죽여버릴 거라고 경고했다.

은색 닷지가 마당으로 들어오는 것을 보고 나는 웨이사이더를 타고 도망가 한 시간 반 동안 주변을 쏘다녔다. 하지만 계속 피할 수는 없었다. 집에 돌아와 보니 모두 식탁에 둘러앉아 있었다. 아버지와 엄마는 늘 그렇듯이 식탁 양쪽 끝에 앉았고, 그 사이에 맬러키 오빠와 레베카, 하이럼과 에스라 오빠가 있었다. 내가 들어서자 모두 나를 바라보았다. 잠시 쥐 죽은 듯이 고요했다.

"에구머니나!" 구식 표현을 즐겨 쓰는 레베카가 기절할 듯 놀란 표정으로 말했다.

"셰리든!" 아버지는 의자가 뒤로 넘어갈 정도로 세차게 일어났다. "무슨 일이냐?"

"웨이사이더를 타고 가다가……." 나는 부풀어오른 아랫입술 때문에 우물거리며 대답했다. "저 아래 숲을 지나다가 웨이사이더가 갑자기 뛰어오르는 바람에 나뭇가지에 얼굴을 부딪쳤어요."

엄마와 레베카를 제외하고, 식탁에 앉아 있는 사람은 모두 내 말이 거짓말이라는 것을 눈치챘을 것이다. 나는 말을 아주 잘 탔고 웨이사이더는 신경이 강철처럼 튼튼했다. 기관총을 쏘아대지 않는 한 웨이사이더가 흥분할 리 없었다.

"혼자 맨날 싸돌아다니니 그렇지."

엄마가 말했다. 엄마는 이 일을 별거 아닌 일로 넘겨버릴 테지만 아버지는 아니었다. 나는 자리에 앉아서 식구들과 시선이 마주치지 않게 조심했다. 식탁의 분위기는 싸늘해졌다. 엄마는 평소와 전혀 다른 달콤한 목소리로 미래의 며느리와 대화를 나누었다. 나는 감자와 스테이크를 씹으며, 미심쩍다는 눈길로 계속 흘깃거리는 아버지를 어떻게 피할지 고민하느라 머리가 터질 것 같았다.

8시가 조금 지나 달갑잖은 옛 지인, 벤턴 보안관이 찾아왔다. 그는 현관문을 두드리고는 아버지와 에스라 오빠와 할 이야기가 있다고 했다. 에스라 오빠는 증오에 찬 눈빛으로 나를 쏘아보더니 자리에서 일어났다. 세 사람은 아버지의 서재로 들어가 문을 닫았다.

나는 마사 아줌마와 함께 설거지를 하려고 부엌으로 갔다.

"가서 무슨 일이 있었는지 말해! 벤턴 보안관이 왔으니 어차피 다 밝혀질 거야!" 마사 아줌마가 독촉했다.

"아무 말 안 할 거예요."

"하지만……." 무슨 말인가 더 하려고 했지만, 실은 아줌마도 내 꼴이 왜 이렇게 됐는지 정확히 알지 못했다.

"싫어요. 더는 묻지 마세요." 나는 짜증 난 얼굴로 아줌마를 쏘아봤다.

아줌마는 고질병인 호기심을 겨우 억눌렀다. 설거지를 거의 끝 냈을 때 아버지가 문간에 나타났다.

"셰리든."

"네." 나는 몸을 돌리지 않은 채 대답만 했다.

"그만하고 서재로 와라. 할 말이 있다."

나는 벤턴 보안관이 술에 취해 거실에 있던 앤젤라 킨 때문에 찾아왔다는 걸 눈치챘지만 그 일에 연루되고 싶지 않았다. 하이럼 오빠가 늘 내 곁에 있을 수는 없다. 에스라 오빠가 복수할까 봐 불안에 떨며 살기는 싫었다.

"셰리든! 어서!" 아버지의 목소리에 힘이 들어갔다.

"얼른 가."

마사 아줌마가 내 손에서 수세미를 빼앗았다. 나는 고개를 숙이고 아버지 옆을 지나쳐 거실로 갔다. 복도에 엄마가 지키고 서 있었다.

"너란 애는 정말, 사흘만 집을 비워도 경찰이 오게 만드는구나! 레베카가 우릴 어떻게 생각하겠니?"

아버지는 아무 말 없이 나를 밀었다. 서재에는 아무도 없었다. 보안관은 이미 떠난 모양이었다.

"앉아라."

아버지가 먼저 의자에 앉았다. 나는 아버지의 눈길을 피하며 의자 앞쪽에 엉덩이만 걸치고 앉았다.

"자, 여기서 사흘 전에 무슨 일이 벌어졌는지 말해봐." 아버지가 딱딱한 목소리로 물었다.

내가 말없이 고개를 젓자, 아버지는 몸을 앞으로 숙이며 물었다.

"셰리든, 에스라와 친구들이 여자애한테 술을 먹이고 성폭행했다는 게 사실이냐? 여기, 내 집에서?"

나는 여전히 침묵했다.

"앤젤라 킨의 부모님이 에스라와 친구 몇 명을 중상해와 성폭행으로 고소했단다. 애들이 앤젤라한테 억지로 술과 마약을 먹이고 성폭행했다더라. 그건 절대 장난이나 실수로 넘길 수 없는 일이야. 엄벌을 받아야 할 중범죄다."

앤젤라는 성폭행당한 게 아니다. 내가 집에 왔을 때 그 애는 소파에서 상당히 적극적으로 두 남자애를 상대하고 있었다. 나는 그 사실을 말해서 에스라 오빠와 그 패거리를 도와줄 수도 있었지만 고집스럽게 입을 다물었다.

"셰리든." 아버지가 나지막이 말했다. "나를 좀 봐라. 무슨 일이 있었지? 웨이사이더 이야기가 거짓말이라는 거 다 안다."

나는 천천히 고개를 들어 아버지를 바라봤다. 그러고는 힘없이 대꾸했다. "어떤 자동차가 시동이 걸리지 않아서 시끄러운 소리를 냈어요. 그 소리에 웨이사이더가 놀라서 갑자기 뛰어나간 거예요."

아버지는 이런 일이 벌어지고서야 나와 대화를 나누려고 하고 있었다. 내 친부모가 누구인지, 그들에게 무슨 일이 일어났는지 말해주겠다고 약속한 지 벌써 1년이 지난 지금에야.

"왜 거짓말을 하니?"

아버지가 물었다. 나는 아버지의 씁쓸한 눈빛에 하마터면 모든 것을 털어놓을 뻔했지만 겨우 참았다. 아버지는 또 떠날 것이다. 그러면 나는 에스라 오빠의 증오와 내 말은 절대 믿지 않고 아들 편만 드는 엄마의 손아귀에 홀로 내던져질 것이다. 입을 다무는 게 차라리 속 편했다. 아버지가 한숨을 내쉬었다.

"나를 믿지 않는구나."

실망한 아버지의 목소리를 들으니 마음이 찢어지는 것 같았다.

"정말 힘들구나. 네가 이렇게…… 학대받고 불안해하는 걸 두고 볼 수는 없어. 하지만 네가 말하지 않는데 내가 어떻게 도와줄 수 있겠니? 제발 말해보렴. 이런 짓을 한 사람이 벌을 받게 해줄게."

"어떻게 하실 건데요? 진짜 웨이사이더가 이런 짓을 한 거면 쏘아버릴 건가요?" 나는 명치를 얻어맞은 듯 먹먹해졌지만 눈물은 흘리지 않았다. "도와주실 필요 없어요."

아버지의 얼굴에서 연민이 사라지고, 표정이 돌처럼 딱딱하게 굳었다. 내 상황을 어떤 식으로든 알리고 싶기는 했지만, 그 일에 대해 말하지 않고서 그러기는 불가능했다.

"알았다." 아버지가 감정이 실리지 않은 어조로 말했다. "강요할 순 없지. 하지만 유감이구나, 우리 둘 모두에게 말이야. 이제 가도 된다. 잘 자라."

나는 자리에서 일어났다. 아버지는 나에게 눈길도 주지 않고 무표정하게 창밖의 어둠만 내다보고 있었다.

"안녕히 주무세요." 나는 간신히 인사말을 하고는 서재를 나왔다. 발소리를 죽여 계단을 오르다가 앞에 불쑥 나타난 에스라 오빠를 보고는 심장이 멎을 뻔했다.

"꼰대에게 말했어?" 오빠가 나지막한 목소리로 위협했다.

"그래, 말했다! 웨이사이더가 갑자기 튀어나갔다고 했어. 아빠는 그게 거짓말이라는 거 다 알아!"

안심하는 듯 히죽 웃는 오빠를 보니, 오빠에 대한 공포가 불현듯 사라졌다.

"다시는 나한테 손대지 마." 나는 낮게 으르렁대며 오빠를 밀쳤다. "그러면 오빠가 날 성폭행하려고 했다고 아버지에게 말할 거야. 하이럼 오빠와 조지 아저씨가 증인이야. 얼마 전 욕실에서 한 짓도 당연히 말할 거고. 알았으면 꺼져!"

오빠가 뒤로 물러났다.

"어쨌든 난 아무 말도 하지 않을 거야. 그렇다고 내가 오빠 편이라고 착각하지 마. 내가 입을 열면 오빠는 죽어. 그걸 잊지 마." 나는 말을 마치고 에스라 오빠를 지나쳐 내 방으로 들어갔다.

∞

맬러키 오빠의 결혼식은 '셔먼 그랜트 시대' 이후 매디슨에서 벌어진 최대 스캔들 때문에 빛을 잃었다. 엄마는 예식이 멀리 떨어진 아이오와에서, 다시 말해 에스라 오빠의 악행을 아무도 모르는 곳에서 열리는 게 천만다행이라고 생각했을 것이다. 오빠는 가까스로 고소를 피할 수 있었다. 여러 번의 심문을 거치면서 오빠가 앤젤라 킨을 성폭행하지 않은 게 밝혀졌기 때문이다. 상해와 알코올 남용이 걸리긴 했지만, 그건 비교적 죄질이 가벼운 범죄였다. 앤젤라와 성관계를 한 남자애는 소년원에 갈 뻔했다가 집행유예로 감형됐다. 이 사건은 페어필드 인근에서 몇 주 동안이나 뜨거운 화젯거리였다. 그동안 엄마는 엄청나게 분노에 차 있었는데, 그 이유는 이 재미있는 화제를 사람들과 같이 씹어댈 수 없었기 때문인 것 같았다.

그 사건 이후 워싱턴으로 가지 않고 농장에 눌러앉은 아버지는 예전보다 더 말이 줄고 내성적인 사람이 되었다. 아침 일찍 일꾼들과 들에 나갔다가 칠흑처럼 어두워진 뒤에야 집에 돌아왔다.

브랜던은 여행에서 돌아와 시드니 집에서 연습할 때 처음 만났다. 그는 내가 늘어놓은 웨이사이더 이야기를 그대로 믿었다. 그는 나를 안쓰러워하며, 감히 내게 손을 댈 생각조차 하지 않았다. 나는 미들 오브 노웨어 축제 연습이 없을 때면 채소밭을 가꾸거나 감자를 캤고, 틈을 봐서 한두 시간 정도 크리스토퍼를 만나러 갔다. 관계가 지속될수록 그에게 진실을 말하기는 어려워졌다. 그러다 보니 언젠가부터 어차피 진실은 별로 중요하지 않다는 생각이 들었다. 크리스토퍼는 몇 달 뒤 페어필드를 떠날 계획이었다. 그는 곧 제리처럼 내 인생에서 완전히 사라질 것이다.

∽

축제가 얼마 남지 않았다. 우리는 규칙적으로 모여 연습을 했다. 나는 하이럼 오빠의 낡은 모페드를 타고 농경지를 가로질러 지름길로 매디슨에 갔다. 얼마 지나지 않아 레퍼토리가 확 늘었다. 연습할 때만은 모든 걱정과 불안을 잊을 수 있었다. 연습할 때 나는 탁월한 보컬이었고, 크리스토퍼의 집에서는 사랑에 굶주린 시골 일꾼 캐럴린 쿠퍼였다. 가장 슬픈 인물은 있는 거라고는 꿈뿐인 현실의 셰리든이었다.

조지프 오빠와 나를 제외한 그랜트 가족 모두는 맬러키 오빠의 결혼식 때문에 다시 사흘 동안 아이오와에 갈 예정이었다. 엄마는 나를 떼어놓고 가는 게 벌을 주는 거라고 생각했다. 나는 속이 상한 척했지만, 사실은 반대였다. 완벽하게 자유로운 사흘이 눈앞에 있었다. 오전 느지막이 가족들이 출발하자 낡은 픽업트럭을 몰고 매디슨으로 가서 3시 반까지 연습을 했다. 운전면허를 땄지만 아직 혼자 운전해서는 안 되었기에 내게는 소소하고도 짜릿한 일탈

이었다. 그 후에 부엌에서 샌드위치를 먹으며, 이 자유를 어떻게 즐길까 궁리하고 있는데 엄마의 서재에서 전화벨이 울렸다. 어떤 남자가 엄마를 바꿔달라고 했다. 호감 가는 목소리의 그 남자는 이사벨라 고모할머니와 비슷한 동부 연안 말투를 썼다.

"전화 왔었다고 전해드릴게요. 성함을 말씀해주시겠어요?"

"버넷, 호레이쇼 버넷입니다."

나는 메모지에 남자의 이름을 적었다. 그러다가 내 눈길이 우연히 엄마의 벽장에 가서 멎었다. 자물쇠에 열쇠가 그대로 꽂혀 있었다. 내 눈을 믿을 수 없었다. 이런 일은 한 번도 없었다! 서둘러 전화를 끊고는 1초도 망설이지 않고 달려들었다. 엄마가 워낙 유난스럽게 지키는 바람에 늘 들여다보고 싶어 미칠 것 같던 벽장이었다. 숨도 쉬지 못하고 열쇠를 돌려 호두나무 재질의 문을 열었다. 막상 열고 보니 실망이 컸다. 상상했던 금은보석이나 지폐 다발이 아니라 계산서와 인수증, 판매명세서와 임금명세서 등의 제목이 반듯하게 적혀 있는 서류철만 나란히 있었다. 서랍에도 온통 서류와 사무용품뿐이었다. 엄마는 이런 잡동사니를 왜 보물단지처럼 싸고 돌았을까? 이게 전부일 리 없었다. 엄마가 비밀스럽게 지키려는 뭔가가 분명히 있을 것이다. 나는 목을 길게 빼고 위쪽 서류철들의 제목을 훑었다. 교회와 각종 세금, 농장과 차량에 관련된 지극히 평범한 서류들이었다. 막 포기하려는데 다른 글씨체, 그러니까 아버지의 글씨체가 눈에 띄었다. 서류철에는 '셰리든 서류'라고 쓰여 있었다. 순간 숨이 막히는 것 같았다. 나는 서류철을 급히 꺼내 펼쳐 들었다. 학교 성적표, 예방접종 증명서, 내가 어렸을 때 그린 그림들이 들어 있었다. 다급하게 계속 넘기다 보니 공문서처럼 보이는 서류가 나타났다. 입양 문서였다! 심장이 목으로 튀어나올 것 같았다. 긴장과 흥분으로 손이 축축해졌다.

버넌 존 그랜트와 레이첼 그랜트(결혼 전의 성: 쿠퍼) 부부는 셰리든 소
피아 쿠퍼(1979년 6월 14일 독일 프랑크푸르트 출생)를 입양합니다.

나는 혼란스러워 멈칫했다. 내 이름이 왜 셰리든 소피아 '쿠퍼'
란 말인가? 그리고 왜 내가 독일에서 태어났다고 되어 있지? 오마
하의 어떤 공증인이 발행한 입양 문서에는 유감스럽게도 친부모
의 이름은 나와 있지 않았다.
　내가 출생에 대해 그다지 궁금해하지 않은 이유는 지금까지 그
럭저럭 잘 지내온 데다 중요한 것들은 이미 다 알고 있다고 생각
했기 때문이다. 하지만 내가 들은 간략한 이야기에는 뭔가 석연찮
은 구석이 있었다. 아버지와 엄마는 내 친부모가 사고로 숨졌다고
했다. 비극적이긴 하지만 흔한 일이었다. 어디서 어떻게 발생한 사
고였는지 구체적으로 이야기해주지 않기에, 아마 자세한 건 모르
는 모양이라고 생각했다. 시간이 흐르면서 나는 상상력을 발휘해
얼마 안 되는 파편들을 모아 어느 정도 만족할 만한 이야기를 지
어냈다. 물론 충분히 논리적인 이야기는 아니었다.
　동부 연안에 살던 부모님은 아버지가 서부에서 새로운 직업을
구해 그리로 향하는 중이었다. 어머니의 비행공포증 때문에 그 먼
거리를 자동차로 갈 수밖에 없었다. 아버지가 깜박 조는 바람에 자
동차가 도로를 벗어났다. 뒷좌석의 아동용 카시트에 앉은 나는 안
전벨트를 맨 채 자고 있었다. 부모님은 차에서 튕겨 나가 사망했
고, 카시트에 묶여 있던 나는 머리에 중상을 입긴 했지만 살아남았
다. 내 두피에 있는 가느다란 흰 흉터는 그때 생긴 거였다. 이 사고

는 우연히 월로크릭 농장 근처를 지나는 80번 고속도로에서 일어났고, 친척이라고는 한 명도 없는 가련한 고아인 나에 대한 신문기사를 읽은 지금의 부모님은 나를 입양하는 게 기독교인으로서의 의무라고 생각했다.

떨리는 손가락으로 서류철을 넘기다가 프랑크푸르트 주재 미국 영사관에서 보낸 문서들을 발견했다. 내 상상 속 이야기는 1981년 8월 4일 날짜가 쓰인 첫 문서를 보자마자 비누방울처럼 터져버렸다. 수신인이 버넌 그랜트로 되어 있는 그 문서에서 영사관 측은 아버지와의 전화 통화에 감사하며 그들의 조사 결과를 보고하고 있었다.

친부의 신원이 알려지지 않았으므로, 사망한 캐럴린 엘리자베스 쿠퍼(1948년 3월 16일 인디애나 주 게리 출생)와 그녀의 딸 셰리든 소피아 쿠퍼의 유일한 친척은 귀하의 부인입니다.

나는 충격으로 몸이 굳은 채 빛바랜 종이를 노려봤다. 글자들이 흐릿해졌다. 이럴 리 없었다. 캐럴린 쿠퍼가, 내가 물빛 별장에서 발견한 일기장의 주인이자 엄마의 여동생인 그 캐럴린이 내 친엄마라니! 시간이 조금 지난 뒤에야 문서를 계속 읽을 수 있었다. 모든 것이, 아버지와 엄마가 내 출생에 대해 말했던 모든 것이 거짓이었다.

캐럴린 쿠퍼는 1981년 7월 14일 지인의 집에서 남자친구인 프랑크푸르트 주둔 미군 하사관 스콧 앤드루에게 '목이 졸려' 살해당했다. 두 사람은 사건 당시 술에 잔뜩 취한 상태였다. 살인범은 도망쳤다가 다음 날 헌병대에 자수했다. 집을 부수고 들어간 경찰은 시신 옆에서 두 살쯤 되어 보이는 여자아이를 발견했다. 그 아이가 바로 나였다. 경찰은 캐럴린의 주소록에서 버넌 그랜트의 이름을 발견하고 연락을 취했다.

나는 멍하니 엄마, 아니 '이모'의 서재 책상 앞에 앉았다. 처음에 내 머리는 방금 읽은 게 무슨 뜻인지 받아들이기를 거부했다. 친엄마는 사고로 사망한 게 아니라 목이 졸려 살해당했다. 낯선 땅 어딘가에서, 겨우 서른세 살의 나이에! 게다가 언니인 우리 엄마, 그러니까 이모는 기독교인다운 자애로움으로 급히 나를 데리러 독일로 간 게 아니라 몇 달이나 시간을 끌었다. 1981년 12월에야 영사관 직원이 나를 데리고 유럽에서 워싱턴으로 온 걸 보면 결정을 내리기가 쉽지 않았던 것이리라.

너무 충격을 받아서 눈물도 나오지 않았다. 모두가 나를 속이고 배신했다는 사실에 끔찍한 기분이 들었다. 마사나 메리제인 아줌마, 존 아저씨가 이런 내막을 모를 리 없었다. 캐럴린, 그러니까 내 친엄마와 함께 웃고 이야기를 나누고 이 마을에서 부대끼며 살았을 텐데.

나와 대니가 물빛 별장에서 아버지에게 들킬 뻔했을 때, 이따금 거기에서 친엄마를 생각한다는 말을 하자 아버지가 보였던 눈빛을 이제야 이해할 수 있었다. 아버지는 마음의 상처나 충격을 받은 게 아니라, 아주 조심스럽게 지켜온 비밀을 내가 알게 됐다고 생각하고 놀란 거였다! 지금까지 이 세상 그 누구보다도 아버지를 신뢰하고 사랑했는데, 아버지의 비겁함이 너무도 실망스러웠다. 정말로 나를 영원히 속일 수 있다고 생각한 걸까? 이렇게까지 비밀을 지키려고 한 이유가 도대체 뭘까? 친엄마가 어떻게 사망했든 사실 크게 상관없는 일 아닌가?

나는 벌떡 일어나 서류철을 제자리에 놓고 벽장을 닫았지만, 영
사관에서 온 서류와 편지는 내 방으로 가지고 갔다. 지금까지는 캐
럴린 쿠퍼의 1964년 일기장을 찾기 위해 별로 노력하지 않았지만
이제 상황이 완전히 달라졌다. 방에 한동안 멍하니 앉아 있다가,
크리스토퍼가 없을 때 물빛 별장의 부속 건물에서 엄마의 마지막
일기장을 찾아봐야겠다고 마음먹었다.

친엄마가 누군지 드디어 알아냈지만 혼란스럽기만 할 뿐 전혀
기쁘지 않았다. 방에서 비밀 서류를 감춰둘 만한 곳을 찾으면서,
내가 알아낸 사실을 아무에게도 말하지 말고 한 명 한 명에게 미
끼를 던져보기로 했다. 엄마와 아버지가 돌아오자마자 따져 묻고
싶은 유혹이 컸지만 그러려면 내가 엄마, 아니 이모 서재를 뒤졌다
는 걸 고백해야 했다.

확실한 전략을 짜야 했다. 일단 친엄마에 대해 더 많이 알고 싶
었다. '이모'가 내게 했던 더러운 피 어쩌고 했던 경멸에 찬 말이
갑자기 전혀 다른 의미로 다가왔다. 1963년 크리스마스 때 쓴 마
지막 일기를 빼고 캐럴린은 언니에 대해 긍정적인 말만 써놓았다.
하지만 레이첼은 동생을 아주 싫어했을 수도 있다. 어쩌면 출생 신
고서에 적혀 있지 않은 내 친아버지를 알고 있고, 그를 철저하게
증오했는지도 모른다. 나는 내가 어떻게 윌로크릭으로 오게 됐는
지도 궁금했다. 캐럴린을 알던 사람이 지금도 많으니 그걸 캐내는
건 별로 어렵지 않을 것이다. 하지만 '레이첼 이모'에게 의심받지
않으려면 지극히 조심스럽게 행동해야 했다.

바깥에 나와 보니 픽업트럭에 기름이 없었다. 게다가 오늘따라
모페드에 시동이 걸리지 않아서 말을 타야 했다. 웨이사이더는 달
릴 수 있게 되어 기뻐했다.

물빛 별장 진입로에 들어섰을 때, 마당에 있는 크리스토퍼의 차를 보고 멈칫했다. 엊그제 만났을 때 조사할 게 있어서 캐나다에 며칠 다녀오겠다고 말했기 때문이다. 그의 차 옆에 먼지 낀 렉서스 컨버터블 한 대가 서 있었다. 사우스캐롤라이나 번호판이었다. 지금까지 한 번도 손님이 찾아온 적이 없었는데…….

나는 말 등에서 내려와 고삐를 베란다 난간에 묶고 문을 두드렸다. 헛간으로 바로 가서 뒤지는 건 예의에 어긋나는 것 같아 인사만 할 생각이었다. 집에서는 아무 기척도 없었다. 이름을 계속 부르자 크리스토퍼가 계단을 내려왔다.

"있었네요. 캐나다에 간다고……."

그가 손가락을 자기 입술에 대는 바람에 나는 말을 멈추었다. 맨발, 땀에 젖어 흐트러진 머리카락, 바지에서 아무렇게나 삐져나온 셔츠 자락. 매우 초조해 보이는 모습이었다.

"여기서 뭐하는 거야!"

그가 등 뒤로 문을 닫았다. 그의 괴상한 인사에 내 얼굴에서 미소가 사라졌다.

"손님 왔어요?"

"어…… 맞아……." 호기심 어린 내 질문에 그가 더듬거리며 대답했다. "음…… 저기…… 누나가 예고 없이 찾아왔어."

"아, 그래요."

나는 그의 행동이 이상하다고만 생각했을 뿐, 순진하고 멍청하게 아무것도 눈치채지 못했다.

"방해하지 않을게요." 나는 얼른 덧붙였다. "헛간을 좀 살펴봐도 될지 물어보려고 그랬어요. 내가 뭘……."

"어…… 안 돼. 캐럴린…… 잘 들어." 그가 내 말을 가로막았다.

"지금은 사정이 안 좋아. 음…… 누나랑 아주 중요한 이야기를 해 야 해. 누나가 상황이 좋지 않아서 내가 좀 돌봐줘야 하거든."

"크리스!" 방충문 뒤에 어떤 여자의 실루엣이 나타났다. "도대체 어디 간 거야? 어머, 얘는 누구야?"

"아무도 아니야. 어…… 건너편 농장에 사는 애야. 헛간에서 뭐 좀 가져갈 게 있대."

놀랍게도 크리스토퍼는 그렇게 대답했다. 왜 누나에게 나를 소 개하지 않지? 방충문을 열고 모습을 드러낸 여자를 보고 나는 입 이 떡 벌어질 뻔했다. 크리스토퍼보다 몇 살 많아 보이는 그 여자 는 몇 치수나 큰 크리스토퍼의 암청색 목욕 가운만 걸치고 있었는 데도 놀랄 만큼 아름답고 세련된 모습이었다. 긴 금발 머리를 느슨 하게 위로 틀어 올렸고, 손톱과 발톱에는 빨간 매니큐어를 칠했다. 가운 안은 완전히 알몸인 것 같았다.

"안녕?"

여자가 나를 머리부터 발끝까지 훑어봤다. 찢어진 청바지에 장 화를 신은 내 꼴이 갑자기 너무 흉하게 느껴졌다.

"예쁘네. 하긴 당신 취향은 늘 괜찮았지." 그러고는 경멸하듯 피 식 웃으며 덧붙였다. "그런데 오입질 대상으로는 너무 어린 것 같 지 않아?"

크리스토퍼의 얼굴이 빨개졌다가 다시 하얗게 질렸다. 알래스카 든 아프리카든 아주 먼 곳으로 도망치고 싶어 하는 표정이었다. 그 순간 나는 이 여자가 절대 크리스토퍼의 누나일 리 없다는 것, 그 리고 내가 두 사람의 뜨거운 시간을 방해했다는 것을 깨달았다.

"난 크리스토퍼의 아내 샐리야. 넌 누구지?"

사악한 색정광 전처와 힘겹게 이혼했고, 그래서 새로운 사랑을 시작하는 게 쉽지 않았다는 크리스토퍼의 거짓말이 내 머릿속에서 메아리 쳤다. 그날 겪은 두 번째 충격이었다. 나는 두 걸음 정도 뒤로 물러나 한때 내가 마음속 깊은 곳까지 꺼내 보여줬던 남자를 노려봤다. 그는 발밑에 뭔가 엄청나게 흥미로운 게 있는 것처럼 바닥만 내려다보고 있었다. 온몸의 피가 귀로 몰리는 것 같았다. 나는 놀라고 상처받고 굴욕을 당했지만, 분노는 그 모든 것보다 더 강력한 감정이었다. 마지막 남은 이성이 튕겨 날아가더니 거침없이 말이 쏟아져 나오기 시작했다.

"아, 그러니까 당신이 그 색정광이군요. 크리스토퍼가 당신 이야기를 많이 했어요. 계속 바람을 피우면서 크리스토퍼를 속였고, 그러다가 결국……."

"캐럴린! 도대체 무슨 소리야!"

크리스토퍼가 다급하게 외쳤다. 그런데 놀랍게도 그 여자, 그러니까 크리스토퍼의 아내라는 여자가 깔깔 웃기 시작했다.

"아이고, 세상에. 크리스, 당신 정말 그 버릇 못 고치는구나!" 여자가 고개를 절레절레 저었다. "가엾은 꼬마네. 당신, 이번에도 저 애한테 아나이스 닌 책을 낭독하라고 시켰어? 일 저지르기 전에 저 애 신분증에서 나이는 확인했겠지?"

발밑이 푹 꺼지는 것 같았다. 실망 때문에 현기증이 날 정도였다. 크리스토퍼는 나를 속였다. 나는 순진하게도 그가 말하는 모든 것을 믿었다. 그의 대답을 들을 필요도 없었다.

"그럼 재미 많이 보세요."

나는 여자에게 이렇게 말하고는 몸을 휙 돌려 마당을 가로질렀다. 크리스토퍼는 나를 잡으려는 시늉도 하지 않았다. 웨이사이더의 고삐를 풀어 말 등에 올라타고는 전속력으로 달렸다. 관능과 황홀경과 걷잡을 수 없는 욕망의 비밀을 가르쳐준 남자, 나를 고통스러운 강박에 던져 넣고 느긋하게 내 몸부림을 즐기던 '퉁퉁 불은' 정부는 남의 말을 잘 믿는 내 약점을 잔혹하게 이용한 거짓말쟁이에 불과했다.

나는 웨이사이더를 몰고 강가로 내려가 엘름포인트에 주저앉아 눈물을 펑펑 쏟았다. 지금까지 내가 만난 남자들은 모두 실망만 안겨줬다. 끔찍할 만큼 지겨웠다. 메리제인 아줌마나 맬러키 오빠처럼 진실한 사랑을 만나게 되는 일은 내게는 절대로 일어나지 않을 것만 같아 한없이 슬퍼졌다.

들판을 멀리 돌아 농장으로 향했을 때는 이미 저녁 무렵이었다. 나는 슬픔에 잠겨 있느라 뉴멕시코 번호판을 단 픽업트럭이 서 있는 것을 보지 못했다. 가까이 가서야 터진 타이어를 갈고 있는 남자가 눈에 들어왔다. 엄한 가정교육으로 예의범절이 뼛속까지 새겨진 탓에 그냥 지나치지 못하고 멈춰 서서는 눈물 자국을 닦아내고 말을 건넸다.

"도와드릴까요?"

남자가 몸을 돌리고는 움푹 들어간 눈으로 나를 흘깃 봤다. 보기 드문 연푸른 눈동자였다. 갈색으로 그을린 야윈 얼굴에 파랗게 수염 깎은 자국이 있고 머리카락은 아주 짧았다. 남자는 담배 한 모금을 길게 빨더니 트럭에 기대 섰다.

"아, 타이어가 터졌어."

그가 담배꽁초를 자갈길에 던졌다. 나는 웨이사이더에 올라탄 채 호기심에 차서 그를 내려다봤다. 남자는 근육질 다리에 피부처럼 딱 달라붙는 물 빠진 청바지와 체크무늬 셔츠, 카우보이 부츠 차림이었다. 목에는 인디언 부적 목걸이를, 힘줄이 불거진 왼팔 손목에는 비슷한 모양의 팔찌를 차고 있었다. 관자놀이에서부터 오른쪽 뺨을 지나 윗입술까지 가느다랗게 이어지는 하얀 흉터가 눈길을 끌었다. 어딘지 위험해 보이는 남자였지만, 의심할 여지 없는 미남이었다.

물건이 가득 쌓인 픽업트럭 적재함에는 안장이 있었다. 로데오에 참가하러 온 카우보이인 것 같았다. 그에 대한 호기심 때문에 뻔뻔한 크리스토퍼 핀치와 그의 아내, 캐럴린 쿠퍼와 비겁한 양부모님에 대한 생각은 순식간에 사라졌다.

"그런 것 같네요."

"더 나쁜 소식은, 스페어타이어도 터졌다는 거지."

"여기서 페어필드 시내까지는 7마일이나 더 가야 하는데…… 안 됐네요." 나는 웨이사이더가 코로 앞다리를 긁지 못하게 막으며 말을 이었다. "난 저기 건너편 농장에 살아요. 우리 집에도 이런 78년형 포드가 있거든요. 아마 스페어타이어가 있을 거예요."

남자는 눈썹을 치켜세우며 대단하다는 듯이 휙 휘파람을 불었다. "자동차 연식을 알아보네? 세상에!"

"오빠들이 늘 자동차나 기계를 만지니까 얻어듣는 게 있었죠." 나는 어깨를 으쓱했다.

"멋진걸."

그 말이 자동차에 관한 내 지식을 가리키는 것인지 아니면 나를 가리키는 것인지 알 수 없었다. 이 낯선 남자와의 대화가 점점 흥미로워졌다.

"말이 멋지네." 남자가 웨이사이더를 살폈다. "쿼터와 루시타노 혼혈이지? 뒷다리가 끝내준다. 엄청나게 빠르겠어. 그렇지?"

이번에는 내가 말에 관한 그의 지식에 감탄할 차례였다. 나는 고개를 끄덕였다. "다섯 살 때 400미터 경주에서 지역 챔피언이 됐어요. 우수한 경주마 여덟 마리를 제치고요. 마장마술 종목에서도 여러 번 상을 받았죠. 이미 오래전 일이지만요."

남자는 가까이 다가오더니 웨이사이더가 냄새를 맡을 수 있게 손을 내밀었다. 그런 다음 코를 쓰다듬었다. 우리는 한동안 아무 말 없이 마주보았다. 내 머리는 자동적으로 크리스토퍼 핀치와 이 이방인을 비교하기 시작했다. 야비한 옛날 정부는 별로 좋은 점수를 받지 못했다. 그가 마치 내 생각을 읽기라도 한 듯 빤히 보는 바람에 나는 얼굴이 붉어졌다.

"원하신다면 집에 타이어가 있는지 살펴볼게요."

"정말 고맙구나. 물론 비용은 지불할게." 그가 웨이사이더의 목덜미를 가볍게 치며 덧붙였다. "오빠들 중에 한 명을 보내. 타이어를 가지고 말이야."

"왜요? 난 여기까지 못 가지고 올까 봐요?" 나는 뾰로통해져서 물었다.

"아니, 그건 아니야." 남자의 얼굴에 미소가 얼핏 스치고 지나갔다. "넌 젊고 아름다운 아가씨고, 난 우연히 이곳에서 자동차가 고장 난 이방인이잖아."

"내가 사람을 너무 쉽게 믿는다는 말이죠?"

"그래, 대충 그런 뜻이지."

나는 고개를 갸웃하며 대꾸했다. "아저씬 교회 주일학교 선생님처럼 생기진 않았지만, 그렇다고 강간범처럼 보이지도 않는걸요."

"강간범을 본 적 있어?" 그가 재미있다는 듯이 히죽 웃었다.

"직접 만난 적은 없지만 사진은 충분히 봤어요."

"너 참 말 잘한다." 남자가 웃음을 터뜨렸다. "그래, 그럼 얼른 다녀와. 어두워지기 전에 끝내는 게 좋겠지."

"금방 올게요!"

나는 서둘러 웨이사이더를 몰았다. 집에 와서 말을 방목장에 데려다놓고는 숨도 쉬지 않고 헛간으로 달려갔다. 낡은 포드 픽업트럭은 트랙터 두 대 뒤에 있어서 일단 트랙터부터 운전해서 치워야 했다. 스페어타이어는 성실한 맬러키 오빠 덕분에 아주 말짱했다.

핸들을 잡고 흥분해서 떨리는 손가락으로 시동을 걸었다. 트럭에 시동이 걸렸다. 털털거리는 차를 몰며 대문을 지나 국도 방향으로 향하는 사이, 시계를 보니 이미 30분이나 지나 있었다. 흥미로운 이방인이 그사이 다른 사람에게 이미 도움을 받았을까 봐 걱정스러웠다. 남자는 여전히 그 자리에 있었다. 터진 타이어를 빼놓고 차에 기대 담배를 피우고 있었다. 내가 옆에 서자 남자는 차체에서 느릿느릿 몸을 떼며 미소를 지었다.

나는 그가 능숙하게 타이어를 바꾸는 모습을 지켜보면서, 그의 강한 손이 나를 쓰다듬는 장면을 상상했다. 바로 그 순간, 그가 몸을 돌려 양손을 청바지에 문지르고는 나를 바라봤다. 얼굴이 새빨갛게 달아올랐다. 다행히 석양이 비쳐 티는 나지 않았겠지만, 정부가 사라지자마자 바로 다른 남자에게 눈을 돌리는 나 자신이 당황스러웠다.

"도와줘서 고맙다." 남자가 다시 미소를 지었다. "한동안 여기 머물 거야. 내일 당장 새 타이어를 사서 너희 집에 들를게. 괜찮지?"

"그럼요." 나는 마음을 가라앉히고 최대한 우아하게 대답했다.

"그럼 안녕." 남자는 보닛 위에 올려놓았던 모자를 집어 들고 차문을 열었다. "만나서 반가웠어. 곧 다시 만나게 되겠지만."

우리는 마주보고 잠시 서 있었다. 뭔가 할 말이 떠오르길 바랐지만 아무 생각도 나지 않았다.

"이만 가볼게요."

어색해지기 직전에 이렇게 말하고는 자동차에 올라 시동을 걸었다. 그가 내 차 꽁무니를 바라보는 모습이 거울에 비쳤다. 문득 이름도 물어보지 않았다는 생각이 들었다. 저 남자가 약속을 지켜야 할 텐데. 안 그러면 아껴둔 용돈으로 맬러키 오빠에게 타이어 값을 갚아야 할 것이다.

농장으로 돌아왔지만 너무 흥분한 상태라서 도저히 잠자리에 들 수 없었다. 엄마의 일기장이 들어 있는 상자를 들고 이사벨라 고모할머니 집으로 갔다. 열쇠는 고모할머니가 가르쳐준 장소에 숨겨져 있었다.

할머니는 여행을 가면서 조용히 쉬고 싶을 땐 언제든 자기 집을 이용하라고 했다. 나는 문을 열고 전등을 켠 뒤 피아노 앞에 앉았다. 이날 밤 새 노래를 다섯 곡이나 작곡했다. 크리스토퍼 핀치를 향한 실망과 내 출생의 비밀로 인한 충격, 얼굴에 흉터가 있는 매력적인 이방인과의 만남을 소화하는 나만의 방식이었다.

일기장을 읽다가 새벽 3시 무렵에 잠이 들었는데, 이른 새벽에 날카롭게 울리는 전화벨 소리에 잠에서 깼다. 아버지였다. 목소리에서 안심과 걱정이 동시에 느껴졌다.

"셰리든! 어제저녁부터 최소한 스무 번은 더 전화했을 거다. 무슨 일이 난 줄 알았잖아!" 아버지가 소리쳤다.

"죄송해요. 피아노를 치고 싶어서 이사벨라 고모할머니 집에 와 있었어요."

"별일 없어?"

"그럼요, 없죠."

대답은 그렇게 했지만 머릿속은 온통 냉소적인 생각뿐이었다. '기분 최고예요. 내 친엄마는 아버지 처제더군요. 교통사고로 사망한 게 아니라 독일에서 살해당한, 아버지를 짝사랑했던 캐럴린 쿠퍼 말이에요. 아 참, 그리고 나랑 3주 동안 거의 매일 섹스를 하던 남자가 다른 여자와 있는 현장을 목격했어요. 그러고 나서 단 세 시간 만에 잘생긴 카우보이를 만나 다시 몸이 달아올랐고요.'

"결혼식은 어땠어요?"

"오늘이잖아." 아버지가 이상하다는 듯이 말했다.

"아 참, 그렇죠."

"셰리든, 너 정말 별일 없니? 혹시 무슨 일 있는 거 아니야?"

"아니요, 정말 없어요." 나는 얼른 아버지를 안심시켰다. "깊게 잠들었다가 전화벨 소리에 깨서 그래요. 이제 메리제인 아줌마 집에 가서 아침 먹으려고요."

아버지는 전혀 안심하는 기색이 없었다. 나는 저녁에 아버지가 다시 전화할 무렵에는 집에 있을 거라고 했다. 악보들과 일기장을 모아 상자에 담고 뚜껑을 잘 덮은 뒤에 집으로 향했다. 샤워는 내게서 크리스토퍼 핀치를 떨어내는 상징적 행위였다. 그는 이제 제리나 대니처럼 과거의 사람이었다. 사실 크리스토퍼를 비난할 수도 없었다. 나도 처음부터 그를 속였으니까.

∞

메리제인 아줌마와 존 아저씨의 안락한 집은 나에게 우리 집이나 마찬가지였다. 그 집은 아버지의 아버지인 존 루카스 1세가 50년도 더 된 예전에 일꾼들을 위해 지은 다섯 채 집 중에 첫 번째 집이었다. 농장 건물이 보이는 들판에 집을 짓고 둘레에 참나무를 몇 그루 심어놓은 것이 이제는 작은 숲이 되었다. 다섯 채의 집을 부르는 '참나무 단지'라는 멋진 이름은 할아버지의 아내인 소피아 할머니가 낭만적인 상상력을 발휘해서 붙인 거였다. '물빛 별장'이나 '목련 저택'도 그 할머니의 아이디어였다.

나는 마당을 가로지르는 지름길로 가서 메리제인 아줌마의 집 뒤쪽 베란다 계단을 올라가 교양 있게 문을 두드렸다.

"들어오렴!" 아줌마가 안에서 소리쳤다.

나는 부엌으로 들어갔다. 메리제인 아줌마는 조리대에 서서 계란 요리를 하는 중이었다. 때때로 보이던 우울함은 싹 사라지고 얼굴이 반짝반짝 빛났다. 식탁에는 정성과 사랑이 듬뿍 담긴 식사가 차려져 있었다. 베이컨과 계란 냄새, 커피와 막 구운 빵 냄새가 진동을 했다. 그제야 나는 내가 얼마나 배가 고픈지 깨달았다.

"굿모닝! 기분이 아주 좋아 보이세요. 무슨 일이에요?" 나는 토스트 한 쪽을 집어 들었다.

"어제 누가 나타났는지 아니?" 아줌마가 환하게 미소 지으며 베이컨을 뒤집었다.

"누가 왔는데요? 얼른 말해주세요!" 나는 의자에 앉으며 말했다.

"니컬러스." 아줌마가 다른 프라이팬에서 스크램블드 에그를 덜어 내 접시에 담으며 말했다.

"정말요? 갑자기 왜요?" 나는 놀라서 눈을 크게 떴다.

"로데오에 참가하려고 왔단다. 이번엔 니컬러스가 꼭 왔으면 했는데. 2년 전이랑 4년 전에는 안 왔잖니."

"우와, 좋으시겠어요."

나는 아줌마를 위해 진심으로 기뻐하며 친엄마에 관한 질문은 다음에 하기로 마음먹었다. 그러고는 몇 주 만에 처음으로 엄청난 식욕을 보이며 음식을 먹어치우기 시작했다. 입에 음식이 가득 차 있는데, 어제저녁에 만난 이방인이 부엌으로 불쑥 들어왔다. 나는 그제야 그가 바로 전설적인 셔먼 그랜트의 아들, 다른 의미로 역시 전설적인 니컬러스 워커라는 사실을 깨달았다. 검은 머리카락은 샤워를 해서 젖어 있었고, 새하얀 셔츠에 어제처럼 딱 달라붙는 깨끗한 청바지 차림이었다.

"어, 안녕!" 그의 연푸른 눈동자가 나를 꿰뚫듯 바라봤다. "어제 날 구해준 아가씨네."

"구해줘?" 메리제인 아줌마가 몸을 돌리며 놀란 눈으로 아들과 나를 번갈아 바라봤다. "둘이 벌써 만났니?"

나는 새빨개진 얼굴로 정신 없이 음식을 퍼먹었다. 니컬러스 워커에게 좋은 인상을 주고 싶었는데, 햄스터처럼 볼이 음식으로 가득 찬 지금 상태로는 교양이라고는 찾아볼 수 없는 계집애처럼 보일 게 분명했다. 그는 자기보다 머리 두 개는 작은 엄마에게 몸을 숙이고 뺨에 키스했다.

"어제 이 아가씨가 스페어타이어를 빌려줬어요. 타이어가 터졌었거든요."

"아, 그랬구나." 메리제인 아줌마가 미소를 지었다. "아가, 앉으렴. 계란프라이 했다."

다 큰 남자를 '아가'라고 부르는 게 우습게 들렸지만 니컬러스는 아무렇지도 않은 모양이었다. 그가 맞은편 의자에 앉았다. 나는 급하게 계란과 토스트를 먹다가 잘못 삼켜서 흉하게 사레까지 들렸다. 그가 식탁 위로 몸을 숙이고서 내 등을 두드려주었다.

"고맙습니다."

나는 숨을 헐떡이며 창피해서 눈을 내리깔았다. 그와 같이 있다는 게 당황스러웠다. 나는 고개를 숙인 채 그가 음식을 맛있게 먹는 모습을 살살 훔쳐보며 모자의 대화에 귀를 기울였다.

니컬러스는 애리조나 주에서 했던 마지막 일에 대해 이야기했다. 소와 손바닥만 한 바퀴벌레와 먼지에 질려서 사표를 썼다고 했다. 그는 내가 사진으로만 본 그의 아버지와 상당히 닮은 모습이었다. 날카롭고 남성적인 얼굴 윤곽과 넓은 이마, 말할 수 없이 관능적인 입술 모두.

"너 또 왜 이렇게 적게 먹니?" 메리제인 아줌마가 불쑥 말했다.

"어…… 이제 배불러서요."

나는 웅얼웅얼 대답했다. 니컬러스의 눈길이 내게로 향하자 목에서부터 얼굴까지 붉게 물든 느낌이었다. 메리제인 아줌마가 부엌에서 나가자 니컬러스와 나만 남았다.

"셰리든 그랜트." 그가 내 이름을 부르며 등을 의자에 기댔다.

날 바라보는 그의 시선에 침이 꼴깍 넘어갔다. 나는 말발도 세고 남자들과 함께 있는 데 익숙했지만, 니컬러스 워커는 내가 아는 남자들과 전혀 달랐다.

"버넌과 레이첼에게 딸이 있다는 건 몰랐는데."

"없어요." 일단 대답은 그렇게 했지만, 나 자신도 아직 받아들이지 못하는 진실 전체를 털어놓고 싶지는 않았다. "전 입양됐어요."

검게 탄 그의 얼굴 위로 놀라는 기색이 스치고 지나갔다. 연푸른 눈동자로 쏘아대는 눈빛이 너무 강렬해서 견딜 수 없었다.

"어, 그렇구나. 그래, 종일 뭐하고 지내?" 그가 담배에 불을 붙였다. "낯선 카우보이를 구해주거나 말을 타고 돌아다니는 것 빼고 말이야."

놀리는 건지 진지하게 묻는 건지 알 수 없어서 최대한 차분한 말투로 대답했다. "지금이 여름방학이 아니었다면 매디슨고등학교에 있었겠죠."

담배 연기 때문인지 그가 한쪽 눈을 찡긋했다. "정말? 학교 다닐 나이는 이미 지난 줄 알았는데."

"열여섯 살이에요."

"아, 아직 어린애로군. 유감이다." 그가 히죽거리며 말했다.

"뭐가 유감이에요?" 나는 오만한 그의 태도에 흥분했다.

"흐음, 좀 더 나이가 많았다면 너랑 데이트했을 텐데 말이야."

"난 아저씨랑 데이트하겠다고 한 적 없는데요."

날카롭게 대꾸했지만, 그는 그냥 웃으며 어깨를 으쓱했다. 내가 뭔가 더 퉁명스러운 말을 하려는데 다행히도 메리제인 아줌마가 부엌으로 돌아왔다. 니컬러스가 우리 엄마와 알던 사이인지, 그래서 엄마 이야기를 해줄 수 있는지 알아내기 전에는 경솔하게 행동해서는 안 된다.

"연습은 잘하고 있어?" 메리제인 아줌마가 커피 잔을 들고 식탁에 와서 앉으며 물었다.

"네, 꽤 많이 했어요. 노래마다 백 번도 넘게 연습했어요. 2주 뒤에는 완벽해질 거예요."

"무슨 연습?"

곧 있을 축제와 밴드 활동에 대해 이야기해주자 그는 감동했다는 표정을 지었다.

"어떤 노래를 부르는데?"

"음, 이런저런 최신 유행곡요." 나는 커피를 한 모금 마신 뒤에 말을 이었다. "자작곡도 몇 개 있어요."

"자작곡?"

"그래, 그렇단다." 메리제인 아줌마가 끼어들었다. "셰리든은 직접 곡도 써! 3월 학교 뮤지컬 공연도 모두 셰리든이 작곡한 노래들이었지!"

나는 겸손하게 미소를 짓는 데 성공했지만, 호기심 어린 눈빛의 니컬러스를 보자 심장 박동이 빨라졌다. 그래서 부엌 시계를 흘깃 쳐다보고는 말했다. "이제 가야겠어요. 10시 반에 학교에서 만나서 연습해야 하거든요."

"또 그 낡은 픽업을 혼자 운전해서 가려는 건 아니지?" 아줌마가 걱정스러운 말투로 물었다.

"어쩔 수 없어요. 모페드가 시동이 걸리지 않아요." 나는 가볍게 웃으며 대답하고 자리에서 일어났다.

"괜찮다면 내가 데려다줄게. 매디슨에 가서 만날 사람이 있어."

니컬러스의 말에 메리제인 아줌마가 엄마들의 전형적인 호기심을 보이며 물었다. "누굴 만나는데?"

"조니 뱅크스요."

그 말에 내 귀가 쫑긋해졌다. 조니 뱅크스는 매디슨 교외에 있는 평판 나쁜 술집 '레드부츠'의 주인으로, 선량한 시민들에게 눈엣가시 같은 존재였다.

"바텐더 일자리를 주겠대요."

"레드부츠에서 말이에요?" 나는 눈을 휘둥그레 뜨고 물었다.

"그래." 니컬러스가 내게로 시선을 돌렸다.

"하지만 거긴……."

내가 말을 멈추고 손으로 입을 막자, 니컬러스가 유쾌하게 웃음을 터뜨렸다.

"스트립 클럽이라고? 뭐 어때, 월급만 많이 주면 되지."

그가 히죽 웃으며 말했다. 나는 그가 거리낌 없이 사용한 그 단어 때문에 얼굴이 새빨개졌다. 레드부츠에 대해 말을 꺼내는 사람도 드물지만, 굳이 말해야 한다면 완곡하게 '조니네 가게'라고 돌려서 표현하곤 했다. 메리제인 아줌마는 고개를 흔들며 일어났지만 뭐라고 토를 달지는 않았다. 니컬러스는 어른이다. 자기가 무슨일을 하는지 충분히 알 것이다.

"어차피 악평이 자자한데 더 나빠질 일이 있겠어?" 그가 내 생각을 읽기라도 한 듯 가볍게 덧붙였다. "자, 같이 갈래?"

나는 거울 앞에서 자주 연습한 대로 교태와 수줍음이 뒤섞인 눈길로 그를 봤다. 거의 언제나 성공을 거둔 몸짓이었다. "내가 겨우 열여섯 살인 게 싫지 않다면요." 그러고는 살짝 웃었다.

"싫지 않아."

그의 말에 심장이 뛰었다.

"아동용 카시트는 없어도 되겠지?"

"그럼요. 벌써 졸업했답니다." 나는 약이 올라서 톡 쏘아붙였다.

"아, 잘됐군." 그의 연푸른 눈동자가 나를 놀리듯 반짝였다. "어떻게 할래?"

"옷 갈아입고 금방 올게요." 나는 문으로 가며 대답했다.

우리는 해리스 교장선생님에게서 학교 강당에서 연습해도 좋다는 허락을 받았다. 그곳은 무대도 넓고 제대로 된 음향기기도 있었다. 니컬러스는 나를 학교에 데려다 주면서 4시 무렵에 데리러 오겠다고 약속했다. 나는 그에 대한 생각 때문에 정신이 산만해져서 박자를 몇 번이나 놓치고 가사까지 잊어버렸다. 니컬러스 워커가 정말로 나를 데리러 올지 궁금했다.

그는 정말로 왔다.

4시가 조금 지나서 다른 아이들과 함께 학교 건물에서 나왔을 때, 먼지 낀 포드가 계단 앞에 주차되어 있는 게 보였다. 니컬러스는 카우보이모자를 이마에 밀어올리고 느긋하게 차에 기대 서 있었다. 입술이 바짝 말랐다.

"누구야?"

니컬러스가 똑바로 일어서며 모자챙에 손을 올려 인사하자 브랜던이 물었다.

"니컬러스 워커. 메리제인 아줌마의 아들이야. 로데오에 참가하려고 어제 애리조나에서 왔대. 모페드가 고장 나서 곤란했는데, 고맙게도 데려다주겠다고 하더라고."

브랜던은 영역 표시를 하려는 듯이 나에게 팔을 두르고 키스했다. 나는 그의 팔을 밀어버리고 싶었지만 사이가 어색해질까 봐 참았다. 공연을 앞두고 있는 지금은 곤란했다.

"우리 언제 만나? 영화 보러 갈까?"

하여간, 딱 시내 애들이나 생각할 법한 데이트 코스였다.

"글쎄." 나는 확답을 피했다. "부모님이 안 계실 때는 농장에 얌전히 있어야 해."

"그래, 그럼 일단 모레 보기로 하자." 브랜던이 실망한 목소리로 말했다.

"이제 곧 개학이니까 학교에서 매일 볼 수 있을 거야." 나는 건성으로 그를 위로했다.

브랜던이 내 뒷모습을 보고 있을 것 같아서 한 번 더 뒤돌아 서서 손을 흔들어줬다. 니컬러스가 과장된 몸짓으로 모자를 벗고 몸을 숙여 조수석 문을 열어주는 게 브랜던의 마음에 들 리 없었다. 하지만 그런 것까지 신경 쓰기에는 니컬러스 워커와 함께 있는 게 너무나 흥미진진했다.

"어떻게 됐어요?" 차에 올라 시동을 켜는 그에게 물었다.

"뭐가 어떻게 돼?"

"일자리 얻었냐고요?"

"으음." 그가 시큰둥하게 대답하고는 출발했다. "연습은 어땠어?"

"그럭저럭."

당신 생각만 했다고, 그래서 거의 다 망쳐버렸다고 말하느니 혀를 깨무는 게 나았다.

"방금 걔가 네 남자친구야?" 니컬러스가 슬쩍 웃으며 물었다.

"남자친구 없어요." 베드로가 예수를 세 번 부인했던 이야기가 떠올라 양심의 가책이 느껴졌다.

"아, 그래?" 그가 조롱하듯 히죽거렸다. "그러니까 넌 아무 남자애하고나 빨아댄다는 말이야?"

적당한 대답이 떠오르지 않았다.

"남자친구 맞지?" 니컬러스가 캐물었다. "네가 내 차에 오르는 걸 아주 싫어하는 눈치였거든."

이 남자는 관찰력이 있었다. 그건 인정해야 했다.

"왜 그런 게 궁금하죠?" 나는 과장해서 애교 띤 미소를 짓고는 경멸하듯 니컬러스를 바라봤다. "내 아버지뻘이면서."

그의 얼굴에서 웃음기가 사라지는 걸 보자 기분이 좋아졌다. 그가 눈썹을 치켜세웠다.

"어! 지금 그 말은 전혀 싹싹하지 않은걸."

"만난 지 24시간도 되지 않은 여성의 성생활을 캐묻는 것도 딱히 싹싹한 행동은 아니죠."

내 대답에 그가 웃음을 터뜨리는 바람에 기분이 상했다.

"비웃지 마요."

"미안하다." 니컬러스가 재미있어 죽겠다는 듯이 히죽거렸다. "네가 너 자신을 '여성'이라고 말하는 게 너무 웃겨서. 그리고 벌써 성생활을 할 거라고는 생각하지도 못했네."

"왜요? 제 성생활이 얼마나 복잡한지 알면 놀라실 걸요."

"그래? 어디 얘기해봐." 그는 호기심이 가득한 눈으로 나를 빤히 바라봤다.

"싫어요. 놀릴 거면서." 나는 고개를 저었다.

"아니야. 절대 그러지 않을게."

대화가 민감한 주제로 치닫고 있었다. 나는 니컬러스와 그런 이야기를 하고 싶지 않았다. 게다가 내 경험이 그다지 자랑스럽지도 않았다. 그래서 품위 있게 대답했다. "내 좌우명은 즐기되 침묵하자예요."

그가 존중한다는 듯 고개를 끄덕였다. "그러니까 넌 누굴 정복했다고 떠들어대는 타입은 아니구나."

나는 내가 정복한 크리스토퍼와 대니를 잠깐 떠올렸다. 결코 떠들어댈 일은 아니었다. 그 일이 알려진다면 아마 뺨을 50대쯤 얻어맞고 10년 동안 금족령에 처해질 것이다.

"이 어정쩡한 오후 시간에 우리가 뭘 할 수 있을까?" 윌로크릭 농장 진입로에 가까워지자 니컬러스가 물었다. "집에 갈래, 아니면 어디 가서 아이스크림이라도 먹을래?"

그때, 엄청난 자유가 내 앞에 있다는 사실을 불쑥 깨달았다. 아버지와 레이첼 이모는 멀리 갔고, 해야 할 일은 하나도 없었다. 그리고 나랑 시간을 보내고 싶어 하는 멋진 남자가 옆에 있었다.

"아이스크림?" 나는 그가 보물찾기나 숨바꼭질을 하자고 말하기라도 한 것처럼 느릿하게 말을 길게 늘여 빼며 물었다.

"아이스크림이 유치하면 뭐든 한잔 마셔도 좋고." 그가 거의 냉소에 가까운 말투로 말했다.

"내가 골라도 된다면, 로데오 경기장에 가고 싶어요."

"마담, 명령대로 하지요." 니컬러스가 기어를 변속하고 속력을 높였다.

페어필드 운동장 뒤편의 넓은 장소는 목적에 맞게 바뀌고 있었다. 수십 명의 남자가 망치질을 하고 드릴을 돌리며 정신없이 소리를 질러대고, 트럭이 바쁘게 오가고 있었다.

차에서 내린 나는 강철 버팀대와 궤도를 연결해 롤러코스터를 만드는 광경을 넋을 잃고 바라봤다. 로데오 경기장 옆에는 이미 무대가 세워져 있었다. 나는 우리 밴드가 어떤 모험을 앞두고 있는지 그제야 확실하게 깨달았다. 2년에 한 번, 불꽃놀이로 시작되는 전국적인 규모의 축제를 이제 겨우 일주일 앞두고 있었다. 커다란 무대에 가까이 갈수록 불안감은 점점 더 커졌다. 학교 무대보다 최소한 네 배는 더 넓었다.

"어! 저거 너희들이다. 그렇지?" 니컬러스가 거대한 플래카드를 가리켰다.

정말이었다. 무대에 오를 유명한 스타들의 이름 사이에 "셰리든 그랜트와 매디슨고등학교"가 떡하니 보였다. 근사한 이름을 생각해내지 못한 게 죽도록 후회스러웠다. 우리 학교 학생들은 물론 방문객도 많이 올 터였다. 그 사람들은 물론 페이스 힐과 팀 맥그로,

그리고 케니 로저스를 보러 오는 거겠지만.

나는 말없이 고개만 끄덕였다. 갑자기 내가 사기꾼처럼 느껴졌다. 보나마나 끔찍한 웃음거리가 될 것이다.

"기대할게. 저쪽으로 가보자. 아는 얼굴들이 있어."

나는 니컬러스를 따라 축제 구역의 북새통을 가로질러 방목장에서 일하다 쉬러 나온 남자들 무리에게 다가갔다. 손에 든 맥주병이 아주 작아 보이는 거친 남자들이 나를 에워싸고 뚫어지게 바라봤다. 그저 호기심 어린 눈빛도 있고, 노골적이고 음탕한 눈빛도 있었다. 기분이 별로 좋지 않았다. 니컬러스가 나를 잊어버린 것 같아 더욱 그랬다. 그가 스파크와 지미와 퀸스라는 남자들과 어떤 사람에 대해 이야기하며 웃는 동안, 나는 꿔다 놓은 보릿자루처럼 멍청히 서 있었다.

"이봐, 닉!" 능글맞게 생긴 뚱뚱한 남자가 니컬러스에게 소리쳤다. "그새 취향 많이 변했네. 저런 어린애는 어디서 주운 거야? 유치원에서 납치했나?"

모두 킥킥거렸다.

"침낭에 데리고 들어가기 전에 신분증에서 나이부터 확인해."

누군가 이런 말도 했다.

니컬러스는 히죽 웃을 뿐 아무런 대꾸도 하지 않고 나를 가만히 지켜봤다. 나는 방목장 울타리에 올라 앉아 다리를 흔들었다.

"귀여운 아가씨." 금발을 뒤로 모아 하나로 묶은 젊은 남자가 소리쳤다. "차라리 날 택해! 닉은 너무 늙었어!"

"맞아요. 무뚝뚝한 노인이죠."

내가 대답하자 휘파람과 웃음소리가 터져나왔다. 남자들이 가까이 다가왔다. 그들은 우리 농장에서 일하는 계절노동자들과 비숫해 보였다. 이런 남자들은 말대꾸를 척척 하는 여자를 좋아한다. 농담과 조롱이 이리저리 오갔다.

"이름이 뭐야?" 금발 남자가 내가 앉아 있는 울타리 아래 격자에 발을 올리며 물었다.

"셰리든. 그쪽은?"

"루이스 레이먼드 킨. 그냥 러키라고 불러줘. 뭐라도 좀 마실래?"

다른 사람들도 모두 자기소개를 했다. 나는 그중 한 명이 건넨 맥주를 능숙하게 따고는 건배를 했다.

"퀵-닉을 어디서 주웠어?" 누군가 물었다.

"퀵-닉? 왜 그런 별명이 붙었어요?" 나는 호기심이 일었다.

남자들의 머리 위로 니컬러스의 걱정스러운 눈빛이 보였다. 웃음기가 사라진 얼굴이었다.

"어이, 닉! 애한테 말해줘도 돼?"

누군가 니컬러스에게 묻자 다른 남자가 대꾸했다.

"이봐, 닥쳐. 아이한테 할 말이 아니잖아."

"어쨌든 닉이랑 어디서 만났지? 너도 애리조나에서 왔어?" 러키가 다시 물었다.

"아니요. 여기 출신이에요. 다음 주에 밴드랑 같이 저기 있는 무대에 서요."

이제 모두 뚜렷하게 관심을 보였다. 호기심을 느낀 남자들은 질문들을 퍼부어댔고, 나는 그들이 만족할 만큼 충실하게 대답해주었다. 그러는 동안 러키가 울타리로 올라와 내 옆에 앉았다. 니컬러스가 남자들을 헤치고 불쑥 다가왔다. 나는 그를 못 본 척했다.

"공주님, 이제 갈까?"

나는 그보다 높은 위치에서 도발적인 눈빛을 던지며 다리를 흔들었다. 나는 목덜미로 머리카락을 넘기며 말했다. "아직 맥주 다 안 마셨는데요."

"난 지금 갈 거야."

"뭐, 어떻게든 집에 갈 순 있겠죠."

우리는 서로를 쏘아봤다. 이것은 힘겨루기였다. 남자들이 모두 선심 쓰듯 나중에 나를 집에 데려다주겠다고 말했다. 나는 진퇴양난에 빠진 니컬러스를 아주 만족스러운 기분으로 바라봤다. 그가 정말 나를 두고 떠날지 궁금했다.

"셰리든, 내려와." 그가 말했다.

그 순간 울타리 바로 뒤에서 순찰차의 사이렌 소리가 들렸다. 사람들의 시선이 순찰차를 향했다. 카우보이모자와 번쩍이는 선글라스를 쓴 채 순찰차에서 내리는 벤턴 보안관을 보니 불길한 예감이 들었다. 나는 맥주병을 얼른 러키에게 건넸다.

"어이, 퍼피!"

놀랍게도 니컬러스가 그에게 소리쳤다. 보안관의 얼굴에 싸늘한 미소가 떠올랐다.

"니컬러스 워커잖아. 이렇게 안 반가울 데가 있나."

보안관이 인상을 구기며 손을 양쪽 옆구리에 얹었다. 나는 발끝만 내려다보며, 순식간에 어디론가 숨어버릴 수 있다면 좋겠다고 생각했다.

"넌 여기서 뭐하냐?"

나를 발견한 보안관이 가까이 다가왔다. 남자들은 슬슬 자리를 피했다.

"벤턴 보안관님, 안녕하세요?"

"너 여기 있는 거 부모님도 아시냐?"

나는 고개를 저었다.

"내가 데리고 왔어." 니컬러스가 끼어들었다. "다음 주에 학교 밴드와 여기서 공연한다더군. 무대를 미리 보고 싶다기에 데려왔는데, 범법이라도 되나?"

"얘는 아직 미성년자야." 벤턴 보안관이 니컬러스에게 말하고는 내게로 몸을 돌렸다. "셰리든 그랜트, 울타리에서 내려와라."

나는 얼른 내려왔다.

"이봐, 아가씨. 넌 수상한 사람들에게 끌리는 모양이지? 공개적인 장소에 누구랑 나타나야 할지 좀 더 신경을 쓰는 게 좋을 거다."

얼굴이 새빨갛게 달아올랐다. 술 냄새가 나지 않아야 할 텐데. 남자들은 일하러 돌아가고 보안관과 니컬러스와 나만 남았다.

"사랑하는 우리 누이 도로시는 잘 지내나?"

보안관은 그 질문에는 대답하지 않고 니컬러스를 손가락으로 가리키며 경고하듯 말했다. "워커, 네가 나타나기만 하면 문제가 생겨. 내가 항상 지켜보고 있다는 거 잊지 마. 그리고 언제부터 취향이 어린 아가씨로 바뀌었지?"

"이봐, 퍼피. 그게 무슨 뜻이야? 또 무슨 누명을 씌우려고?" 니컬러스의 얼굴에서 웃음기가 걷혔다.

두 남자가 서로를 노려봤다. 그러다가 보안관이 몸을 돌려 자동차로 돌아가며 말했다. "누명은 무슨. 쟤나 집에 데려다줘. 그리고 날 또 퍼피라고 불렀다간 가만 안 둘 거야."

"안 그래도 데려다 주려고 했어. 도로시한테 안부 전해줘. 시간 내서 한번 찾아가겠다고 해."

벤턴은 모자를 차 안에 던지고 경멸하듯 코웃음을 치며 운전석에 앉았다. 그러고는 흙먼지를 휘날리며 사라졌다.

"머저리." 니컬러스가 욕설을 내뱉고는 그다지 달갑지 않은 얼굴로 나를 바라봤다. "벤턴이 나타난 게 다행인 줄 알아. 안 그랬으면 그냥 두고 갔을 거야."

"나한테 신경도 쓰지 않았잖아요."

"난 말대꾸하는 건 못 참는다."

"난 날 무시하는 거 못 참아요."

우리는 한동안 아무 말도 없이 서로 노려봤다.

"네 아버지가 고생 좀 하겠다, 버릇없는 딸 때문에."

"메리제인 아줌마가 더 고생이시죠, 아들 덕분에."

나는 머리를 획 젖히고는 그 자리를 떴다. 나에게 명령을 내릴 수 있다고 생각했다면 착각이다. 자동차까지 왔을 때 그가 나를 따라잡았다.

"고집 부리지 마. 내가 미안해."

나는 돌아서며 그를 노려봤다.

"또 왜 그래?"

"퀵-닉이 무슨 뜻이에요?"

"네가 알 바 아니야. 그냥 말도 안 되는 별명이야." 그가 차에 오르며 말했다.

"여자랑 관계 있는 것 같은데요?"

"그러거나 말거나 네가 무슨 상관이야. 어서 타기나 해."

"엄청 빨리 끝낸다는 뜻인가?"

나는 그를 조롱하고 빈정거렸다. 그는 유리창으로 팔을 뻗어 내 머리채를 잡고는 우악스럽게 자기 쪽으로 끌어당겼다.

"궁금해, 응?"

니컬러스가 거칠게 말했다. 해석하기 어려운 눈빛이었다. 나는 이 상황이 재미있어지기 시작했다.

"별로요." 나는 그다지 관심 없다는 듯이 미소를 지었다. "어쨌든 나이 든 남자들이 빨리 끝낸다는 말을 자주 들었거든요."

놀랍게도 그는 화내지 않고 웃음을 터뜨리며 내 머리카락을 놓아줬다. "셰리든 그랜트, 너 재미있는 애구나. 자, 어서 타. 내 누이랑 결혼한 멍청한 돼지가 다시 나타나기 전에 출발하자."

내가 히죽 웃으며 올라타자 차가 출발했다.

"나도 벤턴 보안관은 싫어요. 지난여름에 그 사람 때문에 무진장 고생했거든요."

"왜?" 니컬러스가 담뱃불을 붙이며 물었다.

방앗간과 구치소 이야기를 했더니 그는 무척 재미있어했다.

"그 자식은 그래야 직성이 풀리지."

"이곳 사람들을 많이 아시나 봐요." 나는 그의 각진 얼굴 윤곽을 훑어보며 말했다. 그의 느긋한 자신감이 마음에 들었다. 아니, '그'가 마음에 들었다. 점점 더.

"당연하지. 여기서 오래 살아야 했으니까."

"살아야 했으니까?"

니컬러스의 얼굴에서 미소가 사라졌다. 그의 밝은 눈동자가 나를 진지하게 바라봤다.

"너도 그 이야기 들었을 거야." 그가 한참 뒤에 말을 이었다. "난 이곳에서 아웃사이더였어. 그 시절에 사생아를 낳는 건 엄청난 스캔들이었지. 그리고 그 아버지가 나 말고도 수많은 사생아를 만들어낸 스캔들의 중심이라면 더더욱."

"셔먼 그랜트! 매디슨 카운티의 제왕!" 내가 소리쳤다.

"그래, 그렇게 불렀던 것 같다." 니컬러스는 약간 마음이 놓인 듯

슬쩍 웃었다. "어릴 때는 사람들이 왜 나를 '잡종'이라고 부르는지 몰랐어. 자라면서 알게 됐지. 사생아에다가 인디언 피까지 섞여 있었으니까, 보수적인 사람들이 보기에 나는 완전히 쓰레기였지. 학교에서도 교회에서도 날 끼워주지 않았어. 난 무시당하지 않으려고 자주 싸움질을 해댔지. 어디에도 소속되지 못한다는 게 화가 났어. 최대한 빨리 이곳을 뜨는 게 꿈이었지. 열여섯이 됐을 때 짐을 꾸려서 카우보이 무리와 함께 여길 떠났어. 살면서 처음으로 내 출생이나 가족이 아니라 내가 만들어내는 성과가 중요해졌어. 난 상당히 빨리 인정받았다. 기분이 아주 좋았지."

그는 빈 커피 잔에 담뱃재를 털고, 잠시 후에 말을 이었다. "3년 동안 전국을 떠돌아다녔어. 그런데 그러면서도 뿌리가 그립더라. 어딘가에 소속되고 싶었어. 하지만 어디에? 난 그랜트 일가도, 인디언도 아닌데. 그러다가 뉴욕에서 싸움에 휘말렸는데, 거기에서 한 놈이 죽었어. 경찰은 나더러 교도소와 군대 중 하나를 선택하라고 했어. 난 군대를 선택했고, 그래서 베트남에 가게 된 거야."

"훈장을 많이 받았죠? 메리제인 아줌마가 늘 그 이야기를 해요. 아주 자랑스럽게요."

내가 얼른 끼어들자 니컬러스는 치통이라도 느끼는 듯 얼굴을 찌푸렸다.

"살든지 죽든지 상관없으면, 인생에 의미 있는 게 아무것도 없으면 저절로 완벽한 군인이 돼. 죽음에 대한 두려움이 없으니까. 그렇게 5년을 지냈지. 그러다 돌아왔는데, 대체 뭘 해야 할지 모르겠더라. 가기 전보다 더 모르겠더군. 유럽을 떠돌며 나이트클럽과 술집에서 일했어. 그 외에도 택시 운전사, 수영장 안전요원, 소방대원, 건설노동자 등등 안 해본 일이 없는 것 같아."

나는 그가 상처받은 기색 하나 없이 하는 이야기에 깊은 감동을
받았다. 그리고 어른이 자신의 마음속 깊은 곳을 털어놓는다는 데
놀랐다. 나는 그를 이해할 수 있었다. 그래서 말했다. "나도 나이가
차자마자 바로 여길 뜨려고요. 꼭 그렇게 할 거예요."

니컬러스는 놀란 눈치였다. "아니, 왜? 넌 그랜트잖아, 윌로크릭
의 그랜트. 매디슨이 다 너희 소유 아냐?"

"내 소유는 아니죠. 난 여기 소속이 아니에요. 여기서 도대체 뭘
하겠어요? 옥수수 농사꾼과 결혼? 돌풍이나 폭우가 농사를 망치지
않기를 평생 바라고, 일요일이면 꽃무늬 원피스를 입고 교회로 달
려가는 거? 쳇, 됐네요!"

니컬러스는 얼굴을 일그러뜨리며 웃었다. 그의 연푸른 눈동자를
보자 익숙한 간질거림이 아래에서부터 불쑥 일어났다.

"네 꿈이 뭔데?"

"노래할 거예요!" 나는 격정적으로 대답했다. "세상 구경도 할 거
고요. 뉴욕과 파리, 로스앤젤레스, 런던, 피지 섬, 남아메리카에도
가볼 거예요! 미국을 가로지르며 모든 주를 다 구경하려고요. 그랜
드캐니언, 옐로스톤 국립공원, 금문교, 할리우드, 디즈니랜드……."
나는 말을 멈추고 웃음을 터뜨렸다. "제가 생각해도 너무 많네요."

"어릴 때는 꿈이 클수록 좋지."

나는 그를 바라봤다. "아저씨에게도 이런 꿈이 있었나요?"

한참 있다가 대답이 돌아왔다. "그랬지. 꿈이 많았어."

"이루어졌어요?"

"이룬 것도 있지만, 대부분은 아니야."

"하지만 아저씨는 흥미진진한 삶을 살잖아요. 로데오도 하고, 마
음에 드는 곳은 어디든 가고요. 자유롭지 않아요?"

"자유는 좀 다른 개념이야. 가고 싶은 곳에 갈 수 있다고 해서 자유롭다고 말할 수는 없어."

잘 이해되지 않았다. 나에게 최고의 자유는 다음 날 어디로 갈지 스스로 결정할 수 있는 거였다.

"셰리든, 살다 보면 말이지, 삶에 그늘이 드리우게 돼. 갈등, 경제적 어려움, 거짓말, 질병, 미래에 대한 두려움…… 그런 그늘이 몇 겹이나 겹쳐지기도 하지."

페어필드의 마지막 집을 지난 뒤에 니컬러스는 속력을 높였다.

"벤턴은 머저리야. 난 그 자식을 아주 싫어해. 하지만 한 가지 점에서는 그 자식 말이 맞아. 넌 나랑 공공장소에 모습을 드러내지 않는 게 좋아."

"왜요?" 이해할 수 없었다.

니컬러스의 얼굴에서 미소가 사라졌다. "난 평판이 아주 안 좋으니까. 오랫동안 알코올중독자였어. 교도소에도 갔다 왔고, 변변한 주거지도 없어. 너처럼 매력적인 아가씨에게는 어울리지 않는 인간이라고."

나는 그를 뚫어져라 바라봤다. 그 모든 고백에도 불구하고 그가 점점 더 마음에 들었다.

"얼굴에 멍은 어쩌다가 든 거야?" 니컬러스가 불쑥 물었다.

이제 거의 눈에 띄지 않는 멍을 봤다는 게 놀라웠다. 또 거짓말을 하려다가, 그가 나에게 솔직하게 말했으니 나도 그러기로 마음먹었다. "에스라 오빠가 날 때리고 성폭행하려고 했어요."

느긋하게 뒤로 기대앉았던 그가 몸을 벌떡 일으켰다. "뭐라고?"

그의 두 눈 사이에 세로 주름이 잡혔다. 나는 깜짝 놀랐다. 괜한 말을 해서 나를 칠칠치 못한 계집애라고 생각하게 된 건 아닐까?

"그 일, 아는 사람 있어?"

"네, 조지 아저씨랑 하이럼 오빠가 알아요." 나는 머뭇거리며 말을 이었다. "둘 말고는 아무도 몰라요. 엄마는 에스라 오빠를 편애하기 때문에 무조건 내가 잘못했다고 할 거고, 아버지가 알면 오빠를 죽일지도 몰라요. 하지만 괜찮아요. 그럭저럭 견딜 수 있어요."

니컬러스는 아무 말도 하지 않았다. 나는 두 발을 계기판에 올리고서 그를 흘깃 바라봤다.

"여기서 오래 살지 않을 거니까요. 어차피 이곳에 오게 된 것도 우연이었고요."

"우연?"

"내가 두 살 때, 독일 어딘가에서 어떤 놈이 친엄마를 살해했대요. 레이첼 그랜트가 유감스럽게도 나에게 남은 유일한 친척이었고요. 그래서 어쩔 수 없이 나를 입양한 거죠. 우리 엄마는 처음부터 날 싫어했고, 지금도 여전히 싫어해요."

니컬러스는 길가에 차를 세우고 시동을 껐다. 그러고는 진지한 표정으로 오랫동안 나를 바라봤다.

"네가 친엄마를 너무 많이 닮아서 그럴 거야." 그가 느릿하게 입을 열었다. "난 그 일은 전혀 몰랐다. 네 친엄마 이야기 말이야."

나는 좌석에 그대로 얼어붙었다. 몸에 열이 솟구쳤다가 차게 식었다. 처음에는 잘못 들은 줄 알았다.

"내 친엄마가 누군지 어떻게 알죠?" 어느 정도 정신이 든 뒤에 내가 물었다.

"레이첼이 유일한 친척이라고 네가 방금 말했잖아." 니컬러스는 이 말로 자신의 통찰력, 그리고 내 말에 똑바로 귀를 기울이고 있었다는 사실을 증명했다. "레이첼 쿠퍼에겐 동생이 한 명밖에 없지. 캐럴린을 아는 사람이라면, 그리고 눈이 달린 사람이라면 네가 캐럴린과 얼마나 닮았는지 단박에 알아볼 거야."

"정말요?" 나는 충격과 동시에 기쁨을 느꼈다.

"그래. 지금까지 아무도 그 말을 한 적이 없단 말이야?" 그가 나를 다시 바라봤다. "완전히 판박이야. 눈동자 색깔만 다르네."

벼락에 맞은 것 같았다. '캐럴린'이라는 이름을 언제 처음 들었는지 불쑥 떠올랐다. 경찰관에게 사과하러 병원에 가기 전, 아버지와 함께 벤턴 보안관에게 갔을 때였다.

'버넌, 이 애한테는 엄한 사람이 필요해. 캐럴린 생각이 나는군. 그때도……'

벤턴 보안관이 그렇게 말했을 때, 아버지는 평소와 달리 그의 말까지 자르며 끼어들었다. 이제야 이해할 수 있었다. 내가 캐럴린 쿠퍼에 대해 뭔가 듣는 게 싫었던 것이다. 나는 솟구치는 분노를 참지 못하고 두 주먹을 꼭 쥐었다.

"왜 그래?" 니컬러스가 물었다.

"우리 부모님은 내 친엄마가 누군지 지금까지 말해주지 않았어요. 내가 엊그제 우연히 알아낸 거예요." 분노 때문에 떨리는 목소리를 가라앉힐 수 없었다.

"말도 안 돼!" 니컬러스가 못 믿겠다는 듯이 고개를 저었다.

"정말이에요!" 말이 마구 쏟아져 나왔다. 만난 지 24시간도 안된 이 남자에게, 레이첼 이모의 벽장에서 입양 문서와 편지를 찾아낸 경위를 털어놓았다. "몇 주 전에 메리제인 아줌마가 물빛 별장을 수리할 때, 그곳 저장실에서 상자를 하나 발견했어요. 그 안엔 캐럴린 쿠퍼의 일기장이 들어 있었죠. 그때까지만 해도 우리 엄…… 아니, 레이첼 이모에게 여동생이 있다는 사실도 몰랐어요!"

"엄청난 일이었겠구나."

"그 상자에는 앨범도 있었어요. 아버지와 친엄마가 함께 찍은 사진을 봤죠. 아버지는 크리스마스에 일기장을 선물했어요. 아버지가 왜 캐럴린이 아니라 레이첼과 결혼했는지 정말 이해가 안 돼요. 동생이 훨씬 예뻤는데!"

"음, 그건 내가 설명해줄 수 있을 것 같다." 니컬러스가 이마를 찡그리며 말했다. "캐럴린은 어느 날 갑자기 사라졌어. 거의 야반도주하듯 말이야. 수많은 소문이 돌았지만 진짜 이유가 뭔지는 밝혀지지 않았지. 어떤 남자랑 같이 도망갔다는 소문도 있었지만, 난 그 말을 믿지 않았어. 캐럴린은 버넌을 아주 좋아했거든. 베트남에서 돌아온 버넌은 사라진 캐럴린 때문에 완전히 정신이 나갔지."

"뭐라고요?" 나는 놀라서 큰 소리로 물었다.

니컬러스는 담뱃불을 붙여 한 모금 길게 빨고는 연기를 뱉었다. "캐럴린은 1965년 4월에 사라졌어. 버넌이 돌아오기 한 달 전이었지. 그때 난 열네 살이었는데, 캐럴린에게 아주 푹 빠져 있었어. 우리 학교의 거의 모든 남학생이 그랬을 거야. 하지만 캐럴린은 우리를 쳐다보지도 않았어. 그녀에겐 버넌 그랜트뿐이었지. 버넌이 베트남으로 떠나고 나서 캐럴린은 병이 나서 몇 달 동안 보이지 않았어. 집에서 나오지도 않았지. 사라지기 얼마 전에 한 번 봤는데, 아주 안 좋아 보였어. 창백하고 바짝 야위었지. 웃지도 않고." 니컬러스는 앞 유리창으로 바깥을 내다보며 꿈꾸듯 미소 지었다. "정말 매력적이고 삶의 기쁨으로 충만한 사람이었어. 그녀를 나쁘게 생각하는 사람은 아무도 없었어. 다른 사람들과는 달랐어. 뭐랄까…… 춤을 추듯 삶을 헤쳐 나갔다고나 할까? 캐럴린은 가는 곳마다 사람들의 마음을 얻었지. 그래, 정말 뭔가 특별한 사람이었어. 그런 부모님과 살면서 어떻게 그럴 수 있는지 의아했지만."

자동차가 옆을 지나갔다. 열린 유리창으로 더운 바람이 들어와 머리카락을 헝클어뜨렸다. 심장이 마구 뛰기 시작했다.

"레이첼은…… 캐럴린을 질투했나요?"

"그럴 수도 있지." 니컬러스가 피식 웃으며 고개를 끄덕였다. "레이첼은 혀가 매섭고 억척스러웠어. 사랑스럽다기보다는 공포의 대상이었지. 누구보다 부지런한 사람이기도 했어. 집안일을 모두 해내고, 병든 아버지 수발도 들고, 생계를 유지하느라 고등학교를 졸업하자마자 일자리를 구해야 했지. 게다가 아픈 동생도 돌봤고. 우리 엄마가 도와주겠다고 했지만 레이첼과 그녀의 엄마가 거절했다더군. 자존심이 강해서 그랬겠지."

"그러다가 레이첼이 우리 아빠를 좋아하게 된 거군요." 나는 우울하게 덧붙였다. "이 일대에서 가장 부유한 남자를."

"레이첼은 원래 버넌의 형인 존 루카스를 좋아했어. 네 사람은 한동안 몰려다녔어. 존 루카스와 레이첼, 버넌과 캐럴린 말이야. 하지만 존 루카스는 레이첼을 진지하게 생각하지 않았어. 그는 성격이 좀 가벼운 편이었거든."

젊었던 네 사람이 함께 찍은 사진이 생각났다.

"그런데 캐럴린은 왜 사라진 거예요?"

니컬러스는 어깨를 으쓱하고 담배꽁초를 유리창 너머로 던졌다. "링컨에서 열린 콘서트에서 뉴올리언스 출신 음악가를 만나서 함께 도망쳤다는 소문이 돌았어. 하지만 난 그렇게 생각하지 않아. 진실은 아마 캐럴린만 알겠지."

해가 많이 기울었다. 아버지가 전화를 걸 8시에는 집에 있어야 했지만, 지금은 그것보다 엄마에 대해 더 알아내는 게 중요했다.

물론 니컬러스 워커와 함께 있는 게 좋기도 했다. 그는 거친 과거가 있는 진짜 남자였다. 대니나 크리스토퍼와는 완전히 달랐다. 비밀스럽고 흥미진진하고 위험한 남자, 게다가 내 친엄마를 아는 남자였다.

"밝고 순수했던 캐럴린이 그렇게 일찍 죽다니, 정말 안타깝다." 니컬러스가 나를 흘깃 본 뒤에 차를 도로 쪽으로 다시 운전했다. "우리 엄마에게 물어보는 게 가장 좋을 거야. 다른 사람들보다 아는 게 더 많을걸."

나도 그럴 거라고 짐작했다. 아줌마에게서 왜 그동안 한 번도 그 이야기를 하지 않았는지, 부모님이 내 출생에 얽힌 사연을 왜 그렇게 철저하게 비밀로 하려고 했는지 알아내야겠다고 마음먹었다.

아버지는 8시 정각에 전화했다. 나는 속이 부글부글 끓었다. 물어보고 싶은 건 따로 있었지만 의무적으로 결혼식은 어땠냐고 물었다. 아버지는 무척 아름다운 결혼식이었다고 대답한 뒤에, 농장에 별일 없느냐는 의무적인 질문을 던졌다.

"물론 없죠. 최고예요."

오후 내내 니컬러스 워커와 인근을 돌아다녔고, 친엄마에 대해 아주 흥미로운 이야기를 들었다는 말은 당연히 하지 않았다. 통화를 끝내고 뒤쪽 베란다로 가서 흔들의자에 앉았다. 일기장과 친엄마의 추억상자를 꼼꼼하게 살펴보려고 했지만, 일단 차분하게 앉아서 생각해볼 게 너무 많았다.

해가 져도 후덥지근한 공기에는 라일락과 장미의 달콤한 향기가 짙게 섞여 있었다. 쏙독새가 지저귀며 하늘을 날았다. 지평선을 넘어가는 태양은 비현실적인 장밋빛을 온 세상에 드리웠다.

"니컬러스." 나는 그의 이름을 중얼거리며 눈을 감았다.

어제까지 그는 그저 하나의 이름이자 막연한 형체에 불과했다. 그 형체가 메리제인 아줌마의 판타지 속에만 존재한다고 생각한 적도 있었다. 그런데 오늘, 몇 주 동안 섹스를 해온 남자보다 니컬러스 워커에 대해 더 깊이 알게 되었다. 그는 내가 제일 좋아하는 소설 속 등장인물,《폭풍의 언덕》의 히스클리프처럼 외톨이였다.

멀리서 추수 일꾼들의 목소리와 하모니카 소리, 고기 굽는 냄새가 밀려왔다. 나는 가볍게 움직이는 흔들의자에 몸을 기댄 채 팔로 머리를 받치고 졸면서, 니컬러스와 함께 이곳을 떠나는 상상을 했다. 뉴멕시코의 사막 어딘가에 있는 작은 예배당에, 양복을 입고 넥타이를 맨 그와 하얀 웨딩드레스를 입은 내가 있었다. 우리는 전국을 떠돌아다니다가 마음에 드는 곳이나 일자리가 있는 곳에 잠깐씩 머물겠지. 천장에 느릿하게 돌아가는 선풍기가 달린 싸구려 모텔 방을 전전하면서. 우리는 키스를 하고, 니컬러스가 내 옷을 벗기면 나도 딱 달라붙는 그의 청바지 속에 손을 넣고. 그러고는 서로를 위해 할 수 있는 모든 일을 온 정성을 들여서……

그러다가 소스라치게 놀라 벌떡 일어나다가 하마터면 흔들의자에서 떨어질 뻔했다. 심장이 거칠게 뛰었다. 너무나 부끄러웠다. 빌어먹을! 남자가 좀 다정하게 대해준다고 벌써 섹스를 생각하다니. 게다가 결혼이라니, 엄청난 멍청이가 된 기분이었다. 니컬러스 같은 성인 남자는 절대로 이런 상상을 하지 않을 것이다. 분명히 나를 좋아하는 눈치긴 했다. 아니라면 나랑 한나절을 보내지 않았을 것이다. 그는 나를 어떻게 볼까? 여자로? 아니면 부모님이 집에 없을 때마다 아침을 먹으러 오는 어린 여자애로? 그는 집으로 돌아갔을까, 레드부츠로 일하러 갔을까? 잠깐 저녁 산책을 하면서 슬쩍 들여다보는 것도 나쁘진 않겠지……

나는 의자에서 일어나 어슬렁거리며 마당을 지나 메리제인 아줌마의 집으로 건너갔다. 집은 완전히 어둠에 잠겨 있었다. 메리제인 아줌마와 존 아저씨가 토요일 저녁에는 늘 빙고게임을 하러 교회에 가는 걸 알기에 용기를 내 가까이 다가갔다. 니컬러스의 픽업 트럭이 주차되어 있었다. 그러니까 그가 지금 집에 있는…….

"어이!"

어둠 속에서 불쑥 말소리가 들렸다. 너무 놀라서 심장이 멎을 뻔했다. 베란다 저쪽 끝에 담뱃불이 보였다. 대장장이의 망치질처럼 심장이 마구 뛰었지만 다리는 고무처럼 흐느적거렸다. 니컬러스를 몰래 지켜보다가 갈 생각이었는데, 그가 나를 보고 있었던 것이다. 창피해서 도망치고 싶었지만 그러기에는 이미 늦어버렸다.

"어이!" 나도 똑같이 대꾸하고는 그 말이 멋지게 들렸기만을 바랐다.

"이렇게 늦은 밤에 왜 살금살금 돌아다니는 거야? 어린 아가씨는 이미 잠자리에 들 시간인데."

"별로 늦지 않았잖아요. 그냥…… 산책 좀 하던 거예요."

니컬러스가 나지막하게 웃었다. "거짓말. 게다가 잘하지도 못하네." 그가 몸을 움직이자 의자가 삐걱거렸다. "밤에 어린 아가씨 혼자 돌아다니면 안 된다는 걸 아무도 가르쳐주지 않았어?"

"무슨 일이 벌어진다고 그래요?" 나는 베란다 계단으로 가서 한 팔을 말뚝에 올렸다.

"그거야 모르지. 넌 매력적인 아가씨고, 네 아빠는 집에 없고……."

나는 층계를 한 칸 더 올라갔다. 니컬러스가 담배를 한 모금 빨아들이자, 어둠 속에서 그의 얼굴이 반짝 빛났다.

"자, 다시 한 번 묻지. 여기서 뭐하는 거야?"

"아무것도 안 해요. 말했잖아요. 산책…… 중이라고."

나는 중얼거리며 대답했다. 내 얼굴은 분명 새빨갛게 달아올랐을 것이다. 그가 못 봐서 다행이었다. 내가 그렸던 장면, 천장에 선풍기가 달린 모텔 방을 생각하니 몸이 뜨거워졌다.

"거짓말쟁이 아가씨, 이리 와서 옆에 앉아."

나는 잠깐 망설이다가 다가가서 그가 내민 손을 잡았다. 그가 따뜻하고 단단한 손으로 내 손을 꼭 잡아 끌어당겨 나를 무릎에 앉혔다. 이게 무슨 뜻일까? 흥분해서 심장이 뛰고 입술이 바짝 말랐다. 아까 니컬러스는 내 친엄마를 좋아했었다고 고백했다. 내가 엄마를 닮았다는 말도 했다. 그렇다면 어쩌면 나도 좋아하게 되지 않을까…….

"셰리든, 네가 마음에 들어. 하지만 난 네가 원하는 걸 주기에는 적당하지 않은 남자야."

"내가 뭘 원하는데요?" 나는 숨도 쉬지 못하고 속삭이며, 한 팔을 그의 목에 감고 입술에 키스를 했다. 땀냄새와 햇빛과 담배 냄새가 아주 살짝 났다.

그는 바로 대답하지 않았다. 담배꽁초를 밟아 끈 뒤에 한 손을 내 허리에 얹었다. "나랑 자고 싶어 하잖아."

뜨거운 물결이 몸을 훑고 지나갔지만, 그가 덧붙인 말에 내 희망은 꺾여버렸다.

"설령 내가 원한다고 해도 그건 범죄 행위야."

나는 그의 목에 팔을 두른 채 아무 말도 하지 않았다.

"어린 아가씨는 성인 남자와 놀면 안 돼."

그의 입술이 내 귀를 건드리자 소름이 오스스 돋았다. 나는 꾹 다문 니컬러스의 입술에 다시 한 번 키스하고는 규칙적으로 오르내리는 그의 가슴에 손을 얹었다. 그가 나만큼 흥분하지 않은 건 분명했다.

"내가 나이가 더 들었다면 받아줬을 건가요?"

내가 속삭이자 그가 대꾸했다.

"그럴지도 모르지."

"하지만 난 유감스럽게도 나이가 많지 않은걸요."

"그래서 내가 먼저 키스하지 않는 거야."

나는 아직 사용하지 않은 유혹의 기술들을 모두 써먹기로 마음먹었다. 가족들이 돌아오면 이런 기회는 다시는 없을 것이다. 그의 손을 잡아 내 가슴에 댔다. 자신만만한 그를 어떻게든 뒤흔들고, 그가 나에게 욕망과 약점을 드러내 보이길 바랐다. 그에게 몸을 숙이고 혀끝으로 귀를 핥았다.

"어이, 그만해."

"정말로…… 그만해요?" 나는 속삭이며 계속 핥았다. 이제 곧 그를 손에 넣을 수 있을 거라고 확신하면서.

"농담 아니야."

니컬러스가 부드러우면서도 단호하게 나를 밀어냈다. 나는 선정적으로 움직이며 일어났다. 실망과 모욕감이 뒤섞였다.

시계를 흘깃 본 그도 몸을 일으켰는데, 내가 움직이지 않아서 일어나다가 나와 부딪쳤다. 다음 순간, 나는 그의 품에 안겨 있었다. 그가 거칠게 키스했다. 지금까지 이렇게 키스한 남자는 없었다. 혀를 내 입에 집어넣고 아랫도리를 나에게 딱 붙이고는 한 손으로 내 손목을 잡았다. 그러다가 불쑥 시작했던 것과 마찬가지로 갑작스럽게 몸을 확 뗐다.

나는 숨을 헐떡이며 그를 바라봤다. 그를 원하는 내 몸이 한껏 달아올랐지만, 그는 몸을 돌려 의자에 놓여 있던 모자를 썼다.

"아가씨, 더는 안 돼." 그가 차갑게 말하고는 느긋하게 담뱃불을 붙였다. "가서 자."

나는 당황해서 숨도 쉬지 못하고 그를 노려봤다. 이렇게 냉담한 반응은 평생 처음이었다. 크리스토퍼조차 나를 이렇게 모욕하지는 않았다.

"꼬마 아가씨, 잘 자. 좋은 꿈 꾸고. 내일 아침에 보자."

그는 나를 지나쳐서 계단을 내려가 자동차로 향했다. 나는 아무 말도 못 하고 그의 뒷모습을 바라봤다. 발소리가 점점 멀어지더니, 잠시 뒤에 차문을 여닫고 시동을 거는 소리가 들려왔다. 엔진 소리가 곧 멀어졌다. 나를 이렇게 내버려두고 사라지다니. 처벌받지 않아도 될 만큼 충분히 나이 든 여자와 즐기려고 레드부츠로 간 걸까? 갑자기 너무 비참했다. 나는 흐느끼며 베란다 계단에 주저앉았다. 며칠 만에 벌써 두 번이나 버림을 받는 쓰디쓴 경험을 했다. 그보다 비참한 것은 내가 니컬러스 워커를 사랑하게 되었다는 것, 그리고 그걸 그가 안다는 사실이었다.

∞

이후 며칠 동안 나는 그와 마주치지 않도록 극도로 조심했다. 싸구려 창녀처럼 그의 목에 매달린 나 자신에게 마구 욕을 퍼부었다. 니컬러스는 로데오가 끝난 뒤에도 이곳에 머물며 레드부츠에서 일하게 될까?

내가 속으로 '이모'라고 부르는 우리 엄마는 아이오와에서 아주 기분 좋게 돌아와서는 결혼식이 얼마나 아름다웠는지 만나는 사람마다 붙잡고 이야기를 늘어놓았다. 내가 옆에 있을 때면 조지프가 못 와서 얼마나 섭섭한지 모른다고 강조했다. 하지만 그 사악한 공격은 내게 아무 효력도 없었다. 나를 괴롭히려면 그 정도로는 충분하지 않았다. 나는 누군가 전화했었다고, 이름과 전화번호를 적어뒀다고 말했다. 엄마와의 대화는 그것으로 끝이었다.

뼛속까지 농부의 자식인 맬러키 오빠와 레베카 새언니는 추수철이라 당연히 신혼여행을 포기했다. 둘은 구역질이 날 정도로 서로를 사랑했다. 새언니는 새신랑과 함께 2층에 있는 방으로 갈 때면 늘 수줍게 비밀스러운 시선을 던지며 킥킥거렸다. 레이첼 이모는 몇 주 전부터 이사벨라 고모할머니의 목련 저택을 차지하고 싶어서 트집을 잡고 있었다. 젊은 부부에게 집을 내주고 싶다는 숭고한 이유를 내세웠지만, 나는 이모가 이렇게 애쓰는 데는 뭔가 다른 의도가 있을 거라고 짐작했다. 행운은 이번에도 레이첼 이모의 손을 들어줬다. 참나무 단지 세 번째 집에 살던 행크 코에닉이 페어필드에 있는 애인 집으로 이사를 가게 된 것이다. 신혼부부는 행크의 집을 수리할 때까지 몇 주만 맬러키 오빠 방에서 지내기로 했다. 나는 레이첼 이모 같은 시어머니와 한 지붕 아래서 사느니 닭장에서 사는 게 더 낫다고 생각했지만, 오빠 부부는 별로 신경 쓰지 않는 듯했다.

나는 이 모든 일에 전혀 관심이 없었다. 그저 메리제인 아줌마와 단둘이 이야기할 수 있는 기회만 노리고 있었다. 하지만 아줌마는 거의 언제나 토마토 농장에 있었고, 집에 있을 때도 니컬러스의 차가 집 앞에 주차되어 있었다. 밴드 연습 후에 모페드를 타고 들판을 가로질러 돌아온 어느 날 저녁, 드디어 기다리던 기회가 왔다.

니컬러스는 차를 타고 어디론가 막 떠났고, 존 아저씨는 아버지 차에 올라타는 중이었다. 메리제인 아줌마는 베란다에 앉아 책을 읽고 있었다.

"저 왔어요. 방해한 건 아니죠?"

아줌마는 책을 덮고 독서용 안경을 벗었다. "무슨 소리. 사실은 네가 훨씬 더 일찍 찾아올 줄 알았어."

나는 아줌마 건너편 의자에 앉았다. 수많은 질문과 비난이 머릿속에서 요동쳐서 무슨 말부터 시작해야 할지 알 수 없었다. 메리제인 아줌마가 이런 고민을 덜어줬다.

"니컬러스 말로는…… 네가 알고 있다더구나. 다행이다."

아줌마는 어두운 표정으로 나를 가만히 바라봤다. 그러니까 아줌마는 내내 알고 있었던 것이다. 그런데 왜 나한테 말하지 않았을까? 아줌마가 내 얼굴에서 질문을 읽었다는 듯이 바로 대답했다.

"그 사실을 아무에게도 이야기하지 않은 건 네 부모님 때문이야. 레이첼은 오로지 고결한 마음에서 고아를 입양하는 것처럼 보이고 싶어 했지. 나도 오랫동안 그렇게 믿었어. 물론 이상하기는 했어. 레이첼은 어린아이를 좋아하지도 않았고, 이미 자기 자식이 넷이나 있었으니까 말이다. 그런데 널 보니 자랄수록 점점 더 캐럴린을 닮아가더구나." 아줌마가 나를 뚫어지게 바라보며 말을 이었다. "눈동자 색깔만 다르지, 얼굴형은 완전히 캐럴린이야. 턱이랑 높은 광대뼈, 보조개와 입술, 이마 선…… 걸음걸이까지도. 우린 캐럴린이 도대체 어디서 그런 자연스러운 우아함과 매력을 물려받았는지 궁금해했지. 아마 그 엄마인 캐서린도 젊은 시절에는 그렇게 매력적이었을 거야. 늙고 냉담한 남자와 결혼하기 전에는 말이야."

나는 왠지 모를 행복감에 마음이 따뜻해졌다. "짐작이에요, 아니면 확실하게 아시는 거예요?"

"어느 날 버넌에게 물어보고 내 짐작이 옳다는 확답을 받았어. 그런데 아무에게도 말하지 말라고 하더구나. 네가 캐럴린의 딸이라는 사실을 아무도 몰라야 한다고 했어. 이유는 모르지만 그게 레이첼이 내건 조건이었대."

"이사벨라 고모할머니는요? 알고 계시는 거죠?"

"버넌이 이야기했는지는 모르겠다. 하지만 내 생각에는 아닌 것 같아." 메리제인 아줌마는 어깨를 으쓱하고 말을 이었다. "쿠퍼 가족이 페어필드로 왔을 때 이사벨라는 이미 여길 떠났고, 1년에 한 번 여름에만 찾아왔지. 그러니 아마도 캐럴린을 몰랐을 거야."

"그런데 왜 비밀로 했을까요? 여동생의 딸을 입양하는 건 이상한 일도 아닌데." 나는 혼잣말처럼 중얼거렸다.

"흠, 뭔가 이유가 있겠지." 아줌마가 다시 나를 보다가 생각에 잠긴 표정으로 이마를 찌푸리며 고개를 저었다.

"물빛 별장에서 친엄마의 추억이 담긴 상자를 발견했어요. 일기장이랑 온갖 잡동사니가 들어 있었죠. 하지만 일기장은 1963년에 끝났어요. 캐럴린이 왜 사라진 건지 꼭 알고 싶어요. 우리 아빠와 서로 사랑하는 사이였다면서요."

"나도 그 일은 이해되지 않아." 메리제인 아줌마는 안경을 옆으로 치우고 양손을 깍지 껴서 무릎에 내려놓았다. "다들 둘이 정말 사랑하는 사이라고 생각했어. 버넌은 고등학교를 졸업하고 동부에 있는 대학에 가려고 했지. 농장 일은 그다지 좋아하지 않았단다. 그런데 똑같은 운명이 반복된 거야."

"무슨 뜻이에요?"

"버넌의 아버지인 존 루카스 1세는 동부에서 공부하다가 그곳에서 소피아를 만나 결혼했어. 보스턴에 있는 큰 법률회사에서 변호사로 일하면서 돈도 많이 벌었지. 그들 부부는 1년에 한 번 며칠씩 이곳에 왔는데, 떠날 때면 늘 안도의 한숨을 쉬었어." 아줌마는 깊이 한숨을 내쉬었다. "셔먼이 사고로 죽자 존 루카스는 자신의 직업을 포기하고 이곳으로 이사를 왔단다. 그는 농부의 삶에 그럭저럭 순응했어. 하지만 소피아는 무척 불행해했지. 그녀는 기회가 날 때마다 동부로 여행을 갔어. 버넌은 형이 베트남에서 전사하자 20년 전에 자기 아버지가 했던 것과 똑같이 행동했어. 모든 꿈과 미래에 대한 계획을 포기하고 윌로크릭 농장을 맡기로 한 거야. 하지만 사랑하는 여인이 옆에 없다는 점은 달랐지."

"이사벨라 고모할머니가 그런 이야기를 한 적 있어요. 그런데 아빠는 왜 그랬을까요? 농장을 팔고 친엄마를 찾아가면 됐을 텐데."

"그랜트 가족은 무척 고지식하잖니. 레이첼이 임신했는데, 버넌이 어쩌겠니? 내버려둘 수 없잖아. 존 루카스가 그렇게 갑자기 죽지 않았더라면, 그리고 소피아가 그 후에 바로 죽지 않았더라면 상황이 달라졌겠지."

아버지에게, 정확하게 말하자면 이모부에게 갑자기 깊은 연민을 느꼈다. 갓 스무 살 된 그는 자기 인생이 순식간에 폐허가 되는 모습을 눈앞에서 봐야 했다. 자기 삶에 의미 있던 모든 사람을 단기간에 잃는다는 건 어떤 느낌일까.

"버넌은 그때부터 딴사람이 됐어."

메리제인 아줌마의 목소리에 나는 상념에서 퍼뜩 깨어났다.

"몇 년 동안 웃는 모습을 볼 수 없었지. 아주 내성적으로 변했고, 말도 거의 하지 않았어. 하지만 레이첼은 활짝 피어났지. 아이들을 연거푸 낳고, 기다렸다는 듯이 농장 일을 진두지휘했어. 결혼한 지

일주일 만에 자기 아버지를 양로원에 집어넣었는데, 얼마 안 가 죽었지. 나는 레이첼이 자기 아버지를 어디에 묻었는지도 모른다."

"캐럴린은 왜 아빠를 기다리지 않았을까요?"

"그걸 누가 알겠니?" 아줌마가 어깨를 으쓱했다. "그때 뭔가 아주 심각한 병에 걸렸다는데, 뭔지는 나도 몰라. 아는 사람이 아무도 없었지. 어쨌든 캐럴린은 몇 달 동안이나 집 밖으로 나오지 않았어. 레이첼이 동생을 병간호했고 일을 하러 다녔지. 흠, 자매가 각별하긴 했어."

"어, 니컬러스 아저씨 말로는 이모가 우리 친엄마를 질투했다던데요." 나는 혼란스러웠다.

"레이첼은 삶을 즐길 수 없었어. 젊은 아가씨가 집안일도 하고, 늙고 병든 아버지를 수발하고, 일도 해야 했지. 거기다 그 아버지라는 작자가 얼마나 무서운 사람이었는지 아니? 레이첼은 여동생이 뭐든지 자기보다 쉽게 잘하는 걸 지켜봐야 했어. 캐럴린은 공부도, 친구를 사귀는 것도, 노래도 잘했지. 그녀가 아는 모든 남자가 자기 동생에게 감탄하는 것을 봐야 했단다. 그래도 레이첼은 캐럴린에게 신경을 많이 썼어. 캐럴린도 언니를 존경했고."

한 시간 뒤에 집으로 갈 때까지 꽤 많은 대답을 얻을 수 있었다. 하지만 그 정보들은 서로 모순되고 아귀가 제대로 맞지 않았다. 대답을 얻은 만큼 새로운 질문도 많이 생겼다. 캐럴린이 왜 갑자기 여길 떠났는지 아는 사람은 아무도 없는 것만 같았다. 집에 들어가 손을 씻고 저녁 식탁에 앉았다.

"어디 갔다 오니?" 레이첼 이모가 물었다.

"메리제인 아줌마 집에 건너가서 수다 좀 떨었어요."

"아이고, 귀부인께서 수다를 떠시느라고 부엌일도 내팽개치셨어요? 그것도 오후 내내?" 이모가 잔소리를 퍼부었다.

"그만해."

아버지가 끼어들자 이모는 입을 다물었다. 부모님에 대해 아주 많은 것을 알아내고, 내가 아무것도 모르는 줄 아는 그들과 함께 식탁에 앉아 있으려니 기분이 무척 묘했다. 이모는 서류철에서 입양 문서와 편지들이 사라진 걸 모르는 것 같았다. 하기야 이모가 새삼스럽게 그 서류를 뒤질 이유도 없었다.

크리스토퍼와의 관계가 무너지고 니컬러스에게 거부당한 뒤 앞으로 섹스는 절대 생각하지 않겠다고 마음먹었지만, 오빠와 새언니의 잠자리에는 호기심이 생겼다. 저녁 식사 때 허공을 맴도는 둘의 욕망이 팽팽하게 느껴졌다. 둘은 가볍게 스킨십을 하면서 뜨거운 눈길을 주고받았고, 저녁을 먹고는 저녁 산책도 젖혀두고 방으로 올라갔다. 나는 서둘러 식탁을 치우고 내 방으로 갔다. 창문을 열고 지붕을 기어 느릅나무로 올라가서 맬러키 오빠의 방 유리창 바로 앞에 드리워진 두꺼운 나뭇가지까지 조심스럽게 움직였다. 두 사람이 너무 급해서 덧문도 닫지 않은 덕분에, 나는 무성한 나뭇잎에 몸을 숨긴 채 한눈에 침대를 볼 수 있었다. 오빠가 얼마나 미숙하게 구는지 하마터면 크게 웃을 뻔했다. 새언니와 오빠는 아무 말도 하지 않고 서로 수줍어하면서 정상 체위로 누워 있었다. 오빠가 새언니 다리 사이에서 벌거벗은 엉덩이를 들썩거렸다. 꽉 눌린 헐떡거림 말고는 아무 소리도 들리지 않았다. 놀랄 일도 아니었다. 온 식구가 귀를 쫑긋 세우고 있다고 생각하면 나 같아도 욕망과 열정이 사라질 것이다. 60초쯤 지나자 모든 게 끝나고, 오빠가 옆으로 쓰러졌다. 나는 소리 없이 기어 내려오다가 1층 아버지 서재 창문에서 새어나오는 부모님의 목소리에 동작을 멈췄다.

"오늘도 모페드를 타고 몇 시간이나 돌아다니다 왔어." 레이첼 이모가 투덜거렸다. "어디 가서 누구랑 무슨 짓을 하는지 말도 안 해. 나 모르게 그 등신 같은 공연 연습을 하는 게 뻔해. 내가 하지 말라고 분명히 말했는데도 말이야."

나는 숨도 쉬지 않고 귀를 기울였다.

"무슨 공연?"

아버지가 놀라서 물었다. 이모가 흥분해서 또 말실수를 한 것이다. 나는 쌤통이라고 생각하며 속으로 웃었다. 이모는 실수를 얼른 덮으려고 했지만 아버지가 꼬치꼬치 캐묻는 바람에 사실을 털어 놓을 수밖에 없었다.

이모가 별거 아니라는 말투로 대답했다. "다음 주에 열리는 미들 오브 노웨어 축제에서 공연을 한다나 봐. 물론 난 셰리든에게 안 된다고 했어. 학교 공연 때 사람들 앞에서 한 짓거리만 해도 끔찍 한데, 페어필드 사람들이 모두 보는 무대에 나서겠다고? 절대 안 될 일이지!"

날카롭게 찢긴 상처에서 피가 치솟듯 내 속에서 분노가 솟구쳤 다. 나는 입술을 앙다물었다.

"왜 안 된다는 거야? 노래도 잘하겠다, 또 자기가 재미있어하잖 아." 아버지 목소리였다.

"재미? 흥!" 이모가 새된 소리를 질렀다. "또 그 소리야? 내가 뭘 재미있어 하는지 물어보는 사람은 아무도 없어!"

"셰리든이 사람들에게 인정받는 게 싫으니까 못 하게 막는 거잖 아. 안 그래?"

"말도 안 되는 소리! 난 걔가 그랜트라는 이름을 달고 술 취한 카우보이들 앞에서 싸구려 계집애처럼 행동하는 게 싫어!"

"과장하지 마. 밤에 공연하는 것도 아닌데 뭐."

"어쨌든 이미 끝난 얘기야. 한 번만 더 모페드를 타고 사라지면 정말 가만두지 않을 거야." 레이첼 이모가 으르렁거렸다.

"아니, 그냥 둬. 셰리든은 이미 나이를 먹을 만큼 먹었어. 게다가 재능도 있지. 걔가 공연을 하고 싶다면 하는 거야. 그리고 최근에 우리 이름에 먹칠을 한 건 에스라 아니었나?"

나는 거친 나무줄기에 뺨을 꼭 눌러 대고 귀를 더 쫑긋 세웠다.

"어떻게 그런 소릴!" 레이첼 이모는 자기가 제일 아끼는 아들 이름이 나오자 바로 반격에 나섰다. "에스라는……."

"에스라와 그 패거리는 이 집에서 여자애들에게 술을 먹이고 강제로 성행위를 했다고." 아버지가 날카로운 목소리로 끼어들었다. "우리 집안에서 그런 짓을 저지른 사람은 지금까지 한 명도 없었어. 셔먼 큰아버지도 그런 짓은 안 했다고. 당신이 늘 싸고도는 바람에 에스라는 게으른 건달이 돼버렸어! 걔는 자기 학년에서 성적이 제일 나빠. 셰리든은 그 반대고! 당신은 예전에 캐럴린에게 그랬던 것처럼 셰리든을 질투하는 거야!"

나는 그대로 얼어붙었다. 아버지의 입에서 엄마 이름이 나온 건 처음이었다.

"그래, 말 잘 꺼냈네. 셰리든은 정말 책임감이라고는 하나도 없는 제 어미를 꼭 닮았지!" 이모 목소리에서 경멸이 뚝뚝 묻어났다. "걔는 눈에 띄는 놈팡이 아무나 물고서 얼씨구나 하면서 사라져버릴 거야. 피가 더러우니 가정교육이 아무리 엄해도 소용없지. 두고 보라고!"

"닥쳐!" 아버지가 날카롭게 소리쳤다. 한 번도 듣지 못한 목소리였다. "당신은 그 병적인 질투의 대상을 아이에게로 옮긴 거야, 아무 잘못도 없는 애한테! 당신은 정말 정상이 아니야! 셰리든이 뭘 하든 무조건 불만이잖아!"

나는 점점 더 혼란스러워졌다. 레이첼 이모가 질투한 게 맞았다. 하지만 도대체 왜? 친엄마가 질투할 만한 일을 한 걸까? 엄마의 생동감과 우아함과 아름다움이 부러웠던 걸까? 하지만 그게 이미 죽은 사람을 지금까지도 질투할 만한 일인가? 엄마가 젊었을 때 버넌 그랜트를 사랑했더라도 그와 결혼하고 아들을 넷이나 낳은 사람은 이모다. 캐럴린 쿠퍼의 추억 상자에서 빠진 일기장, 그해에 도대체 무슨 일이 벌어진 걸까? 불쌍한 우리 엄마는 고작 열일곱 살의 나이에 왜 페어필드와 가족을 떠났을까? 정말 죽은 뒤에도 용서받지 못하고, 나까지 벌을 이어 받아야 하는 아주 끔찍한 일을 저지른 걸까? 메리제인 아줌마나 니컬러스의 말처럼 내가 엄마와 아주 비슷하다면 놀랄 일도 아니다. 내 손톱이 거친 나무껍질을 파고들었다. 아버지 목소리에 나는 깊은 생각에서 깨어났다.

"셰리든은 공연을 할 거야. 에스라와는 달리 부지런하고 똑똑한 아이니 걱정하지 않아도 돼. 당신이 걔한테 하는 짓, 절대로 그냥 두지 않겠어. 지금은 중세가 아니야. 셰리든이 신에게 선물받은 재능을 사용하는 건 죄가 아니라고. 알아들었어?"

긍정하는 대답도, 부정하는 대답도 들리지 않았다. 레이첼 이모는 아버지의 기세에 기가 죽은 듯했다.

"지금 당장 셰리든에게 가서 공연 때 노래해도 된다고 말해! 그리고 아침부터 저녁까지 걔를 부려먹지 좀 마. 아직 어린데 학교에서 공부한 뒤에는 여가 시간도 필요하잖아."

"당신의 셰리든." 분노를 억누르는 이모의 목소리가 들렸다. "당신 공주님! 걔를 통해 캐럴린을 다시 보고 있는 거 아냐?"

나는 지붕 쪽으로 다시 기어가려다가 이모의 입에서 나온 말에
숨을 죽였다.

"한마디만 더하면 큰일 날 줄 알아!" 아버지가 위협적인 어조로
말했다.

"괴로우니까 진실을 듣지 않으려는 거잖아!" 이모가 씩씩거리며
대꾸하고는 문을 세차게 닫았다.

나는 니컬러스의 픽업트럭이 있는지 살펴볼 겨를도 없이 내 방
으로 서둘러 돌아왔다. 창틀에서 얼른 미끄러져 들어와 손에 집히
는 대로 아무 책이나 들고 침대에 몸을 던졌다. 5초 뒤 문이 열리
고 레이첼 이모가 모습을 나타냈다. 이모의 시선이 활짝 열린 유리
창을 향했다. 둘이 싸우는 소리를 혹시 내가 들었는지 곰곰이 생각
하는 게 역력했다.

"셰리든." 이모가 위선적인 미소를 지었다. "공연에 대해 다시 한
번 생각해보고 네 아버지와 이야기를 나눴단다. 그 공연이 너한테
얼마나 중요한지 내가 말해줬다. 학교 성적도 좋으니 허락하기로
했어."

"우와, 정말요?" 나는 놀라고 기쁜 척했지만 마음속에는 한 가지
생각뿐이었다. 저 사악하고 교활한 독사 같으니.

"그런데 하루 종일 일하면 연습할 시간이 모자라요."

나는 책을 덮고 몸을 세우고 앉아, 이모가 다음 문장을 말하느라
고통스러워하는 모습을 즐겼다.

"여름방학이 끝날 때까지 너에게 일을 시키지 말자고 네 아버지
를 설득했단다." 이모는 아무렇지도 않게 거짓말을 늘어놓으며 온화
한 미소를 짓기까지 했다. "지난 몇 주 동안 열심히 일했으니 여가
를 누릴 만하지."

이모는 확실한 패배를 이번에도 우아한 판정승으로 바꿔놓는 데 성공했다. 나는 이런 방식을 이미 잘 알고 있으면서도 그 뻔뻔함에 놀라 아무 말도 하지 못했다.

"아버지를 좀 봐주렴." 이모는 마침내 위선의 꼭대기에 마지막 장식까지 얹었다. "할 일이 너무 많아서 뭐가 어떻게 돌아가는지 모를 때가 많거든."

휴전을 위해 이 게임에 참여해야 할까, 아니면 지금이 바로 이모에게 그동안 내가 알아낸 사실에 대해 캐물을 순간일까? 나는 지금은 때가 아니라고 판단했다. 좀 더 알아내야 했다. 나는 이미 몇 번이나 이모의 의도를 무산시킨 바 있는 전략을 생각해냈다.

"어머나, 엄마. 고마워요!" 나는 얼굴을 빛내며 환호했다. "생각을 바꾸셨다니 정말 기뻐요. 굉장해요! 정말 감사해요!"

나는 이모에게 몸이 닿는 게 구역질 났지만 얼른 달려들어 껴안았다. "아빠랑 밴드 아이들한테 당장 말해야겠어요! 감사해요!"

레이첼 이모의 몸이 뻣뻣해졌다. 나는 이모 속에서 일어나는 분노와 혐오의 감정들을 한껏 느끼며 고소해했다. 내가 당장 아래로 달려가 아버지에게 열광적으로 감사한다면 이모의 거짓말은 들통날 게 뻔했다.

"아, 그래. 그만해라." 이모가 무뚝뚝하게 나를 떼어냈다. "좀 진정하렴. 네 아버지를 방해하지 마. 중요한 전화를 해야 하니까."

"엄마, 절대로 안 잊을게요. 절대로!"

내가 속삭이자 이모는 미심쩍은 시선을 던졌다. 내가 한 말 속에 감춰진 의미를 눈치챈 걸까?

다음 며칠 동안 우리 밴드는 한 시간짜리 프로그램을 집중적으로 연습했다. 브랜던도, 시드니와 올리버도 내가 그동안 부모님의 허락을 받지 못했다는 사실을 몰랐다. 그래서 나는 레이첼 이모의 기괴한 익살극에 대해서 굳이 이야기하지 않았다.

그날이 점점 다가왔다. 목요일에 우리는 행사장에서 미들 오브 노웨어 축제의 총기획을 맡은 체스터 울컷과 그의 아들 빌리, 기술 감독이자 페어필드 소방서장인 제이든 브리스크를 만났다. 우리 공연은 토요일 오후 6시 무렵에 열릴 예정이었다. 일정에 관한 세부 사항은 우리와 함께 온 시드니의 아버지가 담당자들과 이야기했다. 그는 공연 당일 악기를 날라다줄 예정이었다. 시드니의 여동생 카일리도 따라왔다. 카일리는 완전히 흥분해서는 그날 뭘 입을 건지 백 번도 넘게 물어보고는, 생각하지 않았다고 대답하자 기절할 듯 놀랐다.

"어머, 셰리든. 어떻게 그걸 생각하지 않을 수 있어?" 카일리가 소리를 지르며 눈을 치떴다. "내가 작년 축제 때 입었던 원피스 한 번 입어볼래? 정말 잘 어울릴 것 같아. 빌려줄게!"

카일리는 5월 교내 댄스파티에서 퀸으로 뽑혔다. 엄청나게 요란한 분홍색 원피스가 어렴풋이 떠올랐다. 나와는 옷 취향이 완전히 달라서, 옷을 빌렸다가는 끔찍한 일이 생길 것 같았다.

"카일리, 정말 고마워." 나는 그녀의 수다를 가로막았다. "하지만 내 생각에 무도회 드레스는 공연에 어울리지 않을 것 같아. 그냥 청바지에 민소매 티셔츠면 충분해."

"셰리든은 뭘 입든 엄청 멋있을 거야."

브랜던이 끼어들어 이렇게 말하고는 히죽 웃으며 내 어깨에 팔을 두르고 뺨에 키스했다. 바로 그 순간 니컬러스 워커가 눈에 들어왔다. 나는 온몸이 굳어버릴 만큼 놀랐다. 다른 카우보이 몇몇과 무대에서 몇 미터 떨어진 곳에 서 있던 그는 나를 보더니 모자를 벗고 몸을 살짝 숙여 인사하는 시늉을 했다. 나는 얼굴이 새빨개져서 다른 곳으로 눈을 돌렸다. 우리 일이 끝날 때쯤에는 그가 사라지고 없기를 바랐다. 갑자기 그와 마주서서, 그의 눈빛에 어린 경멸을 보고 싶은 마음은 전혀 없었다.

한 시간 뒤에 나는 공연을 기획하는 데 얼마나 많은 노고가 필요한지 생각하며 모페드를 타고 집으로 돌아왔다. 마사 아줌마와 레이첼 이모에게 손님방을 준비하는 걸 돕겠다고 약속했으니 서둘러야 했다.

나는 농장 진입로로 접어들어, 우편물을 가지고 가려고 국도 옆의 우편함 앞에서 잠깐 멈췄다. 해리 하트그레이브가 연락하다고 약속한 지 넉 달 반이 지났지만 나는 여전히 희망을 버리지 못하고 있었다. 그 희망은 오늘도 실망으로 끝났다.

레이첼 이모는 하루 종일 분노를 쏟아내고 있었다. 손님들이 몰고 올 불편함이 귀찮았거나 아버지와 또 다툰 모양이었다. 특별한 이유는 없었는지도 모른다. 이따금 아무 이유 없이도 분노를 주체하지 못하는 사람이니까. 미들 오브 노웨어 축제 때 이모의 지인들이 우리 집에 와서 묵을 예정이라 에스라 오빠와 나는 방을 비워야 했다. 월섬 부부와 브리니크 부부, 게다가 맬러키 오빠 결혼식 때 기분이 들떠서 레이첼 새언니의 부모님까지 초대한 모양이었다. 나는 월섬 부부도, 브리니크 부부도 별로 좋아하지 않았다. 그들은 잘난 척하는 오만한 속물이었다. 필 월섬은 목사이고, 엘리아스 브리니크도 교회에서 뭔가 높은 직책을 맡고 있었으며, 그의 아내 베티는 감리교 여선교회 회장이었다. 그들 부부는 말할 수 없이 멍청한 두 딸 메러디스와 세라를 데리고 올 예정이었다. 전부터 맬러키나 하이럼 오빠와 엮어주려고 애쓰던 딸들이었다.

마사 아줌마는 손님방을 준비하고 나는 설거지를 맡았다. 나는 부엌을 치우면서, 레이첼 이모가 내 친엄마에 관한 일이 알려지지 않는 걸 입양 조건으로 내세운 이유가 뭔지 생각하느라 머리가 깨질 지경이었다. 열린 베란다 문틈으로 할 일을 적어둔 목록과 아이스티 한 주전자를 앞에 두고 앉아 있는 이모가 보였다. 당장이라도 멱살을 잡고 꼬치꼬치 캐묻고 싶은 기분이 들었다. 아버지가 부엌으로 들어오는 바람에 나는 생각에서 깨어났다.

"셰리든, 연습은 잘되고 있어?"

분노와 실망 때문에 아버지를 돌아보지도 않고 무뚝뚝하게 대꾸했다. "네."

"너무 긴장하지 않았으면 좋겠구나."

나와 대화를 시도하려는 건가? 갑자기 왜? 아버지의 서재에서 에스라 오빠의 파티에 대해 씁쓸한 대화를 나눈 뒤로, 우리는 서로 거의 아무 말도 하지 않았다. 사실은 지난여름부터, 그러니까 물빛 별장에서 마주친 이후로 아버지는 나를 피하고 있었다. 이런저런 사실을 알고 난 뒤에는 아버지가 왜 그러는지 어느 정도 추측할 수 있었지만 그래도 비겁하다는 생각이 들었다.

"괜찮아요." 나는 어깨 너머로 아버지를 흘깃 돌아봤다. "사람들 앞에서 이미 공연해본 적이 있으니까요."

"그래, 마음이 놓이는구나." 아버지가 그렇게 말하면서 인상을 찌푸렸다. 아버지는 나지막하게 신음하더니 몸을 구부렸다.

"어디 아프세요?"

나는 놀라서 수세미를 내던지고 얼른 손을 닦았다. 저녁식사 때도 음식에 거의 손을 대지 않아 걱정스러웠는데, 지금 아버지는 무섭도록 창백한 얼굴에 이마엔 땀방울이 송골송골 맺힌 채 한 손으로 식탁을 짚고, 다른 손으로는 배를 누르고 있었다.

"앉으시는 게 좋겠어요." 나는 걱정스럽게 말하며 식탁 의자를 하나 뺐다.

"괜찮다. 이제 나아졌다." 아버지는 미소를 지으려고 했지만 그러지 못했다.

"아프세요?"

"그냥 조금 따끔거리는구나." 아버지가 조심스럽게 몸을 똑바로 세웠다. "이제 괜찮다. 맬러키 결혼식 때 너무 많이 먹고는 몸을 조금밖에 움직이지 않은 모양이야."

별로 설득력 있게 들리지 않았다. 결혼식이 끝난 지 벌써 며칠이나 지났다. 그때 이모가 아버지 목소리를 듣고는 바깥으로 불렀다. 아버지는 나에게 미소를 지으며 베란다로 나갔다. 나는 다시 설거지를 계속하다가, 이모가 투덜거리는 소리에 귀를 쫑긋 세웠다.

"그 끔찍한 인간이 며칠째 메리제인 집에 와 있는 거 알아?"

"니컬러스 워커 말이야? 그래, 알아."

"왜 나한테 말 안 했어?" 레이첼 이모가 화를 벌컥 냈다.

"당신이 니컬러스에게 관심 있는 줄 몰랐는데."

"관심 없어! 왜 하필 지금 여기 나타난 거야?"

"로데오에 참가하러 왔겠지. 그게 직업이잖아."

"직업? 흥! 그게 무슨 제대로 된 일자리나 돼!" 레이첼 이모가 경멸하듯 코웃음을 쳤다.

"대체 왜 그래? 당신한테 잘못한 거 하나도 없는데."

"부도덕한 인간에다 지독한 술꾼이니까 그렇지. 월섬과 브리니크 부부가 와 있을 때 우리 집에 나타나지 말아야 할 텐데. 그……그 더러운 뜨내기가!"

귀에서 맥박이 펑펑 뛰었다. 닭처럼 가느다란 레이첼 이모의 목을 움켜쥐고 눈이 튀어나올 때까지 누르고 싶었다. 니컬러스에 대해 저 따위 말을 하다니!

"절대 안 나타날 거야. 당신 지인들에게 눈곱만큼도 관심 없을 테니까. 도대체 니컬러스가 뭘 잘못했지?"

"뜨내기 노숙자잖아! 여기 발도 들일 생각 말라고 당신이 가서 말해."

"당신이 직접 말해. 난 그런 말은 입에 올리기도 싫으니까. 니컬러스는 메리제인의 아들이야. 아무 때나 엄마를 찾아와서 내키는 대로 있을 수 있어. 그리고 11년 전부터 술은 입에도 안 대고 있다고."

"그걸 어떻게 알아?"

"메리제인이 이따금 니컬러스 이야기를 하니까."

"제 버릇 개 줄까." 이모가 경멸에 찬 목소리로 대꾸했다.

"그래, 말 잘했어. 내 위스키 병을 잘 닫아둬야겠군. 엘리아스는 몇 년 동안 알코올중독자 모임 회장이었잖아." 아버지가 날카롭게 말했다. "그리고 샌드라 월섬도 그날 완전히 취해서는 차를 몰고……."

"그게 언제적 이야긴데 지금 꺼내!" 레이첼 이모가 급하게 말을 가로챘다.

"제 버릇 개 줄까." 아버지가 이모 말을 따라하며 조롱했다.

"이제 흠잡는 거 좀 그만둬. 니컬러스 워커는 원하면 얼마든지 자기 엄마 집에 머물 권리가 있다고."

"권리?" 이모의 목소리가 날카롭게 변했다. "그자는 탕자가 낳은 잡종이야! 그 탕자의 피가 우리 아들들에게도 흐른다는 생각을 하면 얼마나 소름 끼치는지 알아?"

놀랍게도 아버지는 요란한 웃음을 터뜨렸다. "아이고, 레이첼. 당신은 내가 만난 위선자 중에 최고야! 그러면서 어떻게 사랑의 하나님을 믿을까?"

"그건 내가 알아서 할 테니 신경 끄시지!" 레이첼 이모가 분노에 차서 냉큼 대꾸했다.

"아, 물론이지. 사실 전혀 관심 없으니까."

부엌문으로 다가오는 발소리가 들려 나는 개수대로 급히 돌아갔다. 부엌으로 들어온 아버지의 얼굴을 얼핏 보니 짜증 난 기색이 완연했다. 아버지가 나가자마자 레이첼 이모가 나타나서 나를 노려봤다.

"보나마나 또 엿들었겠지?"

나는 아무 대꾸도 하지 않고 접시를 행주로 닦았다.

"그래, 너도 그런 인간들 중에 하나지." 이모가 증오심 가득한 목소리로 말했다.

"어떤 인간요?"

이모는 입술을 비틀며 경멸의 미소를 지을 뿐 대답하지 않았다. 나는 지금 꾹 참고 있는 말을 할 수 있는 날이 어서 오기를 간절히 바랐다.

미들 오브 노웨어 축제가 시작되는 금요일에 브리니크 가족과 월섬 부부, 레베카 새언니의 부모님이 도착했다. 나는 침실을 다락방으로 옮겨야 했다. 지붕 바로 아래에서 한여름의 더위를 견디는 일도 힘들었지만, 더 끔찍한 건 에스라 오빠가 바로 옆방에서 잔다는 사실이었다. 파티 사건에 대해서는 이제 아무도 말을 꺼내지 않았고, 오빠는 다시 기세등등해진 지 오래였다. 내가 옷을 잔뜩 들고 좁은 계단을 올라가는데 오빠가 기다리고 있다가 길을 막았다.

"비켜."

내가 쌀쌀맞게 말하자 오빠가 히죽 웃으며 옆으로 비켜섰다.

"아, 물론 비켜주지. 그런데 '미스터 금발'과는 잘 지내?"

너무 놀라서 심장이 마구 뛰고 몸이 뜨거워졌다. "누구 말이야?"

"못 알아듣는 척하지 마. 다 아니까." 에스라 오빠의 눈이 사악하게 번뜩였다. "거의 매일 발정 난 암캐처럼 그놈한테 달려갔잖아. 그 호색한이 널 쑤실 때 네가 질러대는 교성을 다 들었지. 정말 대단한 갈보 나셨어!"

"무슨 말도 안 되는 소릴 하는 거야?" 목덜미의 솜털이 곤두섰다. 어떻게 이런 일이 생겼지? 내가 너무 부주의하게 행동했나?

"공주님, 네가 그 늙은 놈이랑 붙어먹은 걸 아빠가 알면 너도, 그놈도 끝장이야."

에스라 오빠가 한 발 앞으로 다가왔지만 나는 비켜서지 않았다.

"하지만 네가 나한테 조금 싹싹하게 군다면, 더러운 그 비밀을 아무에게도 말하지 않을게."

속이 메스꺼웠다. 설사 결정적인 증거가 없다고 해도, 의심만으로도 엄청난 재난이 벌어질 수 있었다. 아버지는 무지막지하게 흥분해서 크리스토퍼를 미성년자 성폭행으로 고소할지도 모른다. 세상에!

"공주님, 어때?" 에스라 오빠가 축축한 손으로 내 머리카락을 어루만졌다.

레이첼 이모는 손님들과 정원에 앉아 꽥꽥거리는 중이었고, 다른 오빠들과 아버지는 아직도 들판에 있었다. 나 혼자 이 문제를 해결해야 했다. 이번에 끝내지 못하면 평생 협박을 당할 것이다. 나는 머리를 획 돌려 오빠의 손아귀에서 벗어났다.

"한 번만 더 나한테 손을 대면 하이럼 오빠에게 말할 거야." 나는 으르렁거리며 위협했다. "그리고 그 빌어먹을 헛소리를 누군가에게 하거나 암시 비슷한 거라도 하면, 오빠가 나한테 무슨 짓을 했는지 아빠에게 말할 거야. 아주 평생 후회하게 만들어주지."

주둥이만 센 겁쟁이 에스라 오빠가 불안해서 눈빛이 흔들리는 게 보였다. 한편으로는 자기가 알고 있는 사실로 아무 일도 벌이지 못한다는 데 화가 난 눈치였다.

"나쁜 년!" 오빠가 낮게 으르렁거리며 내 어깨를 세게 내리쳤다. "하이럼 형이 여길 떠나는 날이 오면……."

"그래도 조지 아저씨는 남아 있지." 나는 오빠의 말을 가로챘다. "클레어든 누구든 그 등신 같은 여자애들한테나 가봐. 나는 가만히 두고. 안 그랬다가는 후회하게 될 거야!"

나는 다락방 문을 열고 옷을 탁자에 집어 던진 다음, 곰팡내 나는 코딱지만 한 방에 신선한 공기가 조금이라도 들어오게 하려고 천창을 열었다. 갑자기 눈물이 쏟아졌다. 먼지와 곰팡이가 수십 년 동안 쌓인 좁은 침대에 쓰러져 절망감에 흐느꼈다. 공연에 대한 기대는 에스라 오빠의 위협 때문에 사그라졌고, 메리제인 아줌마와 니컬러스에게서 얻은 정보 때문에 한없이 혼란스러웠다. 게다가 빌어먹게 더운 오늘 같은 날, 발정 난 양오빠와 벽을 맞대고 잠을 자야 한다.

침대에 등을 대고 누워 구르다가 소나무 목재로 마감된 천장을 노려봤다. 모든 게 몸에 척척 달라붙었다. 이모의 벽장에서 꺼낸 문서들은 낡은 신발상자에 넣어 내 옷장 제일 아래 감추어뒀다. 그 방에서 묵을 예정인 레베카 새언니의 부모님이 이모처럼 여기저기 뒤지는 염탐꾼이 아니어야 할 텐데.

더위가 견딜 수 없을 만큼 심해져서 침대에서 일어나 아래로 내려갔다. 식구들 눈에 띄지 않게 부엌을 지나 뒤쪽 베란다로 나가서 텃밭으로 갔다. 돌을 박아둔 텃밭 가장자리에 앉아 땀과 눈물이 마르기를 기다렸다. 멀리서 손님들의 목소리와 웃음소리가 들려왔다. 친엄마처럼 그냥 이곳을 떠날 용기가 있다면 얼마나 좋을까. 한참 뒤에 심호흡을 하고 자리에서 일어났다. 세 시간 뒤에 모두 불꽃놀이를 보러 가면 최소한 느긋하게 샤워를 하고 머리도 감을 수 있을 것이다.

텃밭을 막 떠나려는데 아버지가 농기구들이 늘어선 마당으로 트랙터를 몰고 가는 게 보였다. 아버지는 뻣뻣한 몸놀림으로 운전석에서 내려와 발 디딤판에 잠시 서 있다가 고개를 숙이고 집 쪽으로 천천히 건너갔다. 그러다가 멈춰 서서 양손으로 배를 눌렀다. 아무래도 이상했다. 아버지에게 실망하긴 했지만, 아버지의 건강 상태에도 신경 쓰지 않을 만큼 멀어진 건 절대 아니었다.

"아빠!"

나는 아버지를 보고 소스라치게 놀랐다. 볕에 검게 그을린 얼굴이 시체처럼 창백하게 변했고, 땀이 줄줄 흘러내렸다.

"어디 아파요?"

충혈된 아버지의 눈이 열에 들뜬 듯 번질거렸다.

"아니, 괜찮아." 억지로 미소를 지으려던 아버지가 인상을 썼다. "저녁식사를 하기 전에 좀 누워 있겠다고 엄마에게 전해주렴."

"예, 알았어요."

아버지는 베란다 계단을 힘겹게 올라갔다. 괜찮다고 말했지만, 분명 괜찮지 않았다. 겁이 났다.

계단 발치에서 이모가 나를 보고는 부엌으로 쫓아 보냈다. "몸을 좀 놀려라. 도대체 가족 중에 손님에게 신경을 쓰는 사람이라고는 나밖에 없는 거니?"

빈정거리는 말에 내가 곧장 대꾸했다. "엄마가 식사 준비를 하면 내가 손님들을 접대할게요."

이모의 대답은 사나운 눈길로 돌아왔다. 나는 할 말이 많았지만 겨우 참았다. 마사 아줌마가 감자를 벗기고 야채를 씻으라고 했다. 나는 이모와 한 식탁에 앉지 않아도 되어서 기뻤다. 그러느니 칫솔로 마당을 빗질하는 게 차라리 나았다.

아버지가 걱정스러웠다. 아버지는 건강한 편이었다. 감기에 걸려도, 손목이 부러져도, 어딘가에 찔리거나 찢어도 낮에 침대에 누워 있었던 적은 없었다.

7시가 되자 내가 정원에 멋지게 차려둔 식탁에 모두 와서 앉았다. 나는 하녀처럼 부엌과 정원을 종종걸음으로 오가야 했다.

"셰리든, 올라가서 네 아버지한테 도대체 뭐하는 거냐고 물어봐라." 레이첼 이모가 나를 쳐다보지도 않고 말했다. "이렇게 무례하다니, 말도 안 되지."

아버지가 몸이 좋지 않다고 말한 지가 언제인데, 그사이 옷까지 갈아입었으면서 바로 옆에 있는 아버지 침실을 들여다볼 생각은 하지 못한 걸까?

"얼른 가!"

이모가 손을 휘젓는 바람에 얼른 자리를 떴다. 아버지 침실 문을 노크했지만 대답이 없었다. 다시 한 번 두드리고는 그냥 들어갔다. 침대에 누워 있는 아버지 모습이 너무 안 좋아 보여 깜짝 놀랐다. 잿빛 얼굴에서 땀이 줄줄 흘러내리고 있었다. 아버지는 쑥 들어간 눈을 번뜩이며 가쁜 숨을 낮게 몰아쉬었다.

"좀 어떠세요?"

"식사하러 못 가겠구나."

아버지는 입술이 바짝 말라 터져 있었고 이마는 불덩이처럼 뜨거웠다. 고열과 오한에 시달리다가 갑자기 몸을 웅크리고 신음을 했다. 나는 너무나 불안해졌다.

"아빠, 제발요. 무슨 일인지 말해보세요!"

"배가 아파." 아버지가 속삭이듯 낮게 말하고 오른쪽 배를 가리켰다. "오른쪽 다리를 구부릴 수 없어."

"병원에 가야겠어요."

반쯤 열린 창문으로 아래층에서 떠드는 손님들의 목소리가 들려왔다. 접시와 잔이 달각거리는 소리도 들렸다. 나는 어쩔 줄 몰라 침대 가장자리에 걸터앉았다. 지난 몇 달 동안 힘겹게 몰아낸 아버지를 향한 사랑이 밀물처럼 밀려왔다. 무슨 이유로 나에게 과거 이야기를 하지 않는지는 모르지만, 그건 이제 하나도 중요하지 않았다. 언젠가 때가 되면 설명해줄 테고, 나는 그 이유를 분명 이해할 수 있을 테니까.

"셰리든, 내려가서 뭐 좀 먹어라. 더 나빠지지 않을 거야." 아버지가 쉰 목소리로 말했다.

"아니요. 지금도 아주 나빠 보여요! 열이 너무 높아요. 당장 병원에 가야 해요!"

아버지는 멍한 눈빛으로 나를 바라봤다.

"하이럼 오빠에게 말할게요. 같이 매디슨으로 가요."

나는 아버지의 팔에 손을 얹고 말했다. 뭔가 말하려던 아버지는 갑작스러운 통증에 날카로운 비명을 질렀다. 아버지가 이를 악물고 이불을 움켜쥐었다. 더는 지켜볼 수 없었다. 나는 방에서 뛰쳐나와 레이첼 이모에게 달려가서 아버지의 상태가 아주 안 좋다고 알렸다. 이모는 마땅찮은 표정을 지었지만 어쨌든 나를 따라 올라왔다.

"무슨 일이야?"

이모가 남편에게 차가운 목소리로 묻는 바로 그 순간, 나는 이모가 아버지를 전혀 사랑하지 않는다는 걸 깨달았다. 내 탓일까? 아버지가 레이첼 이모의 뜻과는 달리 나를 자기 가족으로 받아들여서 부부 사이에 불화가 생긴 걸까? 그게 이모가 나를 미워하는 이유일까?

"병원에 가야 해요. 복통이 심하고 열도 높아요." 내가 끼어들었다.

"배탈에 무슨 병원이야!" 레이첼 이모가 싸늘하게 말했다. "지금 출발해야 해. 안 그러면 불꽃놀이를 놓치고 말 거야."

너무 어이가 없어서 이모를 빤히 노려봤다. 눈앞에서 남편이 통증 때문에 웅크리고 있는데 머릿속에 불꽃놀이 생각밖에 없다니! 나는 이모가 급히 방을 나간 뒤에도 아버지 옆에 그대로 서 있었다. 아래층에서 흥겨운 목소리들이 울려 퍼졌다. 잠시 후에 자동차

문 닫는 소리가 들리더니 모터 소리가 점점 멀어졌다.

"셰리든, 너도 가거라. 이제 곧 좋아질 거야." 아버지가 힘없이 말했다.

"아니, 좋아지지 않아요!" 할 수 있는 일이 아무것도 없는 데다 아버지가 너무 고집을 부려서 눈물이 나왔다. "병원에 안 갈 거면 의사 선생님을 부를게요."

그러지 말라고 말리려던 아버지가 갑자기 토하기 시작했다. 그러다 가까스로 입을 막은 아버지의 이마가 땀으로 번들거렸다. 나는 아래로 달려가서 양동이를 찾았다. 토사물을 치우러 올라가기 전에 병원 응급실에 전화를 했다. 전화를 받은 여자는 고속도로에서 엄청난 교통사고가 나서 구급차가 모두 그리로 갔기 때문에 환자를 직접 병원으로 데리고 와야 한다고 말했다. 나는 어떻게 해야 할지 알 수 없었다. 존 아저씨가 혹시 불꽃놀이에 가지 않고 남아 있다면 도와줄 수 있을 것이다.

위층으로 올라가서 토사물을 치우고 전속력으로 메리제인 아줌마 집으로 달려갔다. 니컬러스의 픽업트럭이 서 있는 걸 보고 잠깐 망설였지만, 아버지에 대한 걱정이 자존심도 잊게 만들었다.

여러 번 문을 두드리며 니컬러스를 불렀다. 아무 소리도 들리지 않아 막 돌아서려는데 안쪽에서 발소리가 들리더니 문이 열렸다. 니컬러스는 청바지만 입고 있었다. 젖은 머리카락에, 상체는 맨몸이었다. 심장이 쿵 소리를 냈다.

"어, 셰리든. 깜짝 방문이네." 그는 미소를 짓다가 내 눈에서 공포를 읽고는 심각한 표정을 지었다. "왜 그래? 무슨 일이야?"

"아빠가 아주 많이 아파요." 다급하게 말이 터져 나왔다. "병원에 가야 하는데, 구급차를 보내줄 수 없대요. 모두 고속도로 사고 현장에 나가 있대요. 아빠가 돌아가실까 봐 무서워요."

"버넌이 아프다고?"

나는 급하게 고개를 끄덕였다. 눈물이 한 방울, 또 한 방울 흘러내렸다.

"어어, 울지 마. 내가 당장 건너갈게."

니컬러스가 다시 나타날 때까지 기다리는 잠깐 동안이 마치 평생 같았다. 드디어 그가 셔츠를 걸치고 신발을 신고 나왔다.

"어느 정도야?" 마당을 가로지르는 제일 빠른 길을 뛰다시피 걸으며 니컬러스가 물었다.

"고열과 오한, 복통이 있어요. 구토도 하고요."

우리는 뒤쪽 베란다를 지나 집으로 들어갔다. 나는 계단을 올라가 니컬러스를 아버지 침실로 안내했다.

"어이, 버넌! 이게 무슨 일이야!"

니컬러스가 침대로 다가갔지만 아버지는 우리가 온 것도 모르는 것 같았다. 온몸을 떨며 웅크리고 있다가 또 구역질을 했다. 니컬러스와 나는 서로를 마주봤다.

"가서 체온계를 가져와."

나는 부모님 욕실에 있는 약장으로 갔다가 몇 초 만에 돌아왔다. 니컬러스는 체온계를 아버지 겨드랑이에 끼웠다.

"언제부터 이랬어?"

"모르겠어요." 나는 무서워서 울음이 터지려는 걸 참느라 애썼다. "오늘 점심 때까지는 아무 말도 없었어요. 그 뒤에 급격하게 나빠진 것 같아요."

니컬러스는 시계를 흘깃 본 뒤에 체온계를 빼고는 이마를 찡그렸다. "40.2도?"

니컬러스의 표정을 본 순간 내 몸이 얼음장처럼 차가워졌다. "왜 그래요? 아빠가…… 돌아가시나요?"

"아니, 그렇지 않아." 그가 나를 안심시켰다. "하지만 지금 바로 병원에 가야 해. 맹장염인 거 같다."

"어떻게요? 아빤 걸을 수도 없잖아요!"

겁이 나서 목소리가 떨렸다. 니컬러스는 잠시 생각한 뒤에 차분히 말했다.

"내 트럭을 가지고 와. 열쇠가 꽂혀 있을 거야. 집에 최대한 가까이 대라. 할 수 있겠어?"

"그럼요!"

드디어 뭔가 할 수 있게 됐다는 안도감을 느끼며 달려 나갔다. 모두 불꽃놀이를 보러 갔는지 농장 전체가 쥐 죽은 듯 조용했다. 니컬러스의 트럭 문을 열고 올라갔지만 가속 페달에 발이 닿지 않을 정도로 운전석이 너무 뒤로 밀려나 있었다. 좌석 아래 손잡이를 조작해서 위치를 옮기는 것만으로도 땀이 비 오듯 쏟아졌다. 몇 분 뒤에 뒤쪽 베란다에 차를 대고 뛰어내려 위로 올라갔다.

니컬러스는 그동안 아버지를 부축해서 일으켜 세워놓았다. 아버지가 팔을 니컬러스의 어깨에 걸치고 있었다.

"셰리든, 지금 이게 무슨 일이냐?" 아버지가 몽롱한 표정으로 중얼거렸다.

"아빠!" 울음이 터질 것 같았다. "니컬러스 아저씨랑 내가 아빠를 병원에 모시고 갈 거예요."

"니컬러스?" 아버지의 흐릿한 시선이 나와 니컬러스 사이를 오갔다.

"버넌!" 니컬러스가 슬쩍 미소 지으며 말을 걸었다. "오랜만이야.

걸을 수 있겠어?"

아버지가 힘겹게 고개를 끄덕였다. 니컬러스와 나는 양쪽에서 아버지를 부축했다. 아버지는 우리에게 기댄 채 아래로 내려갔다. 나는 무게에 눌려 숨을 헉헉거렸지만 이를 악물고 참았다.

"적재함에 눕혀야 해." 니컬러스도 힘이 든지 숨을 몰아쉬었다. "내가 붙잡고 있을 테니 차를 계단에 바짝 붙여서 대."

"네."

나는 아버지를 조심스럽게 놓고 차에 올라가 조금 더 계단 쪽으로 붙었다. 니컬러스가 아버지를 적재함에 앉히고 다리를 들어 올려 완전히 눕혔다. 나는 아버지를 좀 편하게 해주려고 집으로 들어가 담요와 베개를 가지고 나왔다.

"됐다. 아버지 옆에 앉아. 내가 운전할게."

니컬러스가 최대한 조심스럽게 운전했지만, 아버지는 도로가 파인 자리를 지날 때마다 신음을 뱉으며 내 손을 으스러져라 꽉 쥐었다. 매디슨까지 가는 23마일이 이렇게 멀게 느껴진 적은 없었다. 병원이 이렇게 반가운 적도 없었다. 니컬러스가 차에서 내려 의사들과 이야기를 했고, 구급대원들이 아버지를 적재함에서 들어 바퀴 달린 들것에 옮겨 실었다. 아버지는 의식이 거의 없이 내 이름만 계속 중얼거렸다. 나는 아버지의 손을 꼭 잡고 불투명한 응급실 유리문까지 갔다.

"이제 우리가 돌볼게요." 젊은 여자 의사가 이렇게 말하고 내 손을 꼭 쥔 아버지의 손을 풀었다. "밖에서 기다려요. 간호사가 와서 인적사항을 물어볼 거예요."

"네."

대답을 하고 유리문이 닫히자마자 눈물이 솟았다. 위로하듯 어깨에 와닿는 니컬러스의 손이 느껴졌다. 그의 목에 매달려 흐느끼고 싶었지만, 그가 나를 거부했다는 생각 때문에 그럴 수 없었다. 잠시 후 간호사에게 아버지의 이름과 생년월일과 주소를 불러줬다. 간호사가 사라지고 나서는 한참 동안 아무것도 하지 않고 그냥 기다렸다.

"자, 바깥에 나가서 바람 좀 쐬자."

바깥으로 그를 따라 나갔다. 그가 문 앞에서 담뱃불을 붙였다.

"나도 한 개비 줄래요?" 나는 힘겹게 말하고는 손등으로 눈물을 훔쳤다.

"담배 피우는 줄은 몰랐는데." 그가 깜짝 놀라 말했다.

"가끔 피워요. 지금 필요하네요."

니컬러스가 담뱃갑과 라이터를 건넸다. 나는 담배를 한 개비 꺼냈지만 손이 너무 떨려서 불을 붙일 수 없었다. 그는 자기 담배를 넘겨주고 생각에 잠긴 얼굴로 나를 바라봤다. 담배를 폐까지 깊이 빨아들이자 기침이 났다. 너무 오랜만에 들어간 니코틴이라 금방 몽롱해졌다.

"도와줘서 고마워요. 이제 집에 가보셔도 돼요." 나는 그를 쳐다보지도 않고 말했다.

"말도 안 돼. 널 여기 혼자 둘 순 없어."

시간이 아주 느리게 흘러갔다. 고속도로 교통사고 부상자들은 현장에서 더 가까운 다른 병원으로 이송된 모양이었다. 납처럼 무거운 피로가 밀려왔다. 아버지에게 무슨 일이 벌어진 건지 알기 전까지는 깨어 있으려고 했지만 나도 모르게 잠이 들었다.

깨어보니 이불을 덮고 니컬러스의 허벅지를 베고 있었다. 나는 깜짝 놀라 벌떡 일어났다. 건너편 시계를 보니 벌써 10시 30분이었다. 세 시간이나 지났다. 아버지가 어떻게 됐는지 니컬러스에게 막 물어보려는데, 문이 열리고 의사가 나왔다. 나는 얼른 일어나 흥분해서 물었다.

"우리 아버지는 어떠세요? 지금 만나도 되나요?"

"중환자실에 계십니다."

의사가 심각한 표정으로 말했다. 나는 공포에 질려 몸이 얼음처럼 차가워졌다.

"맹장이 터져서 복부가 고름으로 가득했어요. 패혈증이 생기지 않게 항생제를 정맥으로 주입했습니다. 왜 이렇게 늦게 왔어요? 조금만 더 늦었더라면 큰일 날 뻔했습니다."

니컬러스가 옆으로 다가왔다. 나는 생각할 겨를도 없이 어린아이처럼 그의 손을 움켜쥐었다.

"지금 보시겠어요?"

의사의 말에 나는 불안한 눈길로 니컬러스를 쳐다봤다. 그가 고개를 끄덕였다.

"얼른 가봐. 여기서 기다리고 있을게."

나는 무릎을 떨며 의사를 따라 병원 복도를 걸어갔다. 중환자실 문 앞에서 초록색 가운을 입고 마스크를 쓰고 손을 소독했다. 중환자실에 와보는 건 처음이었다. 틱틱 또는 윙윙 소리를 내는 기구들을 매단 채 하얀 병원 침대에 누워 있는 아버지를 보자 바로 뒤돌아 나가고 싶었다. 아버지는 환자복 차림에, 몸 여기저기에 호스를 꽂고 있었다. 도저히 눈을 뜨고 볼 수 없었다. 눈앞에 있는 남자는 내가 사랑과 감탄과 존경을 보내던 어른, 강인하고 뭐든 아는 어른이 아니라 아주 평범한 사람이었다. 이런 모습은 평생 처음이었다. 나는 아버지의 연약함 때문에 혼란스러워져서 도망치지 않으려고 애를 써야 했다.

"마취 깰 때까지 옆에 있어도 됩니다."

의사가 말했다. 나는 멍하니 고개를 끄덕였다. 속수무책인 아버지의 모습을 보기가 너무 힘들었다. 하지만 아버지를 여기 혼자 둘 순 없었다. 이모를 향한 분노가 솟구쳤다. 여기 앉아 있어야 할 사람은 '그 여자'였다. 불꽃놀이를 보러 가는 대신 남편을 돌봐야 했다. 둘 사이에 무슨 일이 있었든 아버지가 이렇게 비참한 대접을 받을 이유는 없었다.

병실은 참을 수 없을 만큼 더웠다. 초록색 가운 아래로 땀이 흘러내렸다. 현기증이 나서 구석에 놓인 의자로 가서 앉았다. 그때 아버지가 눈을 떴다. 처음에는 멍한 표정이다가 나를 발견하고는 희미하게 미소를 지었다. 나는 의자에서 일어나 마스크를 내리고 침대로 다가갔다.

"셰리든." 아버지가 쉰 목소리로 낮게 말했다.

"네." 나는 잠깐 망설이다가 아버지의 손을 잡았다.

"여기가 어디냐? 무슨 일이 벌어진 거지?"

"매디슨병원이에요. 아빠 맹장이 터졌대요." 대답과 동시에 참고 있던 울음이 터져버렸다. "너…… 너무 무서웠어요. 아빠가 돌아가실까 봐 끔찍하게 무서웠어요."

내가 흐느끼자, 아버지가 푹 잠긴 목소리로 말했다. "셰리든, 울지 마라."

"지난 몇 달 동안 거리를 둬서 너무 죄송하다고 사과할 수도 없을까 봐 두려웠어요. 용서해주실 수 있어요?"

"우리 아가, 내가 용서할 게 어디 있겠니? 오히려 내가 용서를 빌어야지."

아버지의 부드러운 말에 눈물이 더 솟구쳤다. 생각과 달리 아버지를 향한 내 감정은 하나도 변하지 않았다. 조금 약한 모습일지라도, 아버지는 변함없이 내 아버지였다. 우리는 병실의 흐릿한 조명 속에서 서로를 바라봤다.

"셰리든, 고맙다." 아버지가 내 손을 잡았다. "이렇게 옆에 있어줘서. 하지만 이제 내 걱정은 하지 마라. 집에 가서 좀 자야지. 내일 큰일을 앞두고 있잖아."

"알았어요." 나는 몸을 떨며 미소를 짓고는 가운 소매로 눈물을 닦았다. "내일 다시 올게요."

"그래, 그렇게 해주면 좋겠구나." 아버지는 미소를 짓고는 떨리는 눈꺼풀을 스르르 감았다.

"내일 봬요." 나는 살그머니 속삭이고는 몸을 숙여 아버지의 뺨에 가볍게 입을 맞추었다.

병원 로비로 가니, 기다리고 있던 니컬러스가 몸을 일으켰다. 12시 15분 전이었다. 집에 가면 이모가 펄펄 뛰겠군…….

"아버진 좀 어때?" 그가 물었다.

"괜찮으신 거 같아요. 이야기도 할 수 있고 통증도 없어요. 고마워요. 아저씨 도움 없이는 아빠를 여기로 모시고 올 수 없었을 거예요."

"뭘, 이제 집에 데려다줄게."

텅 빈 주차장, 가로등 불빛 아래 홀로 서 있는 픽업트럭으로 가면서 나는 그와 우연히라도 몸이 스치지 않게 조심했다. 차에 들어가서는 최대한 멀찍이 앉아 눈길을 피했다. 가까이 있으려니 몸에 통증이 느껴질 정도였다.

니컬러스는 차 안에 가득 쌓인 더운 공기를 내보내느라 창문을 내렸다. 나도 내 쪽 창문을 내렸다. 서늘한 바람이 팔을 스쳐서 살짝 소름이 돋았다. 니컬러스는 열쇠를 열쇠 구멍에 넣었지만 시동을 걸지는 않았다. 나는 의아해졌다.

"나한테 화났지. 안 그래?"

불쑥 말문을 연 그에게 나는 무뚝뚝하게 대꾸했다.

"아니요. 왜 그렇게 생각해요?"

니컬러스가 팔을 뻗었지만 나는 그의 손길을 얼른 피했다.

"너한테 키스하는 게 아니었어."

"다 잊었어요. 그다지 멋진 키스도 아니었는걸요." 어깨를 으쓱하며 대답했다.

"네 마음을 다치게 했다. 그럴 의도는 아니었는데." 그는 내 대답에 반응하지 않고 말을 이었다. "셰리든, 난 너무 나이가 많아. 너랑은 어울리지 않아. 난 마흔셋이고 넌 열일곱 살이야. 네 인생은 아직 시작되지도 않았어. 네겐 기회가 아주 많을 거야. 재능도 있고 매력적인 데다 똑똑하니까."

나는 내 귀를 의심했다. 그도 지난 며칠 동안 생각이 많았던 모양이다.

"아저씨를 만나더라도 그 기회는 여전히 있을 거예요."

나는 기대에 차서 속삭였다. 그가 천천히 고개를 끄덕였다.

"그래, 너는 아마 달라지는 게 없을지도 모르지. 하지만 나는 아니야."

"왜요?"

"난……." 그가 입을 열다가 고개를 저었다. "셰리든, 다 잊어라."

심장이 목구멍으로 튀어 올라올 것 같았다. 몇 시간 동안의 공포와 그 후에 느낀 안도감, 니컬러스와의 이 친밀함. 이 모든 것 때문에 정신 없이 혼란스러웠다.

"하지만 난 아저씨를 사랑한다고요!"

니컬러스는 숨을 깊게 들이마셨다가 내쉬고는 고개를 저었다. 그는 아무 말도 하지 않고 시동을 걸어 병원 주차장을 빠져나왔다.

"넌 내게서 네 이상형을 봤을 뿐이야. 나를 전혀 모르잖아." 니컬러스가 쌀쌀하게 말했다.

"알아갈 수는 있죠."

내가 고집스럽게 대꾸하자 그가 말했다.

"그렇게 애쓸 가치가 없다고. 결국에는 실망만 할 거야."

"그걸 어떻게 알아요?"

"난 알아." 그가 방향지시등을 켜고 페어필드 쪽 국도로 차를 꺾었다. "우리 둘 모두에게 좋을 게 없는 일이야. 괜한 감정 소모 하지 마."

또 한 번 명백하게 거부당하자 얼굴이 달아올랐다. 내가 관심을 구걸하는 멍청이 같다는 생각이 들었다. 니컬러스 워커, 이 나쁜 인간. 어떻게 매번 나를 이렇게 비참한 싸구려로 만들 수 있을까?

그 후로 우리는 아무 말도 하지 않았다. 이번에는 23마일이 너무 짧았다. 미처 깨닫기도 전에 차는 윌로크릭 농장 마당으로 들어섰다. 집 전체에 조명이 환하게 켜져 있고 마당은 자동차들로 가득했다. 레이첼 이모와 친구들이 불꽃놀이를 구경하고 돌아왔나 보다. 아버지 침대가 비어 있다는 걸 이모는 알고 있을까?

"안녕히 가세요. 도와줘서 고마워요." 나는 니컬러스 쪽으로 고개도 돌리지 않고 말하고는 차 문을 열었다.

"셰리든, 잠깐만!"

나는 문손잡이를 쥔 채 그를 바라봤다. 니컬러스는 적당한 단어를 찾느라 망설이는 것 같았다. 나를 바라보는 그의 눈빛이 아주 기묘했다.

"셰리든, 빌어먹을!" 그가 꽉 눌린 목소리로 말했다. "네가 정말 좋아. 하지만 난 너한테 정말로 어울리지 않는다고!"

의기양양한 만족감이 파도처럼 밀려왔다. 나는 속으로 기뻐 날뛰었다. 이 사람은 나를 좋아한다. 나를 생각하고 있었다. 아까 주차장에서 한 말은 그저 자기 감정을 감추고 이성적으로 행동하려던 시도였다. 하지만 사랑은 결코 이성적일 수 없는 일이다.

"됐어요." 나는 눈을 반쯤 내리깔고 그를 슬쩍 보며 말했다. "아저씨 말이 옳아요. 안녕히 주무세요."

그가 뭐라고 더 말하기 전에 나는 얼른 차 문을 닫았다. 그러고는 한 번 뒤돌아보지도 않고 베란다 계단을 올라갔다. 무릎이 떨렸다. 내 등에 꽂히는 그의 시선을 충분히 느낄 수 있었다. 그러나 그보다 더 강렬했던 건 문간에 나타난 레이첼 이모의 시선이었다.

니컬러스의 차바퀴가 자갈길에서 바드득 소리를 냈다. 슬쩍 비친 전조등 불빛에 분노로 가득한 이모의 얼굴이 드러났다. 이모가 등 뒤로 문을 닫고는 내 팔을 우악스럽게 움켜쥐고 쉿소리를 냈다.

"어디 갔다 오는 거야? 이 뜨내기 계집애, 시계 좀 보고 다녀라. 저건 또 누구 차야?"

"니컬러스 워커요. 나를 집에 데려다준 거예요."

이모는 그 이름을 듣고 충격을 받아 잠시 할 말을 잊었다가 눈을 크게 뜨고 물었다. "뭐라고? 그놈이랑……."

"니컬러스랑 내가 아빠를 병원에 모시고 갔어요." 나는 얼른 말을 가로챘다. "아빠 맹장이 터져서 세 시간 동안이나 수술했다고요. 병원에 가지 않았더라면 돌아가셨을 거예요."

나는 울화가 치밀어 어깨에 놓인 손을 탁 털어냈다. "하지만 그러거나 말거나 엄마는 상관없겠죠. 등신 같은 친구들과 그 빌어먹을 불꽃놀이를 보는 게 더 중요하니까! 남편은 어떻게 되든……."

이모가 팔을 높이 들어올려 내 얼굴을 후려쳤다. 결혼반지가 아랫입술을 때려 엄청나게 아팠다.

"지금 뭐라고 지껄이는 거야?" 이모가 분노로 후들후들 떨었다. "나한테 그 따위 말투를 쓰다니, 이 돼먹지 못한 계집애!"

"엄마 남편이 거의 죽을 뻔했다고요!" 나는 고함을 질렀다. 손님들이 듣든 말든 상관하지 않았다. "그런데 지금 내 말투가 중요해요? 도대체 사람이 왜 그래요?"

호기심 어린 얼굴들이 창문에 모습을 드러냈고, 에스라 오빠가 문간으로 나왔다. 이런 집에는 이제 절대 발을 들여놓고 싶지 않았다. 나는 휙 돌아서서 흐느끼며 어둠 속으로 비틀비틀 달려갔다.

"당장 돌아와서 사과하지 않으면 큰일 날 줄 알아!"

레이첼 이모가 등 뒤에서 외쳤지만 돌아갈 생각 따위는 전혀 없었다. 이사벨라 고모할머니 집까지 그대로 달려가 베란다 소파에 몸을 던지고는 심장 박동이 차분해지기를 기다렸다. 뺨에 불이 붙은 것 같았다. 아랫입술은 통통 부어올랐다. 하지만 가슴속에는 분노보다 혼란이 더 컸다. 지난 24시간 동안 너무 많은 일이 벌어졌고, 내 감정은 내내 롤러코스터를 탄 것 같았다. 니컬러스와 메리제인 아줌마에게서 들은 엄청난 이야기와 아버지 때문에 느꼈던 불안, 에스라 오빠의 위협, 거기다가 내가 지금까지 만난 남자들과는 완전히 다른 니컬러스와의 일도 있었다.

깊은 한숨을 내쉬고 눈을 감았다. 부드러운 바람이 살갗을 쓰다듬으니 머리가 텅 비고 가벼워지는 것 같았다. 라벤더와 장미 향기, 흙과 마른풀 냄새가 바람에 실려 왔다. 너무 피곤해서 날뛰는 모기를 쫓을 힘도 없었다. 올빼미 소리와 나뭇가지를 흔드는 바람 소리가 마구 헤집어진 내 영혼을 슬그머니 달래줬다. 인생이 강이라면 나는 닻줄이 모두 끊어진 배였다. 낯익은 강변을 떠나 크고 작은 급류와 폭포를 지나 새로운 강으로 휩쓸려 들어간 배. 내 존재 자체가 이상하게 비현실적으로 느껴졌다. 밤이 외투처럼 나를 감쌌다. 나는 귀뚜라미 소리를 들으며 잠이 들었다.

∽

해 뜨기 한 시간 전쯤, 폭우가 퍼부었다. 천둥 소리에 땅바닥이 흔들렸다. 눈을 떴지만 내가 어디 있는지 깨닫기까지는 시간이 좀 걸렸다. 불편한 자세로 잤더니 근육이 모두 뻣뻣하고 몸 여기저기가 욱신거렸다. 어제 아침부터 아무것도 먹지 않아 배에서 꾸르륵거리는 소리가 났다. 비가 좀 멎기를 기다렸다가 집으로 향했다. 흐릿한 아침 햇살에 잠에서 깬 새들이 나무 위에서 저마다 음을 조율하느라 바빴다. 부엌 불은 이미 켜져서, 이리저리 움직이는 마사 아줌마가 유리창으로 보였다. 뒷문으로 살그머니 들어가 발소리를 죽이고 계단을 올라 다락방으로 갔다. 옷들은 어제 내가 던져둔 그대로 탁자에 있었다. 아무도 천창을 닫아주지 않아서 침대와 빛 바랜 양탄자가 비에 흠뻑 젖어 있었다.

"빌어먹을!"

일단 샤워부터 하자고 마음먹었다. 욕실에서 거울을 보니 아랫입술이 퉁퉁 부어 있고 뺨에는 레이첼 이모의 손가락 자국이 또렷하게 남아 있었다. 하필이면 공연하는 날 이런 꼴이 되다니. 샤워를 하고 머리를 감은 뒤에 다친 입술에 칫솔이 닿지 않게 조심하며 이를 닦었다. 욕실에서 나오자 달걀프라이와 구운 햄의 유혹적인 향기가 풍겨왔다. 나는 얼른 다락으로 올라가 침대보를 벗기고 젖은 매트리스를 들어내 좁은 복도를 지나 다락 창고로 질질 끌고 갔다. 옆방의 열린 문으로 보니 에스라 오빠는 아직 깊이 잠들어 있었다.

다락 창고는 엄청나게 컸다. 빨래 건조기를 사기 전에는 늘 이곳에 빨래를 널어 말렸는데, 이제는 못 쓰는 가구와 그랜트 집안에 대를 이어 내려오는 잡동사니들을 쌓아두는 곳이 되었다. 나는 매트리스를 벽에 기대놓고, 베개와 이불을 빨랫줄에 널었다.

부엌을 빙 돌아가는 길을 통해 레이첼 이모의 눈에 띄지 않고 다시 집 바깥으로 나올 수 있었다. 오후 공연 때 입을 옷이 들어 있는 가방을 모페드 짐칸에 묶어놓은 다음 아버지를 만나려고 매디슨으로 향했다. 병원 주차장으로 꺾어들다가 레이첼 이모와 마주쳤다. 이모는 경적을 울리며 차를 세우고는 유리창을 내렸다.

"밤새 어디 있었어?" 이모가 인사 대신 물었다.

"바깥에서 잤어요. 다락방이 너무 더워서요."

이모는 나를 노려보며, 내가 거짓말을 하는지 가늠해보려는 눈치였다.

"아빠는 좀 어떠세요?"

"네 아빠는 괜찮다. 안정을 취해야 하니까 가지 마."

내가 아버지를 만나는 게 마음에 들지 않는 것이다. 어쩌면 아버지의 병을 배탈이라고 우긴 게 양심에 찔리는지도 몰랐다. 하지만 내가 그냥 돌아가려고 모페드를 타고 그 먼 길을 달려온 건 아니었다.

"오래 있지 않을 거예요. 12시에 다른 애들이랑 무대에서 만나기로 했어요."

얼굴색 하나 변하지 않고 거짓말을 했다. 사실 약속은 4시였고, 그전에는 로데오를 볼 작정이었다. 하지만 그렇게 말했다가는 이모는 또 흥분해서 정신 없이 날뛸 것이다.

"꼭 그래야겠다면 할 수 없지. 넌 어차피 네 맘대로 할 테니까."

'맞아요.' 나는 속으로 대꾸하고 모페드를 몰았다.

로데오 경기가 열리는 날은 축제가 열리는 일주일 중에 가장 분주한 날이다. 승용차와 캠핑카가 곳곳에 주차되어 있고, 넓은 행사장 바닥이 보이지 않을 정도로 수많은 사람이 몰려든다. 나는 무대 뒤편에 모페드를 세우고 출연자용 천막 안의 사물함에 가방을 넣었다. 정말 뮤지션이 된 듯 기분이 으쓱했다. 큰 무대에서 열리는 프로그램은 정오 무렵에 미니콘주 수 족의 집회로 시작된다. 백인들이 왔을 때 이곳에 살던 원주민 중 한 부족이다. 롤러코스터와 대관람차, 범퍼카, 사격장, 스낵코너를 갖춘 놀이동산도 있었다.

나는 긴장과 황홀경에 휩싸였다. 전기를 가득 충전한 느낌이었다. 무더운 날이었다. 구름 한 점 없는 하늘에선 태양이 찬란하게 빛났다. 로데오 경기장을 에워싼 관중석은 꼭대기까지 가득 차 있었다. 나는 거칠고 시끄러운 분위기에 매혹됐다. 좋은 자리를 찾으려고 사람들을 헤치고 나갔다. 대부분 노동자와 그 가족들이었다. 하이럼과 맬러키 오빠가 친구들과 함께 경기장이 가장 잘 보이는 심판석 근처에 쪼그리고 앉아 있었다. 나도 그들 옆에 앉아 잔뜩 긴장한 채 니컬러스의 순서를 기다렸다.

페어필드 로데오는 사실 그다지 큰 규모는 아니지만 상금이 상당히 많아서, 네 가지 주종목의 참가자들은 대부분 유명한 챔피언들이었다. 프로그램은 말을 타고 세워둔 통들을 빠른 시간 안에 돌아야 하는 배럴 레이싱이나 말에 탄 채 로프를 던져 송아지를 잡는 로핑 같은 위험하지 않은 종목들로 시작됐다. 나도 예전에 웨이사이더를 타고 청소년 로데오 대회에 참가했을 때 이 두 종목에서 몇 번 상을 받기도 했다. 2시에 드디어 새들 브롱크 라이딩이 시작됐다. 날뛰는 야생마 위에서 한 손으로 끈을 잡고 버텨야 하는 위험한 경기였다. 니컬러스의 이름이 불리자 엄청난 환호성과 박수갈채가 터져나왔다. 나는 관중의 반응과 흥분한 진행자들의 논평을 듣고 로데오 세계에서 니컬러스가 굉장한 스타라는 사실을 알게 됐다.

니컬러스는 거세게 반항하는 말을 타고 11초를 버텼을 뿐 아니라 심판들로부터도 최고 점수를 획득했고, 관중의 엄청난 박수도 받았다. 그처럼 오래 버틴 경쟁자는 아무도 없었다. 하지만 나는 그가 왜 더는 로데오를 하지 않으려고 하는지, 로데오에 미친 무수한 전직 로데오 선수들처럼 왜 어릿광대나 투우사로 변해서라도 이 흥미진진한 게임을 계속할 마음이 없는지 이해할 수 있었다. 참가자들 대부분은 20대 초중반이어서, 낙마하더라도 이 거친 스포츠를 20년 이상 해온 사람만큼 아프지는 않을 것 같았다. 나는 니컬러스가 안장 없이 야생마를 타는 베어백 라이딩에서도 우승하는 모습을 지켜본 뒤에 군중을 헤치고 바깥으로 나왔다. 내 공연이 시작되기 전에 니컬러스를 꼭 만나고 싶었다. 타는 듯한 더위였지만 곧 가장 거칠고 힘든 종목, 황소 등에서 버텨야 하는 불 라이딩이 시작될 예정이라서 관중석은 더 꽉꽉 들어차고 있었다. 나는 사람들을 밀치며 방목장까지 갔다. 동료들과 있던 니컬러스가 나를 발견하고 윙크했다.

"우승 축하해요."

"고맙다. 봤어?"

나는 고개를 끄덕였다.

"뭐 좀 마실까?"

또 끄덕끄덕. 그때 그가 다리를 살짝 절뚝거리는 게 보였다.

"다쳤어요?"

"아, 별거 아냐." 그가 손을 내젓고는 음료수 판매대에서 콜라 두 잔을 주문했다.

"불 라이딩에도 참가할 거예요?"

"당연하지." 그가 돈을 지불하고 0.5리터짜리 콜라 한 잔을 나에게 내밀었다. "그것도 볼 거야?"

"아니요, 그건……."

나는 고개를 저으며 대답하다 말고 어깨를 으쓱했다. 겁쟁이는 아니었지만 그가 600킬로그램이나 나가는 황소에게 깔리게 될지도 모르는데 그런 모습은 보고 싶지 않았다. 유감스럽게도 그런 일은 챔피언이라고 해서 비켜가지 않는 법이다.

"그건 뭐?"

니컬러스는 느긋하게 판매대에 기대서 흥미롭다는 눈길로 나를 봤다. 그의 오만함에 울화가 치밀었다. 이 남자를 걱정하고 있는 내가 바보 같았다. 목이 부러지는 게 좋다면 그러라지 뭐.

"아무것도 아니에요." 쌀쌀맞게 말하고 등을 돌렸다.

"내가 걱정되는 거지?"

"왜 그렇게 생각하시죠?"

나는 머리카락을 뒤로 휙 넘기고는 도대체 그게 무슨 말도 안되는 소리냐는 표정으로 무장했다. 그에게 약한 모습을 보이는 건

두 번으로 충분했다.

"그래, 로데오는 겁쟁이들이 보는 게 아니지."

그 말에 나는 뒤로 돌아서서 화를 내며 고함을 질렀다. "아저씨는 정말 구역질 나요! 그래요, 아저씨 뼈가 부러지는 거 보기 싫어요! 하지만 내가 겁쟁이라서 그런 건 아니에요! 콜라 고맙네요!"

나는 반도 넘게 남은 콜라 잔을 탕, 소리 나게 내려놓고는 씩씩거리며 걸어갔다.

"어이, 셰리든!"

니컬러스가 부르는 소리를 무시하고 계속 걸었지만, 그는 얼마 지나지 않아 나를 따라잡았다.

"기다려!" 그가 내 앞을 막았다. 이제는 히죽거리지 않았다.

"왜 그래요? 가서 목이나 부러지라고요!" 나는 악에 받쳐 소리를 질렀다.

"걱정해줘서 고마워. 그리고 미안해. 네가 겁쟁이가 아니라는 건 잘 알아."

나는 그의 말에 어떻게 반응해야 할지 알 수 없어서 빤히 노려보기만 했다.

"어이, 화내지 말라고, 응?" 그가 어색하게 미소를 지었다.

"화난 거 아니에요. 이제 공연 준비 하러 가야 해요. 6시에 시작이거든요."

"그래, 알아." 니컬러스가 다시 히죽 웃는데, 하얀 치아가 반짝였다. "그 공연 때문에라도 목을 부러뜨리지 않을 거야. 널 보고 싶으니까."

달콤한 말로 구워삶아 화를 풀게 만들려는 속셈이 빤히 보여 나는 쌀쌀맞게 대꾸했다. "그래요, 그럼 행운을 빌어요. 나중에 봐요."

청중이 어느 정도 되리라고 예상하긴 했지만, 무대 앞으로 몰려
오기 시작하는 사람들을 보고 우리는 꽤 큰 충격을 받았다. 로데오
가 끝나자 구경꾼들이 모두 우리 무대로 몰려든 것 같았다. 나는
비좁은 탈의실에서 옷을 갈아입었다. 딱 달라붙는 빛바랜 청바지
에 잿빛 민소매 티셔츠, 낡았지만 가장 좋아하는 카우보이 부츠를
신었다. 그러고는 정성껏 머리를 빗어 어깨 위로 늘어뜨리며 발성
연습을 했다.

"준비 끝났어?" 뒤에서 브랜던이 말을 걸었다.

"응."

나는 카우보이모자를 썼다. 우리 시선이 거울 속에서 만났다. 브
랜던은 얼굴이 하얗게 질려 있었다.

"우와, 너 정말 멋지다!"

"고마워." 나는 그의 말에 미소를 짓고는 뒤로 돌아섰다. "너도
멋있어. 여자애들이 널 보면 마구 소리를 지르면서 기절할지도 몰
라. 어라, 너 지금 떠는 거야?"

"셰리, 지금 바깥에 최소한 5000명은 모여 있어!" 브랜던의 목소
리가 떨렸다. "다들 바짝 얼었다고! 넌 안 그래?"

나는 잠시 생각에 잠겼다. 떨리지 않았다. 초조하긴 했지만, 그
건 얼른 무대로 나가서 청중을 만나고 싶어 안달이 난 거였다. 뮤
지컬 공연에서 느꼈던 황홀경이 내내 그리웠다. 다시 느끼고 싶었
다. 하지만 이런 말은 그 누구에게도 하고 싶지 않았다. 그래서 히
죽 웃으며 이렇게만 대답했다. "응, 너도 알다시피 난 청중 몰이꾼
이잖아."

나는 브랜던의 입술에 살짝 키스하고 그의 손을 잡고는 기다리
고 있는 다른 아이들에게로 끌고 갔다.

"우와, 여긴 학교랑은 완전히 달라. 정말 미치겠네!" 올리버가 말했다.

코스텔로 선생님이 우리 어깨를 두드리며 응원해줬다. 밴드 멤버들이 무대로 나가 악기로 다가갔다. 청중이 박수를 치고 휘파람을 획획 불기 시작했다.

"자, 그럼."

올컷 씨가 나에게 윙크를 하고 무대로 나가서 우리를 소개했다. 곧 〈태어난 곳은 잘못된 곳〉의 전주가 울려 퍼졌다. 나는 마이크를 잡고는 무대 맨 앞까지 똑바로 걸어갔다. 정말 엄청난 느낌이었다. 밝은 조명 때문에 눈이 부셨지만 첫 줄에 있는 낯익은 얼굴들을 알아볼 수 있었다. 우리 학교 학생들이 몽땅 온 것 같았다.

공연이 시작되자마자 나는 그동안 열심히 연습한 보람이 있다는 걸 느꼈다. 3월보다 훨씬 나았다. 우리는 내가 만든 노래와 새롭게 편곡한 유행가로 구성된 레퍼토리를 실수 하나 없이 깔끔하게 공연했다. 내 목소리는 날개를 단 듯 퍼져나가 수많은 사람에게 닿았다. 베이스 기타와 드럼이 몸을 진동시켰고, 신이 들린 듯 입술에서 가사들이 저절로 쏟아져 나왔다. 사람들이 처음 한두 곡만 듣고는 흥미를 잃고 무대를 떠날 거라는 걱정은 기우였다. 오히려 그 반대였다. 점점 더 많은 사람이 몰려와 박수갈채를 보내고 휘파람을 획획 불었다. 다른 멤버들도 무아지경으로 연주를 즐겼다. 무대 앞쪽에 선 브랜던은 아무렇지도 않은 척하고 있었지만, 청중의 열광을 얼마나 즐기는지 눈치챌 수 있었다. 앞줄에 있는 여자애들은 그의 이름이 적힌 팻말을 들고 있었다.

나는 내가 청중을 조종할 수 있다는 걸 깨달았다. 내가 팔을 올리면 청중도 그렇게 했고, 무대 위를 뛰어다니면 열광하며 환호성을 질렀다. 검지를 입술에 대는 건 조용히 하라는 신호였다.

청중은 코어스의 〈왓 캔 아이 두〉와 오아시스의 〈돈 룩 백 인 앵거〉를 부를 때는 라이터를 켜서 흔들었고, 벡과 조안 제트, 프리텐더스의 명곡이 이어질 때는 분위기가 절정에 이르렀다. 마지막 두 곡, 내 자작곡인 〈소서러〉와 〈록 유어 라이프〉를 부를 때는 제정신을 가진 사람이라고는 한 사람도 없었다. 영원히 노래할 수 있을 것 같은 느낌이 들었다. 앙코르 곡으로 마리안 페이스풀의 〈발라드 오브 루시 조던〉과 보니 타일러의 〈잇츠 어 헤드에이크〉를 부른 다음, 열 번쯤 허리를 숙여 인사했다. 열광한 청중은 그런 뒤에야 우리가 그날의 주공연자인 컨트리 가수 스티브 마네로에게 순서를 넘기도록 허락해줬다. 그의 밴드 매니저들이 얼른 무대로 나가 악기를 설치하려고 초조하게 기다리고 있었다.

"애들아, 미안하다만 우리 늙은이들도 좀 나서자." 통통한 맨팔에 문신이 가득한 수염투성이 남자는 이런 말까지 했다.

우리는 휘청거리며 무대에서 내려와 뒤쪽 천막으로 갔다. 황홀경에 취해 서로 얼싸안고 세상 가장 행복한 웃음을 터뜨렸다. 코스텔로 선생님과 해리스 교장선생님도 우리만큼이나 흥분해서는 칭찬을 쏟아냈다. 울컷 씨가 우리 어깨를 차례대로 두드렸고, 제프 리처드슨 시장도 와서 축하해줬다. 게다가 아직 공연이 모두 끝나지도 않았는데 기자 몇 명이 와서 인터뷰를 요청했다. 그중 두 명은 전국 일간지 기자였다. 그때 와글거리는 군중 속에서 스티브 마네로가 불쑥 나타났다.

"아가씨, 멋진 공연 축하해. 목소리가 굉장하네! 정말 소름 돋더군." 그가 악수를 청하며 말했다. "엄청난 재능을 타고났어."

"스티브, 그 학생이 당신 인기를 가로챘어요!"

기자 한 명이 소리치자 그가 미소를 지으며 말했다.

"그렇소. 내가 지금 올라가서 그 인기를 뛰어넘을 수 있을지 모르겠군."

나는 당황해서 뭔가 말도 안 되는 소리를 웅얼거렸다. 그는 내 어깨를 두드리고 윙크한 뒤에 사라졌다.

"굉장한 칭찬을 받았네요, 스티브 마네로의 입에서 저런 말이 나오다니!" 기자가 외쳤다. "저 사람은 입에 발린 말을 하는 사람이 아니거든요. 자랑스러워해도 되겠어요."

나는 누군가 건넨 물을 병째 들이켜고는 난생처음 인터뷰를 했다. 다행히도 기자들은 레이첼 이모가 사람들을 뚫고 다가올 무렵 인터뷰를 마치고 사라졌다. 격분한 이모의 표정을 보고 좋지 않은 말이 나올 거라고 예상했지만, 나는 구름 위를 걷는 듯 행복해서 이모가 하는 말은 잘 들리지도 않았다. 이모는 내가 "부끄러움을 모르는 갈보"에다 "사람들 보기에 창피한 가문의 수치" 어쩌고저쩌고 떠들어댔지만 나는 이모를 제대로 보지도 않았다.

"레이첼!" 울컷 씨가 나타났다. "정말 엄청나지 않습니까? 따님이 굉장히 자랑스럽겠어요. 페어필드 전체가 셰리든에게 열광하고 있잖아요!"

"네, 많이 놀랐어요." 이모는 간신히 대답을 하고는 인상을 구기며 간신히 미소를 지었다. 차분함을 유지하려고 필사적으로 노력하는 모습이 보기에 딱할 정도였다. 그러고는 이를 앙다문 채로 내게 한마디 으르렁거리고 사라졌다. "집에서 보자."

우리는 다른 쪽 천막으로 옮겨갔다. 어른들을 위해서는 맥주가, 우리를 위해서는 탄산음료가 준비되어 있었다. 남자애들은 보는 사람이 없나 확인한 뒤 슬쩍 맥주를 집어 마셨다. 공연은 대성공이었지만 조금 아쉬운 마음도 들었다. 이건 우리의 처음이자 마지막 공연이었다. 여름 학기가 끝나면 시드니와 올리버는 대학에 갈 것이다. 브랜던은 쉴 새 없이 들이켜더니 너무 취해서 부모님에게 이끌려 집으로 갔고 시드니와 올리버도 작별 인사를 했다. 나는 옷이 들어 있는 가방을 어깨에 메고 혼자 걷기 시작했다. 스티브 마네로의 목소리가 걷는 내내 나를 따라왔다. 그의 칭찬을 되새기는데 행복해서 등줄기에 소름이 오슬오슬 돋았다.

"캐럴린!"

그게 나를 부르는 소리라는 걸 깨닫기까지는 몇 초쯤 시간이 걸렸다. 어떤 남자가 갑자기 앞을 가로막았다. 내 앞에 크리스토퍼 핀치가 서 있었다. 그가 방금 무대에서 나를 본 걸까? 그래서 내가 자기를 속였다는 걸 깨달은 걸까? 아니, 그랬다면 나를 여전히 캐럴린이라고 부를 리 없었다.

"오랜만이네요." 나는 싸늘하게 대꾸했다. 이제 그의 얼굴을 봐도 아무런 감정이 생기지 않았다. 그렇다고 내가 자기를 용서했다고 믿게 하고 싶지는 않았다.

"아내는 어쩌고 혼자예요?"

"캐럴린, 정말 미안해. 내가 잘못했어. 사실대로 이야기했어야 하는데."

"그럼요, 그랬어야죠."

"캐럴린, 내가 왜 아내 이야기를 하지 않았는지 좀 들어봐." 그가 애걸하며 한 손을 내 팔에 얹었다.

"어차피 이제 상관없는 일이잖아요."

"우리 둘이 얼마나 아름다운 시간을 보냈는지 벌써 잊은 거야? 난 밤낮으로 너를, 우리를 생각하는데."

그가 한 걸음 더 다가왔다. 그의 손이 닿자 팔에 닭살이 돋았다.

"캐럴린, 날 괴롭히지 마."

땀으로 축축한 손가락이 내 팔을 더듬었다. 나는 불쾌함에 뒤로 물러났는데, 그게 그를 더 자극한 모양이었다.

"네가 머릿속에서 사라지지 않아서 도저히 일을 못 하겠어." 그가 더 가까이 다가왔다. "그냥 놀러오는 것 정도는 괜찮잖아. 그냥 와서 이야기만 하자."

불쾌함은 역겨움으로 변했다. 나는 도대체 물컹하고 통통한 얼굴에 배까지 튀어나온 이 남자의 어떤 점에 반했던 걸까?

"일행이 기다려요. 이거 놔요."

"걔 말대로 해! 어서 놓으라고!"

누군가 뒤에서 날카롭게 소리치자 크리스토퍼는 얼른 내 팔을 놓았다. 고개를 돌려 보니 니컬러스가 서 있었다. 심장이 떨어질 것 같았다. 날렵한 몸매, 각지고 잘생긴 얼굴, 두려움과 호기심을 불러일으키는 얼굴의 흉터……. 그가 연푸른 빛 눈동자로 크리스토퍼를 매섭게 노려봤다.

"저놈이 귀찮게 해?" 니컬러스는 크리스토퍼를 위협적인 눈길로 노려보며, 내가 자기 사람이라는 듯이 한 팔을 내 어깨에 얹었다.

"아뇨, 그냥…… 이웃이에요." 나는 마음이 놓여 미소를 지었다.

"그래? 그럼 이제 가자. 파티를 벌여야지. 이웃님은 안녕히 가시고요." 그러고는 나를 끌어당겨 함께 걷기 시작했다.

"어이." 그가 내 어깨에서 팔을 내리고 말했다. "너 정말 굉장했어! 목소리가 그렇게 좋다니, 믿을 수 없더라. 진짜 멋져!"

"고마워요." 칭찬을 듣는 일은 여전히 어색했다. "불 라이딩은 어떻게 됐어요?"

"나 아직 이렇게 살아 있잖아." 그가 평소와 달리 오만한 흔적이라고는 전혀 없는 미소를 지었다. 솔직하고 다정한 미소였다. "보다시피 뼈도 그대로 붙어 있고. 2등밖에 못 했지만 말이야."

"축하해요."

우리는 서로 마주봤다. 잔뜩 긴장해서 예민한 상태였던 나는 이제 마구 떨리기 시작했다. 그의 눈빛에서 보이는 나에 대한 순수한 감탄 때문에 혼란스러웠다.

"뭐 좀 마실래?"

그의 말에 고개를 끄덕였다. 우리는 음료수 판매대로 갔다. 우리는 한동안 내가 부른 노래에 대해 이야기를 나누었다. 조금 편안해진 나는 느긋하게 콜라를 홀짝거렸다. 해는 이미 오래전에 떨어졌고, 사람들의 분위기도 달라졌다. 가족 단위 구경꾼이나 페어필드의 모범적인 시민들은 모두 집으로 돌아가고 카우보이들과 젊은 노동자들만이 남아 있었다. 술에 취하지 않은 사람은 없어 보였다. 니컬러스의 동료들이 다가와서 공연을 봤다면서 칭찬을 퍼부으며 냅킨에 사인을 해달라고 했다. 1달러짜리 지폐에 해달라는 사람도 있었다.

"언젠가 네가 유명해지면 1달러 이상 받을 수 있을 거야!" 그 카우보이는 사인을 받은 지폐를 허공에 흔들며 히죽 웃었다.

느리게 흘러가는 사람들 속에서 에스라 오빠가 불쑥 눈에 띄었다. 오빠는 뭔가 찾는 듯이 주변을 두리번거렸다. 나는 본능적으로 니컬러스 뒤에 숨었지만 이미 늦었다. 오빠가 나를 손가락질하며 자기 일행을 돌아보았다. 같은 학교 친구들이 아니라, 시내에 죽치고 있다가 걸핏하면 싸움질을 벌이는 악명 높은 건달들이었다. 칼 바턴과 그의 동생인 젭과 빈, 그리고 또 다른 남자 셋이었다. 모

두 에스라 오빠보다 몇 살 더 많았는데, 뇌는 없다시피 했고 덩치
는 산만 했다. 1년 중 대부분을 교도소에서 보내고, 그러지 않을
때면 그때그때 임시직 노동으로 살아가는 이들이었다. 공격적인
몸짓과 비틀거리는 걸음걸이에서 그들이 지금 많이 취했고 싸움
질을 하고 싶어 몸이 근질거린다는 사실을 누구라도 알아볼 수 있
었다. 그들은 누구 하나 걸리기만을 바라면서 사람들을 툭툭 치고
걸었다. 에스라 오빠가 내 앞에서 발걸음을 멈추자 내 가슴은 공포
로 두근거렸다.

"얘가 내 동생이야. 굉장한 가수지!" 오빠가 나를 가리키며 말했
다. "아주 잘 어울리는 인간들을 찾아냈군. 반사회적인 건달들 말
이야."

구역질 나는 패거리가 더러운 표정으로 낄낄거렸다.

"어이, 잘난 척하는 그 상판에 반사회적인 건달의 주먹 맛 좀 보
여줄까?" 젊은 카우보이 하나가 소리쳤다. 그 역시 선량해 보이는
얼굴은 아니었다.

"어이, 어이. 진정들 하라고!"

니컬러스가 분위기를 바꾸려고 했지만 이미 늦었다. 바턴 형제
는 이런 기회만 노리고 있었으니까.

"더러운 인디언 잡종은 빠져." 에스라 오빠가 빈정거렸다. 죽일
듯한 질투와 증오가 오빠의 눈에 이글거렸다. 오빠는 바턴 형제들
과는 달리 술을 마신 기색이 전혀 없었다. 나는 오빠가 일부러 그
들을 부추겨 내가 있는 곳으로 데려왔다는 사실을 깨달았다.

"닉, 여자애 데리고 여길 떠나. 곧 한판 벌어질 것 같으니까." 카
우보이 한 명이 맥주잔을 내려놓으며 말했다.

그 말이 채 끝나기도 전에 내가 살면서 본 것 중에 가장 요란한

패싸움이 시작됐다. 맥주잔들이 날아다니는 바람에 나는 온몸에 맥주를 뒤집어썼다. 니컬러스는 한 손으로 내 팔을 움켜쥐고, 다른 손으로는 내 가방을 들고 나를 위험 지역에서 끌어냈다. 그는 안전한 곳에 이르러서야 걸음을 멈추었다.

"세상에, 그 자식 한 방 갈기려다가 간신히 참았네. 도대체 왜 그러는 거야?" 니컬러스가 씩씩거렸다.

"오빠는 언제나 나를 질투했어요. 날 아주 싫어해요." 나는 훌쩍이지 않으려고 애썼다.

순찰차의 사이렌이 울리고 경광등이 번쩍였다. 사람들이 이리저리 뛰며 정신 없이 소리를 질렀다. 평화롭던 축제는 폭력의 도가니로 변했다.

"모페드가…… 모페드가 무대 옆 천막에 있어요."

내가 웅얼거렸다. 말도 제대로 할 수 없을 만큼 충격적이었다. 에스라 오빠 눈에서 이글거리던 증오가, 그리고 이 동네에서 가장 더러운 패거리를 긁어 모아 내게 하려고 했을 행동이…….

"내일 가지러 오면 돼. 자, 가자. 집에 데려다줄게."

니컬러스는 넓은 풀밭 어딘가에 주차해둔 자동차로 걸어가면서 혼잣말처럼 중얼거렸다. "그런데 에스라가 왜 바턴 형제랑 어울리는 거지?"

나는 대답하고 싶었다. 복수라고, 내게 본때를 보여주려 한 거라고. 하지만 그러려면 오빠가 나를 어떻게 괴롭히고 위협했는지 말해야 했고, 그 이야기를 들으면 니컬러스는 당장 되돌아가서 오빠를 반쯤 죽일지도 모른다. 또 크리스토퍼와의 부끄러운 정사도 털어놓아야 할 텐데, 그걸 그에게 말하는 건 죽기보다 싫었다. 그러는 사이 트럭에 도착했다.

"괜찮아?" 그가 나를 찬찬히 살피며 물었다.

"네, 괜찮아요."

나는 떨리는 목소리로 대답하고는 눈을 내리깔았다. 마음속의 소요에도 불구하고, 내 옆에 있는 그의 날렵한 근육질 육체는 다른 종류의 팽팽한 긴장을 불러일으켰다. 나는 그의 눈조차 마주볼 수 없었다. 집으로 가는 짧은 시간 동안, 우리는 아무 말도 하지 않았다. 그가 메리제인 아줌마 집 앞에서 차를 세웠을 때 나는 고맙다고 중얼거리고는 차에서 뛰어내려 집으로 내달렸다.

집에는 불이 환하게 켜져 있었다. 레이첼 이모는 손님들과 앞쪽 베란다에 앉아 아이스티를 마시고 수다를 떨면서 더위가 가신 여름 저녁을 즐기고 있었다. 몰래 안으로 들어가려고 하는데 브리니크 부인이 나를 발견하고는 소리쳤다.

"저기 슈퍼스타가 왔네! 셰리든, 이리 와라. 축하해줘야지!"

베란다 계단을 올라가자 모두 자리에서 일어나 박수를 치며 몰려와 어깨를 두드리면서 나를 칭찬해주었다. 레이첼 이모만 인상을 찌푸리고 있었다.

"너 술 마셨구나. 술집을 통째로 옮겨온 거 같다!" 이모가 욕을 퍼부었다.

"한 모금도 안 마셨어요."

"옷은 왜 다 젖었어!" 이모는 내게 코를 들이대고 개처럼 킁킁거렸다. "맥주 냄새잖아!"

대화가 순식간에 멎었다. 모두 나를 뚫어져라 바라봤다. 이렇게 되면 더는 사실을 감출 수 없었다.

"에스라 오빠랑 바턴 패거리가 패싸움을 벌였어요. 사람들이 맥주잔을 던져서 나한테도 튄 거예요."

"어떻게 그따위 말도 안 되는 소릴 할 수 있지? 이 거짓말쟁이 계집애!" 레이첼 이모가 분노에 차서 새된 소리를 질렀다.

내가 막 대답하려는데 자동차 한 대가 엄청난 속도로 달려와 마당에 섰다. 이리저리 튀는 자갈과 먼지구름 사이로 맬러키와 하이럼 오빠가 차에서 뛰어내리는 모습이 보였다. 흥분했는지 얼굴이 벌겋게 달아올랐고 옷은 마구 흐트러져 있었다. 오빠들이 베란다에 있는 나를 보더니 안심했다는 표정을 지었다.

"셰리든, 여기 있었구나. 다행이다! 우리가 널 얼마나 찾아다녔는지 몰라!" 하이럼 오빠가 외쳤다.

레베카 새언니가 맬러키 오빠에게 뛰어가서 걱정스러운 표정으로 물었다. "무슨 일이야?"

"별일 아니야. 걱정 마." 큰오빠가 아내를 안심시켰다.

"축제에서 무슨 일 있었어?" 이모가 날카롭게 물었다.

"막내가 바턴 형제들이랑 손잡고 패싸움을 일으켰어요! 걔 때문에 축제가 다 난장판이 됐다고요." 하이럼 오빠가 대답했다.

"에스라는 어디 있는데?" 이모의 얼굴이 걱정으로 창백해졌다.

"교도소에 있겠죠. 벤턴 보안관이 끌고 갔어요."

"남자애들은 원래 그래요. 레이첼, 걱정하지 마요." 아들이 둘 있는 레베카 새언니의 엄마가 느긋하게 말했다.

"세상에! 우리 착한 아가가 어쩌다가 그런 싸움에 휘말리게 됐을까?" 레이첼 이모는 사돈의 말을 가볍게 무시하고 손님들 앞에서 체면이 깎이는 걸 면해보려고 애를 썼다. 하지만 꼿꼿한 맬러키 오빠 앞에서는 소용이 없었다.

"엄마, 휘말린 게 아니에요!" 오빠가 평소와 달리 흥분해서 목소리를 높였다. "칼 바턴이 벤턴 보안관에게 말하기를, 에스라가 100

달러를 줬대요. 셰리든과 남자친구 브랜던을 혼내주는 조건으로
말이에요. 그게 잘되지 않아서 카우보이들과 싸움질을 벌인 거예
요. 그래서 축제를 완전히 망쳐버렸죠."

어느 정도 예상은 했지만, 돈까지 주면서 그런 일을 시켰을 거
라고는 상상도 못 했다. 나는 다리가 풀려서 베란다 난간을 붙잡고
겨우 섰다.

"끔찍한 일이로구나." 엘리아스 브리니크가 입을 열었다.

"아니, 저건 말도 안 되는 헛소리예요!" 레이첼 이모가 화를 내며
그의 말을 가로막았다. "그 반사회적인 부랑아가 얼마나 거짓말을
잘하는지는 모든 사람이 알아요. 죄를 누군가에게 덮어씌워야 하
는데, 우리 아들처럼 좋은 집안 출신이 거기 딱 맞았던 거죠."

이모는 모든 상황을 자기에게 맞게 해석하는 데 늘 천재적인 솜
씨를 발휘했다.

"맬러키, 하이럼. 집에 들어가라. 너희랑 할 말이 있다."

"엄마, 이제 제발 눈을 뜨세요! 에스라는 바턴 형제들이랑 아주
가까이 지내요. 엄마가 생각하는 그런 애가 아니라고요!" 하이럼
오빠가 목소리를 높였다.

나는 필사적으로 고개를 저으며 소리를 내지 않고 입만 움직여
"말하지 마!"라고 했지만, 오빠는 열이 오를 대로 올라서 나는 보지
도 않았다. 오빠가 이렇게 흥분한 모습은 처음이었다.

"엄마랑 아버지가 맬러키 형 결혼식에 가고 안 계실 때, 에스라
가 자기 파티를 망쳤다며 셰리든을 두들겨 팼어요." 오빠가 씩씩거
리며 말을 이었다. "조지 아저씨와 내가 그때 우연히 돌아오지 않
았더라면 에스라가 무슨 짓을 했을지 몰라요! 자기 '여동생'에게
말이에요!"

베란다는 쥐 죽은 듯이 조용해졌다. 나는 고개를 떨어뜨리고 말뚝에 이마를 기댔다. 레이첼 이모는 정신을 차리려고 안간힘을 쓰고 있었다. 손님들이 자리에서 일어나 그만 들어가보겠다고 웅얼거리며 집 안으로 사라졌다.

"하이럼, 네 동생에 대해 어떻게 그런 말을 할 수 있니!" 이모의 목소리가 분노로 떨렸다. "게다가 내일이면 말도 안 되는 그 사악한 소문을 온 동네에 떠벌리고 다닐 낯선 사람들 앞에서! 너희 둘한테 정말 실망했다!"

하이럼 오빠가 뭔가 대꾸하려고 입을 열었다가 그만두자는 듯이 손을 내저으며 자기 자동차로 갔다. 그러고는 차 문을 세차게 닫고 시동을 건 다음 차를 휙 돌려 마당을 나갔다. 나도 데리고 갔더라면 좋았을 텐데.

"엄마, 흥분하지 마세요." 맬러키 오빠가 이모를 가라앉히려고 했다. 상황이 더 악화돼서 장인과 장모 앞에서 더 심한 창피를 당하는 일을 피하고 싶었던 것이리라.

"시내로 가서 네 동생을 교도소에서 꺼내 와." 이모가 명령했다. "얼른! 아니면 내가 직접 갈까?"

"보안관이 놓아줄 것 같지 않……."

레이첼 이모가 맬러키 오빠 말을 자르며 거칠게 소리쳤다. "시키는 대로 해! 지금 당장!"

오빠는 양손을 들고 어깨를 으쓱했다. 그러고는 더 따지지 않고 나와 레이첼 이모만 남겨두고 마당을 빠져나갔다. 나는 숨 쉴 엄두도 내지 못하고 베란다 난간에 뿌리 박힌 듯이 서 있었다.

"네가 이 집에 온 날이 저주스럽다. 네가 오고 우리 집에는 불화뿐이야. 이…… 이 뱀 같은 년!"

이모가 내게로 몸을 돌렸다. 눈빛이 증오로 싸늘했다. "네가 무슨 일을 저질렀는지, 네 오빠를 어떻게 도발했는지는 몰라도 한 가지는 확실해. 이 모든 사태는 다 네 책임이야!"

이모는 손님들이 듣지 못하게 목소리를 낮추었지만, 한마디 한마디에 맹렬한 독이 가득 찬 게 마치 미리 세심하게 준비해둔 말 같았다.

"더러운 태생이라도 노력만 하면 제대로 된 인간으로 만들 수 있을 거라 생각했다. 그런데 완전히 실패야, 실패! 내 평생 오늘처럼 수치스러웠던 날이 없다. 음탕한 사내들 앞에서 싸구려 창녀처럼 펄쩍펄쩍 뛰어다니다니! 주둥이를 놀리고 엉덩이를 흔들어대면서! 엘리아스 브리니크처럼 다 늙은 노인네 혼도 빼놨으니 에스라처럼 순진한 어린애를 유혹하기가 얼마나 쉬웠겠어! 어릴 때부터 걔를 온 세상 웃음거리로 만들려고 하더니!"

더는 들을 수 없었다. 나는 가방을 집어 들고 이모 옆을 지나쳐 계단을 내려갔다. 이모는 마당까지 나를 따라오며 끈질기게 떠들어댔다.

"그것도 모자라서 뻔뻔하게 걔 친형 하이럼까지 사주를 해? 이 독사 같은 년! 그 순진한 표정으로 다른 사람은 속여도 나는 못 속이지! 난 널 꿰뚫어볼 수 있어. 네가 우리 가족에게 저지른 죄에 합당한 벌을 반드시 받게 될 거다. 내가 장담하지! 거기 서! 내가 말하면 서야지 어딜 자꾸 가는 거야!"

"말하는 게 아니잖아요. 욕하는 거죠. 욕 듣고 있을 마음은 없어요." 나는 이모에게 돌아서며 말을 이었다. "나갈 거예요. 아마 남자를 만나자마자 얼씨구나 하고 바로 사라질지도 모르죠. 타락한 내 친엄마처럼 말이에요."

그 말은 놀라운 효력을 가져왔다. 분노로 일그러졌던 이모의 얼굴이 순식간에 굳었다.

"뭐?"

"얼마 전에 엄마 입으로 직접 말했잖아요. 내가 축제 공연에 참가해도 된다고 아버지가 허락했을 때." 나는 얼굴로 흘러내린 머리카락 몇 가닥을 불어냈다. 이모가 무슨 생각을 하든 상관없었다. 만사가 귀찮았다. 지난 몇 시간 동안 일어난 사건들과 흥분 때문에 말할 수 없이 피곤하고 지쳤다. "그렇게 고함을 질렀는데 못 들을 수 있겠어요?"

이모의 입술이 가늘어지고 콧방울이 벌렁거렸다. 그때 자기가 또 무슨 말을 했는지 생각하는 눈치였다. 그러다가 지극히 정상적인 어투로 말했다.

"셰리든, 그냥 여기 있는 게 좋겠구나."

나는 하마터면 그게 딸을 걱정하는 엄마의 마음에서 나온 말이라고 생각할 뻔했다. 이모가 그 말만 하고 말았더라면 나는 집 안으로 들어갔을 테고, 그랬다면 내 인생을 영원히 바꿔버린 일련의 일들도 일어나지 않았을 것이다. 하지만 이모는 대화와 이해, 선의를 바라는 내 마지막 희망을 무참히 짓밟았다.

"내일 아침 식탁에 우리 식구가 한 명도 없으면 손님들이 뭐라고 생각하겠니?"

이모에게 나는 그 정도밖에 안 되는 존재였던 것이다. 나는 가방을 어깨에 메고 이모를 그대로 남겨둔 채 뛰쳐나왔다.

낡은 픽업트럭에 올라탔을 때는 이미 자정 무렵이었다. 이사벨라 고모할머니는 안 계셨고 니컬러스에게도 갈 수 없었다. 누군가와 이야기를 나눠야 했다. 내 마음의 소요를 가라앉혀줄 누군가와.

퍼뜩 아빠 생각이 났다. 늦었지만 병원에는 어떻게든 들어갈 수 있을 것이다. 나는 마음을 정하고 국도로 차를 꺾었다. 텅 비다시피 한 주차장에 차를 세우고 병원으로 들어갔다. 다행스럽게도 접수처에는 아무도 없었다. 나는 살금살금 로비를 지나 아버지가 입원한 1인실이 있는 3층으로 갔다.

침대에 걸터앉자 아버지가 눈을 떴다.

"셰리든." 아버지가 잠에 취한 듯 중얼거리다가 정신을 번쩍 차리고는 걱정스러운 말투로 물었다. "무슨 일 있니? 지금 몇 시지?"

"곧 12시 반이 돼요." 문득 아버지가 안정을 취해야 한다는 말이 떠올라 재빨리 덧붙였다. "그냥 많이 보고 싶어서 온 거예요."

"그러면 다행이다." 아버지가 흐릿하게 미소 지었다. "공연은 어땠니? 계속 네 생각을 했다."

"굉장했어요. 사람들이 1000명도 넘게 왔어요."

나는 왜 한밤중에 혼자 매디슨으로 왔는지 아버지가 묻지 않기를 바랐다. 어쨌든 나는 아직 혼자 운전하면 안 된다. 그래서 우리 공연을 하나하나 자세히 설명하기 시작했다. 스티브 마네로의 칭찬, 그리고 울컷 씨와 제프 리처드슨 시장이 얼마나 감탄했는지도 전했다.

"최고였어요. 정말 환상적이었어요."

"기쁘구나. 성공할 줄 알았어." 아버지가 내 손을 잡았다. "정말 자랑스럽다. 거기 못 간 게 너무 아쉽구나."

"시드니 아버지가 촬영했어요. 퇴원하시면 꼭 보세요."

아버지의 손을 잡으니 레이첼 이모의 야비한 말이 불러온 끔찍한 외로움이 좀 사그라졌지만, 나를 찬찬히 살피는 아버지의 눈빛을 보니 슬픔이 불쑥 몰려와 눈물을 겨우 억눌렀다.

"셰리든, 무슨 일이니?" 아버지가 나지막이 물었다. "그 이야기를 하려고 한밤중에 오지는 않았을 테고. 뭔가 있는 거, 다 보인다."

갑자기 울음이 터져 나왔다. 아버지가 몸을 일으켜 나를 품에 안고는 위로하듯 머리를 쓰다듬었다. 나는 한참 뒤에야 무슨 일이 벌어졌는지 설명할 수 있었다. 에스라 오빠가 사주한 패싸움에서부터 레이첼 이모가 쏟아낸 독설까지. 니컬러스와 크리스토퍼 이야기는 하지 않았다. 친엄마와 일기장 이야기도 빼놓았다. 아버지는 깊은 한숨을 내쉬었다.

"네 엄마가 너를 부당하게 대할 때가 많다는 거 잘 안다." 아버지가 나를 달래듯이 나지막하게 말했다. "하이럼과 맬러키에게 전화해서 너를 잘 지키라고 말하마. 며칠 후에는 내가 돌아가서 해결할 테니까 그때까지만 어떻게든 견뎌라."

아버지가 내 머리를 천천히 쓰다듬었다. 아버지의 숨결이 머리카락에 닿는 것이 느껴졌다. "넌 사람들이 부러워하는 특별한 재능을 소유한 강한 아가씨야. 쉽지 않겠지만, 그리고 지금 이런 말이 위로가 되지도 않겠지만, 넌 네 길을 가게 될 거야. 셰리든, 너는 아주 달라. 넌 네……."

갑자기 말이 멎었다. 나는 아버지가 무슨 말을 하려던 건지 알아챘다.

'넌 네 엄마를 닮았으니까.'

생동감 넘치던 캐럴린, 밝고 사랑스럽던 캐럴린, 말없이 떠나는 바람에 아버지의 가슴을 찢어놓은 캐럴린, 내 엄마. 엄마와 꼭 닮은 나를 보면 아버지는 어떤 기분이 들까? 나는 아버지에게 위로일까, 아니면 오래된 아픔을 계속해서 되살려내는 재앙일까? 아버지가 불행한 건 내 잘못일까?

나는 고개를 들고 속삭였다. "아빠, 나 친엄마가 누군지 알아요. 엄마 서재에서 입양 문서가 든 서류철을 발견했어요. 교통사고로 사망한 게 아니라 살해당했다는 것도 알아요. 그리고 아빠가 친엄마를……."

"셰리든, 그만!"

아버지가 급하게 내 말을 막았다. 통제력을 잃고 흐트러진 표정이었다. 아버지의 얼굴에는 절망, 슬픔, 그리움, 번뇌, 고통 등 그동안 조심스럽게 억눌러뒀던 온갖 감정이 모두 드러나 있었다. 우리는 아무 말도 하지 않고 잠시 서로를 마주봤다.

"셰리든, 이제 집에 가거라." 아버지가 쉰 목소리로 말했다. "나중에…… 내가 좀 나으면 다시 이야기하자."

"지난여름에도 말해주기로 해놓고 약속을 어겼잖아요!" 나는 아버지가 안정을 취해야 한다는 것도 잊은 채 소리를 높였다. 적막한 병실에 내 목소리가 날카롭게 울렸다. "왜 말해주지 않아요? 그게 왜 그렇게 큰 비밀인데요?"

"셰리든, 말해주겠다고 약속하마."

아버지가 통증을 느끼는 듯 인상을 찌푸렸다. 니컬러스와 내가 병원에 모시고 온 날보다 낯빛이 더 안 좋았다. 내 이성이 다시 작동하기 시작했다.

"죄송해요." 나는 더듬거리며 말했다. "아빠를…… 비난하려던 건 아니에요. 정말이에요."

아버지는 그저 고개를 저으며 내 시선을 피하다가 손으로 눈을 가렸다.

"셰리든, 이제 집에 가라." 아버지가 거의 들리지 않을 만큼 나지막하게 다시 말했다.

나는 마지못해 침대에서 몸을 일으켰다. "안녕히 주무세요."

"잘 가라, 셰리든."

아버지는 나를 쳐다보지 않았다. 문간에서 돌아보니 아버지는 울고 있었다. 아버지가, 절대 흔들리지 않는 거대한 바위 같은 사람이, 아이처럼 고통스럽게 흐느끼고 있었다. 나는 아버지의 불행이 나 때문이라는 걸 깨달았다. 병실을 나와 조심스럽게 문을 닫았다. 주차장을 가로질러 자동차에 오르는데 눈물이 줄줄 흘렀다.

페어필드에 거의 다 왔을 무렵, 순찰차가 정지 신호를 보냈다. 나는 차를 오른쪽으로 붙이고 창문을 내렸다. 눈물을 닦을 생각도 하지 않았다. 경찰이 다가왔다.

"안녕하십니까? 운전면허증과 자동차등록증 보여주십시오."

"가지고 나오지 않았어요."

대답을 하면서 지금 내 꼴이 어떤 인상을 줄지 깨달았다. 눈물범벅으로 화장이 얼룩진 얼굴에다가 맥주 냄새까지 풍기고 있었다.

"이런."

그가 손전등을 아래로 내렸다. 콧수염 때문에 얼핏 방앗간 천장에서 떨어진 맥마흔 보안관보 같기도 했지만 그보다 훨씬 젊었다.

"몇 살이지?"

속여도 소용없었다. 게다가 어떻게 되어도 상관없다는 마음이었기 때문에 사실대로 대답했다.

"열여섯."

"흠, 누구 차야?"

"아버지 차예요."

"네가 한밤중에 혼자 운전하고 다니는 거 아버지가 아시니?"

"지금 아버지 병문안 다녀오는 거예요." 나는 어깨를 으쓱하며 태연한 표정으로 대구했다.

"거짓말 마. 지금이 몇 신데."

나는 다시 어깨를 으쓱했다.

"내려. 내려서 차선을 따라 똑바로 열 걸음 걸어봐."

"난 술 안 마셨어요. 축제에서 누군가 맥주를 쏟은 거라고요." 나는 나지막하게 항의했다.

"거기도 갔단 말이지?" 경찰이 눈썹을 치켜세웠다. "자, 얼른 걸어보라고."

나는 아무렇지 않게 하얀 차선을 따라 열 걸음을 걸어간 뒤에 그를 향해 돌아섰다. "보세요. 멀쩡하다니까요."

그는 내 말을 무시했다. "면허증은 있나?"

"그럼요."

"어디 있어?"

"집에요."

"흠."

경찰이 나를 머리끝부터 발끝까지 훑었다. 빌어먹을, 불쾌하기 그지없는 날에 이런 일까지 벌어지다니. 그의 눈길이 내 가슴에 너무 오래 머물기에 나는 팔짱을 꼈다.

"너 상당히 골치 아프게 된 거야. 운전면허증도, 자동차등록증도 없고 술도 마신 것 같군. 경찰서로 데리고 가야겠어."

"차를 여기에 세워둘 수는 없어요."

"운전면허증을 보여주기 전에는 절대 운전 못 해."

나는 차 문에 기대섰다. 그가 순찰차로 돌아가 무전기로 누구엔가 연락을 하려고 자리에 앉았다. 나쁜 자식! 유일한 희망은 그가 내가 누군지 모른다는 사실이었다. 아마 매디슨에 부임한 지 얼마 되지 않은 모양이었다. 지금이 기회였다. 나는 길게 생각할 것도 없이 차에 뛰어올라 시동을 걸고 가속 페달을 밟았다. 경찰이 소리를 지르면서 내 뒤를 따라 달려오는 모습이 눈에 들어왔다. 뛰면 마치 나를 따라잡을 수 있다는 듯이. 전에 그렇게 후회했으면서도 나는 또다시 경찰을 피해 도망쳤다.

어쩌면 그가 순찰차에 다시 올라타기 전에 옥수수 밭을 관통해 낡은 숲 속 헛간으로 이어지는 길에 이를 수도 있었다. 쫓아오지 못하게 하려고 전조등을 끄고 어둠 속을 달렸다. 양손이 땀에 젖어 축축했다. 어둠 때문에 좁다란 그 숲길을 놓칠까 봐 불안했는데, 사람 키보다 높이 자란 옥수수 사이로 난 틈새를 마지막 순간에 겨우 발견했다. 거울을 흘깃 보니 순찰차가 경광등을 번쩍이며 다가오고 있었다. 온 힘을 다해 브레이크를 밟고는 핸들을 왼쪽으로 틀었다. 차는 고집 센 말처럼 불퉁거렸다. 바싹 마른 관개용 수로에 차가 빠지면서 범퍼에서 괴상한 소리가 났다. 나는 욕지거리를 하며 다급하게 가속 페달을 밟았다. 다행히 차가 사륜구동이어서 수로에서 벗어날 수 있었다. 울퉁불퉁한 길에서 핸들을 놓치지 않으려고 양손으로 꽉 움켜쥐었다. 순찰차는 수로를 도저히 넘을 수 없었는지 더는 쫓아오지 않았다.

나는 단풍나무 숲 속에 있는 헛간까지 가서 문을 옆으로 밀고 트럭을 들여놓았다. 그러고는 가방을 들고 칠흑 같은 어둠 속을 걸었다. 빠르게 흘러가는 구름 사이로 이따금 달빛이 비쳤다. 덥고 축축한 바람이 습기를 잔뜩 품은 금속성 냄새를 몰고 왔다. 부츠를 신은 발이 불붙은 듯 아팠다. 목구멍이 아리고 갈증 때문에 혀가 입천장에 달라붙을 지경이었다. 드디어 목련 저택에 도착했다. 냉장고는 텅 빈 채 전원이 꺼져 있었고, 수돗물은 관 속에 너무 오래 있어서 미지근하고 이상한 맛이 났지만, 그래도 타는 듯한 갈증은 해결해 줬다. 배가 고파 꼬르륵 소리가 났다. 꼼짝도 할 수 없이 지쳤는데도 정신은 또렷했다. 갑자기 나 자신이 너무 지저분하게 느껴졌다. 비틀거리며 욕실로 걸어가서 부츠를 벗고, 땀에 절고 맥주 냄새가 풍기는 옷을 벗어 던지고는 물이 차가워질 때까지 샤워를 했다.

아버지 생각은 제쳐두고, 경찰이 헛간에서 픽업트럭을 발견하면 무슨 일이 벌어질지 곰곰이 생각했다. 거기 말고 어디에 차를 숨길 수 있을까? 맬러키 오빠는 에스라 오빠를 경찰서에서 데리고 나왔을까? 집에 가면 무슨 일이 기다리고 있을까? 아무리 생각해도 오늘밤에 헛간에서 차를 다시 꺼내 집으로 가지고 가는 게 가장 좋을 것 같았다.

나는 몸을 닦고 가방에서 깨끗한 옷을 꺼내 입은 다음, 젖은 머리를 땋고 다시 출발했다. 친엄마처럼 그냥 사라지는 게 더 나을지도 모른다. 하지만 차마 그러지 못하는 이유가 네 가지 있었다. 첫째 이유는 아버지였고 둘째는 니컬러스, 셋째는 30년 전에 여기서 무슨 일이 벌어졌는지 알아내고 싶다는 거였다. 넷째 이유가 가장 중요했다. 레이첼 이모가 의기양양해하는 게 싫었다.

가을

그날 밤 경찰과의 추격전은 이상하게도 아무런 후유증 없이 끝났다. 며칠 동안 전화벨이 울리거나 낯선 자동차가 마당으로 들어설 때마다 숨이 멎을 것 같았지만, 매번 아무 일도 일어나지 않았다. 내 행운의 이유는 며칠 뒤 하이럼 오빠가 맬러키 오빠에게 하는 말을 듣고서야 알게 됐다. 낡은 픽업트럭의 등록 기간 갱신을 하지 않았다는 것이다. 내가 그날 밤에 탄 차는 번호판이 유효하지 않았다. 나는 그 덕분에 살았다.

레이첼 이모는 평소와 달리 온순했다. 이모는 에스라 오빠의 모든 혐의를 받아들일 수밖에 없었다. 오빠는 나와 브랜던을 때리는 조건으로 바턴 형제에게 돈을 주었다는 걸 눈물을 흘리며 부인했지만 아무도 그 말을 믿지 않았다. 바턴 형제 세 명과 그 패거리가 모두 에스라 오빠에게서 100달러를 받았다고 하늘에 두고 맹세했기 때문이다. 레이첼 이모는 그 사건을 덮고 에스라 오빠가 고소당하는 걸 막으려고 자신이 할 수 있는 모든 것을 했지만 벤턴은 꿈쩍도 하지 않았다. 그는 이렇게 엄청난 규모의 패싸움을 선동하는 끔찍한 행위는 십대 청소년의 장난질과는 완전히 다른 거라고, 또 에스라는 자신이 저지른 행위의 결과에 책임을 질 수 있을 만큼 나이를 먹었다고 주장했다. 손해를 입은 수많은 사람이 경찰에 신고했는데, 바턴 형제에게서는 아무것도 나올 게 없었으므로 모두 그랜트 집안에게서 배상을 받으려고 했다. 게다가 예년에 평화롭게 진행되던 축제가 대규모 패싸움 때문에 엄청나게 부정적인 인상으로 대서특필되기까지 했다. 난장판이 된 광경이 지역을 넘어 전국적으로 방송됐다. 페어필드에는 엄청난 손실이었다.

아버지에게 사건을 자세히 설명하지 않아도 된다는 점은 좋았다. 나 대신 경찰과 언론과 분노한 축제 기획자들과 오빠들이 그 일을 완벽하게 수행했다. 장인 장모 앞에서 창피를 당하는 바람에 착한 맬러키 오빠까지도 엄청나게 화가 났다. 하지만 나는 그런 일들에 아무런 관심도 없었다. 만족감도, 쌤통이라는 생각도 들지 않았다. 개학하면서 훨씬 더 큰 문제에 부딪쳤기 때문이다.

3개월 동안의 여름방학이 끝나고 새 학기가 시작되었다. 오랜만에 만난 친구들과 나눌 이야기도 많았고, 늘 그렇듯이 과목을 선택해서 1년 시간표를 짜느라 모두들 정신 없이 분주했다. 나는 에스라 오빠와 한 과목도 겹치지 않게 주의하며 미국문학 II와 수학 심화 과정, 지구과학 같은 과목을 골라 시간표를 짰다. 움직이는 것을 싫어하는 게으른 에스라 오빠는 다른 학기와 마찬가지로 교실 위주의 과목을 골랐다.

나는 이번 여름에 5년은 더 나이 먹은 것 같은 느낌이 들었다. 개학 이틀째 되던 날, 해리스 교장선생님이 강당에서 새로 온 학생과 교사, 새로 생긴 교과목과 클럽을 소개하는 시간이 있었다. 나는 이미 모든 과목을 선택했으므로 뒤쪽에 앉아 아이들이 떠들어

대는 소문에 귀를 기울였다. 9월에 예정된 동창회 이야기가 주를 이루었지만, 에스라 오빠와 우리 공연도 화제에 올랐다. 교장선생님의 딸인 마저리 해리스가 새로 온 교사 이야기를 하며 열광했다.

"진짜 귀여워. 정말이라니까!" 마저리가 속닥거리는 소리가 똑똑히 들렸다. "미국문학이랑 정치 담당이래. 엉덩이가 아주 탄탄하게 생겼어."

여자애들이 킥킥댔다.

"아빠가 방학 때 우리 집에 두 번 초대했어. 괜찮은 눈요깃감이었지." 마저리가 뻐기면서 말하고는 나를 불렀다. "셰리든! 그 선생님 알지? 너희 농장에 딸린 집에 사는 것 같던데."

"누구?" 나는 되물었다.

"새로 온 선생님 말이야, 핀치 선생님."

순간 심장이 덜컥 내려앉았다.

"핀치 선생님?" 나는 믿을 수 없어서 느리게 중얼거렸다.

"그래, 저기 우리 아빠 옆에 서 있는 금발 남자."

마저리가 연단을 고갯짓했다. 내 시선이 슬로모션처럼 그쪽으로 향했다. 거기 정말로 크리스토퍼 핀치가, 뻔뻔한 섹스 선생이자 내 옛 정부가 서 있었다! 나에게는 작가라고 했는데, 말도 안 돼! 그가 우리 학교 선생이라는 사실 자체도 끔찍했지만, 에스라 오빠가 우리 사이를 안다는 건 더 큰 재난이었다. 이런저런 생각이 머릿속을 어지럽혀 나머지 시간이 어떻게 지나갔는지도 몰랐다. 생물 수업을 듣기 위해 교실로 향할 때에야 반쯤 마취된 상태에서 깨어났다. 이제 어떻게 해야 하지?

오늘 두 번째 시간이 미국문학 수업이었다. 작년에는 피난처가 됐던 학교가 올 한 해 동안은 지옥으로 변할 것만 같았다.

10시가 조금 지나 교실에 들어섰을 때 크리스토퍼는 독서용 안경을 코끝에 걸친 채 교탁 앞에 앉아 있었다. 나는 다른 학생들 틈에 끼어 그의 옆을 지나가서는 교실 맨 뒤쪽에 가서 앉았다. 그는 나를 알아보지 못한 것 같았다. 내가 여기 있으리라고는 상상도 못 할 테니까.

그는 자기 이름을 칠판에 크게 쓴 다음 자기소개를 했다. 매사추세츠 주 출신이고 작년까지 사우스캐롤라이나고등학교에서 수업을 했으며 중서부는 처음이라고 했다. 그러니까 작가라는 말뿐 아니라 오하이오 주 데이턴 출신이라는 것도 거짓말이었다.

"자, 이제 나에 대해 알게 됐지?" 그가 미소를 지으며 덧붙였다. "그럼 이제 너희 차례야. 각자 짤막하게 자기소개를 해봐."

그는 출석부를 들고 A로 시작되는 이름부터 부르기 시작했다.

"셰리든 그랜트."

그가 드디어 내 이름을 불렀다. 나는 손을 들었다. 심장이 밖으로 튀어나올 것 같았지만 겉으로는 태연한 척했다. 나를 본 그는 단번에 무너졌다. 얼굴이 새하얗게 질리고 눈에는 공포가 적나라하게 드러났다.

"셰리든 그랜트예요. 페어필드에서 왔어요." 나는 미소를 지으며 말을 이었다. "아버지는 윌로크릭 농장을 경영하시고, 부모님과 오빠 네 명과 함께 살아요. 제일 좋아하는 과목은 미국문학과 영어, 음악과 역사예요."

크리스토퍼는 간신히 정신을 수습하긴 했지만 그의 첫 수업은 엉망진창이었다. 나와 시선이 마주칠 때마다 맥락을 잃고 헤맸기 때문이다. 그가 수업 끝나는 종을 이토록 기다린 날은 아마 없었을 것이다.

"셰리든, 잠깐 남아라."

다른 아이들이 나갈 때 크리스토퍼가 말했다. 그가 교실 문을 닫은 다음, 우리는 말없이 몇 초 동안 서로를 노려봤다.

"우리 이제 어떻게 하지?" 그가 물었다.

"내가 과목을 바꾸면 돼요. 아주 간단하죠." 나는 싸늘하게 대꾸했다.

"어떻게 날 이런 식으로 속일 수 있어?" 그가 비난을 퍼부었다.

"어떻게 '날' 이런 식으로 속일 수 있죠?" 나도 날카롭게 대꾸했다. "오하이오 주 데이턴에서 온 작가라고 했잖아요! 직업이 교사고 여름이 지난 뒤에 매디슨고등학교에서 수업할 거라는 말을 했더라면 난 당신한테 손가락 하나 대지 않았을 거예요!"

그는 절망적인 표정으로 고개를 저었다. "이 사실이 밝혀지면 난 끝장이야!"

그는 내 말을 한마디도 듣지 않은 게 분명했다. 레이첼 이모처럼 그 역시 자기 생각뿐이었다.

"아, 어떡하지. 아, 어떡하지!" 그가 공포에 질려 중얼거렸다. 예전에 물빛 별장에서 아버지가 갑자기 들어와 자기를 죽여버릴 거라고 떨던 대니와 똑같았다. "어떻게 해야 되니? 너 다른 사람들에게 말하진 않았겠지?"

그는 땀방울이 축축하게 솟은 이마를 손바닥으로 쳐가며 과장된 표정으로 고개를 저어댔다. 황당했다. 나는 그를 노려봤다. 이세상 그 누구보다 구역질 나는 인간이었다. 이렇게 볼품없는 겁쟁이였다니. 그는 나에 대해서는, 자기를 선생으로 대해야 할 내 마음이 어떨지는 단 한순간도 생각하지 않았다. 그가 나에게 준 그모든 굴욕에 보답할 아이디어가 불현듯 떠올랐다.

"아무에게도 말하지 않을 테니 안심해요. 당신 같은 사람이랑 그런 짓을 하다니, 창피해서 어떻게 말하겠어요?"

경멸을 잔뜩 담아 말했다. 크리스토퍼가 고개를 들었다. 그의 눈에서 희망의 불씨가 반짝였다.

"아, 캐럴린…… 아니, 셰리든!" 그가 간청하듯이 양손을 모았다. "널 믿어도 되겠지? 아무에게도 말……."

"그런데 유감스럽게도 그 일을 아는 사람이 있어요."

나는 그의 말을 잘랐다. 크리스토퍼의 눈에 다시 공포가 돌아왔다. 그러더니 한 걸음 성큼 다가와 내 팔을 거칠게 움켜잡고 흔들었다.

"거짓말이지?"

"내가 왜 그런 거짓말을 하겠어요?"

"날…… 협박하려고." 그가 공포에 질려 속삭였다. "그래서 좋은 점수를 얻어내려고."

"협박 같은 거 안 해도 점수는 좋거든요." 나는 구역질을 참으며 대꾸하고는 그의 손을 뿌리쳤다. "하지만 우리 오빠 에스라는 협박할지도 모르죠. 점수도 형편없고, 나를 아주 싫어하니까."

나는 배낭을 어깨에 메고 문을 향해 걸어가면서 말했다. "당신이 나한테 솔직했더라면 이런 일은 안 벌어졌을 텐데 말이에요."

∞

10월 초순의 어느 금요일 오후, 매디슨에서 12마일 떨어진 곳에서 모페드가 서버렸다. 주유하는 걸 깜박 잊어버린 나 자신에게 욕을 퍼부었다. 모페드를 길가로 끌고 나가 세워두고는 걸어서 집으로 향했다. 낮에는 아직 여름처럼 더웠지만 저녁이 되면 상당히 추워졌다. 재킷을 가지고 오지 않아서 한기가 들었다. 아는 사람과 마주쳐 윌로크릭 농장 진입로까지만이라도 차를 얻어 탈 수 있기를 바랐다. 지평선으로 기울어가는 흐릿한 태양을 가리며 기러기와 두루미 떼가 날아가고 있었다. 이제 곧 추위가 닥칠 거라는 전조였다. 얼마 지나지 않아 가을 폭풍이 몰아치고 눈이 내릴 것이다. 그러면 이사벨라 고모할머니가 드디어 목련 저택으로 돌아오겠지. 학교는 더는 편안한 장소가 아니고, 니컬러스는 매디슨에 집을 구해 이사를 나가버린 지금, 할머니가 더없이 그리웠다.

에스라 오빠는 새 교사가 여름 내내 물빛 별장에 살던 남자라는 사실을 알아채지 못했다. 크리스토퍼와 나에게는 무척 다행이었다. 나는 오빠가 우연히 눈을 뜨게 되는 일이 없기만을 바랐다. 미국문학과 역사는 내가 제일 좋아하는 과목이었지만, 크리스토퍼 덕분에 이제는 끔찍한 호러물이 돼버렸다.

지난 학년에 날 행복하게 해주었던 모든 일들이 이제 더는 존재하지 않았다. 음악도, 공연도, 밴드도 없었다. 시드니는 미시간 주로, 올리버는 조지아 주로 가 버렸다. 브랜던의 머릿속에는 미식축구뿐이었다. 3주 전 동창회 축제가 끝난 뒤 그가 나더러 얘기를 좀 하자더니, 학교 주차장에서 눈물을 글썽이며 헤어지자고 말했다. 나는 눈물도 나지 않았고 마음이 아프지도 않았다. 브랜던을 좋아하기는 했지만 사랑하지는 않았다. 좋은 친구로 남자고 말하고는 마지막으로 한 번 더 포옹했다. 이제 이런저런 관계의 의무에서 벗어날 수 있다고 생각하니 마음이 편했다. 일주일 뒤, 그가 육상 팀 주장인 새러 린 도슨과 데이트한다는 소문을 들었을 때는 그를 위해 진심으로 기뻐해줄 수 있었다. 새러는 브랜던처럼 스포츠 광이니 그에게 훨씬 잘 어울릴 것이다.

아버지는 수술 뒤에 기운을 회복했지만, 추수가 끝나자 다시 집을 비우게 되었다. 아버지도 나도 병원에서 했던 말을 다시 언급하지는 않았다. 나는 아버지가 약한 모습을 보이게 만든 내 행동을 후회했다. 그렇게 껄끄러운 상황을 다시는 만들고 싶지 않았다. 아버지에게 묻는 대신 당시에 입양 절차를 진행한 오마하의 공증인을 찾아보는 게 어떨까 하는 생각이 들었다. 주소는 신발상자에 넣어둔 서류에 적혀 있었다.

다행히도 레이첼 이모는 아직도 그 서류가 없어졌다는 걸 모르는 것 같았다. 게다가 교회 일로 너무 바빠져 나를 괴롭힐 여유가 없었다. 24년 동안 재직해온 파커 목사가 연말에 은퇴하고, 1월에 그의 후임자가 오기로 되어 있었다. 페어필드 주민은 두 명만 모여도 온통 그 이야기뿐이었다. 레이첼 이모는 오마하에서 후임자를 이미 만났는데, 아주 마음에 든다고 했다. 좋지 않은 징조였다. 파커 목사보다 더 엄격하고 보수적일 수도 있다는 뜻이었다.

옆에서 순찰차의 사이렌이 울리는 바람에 생각에 잠겼던 나는 깜짝 놀라 그 자리에 멈춰 섰다. 경찰의 얼굴을 보자 심장이 미친 듯이 뛰었다. 그도 나를 알아봤다. 그가 차에서 내려 야비하게 히죽거렸다.

"이렇게 다시 만나는군."

그가 내게로 다가왔다. 나는 아무 말도 할 수 없었다. 불안감 때문에 입술이 바싹 말랐다. 나는 고양이 앞의 쥐처럼 바들바들 떨며 경찰을 바라봤다.

"여기서 뭐해?"

"하…… 학교에서 돌아오는 길이에요. 모페드가 멈춰서……." 나는 웅얼거리며 그를 피해 한 걸음 물러났다.

"아, 주유하는 걸 잊은 모양이군. 그렇지?" 그가 나를 머리끝부터 발끝까지 훑어봤다. "나 너한테 화가 많이 났어. 다른 사람이 나를 우습게 보는 건 참을 수 없어. 내 차가 거의 폐차 직전까지 갔는데 수리비까지 내가 내야 하는 건 더 참을 수 없고."

머릿속에 온갖 생각이 스치고 지나갔다. 오늘따라 자동차 한 대 지나가지 않았다.

"일단 이름부터 대."

나는 경찰을 노려볼 뿐, 아무 말도 하지 않았다. 그의 얼굴에서 웃음이 사라졌다. 그가 내 팔을 잡고는 어깨에서 배낭을 벗겨냈다. 나는 배낭 끈을 잡고 필사적으로 놓지 않으려 했다. 이를 악물고 서로 당기다가, 그가 손등으로 내 얼굴을 후려쳐 배낭을 놓쳤다. 나는 비틀거리며 뒷걸음질치다가 길섶 도랑에 빠졌다. 입술이 터져 피비린내가 났다. 그러는 동안 경찰은 배낭을 열고 내용물을 몽땅 도로에 쏟았다. 내 노트와 책을 뒤적이고, 지갑을 열고, 땀에 흠뻑 젖은 하늘색 운동복 티셔츠의 냄새를 맡기까지 했다. 킁킁거리면서 냄새를 맡으면 내 이름을 알아낼 수 있다는 듯이. 그의 행동에 구역질이 나고 소름이 끼쳤지만 그저 지켜볼 수밖에 없었다.

"셰리든 그랜트?" 그가 휘익, 휘파람 소리를 내고는 눈을 번득거리며 나를 머리끝부터 발끝까지 또 다시 훑어봤다. "윌로크릭 농장의 그랜트 중 한 명이라 이거지?"

나는 아무런 대꾸도 하지 않았다.

"너희는 뭐든지 제멋대로 할 수 있다고 믿는 모양이군." 그는 노트를 던져버리고 위협하듯 가까이 다가왔다. 축축한 파란 눈동자가 사악하게 나를 노려봤다. "네가 대단한 줄 알지? 네 성이 그랜트라서 법 따위는 무시해도 된다고 생각하는 거야?"

나는 뒤로 물러서다가 순찰차의 보닛에 부딪쳤다. 그가 숨구멍이 보일 정도로 얼굴을 바짝 들이댔다. 눈빛을 보니 더욱 소름이 끼쳤다. 그의 입가에 침이 허옇게 말라붙어 번질거렸다.

"흠, 뭐 어쨌든." 그가 손에 들고 있던 내 티셔츠에 다시 코를 박고는 히죽거렸다. "네가 어디 사는지, 어떤 냄새를 풍기는지 이제 알게 됐군. 아가씨, 내가 앞으로 지켜볼 거야. 그러니 명심해. 넌 언젠가 실수를 저지를 거고, 그러면 내가 나타날 거야. 그때는 대단한 걸 경험하게 해주지."

그가 내 머리채를 잡고 자기 쪽으로 끌어당겼다. 나는 공포와 분노로 온몸이 떨렸다. 자동차 한 대가 가까이 다가왔다가 속도도 늦추지 않은 채 그냥 지나갔다. 경찰은 나를 놓아주고 자기 차로 걸어갔다.

"셰리든 그랜트, 또 보자."

그는 내 티셔츠를 흔들다 갑자기 가속 페달을 밟았다. 나는 펄쩍 뛰어 길섶 도랑으로 겨우 몸을 피했다. 그는 배낭에서 쏟아진 내 물건들을 그대로 치고 지나갔다. 나는 흐느끼며 도로에서 물건들을 집어 배낭에 아무렇게나 쑤셔 넣었다. 아주 먼 곳으로 떠나고 싶었다.

10월 내내 나는 공포에 시달리며 살았다. 그 경찰을 세 번 정도 더 봤다. 한 번은 수업이 끝난 뒤 학교 친구들과 쇼핑몰에 갔을 때, 또 한 번은 학교 바로 앞 주차장에서였다. 하이럼 오빠와 함께 차를 타고 갈 때도 봤는데, 그 짭새는 오빠를 보더니 시선을 돌리고는 속력을 높여 사라졌다.

계속 그가 나를 쫓아오는 악몽을 꾸었다. 성적은 급격하게 나빠졌다. 수업에 집중하지 못했고 밤에는 불면증에 시달렸으니 어쩔수 없었다. 10월 어느 날, 쉬는 시간에 후배 여학생이 봉투를 하나 건넸다. 겉에 내 이름이 쓰여 있었다.

"누가 줬어?" 나는 깜짝 놀라서 물었다.

"주차장에서 어떤 남자가 줬어. 누군지는 나도 몰라."

그 남자가 누굴까 생각하다가 쉬는 시간이 끝나고 체육 수업에 가야 해서 봉투를 배낭에 그냥 넣었다. 수업이 끝난 뒤 친구들이 탈의실에서 모두 나갈 때까지 기다렸다가 봉투를 열었다. 꼼꼼하게 접은 하늘색 티셔츠를 보고서도 뭔지 깨닫지 못하다가, 나중에야 내 운동복이라는 걸 알아차렸다. 좀 더 자세히 살펴보다가 작게 비명을 지르며 티셔츠를 떨어뜨렸다. 티셔츠는 말라붙은 하얀 얼룩으로 뒤덮여 있었다. 그게 뭔지 금세 알 수 있었다. 그 개자식이 내 티셔츠를 자위하는 데 사용한 것이다. 나는 벤치에 주저앉아 어떻게 해야 할지 정신을 똑바로 차리고 생각하려고 애썼다. 그 더러운 놈이 그 짓을 하면서 나를 생각했다는 게 너무 메스꺼워서 정말로 토할 것 같았다. 경찰에 알릴 수도 없었다. 그랬다가는 내가 그날 밤 내뺀 일이 발각될 테니까.

손끝으로 티셔츠를 집어 봉투에 다시 넣고 배낭에 쑤셔 박은 다음, 남의 눈에 띄지 않게 학교를 나왔다. 비가 추적추적 내리는 음산한 가을날이었다. 며칠째 계속 어두컴컴했다. 내 기분도 날씨와 똑같았다. 수업을 마친 후 쇼핑몰로 가서 염색약과 아이라이너와 마스카라를 산 뒤 페어필드 행 버스를 겨우 잡아탔다. 다행히 집에는 아무도 없었다. 부엌에서 날이 선 가위를 꺼내 욕실로 올라가 문을 걸어 잠갔다. 푹 꺼지고 창백한, 거울 속의 얼굴을 한참 동안 노려봤다.

"해야 돼."

나는 마음을 다잡고 벌꿀색 머리카락을 한 움큼 잘라냈다. 그런 다음 뒤쪽에 하나로 묶은 머리카락과 나머지 머리카락도 턱까지 닿을까 말까 하게 잘랐다. 자른 머리카락은 빈 쇼핑백에 쑤셔 넣었다. 염색약 사용설명서를 읽은 뒤 일회용 장갑을 끼고서 머리카락을 짙은 갈색으로 염색했다. 사용설명서에 적힌 대로 15분이 지나고 나서 머리를 감았다. 그런 뒤에야 거울을 볼 엄두가 났다. 나도 나를 알아볼 수 없었다. 떨리는 손으로 눈 화장을 했다. 익숙하지 않아서 세 번이나 그리고 나서야 아이라인이 그나마 봐줄 만하게 됐다. 어두운 색으로 변한 짧은 머리를 드라이어로 말렸다. 염색과 화장이 욕실에 남긴 흔적을 모두 없애고 내 방으로 갔다. 어깨에서 사라진 머리카락의 무게가 그리웠다.

저녁 식사 자리에 좀 늦게 갔다. 내가 들어서자 식구들이 모두 입을 헤 벌리고 바라봤다.

"꼴이 대체 그게 뭐야?" 레이첼 이모가 날카롭게 말했다.

"아, 아가씨!" 레베카 새언니가 눈을 크게 떴다. "너무 아름다운 금발이었는데! 왜 그랬어요?"

"지겨워서요. 어두운 색이 더 마음에 들어요." 나는 무뚝뚝하게 대답하고는 눈물을 쏟지 않으려고 앞에 놓인 접시만 노려봤다.

"화장도 했니?" 레이첼 이모의 목소리가 익히 알고 있는 비난조로 높아졌다. "당장 올라가서 지워! 화장한 꼴이 마치……."

이모는 며느리가 식탁에 함께 앉아 있다는 사실을 가까스로 깨닫고는 하려던 마지막 말을 바꿨다. "마치 유령 같다."

"잘됐네요. 다음 주가 핼러윈이잖아요." 하이럼 오빠가 농담을 던졌다.

"아주 멋있는데? 어딘지 모르게 이국적이야. 프랑스 여자 같기도 하고." 마사 아줌마가 나를 감싸주었다.

"맞아요, 잘 어울려요. 아가씨는 정말 뭐든지 잘 어울리네요."
레베카 새언니도 맞장구를 쳤다.

레이첼 이모는 씩씩거리며 거친 숨을 내쉬었다.

레베카 새언니는 뭐라고 대답하기 어려운 이런 종류의 칭찬을 자주 했다. 꾸며서 말하는 것 같지는 않았다. 나는 사람이 어떻게 저 정도로 순진하고 사랑스러울 수 있는지 늘 의아했다. 새언니는 며느리 앞에서 해오던 힘겨운 연극을 포기하고 사악한 면을 점차 드러내고 있는 레이첼 이모도 늘 변호하곤 했다.

식사를 막 끝내고 식탁을 치우고 있는데 아버지가 집으로 돌아왔다. 레이첼 이모가 아버지에게 건넨 첫마디는 내가 싸구려 계집애처럼 보인다는 말이었다. 아버지는 나를 가만히 바라보다가 살며시 미소를 짓고는 다시 진지한 얼굴로 돌아갔다.

"머리 모양을 바꾼 특별한 이유라도 있니?" 아버지가 물었다.

뭐라고 말해야 할지 알 수 없었다. 내 티셔츠에 정액을 뿌려놓은 경찰의 눈을 피하기 위해 그랬다고 해야 하나? 금방이라도 눈물이 쏟아질 것 같았지만 온 힘을 다해 미소를 지으며 거짓말을 했다.
"그냥 기분전환 좀 하려고요."

에스라 오빠에게 하마터면 성폭행을 당할 뻔했다고, 지금 내 선생인 사람은 한때 내 정부였고, 변태 경찰에게서 위협을 당하고 있다고는 도저히 말할 수 없었다. 아버지가 그런 사실들을 아는 게 싫었다. 아버지가 보고 싶어 하는 모습만 보여주고 싶었다. 순수하고 잘 웃고 매력적이고 싹싹한 셰리든, 아버지가 젊은 날 사랑했던 여인의 딸. 지금 나처럼 망가지고 더럽혀진 쓰레기가 아니라.

나는 엄마의 일기장을 계속 읽으면서, 엄마가 사용한 암호를 해독하려고 끙끙거리며 메모를 해나갔다. 마지막 일기장에 줄임말이 여러 번 나왔는데, 아무리 봐도 무슨 뜻인지 알 수 없었다. "PC는 오로지 버넌과 나만의 것이다"라는 문장도, "V와 PC 꿈을 또 꾸었다"라는 문장도 있었다. 도대체 무슨 뜻일까? 'PC'는 언제나 아버지와 관련해서만 등장했다. 그게 뭔지 생각하느라 머리가 깨질 것 같았다. 강아지나 말의 이름일까? 아니면 혹시 책제목? 아버지에게 물어볼 수 있다면 간단하게 해결될 텐데!

소포 사건 이후 변태 추격자는 보이지 않았다. 괴롭힐 만한 다른 사람을 찾아냈는지도 모른다는 희망이 싹텄다. 핼러윈 아침에 레이첼 이모는 교회 임원들과 함께 캔자스시티에서 열리는 세미나에 갔고, 아버지는 또 워싱턴에 가고 없었다. 큰오빠 부부는 조카의 세례식에 참석하려고 아이오와로 떠났고, 하이럼 오빠는 친구들과 함께 운동 경기를 본다며 링컨으로 갔다. 저녁에는 오래전부터 준비한 성대한 핼러윈 파티가 열릴 예정이었다.

파티 조직위원회는 매디슨 변두리의 다목적 강당을 빌렸다. 강당을 장식할 자원봉사자들은 오전 수업에 빠져도 된다는 허락을 받았다. 수다를 떨고 장식을 하며 분위기에 취한 나는 다른 아이들처럼 파티에 대한 기대감으로 들떴다. 4시에 옷을 갈아입으려고 집으로 와서 마녀로 분장하고 마사 아줌마가 특별히 만들어준 감자 샐러드 두 그릇을 들고 파티 장소로 돌아갔다. 암울했던 지난 몇 주를 잊고, 편안한 마음으로 웃고 춤추며 파티를 즐겼다. 핼러윈 여왕으로 뽑히지는 못했지만 정말 오랜만에 즐거운 시간을 보냈다.

뒷정리를 도와준 뒤 강당을 떠난 것은 새벽 1시가 조금 지나서였다. 계단에서 다른 사람들과 인사를 하고 넓은 주차장을 가로질러 갔다. 주차장은 텅 비어 있었다. 픽업트럭을 향해 걸으면서 자동차 열쇠를 찾으려고 배낭을 뒤지다가 뒤쪽 덤불에서 검은 형체가 불쑥 나타나는 바람에 심장이 멎을 뻔했다. 흐릿한 달빛 아래 해골 가면이 드러났다. 같은 학년의 윌러드 브루스터가 파티 내내 쓰고 있던 가면이었다.

"윌러드, 하나도 안 웃기거든."

나는 떨리는 목소리를 억누르며 말했다. 그 형체가 윌러드보다 훨씬 더 덩치가 크고 체격도 좋다는 걸 깨달았기 때문이다. 나는 몇 미터 떨어져 있는 차를 향해 달렸지만 얼마 가지 못했다. 등을 세차게 맞아 숨이 막혀서 비틀거리다가 풀밭 위로 넘어졌다. 바로 그 순간 그 형체가 나를 덮치며 입을 막았다.

친구가 벌이는 장난질이 아니었다. 한 번도 느껴보지 못한 격렬한 공포가 나를 제압했다. 그는 나를 자동차 뒤로 질질 끌고 갔다. 휘파람 같은 남자의 숨소리가 귓가를 울렸다. 나는 배낭을 떨어뜨리고 발버둥치면서 미친 듯이 저항했다. 그러나 나보다 덩치가 두 배나 큰 성인 남자에게는 당해낼 도리가 없었다. 그는 한 손으로 내 양쪽 손목을 움켜잡고 몇 번이나 따귀를 때렸다. 눈앞에서 별들이 폭발했다. 머리를 자동차 보닛에 부딪쳐 정신이 가물가물해지는데, 남자가 내 팬티를 벗기고 있다는 걸 깨닫자 정신이 번쩍 들었다. 그가 팬티를 내 입에 처넣는 바람에 질식할 것 같았다. 이놈은 정신병자였다. 그의 체중에 눌려 내 엉덩이가 차가운 땅바닥에 짓이겨졌다. 돌멩이가 등을 아프게 파고들었다. 그는 내 다리 사이로 들어오다가 내가 걷어차자 욕설을 퍼부으며 또 뺨을 때렸다. 그

317

러다가 가면이 살짝 미끄러지면서 이글거리는 남자의 욕망이 달빛에 드러났다. 나는 저항을 포기했다. 그가 너무나 잔인하게 밀고 들어와 통증으로 금방이라도 죽을 것만 같았다. 그러나 통증보다 더 끔찍한 것은 공포였다. 정신병자들이 여자를 성폭행한 뒤에 무슨 짓을 하는지 들은 바 있었다. 공황은 죽음의 공포로 바뀌었다. 나는 그의 욕정을 그대로 견디며, 그저 살아남을 수 있기만을 바랐다. 남자는 의도적으로 나를 더 고통스럽게 하면서 내 공포를 즐겼다. 드디어 그가 둔중한 신음소리를 내며 내 위로 무너졌다. 영원처럼 느껴지는 시간이 흐른 뒤에 그가 몸을 일으키며 내 옆구리를 걷어찼다. 나는 몸을 웅크리고 기침을 하며 토하듯 팬티를 뱉었다. 눈물 때문에 코가 막혔다. 피비린내가 났다.

그가 나를 다시 한 번 걷어차고는 가면 뒤에서 야비한 웃음소리를 흘렸다. 뜨겁고 끈적끈적한 액체가 내 허벅지를 타고 흘러내리는 게 느껴졌다. 비로소 분노가 솟구쳤다. 아까 느낀 통증이나 공포보다 훨씬 강렬한 감정이었다. 그가 등을 돌리고 바지를 여미는 게 보였다. 구역질 나는 개자식! 힘겹게 몸을 일으키다가 내 아래 깔려 있던 주먹만 한 돌멩이에 손이 닿았다. 오래 생각할 것도 없이 돌을 집어 들고 벌떡 일어나 온 힘을 다해 남자의 머리를 찍었다. 두개골이 깨지는 둔탁한 소리가 고요한 밤공기를 총성처럼 갈랐다. 남자가 내게로 두어 걸음 다가오다가 무릎을 꺾으며 주저앉았다. 코와 입에서 피가 흘러나왔다. 나는 차가운 보닛에 기대선 채, 그가 몇 초 동안 무릎을 땅에 댄 채 똑바로 앉아 있다가 마침내 쓰러지는 모습을 노려봤다. 남자는 미동도 없었다. 나를 고문하던 남자는 이제 없었다. 내가 죽였다.

마스크를 벗기고 보니 그 경찰이었다. 잠깐 몸이 얼어붙었던 나는 차 사이드미러를 붙잡고 일어섰다. 무릎을 떨며 내 차로 가서 문을 열고 차에 들어가 앉았다. 시동을 걸고 후진 기어를 넣었다. 무릎이 너무 떨려서 클러치를 제대로 밟을 수 없었다. 트럭이 뒤로 한 번 세게 튕겼다. 핸들을 돌리고 가속 페달을 밟았다. 덤불이 밟히든, 차가 나뭇가지를 스치든 상관하지 않았다. 여길 떠나야 했다. 죽은 사람이 누워 있는 곳, 잔혹한 공포를 머금은 이 장소를 벗어나야 했다. 조명도 꺼진 텅 빈 주차장을 달려 차바퀴가 끽 소리를 낼 정도로 급하게 큰길로 접어들다가 하마터면 2톤짜리 자동차에 대한 통제력을 잃을 뻔했다. 눈물이 흘러내렸다. 성폭행을 당한 데다, 사람을 죽이기까지 했다. 의도한 살인은 아니었지만 어쨌든 결과는 똑같다. 남자는 죽었고, 나는 살인자가 되었다. 차를 몰다가 오른쪽 갓길에 세우고 떨리는 손으로 담뱃불을 붙였다. 〈나이트메어〉의 프레디 크루거처럼 그놈이 갑자기 나타나 뒷거울에 보이기를 바랄 정도였다. 시계를 흘깃 보니 1시 40분이었다. 30분 전만 해도 모든 게 괜찮았다. 경련 같은 울음이 터졌다. 경찰서에 가야 할까? 집에 가서 아버지에게 전화를 할까? 불현듯 니컬러스가 떠올랐다. 무슨 일이 벌어졌는지 말할 수 있는 유일한 사람이었다. 누군가에게 빨리 털어놓지 않으면 질식할 것 같았다.

∞

레드부츠 주차장은 텅 비어 있었다. 건물을 빙 돌아가니 낮은 부속건물 앞에 서 있는 니컬러스의 차가 보였다. 잠깐 망설이다가 차에서 내려 건물 문을 두드렸다. 아무 반응도 없어서 다시 한 번 두드렸다. 집 안에서 전등이 켜지더니, 누군가 안쪽에서 문을 열었다. 잠이 덜 깨고 면도도 하지 않아 부스스한 니컬러스의 얼굴에 놀란 표정이 떠올랐다.

"셰리든?" 그가 반신반의하는 표정으로 입을 열었다. 니컬러스가 바뀐 내 머리 모양을 본 적이 없다는 생각이 그제야 들었다.

"들어가도 돼요?" 나는 퉁퉁 부은 입술로 웅얼거리며 물었다.

"얼굴이 이게 뭐야?"

그가 손을 뻗었지만 나는 소스라치게 놀라 피하며 안으로 들어갔다. 그가 전등을 하나 더 켰다.

"세상에!" 환한 빛 아래 완전히 드러난 내 얼굴을 보자 그가 비명을 질렀다. "도대체 무슨 일이야?"

"성폭행 당했어요." 나는 떨리는 몸을 어떻게든 진정시켜보려고 팔을 모아 팔짱을 꼈다. "그리고 내가 그놈을 죽였어요."

"세상에." 그가 같은 말을 반복하고 다시 나에게 손을 뻗다가 그냥 내렸다. 니컬러스의 표정은 경악에서 걱정으로 바뀌어 있었다. "자, 일단 앉자."

나는 그를 따라 작은 부엌으로 들어가 식탁 의자에 무너지듯 앉았다. 니컬러스는 내가 여전히 움켜쥐고 있던 배낭을 잡아서 내려놓고 다른 의자에 앉아 심각한 얼굴로 나를 바라봤다.

"자세히 말해봐. 설명할 수 있겠어?" 그의 목소리는 한없이 부드러웠다.

나는 고개를 끄덕였지만 입을 열자마자 울음이 터져 나왔다. 방금 전에 일어난 일 때문에 내 인생이 영원히 달라질 거라는 선명한 예감 때문이었다.

"담배 있어요?"

코맹맹이 소리로 물었다. 니컬러스가 고개를 끄덕이고는 담배

한 개비와 라이터를 내밀었다. 나는 담배를 깊숙이 빨아들이며, 그에게서 시선을 돌린 채 그놈을 처음 만난 날부터 지금까지의 일을 남김없이 이야기했다. 그러는 내내 끔찍하게 수치스러웠다.

"경찰서로 가자." 내 이야기를 다 듣고 나서 니컬러스가 말했다.

"나는 살인자예요. 게다가 경찰을 죽였다고요."

"그건 정당방위였어!" 니컬러스가 절박하게 말하며 몸을 내 쪽으로 숙였다. "그 개자식이 널 따라다니며 협박하고, 성폭행까지 했잖아!"

나는 얼굴을 양손에 묻고 흐느꼈다.

"셰리든." 그가 나지막하게 말했다. "경찰서로 가자. 그리고 병원에도 가야 해. 다쳤잖아. 내가 지켜줄게. 약속해."

나는 고개를 들고, 걱정과 연민으로 어두워진 그의 연푸른 눈동자를 바라봤다. 갑자기 피로가 몰려왔다.

"그것 말고는 방법이 없어. 어떻게 하려고?"

"집에 갈래요."

속삭이며 대답하는데 또 눈물이 흘렀다. 니컬러스는 자리에서 일어나 물 한 컵을 가져다줬다. 그런 다음 더러워진 내 얼굴을 젖은 수건으로 조심스럽게 닦아냈다.

"경찰서로 가자. 셰리든, 이성적으로 생각해야 해!"

니컬러스가 다시 말했다. 물론 그의 말이 옳았다. 하지만 어떤 일들이 벌어질지 생각하니 소름이 끼쳤다. 사람들이 계속 질문을 해대고, 온갖 검사를 받고, 신문에는 살인자로 대서특필되고, 재판도 열릴 거고…… 그런 일을 견뎌낼 수 있을지 자신이 없었다. 나는 이 끔찍한 사건을 잊고 싶었다. 하지만 온 세상이 알고 나면 잊어버릴 수 없을 것이다. 사람들의 호기심 어린 시선이 그 순간을 몇 번이나 다시 겪도록 강요할 테니까. 스캔들에 목마른 사람들, 내가 가는 곳마다 따라다닐 비밀스러운 수군거림, 크리스토퍼와 레이첼 이모, 그리고…… 아버지. 내가 살인을 저질렀다는 사실을 아버지가 알게 되면 어떤 심정일지에 생각이 미치자 심장이 얼음장같이 차가워졌다.

"안 돼요. 경찰은 절대 안 돼요. 절대로."

단호한 내 말에 니컬러스는 한숨을 내쉬었다.

"그럼 어떻게 하려고?"

"아무것도 안 할 거예요. 아저씨를 끌어들이는 게 아니었어요."

내가 의자에서 일어나자 니컬러스도 따라 일어났다.

"셰리든, 기다려!"

나는 고개를 젓고 문 쪽으로 향했다. 집에 가서 옷과 봉투 속에 들어 있는 티셔츠를 불태우면 증거는 모두 사라질 것이다. 길이 얼었으니 자동차 바퀴 흔적도 남지 않았을 것이다.

"널 혼자 둘 수 없어. 여기 그냥 있어." 니컬러스가 내 앞을 가로막았다.

"내가 아침 일찍 여기서 나가는 걸 사람들이 다 보게요? 절대 안 돼요!"

그는 생각에 잠겨 입술을 꾹 다물고 있다가 손으로 머리카락을 훑었다.

"괜찮아요. 걱정하지 마요."

"걱정되는데 어떡하라고!"

나는 그를 바라봤다. 진심으로 걱정하는 그의 표정도 마음에 와 닿지 않았다. 속에서 뭔가가 영원히 부서져서, 앞으로 그 어떤 감정도 느낄 수 없을 것 같았다.

"아무에게도 말하지 않는다고 약속해줘요."

"셰리든, 정신 차려. 이 사건은 너 혼자 해결하기에는 너무 엄청난 거야!" 니컬러스는 버럭 화를 냈지만 목소리는 여전히 낮았다. "넌 그렇게 강하지 않다고!"

"약속해요. 어서!"

"사람들이 시체를 발견할 거야. 흔적을 찾다가 너와 연관 있는 뭔가를 발견할지도 몰라. 그럼 상황이 정말 나빠질 거라고!"

"지금보다 더 나빠질 순 없어요." 나는 배낭을 어깨에 메고 문손잡이를 잡았다. "고마워요. 아무에게도 말하지 마요."

집에 도착해 픽업을 주차하고 안으로 들어갔다. 욕조 가득 물을 받은 뒤 그날 저녁에 입었던 옷을 모두 벗어 종이봉투에 넣었다. 욕조의 뜨거운 물속에 한 시간도 넘게 누워 있었지만 떨림이 멈추지 않았다. 나를 쫓아다니며 위협하던 남자는 죽어서 텅 빈 주차장에 누워 있으니 악몽은 끝난 거였다. 하지만 누군가 시체를 발견하면 어떻게 될까? 경찰의 최신 과학수사 기술은 아주 작은 흔적도 분석할 수 있다던데. 마비된 듯한 느낌이 약간 완화되면서 어느 정도 이성적으로 생각할 수 있게 되었다. 니컬러스의 말이 옳았다. 경찰서로 가서 무슨 일이 있었는지 말해야 한다. 그 남자는 나를 협박하고 성폭행했다. 내가 한 행동은 정당방위였다. 돌을 움켜쥐고 그 개자식을 찍은 내 오른손을 내려다봤다. 하지만 기름기 번질거리는 벤턴 보안관과 그 동료들에게 모든 일을 세세하게 설명할 생각을 하니 소름이 끼쳤다. 병원에서 진찰받을 일은 더욱 섬뜩했다. 그러나 가장 끔찍한 것은 아버지의 눈을 봐야 하는 일이었다. 절대 안 돼! 나는 욕조 바닥으로 몸을 미끄러뜨리면서 이 사건을 잊어버리자고 굳게 결심했다.

욕조에서 나와서 벗어둔 옷과 허연 얼룩이 묻어 있는 하늘색 티셔츠를 구식 화덕에 넣었다. 전기 레인지가 있었지만 마사 아줌마는 그 화덕을 여전히 자주 사용했다. 하나도 남김없이 재가 될 때까지 기다렸다가 위층으로 가서 침대에 누워 잠이 들었다.

오후 늦게 눈을 떴다. 그 모든 일이 꿈이 아닐까 잠깐 생각했지만 팔 안쪽에 남아 있는 퍼런 멍 자국을 보자 마음이 다시 차가워졌다. 옷을 입고 아래층으로 겨우 내려왔다. 집에 아무도 없다는 게 얼마나 다행인지 몰랐다. 막 커피를 내리고 있는데 부엌문을 노크하는 소리가 났다.

"나야, 니컬러스."

자리에서 일어나 문을 열었다. 그는 모자를 벗고 잠시 망설이더니 부엌에 들어와 한가운데 버티고 섰다. 얼핏 보기에는 평소처럼 여유와 자신감이 넘치는 듯했지만, 눈이 붉었고 면도도 하지 않은 모습이었다. 한숨도 못 잔 것 같았다.

"좀 어때?" 그가 이렇게 묻고는 찬찬히 나를 살폈다.

나는 등을 돌렸다. 열두 시간 동안 지옥을 경험하고 났더니 더는 아무 감정도 생기지 않았다. "괜찮아요. 커피 한잔 하시겠어요?"

"으음."

니컬러스는 식탁에 모자를 올려놓고 의자에 털썩 주저앉았다. 나는 찬장에서 잔을 꺼내 그에게 커피를 따라줬다. 그는 고개를 끄덕이고는 양손으로 찻잔을 꼬옥 감싸 쥐었다. 그러고는 내내 내게서 눈을 떼지 않다가, 한숨을 내쉬더니 눈길을 떨어뜨렸다.

"이제 아무도 그놈을 찾지 못할 거야. 내가 새벽에 치웠어."

"뭐라고요?"

나는 깜짝 놀라 뒤돌아서서 그를 뚫어지게 바라보았다. 니컬러스는 어깨만 으쓱할 뿐, 아무 말이 없었다.

"하지만…… 그놈은 자동차가 있었을 텐데……."

내가 기어들어가는 목소리로 중얼거리자 니컬러스가 바로 대답했다.

"없었어. 내가 샅샅이 뒤져봤어. 아마 근처에 살았나 봐. 그래서 해결하기 편했지."

"누군가…… 땅바닥에서 핏자국을 발견할지도 몰라요."

"지금 눈 와." 니컬러스는 창밖을 고갯짓하며 커피를 한 모금 마셨다.

창밖을 내다봤다. 정말 눈이 오고 있었다, 그것도 함박눈이. 나는 니컬러스가 내게 해준 일이 어떤 의미인지 깨닫고 전율을 느꼈다. 시체도, 흔적도 없으니 심문도, 따가운 시선도 없을 것이다. 아무 일도 일어나지 않은 것이다. 그 남자는 완전히 사라졌다. 사람들이 실종 신고를 하고, 그의 집을 뒤지고, 그를 찾겠지만, 하루아침에 사라져 다시는 나타나지 않는 사람들의 긴긴 목록에 이름이 하나 추가될 뿐이다.

나는 니컬러스에게 시신을 어떻게 처리했는지 묻지 않았다. 알고 싶지도 않았다. 그도 말할 생각이 없어 보였다.

"왜 그랬어요?" 목소리를 낮춰 물으며 그의 맞은편에 앉았다.

니컬러스가 고개를 들었다. 그의 눈동자에 수수께끼 같은 분위기가 감돌았다. 눈썹 사이에 빳빳하고 깊은 주름이 파였다.

"누가 너한테 또 고통을 주지 못하게 하려고." 그가 이제껏 한 번도 들어보지 못한 부드러운 목소리로 말했다. "너랑 나 말고는 아무도 몰라. 앞으로도 그럴 거고."

얼음처럼 싸늘하게 마비된 내 속 깊은 곳에서 아주 작고 따뜻한 행복의 불씨가 반짝였다.

"아저씨는 참 엄청난 사람이군요." 목이 메어 다른 말은 할 수 없었다.

"너도 엄청난 사람이야." 니컬러스가 손을 뻗어 내 손 위에 포갰다. "셰리든, 너 같은 사람은 처음이야."

나는 다른 한 손을 그의 손 위에 얹었다. 우리는 한동안 그렇게 서로를 마주보았다. 그러다 그의 눈에서 시선을 떼지 않은 채 굳은살이 박인 그의 단단한 손을 들어 내 뺨에 대고 속삭였다.

"고마워요."

"이제 가야겠다. 다른 사람들의 눈에 띄면 네가 골치 아파질 테니." 니컬러스는 내가 손을 놓자마자 모자를 집어 들고 자리에서 일어났다.

"네." 나는 아픈 얼굴을 찡그리며 미소 비슷한 걸 지어 보였다. "또 봐요. 정말 고마워요."

그는 아무 말 없이 고개만 끄덕이고 떠났다. 나는 창가로 다가가 눈보라 속에 어렴풋이 보이는 그의 뒷모습을 응시했다. 그는 한 번도 뒤돌아보지 않고 차에 올라 바로 출발했다. 갑자기 버림받은 느낌이 들었다.

겨울

얼굴이 엉망이 된 그럴싸한 이유를 만들어내야 했다. 다행히 모두들 핼러윈 파티에서 문에 부딪쳤다는 내 거짓말을 믿었다. 사실은 레베카 새언니가 임신했다는 소식에 내 상처 따위에는 아무도 관심을 보이지 않은 덕분이었다. 나는 며칠 동안 엄청나게 긴장한 채 혹시 목격자라도 나타나는 건 아닌지 불안해했다. 그러나 아무 일도 일어나지 않았다. 핼러윈 파티 일주일 뒤 신문에 "에릭 마이클 데커 보안관보(37세, 매디슨 거주)가 11월 초 실종되어 전국적으로 수색 중"이라는 제목의 짤막한 기사가 실렸다. 내가 겪었던 악몽에 이제 구체적인 이름이 붙었지만, 그게 다였다. 나는 이제 다시 밥을 먹고 잠을 잘 수 있었다. 머리카락도 기를 수 있었다.

살을 에는 바람이 평원에 몰아치고 눈 폭풍 때문에 낮이 밤처럼 바뀐 며칠 내내 나는 니컬러스를 생각했다. 요즘에는 그를 만날 일이 별로 없었다. 그는 일요일에만 자기 엄마를 찾아왔고, 나는 메리제인 아줌마와 수다를 떤다는 핑계로 그 집으로 건너갔다. 옆에 있는 그의 온기, 그의 목소리, 연푸른색 눈동자로 바라보는 그의 눈길, 긴 부엌 의자에 나란히 앉아 있을 때의 가벼운 스침이 좋았다. 그러고 있으면 나도 다시 행복해질 수 있을 것 같은 기대감이 스멀스멀 피어올랐다. 그 순간만을 기다리며 일주일을 보냈다. 다른 모든 일에는 흥미를 잃었다. 학교도, 다가오는 크리스마스 축제도, 내 출생을 둘러싼 비밀까지도. 그런데 크리스마스를 앞둔 마지막 일요일, 엄마의 일기를 읽다가 생긴 의문에 대해 뜻밖의 정보를 얻게 됐다.

이야깃거리가 될 만한 새로운 일은 별로 없었고, 메리제인 아줌마는 옛일을 회상하는 것을 좋아했으므로 언제나 예전 일들이 화제에 올랐다. 나는 아줌마가 그런 이야기를 들려줄 때가 좋았다. 니컬러스도 이미 수십 번은 들었을 옛날이야기들을 끈기 있게 들어줬다. 그날 아침에는 존 아저씨도 식탁에 앉아 있었다. 아저씨는 몇 주 전 크리스마스 때 마실 펀치를 담갔는데, 올해 최고로 맛있게 됐다고 주장했다.

"당신은 매년 똑같은 말을 해. 어쨌든 마셔보자고."

메리제인 아줌마의 말에 존 아저씨는 모두에게 기꺼이 한 잔 가득 따라주고, 미소를 머금고 우리가 펀치를 홀짝거리는 모습을 흐뭇하게 지켜봤다. 나는 계피와 정향 냄새를 좋아했지만, 한 모금 마시자마자 익숙하지 않은 술 냄새가 훅 풍겨와 눈물이 흐르고 기침이 터졌다. 니컬러스는 히죽 웃으며 내 등을 두드려주었다.

"열여섯 살밖에 안 된 애한테 술을 주니까 이렇게 되지." 아줌마가 핀잔을 주고는 술잔을 빼앗으려고 했다.

"하지만 맛있는걸요!" 나는 항의했다. 난방이 심하게 잘되는 좁은 부엌에 앉아 있었던 터라 머리까지 금방 올라오는 취기도 즐거웠다.

"그건 그렇고, 이 레시피는 네 아버지가 개발한 거야." 존 아저씨가 말했다.

"네 할머니는 동부 출신이라 펀치를 만들 때 술을 넣지 않았지. 하지만 버넌과 그 형은 어떻게든 술이 든 펀치를 먹고 싶었나 봐. 매일같이 실험을 하더니 결국 완벽한 배합을 찾아냈지."

"기억나요." 니컬러스가 식탁 아래로 긴 다리를 편안하게 뻗으며 말했다. "언젠가 그 둘이 나를 데려가서는 그걸 어찌나 먹였는지 완전히 고주망태가 됐잖아요."

"그래, 너 그때 엄청나게 취해서 제대로 걷지도 못했지." 메리제인 아줌마가 고개를 절레절레 흔들었다. "그때 얼마나 화가 났는지. 넌 겨우 여덟 살인가 아홉 살이었다고!"

"구덩이에서 기어 나오지도 못했어요. 그 후로 이틀 동안 토하기만 했죠."

"무슨 구덩이요?" 나는 니컬러스에게 묻고는 펀치를 한 모금 더 마셨다.

"어, 낙원만(Paradise Cove)에 있는 낡은 벙커 말이야. 토네이도를 피하려고 만든 곳인데, 버넌이랑 존 루카스는 다른 사람들에게 그 은신처 얘기를 발설하면 혀를 잘라버릴 거라고 협박했지. 둘은 그곳을 'PC'라고 불렀어. 어렸을 때 난 그 형제를 무서워했기 때문에 아마 고문을 당했더라도 말하지 않았을 거야."

펀치를 마시던 나는 사레가 들려 캑캑거렸다. 기침이 너무 심하게 나서 질식할 것 같았다.

"이제 정말 그만 마셔!"

메리제인 아줌마는 내 손에서 술잔을 빼앗아갔고, 니컬러스는 등을 두드려주었다.

"그 벙커 아직 있어요?" 겨우 숨을 쉴 수 있게 된 나는 잔뜩 잠긴 목소리로 물었다.

"아마 그럴걸. 절대 무너지지 않을 벙커니까." 존 아저씨가 고개를 끄덕였다.

낙원만, PC! 엄마가 일기장에서 언급한 PC는 분명히 그곳이다! 토네이도의 피해가 잦은 네브래스카와 인근 주에는 집 주변에 이런 벙커가 무척 많다. 윌로크릭 농장 주변에도 대여섯 개 정도 있었다. 낙원만이 어딘지는 나도 알고 있었다. 윌로 호수 안, 수양버들 고목들에 감싸 안긴 움푹한 곳. 나는 흥분으로 온몸이 근질거렸다. 30년 전 엄마에게 아주 큰 의미가 있던 장소에 얼른 가보고 싶었다. 존 아저씨와 메리제인 아줌마에게 고맙다고 급하게 인사하고는 집을 나섰다.

"갑자기 왜 이렇게 서둘러?" 베란다까지 따라 나온 니컬러스가 수상하다는 듯이 물었다. "너 지금 뭔가 하려고 그러지?"

그가 벙커의 정확한 위치를 기억하고 있을지도 모른다는 생각이 들었다. 그러면 찾는 시간을 절약할 수 있다. 그래서 엄마의 일기에 등장하는 비밀스러운 장소 'PC'에 대해 대강 설명했다.

"아까 내가 말한 은신처가 거기라는 거지?" 늘 그렇듯이 니컬러스는 상황을 빨리 파악했다. "그렇다고 이런 날씨에 가겠다니, 죽고 싶어?"

"꼭 거길 봐야겠어요." 나는 고집을 부렸다.

"좋아, 그럼 나도 같이 가지."

"말 타고 갈 건데요." 나는 그렇게 대꾸하면 그를 떼어낼 수 있다는 듯이 말했다.

"뭐, 나도 말 안장에 올라 앉아본 적은 있으니까." 니컬러스가 나를 놀리며 히죽거렸다.

"내가 탈 말도 한 마리 가지고 와. 한 시간 뒤 목련 저택 앞에서 만나자. 거기가 중간쯤 되니까."

나는 고개를 끄덕였다. 그가 같이 가준다면 든든할 것 같았다.

"알았어요. 그때 만나요."

30분 뒤에 웨이사이더와 또 다른 말 한 마리를 끌고 나갔을 때, 하늘은 진한 파란색이 감도는 잿빛이었다. 니컬러스는 이미 목련 저택 앞에 트럭을 세우고 기다리고 있었다. 나는 그에게 말고삐를 건넸다. 평소에 존 아저씨가 타던 말이었다. 니컬러스는 뱃대끈을 당기며 말에 훌쩍 뛰어올랐다.

눈이 수의처럼 땅을 덮었다. 며칠 전부터 방송에서 예고한 일이었다. 캐나다에서 형성된 굉장한 규모의 한랭전선이 노스다코타 주와 사우스다코타 주를 지나 네브래스카 주로 다가오면서 매 시간 기온을 뚝뚝 떨어뜨리고 있었다. 차가운 바람이 얼굴을 물어뜯을 듯 불어와 눈물이 흘렀다.

"벙커 위치도 정확하게 모르면서 혼자 가려고 했어?" 한동안 조용히 말을 달리던 니컬러스가 입을 열었다.

"네."

내 대답에 그가 고개를 절레절레 흔들었다.

막상 출발하고 보니 니컬러스가 옆에 있어서 천만다행이었다. 내가 아무리 이 근처를 잘 안다고 해도, 이정표가 될 만한 것들이 모두 눈에 파묻혀버려 길을 찾기가 쉽지 않았다. 한 시간쯤 뒤, 작은 호수에 도착했다. 그가 없었더라면 이 호수조차 찾지 못했을 것이다. 잿빛 호수 위에는 안개가 자욱했고 누렇게 마른 갈대가 바람에 바스락거렸다. 앞장서 가던 니컬러스는 힘들이지 않고 벙커 입구를 찾아냈다.

"이쪽이야. 정말 들어갈 거야?" 그가 말을 세우고 물었다.

"네, 잠깐만요." 나는 말에서 내려 안장 주머니를 뒤졌다.

"안이 칠흑같이 어두울 텐데."

그 말에 나는 대답 대신 손전등을 들어 보이며 빙긋 웃었다.

"어, 그런 걸 잘도 챙겨 왔네." 니컬러스가 한숨을 내쉬며 말에서 내려 바람이 들이치지 않는 곳을 찾아 말들을 묶었다. 그런 다음 내 손에서 손전등을 넘겨받고 앞장섰다.

벙커 앞에 서자 엄마가 페어필드를 떠나기 전에 마지막 일기장을 숨겨둔 곳이 여기일 거라는 예감이 강하게 들었다. 아버지와 함께 행복한 시간을 보냈던 장소에, 아버지가 자신의 일기장을 찾아내기를 바라는 마음으로.

한 가지는 확실했다. 아주 오래전부터 아무도 이곳에 오지 않았다는 것. 벙커로 내려가기 위해 니컬러스는 온통 뒤엉킨 나무딸기 덤불부터 베어내야 했다. 드디어 녹슨 격자 창살이 덮인 네모난 구멍이 바닥에서 모습을 드러냈다.

"빌어먹을, 저기 어떻게 들어가요?"

절망감이 싹을 틔우려는 찰나 니컬러스가 자신만만하게 말했다.

"기다려봐."

그가 눈 위에 쪼그리고 앉아 흔들어 당기자 창살은 오래 저항하지 않고 삐걱거리는 소리를 내며 길을 터줬다. 바로 들어가려는데 니컬러스가 나를 말렸다.

"내가 먼저 내려갈게. 창살로 닫혀 있긴 했지만, 안에 뭐가 있을지도 몰라."

그가 내려간 뒤 내가 그 뒤를 따랐다. 눈 덮인 입구는 오래된 낙엽이 푸석푸석 밟히는 계단으로 이어졌고, 계단을 지나자 깜짝 놀랄 만큼 넓은 공간이 펼쳐졌다. 높이도 니컬러스가 똑바로 설 수 있을 정도였다. 니컬러스는 손전등으로 네모 반듯한 벙커 안을 이리저리 비춰보고는 조그맣게 휘익, 휘파람을 불었다.

"왜요?"

"여기 정말 예전 그대로다." 그가 주변을 둘러보며 말을 이었다. "저기 매트리스가 놓여 있는 야전침대 보여? 녹이 슬긴 했지만 틀은 새것 같지 않아? 그리고 저쪽 탁자에 병이랑 증류기 같은 거, 저건 독주를 만드느라 가져다 놓은 것들이야."

그가 말하는 걸 보기 위해서는 엄청난 상상력이 필요했다. 30년 동안 습기와 냉기만 머물던 벙커 안의 모든 것에는 끈적끈적한 먼지가 덕지덕지 앉아 있었다. 금속들은 녹이 슬어 벌겠고, 머리 위에는 콘크리트 천장을 뚫고 들어온 나무뿌리들이 보였다.

"예전에는 정말 깔끔한 곳이었어." 니컬러스는 부츠 끝으로 의자 비슷한 물건을 걷어찼다. "버넌 형제는 온갖 종류의 가구를 조금씩 끌어다 놓았지. 책도 많았고 라디오도 있었어. 내 기억에는 휴대용 발전기도 있었던 것 같은데."

"그런데 여기 왜 이런 벙커가 있는 거예요?"

"예전에 이 옆에 집이 한 채 있었거든. 이미 오래전에 허물어졌지만."

나는 책장 앞에 서서 먼지 낀 거미줄을 옆으로 걷어내고 책을 한 권 꺼내보았다. 책을 열어 몇 장 넘기는데, 종이가 손가락 사이에서 먼지처럼 잘게 부서졌다.

이곳이 내 엄마가 행복했던 장소였다. 사랑하던 남자를 여기서 남몰래 만났고, 그가 전쟁터로 떠났을 때는 이곳에 앉아 그를 생각했다. 심장이 연민으로 쪼그라드는 것 같았다. 불현듯 내가 침입자처럼 느껴졌다.

"우리 아버지가 은신처를 알려줬다고 아저씨 혀를 자르면 어떻게 하죠?" 답답한 마음에서 벗어나려고 농담을 했다.

"시효가 소멸됐을 거야. 그러고 보면 버넌은 캐럴린을 아주 많이 믿었나 봐. 내가 아는 한 그들 형제가 다른 여자를 여기에 데리고 온 적은 없거든."

"레이첼 이모도요?"

"아, 그 여자는 절대 안 되지!" 니컬러스가 빈정거렸다. "레이첼은 만나는 사람마다 이런 곳이 있다며 떠들어댔을 거고, 그러면 은신처 놀이는 끝장이었을 테니까."

"여기서 뭘 했는데요?"

"그냥 모여서 놀았어. 술 마시고, 음악 듣고, 담배도 피우고 뭐 그런 거." 니컬러스가 어깨를 으쓱하며 대답했다.

내가 예전에 친구들이랑 낡은 방앗간에서 하던 거랑 비슷한 짓이었다. 그런데 아버지는 왜 그렇게 편협한 반응을 보였을까? 자기와는 달리 나는 경찰에게 걸렸기 때문에?

니컬러스는 과거로 떠난 이 여행이 즐거운 모양이었다. 내가 방을 샅샅이 뒤지는 동안 그는 의자 상태를 확인하고 조심스럽게 그위에 앉았다. 한참 뒤에야 그는 내가 뭘 하고 있는지 알아차렸다.

"내가 도와줄까? 어두워지고 있어. 얼른 돌아가야 해."

나는 찾고 있는 것이 엄마가 어딘가에 숨겨뒀을 마지막 일기라고 털어놓았다. 그러자 그는 절망적인 표정으로 나를 바라봤다.

"셰리든, 캐럴린이 여기 온 지는 30년도 넘었어. 그게 아직도 여기 있을 것 같아?"

"여기가 그때랑 똑같다면서요. 그건 우리 아빠가 그 후에 한 번도 여기 오지 않았다는 뜻이에요. 아빠뿐만 아니라 그 누구도요."

니컬러스도 이 논리에는 반박하지 못하고, 한숨을 쉬면서 의자에서 일어났다. "캐럴린이 정말로 뭔가를 숨겼다면, 그럴 만한 장소는 한 곳밖에 없어. 이쪽을 비춰봐."

그가 왼쪽 벽에 놓인 목제 수납장을 가리켰다. 나는 손전등을 그쪽으로 돌렸다. 니컬러스가 다 썩은 가구를 거칠게 잡아당기자 수납장은 카드로 만든 집처럼 부서져버렸다.

"어엇, 어떡해요?"

"어쩔 수 없지."

그는 인상을 찌푸리며 기침을 하고는 손을 휘저어 먼지를 날렸다. 먼지가 가라앉자 놀랍게도 좁은 저장고가 나타났다.

"여기에 식료품과 물을 저장했어." 니컬러스가 설명했다.

그가 손전등을 향해 손을 내밀기에 건네줬다. 허리를 숙이고 저장고로 들어가는 니컬러스를 나는 숨도 제대로 쉬지 못하고 지켜봤다. 심장이 거칠게 뛰었다.

"이리 와봐."

부서진 수납장을 밟고 그에게 다가갔다. 니컬러스는 손전등을 넘겨주고 벽에 붙은 들창을 움직이려고 애를 쓰며 말했다.

"통풍구야."

손전등 불빛이 약해지고 있었다.

"서둘러요. 배터리가 나가려고 해요."

그는 칼로 들창 주위를 긁다가 칼끝을 들창 아래 넣고 들어올렸다. 먼지구름이 일었다. 손전등이 꺼지기 직전에 내가 본 것은 의기양양하게 싱글거리는 그의 얼굴이었다.

벙커에서 머문 시간이 생각보다 길었다. 우리가 빛을 찾아 바깥으로 나왔을 때는 빛은커녕 세차게 내리는 눈 때문에 아무것도 보이지 않을 지경이었다. 나는 우리가 정말로 뭔가를 발견했다는 사실을 믿을 수 없었다. 경이감과 의심이 뒤섞인 채 잔뜩 녹슨 돈궤를 바라봤다. 그 자리에서 바로 열어보고 싶었지만 니컬러스가 어서 출발해야 한다고 재촉했다. 나는 소중한 습득물을 안장 주머니에 넣고 뛰어올랐다. 말들은 칼날 같은 바람과 힘겹게 싸우며 앞으로 나아갔다. 나는 몸을 깊숙이 숙여 웨이사이더의 목에 바짝 달라붙었다. 목련 저택 앞에서 헤어지면서 니컬러스에게 도와줘서 고맙다고 인사했다. 나는 그가 차에 올라 시동을 건 후에야 우리가 핼러윈 때 생긴 일에 대해 아무 말도 하지 않았다는 생각이 들었다. 그 일은 오늘 머릿속에 떠오르지도 않았다. 그렇다면 언젠가는 그 일이 남긴 그늘이 완전히 사라져서 정말로 잊을 수 있게 될지도 모를 일이다.

집에 도착했을 때는 완전히 깜깜했다. 다행히 아무와도 마주치지 않고 돈궤를 내 방으로 살짝 가지고 올라갈 수 있었다. 저녁 식탁에 앉아서 레이첼 이모와 레베카 새언니가 1월 1일에 있을 새 목사의 취임식에 대해 하는 이야기를 멍하니 들었다. 나는 돈궤를 얼른 열어 그 안에 뭐가 들어 있는지 확인하고 싶어서 안달이 났다. 아까 마구간에서 돌아오면서 작업장에서 드라이버를 몇 개 집어 왔다. 그걸로 녹슨 자물쇠를 열 수 있을까? 열쇠는 어디 있지? 혹시 아빠가 가지고 있는 걸까? 드디어 식사가 끝나고 정리도 마쳤다. 나는 점점 조급해지는 마음을 꾹 눌러 참으며 집이 조용해지고 레이첼 이모가 잠자리에 들 때까지 기다렸다. 불빛이 새어나가 의심을 받는 일을 막으려고 문틈을 담요로 막고 문손잡이에 양말을 씌워 열쇠구멍까지 가렸다. 몇 분 걸리지 않아 자물쇠가 열리고 돈궤 뚜껑이 열렸다.

기대만큼이나 실망도 컸다. 일기장도, 편지도 없었다. 돈궤에 잘 접힌 채 들어 있는 것은 누렇게 변색된 신문이었다. 곰팡내가 나는 신문을 꺼내 펼쳤다. 이미 오래전에 폐간된《매디슨 신문》1965년 4월 27일자였다. 그러다 책에서 뜯어낸 종이 낱장으로 싸인 자그 마한 꾸러미를 발견했다. 크게 숨을 들이켜고 종이를 벗기자 양철 상자가 드러났다. 상자 속에는 열쇠 하나와 솜털처럼 보드라운 어 두운 색 머리카락 한 다발이 들어 있었다. 나는 당황한 채 작고 납 작한 열쇠를 손에 쥐고 돌리다가, 솜을 조각조각 뜯어보고 양철상 자도 샅샅이 살폈다. 하지만 편지도, 메모도, 뭔가 힌트가 될 만한 것도 없었다. 겉을 싼 종이도 그냥 집히는 대로 아무 책에서나 뜯 어낸 것 같았다. 엄마의 비밀을 조금이라도 풀기를 기대했지만, 손 에 넣은 것은 또 하나의 수수께끼였다.

∞

1월 1일, 페어필드는 대통령 내외라도 방문하는 것처럼 들떠 있 었다. 새 목사가 오는 날이었다. 나는 성가대에서 노래를 하고, 나 중에는 손님들에게 음료수를 나눠주기로 되어 있었다. 그런데 이 른 아침부터 갑자기 속이 메슥거리면서 구역질이 났다. 레이첼 이 모가 취임식 한 시간 전에는 온 가족이 교회에 가 있어야 한다고 우기는 통에 살짝 도망칠 수도 없었다. 우리가 도착했을 때 주차장 은 이미 꽉 차 있었다. 교회는 멋지게 차려 입은 사람들로 넘쳐났 다. 레이첼 이모는 자신이 소속된 환영위원회에 이것저것 지시를 내리느라 바쁘게 오갔다. 아버지는 오빠들과 함께 어디론가 사라졌고, 레베카 새언니와 나는 성가대에 자리를 잡으러 낸시 앤더슨 선생님 쪽으로 갔다. 페어필드 사람들은 몇 주 전부터 오늘을 위해 철저하게 준비해왔다. 교회 회관은 추수감사절처럼 장식되어 있었고, 교인들이 모두 함께 차린 뷔페에 상다리가 휠 정도였다.

파커 목사는 드디어 고통의 시간이 끝나서 기쁜 표정이었다. 그 가련한 늙은이는 거의 걷지도 못했고, 고혈압 때문에 얼굴이 늘 토마토처럼 새빨갰다. 나는 그가 예배 시간에 뇌졸중으로 쓰러질까 봐 늘 걱정하곤 했다.

새 목사 가족이 도착했다. 모두 호기심에 차서 목을 길게 늘여 뺐다. 나는 레이첼 이모에게서 이미 그에 관해 알 만한 것들은 모두 들었다. 호레이쇼 버넷, 서른세 살, 기혼에 아이는 둘. 감리교 보수파에 속하고, 그동안 신자들이 줄어드는 교회에 부임해 좋은 성과를 거둔 바 있었다. 한때는 선교사로 사역하기도 했고, 신학자일 뿐 아니라 컴퓨터공학 전공으로 박사 학위를 받기도 했다. 독특한 조합이었다. 그보다 더 독특한 건 그가 자의로 중서부에 왔다는 사실이었다.

사람들은 그가 와서 페어필드의 신앙 생활이 더 풍성해질 거라고 떠들어댔지만 내 생각은 좀 달랐다. 전임자인 파커 목사는 건강 때문에라도 사람들에게 그다지 간섭하지 않았다. 쉬고 싶은 사람은 내버려뒀고, 주일학교와 청소년 모임도 교회 임원들에게 맡겼다. 언제부터인가는 무릎 관절이 망가져서 오랫동안 서 있을 수 없다며 설교도 하지 않았다.

호레이쇼 버넷은 키가 크고 마른 체형이었다. 얼굴 윤곽은 환상적이지만 돌처럼 딱딱한 표정 때문에 지나치게 엄격해 보였다. 아니, 턱과 윗입술에 가느다랗게 기른 수염과 반듯하게 뒤로 넘긴 어두운 색 머리카락 때문에 엄격한 정도가 아니라 거의 음울한 인상이었다. 처음 본 순간부터 나는 이 남자가 어쩐지 싫었다. 그가 잿빛 눈동자로 나를 꿰뚫을 듯 쏘아봤다. 나는 미소로 얼버무리거나 눈길을 피하지 않고 그의 시선을 받아냈다. 그의 아내는 교회 임원들과 섞여 첫째 줄에 앉아 있었다. 잿빛이 섞인 금발 머리를 짧게 자른, 그야말로 평범한 여자였다. 그 옆에는 남자아이 둘이 쪼그리고 앉아 있었는데, 열두 살과 열 살 정도로 보였다. 음울한 허수아비 같은 호레이쇼 버넷은 시장이자 교회 임원회 회장인 제프 리처드슨의 연설이 한없이 이어지는 동안 차분하게 귀를 기울이며 서 있었다. 미소는 단 한 번도 짓지 않았다.

드디어 그가 설교를 시작할 시간이었다. 뜻밖에도 편안하고 깊은 목소리였고, 이사벨라 고모할머니처럼 동부 연안 억양을 썼다. 바로 그 순간, 나는 그와 이야기를 나눠본 적이 있다는 걸 깨달았다. 레이첼 이모의 벽장에서 입양 문서를 발견한 날이었다. 사실 이모의 서재에 들어가게 된 건 저 사람과의 통화 덕분이었다.

그의 설교 중 기억에 남는 건 별로 없었다. 다른 일들이 머릿속에 가득했기 때문이다. 나는 예배 전에 니컬러스에게 돈궤 속에 뭐가 들어 있는지 이야기했다. 하지만 그 역시 거기에 어떤 의미가 담겨 있는지 알지 못했다.

"이제 어떻게 할 거야?"

내 말을 다 들은 그가 물었다. 나 자신에게 몇 번이나 던진 질문이었다.

"그냥 네 아버지에게 물어보는 건 어때?"

물론 그게 가장 간단한 해결책이었다. 진실을 말할 때까지 아버지를 계속 채근할 수도 있었다. 하지만 아버지에 관해서라면 나는 기이한 소심함에 사로잡혀 있었다. 학교를 졸업하고 이곳을 떠날 수 있을 때까지 그 질문은 유보해두는 게 현명할 거라고 나 자신을 타일렀다.

거의 두 시간에 걸친 예배가 끝나고 곧이어 교회 회관에서 환영식이 펼쳐졌다. 연설하기 좋아하는 제프 리처드슨이 새해 인사를 했는데, 조금 전 교회에서 한 말과 거의 똑같았다. 그런 다음 만찬이 시작됐다. 나는 사용한 지저분한 그릇과 컵을 부엌으로 나르는 일을 맡았다. 사람들이 넘쳐나는 교회 회관 대강당을 휘감은 숨막히는 공기와 더위, 시끄러운 말소리, 아이들의 고함과 음식 냄새 때문에 정신이 멍하고 식은땀이 났다. 접시에 남은 음식을 보거나 냄새를 맡으면 구역질이 올라왔지만 정신력으로 버텼다. 나는 파커 목사 부부와 작별 인사도 하지 않았고, 새로 온 목사 부부와 악수하지도 않았다. 그 무엇에도 관심이 없었다.

3시 무렵이 되자 대강당이 점차 비기 시작했다. 페어필드 주민들의 호기심이 어느 정도 수그러진 것이다. 나는 의자와 식탁 정리를 도운 다음 숨을 돌리려고 바깥으로 나갔다. 지칠 대로 지쳐 문앞의 긴 의자에 주저앉아 심호흡을 몇 번 했다. 대강당에 울리던 새된 목소리들과 부엌에서 여자들이 끝없이 해댄 수다 때문에 머리가 아팠다.

"우리 아직 인사하지 않은 것 같은데."

뒤에서 불쑥 들린 목소리에 깜짝 놀라 벌떡 일어났다. 나는 상당히 키가 큰 편이지만 버넷 목사는 나보다 머리 하나는 더 컸다. 올려다봐야 하는 게 마음에 들지 않았다. 그가 뚫어져라 내 얼굴을 보는 것도 싫었다.

"부엌에서 일했어요." 주눅 들지 말자고 마음을 다지고는 대꾸했다. "셰리든 그랜트예요."

"호레이쇼 버넷이야."

내키지 않았지만 그가 내민 손을 맞잡았다.

"그랜트라면 윌로크릭 농장 버넌 부부의 딸이겠구나. 그렇지?"

나는 그가 사람들을 빨리 파악한 데 놀랐지만, 공손하게 굴기에는 너무 지쳐 있었다. 악수하는 그의 손아귀는 단단했고, 벨벳처럼 부드러운 눈동자는 내가 한 번도 본 적 없는 독특한 잿빛이었다.

"입양된 딸이에요." 나는 싸늘하게 대꾸했다.

"그래?"

그가 눈썹을 치켜세웠다. 내 얼굴을 뚫을 듯이 빤히 보는 그의 시선을 더는 견딜 수 없었다. 목사의 손을 놓고 재킷에 곧장 손을 찔러 넣었다. 이 남자는 나를 불안하게 만들고 있었다. 그 점이 짜증스러웠지만 동시에 기묘하게 끌렸다.

"앤더슨 부인 말로는 네가 노래를 무척 잘하고 피아노도 잘 친다더구나. 성가대도 하고. 그렇지?"

이유는 알 수 없지만 뭔가 마음에 들지 않았다. 그래서 그의 질문에 다시 무뚝뚝하게 대꾸했다. "예, 어쩔 수 없어서요."

"왜? 누가 강요라도 해?"

"엄마가 교회에서…… 상당히 활동적이라는 사실은 이미 알고 계실 텐데요."

"흠…… 교회의 다른 활동에도 참가하니? 청소년 모임이나 주일 학교 말이야."

"이따금요. 규칙적으로 참가하지는 않아요."

"왜?"

"시간이 없거든요."

"하나님을 위한 시간이잖니."

"난 '농장'에 살아요. 할 일이 언제나 쌓여 있죠. 게다가 아직 학교에도 다니고요."

"그래도 앞으로는 좀 더 참가할 수 있게 노력하면 좋겠다. 그러면 내가 참 기쁘겠구나."

이상한 사람이었다. 교양 있고, 세심하고, 과장이라고 생각될 만큼 정중하면서도 동시에 거리감이 느껴졌다.

"기꺼이 그렇게 하죠." 나는 그의 눈을 똑바로 쏘아보며 대꾸했다. "목사님이 저녁마다 우리 집에 오셔서 감자 껍질을 벗기고, 요리를 하고, 부엌을 정리하고, 다림질을 하고, 닭장의 똥도 치운다면 말이에요. 그러면 내가 청소년 모임에서 시시덕거리며 노래를 좀 부를 수 있겠죠."

처음 보는 어른에게 이렇게 공격적으로 말을 한 적은 없었다. 하지만 지금은 몸 상태도 좋지 않고 모든 것에 너무 지쳐 있었다. 버넷 목사는 아무런 대꾸도 하지 않았지만, 그의 눈빛은 달라져 있었다. 거리감과 서늘함이 진짜 관심으로 변한 것이다.

"중서부는 처음이시군요."

내 말에 그가 고개를 끄덕였다.

"오랫동안 머문 적은 없어. 하지만 하나님은 텍사스 주든 뉴햄프셔 주든 어디서나 똑같단다."

"하나님은 똑같을지 몰라도 사람들은 그렇지 않아요."

"어떤 점에서?"

정말 몰라서 묻는 건지 아니면 나를 약 올리는 건지 알 수 없었다. 그런 건 조금 둘러보기만 해도 알 수 있는 일이다. 그의 얼굴을 노려보다가, 그와 나 사이에 곧 큰 문제가 생길 것이라는 불길한 예감이 들었다.

"사람들이 어떤 점에서 다른데?" 목사가 다시 물었다.

"위대한 땅이 반드시 위대한 인물을 낳는 건 아니에요." 나는 어느 책에선가 읽고 외워둔 문장을 인용했다. 100퍼센트 옳은 말이었다. "이곳에는 아주 편협하고 멍청한 사람들이 살고 있어요. 곧 아시게 될 거예요."

"넌 여기 사는 게 행복하지 않구나."

질문이 아니라 단정이었다. 나는 곧장 냉소적으로 대꾸했다.

"뭐, 상관없어요. 학교를 졸업하자마자 여길 떠날 거니까요."

"왜?"

"사람들에게 존 스타인벡이나 헨리 밀러, 마거릿 미첼이 누군지 물어보세요. 아무도 제대로 대답 못해요. 우리 엄마는 스칼렛 오하라가 나랑 같은 반 친구인 줄 알아요. 여긴 바보들만 산다고요."

"그건 너무 심한 말이구나."

"그럴지도 모르죠." 나는 어깨를 으쓱했다. "목사님은 자발적으로 여기 오셨지만 난 아니에요. 그러니까 떠날 수 있다면 바로 떠날 거라고요."

우리는 한동안 아무 말 없이 마주보고 있었다.

"셰리든 그랜트, 이웃에 대해 오만한 판단을 내리지 말고 겸허함을 좀 배우는 게 좋겠구나."

버넷 목사의 말투에 싸늘함이 살짝 묻어났다. 그를 노려보고 있는데 갑자기 뜨거운 분노가 솟구쳐서 날카로운 목소리로 말했다.

"목사님이 뭘 알아요? 난 지금까지 살아오면서 굴욕이란 굴욕은 모조리 당했다고요."

"겸허와 굴욕은 다른 거란다."

"아, 그래요? 목사님이 제대로 굴욕당해본 적이 있을까요? 굴욕에 대해 뭘 아시는데요?"

나는 악을 쓰지 않으려고 감정을 꾹꾹 눌러야 했다. 바로 그 순간 레이첼 이모가 문간에 나타났다. 미심쩍어하는 이모의 눈빛이 버넷 목사와 나 사이를 오갔다. 내가 새로 온 목사를 독점하고 있는 게 마음에 들지 않는 모양이었다. 사실은 그 반대인데도. 평생처음으로 이모가 나타난 게 기쁠 지경이었다. 안 그랬더라면 호레이쇼 버넷에게 꺼지라고 소리를 질렀을지도 모른다.

∞

아버지는 1월 둘째 주에 다시 페어필드를 떠났다. 적막하고 지루한 일상이 다시 자리를 잡았다. 기쁜 일은 하나도 없었다. 일요일 예배 후에 니컬러스와 만날 수 있다는 희망마저 없었으면 지루해서 죽었을지도 모른다. 그런데 호레이쇼 버넷의 너무 긴 설교로이 만남이 망쳐질 때가 많았다. 그는 오만과 허영 같은 대죄에 관한 설교를 자주 했고, 그럴 때면 양 떼에 섞인 늑대를 보듯이 내게 시선을 고정했다.

얼음 같은 냉기가 네브래스카 주 전체를 움켜쥐고 있었다. 눈 폭풍이 휘몰아치고 땅은 50센티미터쯤 얼어붙어서 집에서 나가려면 엄청나게 준비를 해야 했다. 몸이 왠지 불편했다. 특히 하루 종일 계속되는 구역질은 정말 참기 힘들었다. 중병에 걸린 건지도 모른다. 그 경찰이 에이즈를 옮겼을지도 모른다는 생각이 들었다.

이사벨라 고모할머니가 목련 저택으로 돌아왔는데도 별로 기쁘지 않았다. 할머니는 8월에 코네티컷 주로 돌아갈 예정이었다. 나는 할머니를 이해할 수 있었다. 여긴 할머니처럼 교양 있는 사람을 붙잡아둘 수 있는 게 아무것도 없었다. 옥수수와 밀과 콩, 교회, 그리고 하품이 나올 만큼 지루한 일상뿐이었다.

버넷 목사와 그의 가족은 한동안 페어필드에서 가장 뜨거운 화젯거리였다. 목사는 선교사처럼 행동했다. 거의 모든 가정을 일일이 방문했고, 교회 회관에서 열리는 노인들의 모임과 청소년 모임에도 꼬박꼬박 참석했으며, 초등학교에도 찾아갔다. 요리 강습과 수예 강습, 여선교회 모임과 성가대 연습에도 얼굴을 내밀었다. 그가 나타나면 여자들은 부리나케 그에게 달라붙어 눈을 빛내며 그의 입만 쳐다보았다. 나는 얼마 지나지 않아 페어필드의 단순한 주민들이 목사의 어떤 점을 좋아하는지 깨달았다. 그는 강한 개성과 자연스러운 권위의 소유자였다. 게다가 지극히 보수적이고, 개신교의 가치를 엄격하게 지켰다. 텔레비전과 대중문화가 청소년에게 미치는 위험성에 대해 한 시간 내내 설교한 버넷 목사 때문에 나는 니컬러스와의 일요일 만남을 두 번이나 놓쳤다. 그를 향한 내거부감은 이제 증오로 바뀌었다. 그러나 교인들 대부분은 하나님이라도 되는 것처럼 그를 숭배했다. 우리 집에서도 식사 때마다 최소한 한 번은 버넷 목사가 화제에 올랐다. 그의 설교 내용은 레이첼 이모에게는 입안의 혀 같았을 것이다. 목사는 마약과 술, 허영과 육욕, 게으름과 거짓말, 무절제와 정신을 마비시키는 음악을 모두 똑같이 위험한 것으로 낙인 찍었다. 그의 설교대로라면 우리 인생 전체가 죄악이었고, 사탄은 발 닫는 모든 곳에 숨어 있었다. 우리를 구원할 수 있는 것은 겸허와 절제와 지속적인 회개밖에 없었다. 나는 호레이쇼 버넷을 피해 다녔고, 교회 모임에도 전혀 참석하지 않았다. 그는 우연히 마주칠 때마다 이 검디검은 영혼을 어떻게 구원해야 할지 고민이라는 듯이 나를 물끄러미 바라봤다.

1월 말 어느 날, 내게 무슨 일이 벌어진 건지 드디어 깨달았다. 그날 아침에는 구역질이 특히 더 심했다. 토할까 봐 겁이 나서 사흘 전부터 거의 아무것도 먹지 않았다. 그러다가 레베카 새언니가 이제 구역질이 멎어서 다행이라고 마사 아줌마에게 하는 말을 우연히 들었다. 몸이 얼어붙는 것 같았다. 새언니는 임신 4개월이었다. 순식간에 상황을 깨달은 나는 엄청난 충격을 받았다. 구역질, 유방이 뻣뻣하게 당기는 느낌, 언젠가부터 멎은 생리……. 나는 아픈 게 아니라 임신한 거였다. 놀라서 심장이 목으로 튀어나올 것 같았다. 그놈의 음탕한 눈빛, 내게 고통을 주면서 킬킬거리던 웃음소리, 돌에 맞아 쓰러지면서 피를 흘리던 모습이 눈앞에 생생했다. 그런데 지금 내 몸 안에 그 짐승의 일부가 들어 있다니.

멍한 상태로 자동차에 올라 에스라 오빠 옆에 앉았다. 오빠는 오늘 웬일로 나를 기다려줬다. 나는 매디슨으로 가는 동안 생각을 정리하려고 필사적으로 애를 썼다. 10월 31일 밤에 성폭행을 당했으니, 이미 임신 4개월이라는 뜻이었다. 나는 임신에 대해 아는 게 없었다. 성교육을 제대로 받은 적도, 산부인과에 가본 적도 없었다. 낙태가 세상에서 가장 끔찍한 죄악이며, 지옥에 곧장 떨어지는 벌을 받을 행동이라는 것만 알고 있었다. 학교 주차장에 도착해 차에서 뛰어내렸지만 학교로 향하지 않고 반대 방향으로 갔다. 수업을 빼먹는 걸 다른 아이들이 보든 말든 상관없었다. 이 소름 끼치는 사실을 말할 수 있는 사람은 이 세상에 단 한 명밖에 없었다.

니컬러스와 레드부츠 주인인 조니 뱅크스는 장 본 것을 차에서 내려 술집 창고로 옮기는 중이었다. 술을 옮기고 따르는 것보다 훨씬 많은 것을 할 수 있는 사람이 자신의 자유를 포기하고 이런 일을 하는 걸 보면서 예상치 않은 분노가 솟구쳤다.

"어, 셰리든!"

나를 본 니컬러스가 차가운 날씨에 붉어진 얼굴로 미소를 지었다. 격자무늬 모직 셔츠 위에 솜을 채운 조끼를 걸치고 있었다.

"안녕하세요?" 조니가 옆에 있어서 나는 억지로 태연한 척 미소를 지으며 인사했다.

"웬일이야? 이 시간에는 학교에 있어야 하는 거 아닌가?" 니컬러스는 병이 들어 있는 상자를 내려놓고 자동차 범퍼에 한쪽 발을 올리고는 나를 자세히 뜯어봤다. "무슨 일 있어?"

나는 고개를 끄덕이며 살을 에는 동풍에 몸을 한 차례 떨었다.

"이제 금방 끝날 거야."

그가 조끼 주머니를 뒤지더니 열쇠 꾸러미를 넘겨줬다. "집에 들어가 있어. 여기 있다가는 얼어 죽을지도 몰라."

그의 집에 들어가서 부엌 식탁에 앉았다. 머릿속에 수많은 생각이 떠올랐다. 낙태는 몇 개월까지 가능한 거지? 얼마나 더 지나면 다른 사람들이 알아볼까? 사실대로 말하고 도움을 받아야 하나? 성폭행을 당했다고? 하지만 범인이 사라진 건 어떻게 설명하지?

식탁 위로 손을 뻗어 담뱃갑에서 담배를 꺼냈다. 니컬러스를 기다리는 동안 손을 떨며 급하게 두 개비를 피웠다. 그러다가 벌떡 일어나 이리저리 계속 걸었다. 침실도 슬쩍 들여다봤다. 왜 침대 양쪽에 모두 사용한 흔적이 남아 있을까 생각하고 있는데 니컬러스의 발소리가 들렸다. 그가 현관문을 열자 차가운 바람이 몰려왔다. 나는 침대 따위는 잊어버리고 흐느끼며 그의 품에 달려들었다.

"어이, 왜 그래? 무슨 일이야?" 니컬러스가 나지막하게 물으며 검지로 내 얼굴을 위로 들고 자세히 뜯어봤다.

"몇 주 전부터 아침마다 구역질이 났어요." 나는 떨리는 목소리로 중얼거렸다. "계속 토했어요. 생리도 멎었고, 아마⋯⋯."

말을 멈췄다. 그 단어를 차마 꺼낼 수 없었다. 그러나 니컬러스는 바로 알아차렸다. 엄청난 충격을 받은 표정이었다.

"빌어먹을."

"그, 그⋯⋯ 짐승 같은 놈의 아이를 낳느니 차라리 죽어버릴 거예요!" 나는 신경질적으로 웃었다. 눈물이 뺨을 타고 흘러내렸다.

"셰리든, 진정해."

니컬러스는 내 얼굴을 자기 가슴에 꼭 눌러 안고, 경련 같은 울음이 멎을 때까지 기다렸다. 그런 다음 우리는 식탁에 앉았다. 니컬러스가 개월 수를 세어보더니, 내 계산과 마찬가지로 4개월째라고 했다. 합법적인 낙태 시기는 이미 오래전에 지났다. 네브래스카주에서는 낙태가 어차피 불법이었다. 성폭행조차 수술 요건이 되지 않았다.

"캔자스시티에 아는 사람이 있어. 예전에 의사였는데, 이런 경우에 아무런 질문도 던지지 않아. 더 기다릴 수는 없어. 그랬다가는 낙태할 때 네가 너무 위험해져."

"캔자스시티라니!" 나는 불안해진 나머지 소리를 질렀다. "달나라에 가는 거랑 뭐가 달라요?"

"지금 바로 출발하면 오늘 저녁에 돌아올 수 있어. 300마일밖에 안 돼." 니컬러스가 절박하게 말했다.

우리는 아무 말 없이 서로 바라봤다. 니컬러스가 지극히 당연하다는 듯이 내 문제를 함께 해결해주려는 게 믿기지 않았다. 걱정이 태산 같았지만, 그를 향한 따뜻한 마음이 피어 올랐다.

"가족들한텐 뭐라고 말해요?" 나는 양손에 얼굴을 묻었다.

"아무 말도 하지 마. 그냥 늦게 왔다고 야단맞는 게 나아."

나는 그의 의견에 완벽하게 동의했다. 이모에게 무슨 일을 당하든 내가 살해한 남자의 아이를 낳는 것보다는 나았다. 그 생각만 해도 몸이 떨렸다. 캔자스시티가 유일한 해결책이었다.

"그 사람에게 언제 연락할 수 있어요?"

"지금 바로 할게."

니컬러스는 전화번호부를 뒤져 번호를 하나 찾은 뒤에 수화기를 들었다. 상대방은 한참 지나서야 전화를 받았다. 편안한 말투로 보아 꽤 잘 아는 사람인 것 같았다. 니컬러스가 부엌에서 나가자 나는 담배를 또 한 개비 피웠다. 니컬러스가 좋은 친구 이상이면 좋겠다는 생각이 불쑥 솟았다. 그러다 다른 사람과 함께 사용한 흔적이 남은 침대를 생각하니 질투 비슷한 감정이 일었다. 그가 유목민처럼 떠돈 지난 27년 동안 수도승처럼 살았을 거라고 생각한다면 멍청한 짓이었다. 니컬러스처럼 매력적인 남자라면 여자를 만나는 데 아무 문제도 없을 것이다.

그가 부엌 문간에 다시 나타났다.

"오늘 점심때쯤 가겠다고 했어. 지금 바로 출발해야 해."

나는 고개를 끄덕였다. 운이 좋으면 다 잘될 것이다. 저녁 때쯤 집에 돌아오면 아무도 눈치채지 못할 것이다.

"어떻게 감사 인사를 해야 할지 모르겠어요. 그리고 언제 보답하게 될지도 모르겠고요. 어쨌든 정말 감사해요."

니컬러스가 나를 바라보며 부드럽게 미소 지었다. "보답할 거 없어. 내가 원해서 하는 거지, 네가 부탁해서 하는 거 아니니까."

뜨거운 눈물이 흘렀다. 니컬러스는 나에게 팔을 얹더니 꼭 끌어

안고 속삭였다.

"우리 아가씨, 다 잘될 거야. 다 잘될 거라고."

나는 흐느끼며 그의 목을 끌어안고 그의 뺨에 내 뺨을 대고 울었다. 눈물이 더 흐르지 않을 때까지 울고 또 울었다. 그는 이 세상에서 내가 무조건 신뢰할 수 있는 유일한 사람, 나에게 선의만 베푼 사람이었다. 그의 우정에 보답할 수 있는 날이 언젠가 오기를 바라는 마음이 간절해졌다.

30분 뒤, 우리는 오마하 방향으로 향하는 중이었다. 의사였다는 그 사람이 아무리 니컬러스와 친구 사이라고 해도 공짜로 낙태를 해주지는 않을 것이다. 내가 가진 돈은 집에 있는 423달러가 전부였다. 얼마 안 되는 용돈을 몇 년 동안 조금씩 모아 봉투에 넣어서 벽장의 헐거운 판 사이에 숨겨두었다. 그 돈을 낙태를 하는 데 써야 한다는 생각을 하니 마음이 무척 아팠다. 그 개자식에 대한 증오심이 또 한 번 솟구쳤다. 그가 오랫동안 고통 받지 않고 단숨에 죽었다는 사실이 못내 아쉬웠다.

"어이, 괜찮아?" 니컬러스가 말을 건넸다.

"네, 좀 재미있는 일을 앞두고 있다면 더 좋았을 텐데."

내 말에 그가 씁쓸하게 웃었다. "나중에 하면 되지."

"같이 해줄 거예요?"

"그래."

나는 미소를 지으며 그에게 몸을 기댔다. 니컬러스가 나에게 팔을 둘렀다. 편안한 느낌이 들었다. 캔자스시티로 가는 동안 다행스럽게도 눈보라는 몰아치지 않았다. 잠깐 졸기도 했지만 긴장 때문에 제대로 잠이 들지 않았다. 그에게 의사를 어떻게 알게 됐는지 물었다. 베트남에서 같은 부대원이었다는 대답이 돌아왔다.

"무슨 과 의사예요?"

"랠프는 외과 의사였어." 니컬러스가 짤막하게 대꾸했다.

"왜 이런 일을 해요? 불법이잖아요. 아닌가요?"

"10년 전에 어떤 일로 의사 면허증을 빼앗겼어. 돈이 필요하니 이런 일이라도 하는 거지."

나는 고개를 끄덕이며 지난밤에 그가 누구와 침대에 들었을까 생각했다. 질투가 밀려왔지만 지금 그는 내 옆에, 나는 그의 옆에 있었다. 지금은 그와 나, 우리 둘뿐이었다.

랠프는 캔자스시티의 황량한 근교에 위치한 낡은 연립주택에 살고 있었다. 그를 보자마자 그 자리에서 바로 돌아서고 싶었다. 그가 불법 낙태 시술을 하는 이유를 금방 알 수 있었다. 그의 외모와 냄새를 볼 때 알코올중독자인 게 분명했다. 그는 니컬러스와 잠깐 인사를 나눈 뒤 나를 지하실로 데리고 갔다. 모든 게 불결했다. 랠프는 술 냄새를 풍겼고, 손가락은 니코틴에 물들어 노랬다.

"아랫도리 벗어." 그가 짤막하게 말했다.

탈의실도, 뒤로 들어가 옷을 벗을 칸막이도 없었다. 그의 눈앞에서 바지와 팬티를 벗는 동안, 그는 갈색 액체를 한 가득 컵에 따라 마셨다. 얼음 같은 공포가 핏줄을 타고 흘렀지만 돌아서서 나갈 수도 없었다. 온몸이 덜덜 떨렸다. 의자에 앉아 다리를 벌리고 눈을 감았다. 랠프는 기침을 했다. 기구들이 덜컥거리는 소리가 났다.

"내가 지금 하는 일은 법적으로 엄격하게 금지되어 있어. 그거 알지?" 그는 나를 보지도 않고 계속 말했다. "그리고 낙태를 하기에는 이미 좀 늦은 시기야. 뭔가 잘못되면 난 너를 본 적 없다고 말할 거야. 알았지?"

"예, 알았어요." 나는 딱딱하게 얼어붙은 채 중얼거렸다.

"좋아." 그가 벌린 내 다리 사이에 놓인 의자에 앉았다. "이제 좀 불편해질 거야. 좀 참아. 10분이면 다 끝나."

소름 끼치게 아팠지만 나는 아무 소리도 내지 않았다. 빠드득 소리가 날 정도로 이를 악물고 눈물을 억눌렀다. 이런 상황을 초래한 사건을 떠올리자 구역질과 분노가 일었다. 그러자 낯선 알코올중독자가 내 몸에서 가장 비밀스러운 장소를 휘젓고 있다는 굴욕감이 어느 정도 희미해졌다.

"자, 끝났다." 얼마나 시간이 흘렀을까, 랠프가 다시 기침을 하며 말했다. "며칠 동안은 조심해. 섹스나 뭐 그런 거 하지 말고. 아플지도 모르니까 진통제를 좀 줄게. 그리고 일을 벌일 땐 피임약을 먹는 게 제일 좋아. 그러면 이런 일은 일어나지 않을 테니까."

내가 아무 생각 없이 싸돌아다니며 섹스를 하다가 임신했다고 생각하는 것 같았다. 그렇게 생각한다고 해도 별수 없었다.

"알았어요." 나는 멍하니 대답했다.

"하혈을 할지도 몰라." 그가 벽장에서 생리대를 한 통 꺼내 줬다.

"150달러야, 현찰로." 그는 내가 옷을 다 입을 때까지 기다리지도 않고 말했다. 돈이 아주 급하게 필요한 모양이었다.

"돈은 니컬러스 아저씨가 가지고 있어요."

나는 진찰용 의자에서 내려와 옷을 벗어둔 등받이 없는 의자로 비틀비틀 걸어가서 최대한 빨리 옷을 입었다. 이 끔찍한 지하 구덩이에서, 감정이라고는 전혀 없고 기침만 해대는 이 술주정뱅이에게서 한시바삐 벗어나고 싶었다. 너무 피곤하고 지쳤지만 한편으로는 마음이 놓였다. 순간 버넷 목사의 잿빛 눈동자가 떠올랐다. 그 경건한 하나님의 목자가 이 일을 알면 뭐라고 말할지 생각하니 심장이 쪼그라드는 것만 같았다. 지옥의 불구덩이가 내가 받을 최소한의 벌이라는 것에는 의심의 여지가 없었다. 나는 덜덜 떨리는 무릎을 가누며 천천히 계단을 올라갔다. 니컬러스는 나를 흘깃 보고는 돈을 지불하려고 남자와 함께 사라졌다.

자동차에 다시 와서 앉으니 기분이 나아졌다.

"집에 돌아가면 돈을 드릴게요."

나는 니컬러스의 눈길을 피하며 말했다.

"많이 아팠어?"

그가 고개를 끄덕이고는 물었다. 나는 온몸이 떨리고 죽을 만큼 비참했다. 지금껏 겪은 그 어떤 일보다 굴욕적이었다.

"괜찮아요. 도와줘서 고마워요."

나지막하게 말하자 니컬러스가 대답했다.

"진짜 도움이 됐다면 좋겠다. 내가 기억하는 랠프는 저런 모습이 아니었는데."

"이제 그 이야기는 하지 마요. 부탁이에요."

"그래."

니컬러스는 고개를 끄덕이고 출발했다. 우리는 한동안 아무 말도 하지 않고 차만 달렸다. 나는 조수석에 쪼그리고 앉아서 어디론가 숨어들어가 울고 싶다는 강렬한 욕구를 느꼈다.

"뭐 좀 먹을래?"

주 경계선을 넘어 네브래스카에 들어섰을 때 니컬러스가 물었다. 슬슬 어두워지기 시작했다.

"배고프지 않아요."

내 대답에도 그는 다음 주유소에 멈춰서 주유를 하고는 콜라 몇 캔과 샌드위치와 초콜릿 바를 사왔다. 나는 콜라만 마시고 다른 건 먹지 않았다. 니컬러스가 담요를 건네줘서 몸을 감았다.

"좀 자려고 해봐."

나는 그의 허벅지를 베고 누웠다. 모든 희망이 사라진 느낌이었다. 몇 달 전까지만 해도 꿈과 소망이 있었고, 내 앞에 멋진 인생이 펼쳐질지도 모른다는 기대가 있었다. 이제는 아무런 기대도 없었다. 세상을 다 살아버린 느낌이었다.

슬며시 잠이 들었다가 심장이 마구 뛰어 벌떡 일어났다. 그 경찰에게 쫓기는 꿈을 또 꾸었다. 나를 따라 롤러코스터 레일을 기어 올라온 그는 경멸하듯 웃으며 내 발을 잡았다. 나는 흐느끼며 사방을 둘러보다가 몇 초가 지나고서야 내가 어디에 있는지 깨달았다.

"어이, 아가씨. 왜 그래?"

"지겨운 악몽을 또 꾸었어요."

고개를 흔들며 울음을 터뜨렸다. 니컬러스가 나에게 팔을 둘렀고, 나는 흐느끼며 그에게 매달렸다.

"날 홀로 내버려두지 마요. 내 옆에 있어줘요."

"옆에 있잖아." 그는 나를 품에 꼭 안고, 내가 안정될 때까지 기다렸다가 물었다. "좀 괜찮아?"

나는 고개를 끄덕였다. 니컬러스에게 안겨 있으니 소름 끼치는 불안이 좀 가라앉고 악몽도 흐릿해졌다. 한숨을 내쉬었다. 니컬러스가 옆에 있다면, 나를 안고 있기만 하면 다시는 나쁜 일이 일어나지 않을 것 같았다. 집에 돌아가고 싶지 않았다. 이 여행이 끝나지 않기를 바랐다. 윌로크릭 농장과 페어필드와 학교로 돌아갈 생각, 밤에 혼자 악몽에 시달릴 생각을 하니 정말 두려웠다.

"넌 정말 용감한 아가씨야." 몇 마일을 더 간 뒤에 니컬러스가 갈라진 목소리로 입을 열었다. 조롱하는 기미는 전혀 없었다.

"아저씨가 내 옆에 있으니까요. 아저씨가 옆에 있을 때만 나쁜 일이 일어나지 않는다는 생각이 들어요."

그는 깊이 한숨을 내쉬고 나를 뚫어지게 바라봤다.

"우리 다른 곳으로 가면 안 돼요? 페어필드로 돌아가지 말고요."

내가 속삭이자 그의 얼굴이 딱딱해졌다.

"아이고, 아가씨." 그가 나를 당겨 안았다. "이성적으로 행동해야지. 넌 미성년자야. 사람들이 너를 찾을 거야. 그러면 문제가 커져."

"그럼 우리 결혼해요." 불쑥 튀어나온 말에 나 자신도 화들짝 놀랐다.

"그러길 원해? 나랑 결혼하고 싶어?"

나는 고개를 끄덕이며 살짝 미소를 지었다. "지금 당장요."

"너, 제정신이 아니구나. 넌 나를 거의 모르는 거나 마찬가지야. 그리고 난 너와 결혼하기엔 너무 나이가 많아."

"누가 그래요?"

"내가."

"그게 뭐 어때서요? 난 아저씨를 사랑해요."

입에서 내뱉는 순간 나는 그 말이 사실임을 깨달았다. 니컬러스 워커를 향한 내 감정은 크리스토퍼와 나를 연결했던 격렬함이나 제리에게 느꼈던 순수한 애정이 아니었다. 그에게 느끼는 감정은 더 깊고 컸다.

"셰리든." 마주 오는 자동차의 빛에 그의 얼굴이 밝아졌다가 다시 어두워졌다.

"넌 어리고 아름다운 아가씨야." 니컬러스가 나를 외면한 채 말을 이었다. "똑똑하고 재능도 탁월하지. 네 눈앞엔 멋진 미래가 놓여 있어. 너는 굉장한 사람이 될 수 있어. 전과가 있는 늙은 카우보이를 사랑하기에는 넌……."

그는 말을 맺지 못하고 고개를 저었다.

"말도 안 되는 소리예요. 아저씨는 내가 만난 남자들 중에 가장 좋은 사람이에요. 그리고 난 아저씨가 예전에 뭘 했든 상관하지 않아요."

니컬러스가 내게로 몸을 돌리고는 기묘하게 푹 잠긴 목소리로 이를 악물고 말했다. "셰리든, 내 말 좀 들어. 이제 그런 말 하지 마. 지금까지 그랬던 것처럼 친구로 지내자, 응?"

나는 그를 오랫동안 바라보며 얼굴 윤곽선 하나하나를 마음에 새겼다. 숱이 많고 위로 휘어 올라간 속눈썹, 여름의 하늘색을 띤 눈동자. 나는 어째서 니컬러스가 나를 사랑할지도 모른다고 생각했을까? 그는 내가 성폭행 당한 걸 알고, 내가 살인자라는 것도 잘 알고 있다. 그리고 이제 낙태를 한 것까지. 이런 과거가 있는 여자를 어떤 남자가 좋아할 수 있을까.

"알았어요." 나는 낮게 속삭이고는 울음이 목구멍에서 차오르는데도 미소를 지으려고 애썼다.

돌아오는 내내 니컬러스는 우리가 결혼이나 사랑에 대해 이야기한 적이 없다는 듯 행동했다. 나도 지극히 평범하게 행동하려고 애썼다. 밤 9시가 조금 지나 메리제인 아줌마의 집 앞에서 작별 인사를 할 때는 심장이 터질 것 같았다.

현관문을 조심스럽게 열고 들어서니, 아버지가 부엌 문간에 서서 대재난을 예고하는 시선으로 나를 바라봤다.

"어디 갔다 오는 거냐?"

아버지가 얼음같이 차가운 목소리로 물었다. 나는 뭐라고 대답해야 할지 몰라 입술을 꾹 다물고 있었다. 그저 얼른 침대로 가서 이불을 덮어쓰고 싶었다.

"셰리든!"

나는 고개를 들고 아버지의 파란 눈동자를 똑바로 바라봤다.

"지금 9시 10분이다. 수업도 빼먹고 어디 갔었어? 우리가 널 얼마나 찾았는지 아니?"

내가 어떤 일을 겪었는지 아빠는 아느냐고 묻고 싶은 마음이 불쑥 솟았다. 아빠와 그랜트 집안 전체가 굴욕을 겪지 않게, 미혼모가 되어 이 빌어먹을 촌구석에서 몇 주일이나 이야깃거리가 되지 않게 내가 오늘 어떤 일을 했는지 아느냐고.

"내가 하는 일에 왜 갑자기 관심을 보이시는데요?" 나는 쉰 목소리로 대꾸했다. "여기 계시지도 않고, 내가 어디서 뭘 하는지 관심도 없잖아요!"

"난 널 믿으니까!" 아버지도 날카롭게 소리쳤다. "그런데 계속 믿기 어렵게 행동하는구나. 대체 어디 있었어?"

"말할 수 없어요."

아버지와 나는 서로 쏘아보며 서 있었다.

"셰리든, 네 방으로 가라." 아버지가 더욱 차가워진 목소리로 말했다. "지금부터 금족령이야. 지붕으로 도망쳐서도 안 돼. 그랬다가는 지금까지 본 적이 없는 내 모습을 보게 될 거다."

나는 말없이 고개를 끄덕이고 몸을 돌렸다. 힘겹게 계단을 올라가 배낭을 방 한쪽 구석에 던지고 침대로 기어들어갔다. 온몸의 핏줄 하나하나가 모두 니컬러스를 그리워했다. 이렇게 외로울 수도 있다는 걸 예전에는 몰랐다.

다음 날 아침, 열이 나고 불편했지만 그대로 누워 있어도 될 만한 핑계를 짜낼 정신도 없었다. 아침식사 때 나는 뚫어져라 노려보는 아버지의 시선을 피했고 레이첼 이모의 욕지거리도 귓등으로 들었다. 거의 아무것도 먹지 않고 차에 올랐다. 학교에서 몸이 떨리고 아랫배가 심하게 아파서 화장실에서 랠프가 준 진통제를 몇 알 삼켰다. 진통제 때문인지 열 때문인지, 아니면 둘 다 때문인지 정신이 몽롱했지만 통증이 마비된 덕분에 어느 정도 버틸 수 있었다. 오후에 집에 돌아왔을 때는 스쿨버스에서 내리기도 힘들 만큼 온몸이 바들바들 떨렸다.

다행히도 집에 아무도 없어서 침대로 곧장 기어들어갈 수 있었다. 바로 잠이 들었지만 아랫배의 통증이 너무 심해서 한밤중에 깼다. 온몸에 땀이 흐르는데도 추웠다. 3시 반에 네 발로 기어가 배낭을 뒤져서 진통제를 찾았다. 비틀거리며 욕실로 갔다. 뜨뜻한 피가 다리를 타고 흘러내리는 걸 그제야 깨달았다.

"빌어먹을."

수건을 다리 사이에 끼웠다. 어지러웠다. 점점 더 커지는 바닥의 피바다를 노려봤다. 진통제 먹을 물을 받으려고 양치질용 컵을 쥐었다가 컵이 손에서 미끄러져 시끄러운 소리를 내며 바닥에 부딪쳐 산산조각이 났다. 무릎이 고무로 된 것처럼 휘청대며 풀리는 바람에 바닥에 고꾸라졌다. 차가운 타일 바닥이 열에 들뜬 피부에 닿자 시원하게 느껴졌다. 그때 천장의 전등이 켜졌다. 환하게 쏟아지는 불빛 때문에 눈을 깜박이다가 아버지의 놀란 얼굴을 봤다.

"셰리든, 무슨 일……? 세상에!"

아버지의 얼굴이 멀게 보이기도 하고 아주 크게 보이기도 했다. 솜 뭉치에 에워싸인 기분이었다. 아버지의 얼굴에 드러난 근심과 목소리에 담긴 불안을 느꼈지만 신경도 쓰지 않았다. 내 안에 있던 걱정과 고통은 모두 해체되어 사라졌다. 평화롭고 행복한 느낌이 들어 웃음이 나올 뻔했다. 누군가 나를 안고 옮기는 게 느껴졌다. 여러 사람의 흥분한 목소리가 들렸지만 눈을 뜰 힘도 없었다. 니컬러스 꿈을 꾸었다. 어느 뜨거운 오후, 우리는 옷을 모두 벗고 윌로 크릭 강을 따라 흘러가고 있었다. 따뜻한 공기는 윙윙거리는 벌 소리로 가득했고, 그와 함께 있는 나는 행복했다.

그러다가 흥분한 낯선 목소리들이 귀를 뚫고 들어왔다. 날카로운 빛 때문에 눈이 부셨다. 니컬러스의 웃는 얼굴이 흐릿해지기 시작했다. 나는 그와 나를 억지로 떼어내는 난폭한 손을 밀쳐내려고 저항했다. "니컬러스!" 소리를 지르려고 했지만 내 입술에서 나온 것은 그저 낮은 속삭임이었다. 그러다가 의식을 잃었다.

다시 정신을 차리고 힘겹게 눈을 떴을 때, 나는 병실에 누워 있었다. 아버지가 창문 옆 의자에 앉아 양손에 얼굴을 묻고 있었다. 기억의 조각들이 머릿속에서 하나로 합쳐졌다. 캔자스시티에서 한 낙태, 다리 사이로 흘러내리던 피. 바로 그 순간, 내가 의식을 차린 걸 알아채기라도 한 듯 아버지가 고개를 들었다. 우리의 시선이 마주쳤다. 아버지는 아주 피곤해 보였다.

"좀 어떠니?"

뭐라고 대답해야 하나. 빌어먹게 안 좋다고?

"피를 아주 많이 흘렸어. 수혈을 해야 했지." 내가 입을 열지 않자 아버지가 말을 이었다. "왜 말하지 않았어?"

"어제 아침에야 알았어요. 아빠는 집에 안 계셨고……." 나는 말을 멈추고 힘없이 어깨를 으쓱했다.

"니컬러스가…… 낙태하라고 시켰니?" 아버지가 거의 알아들을 수 없을 만큼 나지막하게 물었다. "그놈이랑 잤어?"

나는 아버지가 무슨 생각을 하는지 깨닫고는 힘겹게 몸을 일으켰다. "아니요, 니컬러스 아저씨와는 상관없는 일이에요."

"그럼 누구야?" 아버지의 얼굴은 잿빛이었고, 비난과 실망으로 돌처럼 딱딱했다. "브랜던 래컴이니?"

아버지를 더 괴롭히지 않을 이유가 없었다. 사실을 꼭 알아야겠다면, 말할 수밖에. "누군지 몰라요. 핼러윈 파티가 끝난 뒤에 성폭행 당했어요."

"뭐?" 우울하던 아버지의 표정이 당혹감으로 바뀌었다. "왜…… 왜…… 말하지 않았어? 왜 경찰에 신고하지 않았지?"

"그놈이 경찰이었어요." 나는 한숨을 쉬면서 아버지의 시선을 피했다. "아빠에게 이런 이야기를 하고 싶지 않았어요. 아빠가 원하는 대로 나를…… 보길 원했으니까요. 밝고 재능 있고 사랑스러운, 친엄마 같은 아이로요. 그래서 이야기하지 않았어요."

"셰리든, 나…… 나는 네 아버지야! 나를 믿었어야지. 넌……."

아버지가 의자에서 일어나 침대로 다가왔지만 나는 손짓으로 오지 말라는 신호를 보냈다.

"아빠가 알면 날 혐오할 테니까요. 그러시더라도 이해할 수 있어요. 레이첼 이모가 싫어하는데도 아빠는 나를 가족으로 받아들였어요. 그런데…… 그런데 난 아빠를 이렇게 실망시켰네요."

아버지에게 모든 걸 이야기했다. 아버지가 입원한 병원에 다녀오다가 경찰에게 잡힌 그날 밤 이야기부터 시작했다. 그때 도망친 뒤로 경찰이 계속 나를 쫓고 위협했다고 말했다. 정액이 묻은 티셔츠 이야기도 했다. 내가 머리를 자르고 염색한 이유는 바로 그거였다고 털어놓았다. 아버지는 침대 끝을 움켜쥔 채 얼어붙은 듯이 서서, 믿지 못하겠다는 표정을 하고 나에게서 눈을 떼지 못했다.

"그놈이 핼러윈 파티 때 숨어서 나를 기다리고 있다가 덮쳤어요. 난 불안과 공포로 제정신이 아니었어요. 그러다가 손에 돌멩이가 닿았어요. 그놈이 내 앞에 누워 있었고…… 사방 피였어요. 그놈은 죽었어요. 내가 죽인 거예요."

아버지는 얼굴이 하얗게 질려서 아무 말도 하지 못했다.

"그날 밤에 니컬러스 아저씨에게 갔어요. 우리 집에는 말할 사람이 아무도 없었으니까." 나는 아무런 억양 없이 말을 이었다. 이제 아무래도 상관없었다. "아저씨는 경찰서로 가야 한다고, 정당방위라서 걱정할 게 없다고 계속 말했지만 난 그럴 수 없었어요. 그랬다가는 모두들 알게 됐겠죠. 신문에도 실렸을 테고, 난 계속 그 이야기를 하고 그 생각을 하라고 강요받았을 거예요. 그런 걸 견딜 힘이 없었어요. 그래서 그냥 집으로 와서 목욕을 하고 옷을 태워버렸어요. 니컬러스 아저씨가 그다음 날 아침에 나를 보러 와서는 시체를 치웠다고, 아무도 찾아내지 못할 거라고 말했어요. 그리고 아저씨의 말대로 아무도 찾지 못했어요. 사람들이 그 경찰을 찾으려고 했지만, 그놈이 나를 성폭행했고 내가 그를 죽였다는 걸 알아낸 사람은 아무도 없어요."

"셰리든, 이럴 수가……."

"크리스마스 무렵부터 매일 구역질이 났어요. 처음에는 몰랐지만 결국 임신했다는 사실을 알게 됐어요. 그…… 더러운 짐승의 아이를 낳느니 차라리 죽어버리는 게 낫다고 생각했어요. 내가 찾아갈 수 있는 사람은 니컬러스 아저씨뿐이었어요. 아저씨는 캔자스시티에 아는 사람이 있다고 했어요. 배 속의 아이를…… 죽일 수 있는 사람이."

아버지는 잔인한 내 표현에 깜짝 놀랐다. 좁은 병실은 한참 동안 쥐 죽은 듯 고요했다. 그러다가 아버지가 울기 시작했다. 면도하지 않은 뺨으로 눈물이 흘러내렸지만, 아버지는 닦을 생각도 하지 않고 그대로 서 있었다.

"죄송해요. 아빠가 모르시기를 바랐어요. 아빠가 니컬러스 아저씨를 의심하지 않았더라면 끝까지 말하지 않았을 거예요."

아버지가 침대 발치에 힘겹게 주저앉았다. 아버지는 눈물과 슬픔으로 무너져버렸다. 아버지는 머뭇거리며 내 손을 잡았다.

"난 너무나 형편없는 사람이구나." 아버지가 낮게 중얼거렸다. "네가 날 어떻게 생각했을까? 내가 있어주길 바랄 때마다 난 너를 홀로 내버려뒀어. 네가 잘 지내고 있다고, 강한 아이라고 나 자신을 안심시키면서, 그저 이 집에서 도망칠 생각만 했다. 네가 없었다면 아마 집에 오는 일이 더 드물었을 거야. 그동안 그런 일을 겪고 있었다니 정말 미안하다. 난 아무것도 몰랐어."

나는 아버지의 절망 어린 고백과 씁쓸한 자책에 마음이 많이 아팠다. 예전에는 친엄마가, 그리고 이제는 내가 아빠에게 고통을 주고 있었다. 아버지가 고개를 들고 눈물 젖은 눈으로 나를 바라봤다. 눈빛에 서린 고통이 칼날처럼 내 심장을 예리하게 찔렀다.

"아버지 책임이 아니에요."

"아니, 내 책임이야. 내가 옆에 있었어야 해, 니컬러스가 아니라 내가! 하지만 네 말이 맞다. 네가 어떻게 나를 믿을 수 있었겠니? 너와 대화를 나눌 용기조차 없는 나를. 난 네가 네 엄마와 너무 닮아서 견디지 못하는 겁쟁이였다. 그래서 워싱턴에 가 있었던 거야.

그래서 네가 이 모든 일을 겪은 거야. 내가 정말 모든 일을 그르쳤구나."

∞

다음 날 니컬러스가 병문안을 왔다. 꽃다발을 들고 침대 옆에 서서 미소를 짓는 그를 보자 심장에서부터 온몸으로 온기가 퍼졌다. 며칠이나 끼어 있던 짙은 구름을 뚫고 태양이 고개를 내미는 것 같았다.

"좀 어때?"

"나아졌어요. 내일이나 모레쯤 퇴원할 거예요."

니컬러스가 의자를 들고 와 침대 옆에 앉으며 말했다. "셰리든, 너랑 할 이야기가 있어."

그의 굳은 얼굴을 보는 순간 나는 니컬러스가 작별 인사를 하려고 왔다는 걸 깨달았다. 그는 노려보는 내 눈길을 피하지 않았다.

"떠나려는 거죠?"

내가 속삭이자 니컬러스가 고개를 끄덕였다. 심장이 쪼그라드는 것만 같았다.

"나 때문이에요? 우리 아빠가 뭐라고 했어요? 내가 아빠에게 다 설명했는데."

"그래, 말한 건 잘한 일이야." 그가 살짝 미소를 지었다. "어제 버넌과 아주 오랫동안 이야기했어. 그 사건을 우리끼리만 알고 있기로 결정했지. 아는 사람은 너하고 나, 네 아버지뿐이야. 너나 버넌 때문에 여길 떠나는 건 아니야. 그냥 이제 또 떠나야 할 때가 됐을 뿐이지. 하지만 너를 보러 자주 올게."

"하지만…… 난…… 아저씨가 필요해요!"

나는 흥분해서 말을 더듬었다. 울고 싶었지만 눈물이 나오지 않았다. 실은 이런 날이 오리라는 걸 이미 예감하고 있었다.

니컬러스는 나를 오랫동안 바라보다가 한숨을 내쉬며 내 손을 잡았다.

"셰리든, 난 너에게 어울리는 남자가 아니야." 그가 작지만 단호한 목소리로 말했다. "나도 가끔은 내가 좀 달랐으면 좋겠다고 생각해. 난 네가 원하는 방식대로 널 사랑할 수 없거든. 너 때문은 아니야. 넌 정말 아름답고 용감하고 지적인 아가씨야. 내가 이렇지 않다면, 네가 날 사랑하듯이 나도 당연히 널 사랑했을 거야."

"무슨 소리예요?" 혼란스러웠다. 니컬러스가 무슨 말을 하는지 이해할 수 없었다.

"셰리든, 나는……." 그는 적당한 말을 찾으려다가 다시 한숨을 내쉬었다. "난……나는…… 여자를 좋아하지 않아."

"아저씨가…… 동성애자라고요?" 나는 충격을 받아 갑자기 낯설어진 그 낯익은 얼굴을 빤히 바라봤다. 이해할 수 없고 믿을 수도 없었다.

"그래."

불현듯 그와 함께 로데오 경기장에 갔을 때 벤턴 보안관이 했던 말이 어슴푸레하게 떠올랐다.

'언제부터 자네 취향이 어린 아가씨로 바뀌었나?'

나는 침을 꿀꺽 삼키고 속삭이듯 말했다. "하지만…… 하지만 아저씬 우리 엄마를 좋아했다고 말했잖아요. 어쩌면 나도 좋아하게 될지 몰라요."

"난 그때 열두 살이었어." 니컬러스가 어깨를 으쓱하며 미소를 지었지만 그 미소에 기쁨이라고는 없었다. "그 뒤로도 여자들이랑 자주 어울려 다녔어. 나 자신도 잘 몰랐으니까. 드디어 나 자신을 알게 되고 인정하기까지는 상당히 오랜 시간이 걸렸단다. 아는 사람은 거의 없어. 특히 카우보이들 사이에서는 이 문제에 관용을 베푸는 경우가 드물거든."

나는 그의 손을 세게 움켜쥐었다.

"너에게 더 일찍 이야기했어야 하는데, 적당한 기회가 없었어. 어쩌면 내가 너를 아주, 아주 많이 좋아하기 때문인지도 몰라. 네가 나를 혐오하게 될까 봐 불안했단다."

"그런 일은 절대 없어요! 우린 친구잖아요." 나는 갈라진 목소리로 대답했다.

니컬러스가 내 손을 꼭 잡았다. 파란 눈동자가 기묘하게 반짝였다. 그가 내 병실에서 눈물을 흘리는 두 번째 남자가 되려는 걸까?

"그래, 우린 친구지." 그가 잠긴 목소리로 대답했다. "넌 처음부터 소문 같은 건 무시했지. 내가 레드부츠에서 일한다고 했을 때도, 여기 사람들이 나에 대해 무슨 말을 하는지 들었을 때도 날 좋아했어. 난 절대 잊지 못할 거야."

귀로 온몸의 피가 몰리는 것 같았다. 나는 이 사람도 나를 사랑한다고, 내가 나이를 더 먹을 때까지 그저 기다리는 거라고 착각했었다.

"셰리든, 난 네 친구로 남고 싶어." 니컬러스의 얼굴이 고통으로 일그러졌다. "네가 날 좋아하는 걸 알았을 때 일찌감치 말했어야 했는데. 나도 알아. 하지만 난 네가…… 알아챌 거라고 생각했어. 그러고는…… 아, 빌어먹을."

"괜찮아요." 나는 다급히 고개를 저었다. "내가 바보였어요. 아저씨가 나를 좋아한다는 기미를 보인 적은 없는데. 그냥 내가 착각한 거예요. 그리고…… 뭐, 지금은 아무 상관없어요."

니컬러스의 얼굴 윤곽이 흐릿해졌다. 그의 목소리가 벽 너머에서 들려오는 것처럼 멀게 느껴졌다. 그는 나를 갈망하거나 사랑한 적이 없었다. 그는 남자를 사랑하는 사람이었다. 그걸 알아채지 못하다니, 불현듯 깊은 수치심이 밀려왔다. 내 생각만 하느라고 그 사실을 깨닫지 못한 나 자신이 미웠다.

"아저씨가 날 위해 해준 일들, 정말 고마워요." 나는 감정을 숨기고 억양 없이 중얼거렸다. "그런데 이제 가주세요. 지금은…… 너무 피곤해요."

"그래."

그가 심호흡을 하고 몸을 숙여 내 뺨에 살짝 키스했다. 나는 그의 목에 팔을 감고 싶었다. 영원히 함께 있고 싶었다.

"셰리든, 잘 있어. 언제나 널 생각할게."

나는 아주 잠깐 동안 멍청하게도 그가 나를 사랑한다고 말하려고 찾아왔다고 생각했다. 하지만 그는 나를 떠나려고 온 것이었다. 예전보다 더 외로워지고 비참해진 나를 홀로 남겨두려고.

"안녕히 가세요. 몸조심하고요!"

"그래, 알았어. 또 올게. 약속해." 그가 미소를 지으며 말했다.

제리도 그런 말을 했지만 다시는 오지 않았다. 나를 완전히 잊어버렸다. 니컬러스가 나가고 문을 닫을 때까지 울음을 꾹 참았지만, 그 뒤로는 울고 또 울었다. 제대로 가져본 적도 없는 뭔가를 잃어버린 느낌이었다.

봄

내가 왜 병원에 입원했는지 그 이유는 아무도 몰랐다. 임신과 낙태에 대해 아는 사람은 아버지와 병원 의사들뿐이었다. 의사들은 환자에 대해 입을 다물어야 할 의무가 있다. 레이첼 이모는 내가 순환장애로 쓰러졌다는 거짓말을 믿었다.

니컬러스가 페어필드를 떠난 뒤, 내 삶은 완전히 텅 비었다. 나는 기계처럼 움직이며 하루하루를 보냈다. 이따금 오늘이 무슨 요일인지도 모를 정도였다.

몇 주 지나지 않아 성적은 다시 1등으로 올라섰다. 크리스토퍼 핀치는 이미 오래전에 내 마음에서 떠났고, 니컬러스를 향한 감정을 밀어내는 데도 성공했다. 나는 하루를 이런저런 활동들로 가득 채웠다. 학교에서는 수업을 더 많이 들었고, 교회 성가대에서 노래를 꼬박꼬박 불렀으며, 성경 공부와 청소년 모임과 그 외 교회 행사에도 정기적으로 참가했다. 아무 생각도 하기 싫어서 생각할 틈도 없게 만든 것이다.

5월 초 맬러키 오빠와 레베카 새언니의 아들이 태어났다. 두 사

람은 신처럼 떠받드는 목사에게 경의를 표하느라고 아기 이름을
애덤 호레이쇼라고 지었다. 내 열일곱 번째 생일 일주일 전에 애덤
호레이쇼 그랜트의 세례를 축하하는 파티가 성대하게 벌어졌다.
아이오와에서 레베카 새언니의 친척들이 모두 왔고, 세례식 전날
저녁에는 아버지도 돌아왔다. 아버지는 내 성적표를 보고 기뻐했
다. 내 머리카락은 다시 어깨까지 내려오는 갈색이 섞인 금발로 바
뀌었다. 끔찍한 사건들은 빛이 바래가고 있었고, 내 영혼의 흉터도
표면적으로는 아물었다. 나는 아버지를 피했다. 이제 더는 아버지
와 대화를 나누고 싶은 마음이 없었다. 엄마의 일기장에 대해 이야
기해서 아버지의 오랜 상처를 들쑤실 권리가 내게는 없었다.

레이첼 이모와는 휴전 상태였다. 아무런 불평도, 대꾸도, 반항도
없이 내 의무를 수행함으로써 이모가 싸움을 걸어올 계기를 차단
했다. 여름방학에는 시내 중심가에 있는 슈퍼마켓에서 계산원으로
일하기로 했다. 저녁에는 늘 그랬듯이 우리 농장의 계절노동자들
이 먹을 음식을 준비해야 했다. 페어필드에서 보내는 마지막 여름
은 이런 식으로 그럭저럭 지나갈 터였다

세례식이 열리는 날 아침 일찍 레베카 새언니의 엄마, 마사 아줌
마와 메리제인 아줌마와 함께 교회로 가서 장식을 했다. 오후가 되
자 정식 예배가 아닌데도 교회는 모든 자리가 가득 찼다. 세례식을
보기 위해서라기보다는 버넷 목사를 보려고 온 사람들이었다.

"이것 봐라, 새로 온 목사가 이 촌구석을 엄청나게 신실한 곳으
로 만들었네." 하이럼 오빠가 목소리를 낮춰 비꼬았다.

나는 피식 웃으며 고개를 끄덕였다. 순간 호레이쇼 버넷 목사의
시선이 나와 마주쳤다. 나는 주변의 모든 사람과 마찬가지로 그에
게도 전혀 관심이 없었다. 내가 무표정하게 마주보자 그는 마지못

해 눈길을 돌렸다. 나는 이따금 그가 내 영혼을 들여다보려고 한다는 느낌을 받았다. 하지만 내 영혼에는 이제 아무것도 남아 있지 않았다.

레이첼 이모는 우리 정원에서 열리는 파티에 당연히 버넷 목사도 초대했다. 마사 아줌마와 나는 최고급 도자기와 크리스털 잔과 은제 수저로 식탁을 차렸다. 마사 아줌마는 아이오와에서 온 촌것들은 그릇이 얼마나 좋은 건지 눈치도 못 챌 거라면서 투덜거렸다. 버넷 목사는 세례 받은 아기를 엄청나게 자랑스러워하는 아기의 부모와 조부모 근처의 상석에 앉았다. 꼭 목사 때문은 아니었지만 나는 식탁에 앉는 걸 자발적으로 포기했다. 내게 신경 쓰는 사람도 없었다. 나는 마사 아줌마를 도와 음식을 나르고 부엌을 치웠다.

부엌과 정원 사이를 계속 오가야 했기 때문에 교회에 갈 때 신었던 구두를 운동화로 갈아 신고 앞치마를 둘렀다. 마사 아줌마와 나는 멀찍이 떨어진 뒤쪽 베란다에서 버넷 목사가 자리에서 일어나 손을 모으고 멀리까지 울려 퍼지는 목소리로 기도하는 모습을 지켜봤다. 더운 날씨인데도 그는 평소와 마찬가지로 검은 정장에 하얀 셔츠, 검은 넥타이 차림이었다. 모두 그를 따라 손을 모으고 경건하게 고개를 숙였다. 에스라 오빠도 따라 했다. 그 꼴을 보고 있자니 웃음이 터져 나오려고 했다.

드디어 기도가 끝났다. 마사 아줌마와 나는 음식을 나르고 음료를 따랐다. 목사는 음식을 조금만 먹고, 탄산이 없는 물만 마셨다. 웃거나 미소를 짓는 일은 드물었지만 누가 말을 하든 공손하게 귀를 기울였다. 모든 사람이 목사의 입에서 나오는 말이 무슨 계시라도 된다는 듯이 그와 이야기를 나누고 싶어 했다. 그가 정말로 활발하게 대화를 나누는 사람은 우리 아버지뿐이었다. 목사가 뭐라고 해석하기 어려운 눈빛으로 몇 번이나 나를 바라본 것으로 미루어 보아 두 사람은 내 이야기를 하는 모양이었다. 아니면 내가 자기를 싫어하는 걸 목사가 눈치챈 건지도 모른다. 어쨌거나 그가 계속 나를 보는 바람에 짜증이 났다. 내가 지난 몇 달 동안 어떤 일을 겪었는지 알면 그는 어떤 반응을 보일까? 나는 냉소적인 즐거움에 젖어 생각에 잠겼다. 내가 행한 악행을 교인들 앞에서 하나씩 열거하고, 타르 칠을 하고 깃털을 붙이는 전통적인 린치를 가한 뒤에 이 도시에서 쫓아낼지도 모르지.

그 뒤에 나는 부엌에 서서 세척기에 들어가지 않는 수많은 컵과 그릇 들을 씻었지만 생각은 딴 데 가 있었다. 메리제인 아줌마가 앨버커키에서 니컬러스가 전화를 걸었다고, 나에게 안부를 전하더라고 말했을 때는 정말 기뻤다. 설거지를 대충 마치고 정원에 커피를 내간 다음, 앞쪽 베란다 아래 돌 위에 앉았다. 그동안 남모르게 담배를 피우는 게 습관이 됐다. 구겨진 담뱃갑에서 담배를 한 개비 꺼내 불을 붙였다. 내 생각은 크리스토퍼 핀치를 거쳐 대니에게까지 거슬러 올라갔다. 나는 도대체 그 둘의 어떤 점이 좋았던 걸까? 발정난 암캐처럼 짝짓기를 하게 만든 그 동물적인 욕정은 어디서 온 걸까? 그건 결코 사랑이 아니었다. 하지만 니컬러스와는 분명히 달랐을 거라는 확신이 들었다.

갑자기 자갈을 밟는 발소리가 들려와 소스라치게 놀라 몸을 돌렸다. 하필이면 호레이쇼 버넷이 내 앞에 서 있었다. 심장이 쿵쿵 뛰었다. 그가 나를 내려다봤지만 나는 몸을 일으키는 시늉도 하지 않았다. 마지막으로 담배를 한 번 더 빨고 꽁초를 밟아 껐다.

"왜 가족들이랑 파티를 즐기지 않고 따로 떨어져 있니?"

"가족이 아니니까요. 그리고 누군가는 부엌에서 일을 해야 하거든요."

그의 잿빛 눈동자에서 드러나는 표정은 해석하기 어려웠다.

"아웃사이더 역할이 마음에 드는 모양이구나."

그의 말에 나는 경멸하듯 콧방귀를 뀌고는 무뚝뚝하게 대꾸했다. "본인이 무슨 말을 하는지 모르시는 것 같네요. 내 인생에 신경 쓰지 마세요. 무리를 벗어난 양 한 마리가 목사님에게 무슨 의미가 있나요? 목사님께는 다른 양들이 많은데."

"하지만 주님의 도움이 필요한 건 길 잃은 양이야."

나는 코웃음을 쳤다. "난 길을 잃은 게 아니에요. 목자가 필요한 것도 아니고요."

그가 내 무례함에 화내며 가버릴 거라고 내심 기대했지만 그렇지 않았다.

"신을 믿니?" 놀랍게도 그가 이런 질문을 던졌다.

나는 자리에서 일어나, 그와 눈높이를 맞추려고 층계 제일 아래 칸에 올라섰다. "난 신이 두렵지 않아요. 목사님이 한번 설명해보실래요? 신은 도대체 어떤 이유로 두 살짜리 아이를 고아로 만들어 애정이 없는 가정에 쑤셔 넣었을까요? 그리고 신은 왜 나에게 이곳에서는 전혀 필요도 없는 재능을 주었을까요? 필요 없는 정도가 아니라 저주를 받는 재능을 말이에요."

"누가 네 재능을 저주하는데?"

"예를 들면 목사님이죠."

"내가?" 그는 정말로 깜짝 놀라는 눈치였다.

"목사님은 음악과 춤이 죽을죄라도 된다는 듯이 욕을 퍼붓잖아요." 나는 그가 했던 설교를 깨우쳐줬다. "난 노래를 작곡했고, 그걸로 학교에서 뮤지컬 공연을 했어요. 지난여름에 밴드와 함께 공연할 때는 수많은 사람이 열광했고요. 그게 죄인가요? 신이 그걸 죄라고 한다면, 그런 신은 믿지 않겠어요."

버넷 목사는 아주 심하게 충격 받은 표정으로 나를 바라봤다.

"음악은 천 마디 말보다 더 많은 걸 표현해요. 사람들은 음악을 듣고 춤을 추며 즐거워하고 편안해해요. 그게 어째서 잘못이죠?"

"음악은 정신을 취하게 만들어. 이성을 앗아간다고." 버넷 목사가 반박했다. 그러나 그의 목소리는 다른 때처럼 단단하지 않고 약간 불안하게 들렸다.

"음악은 위로하고 치유해요. 마음을 어루만져주죠."

우리는 서로 빤히 노려봤다.

"음악은 우리를 취하게 만들죠. 맞아요. 하지만 긍정적인 의미에서 그래요. 알코올과는 다르다고요. 말을 타고 자연 속에 혼자 있을 때, 저 아래 강가나 언덕 위에 있을 때면 이따금 몸 안에서 어떤 멜로디가 불현듯 생겨나요. 피아노 앞에 앉아서 그 멜로디를 연주하면 거기에 맞는 가사가 생각나고요. 그러면 이루 말할 수 없이 행복해지죠. 그게 뭐가 잘못됐나요?"

"네가 직접 작곡을 한다고?"

"예전에는 그랬죠. 내가 뚱땅거리는 소리를 더는 듣기 싫다면서 엄마가 피아노를 못 치게 하기 전까지는요."

그는 생각에 잠긴 표정으로 나를 한참 동안 바라봤다. 그러다가 마침내 힘들게 입을 뗐다. "젊은 아가씨는 인생을 긍정적으로 봐야지. 넌 너무 비관적인 것 같구나."

나는 아주 잠깐 동안 그가 나를 이해할지도 모른다고 믿었지만 이제는 정말 질려버렸다.

"버넷 목사님, 그거 아세요?" 나는 힘겹게 목소리를 낮췄지만 속으로는 후들후들 떨고 있었다. "오만한 사람은 내가 아니라 목사님 이에요. 전혀 모르는 사람들을 판단할 수 있다고 감히 믿고 계시잖 아요. 이곳 사람들보다 좀 더 넓은 세상을 봤다는 이유로. 사람을 그렇게 함부로 판단하면 안 돼요. 내가 겪은 일을 목사님이 똑같이 겪었더라면, 그때도 긍정적일 수 있을까요? 어쨌든 충고 감사하네 요. 이제 부엌으로 돌아가야겠어요."

돌아서는데 그의 목소리가 나를 잡았다. "셰리든, 잠깐만!"

그가 소리를 질렀다면 그냥 갔을 테지만 애원하는 어조라 다시 몸을 돌렸다.

"마음 상하게 하려던 거 아니야." 그가 나지막하게 말했다.

나는 버넷 목사를 머리끝부터 발끝까지 찬찬히 살피고는 경멸 하듯 대꾸했다. "목사님은 내 마음을 상하게 하지도 못해요. 나한 테 아무 의미도 없는 사람이니까."

그는 아무런 감정의 동요도 없이 내 말을 그대로 받아들이는 듯 했다. "주일에 교회에 올 거지?"

"물론이죠." 나는 냉소적으로 말했다. "너무 기대되는걸요."

니컬러스는 이제 없었다. 해가 떨어질 때까지 버넷 목사가 설교 를 한다고 해도 아무 상관없었다.

마지막
여름

여름과 함께 추수철도 왔다. 오전 10시부터 저녁 6시까지 슈퍼마켓에서 일하고 집에 와서는 부엌일에 매여 있다 보니, 다른 걸 할 수 있는 시간은 많지 않았다. 짬을 내어 웨이사이더를 타고 낙원만에 갈 때면 가지 끝이 바닥에 닿는 수양버들 아래 앉아 생각에 잠겼다. 여기서 엄마는 아빠와 행복한 시간을 보냈다. 페어필드를 떠난 뒤에 무슨 일이 벌어졌는지는 모르지만, 어쨌든 엄마는 행복했던 날의 추억과 사랑을 마음에 담아 갈 수 있었다. 내가 여기를 떠날 때는 그러지 못할 것이다. 내 기억은 모두 쓸쓸할 테니까. 제리와 니컬러스는 나를 떠났고, 부모님은 나를 속였고, 크리스토퍼는 나를 이용했다. 성폭행을 당했고, 한 남자와 아기를 죽인 살인자가 되었다. 이런 죄를 지었으니 행복해질 자격이 없었다.

지금까지 얼마나 벌었는지 머릿속으로 계산해봤다. 이제 곧 자동차를 한 대 살 수 있었다. 나를 이곳에서 데리고 나갈 자동차.

페어필드에서는 매년 7월 4일에 독립기념일 축제가 열린다. 축제의 정점은 바비큐 파티와 강변에서 벌어지는 불꽃놀이였다. 가고 싶은 마음은 없었지만, 거기 참석하지 않으면 집에 남아 애덤 호레이쇼를 돌봐야 했다. 그래서 축제위원회의 사이먼 부인에게 음료수 판매대를 맡겠다고 했다.

7월 4일은 불에 달군 듯 더웠다. 구름 한 점 없는 하늘에서 태양이 활짝 웃고 있었다. 페어필드의 젊은 여자들이 거의 다 그렇듯이 나도 짧은 치마와 민소매 블라우스를 입었다.

시장 아들인 루크 리처드슨은 축제 내내 내 옆을 맴돌았다. 우리는 아주 어릴 때부터 아는 사이였다. 그는 중고등학교 때는 그냥 멍청이였고, 링컨에서 대학에 다니면서부터는 거만한 멍청이가 되었다. 그는 주말과 방학이면 페어필드로 돌아와 아버지의 작업장 일을 거들고, 저녁이면 최신형 컨버터블 자동차를 타고 인근을 쏘다녔다. 자기 차를 태워주겠다고 세 번이나 말했지만 나는 그때마다 속이 빤히 들여다보이는 핑계를 대며 거절했다. 그러나 루크 리처드슨은 노골적인 거절을 알아듣지 못할 만큼 멍청했다.

내가 다른 여자애들과 함께 맥주와 탄산수를 파는 내내 루크는 음료수 판매대 주위를 어슬렁거리며 신경을 무진장 건드렸다.

"저 자식이 꺼지지 않으면 내가 여기서 뛰쳐나가버릴 거야."

내가 쉿소리를 내며 속삭이자, 넬리 블랜처드는 그저 킥킥거리기만 하다가 냉장차에서 음료 상자를 내오라며 루크를 보냈다.

"귀엽지 않아?"

넬리는 루크의 뒷모습을 바라보다가, 그가 우리에게 손짓하자 손을 흔들었다. 나는 경멸하듯 어깨를 으쓱하고는 동의하지 않는다는 눈빛으로 넬리를 바라봤다.

"뭐가 귀엽다는 거야?"

"흠, 글쎄." 넬리가 바보처럼 또 킥킥거렸다. "엉덩이도 튼실하고,

컨버터블도 있잖아."

나는 너무나 멍청한 그 말에 눈을 흘겼다. 루크가 넬리에게 관심을 돌리면 좋을 텐데. 넬리는 루크의 차를 타고 밤새 주변을 쏘다니며 바보 같은 말들을 늘어놓다가 기꺼이 개랑 잘 테니까.

유감스럽게도 루크는 너무 일찍 돌아왔다. 얼인지 뭔지 하는 대학 친구와 함께 와서는 우리에게 그를 소개했다.

"어이, 셰리든. 널 꽉 깨물어주고 싶다고 내가 말했던가?" 루크가 히죽거리며 말을 걸었다.

"그래, 열 번은 했어." 썩 꺼지라고 말하고 싶은 걸 겨우 참으며 대꾸했다.

"콜라 하나 줘."

콜라를 건네자 루크는 또 히죽거리며 윙크했다.

"1달러 50센트야." 나는 손을 내밀며 말했다.

"여기서 몇 시까지 일해야 해?"

"오늘 저녁까지." 대충 대답했다.

"일 끝나면 뭐해?"

"몰라. 바비큐 먹고 불꽃놀이 보겠지."

"얼이랑 넬리랑 나랑 같이 드라이브할래?"

빌어먹을 컨버터블을 타고 아무 의미도 없이 인근을 쏘다니며 등신 같은 음악을 듣고 맥주를 마실 생각은 전혀 없었다. 함께 가겠다고 하면 바로 키스 또는 그 이상을 하겠다는 의향으로 해석될 수 있다는 생각에 소름이 끼쳤다.

"자, 어때?" 루크가 대답을 재촉하며 내게로 몸을 숙였다.

"나중에 봐서."

루크는 내 말을 은근한 동의로 받아들인 모양이었다.

"난 냉큼 달려들지 않는 여자애가 좋더라."

"아, 그래? 여자애들 떼어내느라 바쁘겠다."

루크는 무슨 의미인지 몰라 당황해서 나를 바라보다가 다시 히죽거렸다. "맞아. 모두 내 자동차를 아주 좋아하거든."

나는 아이들에게 음료를 팔면서, 한 귀로는 넬리가 얼과 시시덕거리는 소리를 들었다. 중서부 지방의 도덕률은 지독하게 엄했지만, 그래서 어기는 일도 그만큼이나 자주 벌어졌다. 넬리가 얼을 안 지는 두 시간밖에 안 됐지만, 늦어도 오늘 저녁이면 납작하게 누우리라는 게 불을 보듯 뻔했다. 게다가 콘돔도 사용하지 않고서. 몇 개월 후에 임신이라는 사실이 드러나면 고성이 오갈 테고, 저 불쌍한 인간은 아마 멍청한 넬리와 결혼하라는 강요를 받게 되겠지.

남자 몇 명이 맥주를, 아이들이 탄산수와 콜라를 사 갔다. 짝짓기 준비가 된 넬리가 잠깐 쉬었다 오겠다고 속삭였다.

"콘돔 잊지 마."

내 말에 넬리는 얼굴이 새빨개지며 킥킥댔다. 넬리는 오늘 저녁까지도 기다리지 못하는 것이다. 곧 아이들을 위한 놀이가 끝나고 성인 남자들이 불꽃놀이를 준비하기 시작했다. 루크는 자기 아버지를 도와준다며 잠깐 사라졌다. 교대해줄 사람은 나타나지 않았다. 그때 갑자기 버넷 목사가 내 앞에 나타났다. 맬러키 오빠 아들의 세례식 이후 목사와 이야기를 나눈 적은 없었다. 교회에 가도 멀찍이 떨어진 곳에서 얼굴만 봤다.

"안녕하세요? 뭐 드릴까요?" 억지 미소를 지으며 물었다.

"그래, 셰리든. 콜라 하나랑 물 큰 병 하나 주렴."

찌는 듯한 더위 때문에 목사는 평소와 달리 검은 옷과 넥타이가 아닌 하늘색 반팔 셔츠 차림이었다. 미식축구 선수만큼은 아니지만 상당히 근육질이었다.

"셔츠가 잘 어울리네요. 평소에 늘 입으시는 음울한 검은 옷보다 훨씬 나아요." 나는 지금까지 버넷 목사에게서 전혀 느껴보지 못한 친근감을 느끼며 불쑥 이렇게 말했다.

그는 놀란 얼굴로 나를 바라봤다. 혹시 모욕으로 받아들인 게 아닐까 걱정했는데, 평소에는 어둡고 진지하던 그의 얼굴에 상대방을 무장해제시키는 환한 미소가 떠올랐다. 몇 살은 더 젊어 보이는데다 무척 인간적인 표정이었다.

"칭찬해줘서 고맙다."

나는 놀라서 그를 빤히 바라보며 천천히 고개를 끄덕였다.

"양복을 입기에는 오늘 날씨가 너무 덥더구나."

미소는 곧 사라졌지만, 그의 눈에는 여전히 기이한 불씨가 남아 있었다. 아주 짧은 순간이었지만 확고한 자의식의 표면 아래 숨어 있는 그의 진정한 모습을 보았다는 생각이 들었다. 놀라움과 불안감이 뒤섞인 표정으로 그를 쳐다보고 있다가 그도 나와 똑같은 느낌이라는 걸 깨달았다. 당황스러워하는 그의 감정이 나에게도 옮겨왔다. 나는 고개를 숙이고 얼른 몸을 돌려 음료수를 내밀었다.

"4달러 50센트예요."

기이한 순간은 지나갔다. 버넷 목사는 돈을 치르고 고맙다며 다시 미소를 지었지만, 그건 누구에게나 지어 보이는 미소였다. 나는 그 표정을 정말로 보았는지 아니면 그냥 상상이었는지 생각하느라고 오후 내내 머리가 아팠다. 그가 멀리서 사람들과 이야기하는 모습을 몇 번 보기는 했지만, 또 음료를 사러 오는 일은 없었다.

넬리와 루크가 계속 졸라대서 나도 결국 드라이브를 갔다. 그들은 예상한 대로 등신 같은 음악을 들으며 미지근한 맥주를 마셔댔다. 나는 술에 입도 대지 않고 딴 생각에 잠겨 있었다. 그동안 내가 버넷 목사를 오해하고 있었던 걸까?

10시 무렵에 우리는 다시 강가로 가서, 차 안과 차 지붕 위에 앉아 불꽃놀이를 보려는 젊은이들 틈에 끼어들었다. 독립기념일 불꽃놀이가 10시 반에 시작될 예정이었다. 우리보다 훨씬 위쪽에는 바비큐를 잔뜩 먹은 얌전한 페어필드 시민들이 앉아 있었다. 레이첼 이모와 이모의 추종자들을 빼고는 물론 아주 말짱한 정신은 아닐 터였다. 좀 떨어진 자동차에 에스라 오빠 패거리가 있었다. 그 패거리도 다른 사람들과 마찬가지로 남의 눈에 띄지 않게 슬쩍 손으로 가리고서 맥주를 마시며, 주변에서 킥킥거리는 여자애들에게 과시하려고 부지런히 근육을 움직이고 있었다.

모든 게 아무 의미도 없고 유치했다. 여기 모인 젊은 사람들의 20년 뒤 모습이 훤하게 그려졌다. 결혼해서 애들을 다섯씩 낳고, 기름진 음식과 콜라와 맥주와 출산으로 뚱뚱해지고, 자신들의 좁은 세계에 만족하며 편협하고 고루하게 살아가는 모습이. 바로 그 순간 불꽃놀이가 시작됐다. 루크가 내 어깨에 팔을 둘렀다.

"어이, 예쁜이. 축 독립기념일!"

미처 고개를 돌리기도 전에 루크가 축축한 키스로 내 입술을 눌렀다.

"하지 마. 왜 이래!" 화가 나서 소리를 질렀다.

"얌전한 척 하지 마."

루크가 히죽거렸다. 눈이 욕망에 푹 잠겨 있었다. 나는 그를 떼어내고 차 보닛에서 뛰어내렸지만 그는 바로 따라왔다. 넬리와 얼은 뒷좌석에서 땀을 뻘뻘 흘리며 서로의 생식기를 탐색하는 중이었다. 모든 게 구역질이 났다. 여길 벗어나고 싶었다. 자동차들 사이를 헤치며 달렸다. 여기저기서 술에 취해 벌게진 채 음탕하게 히죽대는 낯짝들이 불꽃놀이 조명에 훤하게 드러났다. 루크는 나무들이 줄지어 있는 곳에서 나를 따라잡고는 팔을 움켜쥐었다. 히죽거림은 사라지고 없었다.

"왜 도망치는 거야?"

짜증에 받쳐 목소리를 높이는 그에게 나는 날카롭게 대꾸했다.

"너랑 아무것도 하고 싶은 마음 없으니까!"

"네가 하루 종일 날 뜨겁게 달궜잖아."

루크가 나를 느릅나무로 밀어붙이고는 다시 키스하려고 했다. 나는 그의 가슴을 밀치며 얼굴을 돌렸다. 땀에 젖은 축축한 손이 탐욕스럽게 내 가슴을 더듬었다. 헐떡이는 숨소리를 듣는 순간, 나는 그가 장난을 치는 게 아니라는 사실을 확실하게 깨달았다. 루크는 섹스를 원했다. 그것도 지금 당장. 이렇게 될 줄 알면서도 그의 차에 오른 내가 너무 싫었다. 루크는 혀를 내 입에 밀어 넣고는 온 체중을 실어 나를 나무둥치로 밀었다. 나는 공황 상태에 빠졌다. 그 경찰이 떠올랐다. 이를 악물고 루크와 몸싸움을 했지만 술에 절어 더 확고해진 그의 욕망과 힘을 당해낼 수 없었다. 이제 그에게 중요한 건 섹스가 아니라 남자로서의 빌어먹을 자존심이었다. 밤을 환하게 밝힌 불꽃에 드러난 루크의 짐승 같은 표정 때문에 공포는 더 심해졌다.

"얌전한 척하지 말라고!"

루크가 내 귀에 대고 씩씩거렸다. 그의 손가락이 내 팬티를 비집고 들어왔다. 한 손이 자유로워진 나는 짝 소리가 날 만큼 세차게 루크의 뺨을 후려쳤다. 그는 놀라서 뺨을 감쌌다. 나는 그 기회를 이용해 도망쳤지만 몇 미터 못 가서 따라잡혔다. 그가 세게 밀치는 바람에 비틀거리다가 바닥에 널브러졌다. 그가 곧장 나를 덮쳤다. 두려워서 심장이 미친 듯이 뛰고, 눈물이 쉴 새 없이 흘렀다.

"왜 갑자기 처녀인 척하는 거야?" 헐떡거리며 말하는 루크의 눈빛이 사악하게 번뜩였다. "네가 이웃 남자랑 쑤셔댄다고 네 오빠가 다 말했단 말이야! 얌전한 척하지 마, 이 쌍년아!"

나는 공황 속에서도 깜짝 놀랐다. 루크가 크리스토퍼에 대해 알고 있다니! 빌어먹을 에스라 오빠가 또 누구에게 말했을까? 그러다가 그 생각조차 달아났다. 그저 여길 벗어나고만 싶었다.

"이거 봐!"

내가 발길질하자 루크는 비열한 웃음을 터뜨리고는 흥분해서 쉭쉭거리며 떠들었다.

"네가 어떤 년인지 모두에게 얘기할 거야. 남자를 달궈놓고는 그냥 도망치려고 하다니, 나한테는 안 통해. 그러니 가만히 있어!"

"하지 마!"

내가 소리를 질렀지만 루크는 입으로 내 입술을 막으며 발기한 성기를 내 허벅지에 문질렀다. 그는 저항하는 나에 대한 분노와 흥분으로 계속 헐떡였다. 이제 두 번째로 성폭행을 당할 거라고 생각하고 거의 포기하는데, 어떤 남자의 목소리가 불쑥 들렸다.

"그만두지 못해!"

남자가 루크에게 소리쳤다. 루크는 나를 놓아주고 순식간에 벌떡 일어났다. 멀리서 불꽃놀이가 정점에 달했음을 알려주는 박수 소리가 들려왔다.

"꺼져요!" 루크가 남자에게 외쳤다. "우리가 여기서 뭘 하든 상관마요! 여긴 빌어먹을 교회가 아니라고요!"

나는 그제야 나를 구해준 사람이 누구인지 알아봤다. 버넷 목사였다. 하필이면 그가 이런 꼴을 봤다는 게 너무 창피해서 땅 속으로 꺼져버리고 싶었다.

"그 말이 맞긴 하지. 그런데 루크, 그랜트 양은 네가 하려는 일에 동의하지 않는 것 같은데? 꺼져야 할 사람은 너야. 당장 꺼져!"

"쌍년!"

루크가 나를 세게 걷어차고는 도망쳤다. 버넷 목사는 내 옆에 쪼그리고 앉아 손을 내밀었다. 얼어붙었던 몸이 풀리면서 안심과 분노로 눈물이 마구 흘러내렸다.

"괜찮아, 괜찮아." 버넷 목사가 위로하듯 중얼거리며 조심스럽게 내 손을 잡았다. "이제 너한테 나쁜 짓을 할 사람은 없어."

나는 온몸을 떨며 양팔을 그의 목에 감고 매달렸다. 공포와 수치심과 경악이 뒤섞여 혼란스러웠다. 버넷 목사는 나를 꼭 안고 어깨와 머리를 쓰다듬으며 다독였다. 눈물이 점차 멎고 마른 흐느낌만 남았다. 왜 또 다시 이런 일이 일어난 걸까? 벌써 세 번이나 같은 상황이 일어나다니, 내가 뭘 잘못한 거지? 첫 번째는 에스라 오빠였다. 그때는 하이럼 오빠와 조지 아저씨가 제때 겨우 구해줬다. 두 번째는 경찰이었고, 아무도 나를 구해주지 못했다. 이번엔 루크 리처드슨이었고, 내가 증오하던 버넷 목사가 나를 구해줬다.

평소라면 죽을 만큼 부끄러웠을 테지만, 지금은 누가 옆에 있다는 것만으로도 그저 기쁘기만 했다.

"루크가 널 아프게 했니?"

버넷 목사가 걱정스러운 목소리로 물으며 손수건을 건넸다. 등이 아프긴 했지만 나는 말없이 고개를 젓고는 코를 풀었다. 목구멍이 꽉 막힌 느낌이었다. 그러다가 쥐어짜듯 겨우 말을 뱉었다.

"죄송……해요."

"뭐가 죄송해?" 그가 분노에 차서 외쳤다. "죄송해야 할 건 그놈이야!"

내가 소스라치게 몸을 떨자, 그는 나를 다시 안았다. 그의 품은 편하고 안전하게 느껴졌다.

"도와주셔서 고맙습니다." 조용히 말하고 고개를 숙였다. "신경질적으로…… 반응해서 죄송해요. 이제 괜찮아요. 별일 아니에요. 벌써 한 번……." 나는 깜짝 놀라 입술을 깨물었다. 마음이 약해져서 하마터면 가장 끔찍한 비밀을 털어놓을 뻔했다.

"벌써 한 번 뭐?"

그가 나지막하게 물었다. 나는 고개를 저었다.

"셰리든, 이제 무서워하지 않아도 돼."

버넷 목사가 이렇게 부드러운 목소리로 말할 수 있다고는 상상도 하지 못했다.

"자, 내가 집에 데려다줄게."

"아니, 아니에요." 나는 다급하게 고개를 저었다. "이제…… 이제 괜찮아요. 정말이에요."

"하지만……."

"안 돼요!" 나는 얼른 그의 말을 가로막았다. "이해하시지 못하겠지만…… 아무도 이 일을 알아서는 안 돼요."

"이런 일을 그대로 내버려두면 안 돼. 그 애가 네게 한 짓은 처벌받아야 할 일이야!"

다독이는 버넷 목사와 함께 있으니 공황이 어느 정도 가라앉고 맥박도 점차 정상으로 돌아왔다. 그는 포옹을 풀고 내가 일어서게 도와준 다음, 손을 잡고 그대로 있었다.

"여긴 이런 일이 잦아요. 특히 7월 4일에는 더하죠."

내가 어깨를 으쓱하며 말하자 그는 무슨 뜻인지 몰라 물었다.

"뭐가 잦다고? 여자애를 성폭행하는 거?"

"아니요." 갑자기 심장이 아주 답답해지면서, 간단한 문장도 말하기 힘들었다. 오후에 그에게서 본 기이한 눈빛을 생각하니 심장 박동이 빨라졌다. "이런 상황이 벌어진 건 사실 내 잘못이에요. 저녁 때 루크의 차를 타지 말았어야 했어요."

중얼거리며 버넷 목사를 흘깃 보다가 시선을 바로 돌렸다. 캐묻는 듯한 그의 눈빛과 친절을 견디기 힘들었다.

"그 애랑 친구니?"

"아니요." 나는 고개를 저었다. "하지만 이미 말씀드렸듯이, 여긴 원래 그래요. 특히 7월 4일에는."

"여긴 뭐가 그렇다고?"

"그러니까……." 나는 깊은 한숨을 내쉬었다. "시골 청소년들의 전형적인 취미 활동이라고요. 아무 생각 없이 주변을 드라이브하고, 음악을 듣고, 그러다가…… 말 안 해도 아시겠죠?"

"넌 그런 게 싫은 거구나." 그가 진지한 표정으로 나를 바라봤다.

"네." 나는 소름이 돋아난 팔을 문지르면서 또 쏟아지려는 눈물을 억눌렀다. "이 등신 같은 게임을 더는 못 견디겠어요! 특히 여자가 싫다고 말할 권리가 없다는 게 제일 소름 끼쳐요! 응해주지 않으면 속 좁은 쌍년이 되고. 아, 얼른 열여덟 살이 되면 좋을 텐데!"

"그러면 어떻게 되는데? 열여덟 살이 되면 모든 게 달라질 것 같니?" 버넷 목사가 발걸음을 멈추고 나를 바라봤다. 불꽃놀이가 끝나고 사방이 어둠에 잠겨서 그의 얼굴이 거의 보이지 않았다.

"그럼요. 여길 떠날 거니까요. 여긴 완전히 지옥이에요. 학교를 졸업하자마자 이 지루한 농부들의 땅을 떠날 거예요! 좀 더 세련된 곳으로, 책을 불쏘시개로 쓰는 게 아니라 읽는 곳으로, 쉴 때면 박물관이나 콘서트에 가는 곳으로요!" 나는 과격한 감정 분출에 깜짝 놀라 입을 다물었다. "죄송해요. 감정이 격해졌네요."

내가 중얼거리자 버넷 목사가 잠시 뒤에 대답했다.

"괜찮아. 넌 아주 솔직했어. 좋은 일이지."

"아니요." 나는 씁쓸하게 대꾸했다. "적응하는 게 훨씬 더 현명하다는 건 알아요. 그러면 아무 문제도 생기지 않을 테니까요."

"상황이 잘못됐다는 걸 깨달았는데도 거기에 적응하는 게 현명한 일은 아니지."

예상치 못한 그의 이해와 공감 능력에 나는 혼란스러워졌다.

"어쨌든 오래 버티지 않아도 돼요. 내년에 고등학교를 졸업하면 바로 떠날 테니까요."

"유감이다. 네가 보고 싶을 거야. 넌…… 다른 사람들이랑 많이 다르니까."

그 말을 듣자 내 혼란은 극에 달했다. 왜 이런 말을 할까? 무슨 뜻이지? 나는 그의 손을 여전히 꼭 쥐고 있다는 걸 불현듯 깨닫고는 불에 덴 듯 얼른 놓았다.

"이제…… 이제 집에 가야 해요. 목사님, 도와주셔서 고맙습니다." 나는 더듬더듬 말했다.

"별말을 다 하는구나. 조심해라."

나는 달리 할 말이 생각나지 않아서 고개만 끄덕였다.

"걱정거리가 있으면 언제든지 찾아오렴."

그가 보여주는 연민이 칼로 찌르듯 아팠다. 그를 좋아하고 싶지 않았다. 더는 누구에게도 실망하고 싶지 않았다.

8

7월 4일에 벌어진 사건으로 나는 남자가 마음을 먹으면 속수무책으로 당할 수밖에 없다는 것을 다시 한 번 깨달았다. 그 깨달음이 정말 싫었다. 시간은 흘러 이사벨라 고모할머니와의 작별이 다가오고 있었다. 할머니는 8월 11일에 목련 저택을 떠날 예정이었다. 내가 좋아하는 사람들은 모두 떠났다. 제리도, 조지프 오빠도, 니컬러스도, 그리고 이제는 할머니도. 아버지는 떠나지 않는 대신할 수 있는 한 자주 집을 비웠다. 아버지를 나쁘게 생각할 수는 없었다. 나를 역겨워하고 있을 테니까. 성폭행을 당하고, 살인을 저지르고, 낙태까지 한 딸을 사랑할 아버지가 어디 있을까. 어쩌면 나를 가족으로 받아들인 그날을 저주하며, 내가 자발적으로 여기서 사라지는 날까지 오로지 책임감으로 견디고 있는지도 모른다. 그러면 캐럴린 쿠퍼와 달갑잖은 딸에 관한 구슬픈 역사를 드디어 잊을 수 있을 테니까.

7월 4일 저녁 이후 나는 버넷 목사를 조심스럽게 피해 다녔다. 그가 그런 상황에 처한 나를 보고, 구해주기까지 했다는 게 너무나 창피했다. 그동안의 내 태도 때문에 더욱 그랬다.

성가대 연습이 끝난 어느 날 저녁, 피아노를 치고 싶다는 욕구를 무척 강하게 느꼈다. 집에 가봐야 낙도 없었다. 한동안 내 노래와 함께 혼자 있고 싶었다. 버넷 목사 가족이 오후에 밴을 타고 어딘가로 가는 걸 봤으니 누가 불쑥 나타날 일도 없었다. 낸시 앤더슨 선생님은 내가 부탁하자 교회 열쇠를 주었다. 나는 나중에 열쇠를 목사관 우편함에 넣어놓겠다고 약속했다. 선생님이 갈 때까지 기다린 후에 피아노 앞에 앉아 한참이나 건반을 노려보다가 기억을 더듬어 내 노래를 연주하기 시작했다. 눈을 감고 능숙하게 건반을 치며 내 목소리에 귀를 기울였다. 페달을 잘 밟을 수 있게 신발까지 벗었다. 내 생각은 마음껏 노래할 수 있는 곳, 음악 때문에 부끄러워하지 않아도 되는 곳을 향해 희망을 품고 날아갔지만, 삭막한 현실에 대한 걱정도 동시에 밀려왔다. 자작곡을 몇 곡 부른 뒤에, 얼마 전부터 계속 머릿속을 맴도는 멜로디를 연주했다. 제목은 아직 붙이지 못했고 피아노로 쳐본 적도 없지만 가사는 이미 생각해뒀다. 실망스러운 사랑과 끔찍한 비밀을 노래하는 동안, 몇 달 전부터 조심스럽게 억눌러뒀던 외로움이 밀물처럼 밀려왔다. 내 영혼은 작년에 일어난 끔찍한 사건과 니컬러스에게서 받은 실망감을 아직 제대로 소화해내지 못한 것 같았다. 레이첼 이모와 에스라 오빠의 지속적인 악의도 생각보다 깊은 상처를 남겼다.

북받쳐 오르는 감정에 흐느끼며 팔꿈치로 건반을 눌렀다. 불협화음이 울려 퍼졌다. 너무 오랫동안 참았던 눈물이 드디어 터져 나왔다. 울고 또 울었다. 내가 인정과 사랑을 받고자 했던 남자들은 모두 내게 등을 돌렸다. 내 잘못이었다. 지난여름에 멍청하게 사랑 고백을 하는 바람에 니컬러스를 몰아낸 생각을 하면 얼굴이 달아올랐다. 그에 대한 그리움과 나 자신에 대한 역겨움 때문에 고통스러웠다. 나는 도대체 왜 브랜던 같은 또래와 사랑에 빠지지 못하는 걸까? 왜 또래 남자친구와 행복하지 못할까? 나는 필사적으로 사랑과 이해를 구하면서도 나를 사랑하려는 사람들에게는 마음을 준 적이 없었다. 이제 내 꿈에 계속 나타나는 사람은 버넷 목사였다. 단지 나에게 조금 친절하게 대해줬다는 이유로!

한참 뒤에 건반에서 몸을 일으키며 손등으로 눈물을 닦았다. 하얀 건반과 검은 건반을 겨우 구분할 수 있을 정도로 사방이 어두워져 있었다. 나는 의자에서 일어나 피아노 뚜껑을 닫았다. 중앙 통로를 성큼성큼 걸어 나오는데 어스름한 구석에서 어떤 형체가 나타났다. 너무 놀라서 심장이 멎을 것 같았다.

"셰리든, 잘 있었니?" 버넷 목사였다. "미안하다. 놀라게 할 생각은 아니었어. 그냥 방해하지 않으려고 했는데."

"어…… 음…… 안녕하세요?" 나는 당황해서 말을 더듬었다. "외출하신 줄 알았어요. 앤더슨 선생님이 열쇠를 주셔서…… 피아노를 좀 치고 싶었거든요……." 말을 중단하고 아랫입술을 깨물었다.

"네가 부른 노래들, 정말 아름답더구나."

그는 한참이나 여기 서 있었던 것이다.

"정말 아름답고…… 또 정말 슬프더구나."

이렇게 어두운 게 다행스러웠다. 얼굴 윤곽이 제대로 보이지 않지만 그가 나를 바라보고 있다는 건 알 수 있었다.

"지금 연주한 거, 무슨 노래니?"

"자작곡이에요."

약하디약한 내 모습을 버넷 목사가 또 목격했다는 게 너무나 창피했다. 나는 혼자라고 믿고서 마치 신경 발작에 시달리는 환자처럼 자제력을 완전히 잃고 울었다.

"집…… 집에 가야겠어요." 나는 더듬거리며 말했다.

"셰리든, 잠깐만 기다려!"

그가 내 어깨를 살짝 건드렸다. 온몸에 전류가 통하는 것 같았다.

"왜 나를 피하니? 네 조카의 세례식에서 내가 한 말 때문에 계속 화가 나 있는 거야? 네 대답을 오랫동안 생각해봤다. 너와 그 이야기를 다시 한 번 하고 싶구나. 네가 옳았으니까 말이야."

나는 그를 향해 몸을 돌렸다. "무…… 무슨 뜻이에요?"

"네가 그날 나더러 오만하다고 했잖아. 사람을 함부로 판단한다고. 아주 많이 생각했단다. 나는 정말로 오만했고, 상황을 전혀 이해하지 못한 채 너에게 충고를 하려고 했어. 정말 미안하다. 이 말을 오래전부터 하고 싶었어."

나는 적당한 말이 떠오르지 않아서 그를 물끄러미 바라보았다. 그러다가 내가 사랑받고 싶어 하는 사람이 그저 아무나가 아니라는 사실을 불쑥 깨달았다. 나는 하필이면 내가 절대로 좋아하지 않으려 했던 사람, 두 아들을 둔 유부남 호레이쇼 버넷 목사의 애정을 바라고 있었다.

"넌 나를 아주 싫어하지?" 그가 유감스럽다는 듯이 말했다. 거의 풀이 죽은 목소리였다.

세상에! 싫어하다니, 전혀 아니었다. 오히려 그 반대였다.

"아니에요. 그냥…… 목사님을 어떻게 생각해야 할지 몰라서요."

"나도 널 어떻게 생각해야 할지 모르겠다."

그의 대답에 나는 깜짝 놀랐다.

"어떤 때는 버릇없고 매몰차다가 또 어떤 때는…… 무척 상냥하고…… 예민하고." 그가 말을 뚝 끊었다.

우리는 어둠 속에서 서로를 마주봤다. 그의 잿빛 눈동자가 보내는 기이한 눈빛에 배가 간질거렸다. 상처 입은 내 영혼을 덮고 있는 보호막은 얼마나 얇은지, 아주 작은 친절도 막을 뚫고 들어와 마음을 들끓게 만들었다. 머릿속은 온갖 생각으로 복잡했고, 온몸은 갈망으로 뜨거웠다. 그의 얼굴에서도 혼란스러운 표정을 목격하고는 놀라서 몸이 떨렸다. 이 사람도 지금 나와 똑같은 갈망 때문에 고통스러운 걸까? 아니면 내가 또 멍청한 착각에 빠진 걸까?

"교회 열쇠예요. 우편함에 넣어 놓겠다고 앤더슨 선생님께 약속했어요." 나는 기어들어가는 목소리로 말하며 열쇠를 내밀었다.

"가지고 있으렴." 그가 말했다. 평소와는 전혀 다른 목소리였다.

"피아노를 치고 싶을 때는 언제든지 교회에 와서 치도록 해."

8월 11일 저녁, 이사벨라 고모할머니와 나는 마지막으로 베란다에 함께 앉았다. 가구들은 이미 운송 회사가 실어간 뒤였다. 저녁 공기는 따뜻했고 향기로 가득했다. 높게 자란 풀숲에서 귀뚜라미가 울었고, 연못에서는 개구리가 서글픈 소리를 냈다. 할머니는 이곳으로 돌아오지 않을 작정이었다. 할머니도 나도 그 사실을 이미 알고 있었다. 우리는 늘 그랬듯 아무 말 없이 편안하게 앉아 버베나 차를 마셨다. 나는 할머니가 이곳에 온 2년 전 여름을 생각했다. 10년도 더 된 일처럼 느껴졌다. 그 후로 수많은 일이 있었다.

나는 마음속으로는 이미 오래전에 가족과 페어필드와 네브래스카 전체와 이미 작별했지만, 앞으로 어떻게 삶을 꾸려나가야 할지는 제대로 알지 못했다. 할머니와 헤어지는 게 두려웠다. 이번에도 남겨지는 사람은 나였다.

"왜 떠나시는 거예요? 여길 좋아하셨잖아요. 이 지방과 풍경을요. 여기가 할머니 고향인데요."

"태어나서 자란 곳을 고향이라고 믿는 건 착각이란다. 다시 이곳으로 오겠다고 결심한 그때는 나도 그렇게 믿었지. 하지만 고향은 자신이 편안하게 느끼고, 사랑하고 사랑받는 곳이야."

"그 말이 옳다면 난 고향이 없는 거네요. 이곳에는 날 사랑하는 사람이 아무도 없으니까요." 나는 우울하게 대꾸했다.

"말도 안 되는 소리. 네 아빠가 널 얼마나 사랑하는데!"

나는 아버지가 지난겨울부터는 나를 사랑하지 않는다고, 경멸한다고 말하고 싶었다. 하지만 그랬다가는 할머니가 무슨 일인지 캐물을 테고, 그러면 나는 그 슬픈 사건을 모두 털어놓아야 했다. 그러고 싶지 않아서 우물거리며 말했다. "그런 사랑 말고요."

"그래, 네 말이 맞다." 할머니가 동의했다. "진짜 고향을 결정하는 건 부모님의 사랑이 아니지. 그 사랑은 시작이야. 뿌리가 되고, 우리가 살아가면서 올바른 길을 찾을 수 있게 날개를 달아주는 역할을 하지."

할머니는 사랑이 가득한 눈빛으로 나를 바라보다가 내 손을 쥐었다. "셰리든, 넌 네 길을 잘 찾을 거야." 할머니가 확신에 찬 목소리로 말했다. "그리고 우리 집은 너에게 늘 열려 있어. 오고 싶을 때는 언제든 찾아와라."

"고맙습니다." 눈물을 억누르며 나지막하게 대답했다.

우리는 마주보고 미소를 지으며 손을 꼭 맞잡았다. 나는 할머니를 꼭 안았다. 마치 내 청소년기와 헤어지는 것처럼 고통스러웠다. 할머니가 너무나 그리울 것 같았다. 10개월 뒤에는 나도 이곳을 떠난다는 위안이 없었다면 더 깊은 절망감에 빠졌을 터였다.

"편지 보낼 거지?" 할머니가 눈물을 슬쩍 훔치며 물었다.

"그럼요." 나는 고개를 끄덕이며 말했다.

"너에게 주고 싶은 물건들을 상자에 담아뒀어. 대부분 책이야." 할머니가 미소를 지으며 말을 이었다. "그랜드피아노 말고는."

"네?" 나는 화들짝 놀라 할머니를 멍하니 바라봤다.

"나는 이제 피아노를 잘 안 치고, 넌 피아노를 정말 좋아하잖니.

네 노래가 거의 모두 이 피아노에서 탄생하기도 했고. 안 그래?"

나는 할머니가 베푼 놀라운 배려에 감동해서 아무 말도 하지 못한 채 할머니 목에 매달렸다. 우리는 한동안 그렇게 안고 있었다.

∽

여름이 거의 지나갔다. 나는 슈퍼마켓에서 번 돈의 일부로 8년 된 중고 혼다 어코드를 샀다. 상태가 상당히 좋았다. 하이럼과 맬러키 오빠가 고맙게도 차를 샅샅이 살펴보고서 흠잡을 데가 없다는 판단을 내려주었다. 나는 생애 첫 자동차를 가지게 됐다. 이제 보호자 없이도 차를 탈 수 있었다. 에스라 오빠의 차를 같이 타지 않아도 됐으니 오빠의 기분에 휘둘릴 일도 없었다.

이사벨라 고모할머니가 떠나면서 나는 단 한 명 남았던 친한 사람을 잃었다. 물빛 별장은 크리스토퍼와의 불쾌한 추억으로 얼룩져서, 이제 내가 위안을 얻을 수 있는 곳이라고는 낙원만뿐이었다. 8월 말 어느 일요일 오후에 말을 타고 그곳에 가보니 예상치 못한 일이 기다리고 있었다. 수양버들 사이에 자동차가 한 대 서 있고, 호숫가 큰 바위 위에 어떤 남자가 앉아서 낚시를 하고 있었다.

"이봐요!" 화가 난 나는 웨이사이더를 탄 채 우악스럽게 소리쳤다. "여긴 사유지예요! 여기서 뭐하는 거예요?"

남자가 낚싯대를 바위틈에 끼워놓고 내게로 몸을 돌렸다.

"버넷 목사님!"

당혹감과 부끄러움에 얼굴이 빨개졌다. 자리에서 일어난 그를 보니 맨발이었다. 물 빠진 청바지에 티셔츠를 입고, 카우보이모자를 쓰고 있었다.

"셰리든!" 그도 나만큼이나 놀란 것 같았다. "이 호수가 사유지라는 거 몰랐어. 그냥 혼자 낚시 좀 하려고 했다."

나는 바위 옆에 있는 양동이로 눈길을 돌렸다. 아무것도 없었다.

"잡은 물고기를 다시 놓아주거든." 그가 씨익 웃으며 말했다.

"아, 그렇군요."

더 나은 말은 떠오르지 않았다. 놀란 마음부터 일단 가라앉혀야 했다. 오늘 그는 목사가 아니라 지극히 평범한 사람처럼 보였다.

"어릴 때 아버지랑 형이랑 같이 낚시를 자주 했지. 여름이면 거의 주말마다 했어. 오늘 몇 년 만에 낚싯대를 다시 꺼냈단다."

혼자 있고 싶어서 이곳에 왔는데, 하필이면 버넷 목사를 만나니 기분이 별로였다. 그냥 돌아갈까 하는 생각이 들었다.

"정말 아름다운 곳이야." 그가 모자를 벗고 한 손으로 머리카락을 쓸어올렸다. "몇 주 전에 우연히 이 호수를 발견했지."

"낙원만."

"뭐라고?"

"이곳 이름이에요. 여기 수양버들 때문에 강과 농장에 윌로크릭이라는 이름이 붙었어요."

"아, 그렇구나."

우리는 한동안 말없이 그냥 있었다. 갈대 숲에서 오리 몇 마리가 꽥꽥거리다가 박수 치듯 날갯짓하며 날아올랐다.

"저기…… 뭐가 걸렸어요!"

버넷 목사는 낚싯대를 잡고 능숙하게 포획물을 끌어당겼다.

"우와, 이것 봐. 엄청난 놈이야!" 그가 흥분해서 외치고는 낚싯바늘에서 정말로 큰 물고기를 꺼내 들어올렸다. 그의 얼굴이 환하게 빛났다. 그 행복한 웃음이 내 마음 깊은 곳을 건드렸다.

"이 녀석을 어떻게 할까?" 버넷 목사는 펄떡이는 메기를 들고 무게를 어림해보며 물었다.

"불을 지펴서 구워먹는 게 어떨까요?" 나는 여전히 말 등에 앉은 채 제안했다.

버넷 목사는 물고기를 내려다보다가 다시 고개를 들고는 당황한 표정으로 어색하게 웃었다. "나는 물고기를 죽이고 내장을 발라내본 적이 없어. 언제나 우리 아버지가 했지."

이 남자를 좋아하지 않겠다고 굳게 다짐했지만, 그의 솔직함에 나도 모르게 마음이 끌렸다. 메기는 이제 펄떡거림을 멈추고 사형선고를 기다리고 있었다.

"이놈 말고 소시지를 구워먹지 않을래? 자동차에 있어." 목사는 다시 환한 미소를 짓고는 쪼그리고 앉아서 물고기를 놓아줬다. 나는 그가 낚시 도구를 챙기는 모습을 지켜봤다.

"말에서 왜 안 내려오니?"

그가 나를 지나치면서 말했다. 나는 멍하게 있다가 곧 현실감각을 되찾았다. 불을 지피고 소시지를 구워먹으며 그와 수다를 떤다는 건 상상해본 적도 없었다. 나는 말에서 내려와 웨이사이더의 엉덩이를 탁 쳤다. 웨이사이더는 터덜터덜 다른 곳으로 걸어갔다.

"도망가지 않아?" 버넷 목사가 물었다.

"네, 훈련을 잘 받아서 휘파람을 불면 금방 돌아와요."

수양버들 아래서 함께 땔감을 찾으면서 버넷 목사는 아내가 두 아들을 데리고 며칠 동안 친정에 갔다고 했다. "오늘 오후에 혼자 낚시도 하고 모닥불에 소시지도 구워먹고 싶다는 생각이 불쑥 들더라고. 아주 오랫동안 그런 일을 못 해봤거든."

"아, 혼자 계시고 싶다면……."

"아니, 아니. 그런 뜻이 아니야." 버넷 목사는 얼른 내 말을 가로막았다. "네가 여기 있어서 기뻐."

"정말이에요? 내가 그렇게 퉁명스럽게 굴었는데도요?" 나는 그의 말이 믿기지 않아 되물었다.

"그런 건 다 잊었어. 오만하게 행동한 내 잘못이지."

그가 관목들 틈에서 젖은 나뭇가지를 꺼내 들고 잠깐 보다가 버리려고 하는 걸 내가 말렸다.

"그것도 가지고 가요. 해가 지면 모기들이 몰려올 텐데, 젖은 나무는 연기가 많이 나서 모기들이 싫어하거든요."

"그렇겠구나."

그가 대단하다는 눈빛으로 바라보기에 나는 어깨를 으쓱했다.

"농장에 살아서 좋은 점이 아예 없진 않아요."

15분 뒤에 우리는 연기가 피어 오르는 모닥불 앞에 앉아 꼬챙이에 끼운 소시지를 하나씩 들고 있었다. 버넷 목사의 피크닉 바구니에는 샌드위치 몇 조각과 포테이토칩 한 봉지, 탄산수 한 병과 무알콜 맥주 세 캔이 담겨 있었다. 그가 오늘을 위해 선택한 메뉴를 보자 그가 더욱 인간적으로 느껴졌다. 마치 오랜 지인처럼 그와 이렇게 가까이 앉아서 수다를 떨고 있다는 게 믿기지 않았다. 예상과 달리, 호레이쇼 버넷과 이야기 나누기는 전혀 어렵지 않았다.

불덩이처럼 새빨간 태양이 서서히 수평선에 가까워졌다. 높게 자란 풀 사이사이에서 귀뚜라미가 울었고 빽빽한 갈대 숲에서는 해오라기가 목소리를 높였다. 이따금 물고기가 수면 위로 뛰어오르기도 했다. 부드러운 바람이 늘어진 수양버들 가지를 흔들고 내 맨팔을 어루만졌다. 나는 불현듯 전율을 느꼈다. 엄마와 아버지도 여기 앉아서 함께 호수를 바라봤을까?

"추워? 차에 스웨터 있는데."

"아니요, 춥진 않아요. 엄마와 아빠 생각을 했어요. 30년쯤 전에 우리 부모님도 여기 자주 왔거든요. 몰래 만나던 장소래요."

"응? 너 입양됐다고 했던 거 같은데. 그럼 친부모님도 이 지역 출신이야?" 호레이쇼 버넷이 깜짝 놀라서 물었다.

나는 잠깐 망설이다가, 캐럴린 쿠퍼와 버넌 그랜트에 관한 구슬픈 이야기를 들려줬다. 내가 두 사람에 대해 알아낸 사실도 말했다. 그는 주의 깊게 귀를 기울였다.

"출생에 대해 알아낸 건 사실 목사님 덕분이에요."

"무슨 소리야?"

"목사님이 이모에게 전화한 날, 내가 전화를 받으러 서재에 들어갔거든요." 나는 뒤에 놓아둔 안장에 등을 기대고 말을 이었다. "목사님 성함과 전화번호를 적고 있는데, 레이첼 이모가 늘 잠가두는 벽장에 열쇠가 꽂혀 있는 게 보였어요. 안을 들여다보니 서류철에 내 입양 문서와 독일에서 온 편지들이 있었어요. 친엄마가 남자친구에게 목이 졸려 사망했다고 씌어 있더군요. 내가 두 살 때요."

"어떻게 그런 일이!" 버넷 목사는 충격을 받은 표정이었다.

"부모님은 지금까지도 그 일에 대해서는 전혀 이야기하지 않아요." 나는 한숨을 쉬면서 계속 설명했다. "레이첼 이모는 내가 누구 딸인지 아무에게도 알리지 않는 걸 입양 조건으로 내세웠대요. 이모는 그만큼 내 친엄마를, 그러니까 자기 동생을 싫어했던 거죠. 이유가 뭔지는 모르겠지만요."

해가 지고 어스름이 찾아왔다. 나는 점점 귀찮게 몰려드는 모기들을 쫓으려고 젖은 나뭇가지를 불에 올렸다. 웨이사이더는 가까운 곳에서 풀을 뜯고 있었다. 나는 엄마의 일기장과 수양버들 아래 있는 낡은 벙커 이야기를 했다. 크리스마스 직전에 그곳에서 수수께끼 같은 물건을 발견했다는 말도 덧붙였다.

"부모님에게 그냥 물어보는 게 어때? 넌 친부모가 누구인지 알 권리가 있어."

"아빠에게 물어보려고 몇 번 시도했어요. 하지만 그럴 때마다 대화를 피해요. 레이첼 이모에게는 물어볼 생각도 하지 않았고요. 이모는 날 좋아한 적이 없거든요. 지금도 이미 충분히 괴롭히고 있지만, 그런 걸 물어봤다가는 훨씬 고달파질 거예요."

오늘도 이렇게 해가 진 뒤에 집에 가면 나를 잡아먹으려 들 거라는 말은 굳이 하지 않았다.

"독일에 있는 영사관에 편지를 쓰려고 해요. 그러면 내가 어떻게 이곳에 오게 됐는지, 엄마에게 무슨 일이 일어났는지 좀 더 알아낼 수 있을지도 모르죠."

"좋은 생각이다."

버넷 목사가 말을 이으려는데 휴대전화가 울렸다. 이 촌구석에서 휴대전화를 쓰는 사람은 드물었기에 나는 화들짝 놀랐다. 그는 실례하겠다고 하고는 배낭을 뒤져 휴대폰을 꺼냈다. 그는 목소리를 살짝 낮추고 아내에게 아직 바깥이라고, 낚시하기 좋은 장소를 찾아냈다고 했다. 놀랍게도 나와 같이 있다는 말은 하지 않았다.

웨이사이더가 와서 내 팔에 코를 비볐다. 벌써 9시 반이었다. 집에 돌아가야 했다. 나는 말에 재갈을 씌우고 모닥불로 데리고 왔다. 버넷은 통화를 끝낸 뒤였다.

"가야겠어요. 안 그랬다가는 골치 아파질 거예요."

"너무 어두워서 아무것도 보이지 않을 텐데."

"문제없어요." 나는 그를 안심시키고는 안장을 얹고 뱃대끈을 단단하게 맺다. "말은 어둠 속에서도 상당히 잘 봐요. 나도 이 근처를 아주 잘 알고요."

갈 채비를 갖추는 나를 지켜보는 그의 눈길과 마주하자 예전의 당혹감이 다시 불쑥 올라왔다.

"만나서 즐거웠어요."

"그래, 나도 마찬가지야."

그가 일어서서 나를 똑바로 봤다. 여전히 맨발이었다. 어두워서 얼굴 윤곽이 제대로 보이지 않았다.

"잠깐 기다려. 차에 가서 스웨터 가지고 올게. 너무 추워졌다."

미처 말릴 새도 없이 그는 차로 달려가 트렁크에서 스웨터를 꺼내 와서 나에게 건넸다.

"고맙습니다. 내일 가져다 드릴게요."

암청색 스웨터는 너무 컸지만 무척 포근했다. 나는 어떻게 이 사람이 편협하고 유머라고는 전혀 모른다고 생각했을까? 호레이쇼 버넷과 함께한 매 순간이 즐거웠다. 그가 보여주는 관심과 빠른 이해력, 다정한 눈빛이. 그의 옷차림과 말투, 움직임은 내가 봐온 거친 사람들과는 완전히 달랐다. 내 당혹감이 그에게도 옮겨간 모양이었다. 그는 조금 초조해하다가 다시 말을 꺼냈다.

"영사관에 편지 보내는 거, 내가 도와줄 수 있어. 내일 스웨터를 가지고 오면 같이 팩스를 보내자. 그게 편지보다 빠르니까."

"아…… 그러면 좋겠네요."

'우리가 오늘 여기서 만났다는 말 아무에게도 하지 마' 같은 이야기를 할 줄 알았는데, 그는 또 다른 약속을 잡았다. 뭔가 더 이야기를 하고 싶었지만 마땅한 말이 떠오르지 않았다.

"음…… 가시기 전에 물 한 양동이를 모닥불에 부으세요. 너무 건조해서 불씨 하나만 튀어도 풀에 불이 옮겨 붙거든요."

"그래, 그러마."

"그럼 먼저 갈게요." 나는 등자를 딛고 뛰어올라 안장에 앉았다.

"셰리든, 내일 보자. 조심해서 가라." 그가 미소를 지으며 말했다.

"목사님도요. 소시지 잘 먹었어요. 그리고 이야기 들어주셔서 감사해요. 목사님은 정말…… 좋은 목자네요."

그가 미소를 지우고 진지한 얼굴로 말했다. "아니, 내가 고맙다. 네 덕분에 깊은 생각을 할 수 있게 됐어. 그런 게 꼭 필요했거든."

우리는 서로 마주봤다. 그 한순간 그와 나의 감정이 일치한 것 같았다. 아내와 아이들의 사랑, 교인들이 보여주는 존경에도 불구하고 그의 영혼은 나만큼이나 외로웠다.

웨이사이더의 배를 살짝 차고 수양버들 가지 아래를 지나 아까 왔던 오솔길로 들어섰다. 지난 몇 주 동안 돌덩이처럼 무거웠던 마음이 가벼워져서 나도 모르게 노래를 흥얼거렸다. 스웨터 냄새를 맡아보니 호레이쇼 버넷이 사용하는 스킨 냄새가 아주 살짝 풍겨왔다. 이런 행복감은 너무나 오랜만이었다. 지난해 핼러윈 때 잃어버린 것들을 되찾을 수도 있을 것만 같았다.

가을

학기가 다시 시작됐다. 나는 시간표가 저녁까지 꽉 찰 만큼 수업을 많이 들었다. 집에서 시간을 보내기가 싫었다. 몇 달 동안 나를 내버려뒀던 에스라 오빠가 다시 행동을 개시했기 때문이다. 내가 돈을 벌어 자동차를 갖게 되자 질투가 난 거였다. 농장 픽업트럭을 나와 함께 쓰다가 이제 혼자 마음껏 쓰게 됐는데도 그랬다. 내가 자기에게 의지하지 않고 어디든 마음대로 오갈 수 있다는 사실에 무척 화가 난 것 같았다. 최소한 일주일에 한 번은 와이퍼나 사이드미러가 없어졌고, 타이어 공기가 빠지는 일도 계속 벌어졌다. 한 번은 운전석 손잡이에 개똥이 묻어 있기까지 했다. 분노는 곧 깊은 절망으로 바뀌었다. 한없이 길게 느껴지는 아홉 달을 어떻게 견뎌야 할지 걱정스러웠다.

지금까지는 18세 생일 바로 다음 날 여기를 떠난다는 생각만이 나를 행복하게 만들었지만, 이제 모든 게 달라졌다. 버넷 목사 때문이었다. 한참이나 시간이 흐른 뒤에야 나는 그를 사랑한다는 걸 스스로 인정할 수 있었다. 그 사실을 깨닫게 된 계기는 그날 저녁 낙원만에서 그가 아내에게 나와 같이 있다는 걸 말하지 않은 그 순간이었다. 그 후로 나는 그가 왜 그 말을 하지 않았을까 내내 고민했다. 나를 만났다는 말을 영영 비밀로 할 작정인지, 아니면 그날 저녁 다시 전화하면서 지나가는 말처럼 그랜트 집 막내를 우연히 만났다고 언급했을지 같은 질문들이 꼬리를 물고 이어졌다.

셀리 버넷은 언제나 진심이 담긴 미소를 짓고 남의 말에 열심히 귀를 기울이면서도 자기 의견은 말하지 않는 사람이었다. 특별히 매력적이라거나 몸매가 좋지도 않았다. 어쩌면 그래서 페어필드 여자들 사이에서 인기가 높은지도 몰랐다. 몇 주 동안 관찰한 결과, 나는 그녀가 부지런하고 싹싹하지만 그다지 똑똑지는 않다는 확신을 얻었다. 어딘지 모르게 남편과 어울리지 않았다. 아니면 그렇게 생각하고 싶을 만큼 내가 호레이쇼 버넷에게 빠졌거나. 그는 이제 매일같이 내 꿈에 등장했다. 그래서 그와 마주하면 눈을 제대로 볼 수 없었다.

완벽하게 절망적인 사랑이 다시 한 번 나를 괴롭혔다. 아무리 애를 써도 어떻게 해볼 도리가 없었다. 내가 성가대에서 노래하고 청소년 모임 회장이 된 유일한 이유는 바로 그였다. 매일 아침 일어나면 어떻게 해야 우연히 만난 것처럼 그를 볼 수 있을까 궁리하면서 거기에 맞추어 일정을 짰다. 오로지 그를 잠깐 만나서 이야기를 나누고, 그의 눈빛과 미소를 보기 위해 살았다. 비참했다. 호레이쇼 버넷을 못 보고 지나가는 날에는 몸이 아플 만큼 고통스러워서 울다가 잠이 들었다.

버넷 목사에게 스웨터를 돌려주고 사무실에서 함께 팩스를 보낸 지 2주쯤 된 날이었다. 성가대 연습이 끝났을 때 그가 교회로 왔다. 그를 만나지 못하고 갈 거라고 생각하고 있던 터라 그를 본 내 기쁨은 평소의 두 배쯤 되었다. 낸시 선생님을 도와 보면대를 정리하면서 보니 그는 극성 팬클럽 회원들에게 에워싸여 있었다. 그의 얼굴에서 긴장이 느껴졌다. 신실한 양 떼의 수다에 짜증이 났는데, 너무 예의 바른 사람이라 표현을 못 하는 게 분명했다.

"피아노를 좀 치고 싶어요. 나중에 문을 잠글게요."

낸시 앤더슨 선생님에게 말했다. 내가 열쇠를 가지고 있다는 걸 아는 선생님은 즐거운 시간 보내라고 말하고서 바깥으로 나갔다. 귀찮게 굴던 여편네들이 드디어 사라지고 교회에는 우리 둘만 남았다. 호레이쇼 버넷이 나에게 다가와 미소를 지었다. 그의 얼굴에서 긴장이 사라졌다. 나는 행복감으로 폭발할 것 같았다.

"프랑크푸르트 주재 총영사관에서 답장이 왔다." 그가 재킷을 뒤져 접은 종이 한 장을 꺼내 웃으며 나에게 건넸다.

"어, 고맙습니다!" 종이를 받아 드는 손이 몹시 떨렸다. 제발 내가 흥분해서 떠는 거라고 그가 생각해주길 바라며 고개를 들고 물었다. "읽어보셨어요?"

"무슨 소리야?" 목사가 고개를 젓고는 내 옆 피아노 의자에 앉았다. "너한테 온 팩스를 내가 왜 읽겠니?"

그의 이성적인 답변에 나는 다시 한 번 놀랐다. 레이첼 이모의 병적인 호기심 앞에서 내 사생활은 지켜진 적이 없었다. 이모는 잠깐 우체국에서 일했을 때도 아마 편지들을 모두 뜯어서 읽었을 것이다.

"존경하는 그랜트 양." 나는 소리 내어 팩스를 읽기 시작했다. "유감스럽게도 일레인 스틸러 부인은 이미 오래전에 프랑크푸르트 주재 영사관을 떠나 지금은 워싱턴 국무부에서 근무하고 있습니다. 그러나 몇몇 직원이 당신의 일을 아직 잘 기억하고 있어서 캐럴린 쿠퍼의 유품에 대해 조사할 수 있었습니다. 초기에 사건을 담당했던 독일 경찰은 미국에서 재판이 열렸을 때 몇 가지 증거물을 보냈습니다. 문서에 따르면, 쿠퍼 부인의 개인적인 유품은 대부분 유일한 친척인 레이첼 쿠퍼 그랜트에게 전달됐습니다."

그 아래에 스틸러 부인의 워싱턴 사무실 주소와 전화번호가 적혀 있었다. 기대 이상의 답장을 받았지만 실망도 컸다. 엄마가 살면서 소유했던 모든 물건을 이모가 받은 것이다. 이모가 그 물건을 어떻게 했을지 충분히 상상할 수 있었다.

"나도 조사를 좀 해봤어."

버넷 목사가 말했다. "캐럴린 쿠퍼를 목 졸라 살해한 스콧 앤드루는 1982년에 사형 선고를 받았어. 하지만 2년 뒤에 80년 징역으로 감형됐지. 네 엄마 말고도 두 여자를 더 살해했고, 지금은 콜로라도의 어느 교도소에 수감되어 있어."

"그걸 어떻게 알아냈어요?"

나는 깜짝 놀라서 물었다. 그러고는 점점 커지고 있는 인터넷의 가능성에 대해 설명하는 그의 말에 귀를 기울였다. 학교에도 컴퓨터가 있긴 했지만 선생님들은 새로운 기술에 무지했다. 나는 호레이쇼 버넷이 지극히 당연하다는 듯이 사용하는 전문 용어들을 예전에는 한 번도 들어본 적이 없었다. 그는 나를 위해 복잡한 용어들을 아주 쉽게 설명해주었다.

"그런 걸 어떻게 다 아세요?"

"대학교 때 컴퓨터공학을 공부했고, 스위스에서 한동안 관련된 일을 한 적이 있거든."

"그런데 왜 목사님이 됐어요? 게다가 하필이면 이런 곳에서요."

"얘기하자면 길어. 슬프기도 하고." 그가 대답했다.

나는 버넷 목사가 이제 일어나서 갈 거라고 생각했는데, 예상과
달리 그는 그대로 옆에 앉아 긴 이야기를 시작했다. "컴퓨터공학
은 내가 늘 좋아하던 거고, 신학은 내 소명이었지. 두 가지를 함께
공부하는 건 특이한 조합이긴 했지만, 나는 마음에 들었어. 프린스
턴에서 박사 학위를 딴 뒤에 스위스에서 제법 괜찮은 직장을 얻었
단다. 제네바에 있는 유럽입자물리연구소였지. 첫 번째 아내인 지
니는 대학에 다닐 때 만났는데, 물리학자였어. 우린 스위스로 가서
함께 일했지." 버넷 목사는 깊이 한숨을 내쉬고 양쪽 팔꿈치로 무
릎을 짚었다. "그런데 둘째 매슈가 태어나고 얼마 지나지 않아 지
니가 암에 걸렸다는 게 밝혀졌어. 아내는 반년 후에 죽었어."

초점을 잃은 그의 시선이 허공 어딘가에서 멈췄다. 마치 죽은 아
내를 보고 있는 것처럼. 그가 하고 있는 이야기가 내가 생각한 것
보다 훨씬 진솔하고 깊은 것이라는 사실에 정신이 바짝 들었다. 나
는 깍지 낀 손을 입술에 대고 그의 말에 집중했다.

"그 일로 의학과 과학에 대한 내 믿음은 크게 흔들렸어. 도저히
일을 할 수가 없더구나. 그래서 보스턴으로 돌아와, 믿음 안에서
구원을 찾으려고 했어. 루터와 매슈는 부모님이 보살펴주셨지. 나
는 아프리카 선교사로 떠났는데, 거기서 내적인 안정을 조금 얻을
수 있었어. 그곳 사람들과 함께 지내면서 지니를 잃은 고통에서 눈
을 돌렸지. 아이들이 좀 자란 뒤에 미국으로 돌아왔어. 위에서 텍
사스에 있는 힘든 교회를 맡아달라고 하더구나. 난 아무래도 상관
없었어. 사람들에게 믿음으로 돌아오는 길을 보여주는 것 말고는
바라는 게 없었으니까. 샐리는 미네소타에 살 때, 가사도우미 겸
베이비시터로 우리 집에 왔어. 중서부 출신이라서 이곳을 편안하
게 생각하지. 그래서 나도 페어필드에 자리가 났을 때 별로 망설이

지 않고 받아들인 거야."

나는 그의 말에 깊은 감명을 받아 말문이 막혔다. 어른이 이렇게 솔직하고 숨김없이 자기 이야기를 한 적은 없었다. 샐리 버넷은 두 아들의 엄마가 아니었다. 갑자기 조금 기분이 좋아졌다. 어쩌면 슬픔에 잠긴 그가 우리 아버지처럼 가장 가까이에 있는 해결책에 손을 뻗은 것인지도 몰랐다. 그게 최선이 아니라는 걸 알면서도.

"난 내 안의 공허를 다른 사람들의 문제로 가득 채웠어." 그가 다시 말을 이었다. "그러면 나 자신에 대해서는 아무 생각도 하지 않아도 되거든. 내 안은…… 그저 얼어붙어 있는 거야."

나도 그 느낌을 아주 잘 알고 있었다. 그가 지금 무슨 말을 하는지 무서울 정도로 정확하게 이해하고 있었다.

"그러다가……" 버넷 목사가 잠깐 망설이다가 몸을 똑바로 일으키며 나를 바라봤다. "그러다가…… 너를 만났다. 네 눈빛에서 나 자신을 발견하고 깜짝 놀랐어. 그때부터…… 모든 게 달라졌지."

나는 경련하듯 숨을 삼켰다. 벅차오르는 행복감이 온몸을 격렬하게 훑었다.

"셰리든." 그가 거친 목소리로 내 이름을 부르고 의자에서 벌떡 일어섰다. "이런 말을 하면 안 된다는 거 잘 알아. 하지만 어쩔 수가 없다. 널 처음 본 이후로 난 계속 네 생각을 하고 네 꿈을 꿔."

내 귀를 의심했다. 사랑에 빠진 내 마음이 지금 지독한 장난을 치는 건가? 우리 둘의 눈길이 만났다. 나는 그의 눈에 드러난 고통을 보고 충격을 받았다.

피아노 의자에서 천천히 몸을 일으켰다. 지옥에 떨어질 만한 일이라는 걸 알았지만 어쩔 수 없었고, 상관도 없었다. 나는 오랜 시간 동안 이런 상황을 꿈꾸어왔다. 욕망은 너무 컸고, 이성은 그만큼 강하지 못했다.

그도 똑같았다. 그가 그대로 나를 꽉 껴안았다. 한참이나 그렇게 안고만 있다가, 내가 고개를 들어 그의 입술에 키스했다. 그는 힘겹게 숨을 몰아쉬며 나를 더 꼭 끌어안았고, 잠시 망설이다가 내 키스에 응답했다.

키스가 격렬해졌다. 타는 듯 뜨거운 욕망의 물결이 핏줄을 따라 달렸다. 무릎이 풀렸다. 그러다가 그가 갑자기 나를 밀쳐냈다. 손은 그대로 잡은 채였다. 우리는 혼란스럽고 당황해서, 믿을 수 없다는 듯이 서로를 바라봤다.

"난 죽었다가 다시 살아났어." 그가 푹 잠긴 목소리로 속삭였다. "네 덕분에. 하지만…… 우린 이러면 안 돼. 난 너보다 두 배는 나이가 많고, 또…… 결혼도 했어."

나는 급하게 고개를 끄덕이고 손을 놓았다. 이 남자를 그리워하느라 병이 날 지경이었지만, 그리고 그의 품에 안겨 있는 것 말고는 바라는 게 없었지만, 그래서는 안 된다는 사실을 잘 알고 있었다. 이건 대니나 크리스토퍼와의 장난과는 달랐다. 훨씬 심각한 일이었다.

"우리…… 우리 이 일은 잊어버려요." 나는 더듬더듬 말했다.

"그래, 잊어야 해." 그가 동의하고는 고개를 숙였다. "셰리든……. 정말 미안하다. 내가 어떻게 너한테 이런 짓을 했을까."

나는 그 자리에서 도망쳤다. 그를 남겨둔 채 교회를 나와, 도로를 건너 자동차로 달려갔다. 그도 나를 잡을 생각을 하지 않았다.

다음 날, 기회가 생겨서 일레인 스틸러에게 전화했다. 그녀가 정말로 전화를 받자 나는 흥분해서 양손이 축축해지고 맥박이 빨라졌다. 스틸러 부인은 내 전화에 놀라지 않았다. 독일에서 이미 연락을 받았던 것이다. 그녀는 내가 지금 몇 살인지, 어떻게 지내는지 물었다. 우리는 서로 다정한 말을 몇 마디 주고받았다. 그런 다음 내가 본론을 꺼냈다.

스틸러 부인은 한숨을 쉬면서 말했다. "이런 말을 전화로 하면 안 되는데……. 아, 뭐 어때. 난 지난 15년 동안 네 생각을 정말 많이 했단다. 어쨌든 잘 지낸다니 정말 기쁘구나."

그러고는 내가 던진 여러 가지 질문에 대답을 해줬다. 과거에 관한 내 상상은 하나도 맞지 않았다. 엄마의 유일한 친척을 찾아내기까지는 며칠이나 걸렸다. 엄마는 기한이 이미 지난 여행비자로 독일에 체류 중이었고, 확실한 거주지도 없었기 때문이다. 레이첼 이모는 독일 총영사관이 편지를 보낸 지 몇 주나 지나고 나서야 거절하는 답장을 썼다.

나는 그동안 비스바덴의 한 미국인 가정에 위탁됐다. 친척을 찾아내지 못할 경우 나를 입양해서 고국으로 돌아가겠다고 말했던 그들은 레이첼 이모가 거절했다는 말을 듣고는 기뻐했다. 레이첼 이모는 아이가 이미 넷이나 되어서 나를 절대로 입양할 수 없다는 편지를 보냈다. 그 말을 듣는데 숨을 막힐 것만 같았다. 나를 절대 입양할 수 없다고 했다니.

"그런데…… 어떻게 입양이 이루어졌어요?" 나는 최대한 차분하게 말했지만 실은 수천 가지 질문을 동시에 폭탄처럼 던지고 싶은 기분이었다.

"그 뒤에 네 양아버지와 연락이 닿았어. 캐럴린이 그의 이름과 전화번호를 비상 연락처로 적어뒀거든. 무슨 일이 생길 때를 대비해서 말이야. 독일 경찰에게서 주소를 받은 우리는 그랜트 씨가 캐럴린 언니의 남편이란 걸 알게 됐지. 그랜트 부인은 남편에게 그 일에 대해 전혀 말하지 않았던가 봐. 그랜트 씨가 너는 자기 처제의 딸이라며 당연히 입양하겠다고 하더구나."

그랬겠지. 레이첼 이모는 도덕적 의무를 피하려고 아버지에게 내 존재와 내가 처한 상황을 숨겼을 것이다.

"그랜트 씨는 며칠 뒤에 널 보러 독일로 왔어. 네 엄마의 유품도 가지고 가겠다고 했지. 그건 굉장히 복잡하고 시간이 오래 걸리는 일이었단다. 그랜트 씨는 너랑 혈족이 아니라서 아내의 동의가 필요했어. 나중에 그녀도 결국 동의하기는 했지. 워싱턴에서 너를 맞은 사람도 그랜트 씨 혼자였어. 그가 널 얼마나 사랑스러운 시선으로 바라보는지, 널 얼마나 지극정성으로 돌보는지 보고서 난 무척 안심했단다."

"아빠는 늘 그랬어요." 나는 나지막하게 대답하며 눈물을 억눌렀다. "지금도 마찬가지고요. 그런데 그 일을 왜 그렇게 쉬쉬했는지 이해되지 않아요. 레이첼 이모는 우리 엄마가 누구인지 왜 숨기려고 했을까요? 언젠가는 밝혀지리라는 걸 알았을 텐데요."

"그러게 말이야. 나도 이상하게 생각했단다." 스틸러 부인도 동감을 표시했다.

"흠, 어쨌든 지금까지도 그 비밀은 잘 지켜지고 있어요." 나는 목소리가 씁쓸해지는 걸 막을 길이 없었다. "이모는 순수하게 선의와 온정으로 날 입양했다고 사람들에게 말하죠."

우리는 한참동안 이야기를 나눴다. 스틸러 부인은 엄마의 유품에 대해 더 알아보고 연락해주겠다고 약속했다. 나는 집 전화번호를 가르쳐주고는 레이첼 이모가 전화를 받으면 국무부 직원이라고 밝히지 말라고 부탁했다. 끊기 직전에 또 한 가지가 생각났다.

"아 참, 우리 엄마가 어디에 매장됐는지 혹시 아시나요?"

"네 아버지가 너를 데리러 왔을 때 유골함을 가지고 갔단다. 아마도 집 근처에 묻지 않았을까?"

통화를 끝낸 뒤에도 나는 생각에 잠겨 한참이나 책상 앞에 앉아 있었다. 아버지는 엄마의 유골을 집으로 가지고 왔다. 분명히 그랜트 집안 가족 묘지에 묻었을 텐데 그곳에서 엄마 묘비는 보지 못했다. 나는 한숨을 깊이 내쉬었다. 내가 지금 하려는 일을 꼭 해야만 하는 걸까? 이 일이 누구에게 도움이 되지? 친아버지의 신원은 영원히 비밀로 남을 것 같았다. 엄마에게 내 친아버지는 버넌 그랜트만큼 중요한 사람이 아니었다. 엄마는 페어필드를 떠난 지 15년이나 됐는데도 비상 연락처에 버넌 그랜트의 이름과 전화번호를 남겼다. 엄마는 아빠가, 그렇게 사랑했던 그 남자가 자기를 전혀 찾지 않고 자기 언니와 결혼했다는 사실을 알고 있었을까? 내가 그 남자와 자기 언니 집에서 성장하는 게 엄마의 뜻이었을까? 엄마가 너무나 불행했던 이곳에서? 대답을 얻을 수 없는 수백 가지 질문이 머릿속을 어지럽혔다.

∽

나는 오직 학교와 웨이사이더의 등에서만 편안함을 느꼈다. 말을 타도 낙원만 근처로는 절대로 가지 않았다. 매일 호레이쇼에 관한 꿈을 꾸었다. 쉴 새 없이 그를 생각하면서도 그날 저녁 교회에서 만난 뒤로는 우연히 마주치지 않게 아주 조심했다. 일요일 예배가 끝나면 바로 도망쳤고, 청소년 모임과 성가대 연습에도 참석하지 않았다. 학교 때문에 바쁘다는 핑계를 댔다. 사람들은 마지막 학년이라 전보다 바쁠 거라고 생각하며 이해해줬다. 호레이쇼는 나와 대화하려고 시도하지 않았지만 나는 그가 겪고 있는 변화를 눈치챘다. 설교는 예전과 달리 확신에 찬 어조가 아니었고, 인간의 잘못에 대해 더는 비난을 퍼붓지 않았다. 하마터면 그 자신이 욕망의 희생자가 될 뻔했으니 그런 설교를 할 수는 없을 것이다. 그는 지금 후회하고 있을까? 나는 가망 없는 사랑에 빠지지 않으려고 저항했지만, 몰아내려고 할수록 그에 대한 생각은 더 집요하게 나를 파고들었다.

9월 말의 어느 햇살 좋은 날, 중심가 주유소에서 우연히 호레이쇼를 만났다. 차 지붕 너머로 그와 눈길이 부딪치자 심장이 거칠게 뛰기 시작했다.

"셰리든, 잘 있었니?"

"안녕하세요, 목사님."

맥박이 분당 180회는 됐을 테지만, 최대한 태연하게 보이려 애쓰며 대답했다. 그는 불행해 보였다. 눈밑에 검게 낀 그늘은 나 때문일지도 몰랐다. 나는 자동차를 빙 돌아 흙받기에 몸을 기댔다.

"어떻게 지내?"

"아주 잘 지내요. 목사님은요?"

교회에서 했던 키스는 결코 현실이 아니었다. 현실은, 그가 페어필드의 목사이자 두 아들의 아버지, 그리고 한 여자의 남편이라는 거였다.

"잘 지낸다고 해야 옳은 거겠지."

놀랍게도 그는 이렇게 대답했다.

"하지만 그렇게 말하면 거짓말이야. 잘 지내지 못해. 셰리든, 난 계속 네 생각만 했어. 이런 말을 하면 안 된다는 거 알지만…… 널…… 만나고 싶어."

아드레날린이 솟구치며 손가락이 떨렸다. 뭐라고 대답해야 할지 알 수 없었다. 마침 기름이 다 찼는지 주유기에서 딸깍 소리가 났다. 갑자기 내 감정에 저항하는 게 아무 의미도 없다는 생각이 들었다. 나도 그를 만나고 싶었다. 키스하고, 그의 살갗을 만지고, 그와 사랑을 나누고 싶었다. 생각만 해도 온몸이 떨렸다.

"5시에 낙원만으로 갈게요." 미처 막을 사이도 없이 내 입에서 그런 말이 흘러나왔다.

"갈게." 그가 말했다.

나는 그를 쳐다보지 않고, 돈을 지불하려고 주유소 안으로 들어갔다.

죄를 짓기에 낙원만이라는 이름이 붙은 곳보다 더 적절한 장소가 있을까? 거대한 수양버들이 드리우는 초록빛 그늘 속에서 호레이쇼를 기다리며 나는 선악과를 든 하와가 된 기분이었다.

그는 정확하게 5시에 왔다. 자동차 모터 소리와 문 닫히는 소리가 들렸다. 나는 커튼처럼 드리워진 수양버들 가지를 걷으며 그를 맞으러 갔다. 그는 나를 보자마자 끌어안았다. 나는 그의 가슴에 뺨을 댔다. 그의 심장도 나만큼이나 빨리 뛰고 있었다. 그는 양손으로 내 얼굴을 감싸쥐고는 입술과 목에 키스했다. 나는 그의 손을 잡고는 떨리는 무릎을 가누며 수양버들 아래 미리 깔아둔 담요로 이끌었다.

우리는 말없이 옷을 벗었다. 나는 양팔로 호레이쇼의 목을 감고 키스했다. 그는 수줍은 내 키스에 격렬하게 화답했다. 그 뒤에 일어난 일은 내 예상을 벗어났다. 이전까지 내가 겪은, 오로지 육체적이기만 한 관계에서 상대방은 자기 욕망만 추구했는데 호레이쇼는 완전히 달랐다. 그는 애정을 전혀 감추지 않고 조심스럽고도 열정적인 몸짓으로 나를 만졌다. 우리는 서로에게서 눈을 떼지 않은 채 사랑을 나눴다. 어느 순간 우리 둘은 완전히 하나가, 하나의 몸과 하나의 감정이 되었다. 내 품에 있는 남자를 향한 무한한 애정이 밀려왔다. 마침내 행복의 물결이 우리를 덮자 아득히 현기증이 밀려들며 바닥이 흔들리는 듯했다. 순간 눈물이 왈칵 솟았다. 나는 그의 얼굴과 땀에 젖은 머리카락을 쓰다듬으며 계속해서 그의 이름을 작게 불렀다. 그는 익사 직전의 사람처럼 나에게 매달려 온몸 구석구석 키스를 퍼부었다. 그의 키스에서 짠맛이 났다. 고개를 들어 보니 흐릿한 석양빛 속에서 그도 눈물을 흘리고 있었다. 잠시 뒤에 우리는 꼭 껴안고 누워서 서로를 바라봤다. 숨을 쉴 수도, 뭔가 적당한 말을 할 수도 없었다. 말할 수 없이 행복했지만, 동시에 이 순간을 평생 그리워하게 될 것을 예감했다.

호레이쇼는 손을 내밀어 내 뺨을 어루만졌다. 평소의 경직된 모습은 완전히 사라지고 없었다. 그 순간 나는 그의 깊은 속을 들여다볼 수 있었다. 원치 않은 일이었다. 거기서 발견한 건 나와 똑같은 감정이었다. 갈망과 혼란과 절망, 그리고 앞으로 평생 따라다닐 죄책감.

"이렇게 황홀했던 적은 없었어." 호레이쇼가 속삭였다. "이렇게 놀랍고도……."

"금지된 일이기도 하고요." 내가 덧붙였다.

"그렇지." 그가 한숨을 내쉬었다. "그것도 처음이지. 하지만 나도 그냥 인간이야."

나는 몸을 옆으로 굴려서 손으로 머리를 괴고는 부끄러움도 잊은 채 그의 벌거벗은 몸을 빤히 바라봤다. 그의 몸은 정말 근사했다. 긴 팔다리와 탄탄한 근육이 조화를 이루고 있었다. 그 순간 나 자신이 너무나 역겨워졌다. 사랑받고 싶고 갈망의 대상이 되고 싶다는 욕구 때문에 이렇게 좋은 남자를 간통의 함정으로 내몰다니. 그 생각을 하자 정신이 번쩍 들었다.

"집에 가야 해요." 나는 재빨리 그의 품에서 벗어났다.

"왜 그래?"

나지막하게 묻는 그를 향해 그저 고개만 흔들었다. 목구멍에서 울음이 차올랐다. 내가 저지른 짓은 끔찍한 죄악이었다.

"셰리든, 난……."

"아무 말도 하지 마요." 그의 말을 얼른 가로챘다. "우리…… 이러면 안 되는 거였어요."

환희와 열정은 사라지고, 남은 것은 비참한 양심의 가책뿐이었다. 우리는 말없이 옷을 입고 스치듯 키스를 한 뒤에 그는 자동차로, 나는 나무 아래서 기다리는 웨이사이더에게로 돌아갔다. 나는 뒤도 돌아보지 않고 안장에 올라 서둘러 그곳을 떠났다. 이날 저녁만큼 외로움과 비참함과 죄책감을 깊이 느끼기는 처음이었다.

∞

메리제인 아줌마는 아무 질문도 하지 않고 열쇠를 건네줬다. 두근거리는 가슴을 억누르며 아무도 살지 않는 외로운 물빛 별장으로 향했다. 이른 가을의 폭풍이 떨어뜨린 나뭇잎들이 마당 가득 다시 자라난 잡초를 뒤덮고 있었다. 강이 내려다보이는 이 집은 크리스토퍼 핀치의 짧은 침입 뒤로 다시 잠자는 숲 속의 공주가 되어, 내가 좋아하는 그 특유의 비밀스러운 분위기를 풍기고 있었다.

차를 헛간 앞에 세우고 마당을 가로질러 베란다로 들어갔다. 그곳에도 마른 잎사귀들이 쌓여 있었다. 문 바로 앞에는 거미줄이 있었다. 유감스럽지만 그 아름다운 작품을 걷어내야 했다.

거의 2주 동안 호레이쇼를 보지 못했다. 나는 그가 아내와 함께 있는 모습을 도저히 볼 수 없어서 일요일 예배도 빠졌다. 동시에 깊은 죄책감에 시달렸다. 그런데 뜻밖에 전날 우체국에서 우연히 그를 다시 만났다. 나는 심장을 쉴 새 없이 갉아먹는 고통에는 익숙해져 있었지만, 그를 보는 순간 다시 불붙은 통증은 견디기 힘들었다. 그리고 그 역시 나와 같았다.

"다시 만나고 싶어요."

호레이쇼가 조금도 망설이지 않고 대답했다. "나도 그래."

낙원만은 이 계절에는 불편했다. 물빛 별장이 떠올랐다. 좋은 선택이 아니라는 거야 잘 알고 있었다. 그 낡은 집에는 죽은 엄마의 영혼 말고도 대니와 크리스토퍼와의 기억도 떠돌았으니까.

문을 열고 심호흡을 한 뒤에 집 안으로 들어갔다. 텅 빈 집은 곰팡이 냄새가 나고 추웠다. 크리스토퍼는 가구를 대부분 가지고 갔지만, 침대는 2층 침실에 그대로 있었다. 나는 침대에서 매트리스만 꺼내 계단으로 끌고 내려갔다. 그런 다음 헛간에서 땔감을 잔뜩 들고 와서 거실 벽난로에 넣고 불을 지폈다. 몇 분 지나지 않아 쾌적한 온기가 퍼졌다.

매트리스에 팔베개를 하고 누워 내가 여기서 호레이쇼와 함께 살고 있다는, 저녁이 되면 그가 집으로 돌아올 거라는 공상에 잠겼다. 나는 식탁을 차리고, 우리는 함께 저녁을 먹으며 그날 있었던 일을 이야기한다. 그런 다음에는 함께 잠자리에 든다.

깊은 한숨을 내쉬며 시계를 봤다. 벌써 5시였다. 내 꿈은 절대 이루어질 수 없었다. 호레이쇼는 다른 여자의 남편이다. 저녁에 내게 올 일은 없다. 기껏해야 몇 시간, 그것도 남들의 시선을 피해, 죄책감과 손을 잡고 올 수 있을 뿐.

비가 세차게 내리기 시작했다. 울부짖는 바람이 유리창 덧문을 흔들었다. 5시가 조금 지났을 무렵, 마당으로 들어서는 자동차 소리가 들리자 심장이 기뻐서 공중제비를 넘었다. 그는 내가 일러준 대로 집 뒤에 차를 대고, 퍼붓는 비를 뚫고 베란다로 왔다. 잠시 후, 그는 가쁜 숨을 쉬며 내 앞에 서 있었다. 할 말이 너무 많았지만, 무슨 말부터 해야 할지 알 수 없었다. 나는 그의 손을 잡고 거실로 이끌었다. 우리는 매트리스 위에서 사랑을 나눴다. 지난번 낙원만에서보다 더 좋았다.

"너무 좋아." 호레이쇼가 갈라진 목소리로 속삭이며 내 뺨을 부드럽게 어루만졌다. "셰리든, 많이 그리웠다."

"나도 그랬어요."

나는 한 팔로 머리를 괴고, 손가락 끝으로 그의 얼굴 윤곽과 목을 더듬어 내려갔다. 그의 쇄골과 땀에 젖은 채 여전히 격하게 오르내리는 가슴을 부드럽게 어루만졌다.

"내가 지금까지 잔 여자는 셋이야. 처음은 첫 아내 지니, 두 번째는 샐리, 그리고 세 번째는 너. 그런데 이런 느낌이 가능하리라고는 상상도 하지 못했어."

나는 솔직한 그의 말에 깊은 감동을 받았다. 그 역시 상실과 고통을 겪었다. 어쩌면 불행 때문에 표정도 마음도 굳어버렸는지 모른다. 그러다 그가 지금 얼마나 큰 내적 혼란을 겪고 있는지 깨달았다.

"그게 무슨 뜻이에요?"

"널 처음 봤을 때, 나는 이미 사랑에 빠졌어." 그가 거친 목소리로 고백했다. "강렬한 네 눈동자에, 반항심 가득한 정신에, 단단한 자존심과 마음에 바로 와서 닿는 목소리에, 자연스러운 우아함과 야생 짐승 같은 아름다움에……. 널 보면 가슴이 뛰고, 널 생각만 해도 배가 간질거렸어."

나는 아무 말도 하지 못하고 그를 빤히 바라보았다. 이런 말로 내게 사랑을 이야기한 사람은 아무도 없었다.

"나…… 난 그런 생각과 감정을 없애려고 했어. 하지만 어쩔 수 없었어. 너를 향한…… 이끌림과 그리움을, 욕망과 격정을. 이런 감정은 처음이야. 섹스는 언제나…… 뭐랄까, 그냥 하는 거였어. 아이를 얻기 위해서, 밤에 불도 켜지 않고 침대에서 왔다 갔다 하는 것 말이야." 그는 씁쓸하게 웃으며 엉망으로 헝클어진 머리를 손가락으로 훑어내렸다. "내 인생에서 중요했던 것, 옳다고 믿었던 모든 게 흔들리기 시작했어. 내 입장과 견해와 확신…… 그 모든 게 사라졌어. 일요일에 설교를 할 때마다 내가 위선자처럼 느껴져서 견딜 수 없어."

나는 그의 솔직함에 충격을 받았다.

"언젠가 나더러 오만하다고 했지? 맞아, 난 나 자신을 너무 믿었어. 그런데 네가 내 눈을 뜨게 해줬지. 살면서 모든 걸 흑백 또는 선악으로 나눌 수는 없다는 걸 깨닫게 해줬어. 지금까지는 그렇게 확신하면서 살았지만 이제는 아니야. 이렇게…… 아름다운 느낌이 어떻게 죄악일 수 있겠니?"

호레이쇼는 내 뺨을 또 어루만졌다. 미소는 부드러웠지만 눈은 눈물을 머금은 듯 반짝였다. 더는 견딜 수 없었다. 그의 사랑을 간절히 바라기는 했지만, 이제 솔직해지고 싶었다. 나는 그의 품을 벗어나 똑바로 앉았다.

"당신은 자신이 머릿속에서 만든 셰리든을 사랑하는 거예요. 내가 얼마나 나쁜 아이인지 당신은 전혀 모르고 있어요."

"네가 왜 나쁘다는 거야?"

"아내와 두 아이가 있다는 걸 알면서도 당신과 자잖아요. 난 더러운 쓰레기예요."

그가 뭔가 말하려고 입을 여는데 내가 얼른 끼어들었다.

"작년에 어떤 남자에게 쫓겼어요. 경찰이었죠." 나는 호레이쇼의 시선을 피하며 말했다. "그놈은 몇 주 동안이나 날 쫓아다니면서 위협했어요. 그리고 핼러윈 파티가 끝난 후에 숨어서 기다리고 있다가 나를 강간했어요."

벽난로의 열기에도 불구하고 갑자기 한기가 몰려왔다.

"그가 날 죽일지도 모른다고 생각했어요." 나는 낮은 목소리로 말을 계속했다. "그렇다고 그를 죽일 생각은 아니었어요. 그냥 너무 무섭고 화가 나서…… 돌에 머리를 맞은 그가 바닥으로 쓰러지더니…… 죽었어요."

"세상에……." 경악한 호레이쇼가 나지막하게 중얼거렸다.

"난 신고하지 않았어요. 모든 사람이 알게 되는 게 싫었어요. 친구가 시체를 어딘가에…… 숨겨줬어요. 그 누구도 알아채지 못했어요. 그런데…… 몇 개월이 지나고 임신했다는 걸 알았어요." 호레이쇼를 마주볼 엄두가 나지 않았다. 그는 나를 경멸할까? 구역질이 날까?

"당신이 페어필드에 처음 온 날, 내 몸 상태는 아주 엉망이었어요. 그때까지도 나는 몰랐어요." 눈물 때문에 목이 막혀 나지막하게 속삭였다.

"그래서 어떻게 했어?" 호레이쇼가 어쩔 줄 몰라 하며 물었다.

"캔자스시티에서 불법 낙태를 하는 무면허 의사를 찾아갔어요. 나를 성폭행한 그 개자식의 아이를 낳을 수는 없었으니까요. 낙태한 뒤에 피를 너무 많이 흘려서 1주일 동안 병원에 입원해야만 했어요."

나는 양손에 얼굴을 묻었다. 그가 몸을 일으키자 매트리스가 그의 체중에 눌려 내려앉았다. 이제 호레이쇼는 문을 박차고 나가겠지. 그런다 해도 그를 원망할 수는 없었다. 그러나 그는 나가지 않고 내게 팔을 두르고는 자기 쪽으로 끌어당겼다. 그의 잿빛 눈동자에서 연민과 온기가 느껴졌다.

"난 살인자예요."

내가 속삭이자 그는 나지막하게 대답했다.

"아니야. 전혀 아니야. 그건 정당방위였어. 내가 그때 했던 말들이 정말 후회스럽다. 네가 어떤 일을 겪었는지 전혀 몰랐어."

"당신이…… 날 경멸할 거라고 생각했어요."

눈물이 솟구쳤다. 그의 사랑이 내 영혼을 따뜻한 외투처럼 감쌌다. 나는 그에게 기대 위로를 받았다.

"정말 소름 끼치는 일을 겪었구나. 하지만 살면서 아무 이유 없이 일어나는 일은 없어. 난 그렇다고 확신해. 하나님은 아마도 널 위해 뭔가 큰일을 계획하고 계실 거야. 그러니 네 인생을 내게 낭비해서는 안 돼."

"무슨 뜻이에요?"

나는 그의 품에 안긴 채 그를 향해 몸을 틀었다. 호레이쇼는 내 얼굴에 키스하고 이마에 흘러내린 머리카락 한 올을 쓸어올렸다.

"넌 탁월한 재능의 소유자고, 너무나 젊고, 믿을 수 없을 만큼 아름다워." 그의 목소리는 푹 잠겨 있었다. "지금은 그 어떤 짐도 져서는 안 돼. 네 미래를 망칠 수 있는 뭔가에 묶여 있으면 안 된다고." 그는 잠시 말을 멈추고 인상을 찌푸리더니 한숨을 푹 내쉬었다. "이렇게 조언하지만, 사실 내가 평생 이렇게 행복했던 적은 없다는 고백도 해야겠다. 네가 여길 떠나는 날이 오는 게 두려워."

나도 그를 안았다. 바깥에는 폭풍이 울부짖고 나무들이 불길한 소리를 냈지만, 나는 무한히 행복하고 편안했다. 남들이 뭐라고 하든, 부모님이 뭐라고 생각하든 상관없었다. 사랑받는다는 이 놀라운 느낌을 위해서라면 다시 살인을 저지를 수도 있을 것 같았다.

"우린 미래가 없어요. 당신도 알죠?"

내가 나지막하게 말하자 호레이쇼는 잠깐 망설였다. 고통스러운 표정이 얼굴에 슬쩍 스쳤지만 그는 곧 고개를 끄덕였다.

"누군가 알게 된다면 당신 인생은 끝날 거예요. 문제가 아주 커질 거라고요."

내 말에 호레이쇼는 한숨을 내쉬었다.

"넌 참 이성적인 아이구나." 그가 침통한 표정으로 입을 뗐다. "그런데 왜 나랑 자는 거지? 그냥 장난이니?"

"아니에요." 나는 다급하게 고개를 저었다. "장난이 아니에요. 당신을 정말 좋아해요. 이렇게…… 행복했던 적이 없어요."

그가 이상한 눈빛으로 한참 동안 나를 바라봤다. 바로 그 순간 나는 그에게 내가 순간적인 욕망 이상의 의미를 가진다는 사실을 깨달았다. 다른 사람의 삶에 대한 책임감이 무거운 짐이 되어 나를 눌렀다. 10시 조금 못 되어 헤어지면서 우리는 이번이 마지막이라고 서로에게 다짐했다.

그러나 서로를 향한 그리움은 이성보다 훨씬 컸다. 물빛 별장에서의 밀회는 일상이 됐다. 우리는 할 수 있는 한 꾹꾹 눌러 참다가 만나기 직전에야 약속을 잡았다. 최소한 일주일에 한 번은 사랑을 나누고 이야기도 나눴다. 거리낌과 양심의 가책은 물빛 별장 문 앞에 내려놓았고, 샐리에 대한 이야기는 필사적으로 피했다. 호레이쇼는 독서량이 엄청났고 아는 게 무척 많았다. 책을 가지고 올 때도 많았다. 우리는 책과 이런저런 일에 대해, 그리고 무엇보다 우리 자신에 대해 이야기했다. 매트리스 위에서 꼭 껴안고 누워 페어필드 주민들의 일화를 이야기하며 함께 웃었다. 만나는 횟수가 많아질수록 함께 있는 시간이 점점 더 짧게 느껴졌다.

어느 날 나는 니컬러스와 함께 낙원만 벙커에서 발견한 돈궤를 가지고 물빛 별장에 갔다. 그걸 발견하게 된 이야기는 이미 들려주었다. 나는 그의 옆에 앉아 그가 책에서 뜯어낸 종이와 열쇠, 머리카락을 살피는 모습을 잔뜩 긴장한 채 지켜봤다.

"이 열쇠는 돈궤에 맞을 것 같다. 그리고 이 머리카락은…… 아주 가는 걸 보니 분명 어린애 머리카락이야. 신생아 것인지도 모르겠다."

그가 책에서 뜯어낸 종이를 자세히 살펴봤다. 나는 그 내용을 거의 다 외우고 있었다.

"이 표시 봤어? 뭔가 의미가 있는 걸까?" 호레이쇼가 물었다.

"어떤 표시 말이에요?"

나는 깜짝 놀랐다. 수수께끼를 문장에 숨겨두었을 거라고 생각하고 밑줄이 그어진 철자들은 그냥 지나친 것이다. 호레이쇼가 철자를 하나씩 연결해서 숨어 있는 문장을 찾아내는 동안 나는 흥분해서 손이 축축해졌다.

드디어 문장이 완성됐다.

사랑하는 버넌. 벙커 문에서 동쪽으로 열다섯 걸음을 간 뒤에 바닥을 보면 다 찾아낼 수 있을 거야. 당신을 향한 내 사랑은 영원히 멈추지 않아. 사랑해. 당신의 캐럴린이.

"세상에!" 나는 소리를 지르며 호레이쇼를 바라봤다. "엄마가 뭔가를 남겼는데 아빠는 받지 못한 거군요!"

"아마 아무도 발견하지 못했을 거야." 호레이쇼가 생각에 잠긴 채 말했다.

"당장 가야겠어요!" 나는 자리에서 벌떡 일어났다.

"같이 가줘야 할 텐데, 나는 못 가겠구나." 호레이쇼가 유감스럽다는 표정으로 말했다.

"괜찮아요. 뭔가…… 발견하면 전화할게요."

한 시간 뒤에 차를 타고 낙원만으로 향했다. 트렁크에 곡괭이와 삽을 실었다. 아름다운 가을날의 공기는 벨벳처럼 부드러웠다. 벙커 입구에서 동쪽으로 열다섯 걸음을 가보니 호레이쇼와 처음 잔 날 담요를 깔았던 자리와 거의 일치했다. 늘어진 수양버들 가지 아래에서 곡괭이로 바싹 마른 땅을 파기 시작했다. 얼굴에서 땀이 흘러내렸지만 신경 쓰지 않았다. 얼마 지나지 않아 곡괭이 끝이 금속에 부딪치는 소리가 났다. 곡괭이를 옆으로 내던지고 무릎을 꿇고 앉아 맨손으로 조심스럽게 계속 파 들어갔다. 10분 뒤쯤 녹이 슨 돈궤를 꺼냈을 때는 너무 기뻐서 현기증이 날 정도였다. 떨리는 손으로 자물쇠에 열쇠를 꽂았다. 열쇠구멍에 흙이 가득 차 있어서 쉽지 않았지만 결국은 집어넣는 데 성공했다.

빛바랜 편지봉투 아래에서 내가 바라던 바로 그것을 발견하자 심장이 세차게 뛰었다. 곰팡내 나는 노트 표지에 "캐럴린 쿠퍼의 일기장. 1964년부터"라고 쓰여 있었다. 일기장을 조심스럽게 꺼내서 읽기 시작했다. 엄마는 처음 몇 달 동안에는 불규칙하고 짧은 일기를 썼다. 긴 일기는 1964년 5월 12일에야 처음으로 등장했다.

버넌과 나는 같은 마음이다. 너무 좋다! 나는 그를 정말로 사랑한다. 행복해서 크게 소리를 지를 것만 같다. 버넌이 베트남에서 돌아오면 우리는 여길 떠나 결혼할 거다.

참 이상도 하지. 전사한 사람이 많다는 소식을 늘 듣는데도 나는 그가 돌아오지 못할 수 있다는 생각은 전혀 하지 않는다. 돌아오지 않을 리 없다. 버넌은 대학 입학 허가를 받았다. 우리는 버몬트 주로 갈 것이다! 얼른 지도를 찾아서 그게 어딘지 정확히 알아봐야겠다. 작은 집을 얻고, 나는 버넌 그랜트 부인이 되는 거다. 버넌은 정말 사랑스럽다! 책을 엄청나게 많이 읽고, 신문도 매일 읽는다. 정치와 역사에 대해 티클러 선생님보다 두 배는 더 잘 아는 것 같다. 그와 비교하면 나는 멍청한 편이지만, 버넌은 절대로 존 루카스처럼 오만하지 않다. 존 루카스는 나를 놀리기만 한다. 그래, 존이랑 레이첼 언니는 상당히 잘 어울린다. 둘 다 조롱하기 좋아하고 심술궂으니까! 버넌은 절대 빈정대지 않고 내가 잘 모르는 게 있으면 침착하게 설명해주고, 자기 책도 빌려준다.

버넌이 레이첼 언니를 무척 싫어하는 건 유감스럽다. 그는 언니가 족

제비 같다고 했다. 언니가 언제나 우리 뒤를 살금살금 따라다니고, 우리 둘 사이에 끼어들기 때문이란다. 버넌이 언니를 너무 싫어하지 않았으면 좋겠는데, 내가 언니 이야기만 꺼내도 바로 말을 돌린다.

오늘 우리는 다시 PC에 갔다. 아직 물이 차가운 호수에서 수영을 했다. 그러고는 키스를 했고, 하마터면 더 많은 일이 일어날 뻔했지만 버넌은 언제나 이성적이고 책임감이 강하다!

나는 이곳에서 어떤 일들이 벌어지는지 버넌에게 매일 편지로 알릴 생각이다. 아, 1년이 눈 깜짝할 사이에 지나간다면 얼마나 좋을까. 버넌이 다시 내 옆에 돌아오는 날이 바로 내일이라면! 나는 밤마다 너무 창피한 꿈을 꾼다. 얼마 전 마사와 음흉한 퍼피 벤턴이 서로에게 어떻게 하는지 목격한 뒤부터는 더 심해졌다. 퍼피가 마사에게 뛰어오를 때 눈이 튀어나올 것처럼 보이더라고 말하자 버넌은 숨이 넘어갈 듯 웃었다. 레이첼 언니 앞에서 그렇게 말했다가는 가죽 허리띠로 멍이 시퍼렇게 들 정도로 맞았을 테지만, 버넌도 나와 마찬가지로 교회에 다니며 도덕적인 척하는 오만한 속물들에게는 관심 없다. 그런 면에서도 우리는 정말 잘 어울리는 한 쌍이다!

엄마는 이틀 후인 1964년 5월 14일에 다시 일기를 썼다.

이런 말을 쓰기가 부끄럽지만 우리는 했다! 세상에, 세상에! 정신이 나갈 정도로, 믿을 수 없을 만큼 행복하다! 온 세상을 안아주고 싶다. 버넌을 절대, 절대 놓치지 않을 거다! 우리는 PC에서 마지막으로 만났다. 버넌은 정말 아름다운 목걸이를 내게 주었다. 그러고는 키스를 했는데, 그러다가 그 일이 일어났다. 우리 둘 다 첫 경험이었다. 그래서 더 기쁘다. 나는 버넌을 기다리겠다고 맹세했고, 버넌은 동료 군인들이 뭐라고 꾀어도 다른 여자들과 절대로 자지 않겠다고 약속했다. 그리고 돌아오면 라스베이거스로 가서 결혼하자고 했다. 버넌이 돌아오면 나는 거의 열여덟 살이 되니 충분히 결혼할 수 있다.

버넌은 아이를 아주 많이 낳고 싶어 한다. 나도 그렇다. 피터나 메리 같은 흔한 이름 말고 임신한 도시 이름을 아이들에게 붙여주는 것도 좋을 것 같다. 우리는 아이들 이름이 뭐가 될까 생각하다가 정말 많이 웃었다. 뉴욕 그랜트, 뉴올리언스 그랜트, 워싱턴 그랜트, 운디드니 그랜트…….

눈물이 계속 흘러 더는 일기를 읽을 수 없었다. 엄마와 아버지는 서로를 무척 사랑했고 미래에 대한 확고한 계획도 있었다. 내가 아는 아버지는 계획을 현실로 옮기는 사람이었다. 거의 강박적으로 그랬다. 그런데 도대체 무슨 일이 벌어진 걸까? 어떤 비극이 사랑에 빠진 두 젊은이의 계획을 파괴한 걸까? 레이첼 이모가 나를 못 견뎌 하는 이유는 바로 이 사랑일까? 하지만 도대체 왜? 동생이 자기를 얼마나 사랑했는지 모르는 걸까?

아버지는 1964년 5월 17일 입대했다. 엄마는 아버지가 떠나자마자 첫 편지를 썼다. 아버지에게서 단 한 번도 답장이 오지 않자 일기장은 점점 절망적으로 변해갔다. 내용은 점점 더 짧아졌고, 잉크가 번져서 거의 알아볼 수 없는 때도 많았다. 쓰면서 눈물을 흘린 게 분명했다. 우체국에서 일하던 레이첼 이모는 매일 집으로 돌아와 오늘도 편지가 없었다는 소식을 전하면서 안됐다는 표정을 지었다. 그럴 때마다 불쌍한 엄마는 절망으로 마음이 무너졌다. 30년 전에 엄마가 느꼈을 불행이 내 영혼에 와 닿아 일기를 읽으면서 계속 울었다. 엄마는 이 일기장에도 군데군데 암호를 썼고, 유감스럽게도 나는 전혀 해독할 수 없었다. 그러다가 1964년 11월 24일 일기를 읽었다. 레이첼 이모가 엄마에게, 버넌이 리비 밀러턴에게 편지를 보냈다고 알려줬다. 지금 그녀는 남편인 월터 패글러와 함께 농축산업협동조합을 운영 중이다.

엄마는 세상이 무너지는 절망감을 느꼈을 것이다. 몇 달 동안 일기를 쓰지 않다가, 크리스마스 며칠 전, 존 루카스가 베트남에서 전사했다는 이야기를 썼다. 그 후에 12월 30일에 쓴 일기가 이어졌다. 거의 읽지 못할 만큼 글씨가 번져 있었다.

레이첼 언니는 너무 슬퍼서 제정신이 아니다. 언니를 위로하고 싶지만, 나 자신도 너무 슬퍼서 그러기 힘들다. 존 루카스는 가족 묘지에 매장됐다. 수많은 주민이 장례식에 참석했다. 레이첼 언니는 무덤 앞에서 실신했다. 불쌍한 언니! 언니는 윌로크릭 농장 상속자와 결혼해서 언젠가 대저택에서 살 수 있을 거라고 굳게 믿고 있었다. 작년에 아버지와 엄마뿐만 아니라 나까지 돌봐야 했을 때, 언니를 지켜준 것은 그 믿음이었다. 존 루카스는 버넌에게 언니와 결혼할 마음이 전혀 없다고 말했다고 한다. 나는 그동안 그 말을 언니에게 할 용기가 나지 않았다. 그러니 이제 와서 말할 필요는 더욱 없다. 언니의 마음만 아프게 할 테니까. 행복해질 거라는 희망은 이제 우리 둘 모두에게서 사라졌다. 존 루카스가 사망했으니 이제 버넌이 농장을 물려받을 거다. 나는 그가 리비와 함께 있는 모습을 봐야 한다. 그걸 어떻게 견딜 수 있을까. 버넌이 하필이면 리비 밀러턴이랑 결혼하려고 하다니, 온 세상이 무너져버린 것만 같다. 리비는 이 도시에서 가장 부유한 아가씨다. 레이첼 언니는 돈이란 언제나 돈과 결혼하는 법이라고 말했다. 하기야 버넌이 나와 결혼한다면 아무것도 할 수 없을 것이다. 우리 아버지는 가난하고 병든 순회 부흥사, 그러니까 아무것도 아니다. 나도 마찬가지다. 내겐 아무것도 없다. 결혼지참금도, 혼수도 없다. 내가 가진 것은 오직 하나, 버넌을 다른 그 누구보다도 사랑하는 마음뿐이다.

그 후에는 암호로 쓴 단락과 절망에 젖은 일기가 교차하며 이어졌다.

페어필드를, 네브래스카 주를 떠나야 한다. 사람들이 나를 손가락질하며 죽어라고 비웃기 전에. '저 멍청한 쿠퍼네 막내 좀 봐. 그랜트 집안 아들이 자기랑 결혼할 거라고 정말로 믿었나 봐!' 아, 어쩌면 좋아. 상상만 해도 목을 매고 싶다! 존 루카스는 왜 죽었을까! 버넌이 윌로크릭 농장의 상속자가 아니라면 나 같은 아이도 그와 결혼할 수 있을지도 모르는데! 레이첼 언니는 나더러 여길 떠나라고 충고했다. 아마도 그게 최선일 것 같다. 언니는 버넌에게 리비와 결혼하면 안 된다고, 그를 사랑하는 건 '나'라고 편지를 써주겠다고 약속했다. 언니가 없었더라면 나는 지난 몇 달 동안 살 수 없었을 것이다 ⋯⋯.

1965년 3월 17일에 쓴 마지막 일기를 읽고 나자 날이 저물기 시작했다. 그 일기는 거의 모두 암호로 쓰여 있었다. 엄마는 언니의 강요에 떠밀려 다음 날 페어필드를 떠나기로 결심했다. 나는 레이첼 이모가 왜 자기가 저금한 돈까지 주면서 동생을 떠나게 만들었는지 점차 깨닫게 되었다. 소름이 끼쳤다. 엄마가 레이첼 이모를 왜 꿰뚫어보지 못했는지 이해할 수 없었다. 평생 손해만 보며 살았다고 생각한 레이첼 이모가 자기 꿈을 실현하는 데 방해가 되는 엄마를 쫓아 보낸 거였다. 자기를 싫어한 아버지를 어떻게 낚았는지는 수수께끼였다. 어쨌든 그녀는 윌로크릭 농장의 상속자와 결혼했고, 이제 자기가 꿈꾸던 대저택에 살고 있다.

나는 아버지의 이름이 쓰여 있는 편지봉투를 들고 생각에 잠겨 한참이나 봤다. 열어서 읽어볼까? 보낸 사람이 이미 사망했으니 괜찮지 않을까?

"안 돼." 혼잣말을 하고 돈궤에 다시 편지를 넣었다. "난 레이첼 이모가 아니야."

일기장의 내용에 너무 큰 충격을 받은 나는, 리비 아줌마에게 가서 아버지가 베트남에서 편지를 보냈는지 물어보기로 결심했다. 협동조합은 이른 저녁이라 그런지 한산했다. 리비 아줌마는 전등을 켜놓고 사무실 책상에 앉아 있었다. 짧게 자른 잿빛 머리카락과 주름이 가득한 얼굴, 핏줄이 툭툭 튀어나온 팔 때문인지 건장한 남자 같기도 했다. 아줌마는 계산기보다 암산이 빨랐고 그날그날의 재고 상황을 꿰고 있었으며, 각각의 손님들이 뭘 구입했는지까지 외우고 있었다. 강인하면서도 마음이 따뜻한 사람이라서 모두들 아줌마를 무척 좋아했다.

"셰리든, 어서 와라." 아줌마가 볼펜을 이 사이에 끼고 웅얼웅얼 말했다. "뭐 필요한 거 있니?"

"아니요⋯⋯ 잠깐 뭐 좀 여쭤볼 게 있어서요."

아줌마가 날카로운 눈빛으로 나를 바라보더니 짤막하게 고개를 끄덕였다. "앉아. 말해보렴."

낙원만에서 이곳까지 오는 동안, 뭐라고 말해야 아줌마가 나를 이상하게 보지 않을까 고민하느라 머리가 깨질 것 같았다. 리비 아줌마는 수다스러운 사람이 아니어서 내가 한 질문을 레이첼 이모에게 전할 위험은 없었다.

"커피 마실래?"

나는 이 집 커피가 밤새 잠을 이루지 못할 만큼 진하다는 걸 알고 있었으므로 괜찮다고 대답했다. 아줌마는 칠흑처럼 새까만 커피를 따라서 한 모금 마시고는 나를 뜯어봤다.

"자, 무슨 고민이 있어서 왔니?"

"친엄마가 누구인지 알아냈어요. 엄마 일기장을 읽어봤는데, 이해할 수 없는 게 있어서요."

"네 친엄마?" 당연히 내가 입양아라는 사실을 알고 있는 리비 아줌마가 깜짝 놀라며 물었다. "그게 누군데?"

"엄마는 이곳에서 자랐어요. 캐럴린 쿠퍼라고, 아줌마도 아마 기억하실 거예요."

"캐럴린 쿠퍼? 말도 안 돼!" 리비 아줌마는 한동안 아무 말도 하지 못했다. 그러다가 책상에 있던 서류를 옆으로 치우고 팔꿈치를 괴고는 기억을 더듬었다.

"이럴 수가…… 그래, 그랬구나……." 아줌마는 고개를 저었다. 내 말을 들은 니컬러스가 보인 반응과 비슷했다.

"하고 싶은 질문은 뭐니?"

"우리 엄마와 아빠는 사랑하는 사이였어요."

"그래, 그건 모두가 알지." 아줌마가 고개를 끄덕였다.

"두 분은 결혼해서 여길 떠나려고 했어요. 그런데 아빠가 베트남으로 가게 됐죠. 엄마는 매일 편지를 기다렸지만 단 한 통도 받지 못했고, 절망해서 밤마다 울었어요. 그런데 어느 날, 우체국에서 일하던 레이첼 이모가 엄마에게, 우리 아빠가 아줌마에게 편지를 보냈다고 알려줬대요." 나는 잠깐 이야기를 멈추었다.

"계속해봐." 리비 아줌마는 눈도 깜박하지 않고 말했다.

"레이첼 이모는 존 루카스가 사망하고 버넌이 윌로크릭 상속자
가 됐으니, 돈이 많은 여자와 결혼할 거라고 말했대요. 돈이란 언
제나 돈과 결혼하는 법이라면서요. 엄마는 마음이 무너져서 중병
에 걸렸어요. 레이첼 이모는 엄마를 불쌍하게 여기면서 페어필
드를 떠나라고 조언했어요. 아빠가 베트남에서 돌아와서 아줌마
와…… 결혼하기 전에 말이에요. 그래서 엄마는 여길 떠났어요."

리비 아줌마는 생각에 잠긴 얼굴로 나를 한참 바라보다가 몸을
앞으로 숙이고는 헛기침을 했다.

"아가, 내 말 잘 들어."아줌마의 목소리가 갑자기 무척 부드러워
졌다. "목숨을 걸고 맹세하는데, 지금까지 52년을 사는 동안 네 아
빠는 한 번도 내게 편지를 보낸 적이 없어. 결혼할 생각은 더더욱
없었지. 그럴 이유가 없는걸. 우린 어릴 때부터 아는 사이였지만,
그게 다야. 월터와 난 그때 이미 사귀는 사이였고, 1965년 여름에
결혼을 했단다."

그랬다면 늦어도 그해 초에는 혼담이 오가고 있었다는 얘기다.
레이첼 이모는 엄마를 바깥세상과 완전히 차단시키고 잘못된 정
보로 엄마를 속였다. 잔인하게도.

"버넌이 네브래스카를 떠나리라는 거야 이곳 사람이라면 누구
나 알고 있었어. 난 그가 언젠가는 미국 대통령이 될 거라고 생각
한 적도 있단다. 굉장한 달변에 인상도 좋고 듬직했으니까. 버넌은
페어필드의 여자애들에게는 전혀 관심이 없다가, 쿠퍼 가족이 이
곳으로 오자 캐럴린에게 첫눈에 반했어. 캐럴린은 아주 특별했단
다. 봄날의 나비처럼 명랑하고 다정했지."

나는 꿀꺽 침을 삼켰다. 앨범에서 봤던 사진들이 떠올랐다. 니컬
러스와 메리제인 아줌마가 엄마에 대해 했던 말들도 생각났다.

"처음 몇 달 동안 쿠퍼 집 딸들은 학교에 다니지 못했어. 아버지가 집에서 직접 가르쳤지. 그러다가 교육청이 개입해서 학교에 보내라고 했단다. 고집쟁이 아버지는 딸들에게 매일 걸어서 학교에 가라고 했지. 그래서 그랜트 집안 아들들이 가끔 차를 태워줬던 거야. 처음엔 레이첼이 하도 꽁꽁 싸고도는 통에 아무도 캐럴린에게 말을 걸 엄두를 못 냈지. 그러다가 레이첼이 졸업하니까 캐럴린이 꽃피기 시작하더구나. 노래도 굉장히 잘하고 춤도 잘 췄단다. 모두에게 사랑받았고 학교 성적도 좋았지. 캐럴린과 버넌이 서로 얼마나 사랑하는지 모르는 사람이 없었어. 존 루카스는 그런 두 사람을 놀려댔지. 그는 바람둥이라서 매주 다른 여자를 만났지만, 버넌은 완전히 달랐어. 그에게는 캐럴린뿐이었지. 레이첼은 질투로 거의 폭발할 지경이었어. 그래서 동생을 아주 힘들게 했단다."

리비 아줌마가 잠깐 말을 멈췄다. 30년도 넘은 일을 생각하느라 눈길이 먼 곳을 더듬었다. 아줌마의 눈길을 따라 고개를 돌려보았지만 거기엔 아무것도 없었다.

"쿠퍼 노인은 뇌졸중을 몇 번이나 겪었고, 그의 아내도 병이 들었어. 레이첼은 부모님을 돌보기 위해 집에 머물 수밖에 없었지. 어리고 예쁜 동생이 버넌을 독차지하는 게 꼴 보기 싫었을 거야. 무슨 일이 벌어졌는지는 모르겠지만, 어쨌든 나는 캐럴린이 한 번도 편지를 받지 못한 이유는 레이첼이 뭔가 손을 썼기 때문이라고 확신해. 우체국에서 일했잖아. 내 말이 무슨 뜻인지 알겠니?"

나는 아줌마의 말을 알아듣고 천천히 고개를 끄덕였다. 끔찍한 확신이 밀려들었다.

"베트남에서 돌아온 버넌은 캐럴린이 어떤 남자와 도망갔다는 말을 듣고는 일주일 내내 술만 퍼마셨단다. 평소에는 전혀 마시지 않는데 말이야. 고속도로 옆 술집에 눌러앉아 싸움질을 하다가 구치소에 갇히기도 했어. 그의 아버지가 꺼내왔는데, 그 뒤로는 소식을 듣지 못했지. 그러고는 3개월 뒤에 레이첼이 임신을 했고 둘은 결혼을 하더구나."

"그런데…… 아빠가 왜 그랬을까요?" 나는 눈물이 그렁그렁한 채 물었다. "엄마는 일기장에 아빠가 레이첼 이모를 전혀 좋아하지 않았다고 썼던데."

리비 아줌마는 말을 이리저리 돌리는 사람이 아니었다. "애, 넌 나보다 레이첼 그랜트를 더 잘 알 게 아니니? 뱀처럼 교활한 여자야. 마음이 다 무너진 불행한 남자를 잠자리로 끌어들이는 데는 별다른 재주가 필요 없었을 거야."

"아빠에게 덫을 놓은 거군요." 나는 나지막하게 말했다.

"내 생각은 그래. 페어필드 사람들도 모두들 그렇게 믿고 있을 거야. 버넌은 캐럴린을 잃고 아주 오랫동안 괴로워했어. 지금도 그럴지 모르지. 레이첼과 결혼한 이후, 버넌의 예전 모습을 한 번도 본 적 없으니까."

나는 입술을 깨물었다. 레이첼 이모야말로 지옥에 떨어지는 벌을 받아야 마땅하다.

"이야기해주셔서 고맙습니다."

"별말 다 한다." 리비 아줌마는 자리에서 일어나서 책상을 돌아와 연민이 가득 담긴 손길로 내 머리카락을 헝클어뜨렸다.

"가장 잔인한 동물은 인간이란다." 아줌마가 생각에 잠긴 얼굴로 입을 열었다. "하지만 레이첼도 언젠가 자기가 지은 죄에 대한 벌을 받을 거야. 세상에는 정의라는 게 있으니까. 내 말을 믿으렴."

다음 날 호레이쇼와 나는 낙원만에서 잠깐 만났다. 노란 수양버들 잎사귀들이 윌로 호수 위를 떠다니고, 거미줄이 가을 햇살을 받아 반짝였다. 나는 호레이쇼에게 일기장을 보여주고, 리비 아줌마에게서 들은 이야기도 전해줬다.

"이모는 기필코 윌로크릭의 그랜트 부인이 되기로 마음먹었는데, 자기가 점 찍은 사람이 전사한 거예요. 그리고 그다음 상속인은 우리 엄마를 사랑했죠. 그래서 이모는 자기 여동생을 쫓아낸 거예요." 나는 말라가는 풀을 뜯어 둥글게 뭉치며 말을 이었다. "베트남에서 돌아온 아빠는 엄마가 다른 남자와 도망쳤다는 말을 듣고 제정신이 아니었겠죠. 마음이 끝 간 데 없이 무너졌을 거예요. 석 달 뒤에 이모는 임신하는 데 성공했고, 아빠는 의무감에 결혼했을 거예요."

"이모가 네 아빠의 절망을…… 이용했다는 말이니?" 호레이쇼가 재차 확인하듯 물었다.

"그러고도 남을 사람이에요." 나는 고개를 끄덕였다. "레이첼 이모는 아빠가 얼마나 책임감이 넘치는 사람인지 알고 있었어요. 그런데 이모의 수작보다 더 끔찍한 건, 30년이 지난 지금도 엄마가 자기를 버리고 떠났다고 생각하고 있을 아빠의 마음이에요."

독수리가 하늘 높은 곳에서 원을 그리며 이따금 한탄하듯 비명을 질렀다. 어디선가 개가 한 마리 짖었다. 다른 놈이 따라서 짖더니 둘 다 잠잠해졌다.

"이건 생각보다 심각한 일인지도 몰라. 그래, 살면서 끝내지 못한 일은 사람을 언제나 괴롭히지. 네 아빠가 그때 무슨 일이 벌어졌는지 안다면 마음이 편해질 수도 있겠지만, 그러면 한 가정이 산산조각 날 수도 있어."

"어차피 거짓말로 세운 가정이에요. 하지만 어떻게 알려야 할지 모르겠어요. 아빠에게 일기장을 그냥 건네줄 수도 있지만…… 엄마가 암호로 일기를 써서 해독할 수 없는 곳이 많아요. 다른 사람들에게 절대로 알리고 싶지 않은 어떤 일이 벌어진 게 분명해요."

나는 일기장 마지막 쪽을 펴서 호레이쇼에 이상한 기호를 보여줬다.

"이건 암호가 아니라 고대 그리스어 알파벳이야." 그가 잠시 뒤에 말했다.

"고대 그리스어?" 나는 깜짝 놀라 되물었다.

"응, 그런데 네 엄마가 고대 그리스어를 구사했을 가능성은 아주 적어. 알파벳만 암호처럼 이용했을 거야."

"우와!"

"고대 그리스어 알파벳을 영어 알파벳에 한 글자씩 대입해보자." 그가 정신을 집중하고 읽더니 미소를 지었다. "그래, 내 예상대로군. 여기 좀 봐. 이 문장은 '어디로 데리고 갔는지 알려주지 않는다'라고 쓴 거야."

"고대 그리스어를 어떻게 아세요?"

"신학을 공부했잖아." 호레이쇼는 어깨를 으쓱하며 말했다. "라틴어와 그리스어를 의무적으로 배워야 했지. 물론 이제 다 잊어버렸지만, 알파벳은 아직 기억하고 있어."

그는 시계를 흘깃 보고는 유감스럽다는 표정으로 말했다. "이제 가봐야겠다. 안 그러면 날 찾을 테니까. 어떤 글이 쓰여 있는지 이야기해줘, 응?"

"그럼요……. 고마워요!"

그는 나를 품에 안고 키스했다. 떠나는 그를 보고 있자니 마음이 무너질 것 같았다. 엄마가 어떤 심정이었을지 충분히 알 수 있었다. 호레이쇼와 보내는 시간은 의심할 여지없이 내 인생에서 가장 아름다운 순간이었다. 나는 그를 향한 내 감정이 이사벨라 고모할머니가 언젠가 사랑이라고 표현한 그 상태와 무척 가깝다고 확신했다. 나를 향한 사랑은 그를 고통스럽게 만들기도 했지만, 그는 나와 함께하는 이 시간을 위해 산다고 고백했다. 모든 문제를 다른 사람과 나눈다는 건 생각보다 훨씬 안심되는 일이다. 호레이쇼는 내 말에 언제나 귀를 기울이며 흥분을 가라앉혀주거나 힘을 주거나 위로해줬다. 크고 작은 내 문제들을 듣고 조언을 해줬다. 나도 그의 이야기를 많이 들어주었고, 그게 그를 얼마나 편하게 하는지 온몸으로 느꼈다. 그는 아내와는 그런 이야기를 하지 않는 것 같았다. 호레이쇼는 자기 가족에 대해, 과거와 계획과 희망에 대해 이야기했다. 우리의 관계가 깊어질수록 계획과 희망은 조금씩 자취를 감췄다. 우리는 별별 이야기를 다 했지만 우리 둘의 미래에 대해서는 말하지 않았다. 함께할 미래가 없다는 걸 알고 있으니까.

∞

에스라 오빠는 어느 순간부터 더 못되고 사악하게 굴었다. 자기는 낡아서 털털거리는 픽업트럭을 타고 다니는 반면, 내 자동차 유리창은 자동으로 내려가고 파워 핸들도 장착되어 있다는 점 같은 것들이 신경에 거슬리는 모양이었다.

며칠 전에는 이사벨라 고모할머니가 나에게는 그랜드피아노와 책과 음반을 주었으면서 자기에게는 아무것도 주지 않았다고 분통을 터뜨렸다. 에스라 오빠는 할머니와 한마디도 말하지 않았으니 그럴 만도 했지만 오빠는 그렇게 생각하지 않았다. 자기는 살면서 늘 손해만 본다고 불평했다.

"그 할망구가 나한테 그랜드피아노를 줬더라면 팔아서 자동차를 살 수 있었을 텐데."

어느 날 점심을 먹으며 오빠가 투덜거렸다. 오빠의 꿈은 루크 리처드슨처럼 검은색 최신형 컨버터블을 사는 거였다.

"오빠가 할머니 집에 가끔이라도 찾아갔더라면 피아노를 오빠에게 선물하셨을지도 모르지. 그런데 한 번도 그런 적이 없잖아."

"이제 얼마 안 있으면 골로 갈 주제에, 돈도 철철 넘치면서 말이야." 에스라 오빠가 계속 툴툴거렸다.

"여름방학 때 일을 하지 그랬어." 끝없는 불평을 더는 듣기 싫었다. "그랬더라면 자동차 계약금은 낼 수 있었을 텐데."

"그래, 추수 때 일손을 거들었으면 좀 좋았니?" 마사 아줌마도 끼어들었다.

에스라 오빠가 일을 했다면 아버지가 오빠에게도 다른 사람들과 똑같이 임금을 지불했을 테지만, 오빠는 방학 때면 점심 무렵에야 일어났고 어떤 형태의 육체적 노동도 하지 않았다. 아버지와 맬러키 오빠가 추수를 도와달라고 할 때마다 에스라 오빠는 학교 성적이 좋지 않다며 공부해야 한다는 핑계를 댔다. 하지만 여름 계절 학기에도 가지 않고 패거리들과 어울려 게으름만 피웠다.

"마사, 참견하지 마." 레이첼 이모가 날카롭게 말했다. "에스라는 허리 통증 때문에 힘든 들일은 못 한다는 거 알면서 왜 그래!"

나는 웃음이 터질 것 같았지만 꾹 눌러 참았다.

435

"허리가 아프면 컨버터블도 좋을 리 없지." 마사 아줌마는 꿋꿋하게 받아쳤다. "아, 우체국에서 아르바이트 할 사람을 찾더라. 앉아서 하는 일이니 괜찮을 수도 있겠다. 하기야 작년에 그렇게 큰 싸움판을 벌였으니 채용되기 힘들겠지만."

에스라 오빠는 레이첼 이모가 안 볼 때 인상을 찌푸리며 마사 아줌마에게 가운뎃손가락을 치켜세웠다.

"이게 무슨 짓이야! 도저히 못 참겠네!" 마사 아줌마가 분통을 터뜨렸다.

"애한테 시비 좀 걸지 마. 이 어린애를 괴롭혀서 뭐 좋을 게 있다고!" 레이첼 이모가 아줌마에게 소리쳤다.

'이 어린애'는 이제 열여덟 살에 키는 185센티미터고 체중은 90 킬로그램이었지만 이모 눈에는 아직도 토실토실한 여섯 살짜리 아이였다. 아무도 놀아주지 않는 외롭고 불쌍한 아이.

"늘 그렇게 애 편만 들다가 무슨 일이 벌어지는지 보라지!" 마사 아줌마는 화를 참지 못하고 씩씩거렸다. "이봐, 어린애. 앞으로 네 방은 스스로 치워! 옷도 직접 빨고 다림질도 하고!"

그러고는 일어나서 부엌으로 들어가버렸다. 식탁에는 에스라 오빠와 레이첼 이모와 나만 남았다.

"역겨운 년." 에스라 오빠가 중얼거렸다.

"조용!" 레이첼 이모가 경고했다. 마사 아줌마가 화를 낸 게 별일 아니라고 생각하는 듯했다. 그러고는 나를 매섭게 쏘아봤다. "그런데 너는 여기서 뭐해?"

"아마 식사하고 있겠죠."

"그렇게 뻔뻔하게 말대꾸하지 마! 요즘 매일 저녁 학교에 있었잖아."

"수요일에는 그런 적 없어요." 나는 앞으로 남은 몇 개월 동안 있는 듯 없는 듯 보내기로 단단히 마음먹었기 때문에 이모의 시비에도 평온하게 대꾸했다. "이제 성가대 연습에 갔다가 청소년 모임 회장단 회의를 할 거예요."

그 말에 레이첼 이모는 더는 시빗거리를 찾지 못했다.

저녁 무렵, 집에 돌아오는데 멀리서 헛간 앞에 사람들이 모여 있는 게 보였다. 이사벨라 고모할머니에게서 받은 책 상자들과 그랜드피아노를 임시로 헛간에 두었기 때문에 불길한 예감이 들었다. 가까이 다가가는데 심장이 마구 뛰었다. 정말로 사건이 벌어졌다. 낡은 픽업트럭이 부서진 피아노 잔해에 박혀 있었다. 차 시동은 여전히 켜진 채였다.

"차를 몰고 도대체 왜 여기로 왔냐고!"

조지 아저씨가 에스라 오빠에게 욕을 퍼부었다. 오빠는 헛간으로 다가오는 나를 보고는 속마음을 숨기지 못하고 의기양양하게 히죽거렸다.

"똥차라서 브레이크가 말을 안 들어요. 제대로 된 자동차가 없으니 이런 일이 벌어지는 거라고요."

"여긴 차고가 아니잖아!"

조지 아저씨는 정말로 화가 나 있었다. 나는 멋진 악기의 잔해를 보고는 쏟아지려는 눈물을 온 힘을 다해 참았다. 튼튼한 트럭도 상당히 망가진 걸 보니 전속력으로 들이받은 게 틀림없었다. 실수로는 이 정도 상황이 벌어지지 않는다. 나를 괴롭히려고 고의로 저지른 짓이었다.

"셰리든, 정말 유감이구나." 조지 아저씨가 한 손을 내 어깨에 얹으며 말했다.

"아니에요. 아저씨 잘못이 아닌데요, 뭘."

간신히 목소리를 가다듬고 대답했다. 막 돌아서려는데 레이첼 이모가 잰 걸음으로 다가오는 게 보였다.

"무슨 일이야?" 이모가 양손을 옆구리에 척 얹으며 물었다.

"가속 페달이랑 브레이크를 착각한 것 같아요."

에스라 오빠가 태연하게 거짓말을 했다. 오빠와 레이첼 이모는 서로 슬쩍 시선을 주고받았다. 두 사람의 의기양양한 눈빛, 쌤통이라는 눈빛을 나는 놓치지 않았다. 이건 사고가 아니라 음모였다.

"이렇게 멋진 그랜드피아노가 망가지다니!" 나는 목소리를 높여 떠들기 시작했다. "어제 버넷 목사님께 피아노를 교회에 기증하겠다고 했단 말이에요. 목사님이 얼마나 기뻐하셨는데요. 교회 피아노는 아주 낡아서 조율하기도 힘들 정도라면서요. 아, 이제 모두 물 건너갔네요."

그러고는 한숨을 내쉬며 어깨를 으쓱했다. "목사님께 지금 바로 전화해야겠어요."

이런 반전은 물론 예상치 못했을 것이다. 이모는 얼굴이 새빨개지더니 입을 앙다물었다. 이렇게 통 큰 기증이라면 지난 몇 달 동안 시들해진 교회 임원으로서의 입지를 강화시켜줄 수 있었으리라는 사실을 깨달은 것이다.

"그걸 왜 나한테 미리 말하지 않았어?" 이모가 호통을 쳤다.

"왜요? 그러면 에스라 오빠에게 자동차로 피아노를 들이받으라고 시키지 않았을 건가요?" 나는 이모를 도발했다. "오빠가 책도 망가뜨리는 걸 막아준다면, 최소한 그건 교회 도서관에 기증할 수 있겠네요."

불현듯 사방이 쥐 죽은 듯이 고요해졌다. 사람들은 긴장한 채 아무 말 없이 서서 레이첼 이모의 반응을 기다렸다. 이모의 눈빛이 분노로 번쩍였다. 나는 따귀를 맞을 각오를 하고 눈을 부릅떴지만 이모는 때리지 않았다.

"차 빨리 빼!" 이모가 에스라 오빠에게 소리쳤다. "당장! 그리고 곧장 내 서재로 와!"

이모가 몸을 휙 돌려 사라지자 에스라 오빠는 망연한 표정으로 차에 올랐다. 하지만 너무 깊이 박혀버린 차를 피아노 잔해에서 꺼내기는 쉽지 않았다. 피아노 현들과 나무틀이 차의 앞축에 걸려 있었다. 현이 끊어지면서 내는 소리가 죽음의 노래처럼 오싹하게 들렸다. 나는 몸을 돌리고 귀를 막았다. 결국 존 아저씨가 끼어들어 차 문을 열고 에스라 오빠를 끌어내렸다.

"내려. 여기서 꺼져." 아저씨가 으르렁거렸다.

"내일 아침 일찍 차를 써야 해요! 그러니 찍소리 말고 똑바로 고쳐두세요!" 에스라 오빠가 차에서 내리며 도리어 큰소리를 쳤다.

"우린 네 아버지에게 보여줄 사진을 찍을 때까지 차를 움직이지 않을 거다. 네가 무슨 짓을 했는지 네 아버지가 봐야 해." 존 아저씨가 싸늘하게 말했다.

"하지만 일부러 그런 게⋯⋯."

에스라 오빠는 입을 열다가, 자기를 에워싼 사람들의 적의에 찬 눈빛을 보고는 다시 다물었다. 오늘 자기가 한 행동이 도를 넘었다는 걸 그제야 깨달은 것 같았다. 오빠의 얼굴이 창백해졌다.

"비켜요! 안 그러면 날 위협했다고 엄마한테 말할 거예요!" 오빠가 공포에 질려 새된 소리를 질렀다.

"흥!"

누군가 경멸하듯 코웃음을 치고 바닥에 침을 뱉었다. 남자들이 뒤로 물러섰다. 그중 한 명이 오빠의 엉덩이를 걷어찼다.

"가! 얼른 네 주인한테 가서 일러바치라고! 우리가 자기 강아지한테 얼마나 무섭게 굴었는지 알면 꽤나 화가 날 거다!"

행크의 말에 남자들이 웃음을 터뜨렸다. 울고 싶었던 나 역시 무심코 히죽 웃었다.

나는 차에 올라타고 교회로 향했다. 오늘은 빙고 게임이 있는 날이라서 호레이쇼가 교회 회관에 잠깐이라도 들를 터였다. 예상대로였다. 나는 그가 목사관에서 나올 때, 바로 그 순간에 막 도착한 것처럼 차에서 내렸다. 내 얼굴을 본 그는 뭔가 일이 생겼다는 걸 금방 알아챘다.

"교회에서 기다려. 금방 갈게."

고개를 끄덕이고는 교회로 건너갔다. 피아노를 보자 분노의 눈물이 솟구쳤다. 10분도 채 지나지 않아 호레이쇼가 나타났다. 나는 그의 품에 안겨 마음껏 울고 싶었지만 그런 모험을 할 수는 없었다. 여기서는 아니었다. 그에게 무슨 일이 벌어졌는지 털어놓았다.

"네 오빠랑 이모가 작당해서 그런 짓을 했다고 생각해?" 그가 착 가라앉은 목소리로 물었다.

"그렇게 생각하는 게 아니라 확실해요. 교회에 기증하려고 했다고 말하니까 갑자기 안절부절못하더니 에스라 오빠에게 화를 내던데요. 자기 꾀에 자기가 빠진 거죠."

"네 아빠는 뭐라고 하시든?"

"아빠 아직 몰라요. 농장 사람들이 모두 에스라 오빠에게 굉장히 화가 나 있어요. 사진을 찍어서 아빠한테 보여주겠대요. 그러면 무슨 일이 벌어질지도 모르죠."

"네 오빠가 지난 몇 년 동안 한 짓을 생각하면 벌을 받아야지."

교회 문이 열리더니 샐리 버넷이 들어왔다. 유행이 지난 원피스를 입고 있어서 자기 나이보다 스무 살은 더 먹어 보였다.

"사모님, 안녕하세요?" 나는 억지 미소를 지었다.

"셰리든, 반갑다!"

아무것도 모르는 그녀의 상냥함에 심장이 쪼그라드는 것 같았다. 그러나 그녀가 호레이쇼의 팔에 다정하게 한 손을 얹자 뭔가에 찔리는 듯한 예리한 아픔이 느껴졌다. 호레이쇼는 그녀의 남편이었다. 샐리 버넷은 남편에게 그럴 권리가 있다. 그걸 알면서도 강렬한 질투를 느끼는 나 자신에게 깜짝 놀랐다. 내 꿈에 등장하는 건 호레이쇼뿐이지만, 그가 내 꿈을 꿀 때 옆에 있는 사람은 이 여자였다.

"집에 가야겠어요, 목사님. 그랜드피아노 때문에 정말 유감스럽네요." 나는 쥐어짜듯 겨우 말했다.

"그래, 정말 그렇구나. 그렇게 멋진 피아노가 있으면 모두 기뻐했을 텐데 말이야."

그의 목소리는 늘 그렇듯이 여유롭고 차분했지만, 나는 그가 지금 어떤 느낌인지 눈빛을 보고 알 수 있었다.

"무슨 일인데?" 샐리 버넷이 물었다.

"동부 연안으로 돌아간 고모할머니가 주신 그랜드피아노를 교회에 기증하려고 했어요. 그런데 에스라 오빠가 샘이 나서 고의로 피아노를 자동차로 들이받았어요."

샐리 버넷은 정말로 충격을 받은 얼굴이었다. 나는 그녀가 빙고 게임을 하는 사람들에게 가서 이 새로운 소식을 당장 알릴 거라는 생각에 뜨거운 만족감을 느꼈다. 내일이면 페어필드 전체가 에스라 오빠가 한 짓에 대해 알게 될 것이다.

"다음에 네 엄마를 만나면 그랜드피아노 때문에 너무나 속상하다고 말해야겠구나." 샐리 버넷이 말했다.

"고맙습니다. 안녕히 계세요." 나는 헤어지면서 온 힘을 다해 미소를 지었다.

갈망으로 가득한 호레이쇼의 눈빛이 나를 따라왔다. 자동차에 돌아오니 눈물이 터졌다. 이런 상황을 이제 더는 견딜 수 없었다. 호레이쇼를 몇 시간만 소유할 수는 없었다. 다 갖거나 전혀 갖지 않거나, 그 두 가지밖에 없었다.

∽

집에 와보니 분위기가 이상했다. 나는 부엌으로 들어가 커다란 식탁에 홀로 앉아 샌드위치를 먹고 있는 하이럼 오빠에게 물었다.

"다 어디 갔어?"

"저녁은 없어." 오빠가 우울한 목소리로 말했다. "마사 아줌마가 떠났어. 사표를 던지고 짐을 싸서 나갔다고."

"뭐?" 나는 내 귀를 의심했다.

"에스라가 무슨 짓을 한 모양이지. 엄마는 또 에스라 편을 들었을 거고."

"응, 맞아."

나는 자리에 앉아서 오빠에게 점심때 있었던 일을 이야기했다. 그랜드피아노 사건은 오빠도 이미 알고 있었다.

"그 자식 이제 힘들어질 거다. 엄마도 더는 도와줄 수 없어."

하지만 그건 하이럼 오빠의 착각이었다. 아빠와 레이첼 이모는 전화로 격하게 다투긴 했지만, 에스라 오빠는 별다른 벌을 받지 않고 위기에서 벗어났다. 늘 그렇듯이 고개를 숙이고 거짓 눈물을 몇 방울 떨어뜨리고 후회하는 척하는 것으로 오빠는 게으른 기생충 같은 생활을 이어갈 수 있었다.

아버지는 아무런 대책도 세우지 않았다. 하이럼 오빠는 그것 말고도 레이첼 이모가 에스라 오빠를 제대로 보려고 하지 않고, 오히려 자기 아들에 대한 사악한 소문을 냈다며 나에게 욕을 퍼붓는 데 엄청나게 화가 났다. 어느 날 저녁, 거친 고성이 오간 뒤에 오빠는 분노로 치를 떨며 짐을 싸서 참나무 단지의 빈집으로 들어갔다. 맬러키 오빠 가족이 목련 저택으로 이사 간 뒤로 비어 있던 집이었다. 마사 아줌마는 에스라 오빠가 있는 한 돌아오지 않겠다고 했다. 아줌마는 사위와 같이 와서 자기 짐을 가지고 가면서 레이첼 이모와는 단 한마디도 주고받지 않았다. 하지만 나와 작별 인사를 하면서는 눈물을 흘렸다. 평생 살아온 집과 농장을 떠나게 되어 마음이 무너진다고, 하지만 계속 머문다면 자신의 자존감을 모두 잃어버리고 말 거라고 했다. 나는 아줌마를 이해할 수 있었다. 참는 데도 한계가 있다. 아줌마는 이미 한계 이상으로 버텼다.

이제 텅 빈 거대한 집에 레이첼 이모와 에스라 오빠, 그리고 나만 남았다. 이모는 마사 아줌마의 후임을 구하려고 애를 썼지만, 페어필드에서 그녀를 위해 일할 만큼 멍청한 사람은 없었다. 결국 직업소개소를 통해 다른 지역 출신의 젊은 여자를 채용했지만, 그 여자는 겨우 1주일 버티고 야반도주를 했다. 미시간에서 온 다른 여자도 대저택의 많은 일과 에스라 오빠의 뻔뻔한 태도에 질려서 이틀 뒤에 두 손을 들었다. 덕분에 저녁이면 내가 요리를 하고 부엌을 깔끔하게 정리하고 빨래도 했다. 학교 다니면서 그 이상 하기는 힘들었다.

레이첼 이모는 다른 걱정 때문에 집안일은 안중에도 없었다. 20년 넘게 맡고 있던 교회 임원직을 선거에서 잃은 것이다. 그로부터 사흘 뒤에는 교회 임원직만큼이나 오랜 세월 동안 맡고 있던 지역 여선교회 회장직에서도 밀려났다. 여선교회 회원들이 예상치 못하게 경쟁 후보를 내세워서는 만장일치로 그 후보자를 새로운 회장으로 선출했다. 레베카 새언니는 처음에 시어머니 편을 들었지만, 에스라 오빠가 그랜드피아노를 망가뜨리는 걸 이모가 묵인했다는 사실을 알고부터는 레이첼 그랜트에게 등을 돌린 페어필드 주민 명단에 이름을 올렸다. 이모는 거의 하루 종일 서재에 틀어박힌 채, 자신의 영향력을 되찾으려면 누구에게 의리를 요구해야 할지 궁리했다. 하지만 사람들은 모두 이모를 냉정하게 대했다. 이모는 자신이 처한 곤경의 원인을 당연히 다른 사람들, 특히 나에게서 찾았다.

"집안에서 무슨 일이 생기면 내부에서 해결해야지, 어떻게 바깥에 소문을 내서 일을 이 따위로 만드니!" 이모가 기세등등한 목소리로 또 야단치기 시작했다. "하기야 너 같은 애한테서 뭘 바라겠니? 가족이란 게 너한테 무슨 의미가 있겠어! 그래, 이런 얘기가 다 무슨 소용이야. 내가 이해해야지. 넌 우리 가족도 아닌데."

나는 뜻밖에도 깊은 상처를 받았다. 목소리가 저절로 높아졌다. "내부에서 해결한다는 게 무슨 뜻이에요? 입을 꾹 다물고 비밀을 지키는 거요? 엄마는 에스라 오빠가 무슨 짓을 저질러도 그냥 내버려두잖아요!"

다음 날, 내 차바퀴 네 개가 모두 터져 있었다. 도움을 청하면서 레이첼 이모가 했던 말을 알리자, 하이럼 오빠는 화가 나서 씩씩거렸다.

"이제 더는 못 참아!" 오빠가 소리를 질렀다. "오늘 당장 나한테로 와. 네가 에스라와 같은 집에 사는 거 더는 못 보겠다. 엄마에게 하녀 취급 당하는 것도 이제 그만둬."

나야 당연히 좋았다. 그날 오후에 하이럼 오빠와 함께 짐을 옮기는데도 이모는 아무 말 하지 않았다. 이날부터 내 삶은 견딜 만해졌다. 호레이쇼와 오후를 함께 보내는 날이 많아졌고, 저녁에 집에 돌아가는 것도 즐거웠다. 이랬던 적이 도대체 언제였는지 기억이 가물가물했다. 작은 집은 정말 안락했고 청소하기도 편했다. 나는 하이럼 오빠와 내가 먹을 음식을 요리하고 빨래도 했다. 예전에 하던 일에 비하면 소꿉장난 같았다. 하이럼 오빠와 나는 점점 더 쇠락해가는 커다란 집에 돌아갈 마음이 눈곱만큼도 없었다. 레베카 새언니는 레이첼 이모가 집안일을 전혀 하지 않고 그냥 대충 내버려둔다고 알려줬다.

나는 드디어 엄마의 일기장에 몰두할 수 있었다. 암호라고 생각했던 알파벳을 하나하나 영어로 옮기기 시작했다. 오빠가 친구들과 미식축구 경기를 시청하는 동안 나는 일기장과 고대 그리스어 알파벳을 펼쳐놓고 부엌 식탁에 앉아 있었다. 엄마가 고대 그리스어에 없는 알파벳을 쓸 때는 자신이 만들어낸 기호를 사용해서, 처음 몇 문장은 철자마다 모두 살피며 비교해야 했다. 나중에는 옮기기가 점점 더 쉬워졌다. 완성된 내용은 충격적이었다.

핼러윈 날이 다시 왔다. 내 인생에서 가장 끔찍했던 날로부터 꼭 1년이 지났다. 저녁에 있을 파티에 빠지려고 감기에 걸렸다고 둘러댔다. 동부 연안에 있는 몇 군데 대학에 지원서를 보냈다. 마지막 성적이 평균 이상이니 1월과 2월에 치러질 입학시험에 오라는 통보를 받는 거야 문제도 아니었다. 학교에서는 내년 졸업 파티 준비와 졸업 앨범 만드는 걸 도왔지만, 어떤 일에도 열정이 느껴지지 않았다. 내 생각은 항상 호레이쇼를 향해 있었다. 수요일 저녁마다 열리는 성가대 연습은 나를 지치게 했다. 호레이쇼가 늘 들으러 왔기 때문이다. 그는 다른 사람들 앞에서 나를 지극히 평범하게 대했지만, 나는 그의 눈길이 몇 번이고 내게 머무는 것을 느낄 수 있었다. 물론 이 음울한 겨울날 그를 볼 수 있는 몇 시간은 나를 살아 있게 해주는 생명줄이었다. 그러나 그가 교회를 나가면 나는 순간적으로 너무나 큰 공허감에 휩싸여 울고 싶어졌다.

집으로 돌아가다가 국도 앞쪽에 멈춰 서서 우편물을 훑어봤다. 양철 우편함이 거의 넘칠 지경인 것으로 보아 레이첼 이모는 이제 우편물에도 관심이 없는 모양이었다. 놀랍게도 내 앞으로 온 편지가 있었다. 나는 차에 올라타 봉투를 열었다. 예전에 나를 가르친 코스텔로 선생님의 지인, 해리 하트그레이브가 뉴욕에서 보낸 편지였다. 그가 뉴욕의 자기 스튜디오로 나를 초대했다. 이미 두 번이나 편지를 보냈는데 유감스럽게도 답장을 받지 못했다고, 주소가 맞기를 바라며 다시 한 번 편지를 보낸다고 쓰여 있었다. 나는 그의 편지를 받은 적이 없었다. 레이첼 이모가 가로챈 것이다. 그러나 이번에는 내가 빨랐다. 편지를 재킷 안주머니에 넣고 차를 출발했다. 얼음처럼 차가운 잿빛 날씨가 갑자기 아름답게 느껴졌다.

답장을 보낸 지 닷새째 되던 날, 해리 하트그레이브의 답장이 도착했다. 그동안 나는 레이첼 이모가 편지를 또 훔치지 못하게 매일 우편함을 살폈다. 그의 편지 내용은 나를 행복하게 만들었다. 그는 내 목소리를 잊을 수 없었다며, 스튜디오에 나를 초대해서 테스트 녹음을 해보고 싶다고 했다. 스튜디오 주소와 전화번호는 물론 휴대전화 번호까지 알려줬다. 나는 결심을 굳혔다. 1월 초에 뉴욕으로 갈 것이다. 집에는 이사벨라 고모할머니에게 간다고, 거기서 대학 입학시험을 본다고 핑계를 대기로 했다. 그러면 누구도 반대할 수 없을 것이다.

∽

비와 폭풍이 몇 주 동안이나 계속되다가 11월 말에 첫눈이 내린 뒤에 드디어 날씨가 개었다. 높고 연푸른 하늘에 창백한 겨울 햇살이 드리웠다. 젖은 흙과 썩어가는 잎사귀 냄새가 뒤섞인 늦가을의 향기가 허공을 떠돌았다. 서늘한 늦가을의 맑은 빛 속에서는 익숙하던 풍경도 색다르게 보였다.

추수감사절에는 조지프 오빠가 집에 왔다. 하이럼 오빠가 기차역에 가서 조지프 오빠를 데리고 왔을 때, 나는 저녁에 먹을 칠면조를 준비하던 중이었다. 나는 문으로 들어서는 조지프 오빠의 목에 매달렸다. 오빠는 약간 말랐는데, 짧게 바짝 자른 머리가 무척 잘 어울렸다. 오빠는 나더러 더 예뻐졌다며, 왜 집에 살지 않고 여기로 왔는지 물었다. 하이럼 오빠는 대답을 피하면서 나중에 이야기하자고 얼버무렸다.

잠시 후에 맬러키 오빠와 레베카 새언니가 애덤 호레이쇼를 데리고 왔다. 우리는 칠면조와 고구마, 월귤 소스를 얹은 호박 케이크를 먹었다. 남자들은 맥주를 병째 들고 마셨다. 조지프 오빠는 군대에서 있었던 몇 가지 일화를 들려줬는데, 무척 낯설면서도 흥미진진했다. 오빠는 지난 몇 달 동안 이곳은 어땠는지 묻고, 위시본 게임을 하자고 제안했다. 칠면조 가슴에 있는 V자 모양의 뼈 양 끝을 잡고 잡아당겨 부러뜨리는 게임이었다. 긴 쪽을 가진 사람의 소원이 이루어진다는 일종의 미신인데, 레이첼 이모가 하도 펄쩍 뛰어서 집에서는 한 번도 해본 적이 없었다. 레베카 새언니와 나는 부엌에서 칠면조 뼈를 손질했다.

"셋이 저렇게 수다를 떨다니, 정말 믿지 못할 광경이에요. 예전에는 식탁에서 아무도 입을 열지 않았잖아요." 내가 새언니에게 말했다.

"뭐랄까…… 늘 약간 긴장된 분위기였죠."

새언니는 내가 저녁 내내 했던 생각을 부드럽게 돌려서 표현했다. 추수감사절이든 성탄절이든 부활절이든 그냥 일상적인 날이든 우리 집에서는 이렇게 다정하게 이야기를 나누고 농담을 하면서 식구들이 함께 웃은 적이 없었다. 레이첼 이모가 앞에 있기만 해도 평범한 대화는 불가능했고, 독약을 뿌린 것처럼 분위기가 달라졌다. 새언니와 나는 식탁으로 돌아갔다. 누가 양 끝을 잡을지 성냥개비를 뽑아 정했다. 맬러키 오빠와 내가 뽑혔다. 우리는 새끼손가락으로 작은 뼈를 감고 부러질 때까지 당겼다. 내가 긴 쪽을 얻어 소원을 빌 수 있게 됐다.

"무슨 소원 빌었어?" 오빠들이 호기심 가득한 표정으로 달려들었다.

"말하면 안 된다는 거 알잖아요. 그러면 소원이 이루어지지 않는다고요!" 레베카 새언니가 세 사람을 말렸다.

"맞아요." 나는 히죽 웃으며 대답했다.

애덤 호레이쇼는 소파에서 쌔근쌔근 잠이 들었고, 우리는 크게 웃고 떠들며 카드놀이를 했다. 내가 늘 꿈꿔온 행복하고 편안한 저녁이었다. 오빠들과 새언니와 함께 있는 게 너무나 편해서 나는 한동안 호레이쇼도 잊어버렸다.

"아, 이렇게 멋진 추수감사절은 평생 처음이야!"

맬러키 오빠가 불쑥 꺼낸 말에 모두 목소리를 높여 동의했다.

9시가 조금 안 됐을 때 바깥에서 자동차 소리가 났다. 잠시 뒤 누군가 문에 노크했다. 한 판을 쉬던 내가 문 쪽으로 달려갔다.

"어, 아빠!" 나는 깜짝 놀랐다. "어…… 오늘 오실 줄 몰랐어요. 들어오세요!"

그 순간 거실에서 와자지껄하게 큰 웃음이 터졌다.

"셰리든, 잘 있었니?" 아버지가 현관으로 들어섰다. "여기 무슨 일 있니? 넌 왜 집에 안 있고?"

등 뒤로 하이럼 오빠가 다가왔다. 아버지의 질문을 들었는지 한 손을 내 어깨에 얹고 대신 대답했다. "셰리든이 거기 있는 거, 제가 더는 견딜 수 없어요."

하이럼 오빠는 아버지가 지난여름 에스라 오빠가 패싸움을 벌였을 때 대충 몇 마디 하고 만 일과 그랜드피아노 사건 때 집에 올 생각조차 하지 않은 걸 잊지 않고 있었다.

"하이럼, 잘 지냈니? 그런데 그게 왜 싫다는 거냐?" 아버지가 오빠에게 물었다.

"아버지가 셰리든을 잘 보살피라고 했잖아요. 그래서 보살피고 있을 뿐이에요." 하이럼 오빠는 내가 한 번도 들어보지 못한 싸늘한 말투로 대꾸했다. "온갖 사건들을 다 겪고 나니, 여동생이 그 개자식과 같은 집에 남아 있는 게 싫더라고요. 아버지는 여기 오실 생각도 없는 것 같고 신경도 쓰지 않으니까, 이제 맬러키 형과 내가 셰리든을 돌봐야죠."

아버지는 잠시 아무 말이 없었다. 얼굴에서 미소가 사라졌다.

"내가 불청객인가 보구나." 아버지가 뻣뻣하게 말했다.

"아니, 아니에요." 나는 얼른 대답하고는 아버지의 손을 잡았다. "재킷 벗고 들어오세요. 칠면조랑 호박 케이크가 남았으니 시장하면 드시고요."

아버지는 재킷을 벗어 현관 옷걸이에 걸고는 하이럼 오빠와 나를 따라 거실로 들어왔다.

"모두 여기 있었구나."

아버지는 억지로 쥐어짜 미소를 지었다. 조지프과 맬러키 오빠, 레베카 새언니의 인사는 나름대로 싹싹했지만, 아버지의 등장과 함께 나타난 긴장감은 눈에 보일 정도로 뚜렷했다. 우리는 아버지도 자리를 잡을 수 있도록 다닥다닥 붙어 앉았다. 새언니가 맥주 한 병을 아버지 앞에 내려놓았다. 아버지는 식사는 하지 않겠다고 했다.

"집에 와보니 지저분하고 난방도 해놓지 않았더라. 네 엄마와 에스라만 부엌에 있고 너희는 한 명도 없고 말이야. 왜 그런지 누가 설명 좀 해보렴."

오빠들이 얼른 눈빛을 주고받은 뒤에, 장남인 맬러키 오빠가 입을 열었다.

"얼마 전에 아버지에게 전화해서 마사 아줌마가 떠났다고 했잖아요. 셰리든의 그랜드피아노 사건이 벌어진 날, 짐을 싸서 링컨으로 가셨어요."

아버지는 맬러키 오빠에게서 시선을 돌려 나를 보고는 다시 아들들을 바라봤다. 아버지 얼굴은 창백했지만 오빠의 말을 진지하게 듣고 있었다.

"에스라가 심하게 욕을 했어요. 그 애가 있는 한 아줌마는 돌아오지 않으실 거래요." 맬러키 오빠가 말을 이었다. "아버지에게 여기 와서 그 일을 좀 해결해달라고 말씀드렸는데, 오시지 않았잖아요. 왜 그러셨어요?"

왜 그랬을까. 그게 우리 모두의 질문이었다. 왜 아버지는 오지 않을까? 여기서 무슨 일이 벌어지든 아무 상관도 없다는 듯이 행동하는 이유가 뭘까? 왜 집이 그 모양으로 돌아가게 내버려두는 걸까?

아버지는 오빠의 질문에 대답하지 않았다. 아버지의 침묵에 실망한 사람은 나만이 아니었다. 맬러키와 하이럼 오빠도 나만큼이나 아버지의 행동에 상처를 입었다.

"하이럼, 네가 왜 여기 사는지 얘기해보렴. 그리고 셰리든이 집에서 사는 게 왜 싫은지도." 아버지는 대답 대신 재차 물었다.

"좋아요. 대답해드리죠."

하이럼 오빠의 말은 마치 협박처럼 들렸다. 오빠가 이야기하기 시작했다. 우리는 그저 듣기만 했다. 에스라가 술판을 벌인 파티에서 자기랑 조지 아저씨가 때마침 오지 않았더라면 셰리든은 에스라에게 성폭행을 당했을 거라고, 그 뒤로도 계속해서 치근대고 위협했다고, 셰리든의 차까지 망가뜨렸다고 말했다. 나는 아버지의 얼굴을 똑바로 쳐다볼 수 없었다. 아버지는 돌처럼 굳은 채 꼼짝도 하지 않았다.

"에스라가 바턴 형제에게 100달러를 주고 셰리든을 폭행하라고 사주했을 때, 아버지가 에스라에게 왜 벌을 주지 않았는지 정말 이해 못 하겠어요!" 오빠의 목소리는 이제 분노로 쩌렁쩌렁 울렸다. "그리고 엄마가 에스라에게 자동차로 셰리든의 그랜드피아노를 부수라고 사주했는데도 아버지는 아무것도 하지 않았죠! 마사 아줌마가 50년 넘게 살던 윌로크릭을 떠났는데도 가만히 있었고요!

에스라는 아줌마에게 가운뎃손가락을 세웠고 역겨운 년이라고 불렀어요. 그런 데 어떻게 견디겠어요? 그래서 여기로 이사 온 거예요. 셰리든도 데리고 온 거고요."

한참 동안 아무도 입을 열지 않았다. 아버지는 헛기침을 하고는 나지막하게 말했다.

"난 몰랐다."

"알려고 하지 않은 거죠. 이미 여러 번 이야기했어요!" 하이럼 오빠가 아버지를 비난했다.

내가 병원에 입원했을 때, 아버지가 자신이 옆에 없어서 그런 일이 생긴 거라며 자책하고 눈물을 흘리던 일이 떠올랐다. 아버지는 정말로 내 옆에 없었다. 나를 위험에서 구해준 건 언제나 다른 사람들이었다. 니컬러스, 이사벨라 고모할머니, 메리제인 아줌마, 호레이쇼, 해리스 교장선생님과 오빠들…….

"아버지는 가족이 조각조각 나는 걸 그냥 내버려뒀어요." 맬러키 오빠가 차분하게 말을 꺼냈다. "워싱턴에서 일을 맡은 뒤로 아버지는 우리를 돌보지 않았고, 엄마가 마음대로 하게 그냥 두셨죠. 우리에게 관심이 없었어요. 새 삶에 잘 적응하셨는지도 모르죠. 하이럼이랑 조지프랑 저는 나이가 들었으니 괜찮았지만, 셰리든은 아버지의 도움이 절실하게 필요했어요."

아버지는 고개를 들고 나를 바라봤다. 나는 아버지의 눈빛에서 오래된 고통을 읽었다. 아버지의 영혼은 오래전에 이미 무너졌다. 오빠들은 그 상실에 대해 몰랐다. 사랑한 여자는 전혀 이해할 수 없는 이유로 떠났고, 아버지는 의무에 순종하느라 젊은 날의 꿈을 모두 버리고 텅 빈 마음으로 살아왔다.

오빠들은 아버지가 무엇으로부터 도망치는지 몰랐고, 아버지가 도망칠 권리가 있다는 사실도 알지 못했다. 사람마다 고통을 견디는 데는 한계가 있다. 아버지의 고통은 그 한계 바로 아래서 찰랑거리다가, 어느 순간 넘쳐버린 거였다. 아버지는 자기가 사랑하지 않고 자기를 사랑하지도 않는 여자와 평생을 살았다. 자기가 원하지 않던 일로 인생을 채웠다. 삶에서 의미 있는 사람들은 하나같이 자신을 떠났다. 그런데도 아이들이 아직 어리고 농장에 자기가 꼭 있어야 했던 그 긴 세월 동안 아버지는 자기 자리를 지키며 의무를 다했다. 그런데 고통은 조금도 나아지지 않고, 나까지 자꾸만 상처를 건드리니 멀찍이 떨어져서 조금이라도 숨통을 트고 싶었던 거였다.

나는 긴 세월이 흐르는 내내 아버지가 후회와 실현되지 못한 가능성들을 마주하느라 얼마나 힘들었을지 서서히 깨달았다. 형이 베트남에서 전사하지 않았더라면, 전쟁터에 가기 전에 캐럴린과 결혼했더라면, 설사 수포로 돌아갔을지라도 캐럴린을 찾아 애원이라도 해봤더라면 어떻게 됐을지 얼마나 자주 상상했을까.

"그래, 네 말이 맞다." 아버지가 말했다. "난 지난 몇 년 동안 너희에게 좋은 아버지 노릇을 하지 못했다. 특히 셰리든에게 그랬지. 너희들을 아주 많이 믿었기 때문이기도 하다만, 그게 변명이 될 순 없겠지. 내가 살면서 책임을 회피하지 않았다는 거야 너희도 잘 알 거다. 하지만 내가 없어도 농장이 잘 돌아간다고 나 자신에게 말하고 싶은 유혹이 아주 컸단다."

아버지가 자리에서 일어났다. 오빠들과 비교하니 갑자기 무척 늙어 보였다. 숱 많은 머리에 드문드문 섞인 흰 머리카락이 전등빛 아래에서 눈에 띄었다. 지난번에 봤을 때보다 얼굴의 주름도 더 많이 늘어나 있었다.

"나는 너희들이 정말 자랑스럽다." 온 힘을 다해 감정을 억누르는 것처럼 꽉 잠긴 목소리였다. "너희는 훌륭한 성인이 됐어. 그래, 너희는 내가 늘 원하던 아들딸로 자라주었다. 지난 몇 년 동안 너희를 그냥 내버려뒀지만, 나를 좀 봐다오. 아마…… 언젠가는 너희에게 설명할 수 있을 거야. 그때는 어쩌면 너희도 날 이해하고 용서해줄지 모르지."

오빠들과 레베카 새언니는 아버지의 이야기를 전혀 이해하지 못했다. 이들은 충격과 불가해가 뒤섞인 얼굴로 아버지를 바라봤지만 나는 아버지가 한 말을 모두 알아들었다. 아버지는 깊은 한숨을 내쉰 뒤에 말했다.

"내일 보자. 좋은 시간 보내라."

그러고는 문으로 향했다. 바로 그 순간, 나는 그동안 알아낸 사실을 아버지에게 알려야 한다는 걸 깨달았다. 평생을 괴롭힌 절망과 고통에서 아버지를 구해줄 증거를 가지고 있는 사람은 나밖에 없었다.

아버지는 그날 밤 당장 에스라 오빠와 레이첼 이모를 불러 해명을 요구했다. 이번에는 에스라 오빠의 눈물도, 레이첼 이모의 애원도 소용없었다. 아버지는 에스라 오빠에게 1월 1일자로 군대에 가서 최소한 3년 동안 복무하지 않으면 상속권을 박탈하고 내쫓겠다는 최종 통보를 했다.

내 방 창문 앞, 잎사귀가 모두 떨어진 참나무 가지 사이로 커다란 집이 보였다. 젊은 시절 레이첼 이모가 그렇게도 살고 싶어 하던 대저택이었다. 다른 두 사람의 행복을 깨뜨릴 만큼 좋아한 집.

겨울

크리스마스 이틀 전, 호레이쇼와 나는 약속을 잡았다. 오랜만의 만남이었다. 이른 오후에 낙원만에서 만나기로 하고 도착했을 때 호레이쇼는 이미 와 있었다. 나는 수양버들 아래 주차하고 그의 차에 올랐다. 우리는 아무 말 없이 옷을 벗고 차 뒷좌석에서 조용하고 부드럽게 사랑을 나누었다. 깊은 슬픔이 밀려왔다. 지금과 다른 날이 오기는 할까? 들킬지 모른다는 불안에 시달리며 영원히 이렇게 비밀리에 만나야 하는 걸까? 왜 나는 몇 번이나 미래가 없는 사랑에 빠져서 헛된 기대를 하고는 필연적으로 실망하게 될까? 그러나 모든 것이 내 선택이었다. 고통도, 불안도, 희망 없는 미래도. 나는 언제나 아주 정확하게 잘못된 사람을 골랐다. 더는 버텨낼 힘이 없어 호레이쇼의 어깨에 얼굴을 붙이고 고통에 몸을 맡겼다.

"셰리든, 고개 좀 들어봐." 호레이쇼가 속삭였다.

망설이다가 그의 말을 따랐다. 눈물을 닦지도 않았다.

"왜 울고 있어?" 그가 깜짝 놀라 물었다.

"호레이쇼. 왜, 도대체 왜?" 나는 격렬하게 흐느끼며 간신히 말

을 이었다. "난 왜 당신을 사랑하게 됐을까요? 사랑해도 되는 누군
가를 사랑하지 않고, 왜 당신을? 이렇게 남몰래 만나는 거 이제 못
견디겠어요."

그는 나를 더 꼭 껴안고 아기처럼 흔들며 속삭였다. "나도 몰라.
우리가 이렇게 되지 말았어야 한다고 생각할 때도 있지만, 그러다
가도 너를 만난 걸 하나님께 감사하게 돼. 누군가를 너처럼 사랑해
본 적이 없어."

다른 때 그런 말을 들었다면 나는 세상에서 가장 행복한 사람이
라고 느꼈겠지만 지금은 너무 힘들었다. 니컬러스는 제때 나를 거
부함으로써 내가 끔찍한 영혼의 번뇌를 겪지 않게 해줬다. 그러나
호레이쇼와 나는 꾸준하고 열렬히 금지된 길로 나아갔고, 이제 그
벌로 지옥의 고통을 당하고 있었다. 나는 지난 몇 달 동안 그에게
걱정과 소망과 불안을 털어놓았고 그의 것을 함께 나눴다. 그는 한
번도 나를 실망시킨 적이 없었지만, 지금 와서 생각하니 차라리 그
가 나를 성적인 대상으로만 봤더라면 싶었다. 이렇게 계속 살 수는
없었다. 그건 확실했다. 몇 시간만 지속되는 비밀스러운 애인 역할
은 싫었다. 호레이쇼와 삶을 나누고 싶었다. 그와 함께 잠들고, 함
께 깨어나고, 함께 식사를 하고, 함께 웃고 울고, 함께 미래를 계획
하고 싶었다. 하지만 나는 그와 이 모든 것을 절대로 함께할 수 없
을 것이다.

언젠가 이곳을 떠날 거라는 생각은 이제 더는 위로가 되지 않았
다. 호레이쇼를 향한 내 사랑은 이 땅에 쉽게 끊어버릴 수 없는 영
혼의 끈을 하나 더 묶어놓았다.

입김이 서린 유리창 너머에서 불현듯 인기척이 느껴졌다. 나는
놀라서 몸이 얼어붙었다.

"바깥에 누군가 있어요!" 호레이쇼에게 속삭였다. "세상에, 어쩌죠? 누군가 우릴 보면······."

"그래도 할 수 없지." 그는 놀랄 만큼 차분하게 내 말을 막았다.

나는 공포에 질려 급하게 청바지를 입고 부츠를 신고는 차에서 내렸다.

"셰리든, 기다려!"

호레이쇼가 뒤에서 불렀지만 듣지 않았다. 흐릿한 석양빛 아래, 몇 미터 앞에 서 있는 에스라 오빠를 보자 심장이 멎을 것 같았다. 오빠가 사악하게 히죽거렸다.

"네 뒤를 밟으면 언제나 뭔가 나오지." 오빠가 마귀 같은 웃음소리를 내며 카메라를 높이 들어올렸다. "이 사진을 누가 제일 좋아할까!"

에스라 오빠가 호레이쇼와 나를 목격하고 사진까지 찍다니! 이제 우리는 오빠의 손아귀에 떨어지게 되었다. 오빠는 호레이쇼를 협박해서 끝장내버릴 텐데, 그런 일이 벌어지게 둘 수는 없었다. 오빠가 잔뜩 의기양양해져서 호레이쇼에게 소중한 모든 걸 파괴하는 모습이 떠올랐다. 분노가 솟구쳤다. 나는 더 생각할 것도 없이 에스라 오빠에게 달려들었다. 오빠는 야비하게 웃으며 몸을 돌려 나무딸기 덤불 뒤에 주차해둔 자동차 쪽으로 도망쳤지만, 워낙 덩치가 커서 얼어붙은 눈 위를 달리기가 쉽지 않았다. 나는 금방 오빠를 따라잡았다. 어깨너머로 나를 흘깃 본 오빠가 지름길로 가려고 오른쪽으로 방향을 틀었다. 거기는 호수 위였다. 윌로 호수는 한겨울에도 단단하게 얼지 않았다. 나는 그 자리에 멈춰 섰다. 그러는 동안 차에서 빠져 나와 나를 따라 달려온 호레이쇼가 에스라 오빠에게 고함을 질렀다.

"멈춰! 그쪽으로 가면 안 돼!"

오빠는 호레이쇼가 자기를 잡으려고 한다고 생각했는지 비틀거리며 계속 달렸다. 멸망으로 향하는 지름길로. 눈으로 덮여 있던 얇은 얼음은 오빠의 체중 아래 와자작 깨졌다. 오빠는 내 눈앞에서 얼음처럼 차가운 물에 카메라와 함께 목까지 가라앉았다.

"아, 안 돼!" 호레이쇼가 숨도 못 쉬고 고함을 지르며 그쪽으로 달려갔다.

"살려줘!" 에스라 오빠가 비명을 질렀다. "살려줘, 살려줘! 잡을 데가 없어!"

오빠가 버둥댈수록 주변의 얼음은 더 많이 깨졌다.

"얼른 가요!" 나는 양손으로 호레이쇼의 가슴을 밀어 멈춰 세웠다. "집에 가라고요! 오빠는 내가 어떻게든 꺼낼 테니까!"

"너 혼자선 못 꺼내!" 그가 외쳤다.

"그럼 그냥 빠져 죽으라고 해요!" 나는 다급하게 외쳤다. "자기 잘못이에요! 왜 내 뒤를 따라온 거야!"

"안 돼, 셰리든. 절대 안 돼! 네 오빠를 저대로 두면 안 된다고!" 그가 소리를 지르며 나를 떼어놓고 다시 달려갔다.

"호레이쇼, 오빠가 우리 사진을 찍었어요! 우릴 협박할 거예요!"

"그래도 죽게 내버려둘 순 없어. 트렁크에서 견인용 밧줄 꺼내 와, 어서!"

호레이쇼는 호숫가에 도착해서 무릎을 꿇고 앉았다. 에스라 오빠는 비명을 지르며 버둥거렸다. 죽음의 공포로 눈이 크게 벌어져 있었다.

"가만히 있어!" 호레이쇼가 오빠에게 고함을 질렀다. "버둥대지 마. 그러면 얼음이 더 깨진다고!"

"살려줘!" 오빠가 필사적으로 울부짖었다. "나 좀 살려줘!"

"그렇게 할 거야. 그러니 제발 좀 움직이지 마!"

에스라 오빠는 그 말을 들었다. 오빠는 턱까지 가라앉았다. 강한 물살이 오빠를 쓸어갔다. 나는 그 자리에 뿌리 박힌 듯 선 채 그저 보고만 있었다.

"밧줄 가지고 오라니까!"

호통을 치는 호레이쇼의 목소리에 마비에서 깨어났다. 그의 말이 옳았다. 아무리 에스라 오빠라도 저렇게 죽어서는 안 된다. 나는 전속력으로 달려 그의 차로 가서 트렁크를 열고, 뒷좌석 받침대 뒤편에 돌돌 말려 있는 견인용 밧줄을 꺼냈다. 3분쯤 뒤에 호레이쇼에게 돌아와 밧줄을 건넸다. 그는 순식간에 고리를 만들었다.

"다리에 감각이 없어! 얼어 죽을 것 같아." 에스라 오빠가 우는 소리를 냈다.

"고리를 윗몸에 걸어!" 호레이쇼가 소리쳤다.

에스라 오빠는 고리를 걸지 못했다. 추워서 양손이 모두 마비된 상태였다.

"그럼 그냥 꽉 붙잡아. 우리가 널 끌어낼 테니까!"

말처럼 쉽지 않았다. 에스라 오빠가 무겁기도 했고 물살도 셌다. 사투 끝에 마침내 우리는 오빠를 구멍에서 끌어내는 데 성공했다. 그러나 오빠는 공포에 질려 가만히 누워 있지 못하고 버둥대며 일어나려고 했다. 얼음이 다시 깨졌다.

오빠는 울부짖으며 비명을 질러댔고, 호레이쇼는 오빠에게 입 좀 다물고 가만히 있으라고 고함을 질렀다.

에스라 오빠가 죽은 바다코끼리처럼 호숫가에 드러눕게 됐을 때, 호레이쇼와 나는 온몸이 땀으로 흠뻑 젖어 있었다. 나는 호레이쇼의 자동차로 달려가, 오빠에게 최대한 가까이 차를 댔다. 우리는 오빠를 겨우 일으켜 차로 끌고 왔다. 오빠는 입술이 새파랬고 온몸을 덜덜 떨었다. 호레이쇼는 에스라 오빠의 젖은 신발과 바지를 벗기고 트렁크에서 담요 두 장을 꺼내 몸에 둘러줬다. 그러고는 난방을 최대한으로 올렸다. 차 옆에 서 있는 나도 에스라 오빠 못지않게 떨렸다. 그 사이에 기온이 더 떨어져 영하 15도는 될 것 같았다. 온통 쌓인 새하얀 눈 말고는 보이는 것도 없었다.

"네 오빠는 내가 데려다줄게." 호레이쇼가 단호하게 말했다.

"제정신이에요?" 나는 기겁하며 속삭였다. "우리 부모님한텐 어떻게 설명하려고요?"

"뭔가 떠오르겠지."

그는 나를 안심시키고 씁쓸하게 웃었다. 그러고는 다시 한 번 나를 잠깐 안아 키스한 뒤에 운전석에 앉았다. 나는 내 차로 가서 그의 뒤를 따랐다. 다리가 떨렸다. 힘겹게 움직인 탓도 있었지만, 이제 무슨 일이 닥칠지 몰라 미칠 듯이 불안했다. 가속 페달과 브레이크 페달을 제대로 구분하지도 못할 정도였다.

20분 뒤에 월로크릭 농장 마당에 들어섰다. 호레이쇼가 앞쪽 베란다 앞에 차를 세웠다. 나도 그 옆에 멈춰 섰다. 집에는 환하게 불이 켜져 있었다. 내가 막 계단을 오르는데 문이 안에서 열렸다. 아버지의 시선이 나를 지나쳐서, 호레이쇼와 조수석에 앉아 있는 에스라 오빠에게로 향했다.

"무슨 일이냐?" 아버지가 걱정스럽게 물었다.

"그랜트 씨, 안녕하세요?" 호레이쇼가 외쳤다. "좀 도와주시겠어요? 얼음이 깨져서 에스라가 빠졌는데, 셰리든과 제가 제때 구할 수 있었습니다!"

아버지는 지체 없이 차로 달려가 호레이쇼와 함께 징징거리는 에스라 오빠를 끌어 집으로 데리고 들어갔다. 오빠를 거실 소파에 눕히고 있는데 레이첼 이모가 서재에서 나왔다. 이모는 아기처럼 엉엉 우는 아들을 안고서 키스를 퍼부었다. 지난여름에 아버지가 맹장이 터져 누워 있었을 때와는 너무도 다른 모습이었다.

"왜 그러고 서 있어!" 이모가 나에게 호통을 쳤다. "담요랑 전기 방석 가지고 와! 갈아입을 옷도 가지고 오고, 차도 끓여와!"

호레이쇼는 아버지와 이야기를 나누었다. 나는 거실을 나가기 전에 그를 흘깃 바라보았다. 아버지에게 도대체 무슨 이야기를 하고 있는 걸까?

"감사합니다. 도와주시지 않았더라면 아주 큰일날 뻔했습니다." 아버지가 말했다.

몇 분 뒤에 호레이쇼가 떠났다. 나는 그와 이야기를 할 기회가 없었다. 하이럼과 조지프 오빠가 부엌으로 들어왔고, 잠시 후에 맬러키 오빠와 레베카 새언니가 애덤을 데리고 왔다.

"얼음이 깨져서 에스라가 빠졌다고? 어디서 그랬어?" 하이럼 오빠가 믿지 못하겠다는 표정으로 물었다.

"그런데 어떻게 너랑 목사님이 개를 구했어?" 조지프 오빠도 질문을 던졌다.

"우연히 그렇게 됐어." 나는 대충 대답하고는 에스라 오빠가 마실 차를 컵에 따랐다. 독이 있다면 집어넣고 싶었다.

"차 왜 안 가지고 오니?"

레이첼 이모가 거실에서 고함을 질렀다. 나는 컵을 들고 건너갔다. 덜덜 떨면서 소파에 누워 있는 에스라 오빠는 내 눈길을 피했다. 아버지는 팔짱을 낀 채 어두운 얼굴로 문 옆에 서 있었다.

"이제 갈게요. 저도 옷을 갈아입어야 해요. 푹 젖었어요."

"호수에서 뭘 하고 있었는지 그것부터 말해." 레이첼 이모가 나를 불러 세웠다.

"가끔 거기 가요." 불안한 심정으로 대꾸했다.

"버넷 목사는 왜 거기 있었지?" 이모의 눈빛이 나를 뚫어버릴 것 같았다. "우연일 리 없잖아!"

"목사님이 나한테 설명했어."

아버지가 끼어들었다. 나는 기절할 듯 놀랐다. 호레이쇼가 뭐라고 말했을까?

"그런데 온 가족 앞에서 할 만한 이야기는 아닌 것 같군."

"아니, 해야 돼!" 레이첼 이모가 벌떡 일어나 나를 가리켰다. "넌 언제나 모두를 불행하게 만들었어. 재수 없는 계집애!"

"조용히 해!" 아버지가 날카롭게 외쳤다. "목사님은 맷슨네 집으로 가다가 셰리든이 낙원만으로 꺾어지는 걸 봤다는군. 에스라가 셰리든 바로 뒤를 따르고 있었고. 셰리든이 에스라가 예전에 몇 번이나 치근댔다는 말을 했기 때문에 걱정되어서 둘을 따라갔대. 에스라에게는 행운이었지. 셰리든 혼자서는 쟤를 얼음에서 절대로 꺼내지 못했을 테니까."

이야기를 들은 나는 마음이 놓여 무릎이 풀렸다. 에스라 오빠만 입을 다물어준다면 꽤 그럴싸한 이야기였다. 그러나 오빠는 그러지 않았다.

"아니야, 나는……." 에스라 오빠가 그르렁거리며 입을 열었다.

"입 다물어!" 아버지가 오빠의 말을 가로챘다. "이제는 정말 참을 수 없구나! 어떻게 동생에게 계속 치근댈 수 있니?"

에스라 오빠가 눈을 번뜩이며 몸을 일으켰다. 우리가 자기 목숨을 구했다는 건 이미 잊어버린 표정이었다. 오빠의 얼굴에선 증오 가 다른 그 무엇보다도 더 크게 느껴졌다.

"둘이 거기서 만났어요!"

"이 화냥년!" 레이첼 이모가 첫소리를 냈다. "유부남을 만나다니, 하기야 넌 그러고도 남을 인간이지!"

오빠들과 레베카 새언니는 말없이 서서 듣고만 있었다. 나는 더 는 견딜 수 없었다.

"난 낙원만에 가끔 가요. 우리 엄마와 아빠가 즐겨 만나던 곳이 니까요." 레이첼 이모를 보며 말을 이었다. "당신이 아빠를 낚아채 려고 엄마를 여기서 내쫓기 전까지는!"

"뭐가 어째?" 이모의 얼굴이 시체처럼 창백해졌다.

"레이첼 이모, 난 다 알아요!" 나는 고함을 질렀다. "내 친엄마가 누군지 안다고요! 교통사고로 죽은 게 아니라, 낯선 나라에서 목 이 졸려 살해당했다는 것도! 다른 남자를 따라 이곳을 떠난 게 아 니라 이모가 거짓말로 쫓아 보냈다는 것도! 엄마는 아빠에게서 한 번도 편지를 받지 못해서 절망했어요. 네, 이모가 빼돌린 그 편지 들 말이에요. 이모는 엄마를 완전히 속였어요. 아빠가 리비 패글러 에게 편지를 보냈고 둘이 결혼할 거라고 말했죠. 그 말을 들은 엄 마 마음이 어땠겠어요? 이모는 아빠가 베트남에서 돌아오면 우스 운 꼴을 당할 거라면서 엄마더러 여길 떠나라고 종용하기까지 했 죠. 엄마는 그 말을 따랐어요. 이모가 아빠를 설득할 거라고 믿으 면서! 아빠를 여전히 사랑한다는 말을 전해줄 거라고 믿으면서!"

아버지는 최면에 걸린 듯 멍하니 나를 쳐다봤다. 턱은 움직이고 있었지만 아무런 소리도 나오지 않았다.

"무슨 말도 안 되는 헛소리야?" 이모는 당황한 듯했다.

"어…… 어떻게 알았니?" 아버지가 떨리는 목소리로 물었다.

"물빛 별장에서 엄마의 일기장들을 찾아냈어요. 낙원만에 묻어 놓은 것도 하나 찾았고요. 엄마는 아빠가 그걸 찾아내길 바랐어요. 아빠가 찾아내리라고 믿고 벙커 통풍구에 힌트를 남겨뒀죠. 열쇠와 편지를요." 나는 손가락으로 레이첼 이모를 가리키며 말을 이었다. "존 루카스가 베트남에서 전사하자 이모는 자기 꿈이 위험에 처했다고 생각했어요. 그랜트 집안 사람이 되어 대저택에서 살려던 꿈 말이에요! 남은 희망이라고는 아빠뿐이었는데, 동생이 방해가 됐겠죠. 게다가 동생은…… 임신 중이었으니까요."

"뭐?"

"다 거짓말이야!" 레이첼 이모가 고함을 질렀다.

"아빠, 난 증거를 가지고 있어요. 모든 증거를!" 나는 이모에게 신경 쓰지 않고 말을 이었다. "엄마가 아빠에게 보낸 편지와 일기장을요. 열쇠가 있던 상자에는 신생아의 머리카락이 들어 있었어요. 점점 배가 불러 엄마가 임신한 것을 감출 수 없게 되자 이모와 외조부모님은 엄마를 집에 가뒀어요. 엄마는 1965년 2월 14일에 남자아기를 낳았어요. 이모는 아기를 빼앗아 그날 밤에 어디론가 가서 버렸어요. 엄마는 아빠와의 사이에서 낳은 아기가 어떻게 됐는지 다시는 듣지 못했고요."

아버지는 아무 말도 하지 못하고 나를 빤히 보다가 넋이 나간 사람처럼 말했다. "나는 캐럴린에게 매일 편지를 썼다. 매일! 답장은 한 번도 없었다. 걱정이 돼서 미칠 것 같았어."

"지금 대체 누구 얘길 하는 거예요?" 조지프 오빠가 끼어들었다.

"셰리든의 친엄마 캐럴린 쿠퍼, 너희 엄마의 여동생."

아버지가 여전히 넋을 놓은 채 말하자 오빠들은 모두 당황했다.

그동안 엄마에게 여동생이 있었다는 사실도 몰랐을 텐데, 그 사람이 내 엄마라니.

"이런 말도 안 되는 소리 더는 못 듣겠어! 에스라, 가자!" 레이첼 이모가 목소리를 높였다.

"가만있어!"

아버지가 갑자기 고함을 질렀다. 이렇게 크게 소리를 지르는 모습은 처음이었다. 모두들 움찔했다.

"입 다물고 그냥 있으라고! 내가 셰리든에게 진실을 말해야 한다고 할 때마다 당신은 게거품을 물고 반대했지! 그게 당신에게 왜 그다지도 중요했는지 이제야 이해되는군!"

아버지는 이모에게 성큼성큼 다가갔다. 이모는 아버지가 자기를 때릴 거라고 생각했는지 주춤주춤 뒤로 물러섰다.

"무슨 말인지 하나도 못 알아듣겠어요." 맬러키 오빠가 끼어들었다. "그러니까 엄마의 동생, 캐럴린 쿠퍼라는 사람이 셰리든의 친엄마고 아버지와 사랑하던 사이였다는 건가요?"

오빠의 입에서 그런 말이 나오자 이모는 소금기둥처럼 굳었다. 아버지는 분노로 부릅떴던 눈을 맬러키 오빠에게 돌리고는 좌절에 빠진 사람처럼 소파에 털썩 주저앉았다.

"맞다. 나는 캐럴린을 사랑했어. 우리는 미래를 약속했지. 사랑스러운 여자였다. 밝고, 명랑하고, 똑똑하고, 마치 셰리든 같았지. 하지만 베트남 전쟁이 끝나고 돌아오자 사라지고 없었어. 나는 그녀가 다른 남자와 떠났다고만 들었다. 이런 일이 있었을 줄이야……. 사실을 알았다면 나는 절대, 절대 포기하지 않았을 거다. 지구 끝까지라도 따라가서 그녀를 되찾았을 거야. 절대…… 이렇게는 살지 않았을 거다."

아버지는 말을 마치고는 다시는 입을 열지 않겠다는 듯이 입술을 꾹 다물고 두 손으로 얼굴을 가렸다. 오빠들의 얼굴에서 그들이 받은 충격이 고스란히 드러났다. 레베카 새언니가 숨을 헉 들이켰을 뿐, 누구도 꼼짝하지 않고 드디어 밝혀진 엄청난 진실을 힘겹게 소화하고 있었다. 마침내 하이럼 오빠가 입을 열었다.

"임신한 자기 동생을 속이고, 아이를 빼앗고, 거짓말로 멀리 쫓아 보내고, 다시는 돌아오지 못하게 만들다니, 정말 끔찍하네요. 왜 그러셨어요? 왜 우리를 그런 여자의 자식들로 만들었냐고요!"

아무도 대답하지 않았다. 오빠들은 이 끔찍한 사실에 어쩌면 아버지보다도 큰 충격을 받았을지 모른다. 자기들이 어떤 잔인함 덕분에 존재하는지 알게 됐으니까. 아버지의 흐느낌이 터져 나왔다. 아무도 위로할 생각도 하지 못하고, 후회와 절망으로 늙어버린 남자의 울음소리를 저마다 비참한 심정으로 듣고 있었다.

내 마음은 놀랄 만큼 고요했다. 오랫동안 나를 짓누르던 비밀이 드디어 형체를 얻고 이름을 얻었다. 맑고 차가운 마음에 이해가 물결처럼 퍼졌다. 나를 향한 레이첼 이모의 증오는 이렇게 될지 모른다는 두려움 때문이었다. 이모에게 나는 동생의 딸이 아니라, 자기 삶을 파괴할 수도 있는 존재였다. 그리고 나는 실제로 이모의 삶을 이제 막 파괴했다. 리비 아줌마가 사무실에서 했던 말이 떠올랐다.

'가장 잔인한 동물은 인간이란다. 하지만 레이첼도 언젠가 자기가 지은 죄에 대한 벌을 받을 거야. 세상에는 정의라는 게 있으니까. 내 말을 믿으렴.'

과거가 레이첼 그랜트를 따라잡았다. 30년도 더 지난 뒤에.

"레이첼, 할 말 있어?" 아버지가 지친 목소리로 물었다. "셰리든이 한 말 중에 사실이 아닌 게 있나?"

이모는 어깨를 펴고 얼굴을 일그러뜨렸다. 원래는 미소를 지으려고 한 것 같았다. 이제 부인해도 소용없었다. 증거물이 너무 확실했다.

"모두 사실이야."

자신감 있는 목소리는 연극에 불과했다. 패배가 뻔한 싸움을 하고 있다는 것을 자신도 잘 알 터였다.

"하지만 모든 이야기에는 양면이 있는 법이지. 당신은 그때 지극히 자발적으로 나랑 잠자리에 들었잖아."

"아니, 난 그때 제정신이 아니었어." 아버지가 고개를 숙인 채 대답했다. "산 채로 심장이 파헤쳐지는 기분이었다고. 사흘 동안 술을 마셨지. 어떻게 당신과 자게 됐는지 기억도 나지 않아. 하지만 당신이 우리 부모님에게 내 아이를 임신했다고 알리면서 지어 보인 그 의기양양한 표정은 또렷하게 기억나. 당신은 내가 아니라 우리 부모님에게 먼저 말했지! 이제야 이해가 된다. 모든 게 이해된다고! 당신을 믿다니, 그렇게 멍청한 짓을 하다니."

"하지만 당신은……."

아버지는 손짓으로 이모의 말을 막고는 깊이 한숨을 내쉬며 몸을 일으켰다. "크리스마스가 지나면 이 집에서 나가. 하지만 먼저 두 가지 질문에 대답해. 캐럴린의 아기를 어디로 데리고 갔지? 그리고 저쪽에 있는 저…… 게으른 건달의 아버지는 누구야?"

아버지는 에스라 오빠를 가리켰다. 에스라 오빠 본인뿐만 아니라 다른 오빠들과 나도 충격을 받았다.

레이첼 이모는 그 질문에 대답하지 않았다. 눈빛이 파르르 떨렸다. "어떻게, 어디로 가란 말이야? 그리고 이건 당신 집이기도 하지만 내 집도 된다고!"

"아니, 그렇지 않아. 우린 혼전계약서를 썼어. 그 계약에 따르면 우리가 헤어질 경우에 당신은 집을 떠나게 되어 있어. 우린 이제 헤어질 거야. 오늘 당장." 아버지가 대꾸했다.

"그럼…… 그러면…… 난 아들들 집으로 갈 거야!" 이모가 이리저리 둘러보며 말했다. "이렇게 쫓겨나지는 않겠어. 이렇게…… 개처럼."

"우리 집에는 자리가 없어요." 하이럼 오빠가 팔짱을 끼고 고개를 저었다.

맬러키 오빠는 말없이 고개를 돌렸다.

"우리 병영에는 여자가 들어올 수 없는 거 아시죠?" 조지프 오빠가 빈정거리며 말했다.

"배은망덕한 것들! 난 너희 엄마야!" 레이첼 이모가 흥분해서 고래고래 소리를 질렀다. "난 너희를 낳아서 키웠어! 너희를 위해서 뭐든지 했다고! 뭐든지 다!"

"그래요? 우리를 위해서 뭘 했는데요?" 하이럼 오빠가 물었다. "내가 기억하기로는 요리와 청소와 빨래와 다림질을 한 사람은 마사 아줌마였는데."

"엄마는 뭔가 계략을 꾸며내서 셰리든을 괴롭히느라 늘 바빴죠." 조지프 오빠가 덧붙였다. "엄마는 우리 모두를 속이고, 우리가 서로 반목하게 만들었어요. 아빠와 셰리든과 우리 모두를 속였다고요. 에스라를 위해서만 뭐든지 다 했죠!"

레이첼 이모는 증오와 분노가 가득한 눈빛으로 나를 노려봤다. 뭐라고 말을 하려고 입을 열었다가, 생각을 바꾸었는지 다시 다물었다.

"엄마, 아버지가 물어본 게 있잖아요. 왜 대답 안 하세요?" 하이럼 오빠가 재촉했다.

이모는 변명과 핑계를 대다가 마지막에는 눈물로 호소했지만, 오빠들은 물러서지 않았다. 오빠들 역시 이런 일을 겪은 뒤에 아무렇지도 않은 듯 예전으로 돌아갈 수는 없었다.

"너희 아버지는 언젠가부터 내게 손을 대지 않았어." 이모가 멜로드라마라도 찍는 말투로 입을 열었다. 이렇게 심각한 상황이 아니었다면 모두 웃음을 터뜨렸을 것이다. "레베카, 넌 젊은 여자잖니. 사랑하는 남자가 자기에게 손도 대지 않고, 옛 애인 사진만 몇 시간씩 들여다보면 어떨지 이해할 수 있겠지?"

아버지는 경멸하듯 코웃음을 쳤지만, 레베카 새언니는 속마음을 털어놓았다.

"저랑은 상관없는 일이라서 끼어들지 않으려고 했어요." 새언니가 진지한 얼굴로 말을 꺼냈다. "하지만 이렇게 직접 물어보시니 대답할게요. 사람들이 어머니에 대해 하는 말을 오랫동안 믿지 않으려고 했어요. 저는 사람들이 순진하고 선하다고 굳게 믿어요. 그런데 살면서 오늘처럼 인간에게 실망해본 적이 없어요. 어머니, 어머니는 사악한 사람이에요. 부당하고, 계산적이고, 셰리든 아가씨를 혹독하게 대했어요. 우리 집안 사람들이 저를 만나러 이곳에 오지 않는 이유는 바로 그것 때문이에요. 조금이라도 자존심이 있다면 이제 남편과 아들들에게 답을 해주세요."

"그게 무슨 말버릇이야!"

레이첼 이모가 격분하여 며느리에게 달려들려고 했지만 맬러키 오빠가 간신히 붙잡았다.

"엄마, 연극 그만하고 어서 대답해요. 우리 모두 이제 집에 돌아가고 싶으니까!"

"그래요, 엄마. 나도 알고 싶다고요!" 버넌 그랜트의 아들이 아니라는 소리에 엄청난 충격을 받은 에스라 오빠까지 끼어들었다.

레이첼 이모가 고개를 쳐들었다. "네 아버지 이름은 기억나지 않는다. 텍사스에서 온 계절노동자였을 거야."

이모가 그렇게 대답하자 에스라 오빠는 불 같은 눈길로 제 엄마를 노려봤다. 지방 유지 중 하나거나, 아니면 최소한 교회에 다니는 모범적인 시민 중 하나일 거라는 기대를 한 모양이었다.

"젠장! 엄마는 정말 도움이 안 돼!" 에스라 오빠는 거의 이모에게 달려들 듯하더니 옆에서 싸늘한 눈빛을 던지는 아버지를 보고는 주춤했다. 그러고는 발로 문을 꽝 차고 밖으로 나갔다.

잠시 멍한 표정을 짓고 있던 이모는 열린 문으로 한기가 밀려오자 몸을 한 차례 부르르 떨고는 다시 표독스러운 얼굴을 하고 아버지에게로 시선을 돌렸다. "캐럴린의 아기가 어떻게 됐는지는 나도 몰라. 링컨으로 가서 어떤 집 문 앞에 두고 노크를 했어. 사람들이 나와서 아기를 안고 들어가는 걸 보고는 돌아왔지."

모두의 눈에 경악이 어렸다. 특히 레베카 새언니는 이모를 보는 것조차 소름이 끼친다는 듯 눈을 꾹 감고 맬러키 오빠의 옷깃을 잡아당겼다. 오빠는 새언니를 품에 안고 머리를 가만히 쓰다듬어 주었다.

"너무…… 끔찍해요. 어떻게……." 레베카 새언니가 오빠의 품에 안겨 덜덜 떨며 속삭이는 소리가 적막한 거실을 가득 채웠다.

"레이첼, 당신은 정말 끔찍한 괴물이야."

레이첼 이모를 한참 동안이나 노려보던 아버지가 이렇게 중얼거리고는 몸을 돌려 집을 나갔다. 그 뒤로 아들들이 한 번씩 시선을 던지고 나가는 내내 이모는 창밖, 어딘가 먼 곳을 바라보고 있었다. 여전히 척추를 곧게 세운, 대저택의 안주인 같은 모습이었다. 몇 달 동안 이모를 패배시킬 순간을 꿈꿔왔는데, 막상 그 모습을 보자 승리감도, 통쾌함도 전혀 느껴지지 않았다. 더 오래 보고 있다가는 오히려 연민이 생길 것 같아 나는 고개를 떨어뜨리고 밖으로 걸어 나갔다.

아버지는 이날 밤에 참나무 단지 집에서 묵었다. 식탁에 둘러앉아 쉴 새 없이 질문을 던진 뒤에 조지프 오빠와 맬러키 오빠, 레베카 새언니는 목련 저택으로 갔고, 자정이 조금 지나 하이럼 오빠도 잠이 들었다. 아버지와 나는 새벽까지 이야기를 나누었다. 아버지는 엄마의 일기장과 엄마가 아버지에게 남긴 편지를 몇 번이고 읽었다. 30년도 더 지난 뒤에 아버지는 그토록 자신을 괴롭혀왔던 일을 끝낼 수 있었다. 호레이쇼의 말이 옳았다. 버넌 그랜트는 자기 운명을 원망하는 남자가 아니었다. 그의 인생은 다시 복원하기 어려울 만큼 산산조각 났지만, 누가 뭐래도 아버지에게는 자랑스러운 세 아들이 있었고, 이제 캐럴린 쿠퍼에 대한 오해로 잃어버렸던 마음의 조각도 찾았다. 게다가 사랑이라고는 없었던 결혼에 곧 종지부를 찍을 예정이었다.

그런 의미에서 내가 한 일은 옳았다. 레이첼 이모는 자신이 저지른 악행에 대한 벌을 받을 터였다. 꿈꿔왔던 모든 것, 지금껏 이룬 모든 성취가 이모에게서 등을 돌렸다. 에스라 오빠도 내가 상상한 것 이상의 벌을 받았다. 그러고 보니 오빠가 아버지 아들이 아니라는 생각을 미처 하지 못한 것이 어처구니없을 정도였다. 다른 오빠들은 어두운 머리색에 각진 얼굴, 늘씬하면서도 건장한 몸인 데 비해 에스라 오빠는 금발인 데다가 언제나 뚱뚱했다.

"아빠, 이제 어떻게 하실 거예요?"

나는 침대로 가려고 일어나며 물었다.

"이 모든 걸 소화해야지. 그런 다음 이혼 서류를 제출할 거다. 이미 오래전에 했어야 하는데……. 하지만 일단 지금은 말을 타고 낙원만에 다녀와야겠다. 가다 보면 해가 뜨겠지."

∽

창문 너머로 날이 밝아왔지만 나는 여전히 잠을 이루지 못하고 누워 있었다. 내 심장이 그의 이름을 연신 불렀다. 호레이쇼, 호레이쇼, 사랑해요.

온 힘을 다해 눈물을 억눌렀다. 어제 하루 동안 수많은 일이 일어나고 많은 것이 변했지만, 우리가 하는 놀이는 여전히 위험한 것이었다. 에스라 오빠는 결코 입을 다물고 있지 않을 것이다.

침대에서 이리저리 뒹굴다가 더 늦기 전에 떠나야 한다는 사실을 불현듯 깨달았다. 애초에 내 소유가 아닌 뭔가를 가지고 싶다고 생각하는 마음은 레이첼 이모가 아버지와 엄마의 삶을 파괴한 것과 똑같은 이기심일지도 몰랐다. 나는 호레이쇼의 가정에, 아이들에게 불행을 안겨주고 싶지 않았다. 샐리의 선하디선한 얼굴이 떠올랐다. 그녀에게 불행의 근원이 되고 싶지 않았다. 자리에서 일어나 작은 책상에 가서 앉았다. 먼저 아버지에게, 그다음에 훨씬 더 긴 편지를 호레이쇼에게 썼다. 그런 다음 침대로 돌아가 꿈도 꾸지 않고 잠을 잤다.

잠에서 깼을 때 하이럼 오빠와 아버지는 없었다. 나는 가방에 옷을 넣고 책과 다른 소지품들은 두 개의 상자에 담아 자동차 트렁크에 실었다. 아버지에게 쓴 작별의 편지를 식탁에 두고 집을 나와 메리제인 아줌마 집으로 건너갔다.

"이제 시간이 됐구나?" 문을 열어준 아줌마가 말했다.

"네, 오늘 떠나요." 나는 고개를 끄덕였다. "그런데 어떻게 아셨어요?"

"니컬러스가 떠날 때의 눈빛과 똑같아."

나는 쓸쓸하게 웃으며 니컬러스를 생각했다. 강하고 다정한 나의 친구. 그를 다시 만날 수 있을까? 잠시 눈을 감았다가 다시 떠서 메리제인 아줌마를 보았다. 아줌마에게 하고 싶은 말이 많았다. 그러나 곧 다시 보자는, 그때까지 잘 지내고 계시라는 말조차 할 수 없었다. 나는 말없이 아줌마를 꼭 껴안았다.

"이 편지를 버넷 목사님께 전해주실래요?"

호레이쇼의 이름이 쓰인 봉투를 건네자 아줌마는 고개를 끄덕이며 받았다. 아줌마는 내가 떠났다는 말을 당분간 아무에게도 하지 않겠다고 약속했다.

12월 24일 오후 1시, 윌로크릭 농장을 나와서 국도로 꺾어들었다. 3마일만 가면 주간고속도로였다. 한 번만 더 호레이쇼를 만나고 싶었다. 그의 뺨을 만지고 입술과 이마에 키스하고 싶었다. 그러나 나는 핸들을 돌리지 않았다. 호레이쇼는 다른 여자의 남자였고, 이제 나에게는 과거에 속한 사람이었다.

막 내리기 시작한 눈발을 뚫고 동쪽으로 향했다. 배낭에는 그동안 모은 1000달러가 들어 있었다. 눈물이 뺨으로 흘러내렸다. 그러나 고향에서 멀어질수록 내 마음은 더 가벼워졌다.

감사의 말

이 책은 오래전, 그러니까 글을 쓰는 게 내가 할 수 있는 유일한 휴식이었던 시절에 구상됐습니다. 청소년 시절부터 나는 다른 나라의 풍속과 관습에 아주 관심이 많았습니다. 그러다가 1986년 가장 친한 친구인 가비 브뤼크너와 잊지 못할 여행을 하면서 미국에 매료되었죠.

그 후로 오랫동안 머릿속을 맴돌던 셰리든 그랜트의 이야기를 드디어 쓸 수 있게 되었군요. 범죄 소설 말고 다른 걸 써본다는 게 정말 재미있었어요. 여러분이 셰리든 그랜트를 좋아하시기를, 《여름을 삼킨 소녀》가 여러분에게 즐거운 시간을 선물했기를 진심으로 바랍니다.

내가 이 책을 쓸 수 있게 용기를 준 경이로운 에이전트 안드레아 빌트그루버에게 이 자리를 빌려 감사를 전합니다. 신뢰를 보내준 출판사와 편집자 마리온 바즈케즈에게도 감사드려요. 마리온은 나와 함께 이 소설의 플롯과 사건들을 토론하고 세련미를 더해줬습니다. 특별히 카리 히프코 오더만에게 감사드립니다. 그녀는 이

책에 묘사된 미국 중서부의 일상생활에 대해 귀중한 조언을 해주어 이 이야기에 신빙성을 더해줬습니다. 뭔가 오류가 발견된다면, 그것은 오로지 내 잘못입니다. 이번에도 원고를 여러 번 읽어준 사랑하는 동생 카밀라 알트파터에게 감사를 전합니다. 마지막으로 가장 큰 감사 인사는 이 세상에서 가장 좋은 남자에게 바칩니다. 사랑하는 마티아스, 엄청난 도움과 한없이 소중한 비판에 감사해.

넬레 노이하우스

넬레 노이하우스는 타우누스 시리즈로 유명한 범죄 소설 작가
다. 그러나《여름을 삼킨 소녀》는 저자의 기존 작품들과는 다른,
한 소녀의 격렬했던 사춘기를 이야기하는 성장 소설이다. 독일에
서는 넬레 '뢰벤베르크'라는 결혼 전 이름으로 발표되었는데, 저자
는 이름을 달리한 이유를 묻는 질문에 지금까지와는 전혀 다른 작
품을 쓰고 싶어서라고 대답했다. 독자들로 하여금 타우누스 시리
즈를 떠올리지 않게 하려는 의도였을 테지만, 이 작품에서도 작가
특유의 긴장감은 빠지지 않는다.

셰리든은 양부모 가족과 함께 미국 중서부, 광활한 네브래스카
주의 한 농장에 사는 십대 소녀다. 인근 도시와 꽤 멀리 떨어진 이
농장에는 기분 전환이 되어줄 만한 일이라고는 거의 벌어지지 않
는다. 그러다가 고모할머니의 책을 빌려 읽으면서 책에 묘사된 욕
망에 눈뜨게 되어, 농장의 계절노동자나 이웃에 사는 작가와 불장
난을 벌인다. 그러는 중에도 친부모님은 누구인지, 우연히 발견한
일기장의 주인은 또 누구인지 궁금해하며 알아내려고 애쓴다.

수많은 사건과 마주하면서 셰리든은 격렬한 성장통을 겪는다. 쓰디쓴 진실보다는 거짓과 사는 편이 나을 거라고 생각하기도 하고, 자기가 좋아하는 사람들은 왜 모두 떠나는지 괴로워하기도 한다. 자기 생각만 하느라 상황을 제대로 이해하지 못했다며 자책하고, 그리움과 사랑은 이성을 뛰어넘는다고 자위하다가도 죄를 지었으니 자신은 이제 행복해질 자격이 없다고 괴로워한다. 또 마음속으로는 지겨운 페어필드와 일찌감치 작별하지만, 앞으로 삶을 어떻게 꾸려나가야 할지 알지 못해 불안해한다.

혼란스럽고 힘든 시기를 보내면서 셰리든은 성장한다. 자신이 어른인 줄 알았지만 사실은 아이였다는 걸 알게 된 것이다. 다혈질인 데다 인내심이 없어서 쉽게 양엄마의 먹잇감이 된다는 사실을 이해하고 느긋해지기로 마음먹고, 자신의 문제를 다른 사람과 나누는 데서 오는 평온함과 아늑함을 경험하기도 한다. 그러면서 상처 입은 자신의 영혼을 덮고 있는 보호막이 얼마나 얇은지, 타인의 사랑과 인정을 갈구하는 자신이 친절하게 대해주는 사람에게 얼마나 쉽게 무장해제 당하는지 깨닫는다. 양아버지를 보면서 끝을 내지 못한 일이 사람을 얼마나 괴롭히는지 생각하고, 자신을 향한 양엄마의 증오가 두려움 때문이라는 것도 알아차린다. 호기심과 신중함, 자기 연민과 죄책감을 오가던 셰리든의 몸과 마음은 자신의 미래뿐 아니라 다른 사람의 삶에 대한 책임 의식으로 나아간다. 하지 말아야 할 행동과 해야 할 행동을 알게 된 것이다.

책을 옮기는 동안 양엄마에게 괴롭힘을 당하거나 좋아하는 사람을 생각하며 일주일을 견디는 셰리든의 마음을 읽으며 애잔해하기도 하고, 충동에 따라 움직이고 후회하는 장면에서는 "아이고, 너 왜 이러니?"라고 중얼거리기도 했다. 끔찍한 사건은 너무도 소름 끼쳐서 셰리든의 손을 잡고 함께 도망가고 싶을 만큼, 흔들리는 마음의 롤러코스터를 주인공과 함께 탔다.

　세상은 죄책감을 느끼면서도 욕심을 버리지 못하는 사람과 그 행동을 그만두는 사람으로 나뉘는지도 모른다. 셰리든이 자의나 타의로 겪은 일련의 사건들을 물론 모든 청소년이 경험하는 건 아닐 테지만, 인생의 다른 시기에 비해 그때가 몸과 마음에 변화를 가져오는 지독한 혼란으로 가득하다는 사실은 확실하다. 어려움을 뒤로 하고 길을 떠나는 셰리든의 앞날이 환하기를 빈다.

전은경

옮긴이 **전은경**

한양대학교 사학과를 졸업하고 독일 튀빙엔 대학교에서 고대 역사 및 고전문헌학을 공부했다. 출판 편집자를 거쳐 현재 독일어 전문 번역가로 활동하고 있으며《리스본행 야간열차》,《16일간의 세계사 여행》,《철학의 시작》,《청소년을 위한 사랑과 성의 역사》,《데미안》,《커피우유와 소보로빵》,《아침식사로 공기 한 모금》,《나보다 어린 우리 누나》등 많은 책을 우리말로 옮겼다.

여름을 삼킨 소녀

초판 1쇄 발행 2015년 1월 20일
초판 7쇄 발행 2022년 5월 13일

지은이 넬레 노이하우스 | **옮긴이** 전은경 | **펴낸이** 신경렬 | **펴낸곳** (주)더난콘텐츠그룹

기획편집부 최장욱 최혜빈 | **디자인** 박현경
마케팅 박수진 | **관리** 김정숙 김태희 | **제작** 유수경

출판등록 2011년 6월 2일 제2011-000158호
주소 04043 서울특별시 마포구 양화로 12길 16, 더난빌딩 7층
전화 (02)325-2525 | **팩스** (02)325-9007
이메일 longest@thenanbiz.com | **홈페이지** www.thenanbiz.com
ISBN 979-11-85051-88-8 03850